Jule Schwarz ist alles andere als perfekt. Nach außen hin makellos, hat sie in ihrem Innern schwer an einer Schuld zu tragen, weshalb sie seit Jahren in kein Auto mehr steigt. Ausgerechnet sie soll nun ein Windparkprojekt in einem abgelegenen Dorf umsetzen. Am liebsten würde Jule ihren Job hinschmeißen, doch dieser Auftrag bedeutet einen großen Sprung auf der Karriereleiter. Und so setzt sie sich hinters Steuer. Durchgeschwitzt kommt sie in Odisworth an und beginnt vor dem versammelten Dorf einen Vortrag über den geplanten Windpark. Da tritt ein Kriminalkommissar in die Runde und berichtet von einer Frauenleiche, die in dem nahe gelegenen Wald gefunden wurde. Die Tote sieht Jule zum Verwechseln ähnlich.
Trotz der unheimlichen Vorzeichen ist Jule fest entschlossen, den Windpark durchzusetzen. Dabei verstrickt sie sich immer mehr in die Geheimnisse von Odisworth, wo ein Monster in Menschengestalt schon längst auf sie aufmerksam geworden ist …

*Ole Kristiansen* wurde Mitte der Siebzigerjahre in Hamburg geboren und wuchs im norddeutschen Flachland auf. Er studierte Medienkultur, Amerikanistik und Anglistik und lebt heute nach Aufenthalten in London und Süddeutschland wieder in der Elbmetropole. Er promoviert über die literarischen Mechanismen von Thrill, Grusel und Mystery. Kristiansen arbeitet als freier Übersetzer und Schreibcoach.

# Ole Kristiansen

# DER WIND BRINGT DEN TOD

Thriller

Deutscher Taschenbuch Verlag

MIX
Papier aus verantwor-
tungsvollen Quellen
FSC® C019821
FSC www.fsc.org

Originalausgabe 2012
© 2012 Deutscher Taschenbuch Verlag GmbH & Co. KG,
München
Umschlagkonzept: Balk & Brumshagen
Umschlaggestaltung: Wildes Blut, Atelier
für Gestaltung, Stephanie Weischer unter
Verwendung von Fotos von Trevillion
Images/Christophe Dessaigne und
plainpicture/Hollandse Hoogte
Ein Projekt der AVA international GmbH
Autoren- und Verlagsagentur
www.ava-international.de
Satz: Greiner & Reichel, Köln
Gesetzt aus der Stempel Garamond 9,75/12˙
Druck und Bindung: Druckerei C. H. Beck, Nördlingen
Gedruckt auf säurefreiem, chlorfrei gebleichtem Papier
Printed in Germany · ISBN 978-3-423-21376-9

# PROLOG

Wo war sie?

Sie erwachte in völliger Finsternis, mit einem lauten Dröhnen in den Ohren und dem unheimlichen Gefühl, sich in rasend schneller Bewegung zu befinden.

Träge wälzten sich die Gedanken durch ihren Verstand. Hatte er sie lebendig begraben? Nein, sie konnte nicht in einem Sarg unter der Erde liegen. Ein vergrabener Sarg bewegte sich nicht, und unter der Erde wäre doch alles still, und das sonderbar vertraute Dröhnen stammte nicht aus ihrem Kopf, sondern umfing sie von allen Seiten.

Benommen stellte sie fest, dass ihre Arme unter ihrem Rücken eingequetscht waren. Sie wollte sie darunter hervorziehen, doch ihre Handgelenke schienen miteinander verwachsen. Er hatte sie gefesselt!

Ein verzweifelter Schrei raste ihr die Kehle hinauf, aber ihr Mund öffnete sich nicht. Mühsam drückte sie die Zungenspitze zwischen den Lippen hindurch. Ihr Knebel schmeckte stechend bittersüß und weckte eine alte Erinnerung, wie sie als Kind mit zwei Nachbarsjungen in einem Gebüsch hinterm Haus an einer Dose Pattex geschnüffelt hatte. Als sie die Finger nach innen krümmte, schabten ihre Nägel über ein straff gespanntes Material. Noch mehr Klebeband, und auch das, was sie daran hinderte, ihre angewinkelten Beine voneinander zu lösen, musste Klebeband sein.

Sie bäumte sich auf und stieß mit der Stirn gegen die Grenzen ihres engen Kerkers. Das Dröhnen nahm ab, und wie von unsichtbaren Händen wurde sie ein winziges Stück auf die Seite gedreht, ehe das Geräusch wieder an Lautstärke gewann, ein kurzes Aufheulen, und sie spürte einen Druck in der Magengrube, der ihr sonderbar vertraut vorkam. Sie rollte zurück in ihre ursprüngliche Position, der Druck ließ nach. Als sich der Vorgang wiederholte, dämmerte es ihr. Sie wälzte sich auf die Seite und presste die Wange gegen den sacht bebenden Untergrund. Kratziger Teppich, der nach Gummi und Öl roch. Ja, das war es! Sie war in einem Auto, gefangen im Kofferraum!

Ein blasser Funken Hoffnung glomm in ihr, da sie nun eine Vorstellung davon hatte, wo sie sich überhaupt befand. Er erstarb, als ihr die Bedeutung dieser Erkenntnis bewusst wurde: Er brachte sie fort, weit weg, um etwas Schreckliches mit ihr anzustellen, und die Fesseln und der Knebel waren erst der harmlose Auftakt.

Tränen stiegen ihr in die Augen. Aus nackter Angst, aber auch aus Zorn auf sich selbst und ihre Gutgläubigkeit. Verdammt, warum hatte sie kein Taxi genommen? Warum war sie auf sein Angebot eingegangen, sie nach Hause zu bringen? Sie hätte die Schuld auf die fünf oder sechs Wodka-Red Bull schieben können, die sie getrunken hatte. Vielleicht auch auf die Aussicht, der eigentlich todlangweilige Abend in der Scheunendisco hätte am Ende doch noch eine vielversprechende Wendung nehmen können. Auf die Vorfreude, morgen Kiki und Vanessa anzurufen und ihnen mitzuteilen, was für ein überraschend guter Fang ihr noch gelungen war, nachdem die beiden schon um halb eins die Segel gestrichen hatten.

Aber das war es alles nicht. Seine Augen waren schuld gewesen. Seine zuerst scheuen Blicke, die mit jedem Meter, den er sich an der Bar an sie herangetastet hatte, frecher geworden waren. Wie konnte sie nur so dumm gewesen sein, es für ein Zeichen freundlicher Aufmerksamkeit zu halten, dass er gleich einen Drink für sie parat hatte.

6

Ihr wurde mit einem Mal speiübel. Sie verkrampfte. Sie musste ihren Mageninhalt unbedingt bei sich behalten, denn wenn ihr das nicht gelang, würde sie ersticken, und obwohl ihr eine leise Stimme zuflüsterte, dass dies noch einen gnädigen Ausweg aus ihrer Situation darstellte, war sie nicht bereit, ihren letzten Funken Hoffnung auf ein gutes Ende aufzugeben. Vielleicht war doch alles nur ein grober, idiotischer Scherz? Und wenn nicht, dann würde vielleicht in letzter Sekunde doch noch jemand auftauchen, der ihr helfen konnte. Ein Spaziergänger, die Polizei, irgendjemand, bitte!

Ihre Angst schlug in wilde Panik um. Sie warf sich hin und her, und es gelang ihr irgendwie, sich so herumzuwälzen, dass sie gegen die Rückwand des Kofferraums prallte. Irr begann sie, daran zu kratzen, bis ihr ein Nagel abbrach. Der jähe Schmerz führte ihr die Sinnlosigkeit dieses Unterfangens vor Augen. Aus. Es war aus und vorbei. Jetzt rannen ihr die Tränen heiß über die Wangen.

Sie würde morgen Kiki und Vanessa nicht anrufen. Sie würde niemanden mehr anrufen. Sie würde sich auch nie mehr mit Papa darüber streiten, ob der Ausschnitt ihres Oberteils zu tief und sie viel zu aufreizend geschminkt war. Sie würde nie mehr darüber lachen, wenn Oma sie eindringlich warnte, sie solle darauf achten, bei dieser oder jener Party nicht ihre Würde zu verlieren. Sie würde nie mehr Mama damit vertrösten, nächste Woche ganz bestimmt damit anzufangen, Bewerbungen für eine Stelle als Arzthelferin zu schreiben. Sie würde sterben.

Plötzlich hielt der Wagen an, ihr Herz begann zu rasen, sie wimmerte, versuchte, um sich zu schlagen, zu treten, wand sich hin und her. Dann erstarrte sie. Das sanfte Zischen des Hydraulikgestänges am Kofferraumdeckel verschmolz mit einer fröhlich gestellten Frage: »Wollen wir spielen?«

# 1

Langes, blondes Haar, das unter einem Fahrradhelm hervorquoll. Blut, das den Schnee rot färbte. Weit aufgerissene Augen voller Schmerz und Verwunderung.

Die immer gleichen Bilder schossen Jule Schwarz durch den Kopf, wieder und wieder, wie eine Endlosschleife.

»Woran denkst du gerade?«, fragte sie der hagere Mann hinter dem Steuer, während er ohne Blinker die Spur wechselte, um einem Bus Platz zu machen, der sich aus einer Haltebucht zurück in den morgendlichen Berufsverkehr einfädelte.

»An das Meeting nachher«, log sie Klaus an.

»Ist es was Ernstes?« Er schlug den besorgten Ton eines Arbeitnehmers an, der befürchtete, seine Kollegin wisse schon, wem als Nächstes gekündigt würde.

»Im Gegenteil.« Sie hoffte, dass er nicht bemerkte, wie sie die Finger fester um den Haltegriff an der Beifahrertür schloss. »Wir wollen festlegen, wie viele neue Leute wir im Marketing brauchen.« Sie zwang sich, den Blick von der Straße abzuwenden, und richtete ihn auf die braungraue Fassade des Hauptbahnhofs. Sofort schlug ihr Herz schneller. »Mach dir mal keine unnötigen Sorgen. Der Laden brummt.«

Klaus atmete hörbar auf. Er war eben vorsichtig. Oder ein echter Hasenfuß, wie es viele der anderen Ingenieure aus seiner Abteilung ausdrückten. Jule störte das nicht. Genau genommen war es sogar der Grund, warum sie es überhaupt wagte, bei ihm im Auto zu sitzen.

Vor drei Monaten erst hatte sie auf Drängen ihres Thera-

8

peuten Klaus' Bitten und Betteln nachgegeben. Es stimmte ja auch, dass sie beide von der Fahrgemeinschaft profitierten. Klaus, der fast bei ihr um die Ecke wohnte, konnte jetzt davon träumen, dass er eines Tages während der kurzen Fahrt durch die Stadt den Mut fand, sie zu fragen, ob sie mal mit ihm ausging. Und sie konnte lernen, ihre Angst zu überwinden.

Am Anfang war es die Hölle für sie gewesen. Sie hatte gezittert und ein Zerren und Reißen in der Magengegend gespürt, wenn sie nur darüber nachdachte, in seinen kleinen Nissan zu steigen. Die ersten vier Wochen hatte sie jeden Morgen eine Bluse zum Wechseln in ihre Handtasche gepackt, weil sie nach der Ankunft im Büro immer riesige Schweißflecke unter den Armen hatte. Inzwischen konnte sie darüber fast schon schmunzeln. Zum Glück hatte sie nie jemand dabei erwischt, wie sie sich auf der engen Toilette umständlich wusch und umzog. Sie wäre vor Scham gestorben.

In dieser ersten Zeit musste Klaus sie für furchtbar schweigsam gehalten haben. All seine Versuche, ein zwangloses Gespräch zu beginnen, waren ins Leere gegangen. Oft hatte sie sich die Innenseite ihrer Unterlippe blutig gekaut und stumme Stoßgebete gen Himmel gesandt, wann immer er schneller als vierzig fuhr. Mittlerweile konnte sie immerhin kurz antworten, wenn er sich traute, etwas zu sagen.

»Soll ich das Radio anmachen?«

Jule erschrak, als seine rechte Hand sich vom Lenkrad löste. »Da vorne ist gelb!«, schrie sie und trat mit dem Fuß hart auf eine Bremse, die es gar nicht gab.

»Seh ich doch«, murmelte Klaus entschuldigend und ließ den Wagen vor der nächsten Ampel ausrollen. Eine Rotte Schulkinder hopste johlend über die Straße, und Jule rang mühsam den Drang nieder, die Handbremse anzuziehen. Für heute hatte sie Klaus genug verstört. Sie beließ es dabei,

9

sich rasch drei Mal am linken Ohrläppchen zu zupfen, eine der vielen kleinen Gesten, die ihr halfen, ihre Anspannung in belastenden Situationen abzubauen. Ihr entging nicht, dass er sie aus den Augenwinkeln beobachtete, und mehrere Male hüpfte sein vorspringender Adamsapfel auf und ab, als schluckte er eine Bemerkung hinunter.

Sie zwang sich zu einem Lächeln. »Das war nur ein kleiner Test von mir.«

»Test?«

»Für deine Reaktionszeit. Und du hast ihn bestanden, würde ich sagen. Mit Sternchen sogar.«

Klaus runzelte die Stirn.

Was sah er in ihr? Wahrscheinlich das, was die meisten in der Firma in ihr sahen. Die kühle Karrierefrau, die entschlossen ihren Weg ging. Die große Blonde, die penibel auf ihr Äußeres achtete und dem Vernehmen nach noch zu haben war, weil ihr niemand gut genug war. Darf ich vorstellen: Miss Perfect. Wann war sie nur so geworden? Früher hätte sie auf eine wie sie verächtlich herabgesehen, aber heute entsprach dieses Bild der Wahrheit. Jule hatte gelernt, die Verletzungen, die sie in sich trug, vor anderen zu verbergen. Es hatte schließlich niemanden zu interessieren, dass sie in ihrem Inneren ganz anders war. Jemand, der nie verwunden hatte, das Leben eines anderen Menschen ausgelöscht zu haben.

## 2

»Wir haben hier die einmalige Gelegenheit, etwas noch nie Dagewesenes aufzubauen.« Norbert Schwillmer hatte jenes gierige Funkeln in den Augen, das ihn für seine loyalsten

Mitarbeiter als Visionär auswies. Alle anderen hatten gelernt, es als Zeichen dafür zu deuten, dass ihnen gleich eine durch und durch wahnwitzige Idee als genial verkauft werden würde. »Ich nehme an, du bist da ganz bei mir, Jule.«

»Natürlich.« Jule hatte sich ihre Irritation über das überraschend abgesagte Marketing-Meeting nicht anmerken lassen. Als Schwillmer bei ihr angerufen hatte, um sie zu sich ins Büro zu bestellen, war sie ihrer üblichen Routine vor unangekündigten Terminen gefolgt: ein schneller Gang zur Toilette, ausgiebiges Händewaschen inklusive einer halben Minute kaltem Wasser über die Pulsadern, und noch ein rasches Nachziehen des Lidstrichs. So fühlte sie sich den unbekannten Anforderungen gewachsen, die auf sie zukamen. Was sie von dem Vieraugengespräch mit ihrem Chef genau zu erwarten hatte, stand allerdings in den Sternen. Das einzig Berechenbare an Schwillmers Führungsstil war schließlich seine Unberechenbarkeit. Die Zahl der festen Regeln, an die sich der Mann mit den grau melierten Schläfen und dem Pferdegesicht hielt, war äußerst begrenzt. Eine davon war die, unbedingt darauf zu bestehen, dass sich sämtliche Beschäftigten von Zephiron duzten. »Es gibt kein Sie im Wort Team«, begründete Schwillmer diese Maßnahme gern. Obwohl es ihr jedes Mal förmlich auf der Zunge brannte, hatte Jule bisher auf den Hinweis verzichtet, dass im Wort Team allerdings auch keine Spur von einem Du zu finden war.

»Schön.« Schwillmer lehnte sich in seinem Sessel zurück. »Sehr schön. Das wird eine tolle Sache. Ein ganz großes Ding.« Er fixierte sie ernst, und Jule tat ihm den Gefallen, als Erste zu blinzeln. Das war die zweite Konstante in seinem Geschäftsgebaren: billige Psychospielchen. Sogar sein Büro war unter diesen Gesichtspunkten eingerichtet: Sein monströser Schreibtisch stand direkt vor einer breiten Fensterfront, damit hinter ihm nichts war als das Panorama der wuchtigen Backsteinbauten der Speicherstadt. Als wollte Schwillmer jedem, der hier Platz nahm, mit diesen ehrwürdigen Zeugnissen des Hamburger Reichtums zeigen, dass es auf dem Windenergiemarkt im Allgemeinen und bei Zephiron im Besonderen nicht um Peanuts ging. »Von diesem Projekt hängt unsere Zukunft ab.«

»Was ist mit Andreas?«, fragte Jule und zupfte eine Falte aus dem Rock ihres stahlblauen Kostüms. »Ist er nicht dafür zuständig?«

Einen kurzen Moment schnitt Schwillmer eine mitleidige Grimasse, um gleich darauf seine Unschuldsmine aufzusetzen. »Jetzt ist Andreas auf jeden Fall nicht mehr dafür zuständig.«

Er rollte mit dem Sessel ein Stück nach vorne, wahrscheinlich, um ihre Beine näher im Blick zu haben. Jule störte sich nicht daran und beschrieb mit der Schuhspitze kleine Kreise, um ihre Beine noch mehr in Szene zu setzen. Die Erfahrung zeigte, dass es bei Neandertalern in Nadelstreifen besser war, seine Reize offensiv einzusetzen, anstatt sich den Ruf einer verklemmten Emanze einzuhandeln.

»Ich brauche doch meine beste Frau für dieses Projekt«, fuhr Schwillmer fort. »Alles andere wäre der pure Irrsinn.«

»Danke«, erwiderte Jule und bereitete sich innerlich auf den nächsten durchschaubaren Trick vor, den er sich in einem überteuerten Seminar für Mitarbeiterführung antrainiert hatte.

»Oder fühlst du dich damit überfordert?«

Da war er auch schon. Erst loben, dann sticheln. Jule kannte viele Frauen, die damit nicht umgehen konnten, weil sie sich ständig fragten, was die kleinen Spitzen sollten und ob damit irgendein ernst zu nehmendes Urteil über ihre Kompetenzen und Fähigkeiten verbunden war. Das war es selbstverständlich nicht. Es war bloß Dominanzgehabe, ein verbales Aufwerten der eigenen Männlichkeit.

Jule spulte die Reaktion ab, die in dieser Lage am zweckdienlichsten war. Sie lachte abschätzig auf und sagte: »Überfordert? Höchstens dann, wenn ich nicht deine volle Unterstützung dabei habe, Norbert.«

Schwillmer grinste breit, ganz der Freund kleiner Schmeicheleien. »Die hast du, Jule.« Er rüttelte an der Maus auf seinem Schreibtisch. »Ich habe Andreas angewiesen, alles, was du wissen musst, bei uns im Intranet abzulegen. Im Ordner ›Baldursfeld‹.« Es klickte zwei, drei Mal, ehe er zufrieden brummte. »Sieht so aus, als ob er wenigstens das hingekriegt hätte. Manche Leute machen aus dem letzten Mist noch Gold. Andreas gehört nicht dazu. Der macht aus echtem Gold den letzten Mist.«

»Wo liegt das Problem?«, fragte Jule.

»Darin, dass er es nicht fertiggebracht hat, einem Haufen Bauern zu erklären, dass sie sich glücklich darüber schätzen können, wenn wir den größten Windpark Deutschlands ausgerechnet in ihrem Kuhkaff bauen wollen.« Er zuckte die Schultern. »Dabei dachte ich, er kennt sich mit diesem Schlag Menschen aus.«

»Machen die Entscheidungsträger dort so einen Ärger?«

Schwillmer stand auf und ging zur Deutschlandkarte, die an der Wand rechts von seinem Schreibtisch hing und auf der die unterschiedlichen Projekte der Firma durch bunte Pins in Form kleiner Windräder markiert waren. Die meisten steckten im oberen Drittel. »Schau's dir doch an.« Seine Hand wischte knapp unter der dänischen Grenze auf und ab. »Da gibt es nichts außer Kühe, Schafe … und jede Menge verbohrte Fischköppe, die sich vor Fremden und Fortschritt fürchten. Das ist buchstäblich der Arsch der Heide.«

»Verstehe.« Die Heide lag zwar südlich von Hamburg, aber Jule korrigierte ihn nicht. »Bis wann müssen da die ersten Verträge stehen?«

»Bis gestern«, knurrte Schwillmer. »Wenn nicht bald

Schwung in die Sache kommt, war's das. Dass die Leute nach Fukushima immer noch nicht aufgewacht sind. Unglaublich.«

Jule setzte in voller Absicht eine nachdenkliche Miene auf, und dieses Mal war es ihr Chef, der die gewünschte Reaktion an den Tag legte. »Ich brauche dir wohl nicht zu sagen, dass sich dieser Außeneinsatz auch finanziell für dich lohnt. Das wird dich richtig weiterbringen.«

Sie nickte wissend. Wenn es doch auch nur so einfach gewesen wäre, endlich in ihrem Privatleben ein paar entscheidende Schritte nach vorn zu kommen.

»Und das ist noch nicht alles«, fügte Schwillmer gönnerhaft hinzu. »Mag zwar sein, dass dich das als Frau nicht so anmacht, aber du kriegst dafür selbstverständlich auch einen netten Dienstwagen.«

## 3

»Einen Dienstwagen?« Jule wurde heiß und kalt, und ihre professionelle Gelassenheit verwandelte sich in eine lähmende Beklemmung. Sie brachte es unter großen Mühen fertig, den dezenten Ring an ihrer linken Hand dreimal um den Finger zu drehen, wie sie es häufig tat, um etwas Zeit zu gewinnen, wenn ihre Angst sie zu überwältigen drohte. »Ich muss Auto fahren?«

Schwillmer lachte auf, als hätte sie ihm einen mittelguten Witz erzählt. »Logisch.« Er deutete wieder auf die Karte. »Wie willst du sonst da hinkommen? Da gibt's nicht mal eine Buslinie.« Seine hohe Stirn legte sich in Falten. »Oder hast du am Ende keinen Führerschein?«

»Doch, klar«, murmelte Jule und legte vorsichtig ihre

Hände ineinander, damit er nicht sah, wie sie zitterten. Sie konnte ihm unmöglich erklären, dass ihr Führerschein seit Jahren völlig unnütz eines der Kartenfächer in ihrem Portemonnaie besetzt hielt. Allein der Gedanke an eine Fahrt mit einem Dienstwagen schnürte ihr die Kehle zu und beschwor das Bild von blutigem Schnee in ihrem Gedächtnis herauf.

»Na also.« Schwillmer verschränkte die Arme vor der Brust. »Dann arbeitest du dich heute noch schnell ein und fährst gleich morgen mal da hin, ja?«

»Okay«, sagte Jule und spielte mit dem Gedanken, fristlos zu kündigen.

# 4

»Sie haben die Möglichkeit erhalten, Ihr Leben zu ändern. Zögern Sie jetzt nicht, sondern ergreifen Sie diese Gelegenheit beim Schopf und wachsen Sie an Ihren Herausforderungen.«

Bei jedem anderen Menschen, der ihr einen solchen Ratschlag erteilt hätte, hätte Jule nur gelacht. Nicht bei Lothar Seger. Im Kampf gegen ihre Angst hatte Jule bereits ein halbes Dutzend Therapeuten und Therapeutinnen verschlissen. Seger war der Erste, bei dem sie die Behandlung nicht nach maximal zehn Sitzungen enttäuscht wieder abgebrochen hatte. Ihre Freundin Caro hatte ihn ihr wärmstens empfohlen. Manchmal zahlte es sich aus, wenn die einzige enge Vertraute, die man noch hatte, ebenfalls Phobikerin war. Exphobikerin, um genau zu sein, und da Seger einer so komplizierten und chaotischen Person wie Caro den Kopf gerade gebogen hatte, hatte Jule sich gute Chancen ausgerechnet, dass er auch ihr Innenleben zumindest auf lange Sicht wieder auf Vordermann bringen würde.

Inzwischen werkelten sie und Seger schon seit fast einem Jahr gemeinsam daran, Jules Problem in den Griff zu bekommen. Ihm hatte sie es zu verdanken, dass sie mittlerweile wenigstens wieder als Beifahrerin in einem Auto sitzen konnte. Ein durchschlagender Erfolg, dessen Gründe hauptsächlich darin lagen, dass Seger anders war als seine Berufskollegen, mit denen Jule zuvor zu tun gehabt hatte. Er war weder abgehoben wie ihre erste Therapeutin – Typ Seidentuch und Bernsteinschmuck –, noch war er so ein blasser Charakter wie sein direkter Vorgänger, der die irritierende Angewohnheit gehabt hatte, wild mit den langen dünnen Fingern zu gestikulieren, während er mit seiner brüchigen Stimme etwas von kognitiven Dissonanzen salbaderte. Dank seiner platten Nase, seinem kurz geschorenen grauen Haar und seiner bulligen Statur erinnerte Seger eher an einen alten Preisboxer als an einen feinfühligen Psychotherapeuten. Jule gefiel diese Aura einer rücksichtslosen Zielstrebigkeit, auch wenn sie bezweifelte, dass man eine Phobie einfach so k. o. hauen konnte. Doch im Gegensatz zu ihren anderen Therapeuten war Seger jemand, dem sie das, was er ihr sagte, ansatzweise abkaufte. »Sie schaffen das, Jule«, munterte er sie weiter auf.

»Ich bin ewig nicht mehr gefahren«, gab sie zu bedenken und klappte nervös die Handtasche auf ihrem Schoß auf und zu.

»Das verlernt man nicht.« Die Strenge in seinen Worten hatte Jule zu fürchten gelernt, denn sie war oft mit unbequemen Wahrheiten verknüpft. »Tun Sie mir bitte einen Gefallen und suchen Sie nicht nach irgendwelchen albernen Ausreden. Wissen Sie noch, was Sie zu mir gesagt haben, als Sie das erste Mal hier auf diesem Stuhl gesessen haben?«

Sie nickte. »Dass ich wieder richtig funktionieren will.«

Deshalb hatte Jule sich auch für eine Verhaltenstherapie entschieden. Es mochte ja sein, dass sie in einer Psychoanalyse ihr Seelenleben umfassender und tiefgreifender ausgelotet hätte, doch darum ging es ihr nicht. Sie verfolgte lediglich die Absicht, sich in den Menschen zurück zu verwandeln, der sie vor dem Unfall gewesen war. In das lachende Mädchen, für das immer alles glattlief. Die Einser-Abiturientin, die sich nichts aus lernen machte und sich lieber mit ihren Freundinnen traf, um über Jungs zu sprechen. Nach außen hin führte sie auch nach dem Unfall ein glückliches Leben, in dem alles nach Plan lief. BWL-Diplom mit Nebenfach Jura in Rekordzeit und mit Auszeichnung. Einen Posten bei einem aufsteigenden Unternehmen in einem gesellschaftlich renommierten Industriezweig. Ein vorzügliches Gehalt, das es ihr erlaubte, einen großen Bogen um die H&Ms der Stadt zu machen und stattdessen in den Boutiquen am Jungfernstieg auf Shoppingtour zu gehen. Aber was zählten alle Errungenschaften, wenn man doch nur einen Wunsch hatte: eine zweite Chance. Noch einmal an jenem Tag aufwachen, an dem das Leben eine so schreckliche Wendung genommen hatte, um diesmal alles anders, alles richtig zu machen. »Und?«, fragte Seger. »Wollen Sie das immer noch? Funktionieren?«

## 5

Schweigen legte sich über das geräumige Therapiezimmer, das Seger mit allerlei sonderbaren Fundstücken von Antikflohmärkten ausgestattet hatte: einem ausgestopften Fuchs, einer Standuhr ohne Zeiger auf dem Ziffernblatt, einer Staffelei nebst unvollendetem impressionistischen Landschaftsgemälde, einer Tischleuchte aus einem Straußenei … Jule ließ lange den Blick über die Kuriositäten schweifen, weil sie sich vor dem fürchtete, was geschehen würde, wenn sie Segers Frage bejahte. Dann würde es keine Ausflüchte mehr geben.

»Jule …« Seger stützte die Arme auf der Platte seines Schreibtischs ab. »Seien wir doch ehrlich zueinander. Ihre Angst dreht sich nicht darum, dass Sie selbst durch ein Auto zu Schaden kommen könnten. Sie haben Angst davor, jemand anderen zu töten, sobald Sie wieder Auto fahren. Das ist etwas ungewöhnlich, und es ließe sich darüber streiten, ob wir hier nicht über die Spätfolgen eines Traumas reden. Ihre Angst hat Sie in den letzten Jahren einiges gekostet.« Er begann, Jules Einbußen an den Fingern abzuzählen. »Sie haben sich komplett von Ihren Eltern abgeschottet.«

Richtig. Ihre Eltern hatten nie verstanden, was der Unfall in ihr ausgelöst hatte, obwohl sie beide auf ihre jeweils eigene Art versucht hatten, ihr zu helfen. Ihr Vater mit langen Ausführungen über die glasklare rechtliche Situation des Hergangs, die Jule in ihrer Kaltblütigkeit angesichts des Verlusts eines Menschenlebens nachhaltig entsetzt hatten. Ihre Mutter in Form von ausschweifenden Predigten darüber, wie man es sich nun einmal nicht aussuchen konnte, welche Prüfungen einem Gott und das Schicksal auferlegten. Wie man nur darauf vertrauen musste, dass selbst das größte Leid in einem für Menschen leider nicht nachzuvollziehenden Plan letztlich trotzdem einen Sinn besaß. Beides wollte Jule nicht einleuchten, es kam ihr zu ungerecht und zu resignierend vor. Und als ihre Eltern eines Tages beschlossen hatten, Jule solle nun endlich wieder ihr Leben in die Hand nehmen, ihr ewiges Leiden sei nicht mehr mit anzusehen, war Jule kurzerhand von zu Hause ausgezogen. Seither lebte sie ganz auf sich gestellt und meldete sich kaum noch bei ihnen.

»Sie haben Probleme, eine funktionierende dauerhafte Partnerschaft zu führen.«

Ebenfalls richtig. Ihr letzter Freund hatte sich von ihr getrennt, weil sie bei seinem Vorschlag, doch endlich zusammenzuziehen, vollkommen ausgerastet war. Wie lange war das jetzt schon wieder her? Waren es wirklich schon fünf Jahre, seit Matze türenknallend auf Nimmerwiedersehen aus ihrem Leben verschwunden war? Das Einzige, was ihr von ihm geblieben war, war der blöde Ring, mit dem sie ständig spielte. Sie brachte es nicht übers Herz, ihn abzunehmen und in irgendeiner Schachtel zu verstauen oder gar wegzuwerfen. Vielleicht war das ein Ausdruck ihrer masochistischen Art, da sie sich damit wieder und wieder in Erinnerung rief, was für ein toller Mann Matze eigentlich gewesen war. Und welche Opfer sie auf sich nahm, um nach ihren eigenen Vorstellungen und Regeln Buße zu tun. Welches Recht hatte sie, jemals glücklich zu werden, da sie doch einem anderen Menschen genau diese Chance geraubt hatte?

»Sie tun sich schwer, ausreichend Vertrauen zu anderen aufzubauen, um mit ihnen auch nur ernsthaft befreundet zu sein.«

Treffer Nummer drei. Aber was konnte sie dafür, dass die meisten Menschen in ihrem näheren Umfeld eindimensionale Gestalten waren? Die würden sie doch fallen lassen, ehe sie zu Ende gesprochen hätte. Die Wahrheit über sich konnte sie solchen Leuten auf keinen Fall erzählen.

»Wollen Sie jetzt auch noch Ihre Karriere aufgeben?«

Nein, das wollte sie selbstverständlich nicht. Jule schluckte. Ihr Mund war so trocken, dass ihr die Zunge am Gaumen klebte. Sie kramte hektisch in ihrer Handtasche nach einem Bonbon, beendete die Suchaktion aber abrupt, straffte die Schultern und schaute Seger ins Gesicht: »Was, wenn es wieder passiert?«

Seger verschränkte die Hände hinter dem Kopf. Seine Augen verrieten, dass er genau wusste, warum sie diese Frage stellte. Es war schließlich nicht das erste Mal, und sie brauchte jetzt die beruhigende Wirkung, die in der Wiederholung unnachgiebig vorgetragener, vertrauter Argumente lag. »Statistisch gesehen ist es höchst unwahrscheinlich, dass Ihnen so etwas noch einmal zustößt. Erinnern Sie sich noch an die Artikel, die ich Ihnen zu Weihnachten mitgegeben habe?«

»Ja.«

»Na also.« Er schürzte die Lippen. »Wenn Sie S-Bahn- oder Lokführerin wären, müsste ich Ihnen etwas anderes sagen. Dann hätten Sie damit zu rechnen, dass sich ein solches Unglück für Sie wiederholt. Sie sind aber keine Lokführerin. Trotzdem bestehen da gewisse Ähnlichkeiten. So wie ein Lokführer nicht verhindern kann, dass sich jemand ausgerechnet vor seinem Zug auf die Gleise wirft, tragen Sie keine Schuld an dem, was damals gewesen ist. Hören Sie auf, die Verantwortung für das Handeln anderer übernehmen zu wollen. Angenommen, ich ziehe jetzt diese Schublade auf, hole eine Pistole heraus und schieße mir damit in den Kopf. Müssen Sie sich dann dafür Vorwürfe machen? Müssen Sie nicht. Es wäre meine Entscheidung, auf die Sie keinerlei Einfluss haben.« Er senkte die Stimme zu einem Raunen. »Jule, es war ein Unfall. Sie konnten nichts dafür. Übernehmen Sie das Projekt.«

Jule versuchte, tief durchzuatmen. Es fühlte sich an, als hätte sich eine stählerne Klammer um ihre Brust gelegt. »Es ist zu viel. Die Strecke ist zu weit.«

»Die Strecke zu Ihrem neuen Einsatzort?«, hakte Seger nach.

»Ja.«

Das Mitgefühl auf seinen groben Zügen milderte die Ironie in seinen nächsten Worten. »Raus mit der Sprache.

Wohin müssen Sie fahren? Über welche unvorstellbaren Dimensionen reden wir denn?«

»Odisworth. Knapp zwei Stunden.« Jule starrte auf das Ziffernblatt der Standuhr in der Ecke. »Das ist viel zu lange.«

Segers buschige Brauen hoben sich. »Odisworth?«

»Kennen Sie es?« Jule ergriff dankbar die Gelegenheit, das Thema von der eigentlichen Fahrt auf das Ziel zu wechseln. »Sind Sie schon einmal da gewesen?«

»Nicht ablenken, Jule, ja?«, rügte Seger sie. »Okay«, sagte er ruhig. »Ich kann Ihnen Ihre Entscheidungen letztlich nicht abnehmen. Ich kann Ihnen nur meine persönliche Einschätzung geben, ob Sie in der Lage sind, die nächste Hürde auf Ihrem Weg zu nehmen. Und das sind Sie. Denken Sie immer daran, welchen Merksatz wir schon ganz am Anfang entwickelt haben.«

»Mach ich«, entgegnete Jule ausweichend.

»Sagen Sie es«, forderte er sie auf. »Sprechen Sie es aus.«

Jule tat ihm den Gefallen. »Meine Angst gehört zu mir, aber ich bin nicht meine Angst.«

»Wenn wir uns das nächste Mal sehen«, sagte Seger zufrieden und stand auf, »haben Sie den unumstößlichen Beweis, dass diese These stimmt.«

»Entweder das«, dachte Jule, als sie ihm die Hand schüttelte. »Oder ich habe noch jemanden auf dem Gewissen.«

# 6

Odisworth.

Ein Ort, den Lothar Seger am liebsten vergessen hätte. Zu viel Schmerz war damit verbunden. Dieser Ort war das

Sinnbild dafür, dass selbst ein Mann wie er – ein Mann, der nach außen hin ganz in seiner Rolle als Helfer und Heiler aufging – nicht davor gefeit war, grausame Fehler zu begehen, die sich nicht mehr rückgängig machen ließen, ihn für den Rest seines Lebens quälen würden und die dem Tod Tür und Tor öffneten.

Er blieb lange sitzen, nachdem Jule Schwarz sein Behandlungszimmer verlassen hatte, den Kopf in die Hände gestützt, die Augen geschlossen. Hätte er sie warnen sollen? Wäre das nicht sogar seine Pflicht gewesen? Vielleicht, aber wie konnte er dieser Frau, die sich Hilfe suchend an ihn gewendet hatte, um ihre Angst zu besiegen, etwas anvertrauen, das nur noch schlimmere Ängste in ihr auslösen würde? Etwas, worüber er nicht einmal mit dem Menschen sprach, der als später Segen in sein Leben getreten war und dem er ansonsten mit radikaler Offenheit begegnete?

Odisworth.

Sie war aus Odisworth gekommen, und nun war sie fort. Manchmal – wenn er allein war oder kurz vor dem Einschlafen – hörte er immer noch ihre Stimme. Ganz klar, als würde sie direkt hinter ihm stehen oder neben ihm liegen. Als bräuchte er sich nur umzudrehen, um sie zu sehen, oder nur die Hand auszustrecken, um sie zu berühren. Doch jedes Mal ging seine Hand ins Leere.

Odisworth.

Er war lange nicht mehr dort gewesen, aber er wusste, dass er dorthin zurückkehren würde. Er musste zurückkehren.

Er nahm den Kopf hoch und schaute auf den Stuhl, auf dem Jule Schwarz gesessen hatte. Auf dem auch *sie* gesessen hatte. »Es tut mir leid«, flüsterte er in die anklagende Stille hinein. »Es tut mir so unendlich leid.«

Er zog die Schublade an seinem Schreibtisch auf, in der er

jenen winzigen Teil von ihr aufbewahrte, den sie bei ihm zurückgelassen hatte und in dem er immer wieder aufs Neue Trost und Grauen zugleich fand.

Sie war fort. Er hatte sie umgebracht.

# 7

»Das hat er gesagt?« Caro machte ein grimmiges Gesicht und zupfte an einer Strähne ihres langen glatten Haars.

»Ja. Ich soll ruhig meine kleinen Spielchen mit ihm treiben.« Jule nippte nickend an ihrem Rotwein und zeigte auf die Stereoanlage, die in Zeiten von iPods noch rückständiger wirkte, als sie es bestimmt auch schon vor zehn Jahren getan hatte. »Können wir das leiser drehen? Sei mir nicht böse, aber ich habe es satt, bei meiner Beichte gegen tibetanische Mantras anzuschreien.«

»Mongolischer Kehlgesang«, berichtigte sie Caro und stampfte auf ihrem Weg zur Anlage einen Rhythmus auf den Dielen. Das sonderbar schallende Lärmen – wie wenn ein zu großes Kind mit tief verstellter Stimme durch eine Klopapierrolle brabbelte – wurde zu einem gerade noch erträglichen Hintergrundgeräusch reduziert.

»Ja, ja, der Lothar«, sinnierte Caro und zündete ein frisches Räucherstäbchen an. Sie nannte Seger immer beim Vornamen, und Jule vermutete insgeheim, dass die beiden einmal mehr als nur Therapeut und Patientin gewesen sein mussten – oder es vielleicht sogar immer noch waren. Auf entsprechende Erkundigungen hatte Caro bisher immer nur mit einem geheimnisvollen Lächeln reagiert.

»Er ist schrecklich schlau und furchtbar direkt. Aber seine Sache macht er trotzdem super. Nicht wahr, Schatz?«

Caro redete mit ihrer Vogelspinne Thekla, die in einem Glasterrarium über der Wohnzimmerheizung hauste.

Jule gab sich keinerlei Illusionen hin. Caro war ziemlich versponnen, aber nichtsdestotrotz ungemein liebenswert. Jule hatte keinen Zweifel daran, wie sich Caro entwickeln würde: In vierzig oder fünfzig Jahren würde sie die nette, aber leicht verschrobene Tante aus der großen Stadt sein, die bei Hochzeiten und Taufen allen anwesenden Gästen aus dem Kaffeesatz, der Hand oder sonst irgendetwas las. Jule wünschte sich, sie hätte auch nur den Hauch einer Ahnung, wie es um ihre Rolle im Alter bestellt war.

»Was guckst du so traurig?« Caro legte den Kopf schief. »Was ist denn los?«

»Ach nix.« Jule schielte rasch zur hohen Decke der Altbauwohnung hinauf. Ihr war zum Heulen zumute. »Nix.«

Caro kniete sich neben sie und streichelte ihr sanft das Knie. »Ist es wegen morgen?«

»Kann sein«, murmelte Jule.

»Das ist doch toll, dass dich deine Firma da rausschickt.« Caro wand ihr das Glas aus der Hand und schenkte großzügig nach. »Ein bisschen wie Nachhausekommen. Willkommen im Nirgendwo, wo noch echte Männer in Gummistiefeln und Parka unterwegs sind.«

Jule gestattete sich ein zaghaftes Lächeln. Caro hatte ja recht. Sie hatten beide ein vergleichsweise trostloses Jugenddasein im Speckgürtel gefristet, der sich rings um Hamburg zog – Jule in Pinneberg, und Caro, die es noch schlimmer getroffen hatte, ausgerechnet in Buxtehude. Aus der Perspektive eines waschechten Hamburgers hätten sie genauso gut aus der finstersten Einöde stammen können. Aus Mecklenburg-Vorpommern. Oder eben aus Nordfriesland, wo jetzt dieser Windpark gebaut werden sollte.

»Du wirst schon sehen. Das wird halb so schlimm, wie du denkst«, sagte Caro. »Und Lothar hat dir doch auch grünes

Licht für einen Start in eine echt positive neue Lebensphase gegeben, oder?«

»Hm«, machte Jule bloß. Sie wollte nicht über das reden, was ihr morgen bevorstand.

»Weißt du, was?«, fragte Caro.

»Was?«

»Ich leg dir die Karten, Mäuschen.«

»Muss das sein?« Jule verzog das Gesicht. »Mir ist ehrlich gesagt gerade nicht nach Blicken in die Zukunft.«

»Klar.« Caro vollführte eine wegwerfende Geste. »Kann ich verstehen. Wo in deiner Gegenwart doch momentan alles so rosig ist.«

Jule funkelte Caro an. Was gab es dazu zu sagen?

Caro spitzte die Lippen und trommelte mit den Fingerspitzen auf dem Couchtisch. »Okay, genug von heiklen Themen, Schwester Oberin. Soll ich dir nun die Karten legen oder nicht?«

# 8

»Augen zu!«, mahnte Caro.

»Ja, ja.« Jule hatte sich in ihr Schicksal ergeben. Wenn sie nicht von der halben Flasche Wein beschwipst gewesen wäre, hätte sie vielleicht mehr Gegenwehr gezeigt. »Ich hab die Augen doch zu.«

Caro, die auf der anderen Seite des Couchtischs im Schneidersitz hockte, fasste nach Jules Hand und führte sie zum Kartenstapel. »Zieh eine.«

»Und jetzt?«

»Jetzt drehst du sie um und legst sie hin.«

Der Kartenrand schabte über die Rillen im Tischläufer.

»Kann ich die Augen wieder aufmachen?«, fragte Jule ungeduldig.

»Noch nicht«, meinte Caro hastig. »Erst, wenn ich es dir sage.«

Jule seufzte. Die flackernde Flamme der dicken roten Kerze, die Caro angezündet hatte, tanzte als heller Schemen auf der Innenseite ihrer Lider.

Ein Rascheln ließ Jule aufhorchen. Was war das? Thekla in ihrem Terrarium? Eigentlich waren Spinnen traditionell doch eher leise Tiere. Außerdem hatte Jule den Eindruck, dieses Rascheln schon öfter gehört zu haben.

»Augen auf«, befahl Caro. »Das bist du.« Sie tippte auf die Karte, die Jule gezogen hatte. Vor einer wogenden See war eine Frau in blauen Roben abgebildet, die eine Krone mit geschwungenen Hörnern auf dem Kopf hatte und eine altertümliche Schriftrolle auf dem Schoß hielt. »Die Hohepriesterin.«

»Vielen Dank.«

»Du musst das schon ein bisschen ernst nehmen, ja?«, beschwerte sich Caro.

»Ist das eine gute oder eine schlechte Karte?«

»Sie liegt aufrecht«, erläuterte Caro. »Das ist schon mal nicht schlecht. Es bedeutet, dass du eine Frau mit einem hohen Maß an Intuition bist, die sich darum bemüht, in jeder schwierigen Situation immer beide Seiten zu sehen und zu berücksichtigen.«

»Okay.« Damit konnte sich Jule gut arrangieren. Sie besaß in geschäftlichen Dingen tatsächlich ein gewisses Verhandlungsgeschick, und welche Frau würde sich dagegen verweigern, als besonders intuitiv bezeichnet zu werden? »Das fängt doch passabel an.«

»Das Tarot lügt nie«, wisperte Caro. »Augen zu!«

Jule zog die nächste Karte und legte sie auf Caros Anweisung neben die erste. Wieder raschelte es, doch diesmal war das leise Geräusch von einem ungeduldigen hohen Summen begleitet, das Caro von sich gab.

»Alles klar?«, fragte Jule.

»Scht!«

Das Rascheln erklang zum dritten Mal.

Was trieb Caro da nur?

»Das ist deine Vergangenheit«, erklärte Caro.

Jule schlug die Augen auf.

»Der Wagen.« Ehrfurcht schwang in Caros Stimme mit.

Jule betrachtete das Kartenmotiv: zwei Pferde – eines schwarz, das andere weiß – zogen einen Streitwagen, auf dem ein Zepter schwingender Jüngling stand. »Das mit der Vergangenheit ist aber falsch.«

»Wieso?«

»Der Wagen liegt doch in meiner Zukunft.« Sie dachte an den morgigen Tag und drückte ihren Daumennagel fest gegen die Kuppe ihres Zeigefingers, ein weiterer kleiner Trick, um die Furcht zu unterbinden, die in ihr aufwallte.

Beinahe beleidigt schob Caro die Unterlippe vor und blies in einem scharfen Atemstoß durch ihre blonden Pony-fransen. »Willst du behaupten, Autos oder Wagen hätten in deiner Vergangenheit keine besondere Rolle gespielt?«

»Doch, schon«, sagte Jule gedehnt. Ein Leugnen wäre sinnlos gewesen: Caro kannte sich in ihrer Vergangenheit ungefähr genauso gut aus wie ihr Therapeut.

»Natürlich ist das deine Vergangenheit.« Sie rasselte die Bedeutung der Karte herunter. »Du hast eine unerschütter-liche Willenskraft gezeigt und einen Kampf aufgenommen, den du gewonnen hast. Obwohl du manchmal in zu starren Bahnen denkst.«

Jule zwang sich, nicht den Kopf zu schütteln. Gerade hatte die Befragung der Karten doch noch ergeben, dass sie flexible Lösungen für komplizierte Probleme fand. »Der echte Kampf kommt aber erst morgen.«

Caro hatte weitaus weniger Hemmungen, energisch den Kopf zu schütteln. »Quatsch. Sonst hätte Lothar nicht gesagt, du wärst wieder so weit, selbst Autofahren zu können, und dein Chef hätte dir nicht dieses Projekt angeboten. Du hast schon deinen großen Triumph errungen. Lass uns weitermachen.«

Beim dritten Anlauf wurde Jule schlagartig klar, warum ihr das mysteriöse Rascheln derart bekannt vorkam. »Blätterst du da unter dem Tisch in einem Buch rum?«

»Was?«

»Spiel nicht die Unschuldige.« Um ihre Freundin nicht vollends bloßzustellen, hielt Jule die Augen höflich geschlossen. »Du hast da ein Buch, oder?«

»Und wenn?«, gab Caro zurück. »Es geht nicht darum, was man selbst weiß. Es geht nur darum, dass man weiß, wo alles Wichtige steht.«

»Ach so.« Jule grinste. »Muss ich trotzdem die Augen zulassen?«

»Absolut. Das schärft die inneren Sinne und …« Caro stockte.

Jule fand, dass ihre inneren Sinne scharf genug waren. Sie wollte sehen, was Caro die Sprache verschlagen hatte. Offenbar musste es die dritte Karte gewesen sein: Aus einem brennenden Turm, in den zu allem Unglück auch noch der Blitz einschlug, sprangen zwei schreiende Menschen in die Tiefe. »Sag bitte nicht, dass das meine Zukunft ist.«

»Nein, nein.« Caro nahm die Karte und schob sie unter die Frau in Blau. »Das ist das Hindernis, das du überwinden musst.«

Jule gestand sich ein, dass diese Neuanordnung besser passte. Auf einer symbolischen Ebene waren Türme und Windräder nicht sonderlich weit voneinander entfernt. »Was weiß dein schlaues Buch über diese Karte?«, fragte sie.

»Der Turm versinnbildlicht Chaos und Krisen«, sagte Caro zaghaft.

»Na toll.«

Caros Hand schoss vor, und schon stand der Turm auf dem Kopf. »So rum ist es aber richtig klasse. Eine chaotische, aber total aufregende Zeit.«

Jule schmunzelte. Caro ging mit dem Tarot um wie mit einem Kasten Lego. Sie war bereit, die Karten so lange neu zu arrangieren, bis sie so lagen, dass Jule die meiste Zuversicht schöpfen konnte. Caro war eben ein echter Goldschatz, und weil das so war, machte Jule bei der nächsten Karte gern wieder die Augen zu. Beim obligatorischen Rascheln glückste sie leise. Schade, dass sie Caro nicht auf Westentaschenformat verkleinern und morgen als Glücksbringer mitnehmen konnte.

Die vierte Karte durfte überraschenderweise an dem Platz bleiben, an den Jule sie legte – unmittelbar über die Priesterin. Ein Mann, der kopfüber an einer Schlinge vom Ast eines knorrigen Baums hing.

»Das ist die Hilfe, die du bei der Lösung deines Problems erfährst. Der Gehängte lächelt so entrückt, weil er verborgenes Wissen hütet – Wissen, das er an dich weitergeben wird.« Caro zog einen losen Faden aus dem Saum des Tischläufers. »Eine musst du noch«, drängte sie.

Bei der letzten Karte fiel das Rascheln sehr lang aus, und nach einem Grummeln von Caro tanzte der Schemen der Kerzenflamme besonders schnell hin und her, ganz so, als hätte Jules Wahrsagerinnenersatz zwischendurch mit den Armen gewedelt. Dafür sprach auch die süßliche Patschuliwolke, die Jule ins Gesicht wehte. »Stimmt was nicht?«

»Guck mal!« Caro klatschte vor Begeisterung tatsächlich in die Hände. »Ich hab's gewusst!«

Auf der Karte, die für Jules Zukunft stand, breitete ein

Engel die Schwingen über einem nackten Pärchen aus, das einander verträumt in die Augen blickte.

»Das sind die Liebenden!«, sagte Caro glücklich.

»Heißt das das, was ich denke?«, fragte Jule.

»Was denn sonst?« Caro griff unter den Tisch, holte ein dünnes Taschenbuch darunter hervor und warf es zu Jule auf die Couch. »Oder musst du das wirklich nachlesen? Nur zu.« Sie stand auf, sagte noch eilig: »Ich muss mal!«, und verschwand aus dem Zimmer.

Jule beugte sich nach vorn und betrachtete das ausgelegte Kreuz, das ein wenig in Unordnung geraten war, weil der Tischläufer eine Falte geworfen hatte. Sie zog den Stoff glatt und stutzte. Unter dem Saum schaute die Ecke einer Karte hervor, die mit dem Motiv nach unten dalag.

»Diese alte Betrügerin«, murmelte sie und drehte die Karte um. Sie bereute es noch in derselben Sekunde.

## 9

Caro lag auf dem Bauch, den Kopf zur Seite gedreht, eine Hand auf Lothars dicht behaarter Brust. Das wohlige Gefühl völliger Entspannung, das sich ansonsten bei ihr einstellte, wenn sie mit ihm im Bett landete, war heute unerwartet ausgeblieben. Sie genoss den Sex mit ihm eigentlich sehr, weil er keinerlei Ansprüche an sie stellte. Keine unnötigen Verrenkungen, keine hektischen Stellungswechsel, keine unangekündigten Versuche, etwas Neues auszuprobieren, das er in irgendeinem Porno gesehen hatte. Sie konnte üblicherweise einfach nur daliegen und sich rücksichtsvoll und behutsam verwöhnen lassen. Diesmal hatte sie jedoch das wenig schmeichelhafte Gefühl gehabt, er wäre nicht ganz bei der Sache gewesen. »Was denkst du gerade?«, fragte sie.

Sein Kopf war tief ins Kissen gesunken, weil er seit ein paar Minuten schweigend zur Decke hinaufsah. »Ich denke an Jule.«

»Na, vielen Dank!« Sie zog beleidigt an einem seiner Brusthaare, aber selbst diese unsanfte Behandlung brachte ihn nicht dazu, sich zu rühren.

»Es ist wegen morgen«, sagte er leise.

»Aber du hast doch zu ihr gemeint, sie würde das problemlos schaffen.«

Lothar nickte stumm.

Caro stützte sich auf die Ellbogen und rutschte noch ein Stück dichter an ihn heran, bis ihre nackte Brust gegen seinen Arm stieß. »Sag mal, hast du dir um mich auch so viele Gedanken gemacht, als ich bei dir in Therapie war?«

Er griff nach dem Glas Scotch auf dem Nachttisch. »Fragst du das aus echtem Interesse oder aus Eifersüchtelei?«

Caro nervte es, wenn er eine Frage an ihn in eine Frage an sie verwandelte, aber sie war inzwischen lange genug mit ihm zusammen, um sein Signal zu deuten. Er wollte gerade nicht über sich reden, was häufiger vorkam. »Okay, sprechen wir über Jule, wenn dir das lieber ist. Soll ich dir was Blödes verraten?«

»Wenn du möchtest …«

»Ich habe ihr vorhin die Karten gelegt.« Sie schmiegte sich noch enger an ihn, weil sie trotz der Decke, in die sie sich von den Hüften abwärts eingewickelt hatte, plötzlich zu frieren begann. »Ich habe geschummelt. Eine Karte hat mir nicht gefallen.«

»Welche denn?«, fragte Lothar, der sich stets weitaus weniger zierte als Jule, wenn Caro das Tarot für ihn befragen wollte.

Caro seufzte. »Es war der Tod.«

Sie versuchte, möglichst unbedarft zu klingen, und schrak umso mehr vor dem Zittern zurück, das mit einem Mal durch seinen gesamten Körper lief. Er schlug seine Decke zurück und setzte sich auf.

»Lothar?«, fragte sie besorgt.

Er schien sie nicht zu hören. Das Whiskyglas rutschte ihm aus den Fingern und zersprang auf den Dielen.

»Lothar!«

Bis sich Caro aus ihrer Decke befreit hatte, war er schon auf dem Flur. Die Badezimmertür schlug zu.

Caro hastete ihm hinterher und rüttelte an der Klinke. Er hatte sich eingeschlossen.

»Lothar? Alles in Ordnung?«

Sie bekam keine Antwort. Sie lauschte an der Tür, und als sie begriff, was da an ihr Ohr drang, zitterten ihr die Knie: leise klatschende Schläge, ein kratzendes Knirschen.

Als offenbar etwas zu Bruch ging, bückte sich Caro und spähte durch das Schlüsselloch. Lothar stand vor dem Waschbecken und drosch mit beiden Fäusten wieder und wieder auf den Spiegel darüber ein. Scherben rieselten ins Waschbecken.

Caro schoss in die Höhe und trommelte gegen die Tür. »Mach auf! Mach sofort die Tür auf!«

Beim dritten »Mach auf!« verstummten die Schläge.

Sie wich einen Schritt zurück, der Schlüssel klackte im Schloss, die Tür schwang auf.

Lothar schaute sie einen Moment an, als wäre sie eine Fremde. Er hatte die blutenden Hände halb erhoben, die Knöchel waren mit kleinen Scherben gespickt.

All ihre Instinkte trieben Caro dazu an, vor diesem Mann, diesem Irren, diesem Monster zu fliehen, aber ihre Beine gehorchten ihr nicht. Sie war sicher, dass er nun genau so auf sie einprügeln würde, wie er eben noch auf sein Spiegelbild eingeprügelt hatte.

Stattdessen blinzelte er einmal und taumelte nach vorn, um sie in die Arme zu schließen.

»Caro! O Gott, Caro!«, raunte er an ihrem Ohr.

Caro spürte seine Hände auf ihren Schulterblättern, warm und nass, als er sie enger an sich presste, als er es je zuvor getan hatte.

# 10

Wie ein schwarzes Raubtier, das schon zum Sprung auf seine Beute geduckt war, stand es auf dem Firmenparkplatz. Keiner der anderen Fahrer, die ihren Wagen hier abgestellt hatten, schien sich dichter als zwei Plätze an die lauernde Bestie herangewagt zu haben.

Jule tastete in ihrer Manteltasche nach dem Schlüssel. Beim puren Anblick des BMW – eines der größeren Modelle mit Stufenheck – krampfte sich ihr Magen zu einem harten Klumpen zusammen. Der Wagen löste eine Mischung aus Ehrfurcht und Grauen in ihr aus, wie sie auch Leute verspüren mochten, die sich bei einer Wanderung durch den Wald urplötzlich einem Keiler gegenübersahen. Diese Leute konnten allerdings einfach ruhig stehen bleiben, bis das Tier das Interesse verlor und davontrottete. Jule hingegen musste weitergehen.

Die Blinker leuchteten auf, und ein kurzes Klacken hallte über den Parkplatz, als sie den Knopf am Schlüsselanhänger drückte, der die Türen entriegelte. Jule kam es vor, als wollte sie das Auto davor warnen, sich ihm zu nähern.

»Meine Angst gehört zu mir, aber ich bin nicht meine Angst«, flüsterte sie. Das Mantra verlieh ihr genügend Kraft, um auf den BMW zuzugehen und die Fahrertür zu öffnen. Die Leuchte über dem Rückspiegel erhellte den Innenraum, der nach Kunstleder und den Resten eines herben Aftershaves roch.

Jule zählte stumm bis drei und kletterte umständlich hinter das Steuer. Die erste Hürde war genommen. Sie zog die Tür zu, schloss die Augen und lehnte sich im angenehm weichen Sitz zurück, bis sie mit dem Nacken gegen die Kante der Kopfstütze stieß. Sie zupfte an ihrem Ohrläppchen und hörte erst damit auf, als es unter ihren Fingerspitzen ganz heiß geworden war. Sie wartete, bis ihr Herz nicht mehr ganz so heftig pochte, und streckte blind die Arme nach dem Lenkrad aus. Die Geräusche von draußen waren stark gedämpft, und sie gab sich eine Weile der Einbildung hin, das Rauschen des Verkehrs auf der Straße wäre das Wogen von Wellen, die zärtlich gegen einen traumhaften Strand brandeten.

Sie öffnete die Augen und sah sich um. Das Handschuhfach war aufgeklappt. Merkwürdig. War es vorhin schon offen gewesen, und sie hatte es nur übersehen? Oder war es aufgegangen, als sie die Tür zugezogen hatte? Egal. Sie schloss es. Sie streifte den Schulterriemen ihrer Laptoptasche ab und verstaute sie im Fußraum vor dem Beifahrersitz. Na also. Sie hatte alles unter Kontrolle.

Es war Zeit, das Versprechen einzulösen, das sie Caro gestern Abend noch gegeben hatte. Ob sie sie auf die ausgetauschte Karte hätte ansprechen sollen? Wozu? Das Tarot war doch ohnehin Humbug. Und hatte sie außerdem nicht eigens rasch in dem Buch, das Caro ihr hingeworfen hatte, nachgeschlagen, was darin zu der Karte zu finden war? »Der Tod steht nicht für einen physischen Tod, sondern vielmehr für eine psychologische Transformation oder einen einschneidenden Wandel im Leben.« Beides war besser als das, was sie zuerst befürchtet hatte.

Sie packte den kleinen Anhänger aus, den Caro ihr zum

Abschied geschenkt hatte. Ein silberner Reif, von dem eine winzige türkis gefärbte Feder baumelte, umschlossen von einem dichten Gespinst aus dünnen Fäden. »Ein Traumfänger«, hatte Caro mit leuchtenden Augen erklärt. Als ob Jule noch nie zuvor in ihrem Leben einen gesehen hätte! »Die amerikanischen Ureinwohner glauben, dass er böse Geister abwehrt. Eigentlich hängt man ihn im Schlafzimmer vors Fenster, aber ich denke mal, er hilft auch bei einer Windschutzscheibe.«

Jule brachte das alberne Ding am Rückspiegel an. Schaden konnte es nicht. Noch dazu hatte es etwas von einem Ritual, und wie Seger erläutert hatte, brauchte sie Rituale. Ihr Alltag war voll davon: Wenn sie sich die Zähne putzte, fing sie oben links bei den Backenzähnen an und arbeitete sich mithilfe einer festgelegten Zahl von Bürstvorgängen nach rechts unten voran. Sie legte sich jeden Abend die Kleider zurecht, die sie morgens anzog: erst die Socken und die Unterwäsche, dann die Hose und das Oberteil. Nach der Ankunft im Büro trank sie erst einen Kaffee – ein Schuss Milch, zwei Stücke Zucker –, checkte ihre E-Mails und besuchte anschließend in einer fest zementierten Reihenfolge eine Serie von Websites: Spiegel online, die FAZ, das Handelsblatt. Ihr Denken und Handeln in immer gleichen Abläufen zu organisieren, war es, was sie aufrecht hielt und ihr half, einen geregelten Alltag zu führen. Jule schnippte den Traumfänger an, atmete tief durch und machte sich mit dem Cockpit des BMW vertraut. Tacho und Drehzahlmesser glotzten ihr entgegen wie zwei riesige Augen. Dazwischen erstrahlte rot in eckigen Ziffern die aktuelle Uhrzeit. 16:27. Sie hätte ihre Fahrt nach Odisworth vielleicht früher antreten sollen, doch sie hasste es, unvorbereitet in einen Termin zu gehen. Daher hatte sie erst gründlich alles durchgeforstet, was ihr Andreas nach seiner Absetzung als Projektleiter an Daten und Materialien zum Thema Baldursfeld hinterlassen hatte. Ihr Chef hatte recht: Das Projekt steckte in einer Sackgasse, da die nordfriesischen Dorfbewohner sich offenbar vehement gegen jeden Fortschritt stemmten. Aus der 27 wurde eine 28. Um sieben musste sie in Odisworth sein. Kein Grund zur Sorge.

Sie fasste nach dem Drehknopf in der Mittelkonsole, mit dem sich Navi und Radio bedienen ließen. Noch als sie sich fragte, wie sie die Elektronik zum Leben erwecken konnte, schaltete sich im Armaturenbrett das Display ein. Komfortabel. Sie stellte fest, dass der Klumpen in ihrem Bauch deutlich weicher wurde, während sie die Zieladresse eingab. Das Drehen und Klicken und die prüfenden Blicke zum Display, wo die verschiedenen Menüfenster erschienen, fühlten sich ein wenig so an, als säße sie oben im Büro am Rechner. Trotzdem brauchte sie mehrere Anläufe, bis das Navi die Route berechnete. Es schien fast ein Eigenleben zu haben und immer wieder auf alte Adressen zurückspringen zu wollen.

»Biegen Sie rechts ab«, sagte schließlich eine kühle, aber nicht unfreundliche Frauenstimme. Schön. Es war, als säße sie nicht allein in diesem monströsen Wunderwerk der Technik. Um dieses positive Gefühl zu verstärken, schaltete Jule auch das Radio ein und suchte nach einem Infosender, in dem rund um die Uhr über dieses oder jenes Thema geredet wurde. Am liebsten hätte sie die Musikfetzen, die mit der Sendersuche verbunden waren, komplett ausgeblendet. Das Gedudel war schlecht. Ein extrem hartnäckiger Teil ihres Gedächtnisses, der für ihre schlimmen Vorwürfe an sich selbst zuständig war, hatte nie aufgegeben, sie daran zu erinnern, dass der Unfall womöglich nicht passiert wäre, wenn sie mehr auf die Straße und weniger auf die Musik geachtet hätte. Jule hatte das Stück nie vergessen, das gelaufen war. Vielleicht auch deshalb, weil sein Titel dem Vorfall zu spotten schien: ›My Immortal‹. Was für ein Schwachsinn.

Niemand war unsterblich. Schon gar nicht das Mädchen, das sie voll erwischt hatte und das dann von der Wucht des Aufpralls durch die Luft geschleudert worden war wie eine Lumpenpuppe.

Jule bediente sich ihres Kniffs mit Daumennagel und Zeigefingerkuppe, um die üblen Gedanken auszutreiben, und seufzte erleichtert, als aus den Lautsprechern endlich keine faden Melodien, sondern der sonore Bariton eines Mannes erklang, der sich für die Einführung eines bedingungslosen Grundeinkommens einsetzte.

Sie schnallte sich an und stellte die Spiegel ein.

»Meine Angst gehört zu mir, aber ich bin nicht meine Angst.«

Sie kramte den Schlüssel aus der Manteltasche.

»Meine Angst gehört zu mir, aber ich bin nicht meine Angst.«

Sie trat die Kupplung durch und legte den ersten Gang ein. Seger hatte nicht gelogen: Manche Dinge verlernte man nie.

»Meine Angst gehört zu mir, aber ich bin nicht meine Angst.«

Den Blick eisern nach vorn gerichtet, wollte sie den Schlüssel ins Zündschloss stecken und stutzte. Da war kein Zündschloss. Sie neigte den Kopf zur Seite, um unter das Lenkrad zu spähen. Nichts. Verdammt! Wie ging die Karre an?

Im oberen Drittel der Mittelkonsole, direkt neben den Lüftungsschlitzen entdeckte sie einen Knopf von der Größe eines Zwei-Euro-Stücks mit der Aufschrift »Start/Stop Engine«. Aha. Was Autos anging, war sie also auch nicht besser als die Leute in Odisworth, denn sie hatte noch nicht einmal davon gehört, dass man einen Wagen inzwischen auch per Knopfdruck starten konnte.

Sie streckte den Finger aus. Und für einen Wimpernschlag

hatte Jule das Gefühl, als hörte sie schon das sanfte Grollen des Motors, noch bevor sie den Knopf gedrückt hatte.

# 11

Der Anruf ging um 16:31 ein – nicht über den Notruf, sondern über den gewöhnlichen Anschluss der Polizeiwache Joldebek. Polizeiobermeister Björn Hinrichsen nahm ihn ohne irgendwelche Erwartungen entgegen und meldete sich gelangweilt, aber streng nach Vorschrift.

»Ich habe was für euch.« Es war die Stimme eines Mannes. Er klang gehetzt, aber entschlossen. »Es liegt im Wäldchen an der L12 bei Odisworth. Dort, wo die Plastiktüte hängt.«

»Was?«, versuchte Hinrichsen, den Anrufer zu unterbrechen, der sich davon jedoch nicht beirren ließ.

»Da müsst ihr rein. Bei der Plastiktüte. Einfach geradeaus. So hundert Meter. Da ist es. Im Wäldchen an der L12 bei Odisworth.«

»Hallo?« Hinrichsens Hände fanden einen Stift, und er machte sich eilig Notizen. »Hallo?«

Der Mann hatte bereits aufgelegt.

»Was war das denn?«, fragte Polizeiobermeister Marko Assmuth über den Rand seiner BILD-Zeitung hinweg.

Hinrichsen schaute seinen jungen Kollegen irritiert an und zuckte mit den Schultern. »Irgendein Spinner hat irgendwas von einer Plastiktüte erzählt.«

»Ein Scherz?«, wollte Assmuth wissen.

»Keine Ahnung.« Hinrichsen betrachtete einen Moment das Gekritzel auf seinem Zettel. Dann zeigte er ihn Assmuth. »Willst du hinfahren?«

Assmuth erhob sich ächzend und korrigierte umständlich den Sitz des Gürtels um seine Hüften. »Warum nicht? Mir schläft hier noch der Hintern ein. Kommst du mit?«

# 12

Die ersten Kilometer ihrer ersten Fahrt nach Jahren waren für Jule die reine Hölle. An jeder Kreuzung, die sie überquerte, krallte sie die Hände ums Lenkrad, weil sie davon ausging, dass jeden Moment ein Fahrradfahrer oder Fußgänger wie aus dem Nichts vor ihr auf der Straße auftauchen würde. Sie bremste selbst vor grünen Ampeln ab, kroch beim Abbiegen förmlich um die Ecken und beschleunigte generell auf maximal 45.

Es half auch nicht gerade, dass sie sich im Hamburger Feierabendverkehr zurechtfinden musste. Die vielen Autos machten die Lage für sie quälend unübersichtlich.

Als sie die Autobahn erreichte, war ihre Bluse völlig durchgeschwitzt. Sie kannte viele Frauen, die nicht sonderlich gern Auto fuhren, und die meisten von ihnen schreckte nichts mehr, als eine längere Strecke auf der Autobahn zurücklegen zu müssen. Für Jule war es anders: Sie reihte sich auf der rechten Spur zwischen zwei Vierzigtonnern ein und ließ sich treiben. Falls es zu einem überraschenden Bremsmanöver des vorderen LKWs kam, würde sie zwischen den Lastern zerquetscht, aber das löste in ihr keinerlei Grauen aus. In diesem Fall hätte wenigstens nicht sie Schuld. Obwohl sie gemütlich mit knapp hundert durch die Gegend zuckelte, nahm sie von der flacher und flacher werdenden Landschaft kaum Notiz. Eintönige Felder und Wiesen, vereinzelte Hochsitze, Werbeplakate für Fastfoodketten, gelegentliche Spaliere blühender Obstbäume, hier und da eine bunte Schallschutzmauer – all das zog unbemerkt an ihr vorbei.

Was sie bemerkte, waren die Ein- und Ausfahrten. Hier ging sie jedes Mal davon aus, falsch auf einen Einfädelversuch zu reagieren und einen anderen Wagen zu rammen. Dann schnürte ihr die Panik schier die Luft ab. Sie ertappte sich dabei, wie sie zu dem Gott betete, an den sie seit dem Unfall eigentlich nicht mehr glaubte. Die Schweißausbrüche und die Atemnot gehörten noch zu jenen Manifestationen ihrer Angst, an die sie sich gewöhnen konnte. Sie waren zweifellos unangenehm, aber sie waren rein körperliche Reaktionen und nicht damit zu vergleichen, was die Phobie mit Jules Wahrnehmung anstellte: Je länger sie hinter dem Steuer saß, desto mehr schien ihr Sichtfeld zu schrumpfen. So lange, bis sie irgendwann durch einen endlos langen schwarzen Tunnel zu fahren glaubte. In weiter Ferne – auf einen kreisrunden Ausschnitt zurechtgestutzt – erstreckte sich die Autobahn vor ihr, auf der winzig kleine Fahrzeuge dahinrollten. Ihr gesamter Körper mit Ausnahme des Kopfes verlor ihrem Empfinden nach jegliches Gewicht, sodass sie der unheimliche Eindruck beschlich, sie würde jeden Augenblick davonschweben – durch das Dach des Wagens zur Decke des Tunnels, der nur in ihrem Hirn existierte, und von dort ins Nichts. Das Einzige, was sie auf der Erde zu halten schien, war das leise Knurren des Motors.

Sie konnte von Glück reden, dass sich der BMW beinahe wie von selbst fuhr, als wüsste der Wagen genau, wohin sie wollte. Eine tiefe Dankbarkeit erfasste sie jedes Mal, wenn das Navi sich in seiner ruhigen nüchternen Stimme zu Wort meldete, und sei es nur für ein knappes »Fahren Sie auf die linken Spuren« an einem Autobahnkreuz. Es bot Jule die Gelegenheit, sich als Teil eines größeren Ganzen zu verstehen, das keinen Defekt aufwies wie sie selbst.

Sie war der Navistimme regelrecht hörig, sehnte die nächsten Anweisungen herbei und schaute so gut wie nie auf das Display. Das hätte ihrer Wunschvorstellung, mit dem Wagen verschmolzen zu sein, nur geschadet. Eine Maschine kannte keine Angst.

Eines vermochte ihr dieses Einswerden allerdings nicht zurückzugeben: die Freude am Fahren. Dabei war sie früher – in einer Vergangenheit, die zu einem anderen Menschen zu gehören schien – gern Auto gefahren. Sie hatte das Spiel von Beschleunigungs- und Bremskräften an ihrem Körper, das sachte Beben des Motors und das feine Zittern des Lenkrads regelrecht genossen. Jetzt wirkte all das auf sie nur noch wie das Vorzeichen einer ausweglosen Katastrophe.

Fürs Erste blieb Jule von diesem Unheil jedoch verschont, und ohne Zwischenfälle brachte sie die Autobahn hinter sich. Sie nahm die Ausfahrt, die ihr das Navi vorgab, und fand sich auf einer schmalen Landstraße wieder. Die Sonne versank als glühende Kugel hinter dem schnurgeraden Horizont. Selbst mit ihrem Tunnelblick konnte sie nicht übersehen, dass sie durch eine jener Gegenden fuhr, für die der Begriff »strukturschwache Region« erfunden worden war. Hier hätte auch unbemerkt vom Rest der Welt eine tödliche Seuche wüten können, so leer gefegt waren die Straßen und Bürgersteige. Und die entgegenkommenden Autos in der nächsten halben Stunde waren an einer Hand abzuzählen. Es war eine Gegend, in der die Zeit stillstand.

Jule machte eine Vollbremsung. Vor einem Wäldchen, zu dem eine lang gestreckte Kurve führte, pulsierten blaue Lichter. Zwei Polizeiwagen standen in einem gehörigen Abstand voneinander quer auf der Fahrbahn und bildeten eine Straßensperre.

Sie gab zaghaft Gas. Der Motor heulte auf, aber der Wagen rührte sich nicht von der Stelle. Es piepste grell. Erschrocken nahm sie den Fuß vom Pedal. Sie starrte hilflos auf das Armaturenbrett und bemerkte, dass dort ein Warnsignal leuchtete. Sie brauchte einen Moment, bis ihr die Bedeutung des Symbols wieder einfiel. Die Handbremse war angezogen. Das konnte nicht sein. Ein kalter Schauer lief ihr über den Rücken. Hatte sie gerade vor lauter Überraschung auch die Handbremse angezogen? Ja. So musste es wohl gewesen sein. Wer hätte sie sonst ziehen sollen? Sie saß schließlich allein im BMW. In der Hoffnung, die Polizei würde sie nicht anhalten und bemerken, wie strapaziert ihr Nervenkostüm war, drehte Jule das Radio leiser, um danach auf die Straßensperre und den Beginn eines Albtraums zuzusteuern.

## 13

Die Polizisten hatten Besseres zu tun, als Jule anzuhalten. Weiter auf der Landstraße bleiben durfte sie allerdings auch nicht: Ernst winkte einer der Beamten sie mit blinkender Kelle auf einen Waldweg.

Schotter knirschte unter den breiten Reifen ihres Wagens. Sie spielte schon mit dem Gedanken, anzuhalten und den Polizisten zu fragen, ob sie auch nach Odisworth kam, wenn sie der Zwangsumleitung folgte, als das Navi sagte: »Ihre Route wird neu berechnet.«

Respekt. Das Gerät war wohl direkt an den Verkehrsfunk gekoppelt.

Im Schritttempo fuhr sie den Weg weiter. Es war zwar schon Viertel vor sieben, aber laut Navi brauchte sie auch nur noch fünf Minuten bis zum Ziel. Wahrscheinlich lag Odisworth gleich hinter dem Wäldchen.

Das Licht ihrer Scheinwerfer schnitt eine breite Schneise in die Finsternis zwischen den Bäumen. Das Unterholz wurde dichter und dichter. Einmal schlug ein tief hängender Ast dumpf gegen das Wagendach. Ob man der Polizei Lackschäden in Rechnung stellen konnte? Freiwillig hätte sie diese Piste ja nie befahren.

Die gemächliche Geschwindigkeit dämpfte ihre Angst auf ein äußerst erträgliches Maß. Wenn ihr hier etwas vor den Kühler sprang, dann doch höchstens ein aufgescheuchtes Reh.

Sie lenkte den Wagen in eine enge Kurve. An ihrem Scheitelpunkt angekommen, schrie Jule auf. Da stand jemand! Mitten auf dem Weg! Eine dunkle massige Gestalt! Sie war nur einen Wimpernschlag zu sehen, wie ein Schatten aus den Augenwinkeln, ehe sie sich mit einem weiten Sprung ins Unterholz flüchtete. Jule wollte bremsen, aber der Wagen rollte einfach weiter. Verdammt! Hatte sie statt der Bremse die Kupplung getreten? »Halt an, halt an, halt an ...«, rief sie, und der Wagen gehorchte ihr endlich.

Jule warf einen gehetzten Blick in den Seitenspiegel. Nur dichtes Gestrüpp, Baumstämme und Äste. Von der Gestalt war nichts mehr zu sehen. Sie unterdrückte ein Stöhnen und presste die Stirn aufs Lenkrad.

In ohrenbetäubender Lautstärke fuhr ein kratzendes Rauschen aus sämtlichen Boxen. Jule schreckte auf. Ihr erster Reflex wollte sie aus dem Auto treiben, fort von dem Lärm. Dann fiel ihr die Gestalt ein. Was, wenn der Mann dort draußen lauerte? Wer würde ihr hier beistehen können, wenn er handgreiflich wurde?

Jule konnte kaum klar denken. Der Lärm musste endlich aufhören! Sie drehte wild den Bedienknopf hin und her. Es nutzte nichts. Das Rauschen toste weiter. Alles, was sie in ihrer Hektik erreichte, war, dass das Display sich abschaltete. Das letzte bisschen Licht im Wageninneren erlosch. Der Lärm blieb.

»Diese beschissenen Bäume!«, fluchte Jule. Sie behinderten offenbar den Empfang. Wenn sie aus dem Wäldchen raus war, würde die Antenne wieder den Infosender einfangen. Sie musste nur endlich weiterfahren.

Plötzlich überkam Jule das Gefühl, beobachtet zu werden. Nein, kein Gefühl, die absolute Gewissheit, jemand lauerte hinter ihr. Sie warf einen Blick in den Rückspiegel. Ein Windstoß ließ die Äste links und rechts des Weges auf und ab wippen und hauchte den Schatten im Unterholz gespenstisches Leben ein. War es tatsächlich nur der Wind? Was, wenn jemand hinter ihr quer über den Weg gerannt war? Hätten sich die Äste dann nicht auch bewegt?

Jule biss die Zähne zusammen und trat aufs Gas. Sie beschleunigte mehr, als ihr lieb war. Auf den ersten Metern ihrer Flucht verriss sie vor lauter Angst das Steuer. Der Wagen geriet ins Schlingern und den Bäumen gefährlich nahe – erst auf der einen, dann auf der anderen Seite schossen die Stämme auf sie zu. Zweimal drehten die Reifen durch und schleuderten dicke Klumpen Waldboden in die Höhe.

»Ich bin nicht meine Angst!«, schrie Jule. »Ich bin nicht meine Angst.«

Sie versuchte, mit der Mitte der Kühlerhaube die Mitte des Wegs anzuvisieren. Der Motor heulte immer schriller auf, weil sie nicht in den nächsten Gang schaltete. Pures Glück bewahrte sie davor, in der nächsten Kurve nicht geradeaus in den Wald hineinzurasen und einen der Bäume zu rammen.

Jules Fuß rutschte vom Gas. Der Wagen wurde schlagartig langsamer. Das Rauschen aus den Lautsprechern verwandelte sich unvermittelt in Musik – ein billiger, stampfender Discosound. Jule kannte das Lied sogar. ›Barbie Girl‹.

Sie lachte erleichtert. Irgendein Provinzsender, der uralte Hits spielte. Sie gab wieder Gas, vorsichtig und dosiert, während sie am Drehknopf fummelte.

Der Spuk endete so rasch, wie er begonnen hatte. Der Wald wurde lichter, das Lied verstummte – ersetzt durch das beruhigende Gemurmel eines Moderators –, und das Display meldete sich nach einem Flackern ebenfalls wieder zum Dienst, gerade noch rechtzeitig, als Jule den Waldrand passierte: »Sie haben Ihren Bestimmungsort erreicht.«

Vor ihr lag ein einsames Gehöft. Das Haupthaus war in einem erbärmlichen Zustand: Auf der einen Seite, wo das Dach eingestürzt war, ragte Gebälk in den Nachthimmel, und dort, wo das Scheinwerferlicht auf die Wand fiel, gab es breite Rußflecken. Die angrenzende Scheune war von dem Brand, der im Haupthaus gewütet hatte, verschont geblieben. Durch das offene Tor zeichneten sich schemenhaft die Umrisse von riesigen Landmaschinen und der Frontpartie eines Autos ab. Vor dem Haupthaus rostete ein Ungetüm vor sich hin, das erst auf den zweiten Blick als Traktor zu erkennen war, weil die Reifen fehlten. Ein Stück weiter hing an einem Baum mit ausladender Krone eine Schaukel, die nur noch von einem statt von zwei Seilen an dem Ast gehalten wurde.

»Sie haben Ihren Bestimmungsort erreicht«, wiederholte das Navi.

»Och, komm schon!«, maulte Jule. Das durfte doch wohl nicht wahr sein. Das war doch nie im Leben Odisworth. Vielleicht brachte es etwas, wenn Jule das Ziel noch einmal eingab. Fehlanzeige. Alles Drehen am Bedienknopf führte zu nichts. Das Display blieb eingefroren, und als das Navi zum dritten Mal herunterspulte, »Sie haben Ihren Bestimmungsort erreicht«, blaffte Jule ein »Hab ich nicht« zurück.

Sie schaute auf die Uhr. Fünf vor sieben. Sie würde zu spät kommen. Schlimmer noch: Je länger sie hier stand, desto größer wurde die Gefahr, dass der Mann aus dem Wald sie einholte – wenn er ihr denn auf den Fersen war. Sie musste unbedingt weiter.

Das Gehöft machte nicht den Eindruck, als wäre es noch bewohnt. Hier gab es niemanden, den sie nach dem Weg fragen konnte. Sie hatte genügend Horrorfilme gesehen, um das als Glück im Unglück zu empfinden. Die Maschinen in der Scheune mit ihren Spitzen, Haken und Dornen waren alles andere als vertrauenerweckend.

Sie schnallte sich ab, riss das Handschuhfach auf und wühlte darin nach einer Straßenkarte. Eine aus der Verzweiflung geborene Idee. Als ob so ein Waldweg und ein abgebrannter Bauernhof im Nirgendwo im besten Atlas der Welt verzeichnet gewesen wären. Trotzdem schaltete sie die Deckenleuchte an und blätterte in dem blauen ADAC-Standardwerk. Nach einigem Suchen entdeckte sie Odisworth als eines von vielen gelben Pünktchen inmitten einem wahren See von Hellgrün. Toll. Jetzt wusste sie immerhin, dass sie nicht mehr wusste, wo sie überhaupt war.

Als es aus Richtung des Kofferraums klopfte, erschrak sie so heftig, dass ihr der Atlas vom Schoß rutschte. Sie drehte sich um. Nichts. Keine dunkle Gestalt. Nur der Waldrand. Das Tuckern des Motors im Leerlauf klang wie ein spöttisches Brummeln. Sie schaute wieder nach vorn, zum Gehöft. Als sie erkannte, was sich verändert hatte, gefror ihr das Blut in den Adern.

## 14

Die Veränderung in der Szenerie war mit nichts zu vergleichen, was Jule aus einem Geisterfilm kannte. Das Gehöft war nicht urplötzlich in einen früheren, weniger baufälligen Zustand versetzt. Die Spuren des Brands – das halb eingestürzte Dach, die Rußflecken an den Wänden – waren nicht fortgewischt. Es tanzten auch keine unheimlichen Lichter in den dunklen Fenstern.

Die Schaukel am Baum neben dem Haupthaus hing nach wie vor nur an einem Seil, und es saß weder ein bleichhäutiges Kind, das Jule aus großen Augen anstarrte, noch irgendeine andere Erscheinung darauf.

Da war auch keine finstere Gestalt, die unvermittelt im Lichtkreis der Scheinwerfer stand.

Die Veränderung war so subtil wie zutiefst beunruhigend: Das Scheunentor, das eben noch weit offen gestanden hatte, war jetzt geschlossen.

Und doch war das mehr, als Jule ertragen konnte. Sie war nicht allein hier. Jemand war ganz in der Nähe. Jemand, der auf ihren Kofferraumdeckel geklopft hatte, jemand, dem sie im Wald begegnet war, jemand, der ihr Angst einjagen wollte, weil sie ihn um ein Haar umgebracht hatte. Und vielleicht wollte dieser Mensch auch noch mehr, als Jule nur eine kleine Lektion zu erteilen.

Sie musste hier weg. Mechanisch schob sie den ersten Gang rein, kurbelte das Steuer nach rechts und fuhr mit quietschenden Reifen los.

»Ihre Route wird neu berechnet«, sagte das Navi, als wäre nichts geschehen.


# 15


Die Grund- und Hauptschule Odisworth lag als flacher Betonklotz aus den Siebzigerjahren am Dorfrand. Aus buntem Papier ausgeschnittene Tiere, die innen an den Fensterscheiben klebten, erschienen wie Zeugnisse gescheiterter Fluchtversuche kindlicher Fantasie aus einem düsteren Kerker.

Jule parkte ganz hinten in der letzten Reihe. Nach ihrer überstürzten Flucht war sie den neuen Anweisungen des Navis gefolgt, und dieses Mal hatte es sie tatsächlich an den von ihr gewünschten Ort geführt. Es war Viertel nach sieben. Obwohl die versammelten Dörfler bereits auf sie warteten und Eile geboten war, hatte sie die letzten Minuten damit verbracht, ihr Gesicht im Rückspiegel zu studieren. Die Frau, die ihr teilnahmslos aus blauen Augen entgegenstarrte, sah aus wie eine lebende Tote. Auf ihrer kalkweißen Haut stachen die großen dunklen Ringe unter den Augen besonders auffällig hervor. Aus dem locker geknoteten Dutt, den Jule mit zwei schwarzen Stäbchen fixiert hatte, waren Dutzende dünner Strähnen herausgerutscht, die ihren Kopf umflorten wie ein zerzauster Schleier. Sie gab eine durch und durch ramponierte Erscheinung ab.

Was war da eben passiert? Sie war gern bereit, alles – die unheimliche dunkle Gestalt auf dem Waldweg, die Aussetzer des Radios und des Navis, das Klopfen auf dem Kofferraum, das mit einem Mal geschlossene Scheunentor – ihrer psychischen Belastung wegen der erzwungenen Autofahrt zuzuschreiben. Dennoch blieben letzte Zweifel an dieser Erklärung. Natürlich. Wer gestand sich schon gern ein, dass er Hirngespinste hatte?

Das Smartphone in der Innentasche ihres Mantels brummte hartnäckig, um sie darauf aufmerksam zu machen, dass sie einen Termin hatte. Sie holte das kleine Gerät hervor, schaltete es ab und steckte es wieder weg. Als sie notdürftig ihre Frisur richtete, fiel ihr die Ironie ihrer Lage auf: Vor nicht einmal drei Stunden hatte es sie alles an Überwindung gekostet, was sie hatte aufbringen können, um in dieses Auto zu steigen. Und jetzt würde sie am liebsten darin sitzen bleiben und das Treffen mit den Odisworthern ignorieren. Das war allerdings auch keine Lösung. Außerdem würde es ihr helfen, die Vorfälle im Wald zu vergessen, wenn sie wieder unter Leute kam.

Sie nahm ihre Laptoptasche und stieg aus. Kühle Abendluft umfing sie. Hier auf dem Land waren die Temperaturen noch nicht so angenehm wie in der Stadt. Sie schlug den Mantelkragen hoch und stapfte los, vorbei an den anderen Wagen: robuste Modelle mit Anhängerkupplungen und schlammverspritzten Kotflügeln.

Jedes Klacken ihrer Absätze auf dem Parkplatzpflaster, jeder Schritt, der sie dem Eingang der Schule näher brachte, gab Jule ein Stück ihres alten Selbstvertrauens zurück. Dort drinnen, jenseits der gläsernen Flügeltür, gab es nichts, wovor sie sich fürchten musste, es war vertrautes Terrain für sie: das Zusammenspiel aus klaren Argumenten und subtiler Einflussnahme.

Der Auslöser ihrer Panikattacke, die sich zu regelrechtem Verfolgungswahn gesteigert hatte, lag buchstäblich hinter ihr. Für die kommenden Stunden konnte sie den Wagen getrost vergessen.

In der Schule wiesen ihr primitive weiße DIN-A4-Blätter mit dicken Richtungspfeilen den Weg zum Veranstaltungsraum – der Sporthalle. Sie sehnte sich augenblicklich nach Hamburg zurück, wo wichtige Firmentermine grundsätzlich in den Konferenzsälen der besten Hotels an der Binnenalster stattfanden. In Odisworth maß man solchem Luxus wie dunklen Teppichböden, gepolsterten Stühlen und einen angenehmen Ausblick keinerlei Wert bei. Die Linien eines Basketballfelds auf dem PVC-Boden wurden von zwei großen Sitzblöcken aus Plastikklappstühlen verdeckt. Unter dem Korb am einen Ende der Halle schenkte eine mollige Frau mittleren Alters Bier in Pappbechern aus, wofür ein Sprungkasten als Theke herhielt.

Die Anwesenden teilten sich in zwei große Gruppen auf: Die einen nutzten die Wartezeit für einen Schluck Pils und ein Schwätzchen im Stehen. Die anderen harrten mit versteinerten Mienen auf ihren Plätzen aus und guckten Löcher in die Luft. Beide hatten eines gemeinsam: Der Anlass war ihnen wichtig genug, dass sie sich in Schale geworfen hatten. Die Herren trugen größtenteils Jacketts von der Stange oder etwas zu straff um die Bäuche spannende Pullover, die Damen biedere Synthetikblusen, oft kombiniert mit zu engen Stoffhosen und Steppwesten. Das kühle Neonlicht und die schwache Schweißnote, die in Sporthallen nun mal in der Luft lag, taten ihr Übriges, eine schonungslos provinzielle Atmosphäre zu schaffen.

Jule schritt den Gang zwischen den beiden Sitzblöcken hinunter, auf die Tischreihe zu, an der die Dorfgranden saßen. Auf dem Namenskärtchen am einzigen freien Platz stand »Andreas Bertram«. Der untersetzte Mann ganz rechts stand auf und strich sich fahrig durch das silbergraue Haar. Der Hund zu seinen Füßen – ein struppiger Mischling von der Größe eines Rauhaardackels – glotzte sie vorwurfsvoll aus einem trüben Auge an. Das andere fehlte ihm, und an seiner Stelle wucherte narbiges Gewebe.

»Herr Mangels, nehme ich an.« Jule streckte dem Bürgermeister, dessen Namen sie von seinem Platzkärtchen abgelesen hatte, die Hand entgegen. »Jule Schwarz von Zephiron. Der Ersatz für Herrn Bertram. Bitte entschuldigen Sie die Verspätung. Ich musste eine Umleitung nehmen. Die Landstraße war gesperrt.«

»Das macht gar nichts, Frau Schwarz«, erwiderte Mangels im verbindlichen Ton des stammtischgestählten Kommunalpolitikers. »Auf so eine hübsche Dame warten wir immer gern. Aber ehrlich gesagt, bin ich etwas überrascht, wenn Sie mir die Bemerkung erlauben.«

»Überrascht? Wieso denn das?«

»Wir hatten eigentlich mit Andreas gerechnet.«

Jule quittierte den Hinweis mit einem Lächeln. »Und ich

hatte Herrn Bertram eigentlich darum gebeten, Ihnen eine E-Mail zu schreiben, in der er mich heute ankündigt.«

»Das muss er vergessen haben«, sagte Mangels.

Jule machte sich eine geistige Notiz, mit Andreas in Zukunft alles Wichtige persönlich zu besprechen, anstatt sich darauf zu verlassen, dass er auf Memos reagierte. »Sollen wir anfangen?«

Mangels führte sie an ihren Platz, während die letzten Dorfbewohner noch ihre Pappbecher leerten und gemächlich die Lücken in den Sitzblöcken füllten. Jule nickte der Frau links neben sich – einer etwas verhärmten Mittvierzigerin mit einem Seidenschal um den Hals – knapp zu und packte ihren Laptop aus. »Einen Beamer haben Sie nicht zufällig da?«, erkundigte sie sich bei Mangels.

Der Bürgermeister schnitt eine Grimasse, als hätte sie ihn nach seinen sexuellen Präferenzen gefragt. »Äh, nein. Andreas hat so was nie gebraucht.«

Selbstverständlich nicht. Wahrscheinlich hatte er sich auf seinen natürlichen Charme verlassen, als es darum ging, die Odisworther für den Windpark zu gewinnen. Leider war es mit seinem Charme nicht weit her, und wegen genau solcher unprofessionellen Herangehensweisen hatte man ihm das Projekt abgenommen, bevor er es endgültig gegen die Wand gefahren hätte. »Es wird auch so gehen«, beruhigte Jule Mangels und fuhr ihren Rechner hoch. Dann gab es heute Abend eben kein Powerpoint-Karaoke. Wie in der guten alten Zeit, als Worte noch mehr gezählt hatten als ein paar bunte Diagramme und beeindruckende Bildchen auf einer Leinwand.

Sie öffnete die Präsentation, die sie vorbereitet hatte, trotzdem. Als Gedächtnisstütze war sie allemal gut. Jule ließ den Blick über ihr Publikum schweifen. Was sie in den Gesichtern las, war eine Mischung aus prinzipiellem Misstrauen gegenüber Fremden und grundlegender Skepsis, was

Veränderung anbelangte. Egal. Sie hatte in ihrer Karriere schon härtere Nüsse geknackt, als eine Ansammlung abweisender Dörfler davon zu überzeugen, dass der Bau des größten Windparks Deutschlands das Beste war, was ihnen je hatte passieren können.

Während sie das fehlerhafte Namenskärtchen entfernte, begann Mangels, sie unbeholfen vorzustellen. Die Tatsache, dass Andreas heute nicht erscheinen würde und man mit ihr vorliebnehmen musste, löste Gemurmel aus.

Sie trank noch einen Schluck von dem stillen Wasser, das ihr der Bürgermeister eingoss, stand auf und begann ihren Vortrag mit der Frage: »Was ist Wind?«

Erwartungsgemäß verdrehten einige der Dörfler zunächst die Augen, doch Jule hangelte sich geschickt von einer pathetischen Plattitüde zur nächsten. Sie hatte in ihrem Job eines rasch gelernt: Bei Veranstaltungen wie diesen hing der Erfolg nicht davon ab, wie nah man sich an den Fakten orientierte. Fakten waren etwas für Anfänger. Es ging einzig darum, den Leuten genau das zu erzählen, was sie hören wollten – nur in schöneren Sätzen, als sie sie jemals selbst hätten formulieren können.

Jule war bereits bei einer der entscheidendsten Stellen angelangt – »Umweltschutz ist nie ein Minusgeschäft«, gefolgt von »Jeder hier im Saal wird vom Windpark profitieren« –, als ein Mann in einer grünen Windjacke die Turnhalle betrat. Erst hielt sie ihn für einen Nachzügler, der sich noch mehr verspätet hatte als sie selbst. Dann jedoch schritt er schnurstracks nach vorn und zog sämtliche Blicke auf sich. Und selbst Jule musste eingestehen, dass der Störenfried alles andere als unansehnlich war: breite Schultern, freches Spitzbärtchen, kurzes dunkles Haar, eine anziehende Entschlossenheit im Blick.

»Tut mir leid, dass ich Sie unterbrechen muss«, sagte er zu Jule, als er neben ihr stand. Er fixierte sie einen Moment, als zerbreche er sich den Kopf darüber, wo sie sich schon einmal begegnet waren. Dann drehte er sich um und zückte einen Ausweis. »Guten Abend. Gabriel Smolski, Morddezernat Husum.«

# 16

Jule blieb wie angewurzelt stehen, während Smolski abwartete, bis das einsetzende Raunen im Publikum wieder abgeklungen war. »Ich muss Sie leider darüber informieren, dass heute am frühen Abend auf Odisworther Gemarkung ein Leichenfund gemacht wurde. Nach dem derzeitigen, sehr frühen Stand der Ermittlungen gehen wir von einem Gewaltverbrechen aus.«

Jule fiel die Straßensperre ein, und bei dem Gedanken, dass sie vielleicht nur wenige Hundert Meter vom Schauplatz eines Mordes entfernt durch das Wäldchen gefahren war, wurde ihr flau im Magen.

»Ich erhoffe mir von Ihnen einige sachdienliche Hinweise«, fuhr Smolski fort. »Bei der Toten, deren Identität wir bislang noch nicht zweifelsfrei feststellen konnten, handelt es sich um eine Frau Ende zwanzig. Sie ist auffallend groß – circa 1,80 – und hat langes blondes Haar. Wer von Ihnen eine Frau, zu der diese Angaben passen, hier in der Nähe gesehen hat oder eine solche Person aus seinem Bekanntenkreis vermisst, möge sich bitte bei mir melden.«

Hundert Augenpaare richteten sich langsam auf Jule, und als ihr der Grund dafür dämmerte, wurden ihre Knie so weich, dass sie sich setzen musste. Smolski hatte gerade sie beschrieben.

## 17

»Das ist eine Riesensauerei«, sagte Ulf Grüner.

Hauptkommissar Stefan Hoogens nickte, obwohl er das noch für eine echte Untertreibung hielt. Aber Grüner war nun einmal seit Jahren bei der Gerichtsmedizin, und wer wusste, was bei ihm schon alles auf dem Tisch gelandet war.

Es war beileibe nicht die erste Leiche, die Hoogens zu Gesicht bekam, aber an einen vergleichbar grotesken Anblick konnte er sich nicht erinnern. Das skrupellose Licht der gleißenden Scheinwerfer hob noch das kleinste Detail hervor: die Aberdutzenden Würmer und Käfer, die über den Rand der ausgehobenen Grube krochen oder sich tiefer ins Erdreich wühlten, als fühlten sie sich bei ihrem grausigen Schmaus von den Menschen ertappt; der lose Dreck zwischen den blonden Haarsträhnen auf einem Schädel, dessen Haut die Konsistenz und die Farbe einer verfaulten Pflaume hatte; die leeren Augenhöhlen, an deren Grund hier und da das Gelbbraun von Knochen durchschimmerte; die auf der eingefallenen Brust gefalteten und wie zu Klauen gekrümmten Hände der Toten; die Stellen, an der Hüfte und den Knien, an denen das Brautkleid auffällige Falten warf, als versuchten die Gelenke darunter, sich durch den weißen Stoff zu bohren …

Hoogens konnte die Schlagzeilen schon deutlich vor sich sehen, sobald die Presse die Einzelheiten erfuhr: *Der Hochzeitsmörder. Die Totenbraut von Odisworth. Mord in Weiß.* Er hatte seine guten Gründe, weshalb er die Journaille hasste.

»Ist Smolski schon weg?«, fragte Grüner.

»Seit einer halben Stunde«, antwortete Hoogens. Er zeigte zu einem der anderen Faltpavillons, den die Leute von der Spurensicherung aufgestellt hatten, um den Fundort vor etwaigem Regen zu schützen. Zwei Männer von der Schutzpolizei – der eine ein Strich in der Landschaft, der andere mit einem halben Zentner Übergewicht – standen hilflos darunter und beobachteten ihre Kollegen von der Kripo mit blassen Gesichtern und aufgerissenen Augen. »Assmuth da drüben kommt aus Odisworth. Er hat dem Polen erzählt, dass heute irgendeine Großveranstaltung in der Grundschule ist, für die das ganze Dorf zusammenkommt. Da hat sich der Pole natürlich nicht zweimal bitten lassen.«

»Verstehe«, sagte Grüner. Er saß in der Hocke am Rand der Grube, etwa in Höhe der Brust der Leiche. »Siehst du das da?«

»Was?« Hoogens beugte sich nach vorn, um besser zu erkennen, worauf Grüner deutete. Er meinte offenbar irgendetwas an den Händen der Leiche.

»Das. Das ist ein Hering«, sagte Grüner ungeduldig.

»Was? Willst du mich verarschen?«

»Kein Stück. Warst du nie zelten? Der Täter hat ihr die Hände so fixiert, indem er ihr einen Hering durch beide Handflächen in den Brustkorb geschlagen hat.«

Hoogens rieb sich das Kinn. »Post mortem?«

»Das wissen wir noch nicht. Um das herauszufinden, müssen wir sie aufmachen«, sagte Grüner. »Allerdings glaube ich nicht, dass sie die Hände stillgehalten hätte, wenn sie noch bei Bewusstsein gewesen wäre. Es kann selbstverständlich sein, dass er sie vorher betäubt hatte, und dann …« Er zuckte die Schultern. »Dann kann man so einiges mit einem Menschen anstellen.«

Während Grüner in der Hocke einen Schritt in Richtung des Kopfs der Leiche machte, steckte Hoogens die Hände in die Hosentaschen und ballte sie zu Fäusten. Er wusste nicht, wohin mit seiner Wut. Er fragte sich, wohin er sie lenken würde, sobald er dem kranken Wichser gegenüberstand, der diese arme Frau massakriert hatte. Er konnte nur hoffen, dass der Pole dabei sein würde, um ihn zu bremsen.

»Er hat sich vermutlich viel Zeit mit ihr gelassen«, setzte Grüner seine Erläuterungen fort. »Das Metall an ihrer Braue ist kein Piercing, wie man denken könnte.«

»Was ist es dann?«, fragte Hoogens und spürte, wie sich seine Fingernägel wie von selbst in seine Handballen gruben.

»Eine Klemme aus einem Industrietacker, würde ich mal sagen.«

»Also ein richtiger Irrer!« Hoogens schüttelte den Kopf. »Wie viel kommt da noch?«

Grüner schürzte die Lippen. »Wie gesagt, er hat sich viel Zeit mit ihr gelassen. Und das gefällt mir nicht. Überhaupt nicht. Was ich damit meine, ist – «

»Das war nicht sein erstes Mal«, beendete Hoogens Grüners erschreckenden Gedankengang.

## 18

An eine Fortsetzung der Präsentation war nach Smolskis Verkündigung nicht zu denken. Das Publikum war an einem Mord in unmittelbarer Nähe verständlicherweise mehr interessiert als am Bau eines Windparks. Es hätte auch nichts genutzt, darauf zu warten, bis Smolski seine Arbeit hier in der Turnhalle beendet hatte. Jule konnte sich keinen Einstieg in eine mögliche Wiederaufnahme ihres Vortrags vorstellen, der angesichts der über Odisworth hereingebrochenen Gewalt nicht geschmacklos gewirkt hätte. Was hätte sie sagen sollen: »Lassen Sie uns nach dieser höchst bedauerlichen Unterbrechung doch bitte wieder über die Vorteile erneuerbarer Energien sprechen.«?

Sie fuhr ihren Laptop herunter und trank ihr Wasser aus. Über den Rand des Glases hinweg beobachtete sie, wie der Kommissar – oder welchen Rang er auch immer bekleiden mochte – die Fragen der Menschen beantwortete. Einige der Odisworther waren bereits aufgestanden und nach vorn gekommen, um mit Smolski zu sprechen. Hauptsächlich handelte es sich um Frauen, deren Gesichter eine verblüffend ehrliche Mischung aus Betroffenheit und Neugier zeigten, aber es waren auch ein paar Männer darunter, deren Mienen noch versteinerter waren als zu Beginn von Jules Vortrag. Smolski verteilte eifrig Visitenkarten, als wäre er ein überdurchschnittlich erfolgreicher Handlungsreisender.

Wie die meisten der Anwesenden, die sich nicht von ihren Plätzen erhoben hatten, hatte Bürgermeister Mangels bereits sein Handy am Ohr, um die schlimme Kunde an all jene zu verbreiten, die der Veranstaltung in der Schulsporthalle ferngeblieben waren. Noch bevor Jule ihren Laptop eingepackt hatte, steckte er sein Telefon jedoch wieder weg und wandte sich an sie. »Ach, Frau Schwarz, das konnten wir ja nun nicht ahnen, dass uns so etwas Furchtbares dazwischenkommt. Bitte glauben Sie mir, wir holen Ihren Vortrag zum schnellstmöglichen Termin nach. Mein Ehrenwort.«

Mangels' einäugiger Mischling schnappte die sonderbare Stimmung seines Herrchens auf und setzte zu einem gequälten Winseln an, das der Bürgermeister umgehend durch einen sanften Tritt in die Flanke des Hundes unterband.

Jule war ernsthaft versucht, sich neben ihrer Laptoptasche auch gleich noch das geschundene Tier unter den Arm zu klemmen und das Weite zu suchen, aber sie war Profi genug, dieser Versuchung standzuhalten. Sie winkte lächelnd ab und sagte: »Das ist doch nicht Ihre Schuld, Herr Mangels. So etwas fällt eindeutig unter höhere Gewalt.«

Mangels wirkte daraufhin erleichtert, wenn auch noch

lange nicht entspannt. Zu Jules Überraschung legte er die gedrungene Stirn in Falten und eine warme Hand auf ihren Arm. »Geht es Ihnen gut?«

»Selbstverständlich. Warum fragen Sie?«

»Na ja, Sie sind ein bisschen blass um die Nasenspitze.«

Mangels' Bemerkung rief Jule ins Gedächtnis, wie weich ihre Knie eben geworden waren, als Smolski die gefundene Frauenleiche beschrieben hatte. Aber es gab gar keinen Grund dafür, diesen makabren Zufall zu überbewerten. Sie war schließlich nicht die einzige große blonde Frau im fraglichen Alter in Norddeutschland, geschweige denn auch nur in dieser Gegend. Die Beschreibung hätte ebenso gut auf ein halbes Dutzend der jüngeren Dorfbewohnerinnen zugetroffen. Selbst auf ihre beste Freundin Caro hätte die Beschreibung genauso gut gepasst wie auf sie selbst. Es bestand nicht die geringste Veranlassung, länger darüber nachzudenken. Viel schlimmer war doch, dass sich das Windparkprojekt jetzt noch länger hinziehen würde. »Blass? Das muss die Aufregung sein«, beruhigte sie Mangels. »Machen Sie sich um mich keine Sorgen. Geben Sie mir nur Bescheid, wann wir den nächsten Anlauf starten, damit meine bisher geleistete Überzeugungsarbeit nicht ganz umsonst war.«

»Das werde ich.« Erneut legte er die Hand auf ihren Arm. »Ich wünschte nur, ich könnte Ihnen schon genauer sagen, wann das sein wird.«

»Kann ich davon ausgehen, dass wenigstens unser Termin morgen früh noch steht?«, fragte Jule vorsichtig, da sie ahnte, dass sich die Aufregung im Dorf nicht so schnell legen würde.

»Unser Termin?«

»Der Termin, den Sie eigentlich mit Herrn Bertram vereinbart hatten. Das Treffen mit dem Gemeinderat«, erklärte Jule.

»Ah, der Termin von Andreas.« Mangels nickte, als er begriff, was Jule ihm sagen wollte. Dann kniff er misstrauisch die Augen zusammen. »Heißt das, dass Andreas morgen auch nicht da sein wird?«

»Richtig«, räumte Jule ein und fügte schnell hinzu: »Ich bin ab jetzt Ihre Ansprechpartnerin für dieses Projekt. Ich hoffe, das stellt kein Problem für Sie dar.«

»An und für sich nicht«, brachte Mangels mühsam hervor. »Es war nur schön, mit jemandem zusammenzuarbeiten, der die Leute hier so gut kennt. Andreas ist ja ein Spross dieses Dorfes.«

»Verstehe.« Jule hatte ob all der Aufregung glatt vergessen, dass Andreas aus Odisworth stammte und aufgrund dieses Umstands bereits in die allerersten Planungskonferenzen für den Bau des Windparks an genau diesem Standort einbezogen worden war. Es hatte daher keinen Sinn, sich mit Mangels auf eine längere Diskussion einzulassen. Es stimmte: Andreas kannte die Leute hier gut. Aber immerhin galt auch umgekehrt, dass die Leute ihn gut kannten, und das war bei solchen Verhandlungen nicht immer von Vorteil. Insbesondere älteren Herren wie Mangels fiel es oft schwer, einen jungen Burschen ernst zu nehmen, den sie gemäß ihres eigenen Zeitempfindens erst letzte Woche noch beim Kirschenklauen erwischt hatten. »In Zukunft werden Sie mit mir vorliebnehmen müssen. Ich denke aber, dass Andreas den Boden für ein gutes Gelingen bereitet hat, nicht wahr, Herr Mangels?«

Mangels lächelte. »Unbedingt, unbedingt.«

Jule nickte freundlich. Sie wusste bereits in diesem Moment, dass sie vor der komplizierten Aufgabe stand, die von Andreas begangenen Fehler ausbügeln zu müssen, ohne dabei die Tonangeber der Dorfgemeinschaft zu sehr vor den Kopf zu stoßen. »Wir sehen uns dann morgen, ja?«

Sie schüttelte Mangels die schwielige Hand und sah zu, dass sie Land gewann. Keiner der Dörfler schenkte ihr auch nur einen einzigen Blick, als sie die Sporthalle durchquerte. Mit Smolski, um den sich nach wie vor die Leute scharten, konnte sie nicht konkurrieren.

Draußen vor der Schule atmete Jule erst einmal tief durch. Das war ein echter Misserfolg gewesen, aber es war nun einmal so, wie sie es Mangels gesagt hatte: Der vorzeitige Abbruch der Präsentation war einer höheren Gewalt geschuldet. Sie hatte sich nichts vorzuwerfen. Nicht einmal Schwillmer mit all seiner Besserwisserei hätte von ihr erwarten können, sich darauf vorzubereiten, einen etwaigen Leichenfund und den spektakulären Auftritt eines Kriminalbeamten auf elegante Weise in ihr Vortragskonzept einzubinden. Bei dem albernen Gedanken musste Jule grinsen. Sie beschloss, ihr Auto stehen zu lassen und zu Fuß zu der kleinen Pension zu gehen, in der die Firma ein Zimmer für Andreas angemietet hatte, das jetzt für unbestimmte Zeit ihr Zimmer sein würde. Lothar Seger hätte zu diesem Verweigerungsverhalten sicher etwas zu sagen gehabt, aber erstens wusste er zum Glück nichts davon und zweitens hatte ihr Therapeut eigentlich keinen Grund, sich über sie zu beschweren: Schließlich war sie Auto gefahren. Die gesamte Strecke von Hamburg nach Odisworth. Ohne vor Angst komplett zu erstarren. Oder jemanden dabei umzubringen. Jule fand das eine beachtliche Leistung, die für heute reichte.

Sie ging zum Wagen und öffnete den Kofferraum. Als sie den Deckel hochklappte, wallte ihr ein unangenehmer Geruch entgegen. Er war scharf und stechend, wie von verschwitzten Joggingklamotten, die man nicht gleich in die Waschmaschine gesteckt hatte. Bei näherer Überlegung kam Jule dieses Szenario als Ursache für den Geruch gar nicht mehr so unwahrscheinlich vor: Sie hätte nämlich nicht die Hand dafür ins Feuer gelegt, dass Andreas nicht tatsächlich eine alte Sporttasche ein paar Tage durch die Gegend kutschiert hatte. Er galt unter seinen Kollegen nicht umsonst als faul, und vergesslich war er noch dazu.

Jule beeilte sich, ihr Rollköfferchen aus dem Kofferraum zu holen und den Deckel wieder zuzuschlagen. Sie zog den Griff an den dünnen Metallstreben bis zur zweiten Stufe heraus und ging los, weg vom Ort ihres unerwarteten Scheiterns und hinein ins nächtliche Odisworth.


# 19


Odisworth glich einer Geisterstadt. Wie ein dicker Wurm erstreckte sich das Dorf entlang einer gewundenen Hauptstraße, von der es in zwei Hälften geteilt wurde. Nur hier und da brannte Licht in einem Fenster der Häuser, die Jules Weg säumten. Sie fand das nicht weiter verwunderlich, denn die Bewohner hatten sich ja in der Sporthalle versammelt. Sie ging davon aus, dass hauptsächlich Mütter von kleinen Kindern und alte Leute daheimgeblieben waren. Für alle anderen war ihr Vortrag sicher eine willkommene Abwechslung von der sonstigen Abendgestaltung gewesen, die wahrscheinlich in erster Linie aus Fernsehen bestand.

Von den stillen Bauten ging eine Trostlosigkeit aus, die dadurch noch verstärkt wurde, dass die Straßenlaternen weit auseinanderstanden. Verlorene Inseln des Lichts in einem Meer aus Dunkelheit. Ihr ohnehin spärliches Leuchten wurde von den gewaltigen Mückenschwärmen gedämpft, die jede Einzelne von ihnen anzog und die sie wie schwirrende Wolken umkreisten. Das Klacken ihrer Absätze auf dem Bürgersteig kam Jule in der schweigenden Finsternis überlaut vor. Das Pflaster war holprig, und mehrfach musste sie dort, wo der Winter seine eisigen Klauen in den Boden getrieben hatte, tiefen Schlaglöchern ausweichen, um die Rollen ihres Köfferchens zu schonen.

In einer Hecke, die die Grenze zwischen zwei Grundstücken markierte, raschelte es leise. Jule begann, sich zu fragen, ob ihr kleiner Fußmarsch eine gute Idee gewesen war. Schließlich trieb hier irgendwo ein Mörder sein Unwesen. Sie hatte genügend Krimis gelesen, um zu wissen, dass es definitiv ein Gewaltverbrechen gegeben hatte, wenn ein Ordnungshüter sich vor die Öffentlichkeit stellte und darauf hinwies, dass er und seine Kollegen möglicherweise von einem Gewaltverbrechen ausgingen. Die junge Frau, die man gefunden hatte, war umgebracht worden – vielleicht sogar von jemandem, der Jule jetzt aus der sicheren Deckung dieser Hecke oder von hinter einem der dunklen Fenster aus in genau jenem Moment beobachtete. Und vielleicht wägte er in exakt diesem Augenblick ab, ob er erneut zuschlagen und sich diese Fremde holen sollte, die durch die leere Nacht ging und die so schnell niemand vermissen würde.

Jule atmete tief durch, straffte die Schultern und ging weiter. So grausam konnte kein Schicksal sein, ihr am selben Tag erst einen Teilsieg über ihre Angst zu gestatten, nur um sie dann kurz danach einem Mörder zum Opfer fallen zu lassen. Vielleicht machte sie sich auch etwas vor, und das Schicksal fällte seine Entscheidungen nicht nach Gesichtspunkten wie Grausamkeit oder Fairness. Vielleicht stand es über all diesen Kategorien, die der Mensch für die Beurteilung seiner Existenz aufstellte.

Ein Auto rauschte von hinten an ihr vorbei, und Jules eben erst gewonnene Zuversicht geriet ins Wanken, als die Bremslichter aufleuchteten wie zwei große rote Augen. Der Fahrer des Wagens absolvierte ein zügiges Wendemanöver, die Reifen quietschten. Im Schritttempo rollte das Auto – eine geräumige Familienlimousine – auf sie zu.

Geblendet von den Scheinwerfern wandte Jule den Kopf zur Seite und hielt sich dicht am Vorgartenzaun des Hauses, an dem sie gerade vorüberging – bereit, sich mit einem Sprung in die Beete zu flüchten. Ihr Atem beschleunigte sich, und ihre Finger schlossen sich fester um den Griff ihres Koffers. Wer würde ihre Schreie hören, wenn der Fahrer sie zu sich ins Auto zerrte? Oder sie einfach auf offener Straße angriff? Der Wagen hielt an. Jule hörte das Surren eines elektrischen Fensterhebers.

»Hallo? Bitte nicht erschrecken«, ertönte eine dunkle Männerstimme aus dem Inneren des Autos. »Ich wollte mich nur noch mal bei Ihnen für die Störung entschuldigen.«

Jule blieb stehen. Sie kannte diese dunkle Stimme. Vorsichtig drehte sie ihren Kopf zur Seite und lugte durch das geöffnete Beifahrerfenster. Gabriel Smolskis lange Zähne blitzten in einem breiten Grinsen auf. »Nichts für ungut, ja?«, sagte er.

»Sie haben bloß Ihre Arbeit gemacht«, gab Jule ruhig zurück, als hätte sie in Gedanken nicht gerade einen ihrer schlimmsten Albträume durchlebt.

»Ich kann Sie mitnehmen«, bot Smolski ihr an. »Zur Wiedergutmachung. Wohin müssen Sie?«

Jule spürte, wie ihr eine plötzliche Kälte den Rücken hinunterkroch und ihr Herz schneller zu schlagen begann. Sie ließ den Griff des Köfferchens los und drehte den Ring um ihren Finger. Einmal, zweimal. Es war eine Sache, sich bei Klaus in den Wagen zu setzen. Sie kannte Klaus, und er war ein mehr oder minder vorsichtiger Fahrer. Smolski war sie vor einer halben Stunde zum ersten Mal begegnet, und sein Wendemanöver hatte nicht den Eindruck vermittelt, als würde er auf eine gesunde Zurückhaltung im Straßenverkehr viel Wert legen.

»Was ist los?«, hakte Smolski nach. »Hat Ihnen Ihre

Mama beigebracht, nicht zu fremden Männern ins Auto zu steigen? Keine Sorge, ich bin Polizist.«

»Danke für das Angebot«, sagte Jule und zwang sich, wieder nach dem Koffer zu fassen. Es war ein gut gemeintes Angebot, aber sie hatte nicht vor, einem Wildfremden näher zu erklären, weshalb sie es ausschlagen musste. »Ich laufe lieber. Bewegung tut mir gut.«

Der Fensterheber surrte wieder. Das Licht der Scheinwerfer verglomm. Smolski stieg aus und kam lässig auf sie zugeschlendert. »Na schön.« Er langte nach dem Koffergriff, und seine und Jules Finger ruhten einen kurzen Moment aufeinander, bevor Jule überrascht die Hand zurückzog.

»Darf ich?«, fragte er.

Sie nickte verwirrt.

»Dann mal los«, sagte Smolski und wies die Straße hinunter. »Sie sagen, wo es hingeht.«

»Tun Sie das nur, weil Sie mir meine Präsentation vermasselt haben?«, fragte Jule, aber sie setzte sich trotzdem in Bewegung. Wenn er so darauf pochte, ihren Koffer zu ziehen, bitte sehr.

»Unter anderem«, sagte Smolski. »Außerdem helfe ich gern Bürgerinnen in Not. Berufsehre, verstehen Sie?«

Sie schaute schnell nach unten, um ihr Lächeln vor ihm zu verbergen. Seine Statur und seine unkomplizierte Art erinnerten sie an den Trainer ihrer Hockeymannschaft, in den sie sich mit vierzehn unsterblich verliebt hatte. Sie hatte ein Faible für Männer, die wussten, was sie wollten. Smolski mochte so ein Typ sein. Vielleicht würde sie noch Gelegenheit haben, das rauszufinden. Aus der Brusttasche seines Parkas zog er ein völlig verkrumpeltes Päckchen Zigaretten hervor. »Möchten Sie auch eine?«

»Nein, danke. Ich rauche nicht.«

Er gab ein enttäuschtes Brummen von sich. Nachdem er

64

sich eine Zigarette angezündet hatte, fragte er im Ton des überzeugten Rauchers: »Sind Sie etwa eine von den langweiligen Personen, die gar keine Laster haben?«

Jule zögerte. Nicht, weil sie sich durch diese provokante Unterstellung beleidigt fühlte. Ihr fiel etwas ein, was ihr gestern Abend noch reichlich albern vorgekommen war: die Tarotkarte mit den Liebenden, die ihr Caro zufolge neues Glück in Sachen Romantik verhieß. Und jetzt lief ihr dieser Kommissar über den Weg, der unmissverständlich großes Interesse an ihr zeigte. Zufall? Wahrscheinlich, aber das war kein Hindernis, diese günstige Gelegenheit für einen unverfänglichen Flirt nicht beim Schopf zu packen. »Keine Laster? So etwas kann mich auch nur jemand fragen, der mich nicht kennt«, meinte sie. »Oder jemand, der prinzipiell über wenig Menschenkenntnis verfügt.«

Smolski sog Luft durch die Zähne. »*Autsch*. Sie müssen mir verzeihen. Ich bin momentan ein wenig abgelenkt. Ich bin ja nicht in erster Linie hier, um ein paar nette Spaziergänge durchs malerische Odisworth zu machen.«

»Haben Sie denn schon – wie sagt man – sachdienliche Hinweise erhalten?«

»Nein.« Smolski seufzte leise. »So läuft das hier auch nicht. Ich gebe Ihnen Brief und Siegel, dass eine ganze Menge dieser braven Leutchen, die da vorhin um mich herumgewuselt sind, die eine oder andere spannende Sache über ihre Nachbarn zu berichten hat. Und wer weiß. Vielleicht steht davon sogar irgendetwas mit diesem Fall in Verbindung. Aber sich offen und vor allen anderen gegenüber einem Bullen wie mir – und einem Fremden noch dazu – zu äußern? Nein, das können Sie vergessen. Hier will niemand unangenehm auffallen. Ich gehe eher davon aus, dass ich in den nächsten Tagen viele Einzelgespräche führen muss und eine Latte anonymer Tipps bei mir eintrudelt.« Er sah sie prüfend von der Seite an. »Sie sind auch nicht von hier, oder?«

»Gott bewahre!« Jule lachte auf. »Ich komme aus Hamburg.«

»Aha.« Er nickte wissend. »Dann war das also Ihr Wagen. Der schwarze BMW auf dem Parkplatz vor der Schule.«

»Genau. Sie haben ein gutes Auge für Details.«

Smolski zuckte die Achseln. »Berufskrankheit. Ein schöner Wagen. Warum haben Sie ihn da stehen lassen?«

Jule spähte verzweifelt nach der nächsten Hausnummer. Die Pension, in der sie für die nächsten Nächte Quartier beziehen würde, musste ganz in der Nähe sein. »Ich habe es nicht sehr weit. Und auf dem Parkplatz vor der Schule steht das Auto doch gut.«

»Sicher. Wo übernachten Sie denn?«

»In der Pension Jepsen.«

»Tatsächlich?« Er schüttelte den Kopf. »Schau mal einer an: Wir haben denselben Weg. Am Ende sind wir auch noch Zimmernachbarn.«

Fast war es, als könnte Jule Caro hören, wie sie ihr erklärte, dass die Karten niemals logen, und fast war Jule geneigt, ihrer besten Freundin recht zu geben.

## 20

Die Pension Jepsen befand sich nah genug an einer der spärlich gesäten Straßenlaternen Odisworths, um auch nachts einigermaßen hell erleuchtet zu sein. Dies stellte insofern eine Vergeudung von Energie dar, weil die Fassade der Pension kaum etwas bot, was Jules Blick länger hätte auf sich ziehen können – abgesehen von einem mit weißen Steinen in den roten Klinker gemauerten Besen. Von ihrer Oma, deren Haus ebenfalls diese sonderbare Zierde getragen hat-

66

te, wusste Jule, was es damit auf sich hatte: Sie diente dazu, Zigeuner und böse Geister fernzuhalten. Das war aus ihrer Sicht weder politisch noch weltanschaulich korrekt, aber so verhielt es sich nun einmal mit den allermeisten Traditionen, in der Stadt wie auf dem Land.

Sie durchquerten einen sorgsam gepflegten Vorgarten und traten unter den Windfang vor der Eingangstür. Jule klingelte. Im Hausinnern wurde eine Lampe eingeschaltet, deren schummeriges Licht durch die Glaseinsätze in der Tür auf Smolski und Jule fiel, nur um sofort wieder von einem großen Schatten verschlungen zu werden.

Der Mann, der ihnen öffnete, füllte den Türrahmen nahezu komplett aus – sowohl in der Höhe als auch in der Breite. Seine kräftigen Arme ließen erahnen, dass er irgendwo unter dem Fett, das er zentnerweise mit sich herumschleppte, kräftige Muskeln hatte.

»Ja?«, grollte es unter einem schlohweißen Vollbart hervor.

»Hier sollte ein Zimmer für die Firma Zephiron reserviert sein. Auf den Namen Bertram«, sagte Jule, und um möglichen Verwirrungen vorzubeugen, fügte sie hastig an: »Ich bin statt Andreas Bertram hier.«

»Und Sie?«, fragte der Mann in Smolskis Richtung.

»Gabriel Smolski. Herr Mangels sollte vor fünf oder zehn Minuten bei Ihnen angerufen haben. Er wollte dafür sorgen, dass ich nicht in meinem Auto übernachten muss.«

»Dann mal rein in die gute Stube.« Der Mann machte einen Schritt zur Seite und gab einen Spalt frei, durch den sich Jule und Smolski in einen schmalen Flur quetschen konnten.

Ihr Gastgeber zeigte auf eine Treppe, deren Stufen mit abgewetzten Teppichstücken bespannt waren. »Die Zimmer sind oben. Der Herr hat die Zwei, die Dame die Drei.«

»Hab ich's doch gesagt«, raunte Smolski Jule zu. »Zimmernachbarn.« Er hob den Koffer an. »Ich stelle ihn Ihnen vor die Tür, okay?«

Jule nickte nur stumm, weil sie von Jepsens Präsenz buchstäblich erschlagen war.

Smolski war schon halb die Treppe hinauf, als er sich noch einmal umdrehte. »Und falls Sie etwas Gesellschaft brauchen, klopfen Sie einfach an. Dreimal kurz, dreimal lang.« Er zwinkerte ihr zu und verschwand ins Obergeschoss.

Jule entging der kritische Blick von Jepsen nicht. »Das war nur ein Scherz. Wir kennen uns kaum.« Es war Zeit für einen Themenwechsel. »Hübsch haben Sie es hier.«

Das war eine Notlüge, aber Jule stellte fest, dass neben dem Besen noch weitere Gemeinsamkeiten zwischen dem Haus ihrer Oma und dieser Pension bestanden: geschmacklose Bilder an den Wänden – überwiegend Pferde- und Katzenmotive –, die stickige Wärme unnötigerweise voll aufgedrehter Heizkörper und der penetrante Duft von Lavendel. Es waren Momente wie dieser, in denen sie sich still zu ihrer Entscheidung beglückwünschte, zum Studium aus den Randbezirken Pinnebergs nach Hamburg gezogen zu sein.

Der kurze Gedanke an Hamburg erwies sich als Weckruf an Jules Pflichtbewusstsein. Sie musste dringend noch ihre E-Mails abrufen und ihren Chef über den unvorhergesehenen Stolperstein in Kenntnis setzen. »Haben Sie W-LAN auf den Zimmern?«

Jepsen sah sie ausdruckslos an.

Jule versuchte es anders. »Internet?«

»Das macht alles meine Frau.« Jepsen hob die Arme. Er schien sich in der Rolle des Unwissenden nicht allzu unwohl zu fühlen. »Aber die ist nicht da. Die ist in der Schule. Ich hab mit dem Kram nichts zu tun.« Er wich einen Schritt zurück, um Jule an der Rundung seines Bauchs vorbei einen Blick auf den hinteren Teil des Flurs zu gestatten. Dort war zwischen zwei Türen ein improvisierter Schreibtisch aus zwei Böcken und einer Pressspanplatte eingepfercht, auf dem ein alter Röhrenmonitor stand.

»Das ist unser Rechner«, sagte Jepsen. »Wir haben auch Internet. Aber ich kenn das Passwort nicht. Ich brauch das nie.« Er ging mit schweren Schritten zum Schreibtisch und wühlte umständlich in den darauf verstreuten Papieren. »Sie hat es hier bestimmt irgendwo auf einen Zettel geschrieben.«

»Schon gut«, sagte Jule. Ihr Anfall von Diensteifer war verflogen. So, wie sie die Lage einschätzte, hätte sie sich wahrscheinlich ohnehin nur über die kriechend langsame Verbindung geärgert. Es war vermutlich klüger, morgen vor der Sitzung im Rathaus nach einem Internetzugang zu fragen. Sie wusste, dass der UMTS-Stick, der einen den Verheißungen des Anbieters zufolge so gut wie überall in Deutschland zuverlässig mit dem Rest der Welt verband, hier in Odisworth kläglich versagte. Das hatte in einem der Memos von Andreas gestanden. »Machen Sie sich meinetwegen bitte keine Umstände. Ich kläre das morgen mit Ihrer Frau.«

Jepsen brummelte etwas, das sich mit viel gutem Willen als »Gute Nacht« interpretieren ließ, und trat durch eine der beiden Türen, die vom Flur abgingen.

Jule stieg die Treppen hinauf und fand ihren Koffer vor ihrer Zimmertür, so wie Smolski es ihr versprochen hatte. Ihr Zimmer war klein, aber gemütlich, auf dem Kopfkissen lag ein Mini-Snickers, auf dem Nachttisch ein Ring mit zwei Schlüsseln daran – für Zimmer- und Haustür. Auch wenn sie vielleicht nur eine Nacht hier verbrachte, begann sie, den überschaubaren Inhalt ihres Koffers in den Kleiderschrank einzusortieren. Nachdem sie fertig war, holte sie erst ein Paar Socken und Unterwäsche, dann eine Hose und ein Oberteil wieder aus dem Schrank hervor und legte alles auf dem gepolsterten Stuhl neben dem Bett für den kommenden Morgen zurecht. Natürlich war ihr Vorgehen ein wenig seltsam, das wusste Jule. Doch so war das nun mal, wenn sie ihr Leben im Griff behalten wollte.

Als es ans Abschminken ging, stellte sie sich vor das kleine Waschbecken in der Ecke. Die Keramik um den Ausguss herum war zwar rissig, aber penibel sauber. Nachdem sie Make-up und Lidschatten losgeworden war, musste sie heftig gähnen. Sie war erschöpfter, als sie gedacht hatte. Sie hatte allerdings auch allen Grund dazu. Nicht unbedingt wegen der Präsentation. Eher wegen der ersten Autofahrt seit vielen Jahren, die offensichtlich an ihren Kräften gezehrt und die sie dennoch mit Bravour gemeistert hatte – mit Ausnahme des Beinahe-Zusammenstoßes mit dem Mann auf dem Waldweg.

Sie saß auf der Toilette – das Bad hatte sie am Gang hinter der einzigen Tür gefunden, auf der keine kleine Ziffer aus Messing angebracht war –, als ihr schlagartig bewusst wurde, wen sie da unter Umständen um ein Haar überfahren hatte: den Mörder der Frau, die ausgesehen hatte wie sie selbst. Diese Erkenntnis brachte ihr Herz dazu, einen Schlag auszusetzen. Wegen all des Durcheinanders um den Leichenfund und den Flirt mit Smolski war der merkwürdige Zwischenfall in dem Wäldchen eine Weile in den Hintergrund ihres Denkens getreten. Jetzt tauchten vor Jules innerem Auge die schrecklichsten Bilder und Szenarien auf. Wieder und wieder malte sie sich aus, was alles hätte passieren können, wenn sie die dunkle Gestalt tatsächlich erwischt hätte. Sie hätte den Mann einfach umfahren und da liegen lassen können. Dann hätte sie sich auf ewig Vorwürfe gemacht, in ihrem Leben gleich zwei Menschen getötet zu haben, ohne zu wissen, dass einer davon möglicherweise ein brutaler Mörder gewesen war. Es hätte aber auch anders kommen können: Der Mann hätte nach einem Zusammenstoß eine Verletzung nur vortäuschen können, damit sie ihn zu sich ins Auto holte, wo er dann auf den günstigsten Augenblick gewartet hätte, um über sie herzufallen. Sie versuchte, den Gedanken zur Seite zu schieben, und musste an das ausgebrannte Gehöft denken, dessen Scheunentor vom einen auf den anderen Wimpernschlag geschlossen war. War *er* das gewesen? War diese Ruine vielleicht sein geheimer Unterschlupf, von dem aus er sich auf seine bestialischen Raubzüge machte? Sie musste Smolski davon erzählen. Smolski. Er gab ihr einige Rätsel bezüglich seiner Absichten mit ihr auf. Trotzdem war sie froh darüber, ihn getroffen zu haben. Dank ihm kam sie sich nicht so vor, als wäre sie völlig allein unter eine verschworene Dorfgemeinschaft geraten, unter Menschen, die einen Mörder schützten, wenn er nur einer von ihnen war.

Über dem Gedanken an Smolski war Jule ruhiger geworden und hatte ihre überbordende Fantasie wieder einigermaßen im Zaum. Zurück in ihrem Zimmer fühlte sie sich ganz heimelig, was nicht zuletzt an den dünnen Wänden lag, durch die sie Smolskis dunkle Stimme hören konnte. Offenbar ein langes Telefonat. Worüber machte sie sich überhaupt solche Sorgen? Wer war vor einem Mörder sicherer als sie, die nur einen schrillen Schrei von einem ausgebildeten Kommissar entfernt schlafen würde.

Und dennoch war ihr letzter Gedanke, bevor sie auf der durchgelegenen Matratze in einen traumlosen Schlaf fiel, nicht schön: Sie hatte Smolski nicht einmal ihren Namen gesagt. Was, wenn er morgen früh schon wieder weg war, bevor sie aufstand?

# 21

Er war überglücklich. Sie war wieder da. Er hatte sie sofort wiedererkannt. Wie hätte es auch anders sein können? Sie war schließlich die Einzige, die ihn jemals richtig verstanden hatte.

Und sie hatte ihr Versprechen gehalten. Sie hatte nie irgendjemandem etwas erzählt. Nicht von ihren Spielen, und auch nicht vom großen Geheimnis. Und jetzt, jetzt war sie zu ihm zurückgekommen. Das war wunderschön.

Natürlich hatte es in der Zwischenzeit ein paar andere gegeben, aber sie hatten nie verstanden, worum es wirklich ging. Sie hatten ihm zwar auch versprochen, was er hören wollte, aber er konnte ihnen nicht vertrauen. Sie kannten ihn doch gar nicht, und er kannte sie nicht.

Hinterher tat es ihm immer leid. Dann schwor er sich jedes Mal, dass er das Spiel nie wieder spielen würde. Mit niemandem. Bis jetzt hatte er diesen Schwur jedes Mal wieder gebrochen. Es war nicht seine Schuld. Niemand hatte Schuld. Das hatte sie ihm jedenfalls immer gesagt. Und sie würde es ihm wieder sagen, ganz bestimmt.

Erst hatte er gedacht, er hätte sie umgehend wieder verloren. Dann hatte er das Auto wiedergefunden, in dem sie zu ihm zurückgekommen war. Vor der Schule. Er hatte ihr Auto gleich erkannt. Am liebsten hätte er dort auf sie gewartet, aber das ging nicht.

Er würde darauf vertrauen müssen, dass sie von sich aus zu ihm kam. Er hatte keine andere Wahl, denn die anderen durften sie nicht zusammen sehen. Aber sie würde kommen. Das wusste er. Sie gehörten doch zusammen. Für immer. Für immer und ewig.

## 22

Jules Sorge, Smolski könnte bereits am nächsten Morgen sang- und klanglos aus ihrem Leben verschwunden sein, erwies sich als unbegründet. Sie verpasste ihn nicht – trotz ihrer umfangreichen Rituale, die mit dem Aufstehen verbunden waren, und obwohl sie sich erst noch die Zeit genommen hatte, auf ihrem Laptop die von Andreas hinterlassenen Notizen zu ihrem bevorstehenden Treffen mit dem Odisworther Gemeinderat zu überfliegen. Sie wollte wenigstens eine lose Strategie für die bevorstehenden Verhandlungen austüfteln.

Sämtliche strategischen Überlegungen waren allerdings vergessen, als sie den Frühstücksraum der Pension Jepsen betrat. Der Weg dorthin war ganz leicht aufzuspüren gewesen: Sie war einfach dem Geruch von Rührei mit Speck hinunter ins Erdgeschoss gefolgt. Smolski saß am einzigen großen Tisch und ließ sich durch eine breite Fensterzeile nebst Glastür, die hinaus auf eine Terrasse führte, die Morgensonne in den Nacken scheinen. Er blätterte sichtlich gelangweilt in einer Zeitung und kaute auf einem dick mit Rührei belegten Körnerbrötchen. »Guten Morgen«, nuschelte er mit vollem Mund und nickte ihr freundlich zu.

Jule hatte noch zwei Dinge bei ihm nachzuholen. Also setzte sie sich ihm gegenüber und sagte: »Ich heiße übrigens – «

»Jule Schwarz, ich weiß«, unterbrach er sie und brachte sie damit ein paar Sekunden aus dem Konzept. »Ich habe den Bürgermeister gefragt.« Er grinste. »Ich musste doch wissen, wer die Frau ist, der ich den gestrigen Abend so richtig ruiniert habe.«

»Sie haben da ein bisschen Ei im Bart«, sagte sie nur, rückte das Besteck neben ihrem Teller gerade und beobachtete amüsiert, wie er sich hektisch über sein Spitzbärtchen wischte.

»Kaffee?«, fragte er, wobei er auf eine Thermoskanne deutete.

Sie nickte, und er begann, ihre Tasse zu füllen. »Sie sagen stopp, ja?«

»Stopp.« Sie nahm zwei Stück Zucker, rührte dreimal um und goss sich aus einem Kännchen Milch ein, bis ihr Kaffee die Farbe von Karamell annahm.

Smolski warf einen Blick auf seine Armbanduhr. »So gern ich Ihnen auch Gesellschaft leisten würde, habe ich leider nicht mehr viel Zeit.«

»Müssen Sie zurück an den Tatort?« Jule war verunsichert. Er hatte ein echtes Talent dafür, eine lockere Stimmung aufzubauen, die er dann mit einem Hinweis auf seine Verpflichtungen zunichtemachte.

»Zurück an den Fundort«, korrigierte er sie. »Wir wissen noch nicht, ob die Frau auch dort ermordet wurde. Aber ja, ich muss zurück in dieses Wäldchen. Mir das Ganze noch mal bei Tageslicht ansehen.«

»Ist das nicht die Arbeit der Spurensicherung?«, erkundigte sie sich mit dem gefährlichen Halbwissen einer Frau, die immerhin eine halbe Staffel *CSI* verfolgt und diverse Krimi-Bestseller gelesen hatte. Sie wollte sich lieber nicht vorstellen, wie sich Smolski über eine Stelle im Unterholz beugte, auf der nur wenige Stunden zuvor noch eine Leiche gelegen hatte.

»Klar macht das eigentlich die Spusi«, entgegnete er. »Doch es kann nicht schaden, wenn ich denen ein bisschen auf die Finger schaue. Und sei es nur, um mir meinen guten Ruf als nörglerischer Besserwisser zu bewahren.«

Jule musste lächeln. »Sie haben tatsächlich auch schlechte Eigenschaften, was, Herr Kommissar?« Sie zog das letzte Wort in die Länge.

Und er lieferte den Beweis mit hocherhobenem Haupt. »Herr Hauptkommissar. Und seit heute Morgen Teil der SOKO Juni.«

»Juni?«

»Wir haben in dieser Ecke von Schleswig-Holstein so gut wie keine Morde«, sagte er. »Wir können es uns leisten, unsere Sonderkommissionen nach Monaten zu benennen.«

»Ach so.« Jule hatte noch nie mit einem leibhaftigen Kommissar geplaudert, und sie stellte fest, dass es ihr Spaß machte. Sie hätte trotzdem gern lieber über die Lebenden als über die Toten geredet. »Haben Sie eigentlich keinen Partner?«

Er hob eine Augenbraue. »Ich hoffe sehr, diese Frage bezieht sich nicht auf mein Privatleben.«

»Ich dachte nur, dass man bei der Kripo immer zu zweit im Einsatz ist. Und Sie sind allein hier.«

»Mein Partner hat bei seiner Cousine geschlafen, ein paar Ortschaften weiter.« Smolski verdrückte den letzten Bissen seines Brötchens. »Man kann vielleicht darüber streiten, ob die Welt ein Dorf ist. Bei Nordfriesland lohnt sich das nicht. Na ja, es senkt die Ermittlungskosten um sensationelle zwanzig Euro pro Nacht, wenn er bei Verwandten unterkommt.«

Jule erinnerte sich daran, dass sie Smolski dringend noch etwas anderes als nur ihren Namen mitteilen wollte. »Ich musste gestern Abend eine Umleitung wegen der Straßensperre nehmen«, begann sie ernst, und obwohl Smolski keinen Meter von ihr entfernt saß, wurde ihr trotzdem der Mund trocken, als sie an die Gestalt dachte, die sie in dem kleinen Waldstück gesehen hatte. Sie nippte an ihrem Kaffee und fuhr fort: »Ich habe da gerade noch rechtzeitig bemerkt, wie jemand zwischen den Bäumen auf den Weg gelaufen ist.« Von ihren tiefsitzenden Ängsten musste Smolski nichts wissen. »Ich hätte den Mann beinahe überfahren. Danach ist er zurück in den Wald gestürzt.«

Smolski schürzte die Lippen. »Und?«

»Wie und?« Sie stellte ihre Tasse zu heftig ab, und ein Schwall Kaffee schwappte auf den Tisch. »Meinen Sie nicht, das könnte der Mörder gewesen sein?«

Er schüttelte den Kopf, und die sichtbare Belustigung in seiner Miene versetzte Jule einen kleinen Stich. »Nein, da muss ich Sie leider enttäuschen. Wenn Sie mich fragen, denke ich eher, dass das einer von unseren Jungs war, der eben mal pinkeln oder eine in Ruhe rauchen wollte.«

»Wie können Sie da so sicher sein?« Sie sah sich gezwungen, den langen Schatten des Todes doch wieder über dieses Gespräch fallen zu lassen. »Ich meine, da war dieser Mord, und wenn der Fundort vielleicht doch auch der Tatort war, kann es dann nicht sein, dass der Mörder noch in der Nähe des Tatorts war?«

»Nur dann, wenn er sich sehr, sehr langsam vom Tatort entfernt hat«, erwiderte Smolski. »Sie machen einen Denkfehler.« Es lag kein Vorwurf in Smolskis Stimme, eher sanftes Mitgefühl. »Sie gehen davon aus, dass das Opfer irgendwann gestern umgebracht worden ist. Wahrscheinlich, weil da äußerlich gewisse Ähnlichkeiten zwischen dieser Frau und Ihnen bestehen. Das ist durchaus nachvollziehbar.« Fast rechnete Jule damit, dass er gleich quer über den Tisch nach ihrer Hand greifen würde, doch stattdessen begann er, seine Zeitung zusammenzufalten. »Aber dieser Mord liegt schon länger zurück. Dem Zustand der Leiche nach grob geschätzt ein paar Monate. Der Verwesungsprozess ist weit fortgeschritten. Es wird mindestens ein paar Tage dauern, die Tote zu identifizieren, unter Umständen länger. Was auch nicht gerade hilft, ist, dass sich in der Zwischenzeit jede Menge Getier über die Leiche hergemacht hat.« Er schaute auf Jules unberührten Teller und das Brotkörbchen.

»Entschuldigen Sie bitte. Auch eine Berufskrankheit. Mit der Zeit härtet man einfach zu sehr ab.«

»Ich habe sowieso nicht viel Hunger«, versicherte sie ihm. Falls sie vorher tatsächlich welchen gehabt hätte, hätte sie nun wirklich keinen Bissen mehr herunterbekommen, aber das brauchte sie ihm nicht zu sagen. Trotz der Morgensonne fröstelte es sie, als sie darüber nachdachte, wie aus einer jungen Frau Futter für die Aasfresser geworden war. Sie verfluchte ihr eigenes gutes Gedächtnis. Ausgerechnet in diesem Augenblick musste es ihr die vielen Tierdokumentationen in Erinnerung rufen, die sie gesehen hatte und in denen der Sprecher mit neutraler Stimme davon berichtet hatte, dass die meisten fleischfressenden Tiere sich zuerst über die weichsten Teile eines Kadavers hermachten. »Mir reicht heute Morgen mein Kaffee.«

»Glück gehabt«, sagte Smolski. »Also noch mal: Wer immer Ihnen da vor die Scheinwerfer gehüpft ist, war mit ziemlicher Sicherheit nicht der Mörder. Wie gesagt, eher einer von uns oder auch einfach ein Spaziergänger. Zerbrechen Sie sich nicht den Kopf darüber.«

Jule drehte einen Moment lang an ihrem Ring, während sie versuchte, Ordnung in ihre Gedanken zu bringen. Sie brachte gern Ursache und Wirkung in einen einfachen kausalen Zusammenhang. »Wenn die Frau schon vor einiger Zeit ermordet und in diesem Wald versteckt wurde, wie haben Sie dann ihre Leiche gefunden?«

»Ein anonymer Hinweis. Es gab einen Anruf, dem meine Kollegen von der hiesigen Schutzpolizei nachgegangen sind.« Er strich die sauber gefaltete Zeitung glatt und platzierte sie neben seinem Teller. »Die dachten anfangs noch an einen schlechten Scherz. So kann man sich täuschen.«

»Dürfen Sie mir das eigentlich alles erzählen?«, wunderte sich Jule über so viel Offenheit. »Gefährden Sie damit nicht die laufenden Ermittlungen?«

Smolski schmunzelte. »Ich kann Sie beruhigen. Ich offenbare Ihnen hier gerade keine großen Geheimnisse.« Er tippte auf die Zeitung. »Alles, was ich Ihnen gerade erzählt habe, können Sie auch in der Zeitung lesen. Oder im Internet, falls Frau Jepsen Ihnen das Passwort verrät.«

Jule kam nicht mehr dazu, sich zu vergewissern, ob sie ihn mit ihrer letzten Frage vor den Kopf gestoßen hatte. Ihr Smartphone klingelte. »Schwarz.«

»Der Göttin sei Dank!«, hörte sie Caro am anderen Ende der Verbindung aufatmen. »Ich dachte, du wärst tot!«

Jule stand auf, wandte sich halb von Smolski ab und sagte mit gesenkter Stimme: »Du, ich habe gerade echt keine Zeit.«

»Wag es bloß nicht aufzulegen«, warnte sie Caro. »Schlimm genug, dass du dich gestern nicht mehr bei mir gemeldet hast, um mir zu sagen, wie es mit dem Autofahren gelaufen ist.«

»Ich bin früh ins Bett«, verteidigte sich Jule. Sie huschte eilig zur Terrassentür, öffnete sie, schlüpfte hindurch und zog sie halb hinter sich zu. Caro jetzt ohne Erklärung abzuwürgen, wäre ein sicherer Weg gewesen, um sie tödlich zu beleidigen. »Im Ernst, Caro«, sprach sie ein bisschen lauter weiter. »Das Fahren lief super. Aber wie kommst du drauf, dass ich tot sein könnte?«

»Weil sie im Radio durchgegeben haben, dass man in dem Kaff, in dem du steckst, die Leiche einer jungen blonden Frau gefunden hat.«

»Haben sie auch durchgegeben, dass die Frau schon länger tot ist?«

»Ist das so?«

Jule seufzte. Bisweilen hatte ihre beste Freundin eine bejammernswert kurze Aufmerksamkeitsspanne. »Ja, das ist so. Das musst du nur überhört haben.«

»Oh.« Es folgten einige Sekunden Schweigen, aber Caro

war offenbar in bester Laune, ihr weiter Vorhaltungen zu machen. »Warum flüsterst du überhaupt so?«

Jule flüchtete von der Terrasse zwei Schritte in den Garten hinein neben einen kleinen Teich, dessen Oberfläche von einem Algenteppich bedeckt war. »Ich flüstere so, weil ich mit einem Mann beim Frühstück sitze, den ich nicht gleich wieder vergraulen will.«

»Hab ich's doch gewusst!«, triumphierte Caro. »Und du wolltest erst nicht, dass ich dir die Karten lege.«

»Wenn ich wieder daheim bin, schlage ich dich für den Nobelpreis in Esoterik und sonstigem Humbug vor, okay?«

»Wie sieht er aus? Wie sieht er aus?« Jule konnte förmlich vor sich sehen, wie Caro ungeduldig auf und ab sprang.

»Gut, natürlich«, sagte Jule.

»Nicht wieder so ein gestriegelter Langweiler wie Matze?«

»Dünnes Eis, gute Frau, dünnes Eis«, sagte Jule und setzte einen eigenen Nadelstich. »Zumindest ist er keine gefühlten tausend Jahre alt wie Seger.«

»Okay, sorry. Matze war total aufregend. Wenn man ganz genau hingeguckt hat. Beschreib mir deinen Romeo doch mal.«

»Na gut.« Jule gab sich geschlagen. Es war ja auch nicht so, dass sie sich für Smolski hätte schämen müssen. »Er ist …« Sie drehte sich zum Fenster um und verstummte.

»Hallo? Sag doch. Er ist was?«

»Er ist fort«, sagte Jule.

## 23

»Sie dürfen uns jetzt Fragen stellen«, verkündete Frank Wessler. Der Kieler Staatsanwalt deutete über unzählige Mikrofone auf einen Journalisten in einer der hinteren Stuhlreihen. »Bitte.«

»Liegen Anhaltspunkte auf einen Ritualmord vor?«

Stefan Hoogens knirschte mit den Zähnen. Diese Frage gefiel ihm gar nicht. Entweder war sie ein Schuss ins Blaue, oder irgendjemand hatte nicht dichtgehalten und Informationen weitergeleitet, die noch unter Verschluss standen. »Ritualmord ist kein kriminologisch sauberer Begriff.« Er ignorierte das aufkeimende Murren. »Gab es gewisse Auffälligkeiten an der Leiche? Ja, die gab es. Wie bei jedem anderen Mordfall auch. Sie haben sicher Verständnis dafür, dass ich auf diese Auffälligkeiten nicht näher eingehen kann, als ich es bereits vor einigen Minuten getan habe.«

Wessler nickte zustimmend und zeigte auf einen weiteren Journalisten, der sich zu der eilig angesetzten Pressekonferenz in einem der größten Säle des Kieler Landgerichts eingefunden hatte. »Bitte.«

»Gibt es Hinweise auf ein sexuelles Motiv für die Tat?«

Noch so eine Frage. Obwohl Hoogens damit gerechnet hatte. Sexualstraftaten waren eben Auflagenbringer. »Wie ich Ihnen ebenfalls bereits gesagt habe, sind die forensischen Untersuchungen noch nicht abgeschlossen. Ich muss Sie also enttäuschen. Mutmaßungen in dieser Richtung erscheinen mir wenig zweckdienlich.«

Blitzlichter zuckten auf. Hoogens wusste, er würde das Bild, wie er an diesem Podium mit dem Landeswappen Schleswig-Holsteins saß, morgen in der Zeitung und noch heute auf diversen Internetseiten wiederfinden – versehen mit der Unterschrift: »Polizei schließt Sexualverbrechen nicht aus«. Es war zum Kotzen, und er verfluchte stumm den Polen, weil er ihm die undankbare Aufgabe übertragen hatte, sein Gesicht für die Medienmeute hinzuhalten. Zugegeben, Smolski hatte seine Gründe dafür, dieser Veranstaltung fernzubleiben.

Eine Reporterin – eine junge Frau mit Feuereifer in den Augen – konnte offenbar direkt in seinen Kopf hineinsehen. »Hat dieser Fall für Sie und Ihre Kollegen nicht eine besondere Bedeutung?«

Hoogens erwiderte den fordernden Blick der Reporterin. »Ist das eine Anspielung? Wenn ja, müssten Sie sich schon etwas klarer ausdrücken.«

»Ist es nicht so, dass einer Ihrer Kollegen nach einer längeren Auszeit erst vor Kurzem in den aktiven Dienst zurückgekehrt ist?«

Hoogens mahlte mit den Kiefern. Diese Frau hatte ihre Hausaufgaben gemacht. Bevor ihm eine pampige Bemerkung herausrutschen konnte, schaltete sich zum Glück Wessler ein.

»Ich sehe nicht, inwiefern die aktiven Dienstzeiten der Ermittler für den vorliegenden Fall von Relevanz sein könnten«, sagte der Staatsanwalt und wies über den Kopf der Reporterin hinweg auf den nächsten Fragesteller. »Bitte.«

# 24

Nach der Pressekonferenz verzog sich Hoogens in einen der weit verzweigten Flure des Gebäudes, um Smolski anzurufen. Er brachte ihn auf den neuesten Stand und erkundigte sich, was es Neues von der Front zu berichten gab.

»Eigentlich nicht viel«, sagte Smolski. »Außer, dass ich

jemanden getroffen habe, den wir uns warmhalten sollten. Eine Frau, die hier in der Pension wohnt. Jule Schwarz. Frau Jepsen, die Besitzerin der Pension, hat mir verraten, dass Frau Schwarz vorhat, in den kommenden Tagen einige Gespräche mit den Odisworthern zu führen. Es geht um ein großes Windparkprojekt, offenbar das größte von ganz Deutschland. Ich kann mir kaum vorstellen, dass da nicht auch mal das eine oder andere Wort über die Tote im Wald fällt.«

»Meinst du, die Leute sind wirklich so dämlich, sich gegenüber dieser Schwarz zu verplappern? Also, ich weiß nicht …«

»Natürlich werden die, die vielleicht wirklich Dreck am Stecken haben, schön die Klappe halten. Aber überleg doch mal, Mann. Was ist mit denen, die ihr Wissen gerne loswerden möchten, um sich zu erleichtern oder einfach nur, um sich wichtig zu machen? Die sagen gegenüber der Polizei garantiert nichts. Es will ja niemand was mit der Sache zu tun haben. Aber gegenüber einer so hübschen jungen Frau … Außerdem vertraut sie mir.«

»Ich halte das für ziemlich weit hergeholt«, sagte Hoogens. »So funktionieren die Leute dort doch nicht. Das müsstest du am besten wissen.«

»Glaub mir«, sagte Smolski. »Die Schwarz ist echt clever.«

Hoogens begann, an Smolskis Ton zu erahnen, wohin der Hase gerade lief. »Deine Topinformantin ist aber nicht zufällig jung, groß und blond, oder?«

»Wieso fragst du?«

»Weil ich dich kenne. Als ob Blondinen nicht genau dein Typ wären.« Hoogens seufzte. »Ich muss dich wohl nicht wirklich daran erinnern, wie das mit der letzten Blondine gelaufen ist, die dir den Kopf verdreht hat, oder? Und komm mir nicht damit, dass uns diese Frau Braun irgendwie sinnvoll bei unseren Ermittlungen weiterhelfen kann.«

»Schwarz. Sie heißt Schwarz«, knurrte Smolski. »Und jetzt extra zum Mitschreiben für dich: Das hier hat nichts mit Rita zu tun.«

Hoogens holte tief Luft. Er hatte eigentlich nicht vorgehabt, den wunden Punkt seines Partners noch direkter anzusprechen, aber der Pole ließ ihm keine Wahl. »Hör mal, übertreib es nicht. Eben auf der Pressekonferenz hat sich schon so ein übereifriges Pressegeschöpf nach deinem Ausfall erkundigt. Ich gehe mal schwer davon aus, sie hat irgendwie herausgefunden, dass du nicht in einer normalen Klinik warst.«

»Weiß sie etwa von der Sache mit Rita?«, fragte Smolski nach einem langen Moment des Schweigens.

»Bin ich Hellseher?«, gab Hoogens zurück. »Ich will nur, dass du dich zusammenreißt und diesen ganzen Scheißfall nicht noch komplizierter machst. Du kannst froh sein, dass du überhaupt noch im aktiven Dienst bist. Ruinier dir das nicht. Lehn dich bei dieser Schwarz ja nicht zu weit aus dem Fenster, und verplappere dich bloß nicht bei der. Du weißt, wie diese Medienheinis drauf sind. Die warten doch nur darauf, uns als viel zu langsam und überhaupt völlig inkompetent hinzustellen. Denen käme diese Schwarz, die du für uns durch die Gegend laufen und Informationen sammeln lassen willst, gerade recht. Und wenn sie dann noch rauskriegen, dass deine Ex auch eine große Blonde war, drehen die uns komplett durch den Wolf.«

»Es hat nichts mit Rita zu tun«, knurrte Smolski noch einmal.

»Wenn du das sagst«, erwiderte Hoogens. »Sieh auch zu, dass es so bleibt. Also keine ungewöhnlichen Ermittlungsmethoden. Klar?«

Er wartete nicht auf eine Antwort und legte einfach auf.

# 25

Es traf ihn sehr, wie man jetzt über ihn redete. Sie drehten es so hin, als wäre er an allem schuld. Das war eine Lüge.

Er wusste, dass es falsch war. Das hatten ihm immer alle gesagt. Von Anfang an. Seine Mutter. Sein Vater. Er hatte auch fast all seine Freunde verloren. Sie hatten gelacht, immerzu hatten sie ihn ausgelacht. Sie hatten ihn spüren lassen, wie wenig er ihnen wert war. Mit Worten. Und mit Fäusten.

Er hatte lange gedacht, sein Vater sei der Schlimmste. Weil er sofort zuschlug, ohne Warnung. Weil er ihm verbieten wollte, mit Mädchen zu spielen. So, wie er ihm schon verboten hatte, mit den Zinnsoldaten zu spielen, die er in einer staubigen Kiste auf dem Dachboden gefunden hatte. Er hatte die Soldaten gemocht. Sehr sogar. Sie taten fast immer genau das, was er von ihnen wollte. Sie bewegten sich nicht. Sie gehorchten ihm. Manchmal hatten sie sich sogar bei ihm dafür bedankt, dass er ihnen Befehle erteilte. Ganz leise, sodass nur er es hören konnte. Und sie hatten sich auch nie beschwert, wenn er mit ihnen spielte, auch wenn er ab und zu einen von ihnen bestrafen musste. Das Spiel hatte seine Regeln, so wie jedes Spiel Regeln brauchte, sonst wäre es ein langweiliges Spiel. Nur einmal war sein Vater gekommen, als er einen der Soldaten bestraft hatte. Einmal nur. Doch das hatte gereicht, um sich blutige Schläge einzufangen. Danach hatte er aufgehört, mit den Soldaten zu spielen. Aber sein Vater war nicht der Schlimmste gewesen. Seine Mutter war noch viel schlimmer gewesen. Sie war sehr lieb zu ihm, aber wenn sein Vater wütend wurde und ihn schlug, half sie ihm nicht. Sie stand einfach nur da und heulte und schrie. Bis alles vorbei war. Bis er im Bett lag. Dann kam sie zu ihm und presste ihn an sich und sagte ihm, wie sehr sie ihn liebte.

Sie war dumm. Sie verstand nicht einmal, welche Schmerzen sie ihm damit bereitete, wenn sie seine zerschundenen Knochen an sich drückte. Manchmal sprang der Schorf auf seinen Wunden wieder auf, wenn sie ihn im Arm hielt, und sie merkte es nicht. Sie war die Schlimmste gewesen.

Es war nicht seine Schuld. Er brauchte es. Er brauchte *sie*. Die letzte Frau war fast wie sie gewesen.

Sie lag still, wenn sie still liegen sollte.

Sie zog die Kleider an, die er für sie ausgesucht hatte.

Sie schlüpfte in die Schuhe, die er am liebsten an ihr mochte, und sie passten ihr ganz genau.

Sie war fast wie sie gewesen.

Er hatte schon die Hoffnung gehabt, er könnte mit ihr glücklich werden. Bis diese Frau angefangen hatte, die Fragen zu stellen, die sie ihm nie hätte stellen dürfen.

Warum machst du das?

Warum bist du so?

Warum tust du mir weh?

Er war damals furchtbar wütend geworden. Auf diese Frau, aber vor allem auf sich selbst. Weil er beinahe einen Fehler gemacht hätte. Weil er sie beinahe für sie gehalten hatte. Er fühlte sich selbst wie ein Lügner, wie ein Heuchler, wie ein Verräter. Da hatte er diese Frau weit fortgebracht, und er hatte sie einfach weggeworfen. Und trotzdem hatte er weinen müssen, als sie aus seinem Leben verschwand. Komisch. Sonst weinte er nie. Aber jetzt war sie wieder da, und alles würde gut werden. Er brauchte nur zu warten, bis sie endlich zu ihm kam.

## 26

Nach Smolskis überraschendem Abgang ließ sich Jule von Caro noch ein paar Minuten die Seele massieren. So gern sie auch Caros Glauben an die unerschütterliche Weisheit des Tarots teilen wollte, so sehr quälte sie die Vorstellung, der Kommissar – nein, der Hauptkommissar – könnte nur mit ihr gespielt haben. Am Ende war er einer von den Männern, die mit jeder einigermaßen ansehnlichen Frau schäkerten, und vielleicht war Jule schon jetzt zu einer Anekdote geworden, die Smolski bei einer ereignislosen Schicht seinen Kollegen zum Besten geben würde. Sie konnte schon seine tiefe Stimme hören. »Damals, als wir da diese Leiche in Odisworth entdeckt haben, hätte ich definitiv bei so einer Blondine aus Hamburg landen können, wenn ich es darauf angelegt hätte …«

Sie ärgerte sich über sich selbst. Sie war jetzt fast dreißig und hatte bei Gott mit mehr als nur einem Mann ihre Erfahrungen gemacht. Trotzdem konnte sie es nicht lassen, jedem noch so belanglosen Flirt Bedeutung beizumessen. Sie kam sich vor wie mit vierzehn, als ein Junge so getan hatte, als wollte er sie küssen. Als sie ihre Lippen gespitzt hatte, brach er in schallendes Gelächter aus, und eine Horde gleichaltriger Jungs, die sich hinter ein paar Fahrrädern versteckt hatten, mit ihm. »Als würde ich eine wie dich küssen. Streberin.« Jule seufzte. »Manche nehmen das Leben eben leichter als du, Jule«, hörte sie Caro in ihrem Kopf, obwohl das Telefonat längst beendet war.

Als Jule durch die Terrassentür trat, haftete ihr Blick wie gebannt auf dem Platz, an dem Smolski gesessen hatte. Seine Zeitung war ordentlich zusammengefaltet, als hätte er nie darin gelesen, und wenn die Krümel auf dem Tisch nicht gewesen wären, hätte sie geglaubt, sie habe sich das

Gespräch mit ihm und vor allem seine *Zeichen* nur eingebildet.

Scharrend öffnete sich eine Schiebetür. »Ja, ja. Das ist
schon ein schöner Mann. Und noch zu haben. Wenn ich
nicht so glücklich verheiratet wäre …«

Die zierliche Mittfünfzigerin, die mit einem feuchten
Tuch in der Hand aus der Küche hereinkam, lachte herzlich
und fing damit an, die letzten Spuren von Smolskis Anwesenheit zu beseitigen. »Haben Sie gut geschlafen?«

»Ja, danke«, sagte Jule tonlos.

»Sie haben ja noch gar nichts gegessen«, tadelte sie die
Frau – allem Anschein nach die Dame des Hauses – und
plapperte munter weiter. »Ich krieg auch kaum was runter.
Das Wetter, wissen Sie. Heute regnet's noch, warten Sie's
nur ab. Spätestens morgen. Ich spür das im Rücken. Mein
Mann meinte, Sie wären der Ersatz für Andreas?«

Jule brauchte einen Augenblick, um zu verstehen, dass
der Redefluss mit einer Frage an sie geendet hatte. »Ja,
stimmt.«

»Schön, schön.« Sie eilte geschäftig an Jule vorbei zu einer
Tür mit der Aufschrift »Privat«. »Wo hab ich's bloß? Wo
hab ich's bloß?«

Jule erhaschte einen Blick auf das Wohnzimmer der
Jepsens: dunkle Schrankwände, rot-weiße Läufer auf den
dunkelbraunen Fliesen, eine Couchgarnitur mit Blümchen-
muster. Ganz hinten konnte Jule eine Batterie Regale sehen,
auf denen eine beeindruckende Sammlung Porzellanpup-
pen aufgereiht war, wie sie auf Shoppingsendern angeboten
wurden. Allesamt – die künstlichen Jungen wie die künstlichen Mädchen – trugen Kleidung aus der Zeit der Jahr-
hundertwende: Matrosenanzüge, Kleidchen in hellem Gelb
und Rosa mit Rüschen und Schleifen, hohe Kniestrümpfe,
winzige Lackschuhe. Die Puppen hatten seltsam verzerrte
Gesichter, manche gähnten ganz offensichtlich, aber bei

den meisten war aus der Distanz nicht zu erkennen, ob die weit aufgerissenen Münder nun von schrillem Lachen oder einem gepeinigten Schrei herrühren sollten.

»Dann nehme ich halt so lange das hier«, kündigte Frau Jepsen an und schnappte sich ein Tablett mit korbgeflochtenen Griffen. »Ja, ja, ein schöner Mann, ein schöner Mann«, sinnierte sie weiter. Sie glich die Schweigsamkeit ihres Ehemanns in vollem Umfang aus. »Ich kann mir auch denken, wo er hin ist.«

Das war das erste Interessante, das sie von sich gab. »Wohin denn?«

»Na, zu Erich Fehrs.« Frau Jepsen schob das inzwischen beladene Tablett an den Tischrand und ließ sich auf Smolskis verwaistem Platz nieder. »Das ist doch sein Land, auf dem sie das arme Ding gefunden haben.«

Der Name Fehrs klang in Jules Ohren vage vertraut, aber es war ihr unmöglich, ihn näher zuzuordnen – unter anderem auch deshalb, weil sich Frau Jepsen nun regelrecht in Rage redete. Ihre Augen wurden größer und größer, und immer wieder ballte sie die Hände zu Fäusten. »Der Erich ist jetzt ja wohl der Hauptverdächtige. Herr Smolski wäre gut beraten, ihn so richtig in die Mangel zu nehmen. Ganz unter uns: Dass dem alles zuzutrauen ist, weiß doch das ganze Dorf. Von mir haben Sie das aber nicht. Wenn der Erich was getrunken hat – also immer, weil er ohne Standgas nicht mal mehr seine Schweine füttern könnte –, dann reicht schon ein falsches Wort und er geht durch die Decke. Da ist es kein Wunder, dass seine Frau irgendwann letztes Jahr ein für alle Mal die Sachen gepackt hat, ohne irgendwem ein Sterbenswörtchen darüber zu verraten. Ich hätte ihn an ihrer Stelle schon lange sitzen lassen. Und seitdem ist er noch schlimmer. Als Margarete die Schnauze endlich voll und das Weite gesucht hatte, haben der Bürgermeister und ein paar andere ihm einen Hund geschenkt, um ihn auf andere Gedanken zu bringen. Ganz ehrlich: So was kann auch nur Männern einfallen. Als ob ein Hund die Frau im Haus ersetzen würde. Ich kann Ihnen genau sagen, was da passiert ist. Mit dem toten Mädchen, meine ich. Mit der Margarete sind dem Erich ja nicht seine Bedürfnisse abhandengekommen, wenn Sie verstehen. Er hat sich die Kleine bestimmt nach Hause bestellt. Und als es ans Bezahlen ging, ist er durchgedreht.« Sie deutete mit der flachen Hand einen Messerschnitt durch die Kehle an. »Ein echter Geizkragen ist er nämlich auch noch. Ich hab – «

Ein Klingeln an der Haustür schnitt Frau Jepsen das Wort ab. »Ja«, rief sie laut und lang gedehnt. Sie hetzte aus dem Zimmer, als würde der Besuch im selben Moment wieder verschwinden, wenn sie nicht sofort an der Tür war.

Dankbar für die günstige Gelegenheit, Frau Jepsen zu entkommen, leerte Jule ihre Kaffeetasse. Smolski hatte recht: Hinter vorgehaltener Hand zerriss man sich in Odisworth das Maul über die Leute, die man freundlich grüßte, wenn man ihnen auf der Straße begegnete.

»Frau Schwarz! Für Sie!«, rief Frau Jepsen von der Haustür aus. »Mit dem Köter lasse ich den nicht rein«, flüsterte sie Jule im Vorbeigehen auf dem Flur noch zu. »Der macht mir nur alles dreckig.«

Bürgermeister Mangels hatte eine blaue Kapitänsmütze auf dem Kopf und seinen einäugigen Hund an der Leine, und sein verkniffenes Gesicht verhieß keine guten Neuigkeiten.

»Bin ich zu spät dran?«, fragte Jule besorgt. Es wäre nicht auszuschließen gewesen, dass sie ob der Unterhaltung mit Smolski und Frau Jepsens Eröffnungen über den Schweinebauern die Zeit vergessen hatte.

»Nein, nein«, wiegelte Mangels ab, ohne ihr dabei in die Augen zu sehen. »Es ist nur …« Er verstummte kurz, nahm die Mütze ab und fuhr sich mit dem Ärmel über die

Stirn. »Sehen Sie, es ist wegen Ihres Termins mit dem Gemeinderat.«

»Ja …«

»Es ist mir wirklich unfassbar peinlich, dass ich das so kurzfristig mache, aber ich müsste ihn absagen.«

»Das ist nicht Ihr Ernst.« Jule war nicht so weit die Karriereleiter hinaufgeklettert, um sich nach Belieben herumschubsen zu lassen. »Sie haben mir doch noch gestern Abend versichert, dass er auf jeden Fall stattfindet.«

»Ich weiß, ich weiß«, sagte Mangels. »Aber bei all der Aufregung um diesen Vorfall habe ich mich zu einer Zusage hinreißen lassen, die ich so nicht einhalten kann. Das müssen Sie doch auch verstehen. Schauen Sie, Frau Schwarz, wir haben die Medien im Ort, das kann man nicht einfach ignorieren. Damit muss man sich auseinandersetzen. Und das kostet Zeit.«

Jule fixierte ihn durchdringend und leitete ihren wachsenden Zorn in die Kanäle, die ihr bei früheren Projekten in vergleichbaren Situationen die besten Dienste geleistet hatten: kühle Beherrschtheit und Klarheit in ihren Ansagen. »Dann würde ich vorschlagen, dass Sie mir gegenüber in Zukunft realistischere Einschätzungen von Sachverhalten abliefern. In unserem beiderseitigen Interesse. Aufgrund des bisherigen Projektverlaufs gehe ich davon aus, dass Sie unser gemeinsames Vorhaben nach besten Kräften unterstützen.« Obwohl ihr Chef in Hamburg wahrscheinlich vor Fassungslosigkeit explodiert wäre, wenn er sie in diesem Moment hätte hören können, setzte Jule alles auf eine Karte. »Odisworth ist nicht der einzige vielversprechende Standort für einen Windpark. Bis wann kann ich mit einem neuen Termin für die verpasste Sitzung rechnen?«

Jules Bluff ging auf. Mangels zuckte sichtlich zusammen. »Frau Schwarz, bitte überstürzen Sie jetzt nichts. Haben Sie doch etwas Geduld. Übers Wochenende sollte … da wird sich die Lage beruhigt haben.«

»Also Montag um die gleiche Zeit?«

»Ich denke schon.« Mangels schluckte. »Ich werde dafür Sorge tragen, dass alle dabei sind.«

»Schön. Bis Montag also.« Sie nickte knapp, machte einen Schritt zurück und schloss die Tür. Durch das Glas konnte sie sehen, wie Mangels' Arm sich in Richtung des Klingelknopfes bewegte. Dann überlegte er es sich anders und ging davon.

Es war ein Pyrrhussieg, den Jule davongetragen hatte, und sie konnte sich dementsprechend nicht lange daran erfreuen. Als ihr klar wurde, dass ihr heute noch die lange Rückfahrt nach Hamburg bevorstand, befiel sie ein heftiger Schwindel. Sie stützte sich mit einer Hand am Treppengeländer ab. Die andere fuhr wie von selbst an ihr Ohrläppchen. Sie drückte zu. Einmal. Zweimal. Dreimal. Sie wusste nicht, was sie mehr hasste: sich selbst, ihre Angst oder dieses verfluchte Dorf.

## 27

Es hatte keinen Sinn, ins Büro zurückzufahren. Was hätte Jule ihrem Chef auch berichten können, das seinen Erwartungen gerecht geworden wäre? Nichts. Statt von einer glänzend gelaufenen Präsentation zu erzählen, hätte sie ein Geständnis darüber ablegen müssen, wie sie Mangels mehr oder weniger an der Nase herumgeführt hatte.

Also entschied Jule, ein paar Überstunden abzufeiern und in ein langes Wochenende zu gehen. Noch von der Pension Jepsen aus meldete sie sich bei Caro und kündigte ihren Besuch an, den sie ihrer Freundin mit einer Doppeleinladung zu einem mittäglichen und einem abendlichen Restaurantbesuch schmackhaft machte. Mit Caro gab es wenigstens etwas Handfestes zu besprechen: die Frage, wie Smolskis Verhalten denn nun genau zu beurteilen war. Mit ihrem Rollköfferchen spazierte sie wieder in Richtung Schule. Zugegebenermaßen wirkte Odisworth tagsüber nicht ganz so trostlos wie in der Nacht. Die Atmosphäre im Dorf als malerisch zu beschreiben, wäre vielleicht etwas zu viel gewesen. Beschaulich war sie jedoch allemal. Manche Leute, die mit der Hektik in der Stadt nicht gut zurechtkamen, träumten davon, in Orten wie Odisworth in einem Häuschen im Grünen zu leben. Leute, für die in einer perfekten Welt Katzen faul in der Sonne badeten, Vögel ununterbrochen fröhlich in den Bäumen zwitscherten, prächtige Blumenkästen an den Fensterbrettern hingen und das Pflaster jeder Hofeinfahrt mit krakeligen Kreidezeichnungen verziert war. In dieser Hinsicht war die Welt in Odisworth noch vollkommen in Ordnung. Nichts deutete darauf hin, dass die ländliche Idylle vielleicht die Heimat eines Mörders war.

Der Unterricht hatte bereits begonnen, die Zahl der Lehrkräfte an der Dorfschule blieb aber in einem überschaubaren Rahmen. Umso mehr beschlich Jule das unheimliche Gefühl, die Fahrer der übrigen Autos hätten einen gehörigen Bogen um ihren Dienstwagen gemacht und möglichst weit weg von ihr geparkt. Dass im Kofferraum des BMW nach wie vor der Geruch von altem Schweiß herrschte, verstärkte Jules aufkeimende Beklemmungen nur noch mehr.

Schon beim Einsteigen sagte sie das erste Mal ihr Mantra auf. »Meine Angst gehört zu mir, aber ich bin nicht meine Angst.«

Sie drückte den Startknopf und verkrampfte innerlich, als der starke Motor zum Leben erwachte. »Meine Angst gehört zu mir, aber ich bin nicht meine Angst.«

Sie gab Caros Adresse ins Navi ein und klammerte sich an dem Gedanken fest, dass ihre erste Fahrt nicht in einer Katastrophe geendet hatte. »Meine Angst gehört zu mir, aber ich bin nicht meine Angst.«

Eine Sprecherin des Infosenders, auf den Jule das Radio eingestellt hatte, berichtete von den nach wie vor immensen Risiken der Erdölförderung bei Tiefseebohrungen.

Bedeutete die erste erfolgreich absolvierte Fahrt am Ende denn nicht lediglich, dass die Wahrscheinlichkeit für einen tragischen Zwischenfall bei der kommenden Fahrt gestiegen war? »Meine Angst gehört zu mir, aber ich bin nicht meine Angst.«

Was Jule letztlich dazu bewegte, den Rückwärtsgang einzulegen und kriechend langsam aus der Parklücke zu rollen, war ihr Mangel an Alternativen: Sie wollte so schnell wie möglich weg von Odisworth.

Es kam ihr sehr gelegen, dass sie unmittelbar nach dem Abbiegen vom Schulparkplatz hinter einem Traktor festhing, der in gemächlichem Tempo vor ihr hertuckerte. Es kümmerte sie auch nicht, dass kurz vor dem Schild, das das Ortsende von Odisworth markierte, eine ungeduldige Frau in einem zerbeulten Kombi hinter ihr ausscherte, um Jule und den Traktor zu überholen. Sie würde schön hinter dem Bauern bleiben. Insgeheim wünschte sie sich, er könnte aus unerfindlichen Gründen ins Hamburger Schanzenviertel wollen und ihr bis zu ihrem Ziel als Puffer für ihre Angst dienen.

Ganz so weit fuhr er zwar nicht, aber immerhin begleitete sie der Traktor bis zu jenem Wäldchen, an dem am vorigen Abend die Straßensperre errichtet worden war. Inzwischen hatte die Polizei eine der beiden Spuren wieder freigegeben. Zwei Männer in weißen Overalls lehnten am Kühler eines silbergrauen VW-Kombis und tranken Kaffee aus Pappbechern. Zwischen den Baumstämmen am Waldrand war ein rot-weißes Plastikband gespannt, und bei dem kurzen, kaum eine Sekunde dauernden Blick zur Seite, konnte Jule weitere Personen in Overalls ausmachen, die vorsichtig und mit gesenkten Köpfen durch das Unterholz streiften. Ob Smolski unter ihnen war? Hatte er bereits eine heiße Spur gefunden? Oder suchte man noch nach ersten Hinweisen auf den Täter? Aber welche dieser Hinweise sollte es Monate nach dem Mord noch geben? Alle Fußabdrücke hatten Wind und Regen doch bestimmt längst weggewischt, und Jule bezweifelte, dass sich nach so langer Zeit noch DNA-Spuren finden ließen.

»Biegen Sie in zweihundert Metern scharf nach links ab«, forderte die Frauenstimme aus dem Navi. Jule wollte schon auf die Bremse treten, ließ es aber. Warum sollte sie nach links abbiegen? Obwohl ihr der Traktor die Sicht versperrte, verstand Jule, wohin sie das Navi gerade lotsen wollte: auf den Waldweg, der sie am Abend zuvor zu dem unheimlichen Gehöft geführt hatte. Das konnte unmöglich stimmen. Sie brauchte doch nur der Straße, auf der sie gerade war, zu folgen, um zur A7 zu kommen. Oder schlug ihr das Navi eine Abkürzung vor? Selbst wenn dem so wäre, würde Jule in jedem Fall darauf verzichten. Keine zehn Pferde würden sie dazu bringen, noch einmal durch diesen Wald zu fahren. Selbst bei Tageslicht nicht, seit sie wusste, dass dort ein Mörder sein Opfer versteckt hatte. Sie packte das Lenkrad fester und starrte stur geradeaus.

»Biegen Sie jetzt links ab«, drängte sie das Navi.

Jule ignorierte es. »Ich fahr da nicht lang«, murmelte sie. »Das kannst du vergessen.«

Sie passierte die Stelle, an der der schmale Weg von der Straße abzweigte. »Bitte wenden! Bitte wenden!«, beharrte das Navi noch einen Moment auf seinem absonderlichen Routenvorschlag. Dann flackerte das Display, wurde völlig dunkel und zeigte danach die Landstraße an, die von einem breiten orangefarbenen Streifen unterlegt war. »Bitte folgen Sie dem Straßenverlauf sechzehn Kilometer«, sagte die Frauenstimme, als wäre nichts geschehen.

»Na also«, flüsterte Jule. »Geht doch.«

Es war sicher nichts anderem als dem Stress geschuldet, unter dem sie momentan stand, doch für einen Augenblick hätte Jule schwören können, dass das Motorengeräusch mit einem Mal nicht mehr wie ein aggressives Knurren, sondern eher wie ein niedergeschlagenes Murmeln klang.

## 28

»Habt ihr Sturköpfe auch nur den Hauch einer Vorstellung davon, wie viel Geld wir mit diesem Windpark in die Gemeindekasse spülen können?«, fragte Hans-Herrmann Mangels und hob beschwörend beide Hände.

Ingo Schütt blinzelte ihn hinter seiner dicken Brille verständnislos an und überließ wie so oft Lars Eggers das Wort. »Geld ist nicht alles«, sagte der Bauer mit dem rotblonden Stoppelhaar, dessen Sommersprossen seine groben Züge nur bedingt minderten. »Hier geht es nicht um Geld.«

Mangels richtete seinen Blick kurz auf die schweren schwarzen Bohlen, die die niedrige Decke im Hinterzimmer des »Dorfkrugs« stützten. Er hatte sich für sein Treffen mit den beiden wichtigen Mitgliedern des Odisworther Gemeinderats aus zwei Gründen an diesen eher versteckten Ort zurückgezogen: Zum einen wurde der große Schankraum der Wirtschaft derzeit von Journalisten belagert. Zum anderen wollte Mangels vermeiden, dass jemand aus dem Rathaus über heimliche Absprachen oder ähnlich dummes Zeug zu schwätzen begann. Er konnte auf noch mehr Zank

»Doch«, gab sich Mangels geschlagen. »Doch. Haben wir.«

»Siehst du. Jemand Fremdes hätte das nie verstanden«, sagte Eggers, und Mangels konnte ihm nicht widersprechen. Er fühlte einen schwachen Anflug von Mitleid für Jule Schwarz, aber es war schließlich nicht seine Schuld, dass ihre Firma dachte, die Einwohner von Odisworth kämen mit ihr besser zurecht als mit Andreas, den sie gut kannten. Andreas hätte man so einiges im Vertrauen erklären können, aber ihr? Unvorstellbar. Die Geheimnisse von Odisworth blieben in Odisworth – so war es immer gewesen, und so würde es auch immer sein.

## 29

Kurz nach zwölf fuhr Jule auf einen Schotterparkplatz mitten im Schanzenviertel direkt neben einer S-Bahn-Brücke. Trotz der Klimaanlage, die sie mithilfe der Bedienelemente am Scheibenwischerhebel auf angenehme 21 Grad reguliert hatte, war sie schweißgebadet.

Schuld daran war nicht der Teil der Reise zurück in die Zivilisation, den sie auf der Autobahn hinter sich gebracht hatte. Da war zu ihrer eigenen Verwunderung sogar ihr üblicher Tunnelblick ausgeblieben. So war sie in der Lage gewesen, ihre Gedanken immer wieder für kurze Momente schweifen zu lassen. In erster Linie waren es die noch frischen Erinnerungen an die sonderbaren Menschen aus dem Dorf, die nicht zu bändigen waren und wie Gasblasen aus einem unermesslich tiefen Sumpf aus ihrem Unterbewusstsein aufstiegen. Sie musste an Mangels denken, wie herrisch er mit seinem halb blinden Hund umsprang, während er ihr gegenüber buckelte. An Malte Jepsen, der ihr wie ein mürrischer Hügeltroll aus einem Bilderbuch ihrer Kindheit vorkam. An dessen Frau, die den Mund nicht halten konnte. Und an Smolski und daran, dass ihre selbst gewählte Einsamkeit und auch Enthaltsamkeit in der letzten Zeit vielleicht doch nicht das waren, was sie wirklich wollte.

Von Smolski wanderten ihre Gedanken nach einer Weile wieder zu der jungen Frau, deren Leiche man in Odisworth gefunden hatte. Ständig musste sie an diese arme Frau denken. Wenn es kein gezielter Anschlag gewesen war, hätte sie selbst genauso gut an ihrer Stelle in dem Wald verscharrt werden können. Ob ihr diese Frau auch in anderen Belangen als nur dem Äußeren geähnelt hatte? Hatte sie bei den gleichen Filmen zum Taschentuch greifen müssen? Über die gleichen Witze gelacht? Von diesen Fragen war es nur ein kleiner Schritt zu anderen erschütternderen Rätseln. Wie sehr hatte diese Frau leiden müssen, bis ihr Martyrium überstanden war? Wo hatte sie ihr Leben verloren, wenn nicht dort, wo ihre Leiche gefunden worden war? Hatte sie Verwandte, die noch immer darauf hofften, sie lebend wiederzusehen, und die nun bald die schreckliche Wahrheit erfahren würden? Was war das Letzte, das sie gesehen hatte? Die Augen ihres Mörders? Der Nachthimmel? Was hatte sie gefühlt, als sie begriffen hatte, dass sie sterben würde?

Jule war bewusst, welches Risiko sie damit einging, sich so sehr mit dieser Frau zu identifizieren. Dass sie sich Fragen stellte, die sie sich nicht stellen durfte. Jule hatte sich vor langer Zeit in einem anderen Zusammenhang ganz ähnliche Fragen schon einmal gestellt und darüber beinahe den Verstand verloren.

Als sie von der Autobahn abgefahren war, hatte der Stadtverkehr Jules neu gewonnene Selbstsicherheit hinter dem Steuer sofort wieder zunichtegemacht. Ihr war so, als hätte sich jeder Mensch auf Hamburgs Straßen gegen sie verschworen: der alte Mann, der mit nach vorn gerecktem Stock und ohne Rücksicht auf Verluste auf einen Zebrastreifen trat und sie zu einer Vollbremsung zwang; die Fahrerin vor ihr, die aus unerfindlichen Gründen plötzlich bremste, sodass Jule einen Zusammenstoß nur durch einen unkontrollierten Spurwechsel vermeiden konnte; der Typ im Anzug, der direkt vor ihrer Kühlerhaube noch schnell über die Straße huschte, obwohl die Fußgängerampel schon längst wieder rot war. Aber all das war nichts, verglichen mit den Radfahrern. Sie stellten Jules psychische Belastbarkeit auf die härteste Probe. In der Schanze war es erwartungsgemäß am schlimmsten. Zum alternativen Selbstverständnis der Bewohner dieses Viertels gehörten allem Anschein nach ein möglichst klappriges Fahrrad und möglichst wenig Rücksicht auf sich oder andere Verkehrsteilnehmer. Jules Erlebnisse aus der Vergangenheit spielten ihren Sinnen einen Streich, und mit einem Mal trugen alle Radfahrer blaue Windjacken, und die Straßen glitzerten, als wären sie spiegelglatt vor Eis.

Nun, da sie endlich auf dem Parkplatz angekommen war, presste sie die Stirn fest gegen das Lenkrad, bis das Rauschen in ihren Ohren verstummt war. Warum tat sie sich das alles an?

Sie betrachtete sich im Rückspiegel. So hätte sie wahrscheinlich auch ausgesehen, wenn sie gerade einen Marathon gelaufen wäre. Ihr Haar klebte ihr in nassen Strähnen auf der Stirn, ihr Mund war zu einer Linie zusammengekniffen, und ihre Augen waren von einer dumpfen Leere erfüllt.

Beim Anziehen der Handbremse fiel ihr Blick auf den Traumfänger, den ihr Caro als Glücksbringer geschenkt hatte. Ein mattes Lächeln huschte über ihr Gesicht. Sie wunderte sich erst selbst darüber, warum dieses billige Stück Tand, das angeblich böse Geister fernhielt, ihre Laune aufhellte. Aber durch den Traumfänger war es ein wenig so, als würde Caro mit ihr im Auto sitzen und ihr dabei helfen, ihre Angst unter Kontrolle zu halten. Sie glaubte nicht an böse Geister. Wer brauchte sie auch in einer Welt, in der es genügend Ungeheuer aus Fleisch und Blut gab? In der ein solches Ungeheuer die Leiche einer jungen Frau den Tieren im Wald zum Fraß vorwarf, als wäre sie nichts weiter als ein Stück Fleisch?

Jule tippte den Traumfänger sanft an und schaute ihm ein paar Sekunden beim Baumeln zu. Es war schön, einen Menschen wie Caro zu haben, mit dem man all seine Geheimnisse teilen konnte und der all seine Geheimnisse mit einem selbst teilte.

## 30

»Das macht mich total nervös«, sagte Caro. Sie wand sich das Telefonkabel um den Finger und war einmal mehr davon überzeugt, dass es nicht nur wegen der Vermeidung von Elektrosmog die richtige Entscheidung war, auf ein schnurloses Modell zu verzichten. »Verstehst du das?«

»Ja, aber ich denke, dass du unbewusst den Ausgang deiner Legungen beeinflusst.« Lothars Stimme war nicht im Geringsten anzuhören, dass er erst vor zwei Tagen einen Nervenzusammenbruch gehabt hatte.

Caro wusste noch nicht so recht, ob sie das gut oder schlecht finden sollte. Nachdem er sich beruhigt hatte, hatte sie ihm mit einer Pinzette die Splitter aus den Knöcheln gezogen und ihm die Hände verbunden. Dabei hatte er die ganze Zeit über wieder und wieder gestammelt, dass er sie nicht aufregen wolle. Er war erst wieder ruhiger geworden, als sie gemeinsam geduscht hatten, um das Blut von ihren Körpern abzuwaschen. Anschließend hatte er darauf bestanden, sie nach Hause zu fahren, und seither hatten sie nicht mehr miteinander gesprochen. Heute hatte sie ihn unbedingt anrufen müssen, weil sie sich vor dem fürchtete, was die Befragungen des Tarots in den letzten Tagen ergeben hatten.

»Aber es war jedes Mal das Gleiche«, versuchte sie, ihm noch einmal zu erklären, weshalb sie so aufgewühlt war. »Für dich, für mich und für Jule. Die letzte Karte ist immer der Tod. Für uns alle drei. Macht dir das keine Angst?«

Er schwieg.

»Hat es was mit dem zu tun, was vorgestern Nacht passiert ist?«, fragte sie.

»Ich möchte nicht mit dir über diese Sache reden.«

»Hat es irgendwas mit Jule zu tun?« Caro hatte alles in ihrem Kopf so oft gedreht und gewendet, wie sie nur konnte, und der einzige erkennbare Auslöser für seinen Anfall war eben, dass sie unmittelbar davor über Jule gesprochen hatten. »Bitte sprich doch mit mir.«

»Ich kann verstehen, wenn du mich nicht mehr sehen willst«, sagte er.

»Was?«

»Ich kann verstehen, wenn du mich nicht mehr sehen willst.«

»Wie kommst du denn darauf?«, fragte sie.

»Ich mache mir keine Illusionen darüber, wie ich nach dem, was passiert ist, auf dich wirken muss«, erläuterte er im selben Tonfall, den sie noch aus ihrer Therapiezeit kannte – eine ernste kompromisslose Bestimmtheit. Sie saß mit angezogenen Knien auf dem Sitzkissen neben dem Telefonschränkchen, und als ihr dämmerte, was er da andeutete, rutschten ihre Füße von der weichen warmen Unterlage auf die harten kalten Flurdielen.

»Machst du gerade Schluss mit mir?«

»Willst du denn mit mir Schluss machen?«

»Erzähl keinen Blödsinn«, fauchte sie. »Warum sollte ich bei dir anrufen, wenn ich nichts mehr mit dir zu tun haben will?«

Er schwieg wieder einen Moment. »Caro, ich habe dir am Anfang gesagt, dass ich dich nie anlügen werde. Das habe ich auch jetzt nicht vor. Aber ich habe dir auch klargemacht, dass es Dinge gibt, über die ich selbst mit dir nicht sprechen kann. Akzeptierst du das?«

»Ich dachte immer, du meinst das in Bezug auf deine Arbeit«, sagte Caro verwirrt. »Dass du mit mir nicht über deine Patienten sprechen kannst.«

»Akzeptierst du das?«, wiederholte er.

Es klingelte an der Tür, bevor sie ihm eine Antwort geben konnte. »Ich melde mich später wieder«, sagte sie und legte auf.

# 31

Der Start ins verlängerte Wochenende verlief für Jule genau so, wie sie es sich vorgestellt hatte. Sie holte sich bei ihrer Freundin den Zuspruch ab, den sie so dringend brauchte. Caro versicherte Jule mehrfach und überzeugend, dass Smolski erstens nie im Leben mit ihr geflirtet hätte, wenn er sich nicht zumindest ein kleines romantisches Abenteuer davon versprechen würde. Und zweitens dürfe man auch nicht vergessen, dass Smolskis Erscheinen ja von den Tarotkarten ausdrücklich angekündigt worden sei. Diesen zweiten Punkt betonte Caro so unnachgiebig und beinahe ehrfürchtig, als wäre er in Stein gemeißelt. Ihr Enthusiasmus war ansteckend, und so gab sich Jule gern der Illusion hin, die vorhergesagten Ereignisse würden nun nach und nach eintreten.

Abgesehen davon wurde Caro auch nicht müde, Jule für ihren Mut zu loben. »Siehst du, du kannst doch noch Auto fahren«, war ein Satz, den Jule an diesem Wochenende bestimmt hundertmal zu hören bekam.

Eigentlich hatte Jule mit dem Gedanken gespielt, bei Caro zu übernachten. Dieser Gedanke hatte sich mit jedem weiteren Glas Wein zwar verfestigt, aber letztlich war es anders gekommen.

»Hast du nicht Lust, mal bei deinen Eltern anzurufen und ihnen zu erzählen, was für einen Riesenfortschritt du gemacht hast?« Caro war der festen Überzeugung, über alles ließe sich reden. Daher auch ihre recht spät am Abend gestellte Frage.

Aber nein, Jule hatte keine Lust, mit ihren Eltern Kontakt aufzunehmen. Wenn es ein kleiner Sieg über ihre Angst gewesen war, die Fahrt nach Odisworth hinter sich gebracht zu haben, so wäre es eine gewaltige Niederlage für ihre Selbstachtung gewesen, ihre Eltern davon in Kenntnis zu setzen. Als ob sie ausgerechnet jetzt zu Kreuze kriechen würde.

Bevor Caro noch weiter ausholen konnte, hatte Jule von einem Moment auf den anderen ihre Tasche genommen, ihrer Freundin einen flüchtigen Kuss auf die Wange gegeben und war schwankend in die Nacht verschwunden.

# 32

Am Samstag, der für sie mit einem leichten Kater eingeläutet wurde, gelangte Jule zu der Überzeugung, dass es nur eine einzige Person in ihrem Leben gab, die es wirklich verdient hatte, dass man ihr etwas Gutes tat: sie selbst. Daraufhin frühstückte sie ausgiebig in ihrem Lieblingsbistro in Rotherbaum – das Wetter war sogar sonnig genug, um draußen auf der Terrasse zu sitzen – und brach danach zu einer Shoppingtour auf. Die Ausbeute konnte sich sehen lassen: drei neue Oberteile, eine weiße Leinenhose für schwüle Sommernächte und ein Paar elegante Sneaker, die auch zu ihrem gewohnten Businessoutfit nicht deplatziert wirkten. Es waren genau die richtigen Schuhe, um in Odisworth bei den hoffentlich bald stattfindenden Besichtigungen möglicher Windradstandorte über die Felder zu marschieren. Ein Odisworther hätte das sicherlich anders gesehen und ihr Gummistiefel empfohlen, aber für Jule stand eines fest: Sie würde sich nur bis zu einem gewissen Grad von den Erwartungen der Dörfler verbiegen lassen.

Den Nachmittag und Abend brachte sie damit zu, Hauptkommissar Gabriel Smolski zu googeln. So umfangreich die Fundstücke ihres Einkaufsbummels waren, so spärlich waren die ihres Ausflugs in die Weiten des Internets. Smolskis digitaler Fußabdruck war geradezu kümmerlich: Neben einer Handvoll Treffer, bei denen sein Name in polizeilichen Pressemeldungen zu einigen unspektakulären Ermittlungen auftauchte, spuckte das Netz so gut wie nichts über ihn aus. Allein ein Bild in schlechter Auflösung war von Interesse: Es war bei einem im Husumer Schloss ausgerichteten Polizeiball entstanden und zeigte einen fünf oder sechs Jahre jüngeren Smolski im Kreise seiner Kollegen, die wie er für diesen Anlass Anzug und Krawatte trugen. Die meisten Polizisten fühlten sich ohne ihre Uniform sichtlich unwohl, wohingegen Smolskis Lächeln ehrlich und entspannt wirkte. Er hatte auch einen guten Grund dazu: Im Arm hielt er eine Frau, die ihn auf ihren hochhackigen Schuhen um ein paar Zentimeter überragte und deren Zähne fast so weiß strahlten wie ihr schulterfreies Kleid.

Jule studierte das Bild minutenlang. Einerseits war es gut zu wissen, dass sie anscheinend haargenau in Smolskis Beuteschema passte. Andererseits stellte sich die Frage, mit wem er auf diesem Ball erschienen war. War das seine Freundin? Seine Frau? Nur eine gute Bekannte, die eingesprungen war, weil er sich ohne weibliche Begleitung schlecht hätte sehen lassen können? Es tröstete Jule, dass Frau Jepsen behauptet hatte, Smolski wäre noch zu haben.

Eines jedoch dämpfte Jules Zuversicht: Ihre Chancen, Smolski überhaupt noch einmal zu sehen, waren untrennbar mit den Ermittlungen an dem laufenden Fall verknüpft. Sobald der Mord erst einmal aufgeklärt war, würde er aus Odisworth verschwinden.

Jule las auf den Sites einiger größerer Tageszeitungen den derzeitigen Stand der Ermittlungen nach. Wie es aussah, würde Smolski noch einige Zeit in Odisworth bleiben. Das beruhigte sie. In jeder anderen Hinsicht wuchs ihr Unbehagen: Der Mörder war noch immer unerkannt und auf freiem Fuß. Es hatte die große Stunde der Forensiker geschlagen, um die Identität der Toten festzustellen. Der Abgleich zwischen den Ergebnissen der vielen nicht näher genannten Untersuchungen, die die Kriminologen derzeit anstellten, und den Einträgen in den Datenbanken für vermisste Personen, würde nach Einschätzung der Experten noch einige Tage dauern. Dass es also eigentlich nichts Neues zu melden gab, hielt die Boulevardpresse nicht davon ab, die Berichterstattung ununterbrochen fortzusetzen.

Immerhin konnte Mangels sich freuen, denn Jule stieß auf mehrere Kurzfeatures, die zwar mit »Dorf des Grauens«, »Das Horror-Dorf« oder »Wo der Tod lauert« betitelt waren, sich dann aber doch eher wie Werbetexte lasen, die man beim örtlichen Touristikbüro abgeschrieben hatte. Unentwegt betonten die Schreiberlinge »die verwunschene Landschaft«, »das perfekte Idyll« und »die Atmosphäre wie aus dem Bilderbuch«.

Letzten Endes verblasste der Schauplatz in der öffentlichen Wahrnehmung aber vor der eigentlichen Tat, über die pietätlos spekuliert wurde: Die Zeitungen wussten mal von nicht näher genannten Verstümmelungen der Frauenleiche, mal stellten sie Mutmaßungen über ein »heidnisches Ritual« an, da man in den Zwanzigerjahren einmal ein Hügelgrab auf Odisworther Gemarkung entdeckt hatte.

Je länger sie über den Mord las, desto unwohler wurde Jule. Sie ertappte sich dabei, wie sie nach Schritten im Treppenhaus lauschte. Sie fuhr zusammen, wenn unten auf der Straße eine Autotür zugeschlagen wurde. Obwohl sie alle Lichter in ihrer Wohnung eingeschaltet hatte, sah sie aus jeder Ecke dunkle Schatten auf sich zukommen. Sie machte den Fernseher an. Das monotone Gemurmel von Nachrichtensprechern beruhigte sie meistens, und es funktionierte auch diesmal. Bevor sie ins Bett ging, schloss sie die Wohnungstür trotzdem zweimal ab und ließ den Schlüssel stecken. Und sie tat etwas, was sie zuvor noch nie getan hatte: Sie holte ein Brotmesser aus der Küche und legte es auf den Nachttisch.

# 33

»Hallo?«, meldete sich Jule schlaftrunken, nachdem sie aus dem Schlafzimmer in den Flur zur Basisstation ihres Telefons gewankt war.

»Jule?«, fragte sie ein Mann, dessen Stimme ihr sehr vertraut war, obwohl sie sie noch nie so voller Zweifel und so zögerlich gehört hatte.

»Ja?«

»Lothar Seger hier.«

»Wissen Sie, wie spät es ist?« Er mochte ihr Therapeut sein, aber das gab ihm noch lange nicht das Recht, sie mitten in der Nacht anzurufen.

»Entschuldigen Sie bitte vielmals die späte Störung. Oder die frühe Störung, je nachdem, wie Sie es sehen wollen.« Mit jedem Wort kehrte mehr von der Zielstrebigkeit in seine Stimme zurück, für die sie ihn insgeheim bewunderte. »Ich wollte mich nur nach Ihrem Befinden erkundigen.«

»Und das konnte nicht bis morgen warten?« Er brauchte nicht zu wissen, dass er sie aus einem verstörenden Albtraum, in dem Frau Jepsens Puppen zum Leben erwacht waren, gerettet hatte. »Mir geht es gut. Ich bin nur etwas müde, um ehrlich zu sein.«

»Waren Sie in Odisworth?«

»Ja.« Jule schlurfte in die Küche und goss sich ein Glas Wasser aus dem Hahn ein. Seger ließ sich viel Zeit mit seiner nächsten Frage.

»Und es geht Ihnen wirklich gut?«

»Warum sollte es mir nicht gut gehen?« Ihr fiel auf, dass das eine völlig sinnlose Antwort war, wenn sie daran dachte, in welchem Verhältnis sie zueinander standen, und fügte rasch hinzu: »Sie hatten recht. Ich habe es geschafft. Beide Strecken ohne katastrophalen Zwischenfall. So wie Sie es gesagt haben. Sie wissen doch: Meine Angst gehört zu mir, aber ich bin nicht meine Angst.«

»Ja, ja. Das war mir klar.« Es klang fast, als wollte er sie abwürgen und als ob ihm sein eigener Beitrag zu der erfolgreichen Therapie völlig egal wäre. »Sagen Sie, Jule, hat Sie in Odisworth jemand angesprochen?«

»Wie angesprochen?« Sie wusste nicht, was sie mit dieser Frage anfangen sollte, aber sie ahnte, dass das nicht an ihrer Müdigkeit lag.

»Ein Mann, meine ich«, erklärte Seger. »Hat ein Mann Sie angesprochen, als Sie in Odisworth waren? Haben Sie jemanden näher kennengelernt?«

Jule rutschte ihr Glas aus den Fingern und polterte in die Spüle. »Woher wissen Sie das?«

»O Gott, ich hätte damit rechnen müssen.« Ein lang gezogenes Ächzen drang aus dem Hörer, bei dem sich Jules Nackenhärchen sträubten. Sie hätte nie geglaubt, dass ein Mann wie Lothar Seger dazu in der Lage war, ein Geräusch von sich zu geben, aus dem so viel Verzweiflung sprach. »Sie sind ihr sehr ähnlich.«

Jule war vom einen Augenblick zum anderen hellwach. Zorn über einen unverzeihlichen Vertrauensbruch peitschte das Adrenalin durch ihre Adern. »Wer hat Ihnen das erzählt? Das war Caro, richtig? Sie haben sich mit Caro getroffen, und sie hat Ihnen alles brühwarm erzählt.«

Er ging nicht auf ihre Frage ein, sondern schwieg einen langen Moment. »Hören Sie, Jule. Ich will nur, dass Sie vorsichtig sind. Er ist gefährlich. Er sieht in Ihnen nicht das, was Sie glauben.«

Nun verstand Jule gar nichts mehr. Ihr Zorn ebbte so schnell ab, wie er über sie gekommen war. »Woher kennen Sie Kommissar Smolski?«

Es folgte erneut ein kurzes Schweigen, doch als Seger dieses Mal weitersprach, hörte er sich anders an. Erleichtert. »Wie gesagt, Jule, ich wollte nur hören, wie es Ihnen geht, und es freut mich, dass wir gute Arbeit gemacht haben. Weiter so. Aber setzen Sie sich nicht zu sehr unter Druck. Sie müssen aufpassen, dass Sie sich nicht zu viel zumuten und an der Belastung zerbrechen. Vielleicht sollten Sie sich ein paar Tage krankschreiben lassen und einfach nur entspannen. Karriere ist nicht alles. Entschuldigen Sie bitte noch mal die Störung. Tut mir schrecklich leid, dass ich Sie aufgeweckt habe.«

Es klickte in der Leitung. Seger hatte aufgelegt und damit ein Gespräch beendet, das Jule verwirrt zurückließ. Je länger sie darüber nachdachte, desto mehr wuchs in ihr der Verdacht, dass Lothar Seger unter Umständen dringender eine Therapie brauchte, als sie es jemals getan hatte. Ihr Urteil wäre vielleicht milder ausgefallen, hätte sie gewusst, dass ihr an diesem Tag noch ein weiterer Anruf bevorstand, der sie am Geisteszustand eines Menschen zweifeln lassen würde.

## 34

Der Verbandswechsel war ein schmerzhaftes Unterfangen, das Lothar Seger in Angriff nahm, nachdem er das Telefonat mit Jule Schwarz beendet hatte. Einige der schorfigen Wunden rissen wieder auf, weil sich Mullfäden im verkrusteten Blut verfangen hatten und er zu heftig daran zog.

Er setzte sich auf die Toilette und betrachtete seine zerschnittenen Knöchel. Wenn ein Rinnsal aus einer der kleinen Wunden zu groß wurde, leckte er es vorsichtig von seiner Hand. Der metallische Geschmack half ihm, seine Gedanken zu bündeln.

Er hatte das Richtige getan. Jule hatte eine Warnung verdient. Vielleicht hatte er die falsche Zeit dafür gewählt, aber das änderte nichts an der Wirkung seines Anrufs. Im Grunde konnte er doch beruhigt sein: Jule hatte offensichtlich einen Beschützer an ihrer Seite, einen Polizisten. Er dachte an die Frau aus Odisworth, die er damals hatte beschützen wollen, und was aus dieser Absicht geworden war. Er ballte seine Hände zu Fäusten, bis die Knöchel weiß hervortraten und einige der Wunden wieder aufbrachen. Diesmal ließ er das Blut stoisch auf seine Schenkel und Füße tropfen. Die roten Spritzer, die auf den Fliesen landeten, erinnerten ihn daran, wer ihn davor bewahrt hatte, sich noch Schlimmeres anzutun. Machte er einen Fehler, Caro nicht in sein Geheimnis einzuweihen? Aber er kannte sie besser, als sie sich selbst. Sie war beileibe nicht so stark, wie sie dachte. Wenn er einen Teil seiner Schuld auf sie abwälzte, bestand die Gefahr, dass sie unter dieser Last zermalmt wurde. Konnte sie einen Mörder lieben? Nein, niemals. Und gemessen an seinen eigenen Maßstäben war er ein Mörder, auch wenn er das Opfer nicht selbst getötet hatte.

Er stand auf und wusch sich das Blut von den Händen. Das fremde Blut, das daran klebte, würde er nie mehr fortwaschen können. Aus reiner Gewohnheit blickte er auf, als er den Hahn zudrehte, und erschrak, weil ihm anstelle seines Gesichts nur die blanke Wand entgegenstarrte. Für einen Moment war ihm, als würde er ihre Stimme hören.

»Warum hast du mich gehen lassen?«, fragte sie, und er gab ihr stumm die Antwort, die er ihr immer gab: »Ich weiß es nicht.«

# 35

Der Wald roch nach nasser Erde. Der stete Regen der letzten Nacht hatte sich inzwischen zu einem nur hin und wieder einsetzenden Nieseln gewandelt, vor dem Stefan Hoogens unter dem Blätterdach der Bäume gut geschützt war. Am Grund der Grube, aus der die Leiche geborgen worden war, hatte sich das Wasser in kleinen Pfützen gesammelt, über denen die ersten Mücken schwirrten.

Hoogens hatte an diesem Sonntagmorgen die Flucht aus

dem Haus seiner Cousine angetreten, weil Manuela das gesamte Frühstück über versucht hatte, ihm Einzelheiten über seinen Fall und seine Ermittlungen aus der Nase zu ziehen. Es faszinierte ihn nach wie vor, dass die meisten Menschen ein immenses Interesse an jedem noch so grausigen Detail über Gewalttaten jedweder Art zeigten – je blutiger und je unvorstellbarer, desto größer wurde diese morbide Neugier. Er hatte das nie verstanden.

Ihn trieb eher um, was jemanden zu seinen Taten veranlasste, und nicht so sehr die Ergebnisse dieser Verbrechen. Er war grundsätzlich davon überzeugt, dass fast jeder zu beinahe allem fähig war – von kleineren Vergehen wie Betrug oder Diebstahl bis hin zu schwersten Verfehlungen wie Vergewaltigung oder Mord. Es war letztlich alles nur eine Frage der richtigen – oder falschen – Umstände, ob man in einer konkreten Situation dem inneren Drängen seiner niederen Triebe nachgab oder nicht. Menschen waren Hoogens' Auffassung nach nichts anderes als hoch entwickelte aggressive Rudeltiere, die sich über die Jahrtausende ihrer Entwicklung hinweg in mühevoller Kleinstarbeit einen mehr oder minder verlässlichen Rahmen dafür geschaffen hatten, was allgemein verträgliches und was unzulässiges und strafbares Verhalten darstellte. Manche Leute nannten diesen Rahmen Kultur oder Zivilisation, vielleicht auch nur Gesetz, und das waren Hoogens' Erfahrung nach auch die Menschen, die am meisten davon erschüttert waren, wenn dieser Rahmen gründlich versagte.

So wie in diesem Fall.

Hoogens schritt langsam die Ränder der Grube ab. Warum hier? Warum hatte der Täter sein Opfer genau in diesem Wald und an dieser Stelle abgelegt? Nein, nicht abgelegt. In einem Brautkleid bestattet. Hoogens vermutete, dass die Begräbnisstätte sehr bewusst gewählt worden war, zumindest deutete die Aufmachung der Leiche darauf hin.

Aber was war nun ausgerechnet an dieser Stelle so besonders?

Er hob den Kopf und drehte sich einmal um die eigene Achse. Er nahm jeden Baum, jeden Farn, jeden Strauch genau in den Blick. Was hatte der Mörder hier gesehen? Kannte er diesen Wald? Hatte diese Stelle irgendeine persönliche Bedeutung für ihn? Warum war sie besser für die Bestattung einer Braut geeignet als andere?

Das Stück Land mit dem Wald gehörte dem Schweinebauern, den Smolski ausgiebig verhört hatte. Ohne brauchbares Ergebnis. Vielleicht verrannten sie sich da auch nur in etwas. Wirklich frustrierend an diesem Fall war der Umstand, dass die Leiche vermutlich nie entdeckt worden wäre, wenn es keinen anonymen Hinweis gegeben hätte. Hoogens hatte lange mit Björn Hinrichsen geredet, dem Kollegen von der Schutzpolizei, der den anonymen Anruf entgegengenommen hatte. Hinrichsen war rein gar nichts aufgefallen, was auf die Identität des Anrufers hingedeutet hätte. Es handelte sich um einen Mann, der eine ALDI-Tüte an einen Ast gebunden hatte, um an der Landstraße zu markieren, wo die Leiche lag. Mehr wussten sie nicht. Fingerabdrücke waren auch keine auf der Tüte.

Hoogens hatte sich die Fotos angesehen, die Marko Assmuth, ein weiterer Kollege von der Schutzpolizei, bei der Erstbegehung des Fundorts mit einer Digitalkamera gemacht hatte. Beim Sicherungsangriff, wie es im Fachjargon hieß. Die Erde, unter der die Leiche verborgen lag, war großflächig aufgewühlt gewesen – wie von einem Tier oder einem Menschen mit bloßen Händen umgegraben. Dabei waren Teile des Schädels freigelegt und der Brautschleier, mit dem das Gesicht der Toten verhüllt gewesen sein musste, beiseitegezerrt worden.

Aus welchem Grund wollte der Anrufer anonym bleiben? Was hatte er zu verbergen? Hatte er überhaupt etwas zu verbergen oder einfach nur Angst, in eine Sache hineingezogen zu werden, mit der er lieber nichts zu tun haben wollte? Warum hatte er den Fundort penibel von Fußabdrücken und anderen Spuren gesäubert, bevor er die Polizei gerufen hatte? Denn das musste er getan haben: Auf der feuchten Erde hatte man keinerlei Fußabdrücke entdeckt, nicht einmal Spuren von Tieren waren zu finden gewesen. Hoogens vollführte eine weitere Drehung, um die Umgebung in sich aufzunehmen – und erstarrte.

»Halt!«, rief er. Er zog seine Walther P99 und richtete den kurzen Lauf der Waffe in die Richtung, in der er eben einen schwarzen Schemen hinter einen Baumstamm hatte huschen sehen.

Er hörte das Knacken von Ästen und das Stampfen schneller Schritte auf dem Waldboden.

»Halt! Polizei! Stehen bleiben!«

Er nahm die Verfolgung auf. Er musste sich nur auf den ersten Metern auf sein Gehör verlassen. Dann sah er den Mann im schwarzen Kapuzenpulli, der vor ihm flüchtete.

Der Kerl – groß und breitschultrig – legte ein gutes Tempo vor, und schlug immer wieder Haken, um Baumstümpfen oder schlammigen Pfützen auszuweichen.

Hoogens war klar im Nachteil. Mal glitt er fast aus, mal blieb sein Fuß an einer Wurzel hängen, und er verlor wertvolle Sekunden. So wurde das nichts. Er feuerte einen Warnschuss in die Luft ab, und zu seiner Überraschung rannte der Flüchtende nicht weiter, sondern warf sich der Länge nach zu Boden und schlang schützend die Hände um seinen Kopf.

»Nicht schießen, nicht schießen!«, bettelte er in einer absurd hohen Stimme, als sich Hoogens ihm mit der Pistole im Anschlag näherte.

»Umdrehen!«, herrschte Hoogens ihn an. »Die Arme zur Seite runter!«

Der Mann gehorchte, und Hoogens verschlug es einen Augenblick die Sprache. Trotz seiner beeindruckenden Größe hatte der Kerl, der vor ihm auf dem Boden lag, keinen erkennbaren Bartwuchs und überhaupt die weichen Gesichtszüge eines Jungen, der noch ein ganzes Stück davon entfernt war, zum Mann zu reifen. Verdammt. Das war ein Kind.

»Wie heißt du?«, fragte Hoogens.

»Jonas.«

»Und wie noch?«

»Jonas Plate.«

»Wie alt bist du?«

»Vierzehn«, antwortete ihm der Junge mit weit aufgerissenen Augen.

»Scheiße«, murmelte Hoogens. Für sein Alter war der Junge ein ganz schöner Brocken. »Steh auf.«

Als Jonas sich endlich aufgerappelt hatte, überragte er Hoogens um einen halben Kopf, und er wirkte noch größer, weil er die Hände sofort hob.

»Lass das«, befahl ihm Hoogens.

Jonas nahm die langen Arme wieder herunter.

Hoogens steckte seine Waffe weg. Vierzehnjährige Frauenmörder passten nicht einmal in sein zynisches Weltbild, und außerdem bebten Jonas' blasse Lippen, als würde er jeden Augenblick anfangen zu heulen. »Was machst du hier?«

»Spielen.«

»Spielen? Ausgerechnet dort, wo eine tote Frau gelegen hat?« Hoogens hatte eine berechtigte Vermutung, was hier vor sich ging. Er kam ja selbst vom Land und wusste genau, wie sich die Jugend hier gebärdete. »Verarsch mich nicht. Das ist eine Mutprobe gewesen. Habe ich recht? Geh allein in den Wald an die Stelle, wo die Leiche war. Oder?«

Jonas schüttelte den Kopf. »Ehrlich nicht.«

»Muss ich erst mit meinen Leuten telefonieren und deine Freunde einsammeln lassen, die dich zu diesem Scheiß angestiftet haben, bevor du mir die Wahrheit sagst?« Er präsentierte sein Handy, um seiner Drohung Nachdruck zu verleihen.

»Ich habe keine Freunde«, sagte Jonas leise.

Hoogens seufzte und klappte sein Handy auf.

»Ich habe keine Freunde«, wiederholte der Junge, schniefte und wischte sich mit dem Pulloverärmel über die Nase. Zwei dicke Tränen liefen ihm über die runden Wangen. »Ich war ganz allein hier.«

Hoogens glaubte ihm. Er klappte sein Handy wieder zu und wählte einen versöhnlichen Tonfall für seine nächsten Worte: »Mensch, Junge. Warum bist du nicht gleich stehen geblieben? Ich hätte dich um ein Haar abgeknallt.«

»Das wär vielleicht besser so gewesen.«

Die Erwiderung des Jungen jagte Hoogens einen Schauer über den Rücken. »Wieso?«

»Mich mag doch eh keiner«, gab Jonas zurück und brach endgültig in Tränen aus.

»Okay.« Hoogens fühlte sich restlos damit überfordert, hier den Seelentröster zu machen. Er war schließlich Bulle, kein Sozialpädagoge. »Schwirr ab.«

Jonas drehte sich um und stapfte schluchzend durch den Wald davon.

Hoogens sah ihm kopfschüttelnd nach und beschloss, erst mal keinen Bericht über seinen Schusswaffengebrauch zu schreiben. Er wollte sich auf keinen Fall einen Spitznamen wie »Babykiller« einhandeln.

## 36

Jule stand unter der Dusche und schaute dabei zu, wie das dampfende Wasser zu ihren Füßen wirbelnd im Abfluss verschwand. Sie konnte sich nicht entscheiden, ob sie sich nun bei Caro melden sollte oder nicht. Segers mysteriöser Anruf ging ihr nicht aus dem Kopf. Sie hatte den Verdacht, dass ihre beste Freundin sich mit ihrem Therapeuten ausgetauscht hatte. Das war die einzige Erklärung, die Segers ungewöhnlichem Verhalten halbwegs Sinn verlieh. Und es machte sie rasend. Wie konnten die beiden nur!

Jule stellte das Wasser ab und stieg aus der Dusche. Gerade, als sie sich ein Handtuch um den Kopf gewickelt und entschieden hatte, den Anruf bei ihrer Freundin sein zu lassen und sie für diese miese Aktion eine Weile mit Missachtung zu strafen, klingelte ihr Smartphone. Auf nassen Sohlen huschte sie ins Schlafzimmer, wo das Handy zum Aufladen an der Steckdose neben dem Nachttisch hing. Die Nummer auf dem Display ließ sie stutzen. Wer rief sie sonntags aus dem Büro an?

»Jule Schwarz.«

»Hi, Jule. Hier ist Andreas.«

»Hi.« Mehr brachte sie nicht heraus. Was wollte der denn? Ihr die Ohren mit Vorwürfen vollheulen, dass sie ihm sein Projekt geklaut hatte? Sie bereitete sich innerlich darauf vor, ihm lang und breit zu erklären, dass sie beide zum Opfer einer von Norbert Schwillmers berühmten Blitzentscheidungen geworden waren. »Was kann ich für dich tun?«, fragte sie förmlich.

»Ich bin im Büro vorbeigefahren, um zu überprüfen, ob du auch alle Unterlagen für Baldursfeld bekommen hast.« Da war kein Vorwurf zu hören. Im Gegenteil. Andreas klang eher gelöst, fast heiter. »Mir ist aufgefallen, dass dir die aktuelle Version des Bebauungsplans noch fehlt. Ich tüte sie gerade für dich ein und schicke sie zu den Jepsens, ja?«

»Okay.« Das war seltsam. Jule hatte große Mühe, sich auszumalen, wie Andreas entspannt an seinem Schreibtisch saß. Außer bei feuchtfröhlichen Firmenfeiern, wo er sich gern überschwänglich zeigte, war er eher ein verbissener Mensch, dem die ständigen Sorgen tiefe Falten um die Mundwinkel in sein teigiges Gesicht gegraben hatten. »Aber dafür hättest du doch nicht extra sonntags ins Büro kommen müssen. Das hätte am Montag noch genauso gereicht.«

»Ich hatte eh nichts Besseres vor«, antwortete er.

»Verstehe.« Jule setzte sich aufs Bett und wagte sich ein Stück weit aus ihrer Deckung. Sie traute dem Frieden nicht. »Sag mal, bist du gar nicht sauer?«

»Sauer? Wieso?«

»Wegen des Projekts«, wählte Jule eine verhältnismäßig neutrale Formulierung für die Übernahme seines alten Kompetenzbereichs. »Ich dachte, es wäre deine Idee gewesen, den Windpark in Odisworth anzusiedeln.«

»Echt? Von wem hast du das? Hat Schwillmer das gesagt?«

»Nicht direkt«, gestand Jule. »Es hatte sich nur so angehört, und du kommst ja auch von dort.«

»Okay. Aha.« Verbitterung schwang in seinen Worten mit. »Interessiert es dich, wie es wirklich gewesen ist?«

»Schon.« Jule schlug die Bettdecke über ihre nackten Beine. Das hier konnte länger dauern.

»Eigentlich ist es genau umgekehrt. Schwillmer hat nach möglichen Standorten für Baldursfeld gesucht. Er hing tagelang über irgendwelchen Karten. Dann hat er mich zu sich ins Büro gerufen, auf eine von den Karten gezeigt und gesagt: ›Odisworth, da kommst du doch her, oder?‹ Was hätte ich da machen sollen? Lügen?« Kurze Pause. »Ja, wahrscheinlich hätte ich mal besser lügen sollen. Dann hätte er sich einen anderen Ort für diesen beschissenen Windpark ausgesucht. Oder zumindest mich damit in Ruhe gelassen.«

»Was ist daran so schlimm?« Jule verteidigte Schwillmer nur ungern, doch in diesem Fall fand sie es angebracht. »Es hat doch seine Vorteile, einen Mitarbeiter zum Projektleiter zu machen, der sich vor Ort bestens auskennt. Und das warst nun einmal du.«

»Du bist schon in Odisworth gewesen, oder?«, fragte Andreas.

»Ja, am Freitag. Und?« Sie hörte ein Klicken, dem ein tiefer Atemzug folgte. »Sag mal, rauchst du etwa?«

»Ja.«

»Im Büro?«

»Wo kein Kläger, da kein Richter«, erwiderte er. »Ich bin froh, dass ich aus der Nummer raus bin, Jule. Heilfroh.«

»Die scheinen dich da alle sehr zu mögen.« Sie hatte nicht die geringste Ahnung, wo sein Problem lag. »Sie haben ständig nach dir gefragt.«

Die Antwort war ein kräftiges Schnauben. »Ja, das kann ich mir vorstellen. Aber, Jule, verwechsele die Aufmerksamkeit dieser Leute nicht mit echter Zuneigung.«

»Es hörte sich wirklich so an, als hätten sie dich am liebsten dabehalten«, bekräftigte Jule ihren Standpunkt.

»Natürlich. Das wäre ja auch zu schön gewesen. Der verlorene Sohn kehrt endlich heim und so. Dabei wäre ich da nie wieder aufgetaucht, wenn Schwillmer mich nicht hingeschickt hätte.«

»Wieso?«

»Wieso? Jule hast du eben nicht gesagt, du wärst schon dort gewesen? Bist du so blind?«

Nun kamen also doch noch Vorhaltungen. Sie dachte darüber nach, einfach aufzulegen, aber irgendetwas an Andreas' sonderbarem Verhalten weckte ihre Neugier. Vielleicht war es auch nur die Aussicht, mehr darüber zu erfahren, wie die Dinge in Odisworth gemeinhin liefen – Informationen, die ihr bei ihren Verhandlungen sehr nützlich sein konnten. »Du müsstest dich etwas genauer ausdrücken, damit ich verstehe, was du meinst.«

Er seufzte. »Du kommst nicht vom Dorf, was?«

»Ich komme aus Pinneberg. Zählt das?«

»Kein Stück.« Sie hörte ihn an seiner Zigarette ziehen. »Pinneberg ist viel zu groß, um dort die Erfahrungen zu machen, die ich in meiner Jugend gesammelt habe. Die Leute aus der Stadt meinen immer, in einem Dorf gäbe es einen größeren Zusammenhalt unter den Leuten und sie würden besser aufeinander achtgeben. Du kennst sicher diese Berichte, wenn in irgendeiner Hochhaussiedlung mal wieder eine Rentnerin einige Zeit tot in ihrer Wohnung gelegen hat, ohne dass es irgendjemandem aufgefallen wäre.«

»Ja.«

»Das ist alles purer Blödsinn. In einem Dorf gibt man nicht besser aufeinander acht, man überwacht sich nur besser. Und glaub mir, nichts daran ist wirklich angenehm.«

Er legte eine lange Pause ein, und Jule wusste nicht so recht, ob er auf einen Kommentar von ihr wartete. Sie wollte an ihrem Ring drehen, hatte ihn aber zum Duschen runtergenommen. Nervös zupfte sie ein paar Falten in der Bettdecke glatt.

Schließlich fuhr Andreas fort. »Oh, sie tun alle freundlich, und jeder hilft dem anderen – beim Anbringen einer Satellitenschüssel oder bei den Vorbereitungen für eine Hochzeit oder eine Taufe. Aber sobald sie feststellen, dass du anders bist, dass du nicht in ihr Bild hineinpasst, machen sie dich kaputt. Dann tuscheln sie hinter deinem Rücken. Lassen dich links liegen. Stechen dir die Reifen platt. Alles, um dir zu zeigen, dass du nur zwei Möglichkeiten hast: Du schlägst dir deine Flausen aus dem Kopf und wirst wieder hübsch normal, oder du verschwindest besser.«

»Bist du deshalb von dort weggegangen?«, wollte Jule wissen. »Ist dir das passiert?«

»Mir nicht … nein. Ich hatte Glück. Bin wohl unter dem Radar geflogen. Aber … ein Freund von mir – nein, einer meiner besten Freunde, den ich als Kind hatte –, der hatte weniger Glück. Er hätte fast mit dem Leben dafür bezahlt, nicht so zu sein, wie sie ihn haben wollten. Und um zu überleben, haben sie ihn zu Dingen gezwungen, die …« Er wurde leiser und leiser, und seine letzten Worte gingen in einem Geräusch unter, und Jule wollte einfach nicht glauben, dass es ein unterdrücktes Schluchzen war.

»Jetzt mach aber mal einen Punkt, Andreas.« Fröstelnd raffte sie die Decke enger um sich. »Du stellst das alles so hin, als wäre Odisworth das gefährlichste Pflaster der Welt.«

»Sag das der Frau, die sie tot im Wald gefunden haben«, erwiderte er trotzig wie ein Kind, das gerade gescholten wurde, weil es sich haarsträubende Geschichten ausdachte.

»Bisher weiß doch niemand, ob ihr Mörder aus dem Dorf stammt.« Sie hatte eigentlich sanften Nachdruck in ihre Stimme legen wollen, aber ihr Argument klang so, als müsste sie sich selbst erst davon überzeugen – ihr Blick war an dem Brotmesser haften geblieben, das sie sich gestern Abend auf den Nachttisch gelegt hatte. Da war ihr das noch als eine vertretbare und vernünftige Maßnahme erschienen, doch jetzt – am helllichten Tag – schämte sie sich dafür. Sie versuchte, einen klaren Kopf zu bewahren. »Du steigerst dich da bloß in etwas hinein.« Er konnte es leugnen, so viel er wollte: Seine Abberufung von dem Projekt hatte ihn offenbar mehr mitgenommen, als er sich selbst eingestehen konnte. »Mach den Bebauungsplan für die Post fertig, geh nach Hause und leg dich ins Bett. Du hattest in letzter Zeit einfach nur zu viel um die Ohren.«

»Du glaubst mir nicht«, stellte er fest. Sein Trotz war

merklich gewachsen. »Gut. Dann frag die feinen Herrschaften in Odisworth doch mal, wo die Frau vom alten Fehrs abgeblieben ist, und schau dir an, was dann passiert.«

»Andreas, ich finde wirklich, du solltest …« Er hatte aufgelegt. Sie wählte seine Nummer im Büro, aber er ging nicht ran. Sie versuchte es auf seinem Handy. Mit demselben Ergebnis. Etwas erreichte er damit: Seine düstere Warnung ließ sie den Rest des Tages nicht mehr los – auch wenn es noch eine Weile dauern sollte, bis sie erkannte, wie ernst es ihm tatsächlich damit gewesen war.

# 37

»Warum machen sie das?«

Ute Jannsens Glaube an die Schönheit und innere Reinheit der Schöpfung wurde auf eine harte Probe gestellt: Obwohl Schwanz und Ohren des Ferkels bereits jetzt nichts mehr als nasse rote Stümpfe waren, ließen seine Geschwister nicht davon ab, es weiter zu bedrängen. Quiekend stiegen sie in ihrer grausamen Gier übereinander hinweg und schnappten wieder und wieder nach den blutenden Stellen.

»Das machen sie eben manchmal«, sagte Erich Fehrs. Er öffnete den Verschlag und scheuchte die gierige Rotte mit dem Stiel einer Mistgabel auseinander. Er hob das verletzte Ferkel auf, begutachtete kopfschüttelnd die Wunden und trug es ein paar Schritte weiter zu einem leeren Verschlag. Kaum hatte er es abgesetzt, begann das Ferkel, jämmerlich nach seinen Geschwistern zu rufen, als hätte es bereits vergessen, was sie ihm angetan hatten. »Manche sagen, es liegt am Futter oder an den Stallgasen. Keiner weiß es so genau.

Schweine haben schon immer andere Schweine angefressen.« Er zuckte die Schultern. »Vielleicht merken die anderen, dass was mit ihm nicht stimmt. Dass es krank ist.«

Ute Jannsen zog sich ihren Schal über Mund und Nase, weil sie den beißenden Gestank nach Schweinemist nicht mehr aushielt. Es war nicht ihr erster Besuch in einem Stall, aber sie hatte sich nie an den durchdringenden Geruch gewöhnen können. Sie fragte sich manchmal, wie Erich damit zurechtkam, doch er war zeitlebens Schweinebauer gewesen und ging mittlerweile stramm auf die achtzig zu. Acht Jahrzehnte waren wahrscheinlich mehr als genug, um den Gestank nicht mehr zu bemerken.

»War die Polizei schon bei dir?«, wollte sie von ihm wissen und bewegte sich auf das Stalltor zu, in der Hoffnung, ihn hinaus an die frische Luft locken zu können.

Erich machte eine wegwerfende Geste und folgte ihr tatsächlich. »Einer war da. So ein Kommissar. Hat mich ganz schön ausgequetscht. Verraten habe ich ihm nichts.«

»Gehörst du zu den Verdächtigen?« Ute trat ganz auf den Hof hinaus und zupfte ihren Schal zurecht. Sie war froh, dass das Quieken des verletzten Ferkels hier draußen viel leiser war.

Erich holte eine Zigarette aus der Brusttasche seiner Latzhose und zündete sie an. »Was meinst du denn? Natürlich bin ich ein Verdächtiger. Die Leiche lag doch auf meinem Land.«

Erichs Hund – ein kniehohes Tier mit schwarz-weiß geschecktem struppigem Fell – kam quer über den Hof zu ihnen. Ute streichelte ihm den Kopf, der Hund wedelte mit dem Schwanz und japste freundlich. »Machst du dir deshalb keine Sorgen?«

»Sie haben keine Beweise«, sagte Erich. »Außerdem hab ich inzwischen ein paar Jahre zu viel auf dem Buckel, um noch als Frauenmörder durchzugehen, oder?«

»Trotzdem«, erwiderte Ute. »Wir können sie nicht hier-
lassen. Das weißt du auch.«

Der Jähzorn, für den Erich im ganzen Dorf berüchtigt
war, entlud sich plötzlich: »Sie bleibt hier«, brüllte er und
warf dabei seine brennende Kippe wie einen Dartpfeil nach
dem Hund. »Sie bleibt hier.«

Der Hund jaulte auf, schnappte instinktiv nach der Stelle
an seinem Vorderlauf, wo ihn die Glut getroffen hatte, und
raste dann mit eingekniffenem Schwanz hinter den nächsten Schuppen.

»Erich …« Ute wollte ihm eine Hand auf den Arm legen,
aber er schlug sie barsch beiseite.

»Sie bleibt hier«, wiederholte er etwas ruhiger. »Sie bleibt
hier.«

»Was ist, wenn die Polizei das ganze Grundstück absucht
und nicht nur den Wald?«, wandte Ute ein. »Dann finden
sie sie. Dann holen *die* sie von hier weg.« Zum ersten Mal,
seit sie Erich Fehrs aus seiner misslichen Lage geholfen
hatte, kamen Ute Zweifel, ob es richtig gewesen war, ihr
Selbstverständnis als gute Christin über Recht und Gesetz
zu stellen. »Und dann kriegen wir alle Ärger. Jeder von
uns.«

Erich ließ den Kopf hängen. »Ich hab doch höchstens
noch ein paar Jahre. Mehr nicht. Und jetzt kommt alles auf
einmal. Erst will Mangels, dass ich was von meinem Land
für diese Windräder verkaufe, und jetzt das. Das wird mir
zu viel.«

Dieses Mal ließ es Erich zu, dass sie ihm durch eine
Berührung ihre moralische Unterstützung zeigte. »Mangels
lass mal meine Sorge sein. Aber die Polizei? Da kann uns
nicht mal Assmuth helfen. Er ist auf unserer Seite, aber er
ist nur ein einfacher Dorfpolizist, die Leute, die wegen der
Leiche kommen, sind echte Profis. Er kann nichts für uns
tun. So viel Einfluss hat er nicht.« Sie fasste seinen Arm ein

wenig fester. »Versprich mir, dass du wenigstens ernsthaft darüber nachdenkst.«

Er wand sich aus ihrem Griff. »Ich muss nach dem Ferkel sehen«, sagte er, drehte sich um und verschwand im Schweinestall.

## 38

Caro tat das, was sie immer tat, wenn sie nicht wusste, wohin mit ihren Sorgen: Sie putzte.

Beim Auswischen der Küchenschränke kreisten ihre Gedanken um Lothar. Sie war gekränkt, dass er ihr bei ihrem letzten Telefonat das Messer auf die Brust gesetzt hatte. Sie hatte lange mit sich gerungen und abgewogen, ob sie sich auf seine Bedingungen einlassen wollte. Inzwischen war sie zu einer Entscheidung gelangt, aber sie hatte noch nicht die nötige Kraft gefunden, um sie ihm mitzuteilen.

Sie machte mit dem Absaugen der Sofakissen weiter. Es gab noch einen Menschen, von dem sie enttäuscht war: Jule. Ja, sie hatte sich nichts davon anmerken lassen, dass sie Zoff mit Lothar hatte, aber man konnte doch wohl von seiner besten Freundin erwarten, dass sie trotzdem merkte, wenn einem etwas auf der Seele lastete. Das Schwierige dabei war, dass Jule dafür kein Verständnis hätte. Dafür war sie viel zu rational, und sie würde wahrscheinlich nur sagen, dass Caro ja den Mund aufmachen könne, falls etwas nicht in Ordnung sei. Dass das in manchen Situationen aber verdammt schwer war, sah Jule nicht ein.

Beim Spiegelputzen im Bad dachte Caro darüber nach, wie sie Jule kennengelernt hatte: Vor ein paar Jahren hatten sie denselben Yogakurs an der Volkshochschule belegt. Jule hatte den Kurs nach drei Terminen bereits wieder abgebrochen, aber Caro hatte den Kontakt zu ihr gehalten, weil eine andere Kursteilnehmerin gefragt hatte, ob sie und Jule Schwestern seien. Caro hatte dieser Gedanke gefallen. Eine Schwester. In Wirklichkeit war sie als Einzelkind aufgewachsen. Also hatte sie beschlossen, Jule besser kennenzulernen, und Jule wurde zu einer wirklichen Bereicherung für ihr Leben.

Je länger sie darüber sinnierte, was Jule für sie bedeutete und wie sehr sie sich glichen, desto lauter wurde eine Stimme in ihrem Kopf, die ihr einen unfassbaren Verdacht einflüsterte. Und genau dieser Verdacht brachte sie dazu, endlich Klartext mit Lothar zu reden. Sie ließ den Lappen am Waschbeckenrand liegen und rief bei ihm zu Hause an.

»Schön, dass du dich meldest«, sagte er. Er klang sogar erleichtert.

Caro kam sofort zur Sache. »Bevor ich dir sagen kann, ob ich akzeptiere, dass du mir gewisse Dinge über dich vorenthältst, habe ich eine Forderung an dich.«

»Und die wäre?«, fragte er.

»Ich will, dass du mir eine Frage offen und ehrlich beantwortest.«

Sie holte tief Luft und spannte ihren ganzen Körper an. »Bist du nur mit mir zusammen, weil ich so aussehe wie Jule?«

»Was?« Wenn er nicht überrascht war, spielte er es erstklassig vor. »Wie kommst du denn darauf?«

»Ja oder nein?«

»Nein«, sagte er ernst. »Und wenn du fünf Sekunden ernsthaft darüber nachgedacht hättest, hätte dir auffallen können, dass wir beide schon deutlich länger zusammen sind, als ich Jule überhaupt kenne.«

Caros Muskeln wurden wieder schlaff. Er hatte völlig recht. »Da siehst du mal, was du bei mir mit deiner blöden

Geheimniskrämerei anrichtest«, warf sie ihm vor. »Warum kannst du mir denn nicht einfach sagen, was los ist?«

»Weil es dabei nicht um dich, sondern um mich geht«, erwiderte er. »Ich weiß sehr zu schätzen, dass du mir gegenüber so fürsorglich bist, doch in diesem Punkt richtet das mehr Schaden an, als dass es einem von uns beiden nutzt. Du willst dich um mich kümmern. Du willst, dass es mir gut geht. Fein. Dann lass dir gesagt sein, dass es mir am besten geht, wenn du deine Neugier ein einziges Mal im Zaum hältst. Versuch nicht immer, eine Verschmelzung mit mir anzustreben. Caro, wir sind doch keine Teenies mehr. Ich bin ich, und du bist du. Wenn du nicht damit leben kannst, dass manche meiner Gedanken mir ganz allein gehören, hat das mit uns keine Zukunft und du wirst mich verlieren. Willst du das?«

Caro gab ihm die einzige Antwort, die sie ihm darauf geben konnte.

# 39

Kurz vor fünf Uhr morgens waren die Straßen Hamburgs noch ruhig, und nichts wies darauf hin, dass sich bald endlose Kolonnen von Fahrzeugen Stoßstange an Stoßstange über sie hinwegwälzen würden. Genau die richtige Zeit für Jule, um die nächste Fahrt in jenes Dorf zu unternehmen, das Andreas bei seinem Anruf so bizarr porträtiert hatte. Nur zweimal sprach sie ihr Mantra gegen die Angst, bevor sie auf dem Parkplatz im Schanzenviertel den Motor startete.

Das Gespräch mit Andreas ging ihr nicht aus dem Kopf, und die Erkenntnis war beruhigend, dass sie nicht die einzige Person in ihrer Firma war, die allem Anschein nach irgendwann in der Vergangenheit ein Trauma erlitten hatte. Auch andere trugen also Masken, und sie war stolz darauf, dass sie die Risse unter ihrer offenbar besser zu verbergen wusste als manch anderer.

Der Teil der Strecke, den sie über die A7 zu bewältigen hatte, wurde ihr durch einen Beitrag auf ihrem neuen Lieblingssender erträglich gemacht. Hamburg mochte in den letzten Jahren einiges an kulturellen Errungenschaften eingebüßt haben, aber für ein neues Musical war in der Hansestadt immer Platz, und um ein solches drehte sich auch die Sendung. Es handelte sich laut Sprecherin um eine »mutige Neuinterpretation« von ›My Fair Lady‹: Ein in Blankenese ansässiger Linguistikprofessor unternahm darin den ehrgeizigen Versuch, eine türkischstämmige Schulverweigerin aus dem Problemviertel Billstedt so nach seinen Wünschen und Vorstellungen zu formen, dass er sie bei seinen Freunden und Bekannten vom Anglo-German Club als seine Nichte ausgeben konnte, ohne dass der Schwindel aufflog. Inhaltlich standen da zwar übelste Sozialromantik und peinlichste Scherze am Rand des rassistischen Klamauks zu befürchten, doch der Sender war schlau genug gewesen, sich einen Experten einzuladen, der sehr angenehm über die psychologische Grundidee des Stücks referierte.

»Man darf nie vergessen, dass in dieser Konstellation auch stets eine Fetischisierung verhandelt wird.« Man merkte, dass der Mann gern und oft vor großem Publikum sprach, denn seine Worte waren wie ein ruhiger warmer Strom, auf dem man seine eigenen Gedanken treiben lassen konnte. »Hier wird ein uraltes Motiv verarbeitet, das die Menschen bereits in der Antike beschäftigt hat: die Verquickung von Schaffensdrang und Leidenschaft, von Kreativität und erotischem Begehren. Ein per se schwächerer, unterlegener Mensch – in diesem Fall eine junge Frau – wird von einem anderen Menschen – einem reifen Herrn – gleichsam zum formbaren Material erniedrigt, mithilfe dessen einer Wunschvorstellung Gestalt verliehen werden soll.«

Bumm.

Jule hörte von irgendwo hinter sich ein dumpfes Klopfen. Sofort fasste sie das Lenkrad fester. Hatte sie etwas auf der Fahrbahn übersehen – ein totes Tier, eine Radkappe – und war einfach darüber hinweggerollt? Sie wartete ab, ob sich das Geräusch wiederholte, doch da war nur das sanfte gleichmäßige Brummen des Motors. Sie versuchte, sich zu entspannen, und lauschte wieder den Worten aus dem Radio.

»Warum spreche ich nun in diesem Zusammenhang von einer unterschwelligen Fetischisierung? Ich tue dies, weil der Konflikt in dieser Neuinterpretation ebenso wie in ihrer Vorlage aus dem Umstand erwächst, dass das zu formende Subjekt zum großen Bedauern des Formenden über einen eigenen Willen verfügt. Deshalb kann es – trotz aller noch so großen Anstrengungen – niemals ganz den ihm angetragenen Vorstellungen genügen. Was der Formende sich wirklich wünscht, ist letzten Endes ein Paradoxon: ein lebendiges Geschöpf, das sich wie etwas völlig Unbelebtes verhält – etwas, das sich in jeder erdenklichen Hinsicht seinem Willen unterwirft und ihn durch sein eigenes Handeln dennoch ergänzt, erfreut und aus einem Gefängnis der Einsamkeit befreit.«

Bumm.

Da! Da war es wieder! Das Klopfen! Dieses Mal hatte Jule es ganz deutlich gehört. Es kam aus dem hinteren Teil des Wagens. Sie bremste abrupt auf achtzig ab. Es hupte laut hinter ihr, und sie sah aus den Augenwinkeln etwas auf der linken Spur auf sie zurasen. Der LKW zog so dicht an ihr vorbei, dass zwischen ihren Außenspiegel und seinen Vorderreifen kein Blatt Papier mehr gepasst hätte. Im tosenden

Rauschen des Lasters ging das Klopfen einen Augenblick unter. Dann kehrte es zurück – noch lauter als vorher.

Bumm. Bumm.

»Bitte, bitte, bitte«, bettelte Jule und spürte, wie sich ihr Magen zu einem Klumpen verkrampfte. Der Wagen durfte auf keinen Fall den Geist aufgeben. Das wäre so furchtbar ungerecht gewesen: Sie war doch eigens so früh aufgestanden, um ihre schlimmste Panik auszutricksen und um unter keinen Umständen den Termin mit dem Gemeinderat zu verpassen, auf den sie bei Mangels so gedrängt hatte. Ihre alte Angst vermischte sich mit einer neuen – der Furcht, vollkommen zu versagen. Schockiert stellte sie fest, wie sich ihre Arme mit einem Mal ganz leicht anzufühlen begannen. Das Gefühl breitete sich binnen Sekundenbruchteilen auf ihren Brustkorb aus, und sie meinte, mit jedem gepressten Atemzug weiter an Gewicht zu verlieren. Der Mann im Radio redete unbeirrt weiter, und sie wagte es nicht, ihre schweißnassen Finger auch nur die wenigen Zentimeter vom Lenkrad zu bewegen, um ihn zum Verstummen zu bringen.

»Um noch einmal auf die Fetischisierung zurückzukommen – «

»Halt doch bitte die Klappe!«

Bumm. Bumm. Bumm.

Nun büßten auch ihre Beine an Gewicht ein, und es kostete sie einiges an Anstrengung, die Füße auf den Pedalen zu halten. Die Fahrbahn vor ihr verengte sich Stück für Stück. Sowohl der Standstreifen als auch die Überholspur wurden Zentimeter für Zentimeter aus ihrem Sichtfeld gelöscht, als hörte alles um sie herum auf, zu existieren. Sie war in einer Welt gefangen, die immer kleiner wurde.

»Es ist der gleiche Impuls, der manche Menschen dazu treibt, sich zu unbelebten Gegenständen hingezogen zu fühlen. In früherer Zeit häufig zu Statuen, in unseren Tagen immer häufiger auch zu täuschend lebensechten Puppen. Diese generelle Neigung wird sicherlich noch dadurch verstärkt, dass wir spätestens seit Mitte des letzten Jahrhunderts beobachten können, wie eine gesamtgesellschaftliche Normierung von Schönheitsidealen auch und gerade schon an die Jüngsten vermittelt wird, und zwar eben auch in Form von Puppen. Puppen, die keine Kinder mehr abbilden, sondern Erwachsene. Wie die berühmte Barbie etwa.«

Bumm. Bumm. Bumm.

Das Klopfen wollte nicht aufhören, und Jule war drauf und dran, die Kontrolle über sich zu verlieren. Sie murmelte ihr Mantra und wurde durch ein fernes Schild am Straßenrand belohnt, das ihr wegen ihrer verengten Sicht winzig vorkam. Es kündigte die Ausfahrt zu einem Rastplatz in fünfhundert Metern an. Sie lenkte den Wagen schon jetzt auf den Standstreifen und rammte dabei fast die Leitplanke.

»Diese akzeptierte Form der Agalmatophilie – so der Fachterminus – hat mittlerweile bedenkliche Ausmaße angenommen. Die Psychiatrie kennt das sogenannte Barbie-Syndrom, bei dem die betroffenen Frauen bereit sind, sich radikalen Operationen zu unterziehen, um ihr Körperbild an das der Puppe anzupassen. Mehr noch: Man weiß auch von einer nicht zu unterschätzenden Zahl von Männern, die ihre Partnerinnen dazu antreiben, Veränderungen an sich vornehmen zu lassen, um einem gewissen Schönheitsideal zu entsprechen.«

Gleichzeitig mit ihrem Erreichen der Ausfahrt endete der Beitrag des Experten. Jule biss sich auf die Lippen und nutzte den Schmerz, um endlich wieder zu sich zu kommen. Sie zerrte ihren Oberkörper näher an das Lenkrad heran und zwang sich, beide Beine voll durchzudrücken. Einer ihrer Füße rutschte vom Pedal, doch zum Glück war es die Kupplung und nicht die Bremse. Als der Wagen endlich spürbar langsamer wurde, erstarb auch das unheimliche Klopfen. »Gott sei Dank«, flüsterte sie.

An freien Parkplätzen herrschte so früh keinerlei Mangel. Sie ließ den Wagen quer über drei Lücken ausrollen. Sie wählte eine einfache Methode, die ihr Seger am Anfang ihrer Therapie mühsam beigebracht hatte, um ihre Panik zu lindern: Sie schloss die Augen, versetzte sich in Gedanken an einen Ort, an dem sie sich sicher und geborgen fühlte – wie immer war das ihr Bett –, und zählte stumm langsam bis hundert. Sie versuchte, sich vorzustellen, wie sie mit jeder Zahl einen Bruchteil ihres Gewichts zurückgewann. Es klappte. Bei fünfundzwanzig kamen ihr ihre Hände schwer genug vor, um sie vom Lenkrad zu lösen und den Motor auszuschalten. Es klappte. Bei vierzig war die nötige Kraft in ihre Arme zurückgekehrt, um die Handbremse anzuziehen. Es klappte. Bei sechzig konnte sie wieder freier atmen, bei siebzig kehrte die eben noch ausgelöscht geglaubte Welt um sie herum wieder in ihr Sichtfeld zurück. Es klappte. Bei hundert blieb von ihrem verstörenden Gefühl der Auflösung ins Nichts nur ein elektrisierendes Kribbeln auf ihrer Schädeldecke.

Jule zählte noch einmal bis hundert. Dann stieg sie aus und sog gierig die kalte Morgenluft in ihre Lungen. Dieses verdammte Klopfen! Sie stützte sich auf dem Dach ab und stakste auf wackligen Knien zum Heck des Wagens. Sie ging vorsichtig in die Hocke, um unter das Auto zu spähen. In ihrem Kopf war sie darauf vorbereitet, irgendein klobiges Bauteil herabhängen zu sehen. Nichts. Zumindest nichts, was ihr auf den ersten Blick ungewöhnlich vorgekommen wäre, aber sie hatte auch nur eine grobe Vorstellung davon, wie ein Auto von unten auszusehen hatte.

Sie wollte nicht daran glauben, dass sie eine echte Panne hatte. Sie versuchte, sich ins Gedächtnis zu rufen, von woher das Klopfen genau gekommen war. Von irgendwo hinter ihr. Hinter ihr und von unten. Vielleicht tatsächlich aus dem Kofferraum? Sie stemmte sich in die Höhe. Sie öffnete die Klappe mit zitternden Fingern. Wieder wallte ihr der eklige Schweißgeruch entgegen. Sie ignorierte den Gestank und suchte im erstaunlich grellen Licht der kleinen Leuchten nach einem verdächtigen Gegenstand. Den fand sie zwar nicht, aber sie entdeckte etwas anderes: tiefe Kratzer in der Rückwand des Kofferraums, an deren Rändern sich der Kunststoff zu kleinen Spiralen aufgerollt hatte. So, als wäre jemand mit einem Schraubenzieher oder einem Messer darübergefahren. Was hatte Andreas alles mit diesem Auto angestellt? Erst der Gestank, jetzt diese Kratzer. Ihr fiel ein, dass der Boden des Kofferraums bei vielen Autos ja nur eine Art Einlage war, unter der in einer Aussparung noch der Ersatzreifen verstaut war. Sie brauchte eine Ewigkeit, um die Verschlüsse, die die veloursbespannte Einlage fixierten, zu lösen und sie anzuheben. Sie hatte sich nicht geirrt. Da war der Ersatzreifen. Und obendrauf lag ein Radkreuz, das verrutscht war. Sie nahm es und schlug sachte damit von unten gegen die Einlage. Erleichterung machte sich in ihr breit. Ja, das konnte es gewesen sein. Um ganz sicherzugehen, klopfte sie noch zwei, drei Male etwas fester. Es war nicht genau das Geräusch, das sie vorhin gehört hatte, aber da hatte sie ja auch vorn im Innenraum des Wagens auf dem Fahrersitz gesessen. Sie verstaute das Radkreuz, lachte auf und setzte sich einen Moment auf den Rand des Kofferraums. Sie hatte Glück im Unglück gehabt. Auch wenn sie das Klopfen des Radkreuzes schwer erschüttert hatte, war sie froh darüber, dass mit dem Auto alles in Ordnung war.

»Andreas, Andreas«, schalt sie ihren Kollegen. »Nicht einmal ein Radkreuz ordentlich verstauen kannst du.« Sie stand auf, schloss den Kofferraum und tätschelte sanft das Heck des Wagens, als wäre er ein ausgesprochen fügsames Pferd, das sie geduldig auf seinem Rücken trug. Dann straffte sie die Schultern und stieg wieder ein. Als sie bemerkte, dass die Büsche am Rand des Rastplatzes sich immer deutlicher aus dem Licht der einsetzenden Dämmerung hervorzuschälen begannen – schwarze, an Kontur gewinnende Schemen vor einem düsteren Blau –, ließ sie den Motor an. Sie hatte einen Termin, und den würde sie einhalten.

Im Radio rasselte ein Nachrichtensprecher eine Reihe bedenklich schlechter Wirtschaftsdaten herunter. Sie drehte das Gerät leiser, bis die Stimme des Sprechers nur noch ein schwaches Murmeln war. Sie wollte nichts über Krisen hören, da sie selbst eben erst eine überwunden hatte. Sie schaute in den Seitenspiegel, blinkte und fuhr los.

Erst auf dem Beschleunigungsstreifen fiel ihr siedend heiß ein, dass sie vergessen hatte, ihr kleines Mantra gegen die Angst aufzusagen.

## 40

Ulf Grüners Büro war ein enges Kabuff im Keller eines schäbigen Klinkerbaus, dem Kieler Institut für Rechtsmedizin. Es gab nur einen Besucherstuhl, den Smolski gleich für sich gepachtet hatte, weshalb Stefan Hoogens gekrümmt auf einer Ecke von Grüners Schreibtisch hocken musste. Hoogens hatte nichts gefrühstückt, und weder Smolskis nach kaltem Zigarettenrauch stinkende Klamotten, noch die Präsentation der vorläufigen Obduktionsergebnisse bekamen ihm besonders gut.

»Du willst also sagen, dass du nicht mehr feststellen kannst, ob der Täter sie vergewaltigt hat oder nicht«, herrschte er Grüner an.

Der antwortete ganz gelassen. »Richtig. Um genau zu

sein, hat er dafür gesorgt, dass wir das nicht können. Er hat ihre Körperöffnungen versiegelt. Das Silikon, das er ihr – «

»Danke, danke.« Smolski hob abwehrend die Hand. »Wir haben schon kapiert. Keine DNA-Spuren?«

»Nichts.« Grüner schüttelte den Kopf und rieb sich seine Halbglatze. »Er ist gerissen. Und kaltblütig.« Er schaute Hoogens an. »Du hast doch den einen Hering gesehen?«

Hoogens nickte. Er würde diesen Anblick nie mehr vergessen, selbst wenn er das wollte.

»Es gab noch weitere an anderen Körperstellen«, erklärte Grüner. »Handelsübliche Ware, wie man sie in jedem Outdoor-Laden und gut sortierten Baumarkt kriegt, die er dann mit einer Feile noch zugespitzt hat. Mit zweien hat er ihr die Knie fixiert.« Er rollte auf seinem Drehstuhl hinter dem Schreibtisch hervor, presste seine Knie zusammen und drückte mit seinen Zeigefingern links und rechts knapp oberhalb der Kniescheibe auf die Gelenke. »Hier und hier. Er hat beide Heringe einmal komplett durch beide Knie gerammt.« Seine Finger wanderten zu seinen Hüften. »Und hier im Hüftgelenk gab es diese Fixierungen auch. Nur dass er da wohl einen Hammer zu Hilfe nehmen musste, weil die Hüftknochen nicht so einfach zu durchbohren sind.«

»Warum hat er das getan?«, warf Smolski ein.

»Er wollte sie anscheinend in einer ganz bestimmten Pose begraben«, sagte Grüner.

»Mit geschlossenen Beinen«, merkte Hoogens an.

»Hätte die Frau diese Verletzungen überleben können?«, bohrte Smolski weiter.

Grüner schürzte die Lippen. »Die an den Beinen und an den Hüften wahrscheinlich schon.« Er tippte sich gegen die Brust. »Aber der Hering, mit dem er die Hände festgemacht hat, hat das Herz gestreift. Nicht auszuschließen, dass sie dann trotzdem noch einen Moment gelebt hätte. Ich habe bereits am Fundort angedeutet, dass es grundsätzlich

135

möglich ist, dass sie noch gelebt hat, aber nicht mehr bei Bewusstsein war. Zumindest muss sie bewegungsunfähig gewesen sein. Niemand hält in einer solchen Situation still, auch nicht auf Befehl eines völlig Wahnsinnigen.«

Smolski kratzte sich am Kopf. »Aber womit soll er sie betäubt haben? Da hätten wir doch Rückstände in ihrem Blut gefunden.«

»Nicht, wenn er ein Gas verwendet hat«, sagte Hoogens.

»Da muss nicht einmal Gas im Spiel gewesen sein.« Grüner schenkte Hoogens einen Blick, der besagte, wie wenig er davon hielt, dass dieser Bulle sich anmaßte, irgendwelche Theorien auf seinem Fachgebiet aufzustellen. »Da reicht auch schon GHB.«

Smolski nickte. »Liquid Ecstasy.«

»Ich hasse diesen Ausdruck«, sagte Grüner. »Das Zeug hat mit echtem Ecstasy nicht das Geringste zu tun, außer, dass es auch eine Partydroge ist. Es ist nicht einmal ein Amphetamin. Die Amerikaner haben schon seit Jahrzehnten Probleme damit. Es ist sehr beliebt, wenn es darum geht, sich eine Frau gefügig zu machen.«

»Du meinst K.-o.-Tropfen?«, fragte Hoogens.

»Wenn du so willst. In geringer Dosis wirkt GHB analeptisch. Daher kannst du es inzwischen auch bei uns in vielen Clubs kaufen, wenn du weißt, wen du fragen musst. Größere Mengen wirken hingegen schnell wie ein potentes Hypnotikum.« Seine Stimme nahm einen verächtlichen Tonfall an. »Halluzinationen, Amnesie, totaler Filmriss, wenn es nicht schlimmer kommt. Eine Überdosierung oder die Kombination mit Alkohol oder anderen Drogen kann bis hin zu Atemstillstand führen. Und das Zweitschönste an dem Zeug ist, dass es spottbillig zu haben ist.«

»Und was ist das Schönste?«, fragte Hoogens.

»Dass es nach der Einnahme binnen 24 Stunden in Kohlenstoff und Wasser zerfällt«, sagte Grüner.

»Und dann nicht mehr nachweisbar ist«, fügte Smolski hinzu.

»Also wissen wir gar nicht, ob der Täter wirklich GHB benutzt hat«, sagte Hoogens. »Was ist mit dem Mageninhalt? War da was Auffälliges?«

»Ja«, erwiderte Grüner. »Nämlich, dass es keinen gab.«

»Sie hatte nichts im Magen?«, fragte Smolski.

»Nichts.« Grüner verschränkte die Arme vor der Brust. »Ich sagte doch, er hat sich viel Zeit mit ihr gelassen. Aber was zu essen hat er ihr nicht gegeben. Wenn ihr mich fragt: Bei allem, was wir an Verstümmelungen vorliegen haben – an den Brüsten, an den Rippenbögen, an den Füßen –, und angesichts des Brautkleids und der fixierten Pose haben wir es mit jemandem zu tun, der hier sehr präzise seine Fantasien auslebt.«

»Er bastelt sich seine perfekte Traumfrau«, sagte Hoogens kaum hörbar und war heilfroh, heute Morgen nicht gefrühstückt zu haben.

# 41

»Ich hoffe, der Kaffee ist nicht zu stark«, sagte Hans-Hermann Mangels und versuchte, aus Ute Jannsens verschlossener Miene schlau zu werden.

»Ich bin nicht blöd«, sagte Ute und rührte ihren Kaffee um. »Ich weiß, warum du mich eine halbe Stunde früher hierherbestellt hast als die anderen.«

»So?« Mangels hob eine Augenbraue. Sie saßen im kleinen Sitzungssaal des Odisworther Rathauses. Vielleicht war es ein Fehler von ihm gewesen, nicht neben ihr Platz zu nehmen, sondern ihr gegenüber. Er bildete sich ein, dass er auf kurze Distanzen am besten Einfluss auf andere nehmen konnte – selbst auf so halsstarrige Personen wie Ute.

»Du willst gute Stimmung für diese Frau aus Hamburg machen«, erklärte Ute selbstsicher. »Das kannst du dir gleich von der Backe schmieren. Dieser Windpark ist eine schlechte Idee, ganz egal, wie sehr du dir auch einredest, er wäre gut für unser Dorf.«

»Und wie kommst du zu diesem fundierten Urteil, wenn ich fragen darf?«

Ute schnaubte verächtlich. »Wir brauchen nicht um den heißen Brei herumreden. Der Windpark kann nur gebaut werden, wenn Erich einen Teil seines Grundstücks dafür hergibt. Und das wird er nie tun. Ganz abgesehen davon, dass er die Polizei am Hals hat, und das ist so ziemlich das Letzte, was er zurzeit brauchen kann.«

»Das mag wohl sein. Und wir sind mit schuld daran, dass das so ist.« Mangels senkte die Stimme. »Ute, wir hätten ihm damals nicht helfen dürfen. Das war absoluter Wahnsinn. Wenn das rauskommt, sind wir geliefert. Und falls es rauskommt, solange wir die Medien noch im Ort haben, ist hier der Teufel los. Das passt doch wie die Faust aufs Auge. Der Bürgermeister und die Pastorin machen gemeinsame Sache mit einem Bauern, der seine Frau – «

»Jammern bringt uns auch nicht weiter«, sagte Ute scharf. »Du kennst mein Motto: Hilf dir selbst, dann hilft dir Gott. Außerdem habe ich mit Erich geredet. Er hat mir versprochen, darüber nachzudenken, sie woanders hinzubringen.«

»In noch so einer Nacht-und-Nebel-Aktion, oder wie?«, fragte Mangels. »Wie stellst du dir das vor?«

»Wie stellst du dir das denn vor, hm?«, entgegnete sie. »Es wird so oder so kompliziert. Und die Polizei ist einfach das dringlichere Problem als dieser Windpark. Wir müssen diese Frau Schwarz mindestens so lange hinhalten, bis der Mord aufgeklärt ist. Ich habe mit Assmuth gesprochen, und der schätzt, dass das eine Weile dauern kann. Solange Erich unter Verdacht steht, können wir ihn nicht noch mehr unter Druck setzen. Du kennst ihn doch. Am Ende macht er irgendwelche Dummheiten.«

Mangels schüttelte verzweifelt den Kopf. »Wir können den Baubeginn unmöglich noch länger rauszögern. Die schauen sich doch schon nach einem anderen Standort um, da bin ich mir sicher. Und die Gemeinde braucht das Geld.«

»Geld ist nicht alles«, wiegelte Ute ab. »Und die Leute hier haben dich bestimmt auch nicht gewählt, weil du so gut mit Geld umgehen kannst. Sie haben dich zum Bürgermeister gemacht, weil sie wissen, dass du dich nicht zu sehr in ihre Privatangelegenheiten einmischst. Weil sie wissen, dass man sich auf dich verlassen kann, wenn es darauf ankommt.« Sie taxierte ihn mit einem langen prüfenden Blick. »Das mit Erich und Margarete ist doch nichts gegen –«

»Das mit dem Feuer war etwas völlig anderes«, erwiderte Mangels ernst. Diese falsche Schlange! Ihm ausgerechnet das in dieser Situation aufs Brot zu schmieren. »Was haben wir damals alle gesagt, einschließlich dir? Er hat nur bekommen, was er verdient hat. So war es nämlich. Spiel hier bitte nicht die Unschuldige, ja? Gerade dir als Pastorin hätte auch früher auffallen können, dass bei dieser Familie etwas gewaltig im Argen liegt.« Er unterband ihren Protest mit einem drohenden Zeigefinger. »Und eins will ich dir auch noch sagen: Vielleicht hat Erich noch lange nicht genug Druck, um endlich einzusehen, dass was passieren muss.«

»Lass ihn in Ruhe«, zischte Ute.

»Das werde ich machen.« Mangels lächelte sie höhnisch an. »Aber es gibt da jemanden, dem ich schlecht verbieten kann, sich einmal mit Erich darüber zu unterhalten, weshalb er sein Land nicht verkaufen will.« Er schaute auf seine Armbanduhr. »Und sie ist schon längst auf dem Weg hierher.«

## 42

»Wir warten schon auf Sie, Frau Schwarz.«

In die Stimme des Bürgermeisters hatte sich etwas geschlichen, das Jule nicht deuten konnte. Er schien ungehalten, und aus den Gesichtern der fünf Mitglieder des Gemeinderats sprach kein freundliches Willkommen.

»Ich hatte Probleme mit meinem Wagen«, sagte Jule nur. Sie war selbst am meisten verärgert darüber, eine Viertelstunde zu spät auf dem Schlachtfeld zu erscheinen. Denn genau das war dieses stickige Zimmer im Odisworther Rathaus. Es wäre leicht gewesen, sich von dem biederen Ambiente täuschen zu lassen: den gut gegossenen Topfpflanzen auf dem Fensterbrett, den Tee- und Kaffeekannen und dem Teller dänischem Gebäck, den großformatigen Aufnahmen von Leuchttürmen und Wattvögeln an den Wänden, dem Flipchart, auf dem in Andreas' krakeliger Handschrift doppelt unterstrichen »Baldursfeld« zu lesen stand.

Es war ein Schlachtfeld, und das war nicht zuletzt deshalb so leicht zu erkennen, weil die Frontlinien deutlich gezogen waren. An einem Kopfende des Verhandlungstischs standen zwei Stühle – für Mangels und sie. Der Gemeinderat hatte sich gesammelt auf der anderen Seite des Tisches verschanzt. Jule setzte sich an ihren Platz und wählte den neutralsten Gesichtsausdruck, zu dem sie in der Lage war. Die Mundwinkel leicht gehoben, ohne gleich in ein angestrengtes Lächeln zu verfallen, und die Augen absichtlich ein wenig weiter geöffnet als normalerweise, um Interesse an ihrem Gegenüber zu signalisieren. Es war eine der Masken, die sie am liebsten trug.

»Möchten Sie etwas trinken?« Mangels konnte ihr anscheinend nicht sehr lange böse sein.

»Kaffee wäre nett.«

»Kommt sofort.« Er streckte sich, um nach einer der Kannen zu angeln. »Milch? Zucker?«

»Ja, bitte. Ein kleiner Schuss und zwei Stück.«

Mangels machte einen langen Arm, erreichte aber die Zuckerdose nicht. »Frau Pastorin, wenn Sie vielleicht so freundlich wären?«

Die Frau mit dem Seidentuch um den Hals schob die Zuckerdose die fehlenden Zentimeter auf Mangels' Fingerspitzen zu.

»Vielen Dank.«

Während Jule beobachtete, wie Mangels ihren Wünschen nachkam, fiel ihr auf, dass sie keiner der anderen gegrüßt hatte. Kein förmliches »Guten Morgen« von der sauertöpfisch dreinschauenden Frau, kein gebrummtes »Hallo« von einem der hemdsärmeligen Männer, die in Jules Augen allesamt so aussahen, als hätten sie nur kurz die Feldarbeit unterbrochen, um hier an der Sitzung teilnehmen zu können. Einer von ihnen hatte tatsächlich Gummistiefel an, obwohl es gar nicht regnete. Ihrer Erfahrung nach war die beste Strategie in einer solchen Situation, all die Erwartungen der Gegenseite zu unterlaufen. Die Ausgangslage war eindeutig: Sie war die Fremde aus der Stadt, die den Bürgermeister schon um den Finger gewickelt hatte.

Jule schlug die Beine übereinander. Es konnte losgehen. Sie begann eine verkürzte Variante ihrer abgebrochenen Präsentation.

Sie war nicht eitel genug, um davon auszugehen, den Gemeinderat urplötzlich davon zu überzeugen, den bislang angedeuteten Widerstand aufzugeben. Ihre kühl, aber präzise vorgetragenen Schachtelsätze über Zukunftsperspektiven, den gesamtgesellschaftlichen Nutzen erneuerbarer Energien und die beiderseitigen Vorteile einer reibungslosen Zusammenarbeit dienten einem anderen Zweck: Sie sollten ihr helfen, die Odisworther einzuschätzen. Wer von ihnen war prinzipiell gegen das Projekt? Wer war nur ein Mitläufer? Würde es sinnvoll sein, denjenigen als Erstes umzustimmen, der vermutlich auch am leichtesten umzustimmen war? Oder nahm sie sich besser zunächst die härteste Nuss vor, weil der Rest danach einfacher zu knacken war?

Diese Gelegenheit, ein Problem taktisch und methodisch anzugehen, war einer der Gründe, warum Jule in ihrem Job so brillant war. In Verhandlungen wie dieser spielten viele zwischenmenschliche Belange, mit denen sie sich schwertat, in aller Regel eine untergeordnete Rolle. Hier drehte es sich darum, andere Menschen wie Maschinen zu sehen, an denen sie nur den richtigen Hebel finden und umlegen musste, um exakt die Reaktion zu erhalten, die sie herbeiführen wollte.

»Die Frage einer stabilen, ökologisch voll verträglichen Energieversorgung stellt sich zu Beginn des 21. Jahrhunderts angesichts schwindender Ressourcen, des ständigen Risikos von Reaktorkatastrophen und einsetzenden Klimawandels völlig neu. Unser Windpark ist Teil einer Antwort, die das globale Ökosystem auch für kommende Generationen schützt und erhält.«

Der Gemeinderat spaltete sich bei diesem Hinweis und den darauf folgenden näheren Ausführungen über die »grüne Alternative Windenergie« nach Geschlechtern auf. Die Männer starrten desinteressiert aus dem Fenster, schenkten sich Kaffee nach oder schauten einfach ins Leere. In den Augen der Pastorin hingegen glomm ein schwacher Funke der Zustimmung auf, dennoch verzog sie das Gesicht wie eine Frau, die zu oft von ihrem notorisch untreuen Ehemann gehört hatte, sein jüngster Seitensprung sei zugleich auch sein letzter gewesen.

Jule lenkte ihre kurze Rede bewusst in eine andere Richtung. »Was wir nie vergessen sollten, ist allerdings, dass unser Projekt bei allem Nutzen für die Umwelt hauptsächlich darauf abzielt, einen vielversprechenden Gewinn zu erwirtschaften – und zwar sowohl für mein Unternehmen als auch selbstverständlich für Odisworth. Finanziell wäre ein Windpark dieser Größe ein ausgesprochen lohnenswertes Unterfangen, das für die beteiligten Grundstückseigner weit über einen kleinen Nebenverdienst hinausginge. Auf lange Sicht – die allgemein steigenden Energiepreise mit einbezogen – spricht alles dafür, dass er für sie letzten Endes zu einem lukrativen Hauptverdienst werden wird.«

Erneut spaltete sich der Gemeinderat entlang der Geschlechtergrenzen. Diesmal war es jedoch die Pastorin, die gelangweilt den Kopf schüttelte, während die Männer mit einem Mal ganz Ohr waren. Jule atmete innerlich auf. Manchmal war das Leben eben doch so, wie es ihrer Meinung nach immer sein sollte: herrlich unkompliziert und festen Gesetzmäßigkeiten folgend. Es waren solche Momente, in denen ihre grundsätzlichen Auffassungen über das Wesen der Welt und die Natur des Menschen bestätigt wurden. Es waren die Momente, in denen sie ausblenden konnte, dass nicht alles planbar war. Sie machte eine kurze Pause, um ihren Kaffee umzurühren und einen Schluck davon zu nehmen. Er war nur noch lauwarm und ziemlich dünn, aber das störte sie nicht. Am Ende war dieses Projekt ruckzuck durchgezogen, und Andreas hatte sich nur zu ungeschickt angestellt. Nicht einmal mit parteipolitischem Kalkül musste sie sich herumärgern, weil die Mitglieder des Gemeinderats wie in vielen anderen nordfriesischen Ortschaften vergleichbarer Größe alle derselben Partei angehörten – in diesem Fall der Wählergemeinschaft Odisworth. Es gab also keine Opposition, die aus reiner Gehässigkeit querschießen konnte.

Beflügelt von dem guten Verlauf des Gesprächs schickte Jule zur Absicherung noch einen weiteren Testballon auf den Weg. »Ein Windpark wie Baldursfeld könnte Ihrem

Dorf über Nacht deutschlandweite Popularität verschaffen. Große technische Errungenschaften begeistern die Menschen und ziehen sie oft in Scharen an. Odisworth ist ein Name, der vielleicht schon bald in aller Munde ist.«

Es dauerte nur einen Augenblick, bis Jule begriff, dass sie den Bogen überspannt hatte. Wären die Gesichter der Odisworther Türen gewesen, wären sie laut knallend zugeschlagen. Das Schweigen, das sich nun über die Runde legte, war wie ein Mantel aus schwerem Stoff, der alles unter sich zu ersticken drohte. Es war etwas passiert, was Jule nie hätte passieren dürfen: Sie hatte einen falschen Hebel umgelegt, und jetzt probten die Maschinen den Aufstand, indem sie alle Räder in sich zum Stillstand brachten.

»Das wäre von meiner Seite zunächst einmal alles«, sagte Jule eine Spur zu hastig, aber Schweigen war bei einer Verhandlung noch schlimmer als aufgebrachtes Geschrei oder leises Nörgeln. Sie hatte keine andere Wahl: Sie musste diese Leute, die sie bisher in die Rolle passiver Zuschauer gedrängt hatte, schnellstmöglich dazu verleiten, aktiv ins Gespräch einzusteigen. Die Lage schien ihr auch so bereits verfahren genug, als dass eine kleine Provokation nun noch größeren Schaden anrichten konnte. Im Gegenteil: Jule musste darauf bauen, dass ein direkter Angriff die Anwesenden aus der Reserve lockte. »Und nachdem ich Ihnen nun all diese Vorzüge umfassend erläutert habe, verstehe ich eines wirklich nicht: Ich sehe nicht, wo Ihre Bedenken bezüglich des Windparks eigentlich liegen.«

Zäh wie Schlacke wälzten sich die Sekunden voran. Im Besprechungszimmer war es so leise geworden, dass Jule meinte, das Ticken von Mangels' Armbanduhr hören zu können. Aus. Vorbei. Sie hatte es zunichtegemacht. Das Projekt Baldursfeld war genauso tot wie dieses Gespräch.

## 43

Es war ausgerechnet die Pastorin, die dem tot geglaubten Projekt neues Leben einhauchte. »Das, was Sie uns gerade erzählt haben, haben wir von Andreas bestimmt schon tausendmal gehört.«

Jule nickte, halb erleichtert, weil sich die Frau endlich äußerte.

»Aber niemand hier redet jemals über die Risiken.« Die Pastorin warf einen vorwurfsvollen Blick in Richtung des Bürgermeisters.

»Gut.« Jule beugte sich vor und breitete in einer einladenden Geste die Arme aus. »Reden wir über die Risiken. Welche sollen das sein?«

Jule hätte der Pastorin kein besseres Stichwort geben können. Es war, als hätte sie mit einer Nadel mehrfach in einen prallen wassergefüllten Ballon hineingestochen, so heftig sprudelten die Vorwürfe aus der Frau heraus.

»Sie verkaufen uns diesen Windpark unter der Überschrift Umweltschutz, weil das gerade modern ist. Weil es dem Zeitgeist entspricht. Und weil Sie meinen, wir wären zu rückständig oder zu faul oder zu dumm, um auch eigenständig Informationen einzuholen. Darum verschweigen Sie uns auch einige Dinge. Dass die Flügel der Windräder flackernde Schatten auf den Boden werfen, die bei manchen Leuten nervöse Unruhezustände oder Migräne auslösen. Dass die Windräder Infraschall erzeugen, dessen Auswirkungen auf den menschlichen Körper noch lange nicht hinreichend erforscht sind. Dass Vögel in die Windräder hineinfliegen und von ihnen in Stücke gehackt werden. Dass Fledermäusen, die zu nah an die Luftverwirbelungen herankommen, wegen des entstehenden Unterdrucks die Lungen platzen.«

Diese Frau am anderen Ende des Tisches hatte sich tatsächlich informiert – wenn auch größtenteils bei unzuverlässigen technologiefeindlichen Quellen: Internetauftritten von kleinen Organisationen und Privatpersonen, die auch Angst vor Handys, Elektrosmog und dem vermeintlich nahenden Weltuntergang hatten. »Ich habe diese Punkte nicht angesprochen«, erklärte Jule sachlich, »weil ich der Ansicht war, man müsste darüber gar nicht erst diskutieren. Ich kenne die Argumente gegen Windräder sehr gut, glauben Sie mir, aber sie treffen in der Regel nicht zu.« Sie begann, die einzelnen Vorwürfe an den Fingern einer Hand abzuzählen, während sie sie zu entkräften versuchte. »Zum anderen«, schloss Jule ihre Gegenargumentation, »lässt es sich nie ganz verhindern, dass es zu Unfällen kommt, wenn Mensch und Natur sich begegnen. Würden Sie alle auf Ihre Autos verzichten wollen, nur weil die Gefahr besteht, dass Sie irgendwann ein Kaninchen oder eine Katze überfahren?« Sie geriet ins Stocken und griff nach der Kaffeetasse, um vom Zittern ihrer Finger abzulenken. Was redete sie da eigentlich? Hatte sie sich nicht vor ein paar Monaten noch gewünscht, sie könnte in der Zeit zurückreisen, um den Erfindern des Automobils höchstpersönlich davon zu berichten, wie viel Unheil ihre Schöpfung über die Welt bringen würde? Wie viele Menschenleben sie auf dem Gewissen hätten? Wie sie Jules eigenes Schicksal, eine andere Person auszulöschen, gleichsam vorherbestimmt hätten? Und jetzt saß sie hier, in diesem muffigen Zimmer bei diesen halsstarrigen Menschen, und machte Werbung für die Segnungen der modernen Technik. Das war verrückt.

»Seht ihr?« Die Pastorin machte ein Gesicht, als sähe sie all ihre Vorurteile bestätigt. »Ich habe doch von Anfang an gesagt, dass diese Frau nichts versteht.«

Die Männer links und rechts von ihr warfen einander düstere Blicke zu.

Jules Finger schlossen sich so fest um die Tasse, dass sie befürchtete, das Porzellan könnte unter dem Druck zerspringen. Sie begann langsam zu erahnen, warum Andreas so heilfroh darüber war, diesem Dorf entronnen zu sein. Die Atmosphäre aus unausgesprochenen Regeln und verschleierten Vorhaltungen stellte merkwürdige Dinge mit einem an. Sie zwang einen dazu, Gedanken zu denken, die man nicht denken wollte, und Dinge auszusprechen, die man lieber für sich behalten würde. »Was verstehe ich nicht? Was ist hier überhaupt los?«

»Ganz einfach, Frau Schwarz. Sie sind kalt. Eine eiskalte, berechnende Person, die keinerlei Rücksicht auf die Bedürfnisse und Gefühle anderer nimmt.«

Jule hatte im Zuge ihrer Arbeit viele Erfahrungen machen müssen, die ihr übel aufgestoßen waren. Eklige Annäherungsversuche, wüste Drohungen, gemeine subtile Unterstellungen.

Nichts hatte sie je so getroffen wie der Vorwurf, den diese Frau nun an sie richtete. Kalt. Rücksichtslos. Was wusste diese Dorfpastorin schon über sie? Nichts. Sie wusste nichts davon, wie sich Jule nach dem Unfall gequält hatte. Die Fragen, die ihr nicht mehr aus dem Kopf wollten. Ob die junge Frau auf dem Fahrrad gespürt hatte, wie ihr bei dem Zusammenprall das Genick brach. Ob sie sofort bewusstlos gewesen war, oder ob sie noch einen Moment hellwach im Schnee gelegen und die Kälte gefühlt hatte, ehe ihr zerschmetterter Körper aufgegeben hatte. Welche Musik sie wohl gemocht hatte und ob sie das Stück, das auf ihrem MP3-Player gelaufen war, als sie aus der Lücke zwischen den parkenden Autos hervorgeschossen kam, vielleicht mitgesummt hatte. Ob sie mit ihrem Job als Fahrradkurierin zufrieden war, oder ob sie insgeheim andere Karrierepläne geschmiedet hatte. Ob sie jemals hatte Kinder kriegen wollen. Wenn ja, mit welchem Typ Mann. All das und Abertausende weitere

Fragen, auf die Jule keine Antwort kannte und nie eine Antwort erhalten würde, waren das fürchterliche Erbe eines Sekundenbruchteils der Unaufmerksamkeit, das Jule bis ans Ende ihrer Tage mit sich herumtragen würde. Eine Last, die Jule um ein Haar in einen Sumpf der Verzweiflung und des Wahnsinns hinabgezogen hätte. Und diese selbstgefällige Frau auf der anderen Seite des Tischs, die den Odisworthern jeden Sonntag Lügen über einen lieben Gott und einen Himmel erzählte, die es nicht gab, wagte es, ihr ernsthaft vorzuwerfen, sie wäre kalt und berechnend.

»Ute, bitte.« Mangels rutschte unruhig auf seinem Stuhl hin und her.

Jule registrierte kaum, dass Mangels vom förmlichen »Frau Pastorin« zum vertraulicheren Vornamen gewechselt war, um Ute im Zaum zu halten. Es scherte Jule auch nicht weiter, weil sie viel zu sehr damit beschäftigt war, der Pastorin vor Empörung nicht ihre Kaffeetasse hinzuschleudern.

»Ihnen und Ihrer Firma geht es um nichts anderes als Profit«, schaltete Ute einen Gang zurück.

»Das ist selbst in einer sozialen Marktwirtschaft noch kein Verbrechen«, erwiderte Jule bissig. »Ich nehme nicht an, dass Sie nur für Kost und Logis Ihren Pflichten als Seelsorgerin nachkommen, oder?«

Ute reagierte auf die Spitze, indem sie einen Tonfall wählte, der sich auch auf der Kanzel gut gemacht hätte. »Uns hier geht es hingegen immer erst um die Menschen.«

Jule erlaubte sich ein leises Schnauben. »Sie meinen, es geht Ihnen um Sie und Ihre sonderbaren Ansichten.«

»Nein. Mir liegen meine Nächsten am Herzen. Wir hier in Odisworth sorgen füreinander.« Sie zuckte die Schultern und suchte den Blickkontakt zu dem Mann direkt links von ihr. »Da hast du's. Es ist genau so, wie ich es gesagt habe.«

»Was?«, schnappte Jule. Diese ständigen Andeutungen machten sie noch aggressiver.

»Ich war gegen diesen neuen Termin«, sagte Ute und verschränkte die Arme vor der Brust.

Mangels ächzte, öffnete den Mund, als wollte er etwas Wichtiges sagen, schwieg dann aber.

»Dürfte ich auch erfahren, weshalb? Weil Sie den Windpark sowieso nicht hier haben wollen?«, bohrte Jule weiter.

»Der Windpark kann meinetwegen kommen, sobald Sie es schaffen, meine Bedenken zu zerstreuen, und niemanden zu etwas zwingen.« Das war eine überraschende Eröffnung. »Was mich so an diesem Termin stört, ist, dass wir im Moment völlig andere Sorgen haben als Ihren Windpark. Bei uns ist ein Mord geschehen. Ein Mensch wurde umgebracht – in unserer Mitte –, und Sie tun, als wäre nichts geschehen. Sie kommen hierher und reden unwichtiges Zeug über irgendwelche Zukunftsperspektiven und Gewinnchancen. Obwohl wir erst vor wenigen Tagen erfahren mussten, dass es da jemanden gab, dem seine gesamte Zukunft und all seine Chancen geraubt wurden. Das treibt mir die Galle hoch, wenn ich Sie so da sitzen sehe. In Ihrem schicken Kostüm und den schönen neuen Schuhen. Mit Ihrer oberflächlichen, arroganten Art.«

In einem hatte Ute recht: Jule hatte bei diesem ganzen Gespräch wirklich noch kein einziges Mal an den Mord gedacht. Rechtfertigte das den Vorwurf, sie wäre emotionslos? Nein, nicht im Mindesten. Hatte sie sich nicht am Wochenende so sehr in die Rolle des Opfers hineinversetzt, dass sie am Ende nur mit einem Messer neben dem Bett hatte einschlafen können? Nein, diesen Schuh würde sie sich nicht anziehen. »Ich gebe zu, dass mein Hauptaugenmerk heute Morgen auf unsere Verhandlungen und nicht auf dieses tragische Ereignis gerichtet war, das Ihr Dorf heimgesucht hat. Das bedeutet aber noch lange nicht, dass Sie mir jegliche Form von Mitgefühl mit dem Opfer und seinen Hinterbliebenen absprechen können.«

»Noch mehr Floskeln und Worthülsen«, hielt ihr Ute entgegen. »Wissen Sie, was dieses Monster dieser armen Frau angetan hat? Er hat ihr die Füße gebrochen. Ihr die Brüste abgeschnitten. Ihr die Lider an den Brauen festgeklammert, damit sie die Augen nicht mehr schließen konnte.«

Der Bürgermeister und die Bauern schauten allesamt betreten zu Boden.

»Und?«, fragte Ute. »Wollen Sie jetzt noch ein bisschen über Windräder plaudern? Mir erörtern, warum ich mich wegen ein paar Vögeln und Fledermäusen nicht so anstellen soll?«

Einen Augenblick war Jule zu verstört, um klar zu denken, weil die entsetzlichen Einzelheiten des Mordes, die die Pastorin genannt hatte, ihr nicht mehr aus dem Kopf wollten. Abgeschnittene Brüste. Festgeklammerte Augenlider. Sie stand am Rand eines inneren Abgrunds, aus dessen Tiefen Schreckensbilder von Blut und Gewalt nach ihr riefen. Jule war schon bereit, den letzten Schritt zu tun und sich hinabzustürzen, in der verzweifelten Hoffnung, die Wurzel all dieses Grauens zu finden: die Gründe, die einen Menschen dazu trieben, einen anderen Menschen so restlos zu vernichten.

Dann kamen ihr Lothar Segers Worte in den Sinn, mit denen er so oft versucht hatte, sie davon zu überzeugen, dass es falsch von ihr war, Verantwortung für das Handeln anderer übernehmen zu wollen. Dieser Grundsatz behielt auch jetzt seine Richtigkeit. Sie hatte dieses Mädchen nicht umgebracht, und nichts, was sie hätte tun können, hätte es verhindert. Sie war nicht sein Mörder. Und es war auch nicht ihre Schuld, dass Mangels ihrem Drängen nachgegeben und so schnell einen neuen Verhandlungstermin angesetzt hatte, obwohl er mit Sicherheit genau wusste, wie es um die allgemeine Stimmung im Dorf bestellt war. Alles, wofür sie Verantwortung trug, waren ihre eigenen Entscheidungen – nicht mehr, aber auch nicht weniger. Sie sah nicht ein, warum sie sich von dieser Pastorin auf ihrem hohen moralischen Ross derart in die Enge drängen lassen musste. Auch auf die Gefahr hin, die ohnehin hoffnungslose Situation eskalieren zu lassen, würde sie sich in diesem makabren Spiel nicht in die undankbare Rolle der Schurkin fügen. »Ich kann Ihre Wut nachvollziehen, aber nicht, dass Sie sie an mir auslassen wollen. Wenn Sie so darüber besorgt sind, was dieser Frau widerfahren ist, dann täten Sie besser daran, dabei mitzuhelfen, ihren Mörder zu finden.«

Jule nahm das Raunen der Anwesenden kaum wahr.

Plötzlich war sie dankbar dafür, dass Andreas sie am Sonntag angerufen hatte, um ihr davon zu berichten, wie der Hase in diesem Dorf lief. Seine Warnungen vor dem immensen Druck, unter den die Odisworther einander setzten, um ihre Idee von einer funktionierenden Gemeinschaft aufrechtzuerhalten, erschienen ihr nun sehr viel glaubwürdiger. Zum Glück hatte ihr Andreas auch verraten, welche Frage sie zu stellen hatte, um diesen bärbeißigen Gesellen zu zeigen, dass sie um diese Mechanismen der kollektiven Machtausübung wusste. »Was hat es eigentlich mit der Frau vom alten Fehrs auf sich?«

## 44

»Sie wissen auch nicht, wann man besser mal den Mund
hält, was?« Mangels klang weder enttäuscht noch verärgert,
sondern ehrlich amüsiert. Er zog an seinem stinkenden
Zigarillo und tat das, was seine Hauptbeschäftigung war,
seitdem er mit Jule vor das Tor des Rathauses getreten war,
um sie zu verabschieden: Er beobachtete seinen Hund, der
immer die gleiche Runde über den kleinen rot gepflasterten
Platz drehte, um an den immer gleichen Stellen das Bein
zu heben. »Sie sind das, was mein seliger Großvater ein
Schippenmaul zu nennen pflegte. Eine von den Frauen, bei
der man das Mundwerk extra mit der Schaufel totschlagen
muss, wenn sie für immer die Augen zumacht.«

Jule riss sich von dem Gedanken los, dass der Hund, der
beharrlich an seiner Routine festhielt, und sie sich in ihrem
Verhalten irgendwie ähnlich sein könnten, und fragte: »Was
ist da drin gerade passiert?«

Sie hatte mit vielem gerechnet, was ihre Erkundigung
nach der Frau des alten Fehrs würde nach sich ziehen können, aber nicht damit, was vor wenigen Minuten dann tatsächlich geschehen war: Der Gemeinderat war geschlossen
aufgestanden, um wortlos an ihr und Mangels vorbei aus
dem Besprechungszimmer zu gehen. Diesem schweigenden
Exodus waren nicht einmal die mehr oder minder ver-
stohlenen Blickwechsel vorangegangen, deren Zeuge Jule
zuvor häufiger geworden war. Jetzt fühlte sich Jule wie ein
Missionar, der bei der Verbreitung seiner frohen Botschaft
versehentlich ein Stammestabu gebrochen hatte und nun
darauf wartete, dass die Wilden mit ihren Keulen zurück-
kehrten, um ihn für seinen Frevel zu erschlagen. »War das
nur wegen Fehrs?«

»Kann schon sein.«

»Sagen Sie mir wenigstens, was daran so schlimm ist, dass seine Frau ihn verlassen hat?« Sie versuchte, nicht daran zu denken, dass Fehrs einer der Verdächtigen in einem Mordfall war.

Mangels, der eine Treppenstufe über ihr stand, schnippte grinsend Asche in die Richtung eines Topfs, aus dem üppige Geranien wuchsen. »Wenn Sie das derart brennend interessiert, Frau Schwarz, dann fragen Sie ihn doch am besten selbst.« Er beugte sich so nah zu ihr herunter, dass sie unter dem ätzenden Tabakrauch einen Hauch minzigen Rasierwassers riechen konnte. »Ich verrate Ihnen mal ein kleines Geheimnis: Erich Fehrs ist einer der besorgten Bürger, die am meisten Einwände gegen unser gemeinsames Projekt haben. Wenn Sie den umstimmen, ist der Rest ein Kinderspiel.« Er richtete sich wieder auf.

Jule begann langsam zu begreifen, wie Mangels an seinen Posten als Bürgermeister gekommen war. Sie hatte ihn unterschätzt. Er war genau der richtige Typ, um in einem Dorf wie Odisworth erfolgreich Kommunalpolitik zu betreiben – jovial, wahrscheinlich trinkfest und mit einem Maskottchen versehen. Ihr wurde jedoch auch bewusst, dass er mit dem Windparkprojekt ähnlich überfordert war wie sie. Sie bewegten sich beide auf ungewohntem Terrain – sie hatte sich noch nie mit solch skeptischen nordfriesischen Dörflern herumplagen müssen, während er sich noch nie gezwungen gesehen hatte, in Verhandlungen mit einem deutschlandweit operierenden Unternehmen einzusteigen. »Ich befürchte, ich stelle mich ganz schön dumm an«, gestand sie.

»Ach was.« Mangels winkte ab. »Es liegt nicht an Ihnen. Die würden jeden triezen, der nicht von hier kommt. Nein, nein, Sie sind schon in Ordnung. Sie haben da bloß ein, zwei Eigenarten, auf die man unter meinesgleichen anfangs vielleicht mit ein wenig Ablehnung reagiert.« Er stockte kurz. »Die da zum Beispiel.«

»Was?« Sie schaute von ihrem brummenden Smartphone auf, das sie sofort nach dem ersten Vibrieren aus der Innentasche ihrer Kostümjacke geholt hatte.

»Na das.« Mangels schüttelte den Kopf. »Dass Sie mitten im Gespräch mit mir auf einmal dieses Ding auspacken, als wäre es viel wichtiger als ich.«

»Oh.« Sie bewegte sich in Hamburg mit Ausnahme von Caro nur unter Leuten, die genau wie sie ständig erreichbar zu sein hatten, wenn ihnen etwas an ihrer Karriere lag. Dass irgendjemand heutzutage noch daran Anstoß nehmen konnte, wäre ihr nie aufgefallen. »Ach so, das. Tut mir leid. Das ist definitiv kein Zeichen von mangelndem Respekt Ihnen gegenüber.«

»Nun gehen Sie schon ran«, sagte er.

»Es war nur eine SMS«, erwiderte sie. »Die kann warten.«

»Ich bestehe darauf. Jetzt haben Sie das Ding ja schon in der Hand.«

»Okay.« Sie gab sich geschlagen. Die SMS war von Klaus:

Hab für heute um 4 einen Termin für dich gemacht. Passt hoffentlich so.

Es folgte die Adresse einer Werkstatt in Norderstedt – eine der vielen kleineren Städte im Speckgürtel von Hamburg, die über die Jahre mit der Metropole verwachsen waren. Jule lächelte. Klaus war so besorgt um ihr Wohlergehen, dass er gleich alles Notwendige in die Wege geleitet hatte, nachdem sie ihn eben vor der Sitzung noch rasch angerufen und von den Problemen mit ihrem Firmenwagen erzählt hatte. Er war eben eine richtig treue Seele.

»Gute Nachrichten?«, erkundigte sich Mangels.

»Mein Auto wird heute noch repariert«, antwortete Jule.

»Na hoppla. Herzlichen Glückwunsch. Das war also vorhin nicht nur geflunkert, weil sie zu spät aufgestanden sind, was?«

»Wo denken Sie hin?« Jule fasste sich spielerisch ans Dekolleté, als hätte Mangels sie in ihrer Ehre gekränkt. »Ich hatte wirklich eine kleine Panne.«

»So? Was war es denn?«

Jule zuckte die Achseln. »Zuerst ein Klopfen aus dem Kofferraum, aber das hat sich inzwischen erledigt. Und dann zog der Wagen nicht richtig.«

Zehn Minuten später fühlte sie sich wie eine Lügnerin: Von der verzögerten Beschleunigung, die sie bei der Herfahrt nach ihrer unfreiwilligen Pause auf dem Autobahnrastplatz noch einmal wichtige Zeit gekostet hatte, war nicht mehr das Geringste zu spüren. Im Gegenteil. Es beschlich sie das unheimliche Gefühl, dass der BMW auf wundersame Weise noch ein paar Pferdestärken hinzugewonnen hatte und es kaum erwarten konnte, möglichst schnell eine große Distanz zwischen sich und Odisworth zu bringen.

# 45

»Ich wusste gar nicht, dass dir so viel an unserer Umwelt liegt.« Sein Hund strich Mangels nervös um die Beine, weil das Tier einfach nicht begreifen wollte, weshalb Ute Jannsen den Odisworther Bürgermeister nicht über die Schwelle des alten Pfarrhauses bat. »Ist etwa über Nacht eine Grüne aus dir geworden?«

»Was willst du?« Ute trat hinaus auf die Treppe und zog demonstrativ die Tür hinter sich ins Schloss.

»Ich wollte dir nur sagen, dass euer kleines Theaterstück

vorhin völlig umsonst gewesen ist. Das kannst du auch gerne Eggers und Lühr und den anderen ausrichten.« Mangels paffte genüsslich an einem Zigarillo, das er bei seinem Spaziergang zum Pfarrhaus auf die Länge eines Fingerglieds heruntergeraucht hatte. Er hatte sich wenig überrascht gezeigt, dass es Ute gelungen war, diese beiden Holzköpfe für ihre Zwecke einzuspannen. »Ich habe Frau Schwarz nahegelegt, sich doch einmal direkt bei Erich zu erkundigen, wo Margarete abgeblieben ist.«

Ute wurde blass. »Das hast du nicht.«

»O doch.« Mangels ging die drei Stufen hinunter und warf seinen Zigarillostummel in Utes Vorgarten. »Erich wird sich entscheiden müssen, was ihm wichtiger ist. Das finanzielle Wohlergehen des Dorfes, das so viel für ihn getan hat, oder seine eigenen Wünsche.«

»Es sind nicht seine eigenen Wünsche«, verteidigte Ute den alten Bauern schwach.

»So? Wessen denn?« Mangels grinste unverschämt, weil es ihm gefiel, Ute so verunsichert zu sehen. »Deine vielleicht?«

»Das weißt du ganz genau.« Die Pastorin stützte sich am schmiedeeisernen Treppengeländer ab. »Sie wollte es doch nicht anders.«

»Tja.« Mangels zuckte die Schultern und pfiff seinen Hund zu sich, der immer noch nicht verstanden hatte, dass sie heute nicht ins Pfarrhaus gehen würden. »Ist es nicht schade, dass wir Margarete nicht fragen können, wie sie das Ganze sieht?«

»Du bist ein Schwein!« Die Beleidigung klang kraftlos und verzweifelt.

Er beantwortete sie mit einem höhnischen Grunzen.

»Ja, ein Schwein!«, wiederholte Ute. »Pass bloß auf, dass – «

»Ah, ah, ah«, machte Mangels. »Vorsicht. Ich lasse mir

von dir nicht mehr drohen. Du hast genauso viel zu verlieren wie ich. Vergiss das nicht. Wenn du mir noch einmal drohst, nehme ich Erich seine Entscheidung ab. Und zwar endgültig. Mal schauen, ob du dann noch zu ihm hältst oder ob du dir dann nicht doch selbst die Nächste bist.«

Er wünschte der Pastorin noch einen guten Tag und machte sich auf den Weg zum »Dorfkrug«. Die Streiterei hatte seinen Appetit geweckt, und wenn er sich nicht irrte, stand Lammkotelett auf der Mittagskarte.

# 46

Die Werkstatt lag am Stadtrand von Norderstedt in einem heruntergekommenen Industriegebiet. Die breiten Straßen, in deren Rinnsteinen allerlei Unkraut wucherte, hätten dringend eine Grundsanierung gebraucht. Das traf auch auf die nüchternen Gebäude mit ihren rissigen Fassaden und ausgebleichten Firmenschildern zu – frühere Symbole der Hoffnung auf einen rasanten wirtschaftlichen Aufschwung, den es dann nie gegeben hatte.

Die letzten paar Hundert Meter absolvierte Jule im Schritttempo, vorbei an einem klapprigen Imbisswagen, vor dem zwei Coca-Cola-Sonnenschirme standen. Hinter einem Großhandel für Baustoffe erspähte sie das Schild: »Auto-Behr – Gebrauchtwagen und Reparaturen aller Art«. Letzteres mochte stimmen, Ersteres erschien ihr wie eine dreiste Behauptung. Gerade einmal drei Wagen standen auf dem weitläufigen Hof: zwei dunkle Familienkutschen von VW, dazwischen ein silberner Smart. Auf Jule wirkten die beiden Passat wie Elterntiere, die sich schützend um ihr Junges drängten.

Jule ließ den Wagen ausrollen und stieg aus. Sie war etwas wacklig auf den Beinen – auf dem letzten Stück der ungewohnten Strecke hatte ihre Angst sie mit Herzrasen und Schweißausbrüchen gequält –, und sie versuchte, ihre Fassung wiederzugewinnen, indem sie sich fragte, welcher Teufel welchen ihrer Kollegen geritten hatte, ausgerechnet hier ein Auto zu kaufen. Sie hatte den Chefbuchhalter im Verdacht, ein ausgemachter Pfennigfuchser, der großen Gefallen daran fand, die Weiten des Internets nach den günstigsten Angeboten zu durchforsten, sobald eine größere Anschaffung fällig war.

Sie ging auf den vorderen Teil des Flachdachgebäudes zu, wo sich die Strahlen der Nachmittagssonne auf einer breiten Fensterfront spiegelten. Eine schief an der Glastür angebrachte bedruckte Folie verkündete die Öffnungszeiten: »Mo – Fr 9–14 Uhr und nach Absprache«.

Jule drückte die Klinke. Die Tür blieb zu. Sie klopfte dagegen. Nichts tat sich.

Sie beugte sich dicht an die Scheibe, beide Hände links und rechts ans Gesicht gepresst, und erkannte einen schmucklosen braunen Tresen aus Plastikfurnier, das erfolglos versuchte, echtes Holz zu imitieren. Der Rest der Einrichtung ließ sie kurz daran zweifeln, ob es Auto-Behr noch gab und ob der Werkstattinhaber nicht mittlerweile dazu übergegangen war, sein Einkommen auf andere Weise zu verdienen: Überall im Raum standen Vitrinen auf dünnen Metallbeinchen, in denen unzählige Modellautos verschiedenster Größe aufgereiht waren – schnittige Cabrios, wuchtige SUVs, flache Flitzer, Oldtimer mit verspielt-geschwungenen Karosserien. Hier litt jemand ohne jeden Zweifel unter einem echten Sammlerwahn.

Sie klopfte noch einmal an die Scheibe, ohne dass sich dahinter etwas rührte, und schritt dann die Fensterfront entlang, die in eine raue Betonfassade überging, bis zu einem breiten Rolltor, das nur halb geöffnet war. Aus den dunklen Schatten jenseits des Tors plärrte blechern ein zuckersüßer Popsong. Jule kannte diesen Song. ›Buttons‹ von den Pussycat Dolls. Sie bückte sich, streckte den Kopf unter dem Tor hindurch und rief: »Hallo?«

»*Push the buttons*«, empfahl ihr das Radio mit Nachdruck. Sonst bekam sie keine Antwort.

Jule duckte sich ganz unter dem Tor durch und betrat die Werkstatt. Sie knetete ihr Ohrläppchen, während ihre Augen sich nach und nach auf das trübe Licht einstellten. Ihre Nase musste sich nicht erst an die neue Umgebung gewöhnen: Motorenöl und Gummi mischten sich, darunter die stechende Schärfe von geschmolzenem Plastik und das herbe Aroma von Bier.

An der Rückwand des Raums begann Jule, eine Reihe Spinde und mehrere Reifenstapel auszumachen. Links von ihr entdeckte sie einen aufgebockten Wagen, der sie an einen Kadaver denken ließ, über den ein Schwarm Geier hergefallen war: Reifen und Türen waren abmontiert und bis auf den Fahrersitz alle weiteren Sitze ausgebaut. Sie erkannte nicht einmal mehr die Marke, geschweige denn das Modell. Werkzeuge – Schraubenschlüssel, Ratschen und ein Schwingschleifer – lagen rings um das Wrack verstreut, dessen Motorhaube weit aufstand, als würde die geschundene Maschine einen stummen langen Schrei ausstoßen.

»Hallo?«, rief Jule wieder. Warum war dieses verfluchte Radio nur so unerträglich laut? Sie schaute sich um und entdeckte es ein paar Schritte entfernt auf einem Werkzeugwagen. Der Untergrund hier war alles andere als eben, und sie achtete auf ihre Schritte, um nicht an irgendeiner Fliesenkante hängen zu bleiben. Ihre Finger hatten gerade den runden Lautstärkeregler ertastet, da sagte eine tiefe Stimme hinter ihr: »Guten Tag!«

Sie stieß einen kurzen spitzen Schrei aus und fuhr herum.

»*Push the buttons*«, erklang es wie zum Hohn aus dem Radio.

Der Mann blieb unmittelbar vor dem Rolltor stehen, und da das Tageslicht von hinten auf ihn fiel, war von ihm zunächst nicht mehr zu erkennen als ein Schattenriss. Er war groß – so groß sogar, dass er wohl den Kopf einziehen musste, wenn er durch einen gewöhnlichen Türrahmen trat –, und seine Schultern waren breit genug, dass er es gleich mit zwei kräftigen Kerlen hätte aufnehmen können. »Kann ich etwas für Sie tun?«, fragte er.

»Wenn Sie hier der Mechaniker sind, dann ja.« Jule fuhr sich rasch durchs Haar und bemühte sich, gelassen zu klingen. »Ein Kollege hat für mich einen Termin bei Ihnen ausgemacht.«

»Für um vier?«

»Ja.«

Er machte einen Schritt zur Seite und streckte den Arm zur Wand aus. Zwei Neonröhren an der Decke klackten und brummten nervös, bevor sie in gleißendem Licht erstrahlten. »Sie sind zu früh. Ich war eben schnell was essen.«

Mal tauchte sie zu früh bei einem Termin auf, mal traf sie mit einer Verspätung ein – heute konnte es Jule niemandem recht machen. Doch wenn sie die Wahl gehabt hätte zwischen diesem Mechaniker und Bürgermeister Mangels, wäre das keine schwierige Entscheidung gewesen. Der Mechaniker zählte zu der Sorte Mann, die sich eine Glatze scheren konnte, ohne gleich wie ein Schläger auszusehen, weil seine Wangen rund waren und sein Kinn nicht zu kantig. Er hatte volle Lippen und eine kleine schmale Nase. Zusammen mit seinen großen dunklen Augen verlieh das seinem Gesicht die Züge eines freundlichen Mopses, und unter seinem Blaumann spannte sich das passende Bäuchlein. Ein Teddybär mit Muskeln. Es war ihr auch nicht un-

160

angenehm, dass er sie einige Sekunden lang musterte, ehe er sagte: »Ich habe mit jemand anderem gerechnet.«

»Tja, das kommt in letzter Zeit häufiger vor, dass ich Erwartungen enttäuschen muss«, antwortete sie und verbannte noch im selben Atemzug Odisworth und seine sonderbaren Bewohner aus ihrem Denken, weil sie für heute mehr als genug von ihnen gehabt hatte.

Er lächelte schüchtern. »Ich wollte Sie nicht vor den Kopf stoßen. Sie sind eine schöne Überraschung.« Er kam auf sie zu und hielt ihr seine große Hand entgegen. »Rolf Behr.«

»Jule Schwarz.« Sie stellte sich auf einen zu festen, schmerzhaften Händedruck ein, aber seine Hand war erstaunlich zart, sein Händedruck fast behutsam.

»Du hast ganz kalte Finger, Jule«, sagte er besorgt und hielt ihre Hand länger fest, als es den Geboten der Höflichkeit entsprach.

Es störte sie nicht, dass er sie duzte. Dank Schwillmer duzten sich in der Firma alle, und außerdem waren sie und er ungefähr im gleichen Alter. »Wundert dich das? Du hast mir eben einen richtigen Schrecken eingejagt.«

Er ließ ihre Hand los und schaute an sich herunter. »Bin ich etwa so schrecklich?«

»Geht so«, gab sie eine Erwiderung, die sie umgehend bereute. Da gingen binnen weniger Tage gleich zwei Männer unverkrampft auf sie zu, und sie hatte nichts Besseres zu tun, als sich barsch und desinteressiert zu zeigen.

Zum Glück wirkte Rolf weder enttäuscht noch beleidigt. Er deutete mit dem Daumen hinter sich. »Hast du den Schlüssel?«

»Klar.«

Sie nutzte die Zeit, in der er das Rolltor ganz hochfuhr und den Wagen hereinholte, um das Radio auszustellen, das gerade mit einem dramatischen Jingle die Nachrichten ankündigte.

Der Anblick, ihn in ihrem Wagen sitzen zu sehen, entbehrte nicht einer gewissen Komik, weil sein Kopf fast oben anstieß und er die Arme seitlich an das Lenkrad heranführen musste. Sie wehrte sich nicht gegen das Lachen, das in ihr aufstieg, und sie kicherte immer noch leicht, als er schon längst wieder ausgestiegen war.

»Was stimmt denn nun nicht?«, wollte er wissen.

»Tut mir leid. Das sah nur so witzig aus, wie du dich da in den Wagen reingequetscht hast. Bitte entschuldige, ist nicht böse gemeint.«

»Schon gut. Aber ich meinte eigentlich, was mit dem Auto nicht in Ordnung ist.«

»Oh … also …« Sie räusperte sich. »Angefangen hat alles mit so einem merkwürdigen Klopfen aus dem Kofferraum. Ich habe dann nachgesehen und festgestellt, dass unter der Abdeckung für den Reservereifen das Radkreuz verrutscht war. Nachdem ich das wieder richtig verstaut hatte, hörte das Klopfen auch auf. Was mir mehr Sorgen macht, ist die Sache mit dem Gas. Heute Morgen hat es immer erst einen kleinen Moment gedauert, bis der Wagen zog. Heute Mittag ging er wieder ganz normal. Ich wollte nur ausschließen, dass es was Gröberes ist.« Sie hob beide Zeigefinger und fügte schnell hinzu: »Und, ach ja, neulich hat auch das Navi gesponnen. Einmal ist es kurz ganz ausgefallen, und einmal hat es mir eine falsche Route angezeigt.«

Er sog Luft durch die Zähne und wackelte mit dem Kopf hin und her. »Hm. Könnte die Elektronik sein. Aber ich schau als Erstes mal in den Kofferraum.«

Jule stellte sich neben ihn, während er mit seiner Arbeit begann. Er brummte und beugte sich so tief in den Kofferraum hinein, wie es seine Statur zuließ. »Das sind aber ein paar sehr hässliche Kratzer da.«

»Ja, ich weiß. Das geht auf das Konto meines Kollegen. Ich fahre das Auto noch nicht lange. Er ist auch dafür zuständig, dass es so riecht, als wäre da drin etwas gestorben.«

Sein Daumen strich sachte über die Kratzer im Plastik. »Das ist gar nicht schön«, seufzte er. Er richtete sich ein Stück auf, entfernte die Abdeckung für das Ersatzrad und inspizierte alles, was darunter war. »Daran lag's nicht«, gelangte er zu einer ersten Einschätzung. Er schloss den Kofferraumdeckel. »Ich schaue mir das mal von unten an.«

Nachdem er sich eine Handleuchte von einem der Werkzeugwagen genommen hatte, stieg er die Stufen in die Grube hinunter. Das Licht glitt einen Augenblick zwischen den Reifen hin und her und blieb dann starr auf einen Punkt gerichtet: Jules Füße.

»Schöne Schuhe«, lobte sie Rolf. »Neu?«

»Ja.«

»Sieht man«, quittierte er die Information fachmännisch, und das Licht zog sich wieder unter den Wagen zurück.

Jule ging in die Hocke, weil sie sehen wollte, was er da genau trieb.

Erneut verharrte das Licht an einem Punkt. Dieses Mal war es der Hinterreifen, neben dem Jule kauerte.

»Uh!« Das klang gar nicht beruhigend. »Igitt!«

»Rolf?« Er ängstigte sie ein wenig.

»Äh, kannst du mir eben mal bitte meine Handschuhe holen? Aus dem Spind ganz rechts. Da müsste auch eine Plastiktüte sein.«

»Wozu brauchst du die Plastiktüte?« Neugier und Furcht kribbelten in Jules Hinterkopf.

Seine Antwort stillte die eine und nährte die andere. »Weil es ganz danach aussieht, als ob du jemanden überfahren hast.«

## 47

Jule schlug die Hände vors Gesicht. Alles um sie herum begann, sich zu drehen, als stünde sie auf einem Karussell. Ihr schlimmster Albtraum war bittere Wirklichkeit geworden. Sie hatte sich wider besseres Wissen hinter das Steuer eines Autos gewagt, und nun erhielt sie die gerechte Strafe dafür: Sie hatte noch einen zweiten Menschen getötet. Sie erstarrte, während die Werkstatt um sie herumwirbelte.

»Oder das Vieh war bereits tot, als du drübergefahren bist«, sagte Rolf.

Jule hörte ihn, und obwohl sie begriff, dass ihr ihr Verstand einen grausamen Streich gespielt hatte, fühlte sie sich kaum erleichtert. Allein der Raum, der sich eben noch so wild um sie gedreht hatte, kam auf einen Schlag wieder zum Stillstand. Das lähmende Gefühl der Ohnmacht blieb. Der einzige Ausweg aus ihrer Situation war, mechanisch jener Aufforderung zu folgen, die Rolf an sie gerichtet hatte. Das war besser als das, was sie am liebsten getan hätte: sich nie mehr rühren, weil die kleinste Regung unaussprechliches Unheil nach sich ziehen konnte. Sie war der Schmetterling aus der Chaostheorie, dessen kaum spürbarer Flügelschlag in einem weit entfernten Land einen verheerenden Sturm entfesselte.

Sie holte die Handschuhe aus dem obersten Fach des penibel aufgeräumten Spinds und stieß am Boden auf eine ordentlich zusammengefaltete Supermarkt-Tüte. Als sie sich zur Grube umdrehte, ragte Rolfs Hand knapp neben dem Reifen unter dem Wagen hervor, wie wenn er tot unter dem BMW eingequetscht wäre. Seine Finger winkten nach ihr. »Hier bin ich.«

Sie drückte ihm die Handschuhe und die Tüte in die Hand.

»Das war ein Kaninchen, würde ich sagen.« Ein leises Schmatzen und Schaben drang aus der Grube empor. Jule wehrte sich gegen die Vorstellung, wie Rolf den Kadaver vom Unterboden des Wagens löste. Wie viel von dem toten Tier hatte sich in den Ritzen und Kanten festgesetzt? Wie sehr musste er pulen und bohren, um alles zu entfernen? »Teile davon wurden hochgeschleudert und haben sich hier verfangen.« Sie hörte ein Rascheln, das ein saures Brennen in ihrer Kehle auslöste. Rolf füllte die Reste des Tiers in die Plastiktüte. »Ist voll in die Radaufhängung gegangen, das verdammte Biest.«

Jule schluckte die Galle, die ihr den Hals hinaufstieg, mühsam herunter. *Bumm.* So hatte es heute Morgen auf der Autobahn geklungen. Der erste Schlag. Hatte sie da nicht sogar noch daran gedacht, dass ihr ein Tier unter die Räder geraten sein könnte? »Das kann nicht sein«, wisperte sie.

»Was? Hast du was gesagt?« Noch mehr Schaben. Noch mehr Rascheln.

»Das kann nicht sein«, wiederholte sie lauter. »Ich habe vorhin extra unter dem Wagen nachgeschaut.«

»Das hättest du nur sehen können, wenn du darunter-gelegen hättest«, sagte Rolf. »Und ich nehme nicht an, dass du auf dem Seitenstreifen herumgekrochen bist.«

»Auf einem Rastplatz«, korrigierte sie ihn.

»Was?«

»Schon gut.« Ihre rationale Seite gewann nach dem gerade erfahrenen Schock zaghaft wieder die Oberhand. »Kommt daher das Klopfen?«

»Glaub ich nicht.« Rolf ächzte wie eine alte Dampflok, als er sich aus dem schmalen Spalt über die Stufen zurück nach oben wuchtete. »So was macht eigentlich keinen Lärm. Wie laut war denn dieses Klopfen?«

Sie schwieg, weil sie von der ausgebeulten Tüte und dem Blut an Rolfs Handschuhen wie gebannt war. An einer

Stelle haftete das Plastik an etwas Feuchtem, und auf einigen der dunklen Flecken klebten kurze Haare.

»Alles klar?«, fragte er. Er blieb kurz unschlüssig stehen, ehe er die Tüte an den Henkeln mit Schwung durch das geöffnete Tor auf den Hof hinauswarf und die Handschuhe abstreifte, die danach denselben Weg gingen. Die Handleuchte legte er zurück auf einen der beiden Werkzeugwagen. Dann schaute er Jule aufmunternd an, trottete an ihre Seite und klopfte ihr auf die Schulter. »Kopf hoch. Halb so schlimm. War doch nur ein Kaninchen. Kein Kind oder so.«

Jule fiel ein, was sie erst vor wenigen Stunden in dem stickigen Raum in Odisworth gesagt hatte: *Würden Sie alle auf Ihre Autos verzichten wollen, nur weil die Gefahr besteht, dass Sie irgendwann ein Kaninchen oder eine Katze überfahren?* Es war nur ein Kaninchen gewesen. Wenn sie wegen eines Tiers in ihre alten, mühsam abtrainierten Verhaltensmuster zurückfiel, wäre das eine unverzeihliche Beleidigung jenes Menschen gewesen, der damals bei dem Unfall zu Tode gekommen war. Es war nur ein Kaninchen gewesen, kein Mensch: Das war der Gedanke, an dem sie sich am eigenen Schopf aus dem Sumpf ziehen musste.

»Ich lass den Wagen mal an«, sagte Rolf und ging um den BMW herum. Er stieg nicht ein, sondern beugte sich erst über das Lenkrad, um den Startknopf zu drücken, richtete sich danach wieder auf und streckte ein Bein in den Fußraum. Der Motor heulte in rhythmischen Abständen auf. Von den Wänden zurückgeworfen wurde das Heulen lauter und lauter, bis es in Jules Ohren wie das Brüllen und Kreischen einer gemarterten Kreatur widerhallte. Nach einer Weile, in der sich immer mehr dünne Abgasschwaden über den Boden schlängelten, gab sich Rolf zufrieden. »Klingt alles ganz normal«, sagte er kopfschüttelnd.

Er langte noch einmal in den Innenraum. Klackend hob

sich die Motorhaube einen Spalt breit. Rolf trat vor das Auto und öffnete sie ganz.

Zwei Dinge überraschten Jule und lenkten sie noch ein wenig mehr davon ab, was da auf dem Hof in der Supermarkt-Tüte lag: Erstens gab es keinen Stab, mit dem Rolf die Haube zu stützen brauchte. Sie blieb von ganz allein offen, und erneut – wie bei dem ausgeschlachteten Auto – drängte sich Jule der Vergleich mit einem geöffneten Maul auf. Zweitens war der Motorraum nicht so, wie ihn Jule erwartet hatte. Der letzte Motorraum, den sie gesehen hatte, war der ihres alten Twingo gewesen, mit dem sie auch den Unfall gehabt hatte, aber der war mit dem des BMW kaum zu vergleichen. Zum einen wirkte alles – die Schläuche, die Deckel, die Abdeckungen, die Kabel – so sauber, als könnte man es anfassen, ohne sich die Hände dabei schmutzig zu machen. Zum anderen war der eigentliche Motor hier ein gewaltiges Ungetüm, das wie ein pochendes Herz vor sich hin vibrierte.

Rolf beobachtete das Zucken und Ruckeln einige Sekunden lang aufmerksam. »Nee, Schätzchen, das ist es nicht«, sagte er halb enttäuscht, halb mitfühlend.

»Wie bitte?« Jule hoffte, sich erneut verhört zu haben. »Was war das gerade?«

Rolf stellte den Motor aus. »Was war was?«

»Hast du mich eben Schätzchen genannt?«

Rolfs Unterkiefer sackte nach unten, bevor er seine Verblüffung verbergen konnte. »Ich … ich hab … mit dem Auto geredet«, stammelte er und zog eine Grimasse, als hätte sie ihn bei einer grässlichen Untat erwischt.

»Aha.« Jule kniff die Augen zusammen. »Mit dem Auto.«

»Ehrlich«, beteuerte Rolf. »Ob du's glaubst oder nicht, manchmal hilft das, um einen Wagen wieder zum Laufen zu bringen. So, wie andere Leute mit ihren Blumen reden, damit sie schneller wachsen.«

Das hörte sich zunächst ziemlich unglaubwürdig an. Aber dank Caro kannte Jule einen Menschen, der nicht nur mit Blumen, sondern ab und an auch mit Bäumen, Marienkäfern oder Steinen redete. Es wäre unfair gewesen, seine Aussage nicht zumindest im Bereich des Möglichen einzuordnen. Dennoch fand sie es seltsam. »Du bist also der Autoflüsterer, ja?«, fragte sie.

»Da hast du's.« Er hob entwaffnet die Hände, klopfte auf das Dach des BMW und fügte hinzu: »Wenn ich nicht der Autoflüsterer wäre, hätte deine Firma nicht so ein Schnäppchen gemacht.«

Jule bedachte ihn mit einer skeptischen Miene. »So, so.«

»Im Ernst.« Er streichelte mit den Fingerspitzen über den schwarzen Lack des Wagendachs. »Ich schau mich nach Autos um, die keiner haben will, weil sie mehr Zeit in der Werkstatt als auf der Straße zubringen. Sogenannte Montagsautos. Die kaufe ich günstig ein und päppele sie wieder auf. Die meisten Mitglieder meiner Zunft haben dafür nicht mehr die nötige Geduld. Sie verlassen sich zu sehr auf die Technik und zu wenig auf ihr Gespür. Ist ja auch nichts zwingend Schlechtes. In unserem Fall könnte sehr gut was an der Elektronik sein.« Er suchte Jules Blick, ging mit den Lippen ganz nah an die glänzende Karosserie des BMW und sagte in einem Bühnenflüstern: »Stimmt doch, Schätzchen, oder?«

Es war merkwürdig zu sehen, wie Rolf ein Auto – für die meisten ein reiner Gebrauchsgegenstand oder Statussymbol und für Jule persönlich in erster Linie ein Objekt ihrer Angst – behandelte, als wäre es ein lebendiges, zu Empfindungen fähiges Wesen. Sie wusste nicht, wie sie auf diese Zurschaustellung von Emotionen reagieren sollte, und kam sich etwas unbeholfen vor, als sie fragte: »Ist dieser Elektronikkrempel so anfällig?«

Rolf schien das nicht zu merken und griff ihren Einwand

dankbar auf. »Absolut. Da habe ich schon die wildesten Sachen erlebt.« Er tätschelte noch einmal den BMW, als wäre er ein sanftmütiger Rappe, an dem er gleich eine schwierige und schmerzhafte Operation durchzuführen hatte. »Und deshalb müssen wir auch alles genau überprüfen.«

Er wandte sich wieder dem Motorraum zu und schraubte einen der vielen Deckel darin ab, um darunter ein kurzes dickes Kabel freizulegen. »Was ist das?«, erkundigte sich Jule.

»Der Diagnosestecker.« Er ging zu einem der Spinde und holte einen kleinen robusten Laptop und ein Adapterkabel daraus hervor.

»Diagnose? Bist du Arzt? Und so viel Hightech. Ich dachte, ein Autoflüsterer schwört mehr auf Naturheilverfahren.«

»Sehr witzig.« Er klappte den Laptop auf, fuhr ihn hoch, verband ihn mit dem Diagnosestecker und startete ein Programm.

»Na also«, grunzte er. »Das wird jetzt eine Weile dauern. Du kannst dich so lange ruhig ins Auto setzen.«

»Nein, danke«, sagte Jule knapp. Inzwischen war ihre Panikattacke zwar weitgehend abgeklungen, aber sie hatte nun wirklich keine Lust, sich länger in einem Auto aufzuhalten, als es unbedingt nötig war.

»Möchtest du was trinken?«, unternahm Rolf einen neuen Anlauf. »Ich habe Bier, Cola und Wasser da. Kaffee auch, aber keine Filter.«

Typisch Mann, dachte Jule. Die meisten waren in allen praktischen Belangen, die nicht direkt etwas mit ihrer Arbeit oder ihrem Hobby zu tun hatten, völlig desorganisiert. Wie Rolf: draußen im Vorraum zehntausend Matchboxautos in Reih und Glied aufstellen und nach Modell und Baujahr sortieren, aber darüber vergessen, dass einem die Kaffeefilter ausgingen. »Ein Wasser wäre nett«, sagte sie.

Er verschwand durch eine Tür, an der ein Ferrari-Kalender hing. Jule wartete einen Moment, bevor sie den Laptop in den Blick nahm. Auf dem Monitor waren mehrere Fenster geöffnet. Die meisten zeigten Tabellen, in deren Spalten Buchstabenkombinationen und Zahlen standen, die Jule nicht das Geringste sagten. Manchmal sprang eine der Zahlen auf einen höheren oder niedrigeren Wert, und sie konnte nicht beurteilen, ob das nun gut, schlecht oder schlicht normal war. Sie konzentrierte sich schließlich auf das einzige Fenster, dessen Inhalt minimal zugänglicher wirkte: Hier liefen auf einem simplen Koordinatensystem sechs bunte Kurven von links nach rechts, und der Anblick erinnerte sie entfernt an die Aufzeichnungen eines EKG.

Das Treiben auf dem Bildschirm übte eine starke Anziehungskraft auf Jule aus. Schritt für Schritt näherte sie sich dem Laptop, den Rolf auf einem umgedrehten Bierkasten unmittelbar vor der Schnauze des BMW abgestellt hatte. Die farbigen Kurven faszinierten sie. Sie waren wie Fäden, die sich beharrlich weigerten, zu Garn gesponnen zu werden: Ab und an berührten sich zwei oder drei von ihnen fast, nur um noch im selben Moment weit auseinanderzuspringen. Über allem lag das leise Knurren des Motors, der in diesem bunten Tanz den Takt vorgab. Sie begann zu verstehen, weshalb Rolf den Wagen wie etwas Lebendiges behandelte. Sie streckte die Hand aus, berührte den Bildschirm, der eine angenehme Wärme ausstrahlte, und folgte dem Verlauf einer blauen Linie mit den Fingerspitzen. Fast meinte sie, im Motorengeräusch noch etwas anderes zu hören: eine flüsternde Stimme, die ihren Namen sprach. »Jule.« Die Neonröhren an der Decke flackerten auf und verwandelten die gesamte Werkstatt einmal in einen Ort des grellen Lichtes und dann wieder in einen der völligen Finsternis. »Jule.«

Sie zog die Hand zurück und drehte sich um. Der magische Moment war verflogen, das Flackern der Neonröhren hörte auf. Vor ihr stand Rolf, eine kleine Flasche Wasser in der einen Hand, eine kleine Flasche Cola in der anderen.

»Hier, das Wasser.« Er reichte ihr die Flasche, die sich in Jules Hand kalt wie Eis anfühlte. Er hatte sie bereits geöffnet, und die aufsteigende Kohlensäure knisterte leise. »Nicht, dass du es nötig hättest, nur Wasser zu trinken.«

Anstatt auf sein Kompliment einzugehen, nippte sie rasch an ihrer Flasche. Dann zeigte sie auf den Laptop. »Was macht dieses Programm da?«

Er hielt sich seine Flasche Cola an seine Wange, als herrschten draußen bereits echte Sommertemperaturen. »Es ruft die gespeicherten Informationen aus dem On-Board-Computer ab. Normalerweise geht es da um Abgaswerte, aber die neueren Modelle, so wie der BMW hier, überwachen auch alle sonstigen elektronisch gesteuerten Systeme und speichern die gemeldeten Zwischenfälle.«

»Das Auto speichert seine Fahrtdaten?« Sie hätte sich eigentlich denken können, dass im Informationszeitalter inzwischen sogar Fahrzeuge ein Gedächtnis besaßen. »Ist das so etwas wie die Blackbox bei einem Flugzeug?«

»So etwas in der Art, ja«, antwortete er ausweichend, als wäre er nicht daran interessiert, sie in die technischen Details einzuweihen. Er nahm einen kräftigen Schluck von seiner Cola und ging gemessenen Schrittes um den Wagen herum, wobei sein Blick unruhig über den BMW streifte. Nachdem er ihn einmal umrundet hatte, befasste er sich kurz mit den Grafiken auf dem Laptop. Er murmelte etwas, das Jule nicht verstand. Dann ging er zielstrebig zu den Werkzeugwagen, schnappte sich seine Handleuchte und stieg erneut in die Grube hinunter.

»Aha. Also doch«, hallte seine Stimme nach wenigen Sekunden zu Jule nach oben. »Dass ich das nicht gleich gesehen habe. Hör mal«, forderte er sie auf.

Ein metallisches Klopfen erklang aus der Grube. Jule hielt überrascht den Atem an. Sie konnte nicht sagen, ob es nun genau das Klopfen war, das sie heute Morgen so beunruhigt hatte, aber es hörte sich sehr ähnlich an.

»Das war es doch, oder?«, wollte Rolf wissen.

Jule rang sich zu einem »Ich denke schon« durch. Sicher war sie sich nicht.

»Da hat sich eine Schraube vom Wärmeleitblech über dem Endtopf gelockert«, erklärte Rolf. »Nur eine Kleinigkeit.«

Jule hatte keine Ahnung, wovon er da redete, aber sie vertraute ihm. Er war der Fachmann.

Eine Weile lang hörte sie nichts außer seinem keuchenden Atem und einem gelegentlichen Klirren, wenn Metall auf Metall traf. Einerseits war sie froh, dass die Ursache des Klopfens offenbar nur eine Lappalie war. Andererseits ärgerte es sie maßlos, dass sie sich davon innerlich derart hatte aufwühlen lassen.

»So, das war's«, sagte Rolf, nachdem er aus der Grube geklettert war. Er lächelte sie an und machte sich auf den Weg zur Front des Wagens. »Hat auch gar nicht wehgetan.«

»Schön«, erwiderte sie dankbar. Sie folgte ihm ein paar Schritte, blieb dann aber neben dem Kotflügel stehen.

Während Rolf vor dem Laptop in die Hocke ging und wegen der geöffneten Motorhaube fast völlig aus Jules Blick verschwand, bückte sie sich und suchte unter dem Wagen nach der Stelle, an der er gearbeitet hatte. Es fiel ihr nach wie vor nicht leicht, vollends daran zu glauben, dass sie sich wegen einer Kleinigkeit derart große Sorgen gemacht hatte.

Ein paar Minuten studierte Rolf die Analysedaten auf dem Laptop, ehe er schließlich die Schultern zuckte. »Ich kann da nichts Auffälliges erkennen. Gut möglich, dass der Motor heute Morgen nur einfach noch kalt war.«

Danach stöpselte er den Laptop aus, schloss die Motorhaube, stieg in den Wagen ein, startete den Motor und fuhr hinaus auf den Hof. Jule folgte ihm zu Fuß.

»Ich schicke die Rechnung an deine Firma.« Rolf hielt die Tür für sie auf.

»Ja, mach das bitte.« Sie stieg ein.

Anstatt die Tür zu schließen, fasste Rolf in die Brusttasche seines Blaumanns. »Hier.« Er drückte ihr eine Visitenkarte in die Hand. »Da ist meine Nummer drauf, falls … doch noch was mit dem Wagen sein sollte.«

Für einen Moment schwiegen beide. Dann sagte Rolf »Vorsicht!« und schlug behutsam die Tür zu. Er winkte ihr flüchtig zu, bevor er quer über den Hof ging, die Plastiktüte mit den Resten des toten Kaninchens aufhob und um die nächste Ecke des Gebäudes verschwand.

# 48

Das Ferkel war tot. Es lag in der Ecke des Verschlags, die Schnauze unter das Stroh gewühlt.

Erich Fehrs stellte den Eimer mit Kraftfutter ab, den er umsonst in den Stall geschleppt hatte. Sein altes Kreuz knackte, als er in die Hocke ging, um den Leib des Ferkels zu betasten. Es war schon kalt. Was für ein blödes Vieh! Da rettete er es vor seinen Geschwistern, und dann ging es trotzdem ein. Er besah sich die blutigen Ohrstummel, konnte aber keine Anzeichen einer Entzündung erkennen. Keine Schwellungen, kein Eiter. Woran war es krepiert? An seiner Einsamkeit?

Fehrs schüttelte den Kopf. Es gab Tage, an denen er sich wünschte, er könnte auch einfach an seiner Einsamkeit krepieren. Und er war einsam. Furchtbar einsam sogar. Ein

Ausgestoßener, zumindest bei nahezu sämtlichen Weibern im Dorf. Und warum? Weil ihm ein einziges Mal vor versammelter Mannschaft die Sicherungen durchgebrannt waren.

Ein einziges Mal. Bei der Silberhochzeit der alten Griems war das gewesen. Wie lange war das her? Fünfzehn Jahre? Zwanzig?

Er hatte damals schon richtig einen im Tee gehabt. Er war von der Toilette zurückgekommen, Margarete hatte an ihm heruntergesehen und angefangen, laut und schrill zu lachen. Weil er einen nassen Fleck auf der Hose hatte. Nicht mal vom Pissen, sondern weil er unterwegs mit Mangels zusammengestoßen war und der ihm was von seinem Bier auf die Hose gekippt hatte.

Ein gottverdammtes einziges Mal. Was hatte Margarete auch so dumm gelacht? Wenn sie nicht gelacht hätte, wäre ihm nicht die Hand ausgerutscht. So einfach war das. Er erinnerte sich genau daran, was anschließend passiert war. Wie er sich darüber erschrocken hatte, wie deutlich sich der Abdruck seiner Finger auf ihrer Wange abgezeichnet hatte. Wie es plötzlich ganz leise im »Dorfkrug« geworden war, weil dem Alleinunterhalter vorne neben dem Eingang die Finger auf den Tasten eingefroren waren. Er war ohne ein Wort gegangen. Raus aus der Tür. In den Schnee. Es war Winter gewesen, und es hatte ungewöhnlich viel Schnee gelegen. Er war den ganzen Weg nach Hause gelaufen. Seine Hand hatte gebrannt, vom Schlag und von der Kälte. Er hatte da schon geahnt, dass er einen großen Fehler gemacht hatte. Man schlug seine Frau nicht. Nicht in der Öffentlichkeit. Bei einem daheim – dort, wo es keiner mitbekam und wo es keinen etwas anging – war das etwas anderes. Er kannte einige Männer, die ihre Frauen in ihren eigenen vier Wänden viel gröber behandelten. Aber nicht in der Öffentlichkeit.

Ein einziges Mal.

Er hörte das Tapsen von Pfoten hinter sich und drehte sich um. Der Hund merkte sofort, dass etwas nicht stimmte. Er hielt den Kopf gesenkt und kam förmlich zu Fehrs in den Verschlag gekrochen. Das Tier machte einen weiten Bogen um den Bauern, bis es das tote Ferkel in der Ecke entdeckte. Seine Instinkte siegten schließlich über seine Angst, und der Hund fing an, am Ferkel zu schnüffeln. Hinten, am abgefressenen Schwanz.

Dieser Scheißköter!

Eine seltene Form des Zorns, die die wenigsten Odisworther je an ihm gesehen hatten, kroch in Fehrs hoch. Nicht das unvermittelte, heiße Auflodern einer unbändigen Wut, bei dem ihm alles vor den Augen verschwamm. Das kannten sie alle. Nein, sein Zorn war kalt und glasklar. Kaum jemand war je Zeuge dieser Seite an ihm geworden. Bis auf seine Frau, und die hatte gewusst, wie sie ihn in solchen Momenten zu nehmen hatte.

Dieser Scheißköter …

Er war schuld daran, dass er sich jetzt überlegen musste, was er mit Margarete machte. Diesen Entschluss konnte er jetzt noch nicht fällen. Ihm fehlte die Kraft dazu. Aber er konnte etwas anderes tun.

Fehrs ging hinaus auf den Hof zu der Hundehütte, die ihm der Bürgermeister und seine Schergen zusammen mit dem Hund geschenkt hatten. Er rief den Hund zu sich, befahl ihm, Platz zu machen, und band ihn an der Hütte fest. Der Hund wedelte unterwürfig mit dem Schwanz. Das Wedeln wurde heftiger, als Fehrs den Futternapf aufhob.

Fehrs betrat sein Haus und füllte zwei Kellen des Dosengulaschs, das er sich mittags aufgewärmt hatte, in den Napf.

Dieser Scheißköter. Er hätte ihn fast dazu gezwungen, sich zu verraten.

Es war alles so schrecklich ungerecht. Margarete war die

einzige gute Sache, die ihm in seinem ganzen Leben passiert war, und wie hatte die geendet? Jetzt hockte er allein auf seinem Hof, und keiner kam ihn besuchen. Der Hund winselte aufgeregt, als er sein Herrchen mit dem vollen Napf auftauchen sah. Fehrs stellte den Napf ab, und der Köter fiel über sein Fressen her.

Fehrs trieb seine müden alten Knochen zur Eile an. Jetzt musste es schnell gehen, damit ihm sein kalter Zorn nicht abhandenkam. Er hastete quer über den Hof und kletterte auf den Traktor. Der Schlüssel steckte, wie immer.

Der Hund sah kurz vom Napf auf, als er den Motor anspringen hörte.

Dieser Scheißköter.

Fehrs fuhr an.

Dieser Scheißköter mit seiner Scheißbuddelei.

# 49

»Wenn dieser Gemeinderat sich so ziert, müssen wir eben direkt an die Grundstückseigner.« Norbert Schwillmer ging vor den Fenstern seines Büros auf und ab. Jules Chef hatte die Hände auf den Rücken genommen und hielt den Kopf leicht gesenkt, als wäre die sinnvollste Strategie, um mit den Odisworthern fertig zu werden, unmittelbar vor ihm auf den Teppich gezeichnet. »Sobald die das dicke Geld wittern, werden sie ihren Freunden im Gemeinderat schon Druck machen. Teile und herrsche. Wenn dieses alte Prinzip den Römern recht war, soll es uns billig sein.«

Jule strich sich ihren Rock glatt und atmete innerlich auf. Sie hatte bereits gestern Abend den Entschluss gefasst, Schwillmer über die jüngsten Entwicklungen in Odisworth zu informieren. Es war ihr nicht leicht gefallen, weil sie davon ausgegangen war, dass er enttäuscht oder sogar aggressiv reagieren würde. Auf seinem langen Gesicht war jedoch keine Spur von Unmut zu sehen. Seine Miene glich eher der eines Schachspielers, der in einer knappen Partie über den alles entscheidenden Zug grübelte.

Schwillmer blieb vor seinem Schreibtisch stehen, stützte sich mit flachen Händen auf der Platte ab und studierte einen aufgerollten Bebauungsplan, dessen Enden mit Kaffeetassen und einem Handy beschwert waren. »Wollen wir doch mal sehen«, murmelte er, nahm einen roten Filzschreiber und zeichnete in groben Zügen die Umrisse des Windparks auf dem Plan ein. Er stöpselte den Stift zu, tippte sich damit in einem steten Rhythmus gegen die Unterlippe und ließ das von ihm geschaffene Bild eine Weile auf sich wirken. Schließlich machte er den Stift wieder auf und malte drei große Kreise. »Das sind die wirklich relevanten Grundstücke. Was wissen wir über ihre Eigner?«

»Noch nicht sehr viel«, räumte Jule ein. »Es gibt noch keine Profile von ihnen.« Sie faltete das Stück Papier auf, das sie als seelische Stütze in die Besprechung mitgenommen hatte: eine Excel-Liste, die sie in Andreas' Projektunterlagen gefunden hatte. Es handelte sich um eine simple Aufstellung von Namen, Angaben zu Grundstücksflächen und der geschätzten Kauf- und Pachtpreise. »Das größte Grundstück gehört einem Hanno Küver. Mehr als den Namen habe ich da nicht. Aber über den Mann, dem das zweitgrößte Grundstück gehört, weiß ich mehr. Erich Fehrs.« Sie traf keinen ganz neutralen Ton, weil sie unvermittelt an die grauenerregenden Verstümmelungen der in Odisworth gefundenen Frauenleiche denken musste. Abgeschnittene Brüste. Fixierte Augenlider. »Er ist Schweinebauer. Im Ort anscheinend nicht sehr beliebt. Er gilt als jähzornig. Seine Frau ist ihm letztes Jahr oder so davongelaufen. Und …«

Sie stockte, räusperte sich und fuhr fort. »Und er ist wahrscheinlich einer der Hauptverdächtigen in diesem Mordfall.«

»Der Mord …« Schwillmer schüttelte den Kopf. »Keine schöne Sache. Und dieser Fehrs hängt da drin?«

Jule nickte. »Möglicherweise. Die Leiche war auf seinem Besitz vergraben. Auch wenn das am Ende gar nichts heißen muss, hat er damit ein großes Problem.«

»Hm, schlecht.« Schwillmer seufzte. Dann huschte ein Lächeln über sein Gesicht. »Oder es kommt uns sogar entgegen.« Er legte eine bedeutungsvolle Pause ein. »Gute Anwälte sind teuer … Verstehst du, Jule? Das solltest du in deinen Gesprächen anklingen lassen, wenn es sein muss.«

»Klar.« Jule schaute auf das Blatt Papier in ihrer Hand, damit man ihr nicht anmerken konnte, wie sehr sie Schwillmers menschenverachtende Art schockierte. Er schien den Beweis dafür antreten zu wollen, dass die Behauptung der Odisworther Pastorin, Zephiron sei ein rücksichtsloses Unternehmen, das nur auf den eigenen Profit aus sei, zutraf. »Ich spreche Fehrs vorsichtig drauf an.«

»Was ist mit dem dritten Grundstück?« Er deutete auf eine Stelle auf dem Plan, wo sich zwei der drei roten Kreise berührten. »Haben wir da etwas, was wir als Hebel einsetzen können?«

»Leider nicht.« Sie stand auf und reichte ihm den Ausdruck. »Ich werde aus dem Namen einfach nicht schlau. Esbert.«

Schwillmer runzelte die Stirn.

»Es gibt im ganzen Dorf niemanden, der so heißt.« Jule zuckte die Schultern. »Niemanden. Ich bin alle Namen im Telefonbuch durchgegangen. In Odisworth wohnt kein Esbert.« Der Abgleich der Namen auf der Liste mit den Einträgen im Telefonbuch war für Jule am vorigen Abend eine gute Übung gewesen, um ihre Nerven vor dem Treffen mit ihrem Chef zu beruhigen.

Schwillmer wedelte kurz mit dem Ausdruck. »Ist die von Andreas?«

»Ja.«

Er warf das Papier achtlos auf seinen Schreibtisch. »Der kommt doch von da. Wer weiß, was für komische Spitznamen diese Hinterwäldler füreinander haben.«

»Ein Spitzname?«

»Könnte schon sein. Schau doch mich an.« Er zog sich seine Krawatte gerade. »Kannst du ein Geheimnis für dich behalten?«

»Ja, sicher.«

»Die anderen Jungs im Internat haben mich nie Norbert genannt. Für die war ich immer nur Schwille.« Jule sah ihm an, dass er einen winzigen Moment in alten Erinnerungen an seine Schulzeit schwelgte, bevor ihm wieder einfiel, weshalb sie überhaupt auf dieses Thema gekommen waren. »Aber unter Schwille würdest du mich natürlich in keinem Telefonbuch der Welt finden.«

Er hatte recht. Esbert konnte sehr wohl ein Spitzname sein. Noch dazu traute Jule Andreas jederzeit zu, diesen Spitznamen auch in seinen Akten über Odisworth und Baldursfeld verwendet zu haben. »Okay, dann werde ich mich mal im Dorf nach einem Esbert erkundigen. Ich könnte Mangels fragen. Der ist bestimmt bestens informiert.«

Schwillmer hob einen warnenden Zeigefinger. »Tu das bitte nicht. Das rückt uns nur in ein schlechtes Licht bei ihm. Das sieht so aus, als würden wir schludrige Arbeit machen. Gibt es nicht noch jemand anderen, den du fragen kannst?«

Jule teilte Schwillmers Sorge um den guten Ruf der Firma zwar nicht – Zephiron war bei den meisten Dörflern ohnehin nicht sehr beliebt –, aber sie überlegte trotzdem, welche alternativen Informationsquellen sie hatte. »Ich kann es bei der Pension versuchen, in der ich untergebracht bin. Die Hausdame weiß über alles und jeden Bescheid.« Kaum hatte Jule diesen Gedanken ausgesprochen, wurde ihr bewusst, dass Frau Jepsen wegen ihres schwatzhaften Naturells wahrscheinlich wenig Stillschweigen über eine solche Erkundigung bewahren würde. Überhaupt neigten ihrer Auffassung nach die Odisworther generell zum Tratschen. Eine Erkundigung nach Esbert würde also zwangsläufig die Runde machen. »Wir verkomplizieren die Lage gerade unnötig«, fiel ihr auf. »Ich könnte doch einfach bei Andreas nachhorchen.«

»Viel Glück«, wünschte ihr Schwillmer in einem bissigen Ton.

»Viel Glück?«, gab sie unschlüssig zurück.

»Der feine Herr Bertram«, erklärte Schwillmer, »ist seit gestern nicht mehr zur Arbeit erschienen. Er hat morgens angerufen und gesagt – Zitat – ›Ich fühle mich im Moment nicht so gut‹. Das war alles. Er beantwortet keine E-Mails, hat sein Handy ausgeschaltet und geht auch zu Hause nicht ans Telefon. Du wärst nicht die Erste, die versucht, ihn zu erreichen, und dabei scheitert.« Schwillmer schnaubte verächtlich. »Er betreibt gerade eine Totalverweigerung. Lange lasse ich mir das nicht bieten.«

Jule ließ seine Ausführungen unkommentiert. Ungeachtet dessen konnte sie sich nicht gegen ein unangenehmes Grummeln in der Magengrube wehren. Sie hatte das irrationale Gefühl, als könnte das Telefonat, in dem Andreas sie vor den Odisworthern gewarnt hatte, das letzte Lebenszeichen ihres Kollegen gewesen sein.

»Genug über vergossene Milch gejammert. Vorwärts immer, rückwärts nimmer. Andreas ist alt genug, um zu wissen, was er tut.« Er winkte ab und widmete seine Aufmerksamkeit wieder dem Bebauungsplan. »In einer Sache liegst du übrigens nicht ganz falsch.« Sein Finger bohrte sich in die Mitte des dritten roten Kreises. »Wir verkomplizieren die Lage unnötig. Hier steht doch ein Name.« Er beugte sich vor, um die kleinen Buchstaben zu entziffern. »Nissen. Was ist denn mit dem? Und warum steht da nicht Esbert?«

So schlau, sich die Namen auf dem Bebauungsplan anzusehen, war Jule auch gewesen. Das hatte allerdings nicht zu einer Lösung des Rätsels um Esbert geführt, sondern nur dazu, dass noch ein weiteres Mysterium hinzugekommen war. »Ehrlich gesagt, habe ich keine Ahnung, wer dieser Nissen auf dem Bauplan ist. In der Liste und in den sonstigen Unterlagen, die ich von Andreas habe, taucht er kein einziges Mal auf. Und er steht ebenfalls nicht im Telefonbuch.«

Schwillmer rieb sich das Kinn. »Hast du schon mal darüber nachgedacht, dass dort Leute wohnen könnten, die kein Telefon haben?«

»Odisworth ist nicht Hamburg, zugegeben, aber kein Telefon? Die leben da auch nicht mehr im neunzehnten Jahrhundert«, sagte Jule. »Was aber durchaus sein könnte, ist, dass das Grundstück da von Nissen an Esbert verkauft worden ist. Der Bebauungsplan hat ja schon mehr als zehn Jahre auf dem Buckel.«

»Und einen aktuelleren haben wir nicht?«, fragte Schwillmer.

»Andreas wollte mir einen schicken«, antwortete Jule ruhig.

»Na wunderbar.« Schwillmer trommelte mit den Fingerspitzen auf den Rand des Schreibtischs. »Darauf können wir uns ja wohl leider nicht verlassen.«

Jule fragte sich, ob Andreas ihrem Vorschlag gefolgt war und den neuen Bebauungsplan gleich am Sonntag noch in die Post gegeben hatte. Wenn dem so war, kam er vielleicht genau in diesen Minuten in Odisworth bei Frau Jepsen an.

Womöglich war er auch schon gestern angekommen. Jule ärgerte sich über sich selbst, dass sie nicht in der Pension vorbeigeschaut hatte.

»Tja, da gibt's nur eins«, stellte Schwillmer fest. »Du wirst bei diesem Bauern – ob der nun Nissen oder Esbert oder Müller-Meier-Schultze heißt – mal persönlich vorstellig werden müssen.«

Jule senkte den Blick auf den Bebauungsplan und versuchte, sich zu orientieren. Als sie die zwei eng und parallel zueinander verlaufenden Linien der Landstraßen nach Odisworth ausgemacht und sich vor Augen geführt hatte, wo der fragliche Hof lag, stockte ihr der Atem. Es war wie bei der berühmten Zeichnung, die man entweder als junge Frau im Kleid oder als alte Vettel mit Kopftuch deuten konnte. Auf einmal sah man etwas, was man vorher nicht gesehen hatte. Sie trat einen Schritt vom Schreibtisch zurück, weil sie sich dringend setzen musste. Sie kannte diesen Hof.

Sie bohrte ihren Daumennagel in die Kuppe ihres Zeigefingers. Das Gebäude, zu dem Schwillmer sie schicken wollte, war kein anderes als das ausgebrannte alte Gehöft, zu dem es sie auf ihrer ersten Fahrt nach Odisworth verschlagen hatte. Der Ort, an dem sich ein Scheunentor vom einen auf den anderen Augenblick wie von Geisterhand schließen konnte.

»Da brauche ich nicht hin«, sagte sie leise. »Da wohnt niemand mehr.«

»Warst du da etwa doch schon?«, wollte Schwillmer wissen. »Was denn jetzt? Ja? Nein?«

»Am Donnerstag, vor der Präsentation, musste ich eine Umleitung nehmen.« Jule wagte es nicht einmal zu blinzeln. Sie befürchtete, dann wieder die massige Gestalt des Unbekannten vor sich zu sehen, wie sie plötzlich im Lichtkegel ihrer Scheinwerfer auf dem schmalen Waldweg vor ihr aufgetaucht war. »Da bin ich dort vorbeigekommen. Glaub mir, das Haus ist unbewohnt. Ich kann dort mit niemandem mehr sprechen.«

Schwillmer zog ein missmutiges Gesicht. »Aha. Unbewohnt. Das ist ungünstig. Ich hoffe, du hast einen vernünftigen Vorschlag, wie wir endlich Fortschritte machen können, wenn du schon meinst, dass es da auf diesem Grundstück niemanden mehr gibt, dem wir die Daumenschrauben anziehen können.«

Jule horchte einen Augenblick in sich hinein. Dann fand sie einen Vorschlag, den sie Schwillmer unterbreiten konnte, auch wenn sie sich nicht sicher war, inwiefern er das geforderte Kriterium erfüllte, vernünftig zu sein. Mehr und mehr wurde ihr bewusst, dass in Odisworth die Vernunft wohl beileibe nicht das Maß aller Dinge darstellte.


## 50


»Hat sich in jüngster Zeit jemand mit … sagen wir mal, ungewöhnlichen … Sorgen und Nöten an Sie gewendet?« Stefan Hoogens hatte lange mit der dringendsten Frage gewartet, die er der Odisworther Pastorin stellen wollte.

»Sie sind doch auch Protestant, nehme ich an«, erwiderte Ute Jannsen. »Sie sollten wissen, dass es unter uns keine Beichte gibt.«

»Richtig.« Hoogens nahm sich noch einen der trockenen Kekse aus der Schale auf Jannsens Küchentisch. »Aber Sie erfüllen doch trotzdem die Funktion einer Seelsorgerin. Ich gehe mal davon aus, dass man Ihnen gelegentlich Dinge anvertraut, über die man mit niemand anderem reden kann.«

»Und diese Dinge sind bei mir gut aufgehoben.« Jannsen goss sich Tee aus einer grauen Steingutkanne nach.

»Ich suche einen Mörder, Frau Jannsen«, sagte Hoogens ernst.

»Ich weiß.« Sie sah ihn mit den trägen Augen einer Echse an. »Und Sie scheinen sich sehr sicher zu sein, dass dieser Mörder aus Odisworth kommt.«

»Ich vermute nur stark, dass er sich in dieser Gegend sehr gut auskennt«, gab Hoogens zurück. Er biss in den Keks und wischte sich Krümel vom Hemd. »Und das legt nun einmal nahe, dass er unter ihren Schäfchen sein könnte.«

»Stellen Sie sich ernsthaft vor, jemand wäre zu mir gekommen und hätte mir unter Tränen gestanden, dass er diese Frau so furchtbar zugerichtet hat?«

Ihr unterschwelliger Spott ließ Hoogens kalt. »Ich weiß es nicht. Deshalb frage ich Sie ja.«

»Dann muss ich Sie enttäuschen«, erwiderte Jannsen spitz.

»Schade.« Er zuckte die Achseln. »Aber gibt es vielleicht jemanden, dem Sie so ein Verbrechen zutrauen? Ganz unter uns, versteht sich.«

»Ganz unter uns …« Sie schlug die Beine übereinander und nippte an ihrem Tee. »Nein.«

»Das überrascht mich«, räumte Hoogens ein.

»So?« Ihr Misstrauen war nicht zu überhören.

»Ja, weil ich und meine Leute hier ziemlich häufig ein und denselben Namen als Antwort auf diese Frage gehört haben.« Er legte eine kleine Kunstpause ein, in der er die zweite Hälfte des Kekses aß. »Erich Fehrs.«

Jannsen schürzte ihre schmalen Lippen. »Das kann ich mir denken. Erich hat nicht den besten Ruf im Dorf. Aber ein Mörder ist er nicht.«

»Das klingt sehr überzeugt«, sagte Hoogens.

»Ich gebe mir prinzipiell Mühe, nur meinen festen Überzeugungen Ausdruck zu verleihen.« Sie legte den Kopf schief, als wäre ihr ein Gedanke gekommen. »Wissen Sie, wie selten hier so etwas Schreckliches wie Mord passiert?«

Hoogens horchte auf. »Soweit es die Akten hergeben, ist das der erste Mord auf Odisworther Gemarkung überhaupt.«

»Falls die Frau tatsächlich hier umgebracht wurde und der Mörder nicht nur ihre Leiche bei uns vergraben hat«, korrigierte ihn die Pastorin.

Hoogens nickte. »Richtig.«

»Aber Morde sind nicht die einzigen tragischen Vorfälle, die sich ereignen können.« Jannsen blickte an ihm vorbei aus dem Küchenfenster. »Anfang der Zweitausender gab es einen Brand hier bei uns. Eine wahre Katastrophe, die eine kleine Familie nahezu völlig ausgelöscht hat. Sie wurden im Schlaf vom Feuer überrascht. Allein hätte der Überlebende des Feuers es niemals geschafft, wieder auf die Beine zu kommen. Zum Glück war er nicht allein. Er hatte eine Dorfgemeinschaft, auf die er sich verlassen konnte. Die die Beerdigung für ihn abgewickelt hat und die Auseinandersetzungen mit der Versicherung.«

»Warum erzählen Sie mir das?« Hoogens runzelte die Stirn. Versuchte sie gerade, ihn auf etwas hinzuweisen oder von etwas abzulenken?

»Damit Sie begreifen, was nach solchen Ereignissen wie diesem Brand oder diesem Mord in Odisworth geschieht.« Jannsen faltete die Hände wie zum Gebet. »Wir rücken noch enger zusammen und bauen darauf, dass unsere Gemeinde gestärkt aus den Zeiten arger Bedrängnis hervorgeht.«

Hoogens hatte das verstörende Gefühl, dass diese dürre Frau tatsächlich viel mehr über die Vorgänge im Dorf wusste, als sie ihm jemals offenbaren würde. »Wollen Sie mir vielleicht sagen, dieses Zusammenrücken könnte unter Umständen dazu führen, dass ein Mörder geschützt wird?«

Sie hob abwehrend die Hände. »Ich habe Ihnen nur gesagt, dass wir Odisworther zusammenstehen, wenn es die Situation erfordert. Mehr nicht.«

Hoogens kniff die Augen zusammen. O ja, sie spielte mit ihm. Nun denn, er wollte kein Spielverderber sein. Es würde Spaß machen, diese überhebliche Frau von ihrem hohen moralischen Ross zu stoßen. »So viel Solidarität ist ja richtig rührend. Kompliment. Doch dieser wechselseitige Schutz, von dem Sie da reden, erstreckt sich aber eindeutig nicht auf alle Menschen, die in Odisworth leben, oder? Ich bin da nämlich einem jungen Mann im Wald begegnet. Jonas Plate. Ich nehme an, Sie kennen ihn. Vom Alter her müsste er bei Ihnen im Konfirmandenunterricht sitzen. Der sah alles andere als glücklich aus. Er hat sogar gesagt, er habe keine Freunde und niemand könne ihn leiden. Ich will Ihnen nicht zu nahe treten, aber nach einer vollständig intakten Dorfgemeinschaft hört sich das für mich nicht an, wenn man den Knaben derart hängen lässt.«

»Er wohnt noch nicht lange hier. Er muss sich noch einleben«, sagte Jannsen lapidar. Sie reckte ihren faltigen Hals, um über Hoogens' Schulter einen Blick auf die Küchenuhr zu werfen. »Es tut mir sehr leid, aber ich habe gleich Chorprobe. Falls Sie also keine weiteren Fragen an mich haben …«

Hoogens erkannte den Hinweis als das, was er war: ein Rauswurf. Er wertete dieses Gespräch trotzdem als Punktsieg für sich: Er hatte Ute Jannsen immerhin so viel Unbehagen bereitet, dass sie ihn loswerden wollte. Sie konnte mit Druck beileibe nicht so gut umgehen, wie sie sich wahrscheinlich selbst einredete. Das waren ideale Voraussetzungen, um den Polen in ein, zwei Tagen noch einmal bei ihr vorbeizuschicken und sie von ihm in die Mangel nehmen zu lassen.

Vor dem Pfarrhaus rief Hoogens Smolski an. »Wäre gut, wenn du der Pastorin bei Gelegenheit noch mal auf den Zahn fühlst.«

»Wir fahren die Pingpong-Nummer?«, fragte Smolski.

»Ja.« Pingpong war ihre Privatbezeichnung für eine Vernehmungsstrategie, bei der erst der eine von ihnen, dann der andere einen Zeugen, Informanten oder Verdächtigen befragte. »Die Tante weiß was und hält sich für oberschlau. Wir kriegen die noch weichgekocht.« Er schlenderte zu seinem Dienstwagen, einem nagelneuen Ford Mondeo in Blau, der ursprünglich als zivile Funkstreife eingekauft worden und dann auf unerfindlichen Wegen bei ihm gelandet war. »Apropos Tanten. Gibt's was Neues von deiner inoffiziellen Mitarbeiterin?«

»Du hast mir doch gesagt, ich soll sie in Ruhe lassen«, sagte Smolski. »Also lass ich sie in Ruhe.«

»Braver Junge«, lobte ihn Hoogens und stieg in den Mondeo ein.

»Hoogens?« Ein sonderbares Zögern lag in der Stimme des Polen.

»Ja?«

»Mir geht da was nicht aus dem Kopf«, gestand Smolski. »Du hast neulich bei Grüner gesagt, der Täter würde sich seine Traumfrau zusammenbasteln.«

»Ja, und?«

»Er holt sich große blonde Frauen. Seit Jahren vielleicht.« Smolski sprach sehr leise weiter. »Rita war auch groß und blond.«

»Hör auf damit, Mann!« Hoogens schlug einen schärferen Ton an, als es angebracht war, um Smolski zur Räson zu bringen. »Quäl dich nicht mit so einer kranken Scheiße! Konzentrier dich auf den Fall.« Er atmete tief durch und wechselte das Thema. »Weißt du zufällig, ob es in Odisworth eine Feuerwache gibt?«

»Nein«, sagte Smolski knapp. Hoogens hatte ihm offenbar zu kräftig in die Eier getreten. »Wieso?«

»Nur so. Ich find's selbst raus. Bis dann.« Er legte auf.

Hoogens wusste, dass er vielleicht dabei war, der Pastorin doch noch auf den Leim zu gehen, aber er war fest entschlossen, den Brand, den sie erwähnt hatte, näher in Augenschein zu nehmen. Schaden konnte das ja wohl nicht.

## 51

Als das Navi Jule auftrug, gleich nach der Ortseinfahrt von Odisworth noch vor den ersten Häusern rechts abzubiegen, kam eine Befürchtung in ihr auf: Was, wenn das Navi sie genau zu dem alten Gehöft lotste, von dem sie sich unbedingt fernhalten wollte?

Sie fand den nötigen Mut, nicht umzukehren, in einer einfachen und rationalen Erklärung: Sie hatte die Adresse von Erich Fehrs ins Navi eingegeben, und daher war es nicht weiter verwunderlich, dass sie in die Richtung musste, in der auch das ausgebrannte Gehöft lag. Immerhin waren Fehrs und der Besitzer des verlassenen Hofes – Nissen? Esbert? – einmal Nachbarn gewesen. Sie versuchte, nicht daran zu denken, dass Fehrs vielleicht gefährlicher war als die Ruine. Ein kleiner Teil von ihr wünschte sich, der jähzornige Bauer wäre schon verhaftet worden und ihre erste Begegnung mit ihm würde in einem Besucherraum irgendeines Gefängnisses stattfinden – kein angenehmer, aber ein durchaus sicherer Ort.

Die Straße schlängelte sich durch brachliegende Äcker und an ungenutzten Weiden vorbei, auf denen Unkraut wucherte und Wildblumen blühten. Dafür, dass sie scheinbar ins Nirgendwo führte, war sie recht breit und einigermaßen gut in Schuss. Es gab keinerlei Gegenverkehr, worüber Jule froh war, denn so belästigte sie niemanden, als sie gemächlich durch die Landschaft rollte. Wenn das Autofahren überall so wie hier gewesen wäre, wo man sich wie der letzte lebende Mensch auf Erden fühlte, hätte Jule ihre Angst sicher schon längst überwunden. Doch sie wollte sich nicht zu sehr beklagen: Sie hatte festgestellt, dass sie sich mehr und mehr an die Strecke Hamburg-Odisworth gewöhnte.

Nach einigen Minuten auf der einsamen Straße konnte Jule das Ziel ihrer Fahrt sehen. Das reetgedeckte Fachwerkhaus wirkte neben den wie plumpe Raketen in den Himmel aufragenden Futtersilos, den wuchtigen Rohren des Güllespeichers und dem lang gezogenen Flachbau mit den Stallanlagen wie das Zeugnis einer längst vergessenen, beschaulicheren Vergangenheit.

Jule stellte ihren Wagen neben einem verbeulten VW-Transporter ab, von dessen Flanken der Lack abblätterte, und stieg aus. Bei näherem Hinsehen täuschte der idyllische Eindruck: In einer Ecke des Hofs lag ein Haufen zersplittertes Holz, der sich nur mit Mühe als demolierte Hundehütte identifizieren ließ, und das Haupthaus war offenbar seit einiger Zeit einem langsamen Siechtum überlassen. Das Fachwerk war verwittert, das Reet auf dem Dach von Moosen und Flechten überzogen und die Fenster vor Dreck nahezu vollkommen blind. Über der Szenerie des unaufhaltsamen Verfalls lag wie ein feiner Schleier der stechende Geruch von Schweinemist, und der Wind trug aus Richtung des Stalls das gedämpfte Grunzen und Quieken der Tiere heran. Jule konnte verstehen, weshalb es Frau Fehrs hier nicht mehr ausgehalten hatte.

Sie klingelte an der Haustür, vor der drei Paar schlammverkrustete Stiefel standen und das »Willkommen« auf der abgewetzten Fußmatte kaum noch zu erkennen war. Nichts rührte sich. Sie schaute skeptisch zu den Ställen. Es war nahe liegend, dass Fehrs sich gerade um das Vieh kümmerte – Füttern, Ausmisten, oder welchen Pflichten man als guter Schweinebauer sonst noch nachzukommen hatte –, aber sie verspürte nicht die geringste Lust, auch nur einen Fuß in die Ställe zu setzen. Sie wollte die Tiere nicht sehen, die irgendwann als Schnitzel oder Haxe enden würden. Und die Vorstellung, Fehrs inmitten der stinkenden und sicher düsteren Behausung seiner Schweine zu begegnen, löste einen heimlichen leisen Schrecken in ihr aus: Fehrs war einer der Verdächtigen in einem Mordfall. Schweine waren Allesfresser mit kräftigen Kiefern. Wenn er wirklich der Mörder war und er beschloss, ein neues Opfer zu finden, warum dann nicht die Frau, die bei ihm im Stall auftauchte, wo sie völlig unbeobachtet waren und er ihre Leiche nach der Verrichtung seiner Gräueltat ohne viel Aufhebens entsorgen konnte? Wenn er seinem Vieh den grausigen Leckerbissen vorsetzte, machte er jede Verfolgung von vornherein schier unmöglich. Ohne Leiche gab es bekanntermaßen auch keinen Mord. Jule schüttelte diesen Gedanken von sich ab. Sie musste sich auf ihre Arbeit konzentrieren, sonst konnte sie gleich einpacken.

Sie versuchte, durch ein Fenster neben der Tür ins Haus hineinzuspähen. Der Dreck auf der Scheibe machte ihren Plan zunichte: Durch den Schleier konnte sie nur grobe Umrisse erkennen, als würde sie durch die Linse einer übergroßen Kamera blicken, auf die ein Riese seinen fettigen Daumen gedrückt hatte.

Sie entschied sich, an einem Jägerzaun entlang, bei dem nur noch jede dritte Latte vorhanden war, ums Haus herumzugehen. Sie war gerade um die erste Ecke gebogen, wo Mücken über einer Tonne mit fauligem Wasser tanzten, als sie Geräusche hörte. Ein kurzes Schaben, gefolgt von einem lang gezogenen Ächzen und einem gedämpften Schlag wie von einem Stein, der auf weichen Untergrund fiel. Dann wiederholte sich alles – Schaben, Ächzen, Schlag. Sie blieb stehen. »Herr Fehrs?«

Schaben, Ächzen, Schlag.

»Herr Fehrs?«

Schaben, Ächzen, Schlag.

Sie nutzte einen Stapel Brennholz als Deckung und lugte in den Garten hinter dem Haus.

Schaben, Ächzen, Schlag.

Im ersten Moment dachte Jule, der Mann würde ein Beet umgraben. Als sie den Haufen feuchter Erde bemerkte, den er Schaufelladung um Schaufelladung abtrug, begriff sie, dass er nichts *um*grub. Er *be*grub vielmehr etwas, das in einem Loch zu seinen Füßen gebettet war.

Mit einer Mischung aus Faszination und Grauen beobachtete sie die Szene einen Augenblick lang. Trotz allem, was sie bisher über ihn in Erfahrung gebracht hatte, bemerkte Jule, dass Erich Fehrs in jüngeren Jahren ein attraktiver Mann gewesen sein musste. Inzwischen jedoch war davon nur noch eine Ahnung übrig. Zu sehr hatten harte Arbeit und Alkohol den Körper dieses Menschen gezeichnet. Was man früher an ihm sicher schlank genannt hatte, wirkte nun ausgezehrt und hager. Sein schwarzes Haar, das nur vereinzelt graue Strähnen aufwies, war voll, aber ungewaschen. Da er nur eine Latzhose ohne Hemd oder T-Shirt darunter trug, konnte Jule deutlich sehen, wie sich sonnengegerbte Haut immer noch straff über spitze Knochen spannte.

Schaben, Ächzen, Schlag.

Schaben, Ächzen – er rammte die Schaufel in den Erdhaufen und drehte sich um. So zielsicher, als wüsste er schon die ganze Zeit über, dass sie da war, bohrte sich der Blick seiner dunklen Augen in ihre. Jule erstarrte.

Wie in Zeitlupe steckte sie die Hand in ihre Rocktasche und spürte, wie das Metall des Autoschlüssels zwischen ihren Fingern warm wurde. Erst dann wagte sie sich hinter dem Holzstapel hervor. Ihr entging die Ironie nicht, dass sie den Wagen, vor dem sie sich sonst so sehr fürchtete, plötzlich als sichere Zuflucht erachtete.

»Was wollen Sie? Sind Sie von der Polizei?« Das raue Krächzen eines starken Rauchers.

»Nein, ich komme nicht von der Polizei«, antwortete Jule. Sie machte zwei Schritte in den Garten, der noch verwilderter war als die Wiesen auf der Herfahrt. »Jule Schwarz von Zephiron. Ich wollte wegen des Windparks mit Ihnen sprechen.«

Er wischte sich mit beiden Unterarmen den Schweiß von der Stirn, knurrte »Ich habe zu tun«, wandte sich wieder ab und griff nach der Schaufel.

Schaben, Ächzen, Schlag.

Es wäre die ideale Gelegenheit zum Rückzug gewesen, aber Schwillmer hatte Jule nicht umsonst zu verstehen gegeben, was er demnächst von ihr erwartete: Ergebnisse. Zudem war Fehrs bislang nur abweisend und nicht wirklich bedrohlich. »Ich warte gern«, sagte sie.

Schaben, Ächzen, Schlag.

Die verkümmerten Obstbäume im hinteren Teil des Gartens brachten sie auf eine Idee. Sie ging weiter auf Fehrs zu. »Sie mussten eine Wurzel ausgraben, oder?«

Auf ihrem Weg durch das hohe Gras ärgerte sie sich, dass sie heute Morgen einen Rock angezogen hatte. Die Halme kitzelten sie unangenehm an den Waden und in den Kniekehlen. Nachdem sie sich Fehrs so weit genähert hatte, dass sie zum Grund des Lochs hinuntersehen konnte, war das Kitzeln sofort vergessen. Im ersten Sekundenbruchteil war es nur heftiger Ekel, der sie schüttelte. Dann war es auch die nackte Angst davor, selbst in dieser Grube zu landen, und aus Jules Kehle stieg ein panischer Schrei. Die Schweine in ihren Ställen antworteten ihr mit einem gierigen Grunzen.

# 52

Es war nicht mehr viel von dem zu erkennen, was Fehrs da in seinem Garten verscharrte. Lose Erde hatte sich wie ein körniges Leichentuch über einen Großteil des Kadavers gelegt. Eine helle blutverkrustete Schnauze mit schwarzer Spitze, vier große Pfoten, ein buschiger weißer Schwanz – das war alles, was von dem Hund noch zu sehen war.

Jule wankte einen Schritt zurück, die Hand vor den Mund gepresst. Sie befürchtete, nicht mehr mit dem Schreien aufhören zu können, wenn sie jetzt die Kontrolle über sich verlor. Ein Hund. Das musste der Hund sein, den die Dorfbewohner Fehrs geschenkt hatten, nachdem er von seiner Frau verlassen worden war. Jetzt war dieser Hund tot.

Fehrs ließ die Schaufel sinken. Er kratzte sich am Kopf, und erweckte den Anschein eines Schuljungen, den sein Lehrer beim Abschreiben erwischt hatte. »Er hat gebissen«, sagte er entschuldigend. »So einen Hund kann ich nicht brauchen.«

Merkwürdigerweise löste diese sachliche Feststellung kein weiteres Entsetzen in Jule aus. Bei aller Grausamkeit erkannte jener Teil von ihr, den Außenstehende mit einiger Berechtigung als kühl und berechnend erachteten, in Fehrs' lapidarer Aussage etwas, mit dem sie umzugehen verstand. Etwas, das es ihr ermöglichte, ihre Hand von ihrem Mund zu nehmen und zu nicken. Der Hund war zu bissig gewesen, deshalb hatte er sterben müssen. So etwas kam jeden Tag vor. Zugegebenermaßen fanden die meisten bissigen Hunde auf dem Behandlungstisch eines Tierarztes ein Ende und wurden nicht erschlagen oder mit einer alten Flinte hinter einer Scheune abgeknallt. Doch Jule durfte nicht vergessen, wo sie war. Hier tickten die Uhren eben anders. Die Leute hier zogen die Grenzen zwischen Mensch und

Tier sehr scharf. Für viele Stadtbewohner, die ihre Hunde, Katzen und sonstigen Haustiere fast so behandelten, als wären sie Menschen, waren diese scharfen Grenzen ein Affront gegen die Regeln von Mitgefühl und Respekt für andere Lebewesen. Für Erich Fehrs, der seinen Lebensunterhalt damit bestritt, Schweine zu mästen, war das Töten eines Tiers Teil seiner Alltagswelt. Und Jule zweifelte keine Sekunde daran, dass Fehrs den Hund selbst getötet hatte.

»An so was sind Sie nicht gewöhnt, hm?«, fragte er, als ob er ihre Gedanken lesen konnte.

Sie schüttelte stumm den Kopf.

In dem langen Blick, den er ihr schenkte, lag echtes Bedauern. »Ich wollte Sie nicht erschrecken. Möchten Sie ein Glas Selters?«

»Gern.«

In ihrem Bestreben, sich so weit wie nur irgend möglich von der Grube zu entfernen, um wieder einen klaren Kopf für die anstehenden Verhandlungen zu bekommen, verschwendete Jule keinen einzigen Gedanken daran, dass sie gerade im Begriff war, das Haus eines potenziellen Mörders zu betreten.

## 53

Jule folgte Fehrs durch den Garten und eine Hintertür ins Haus, wo er sie bat, im Wohnzimmer Platz zu nehmen, während er sich um das Wasser kümmerte. Es war nicht zu übersehen, dass in diesem Haus eine Frau fehlte. Fehrs hatte offenbar seit Wochen nicht mehr gelüftet, und es roch nach dreckigem Geschirr, kaltem Tabakqualm und alten Socken. Auf dem Couchtisch standen neben einer halb leeren Flasche Korn drei volle Aschenbecher. Der Boden rings um einen klobigen Fernsehsessel war von Krümeln übersät. Dort, wo Fehrs' Kopf beim Sitzen normalerweise auf der Lehne ruhte, hatte das ehedem weiße Polster einen gelblichen Grauton angenommen.

In diesem verwahrlosten Zimmer gab es allerdings eine saubere Ecke, die aus dem Chaos hervorstach. Es war diese breite Nische zwischen dem Kachelofen und einer niedrigen Tür, die Jules Aufmerksamkeit auf sich lenkte. Auf einem braunen Schränkchen waren drei Gegenstände sorgsam auf Häkeldecken platziert: ein aufgeklapptes muschelbesetztes Schmuckdöschen, auf dessen rotem Samt ein Paar schlichter Ohrringe von einer Perlenkette umschlungen lag; eine altmodische Plastikhaarbürste, um deren Borsten sich graue Haare fein wie gesponnene Silberfäden wanden; und ein Stofftaschentuch, das so gefaltet war, dass ein in die Ecke gesticktes blaues M direkt zum Betrachter wies.

Über dem Schränkchen hing ein gutes Dutzend gerahmter Fotos, durch die Jule Zeugin der unaufhaltsamen Alterung eines jungen Mädchens zur Frau und dann zur Greisin wurde – sechs oder sieben Jahrzehnte Leben, eingefangen in kleinen Rechtecken. Die ältesten Aufnahmen waren in jenem verwaschenen Schwarz-Weiß, das Jule seit jeher mit einer Vergangenheit verknüpfte, die so weit zurücklag, dass niemand mehr über sie hätte berichten können.

Margarete Fehrs war nach den Maßstäben der Gegenwart selbst in ihrer Jugend keine sonderlich hübsche Frau gewesen: Dafür waren ihre Hüften zu breit, ihre Brüste zu flach und ihre Schenkel zu stämmig. Doch sie war groß und hatte volles blondes Haar, und sie zeigte auf jedem der Bilder ein anziehendes, wenn auch trauriges Lächeln – als hätte sie von Beginn an gewusst, dass ihr kein leichtes Schicksal vergönnt war. Sogar in Jule, die diese Bilder zum ersten Mal sah, weckte dieses Lächeln das sehnsüchtige Bedürfnis, die Frau an die Hand zu nehmen und ihr mit einfühlsamen Worten zu versichern, dass am Ende alles gut werden würde. Margarete Fehrs war eine Person gewesen, die man gewiss rasch ins Herz hatte schließen können.

Erich Fehrs war es scheinbar genauso ergangen, und diese Nische war nichts anderes als ein Schrein für all das, was ihm verloren gegangen war, als Margarete ihn verlassen hatte. Doch wo die Fotos und die Reliquien auf dem Schränkchen Jule tief berührten, empfand sie das Kernstück dieser Zurschaustellung intimster Emotionen als höchst verstörend: Neben dem Schränkchen stand eine Schaufensterpuppe ohne Kopf, die ein von Zigarettenrauch gelb verfärbtes langes Brautkleid trug. Jule erkannte es sofort von dem Foto an der Wand wieder, auf dem Margaretes trauriges Lächeln halb verborgen unter einem Schleier lag.

Das Wohnzimmer kam Jule beim Anblick des vergilbten Brautkleids noch stickiger vor, und sie bekam das beklemmende Gefühl, als senkte sich die Decke des Raums Stück für Stück herab. Sie fragte sich, wie einnehmend das Wesen eines Mannes sein musste, um seine Frau selbst dann nicht loszulassen, wenn sie ihm mit ihrem Verschwinden doch deutlich genug zu verstehen gegeben hatte, dass sie sich eingeengt fühlte. Fehrs, der unbemerkt von Jule zurückgekehrt war, stand mit einem Mal so dicht hinter ihr, dass sie seinen Atem im Nacken spüren konnte. »Das ist meine Frau.«

Sie fuhr zusammen. Um ein Haar hätte sie ihm mit ihrem Ellenbogen das angekündigte Glas Mineralwasser aus der Hand geschlagen. Während sie eine Entschuldigung murmelte und das Glas entgegennahm, wurde Jule mit einem Schaudern bewusst, dass sie nicht hätte sagen können, ob Fehrs eben von seiner tatsächlichen Frau oder der Puppe in ihrem Brautkleid gesprochen hatte. Sie trank einen Schluck Wasser, um Zeit zu gewinnen. Es schmeckte bitter wie Asche.

»Sie ist nicht mehr da«, sagte Fehrs in demselben Ton, in dem er gerade über seinen bissigen Hund gesprochen hatte.

»Warum?« Erst als sich dieses eine, vermeintlich unschuldige Wort über ihre Lippen gestohlen hatte, wurde Jule klar, welches Risiko es darstellte. Frau Jepsen hatte sie eindrücklich vor Fehrs' Jähzorn gewarnt, und Andreas hatte angedeutet, dass hinter Fehrs' Junggesellendasein mehr steckte als ein simples Verlassenwerden.

Fehrs packte Jule nicht an der Gurgel oder verfiel in wüste Beschimpfungen. Er schaute ihr nur tief in die Augen und sagte ruhig: »Alle guten Dinge gehen eben einmal zu Ende.«

Jule reichte diese Antwort nicht. Sie war nun einmal nicht der Typ, der in Verhandlungen klein beigab. Und als genau das sah sie dieses Gespräch. Sie durfte nicht darüber nachdenken, dass man auf Fehrs' Grundstück eine Frauenleiche gefunden hatte. Dass dort draußen in einem Loch im Garten ein toter Hund lag. Dass sie vor einer Schaufensterpuppe stand, die ein Brautkleid anhatte. Im Moment zählte nur eins: Wirkte sich der Streit, den Erich Fehrs mit seiner Frau geführt hatte, auf seine Bereitschaft aus, Windräder auf seinem Grund zu dulden? Jule trank noch einen Schluck von dem schalen Wasser und sagte: »Ich habe gehört, Ihre Frau wäre ganz überraschend ausgezogen.«

Fehrs griff nach einer Schachtel Zigaretten auf dem Couchtisch. »Die Leute im Dorf reden viel, wenn der Tag lang ist. Viel zu viel.« Er holte ein Feuerzeug aus der Tasche seiner Latzhose und zündete sich eine Zigarette an. Er sah dem Rauch nach, der von der glühenden Spitze zur Decke aufstieg. »Für die war es vielleicht überraschend. Für mich nicht. Ich wusste, dass sie irgendwann gehen würde.«

Jule verriet ihm nicht, dass im Dorf viele damit gerechnet hatten, dass Fehrs' Frau irgendwann ihre Sachen packen und verschwinden würde. Sie tat es aus Kalkül, und sie tat es, um ihn nicht zu verärgern – aber da war noch mehr. Es war der Nachhall des Schmerzes in seiner Stimme, der sie zurückhielt. »Aber wenn Sie doch wussten, dass es irgendwann passiert, hätten Sie dann nicht versuchen können, sie aufzuhalten?«

Er schaute sie einen Moment mit zusammengekniffenen Brauen an, und Jule erkannte in seinen Augen jenes stürmische Gemüt, das Frau Jepsen Anlass genug war, ihm einen Mord im Affekt zuzutrauen. Sie schauderte. Dann blinzelte er, und der Moment war vorbei. »Nein, das hätte nichts genutzt. Der Lauf der Dinge lässt sich nicht ändern. Sie sind zu jung, um das zu verstehen. Sie gehen davon aus, dass Ihr Leben ein gutes Ende nimmt. Wie im Film. Solange man jung ist, meint man, die Welt würde einem etwas schulden, oder zumindest, dass man die Fäden selbst in der Hand hält.« Er zog an seiner Zigarette, atmete durch die Nase aus und fixierte sie durch den Rauch, der dicht vor seinem Gesicht waberte. »Sind Sie verheiratet?«

»Nein«, antwortete Jule. Worauf wollte er hinaus?

»Dann gilt alles, was ich gerade eben gesagt habe, doppelt und dreifach.« Er zeigte mit einem Finger auf sie, der große Ähnlichkeit mit der Klaue eines Raubvogels hatte, weil er dürr war und der Nagel lang und gelb. »Lassen Sie mich raten: Sie warten noch auf den Richtigen. Den, der ganz genau zu Ihnen passt. Und wenn Sie ihn gefunden haben, werden Sie zusammen glücklich bis an Ihr Lebensende. Habe ich recht?«

»Ist es falsch, sich das zu wünschen?«, gab Jule zurück.

Fehrs nickte heftig. »Ja. O ja. Natürlich ist das falsch. Weil es eine Lüge ist. Weil man sich damit selbst belügt. Es gibt kein ›glücklich bis ans Lebensende‹.« Sein Blick wanderte von Jule zur Puppe. »Einer geht immer. Früher oder später. Einer geht immer, ganz egal, was man auch tut.« Er atmete tief durch. »Aber jetzt mal ehrlich, Frau …?«

»Schwarz«, half ihm Jule aus.

»Frau Schwarz. Sie sind doch nicht hier, um mit mir über meine Frau zu sprechen.«

Fehrs mochte vieles sein – alt, kauzig, ein wenig verwahrlost. Dumm war er nicht. Jule quittierte seine sprichwörtliche Bauernschläue mit einem knappen Nicken. »Herr Fehrs, lassen Sie uns offen miteinander sprechen. Was muss ich – oder genauer gesagt meine Firma – tun, damit Sie an uns verpachten oder besser noch verkaufen?«

»Das kann ich Ihnen gerne sagen«, kündigte Fehrs an, dessen Miene immer grimmiger wurde. »Das können Sie sich alles sparen. Da können Sie rein gar nichts machen.«

Jule stockte der Atem. Hatte sie etwa erneut auf eine völlig falsche Strategie gesetzt wie bei der Gemeinderatssitzung? Sie überlegte, ob sie das Thema zur Sprache bringen sollte, das ihr Chef empfohlen hatte. Fehrs würde gute Anwälte brauchen, falls sich die Verdachtsmomente gegen ihn erhärteten.

Der alte Bauer kam ihr zuvor. Er ging an ihr vorbei zu einem der dreckigen Fenster und legte die Hand auf die Scheibe. »Sehen Sie das? Sehen Sie das da draußen? Das ist alles mein Land. Mein Land. Es gehört mir. Mir und niemand anderem. Ein Teil davon ist seit Generationen in meiner Familie, einen Teil davon habe ich von dem Geld, das ich mir mühsam erwirtschaftet habe, dazu gekauft. Ich liebe es. Ich gehe hier nicht weg, und – «

»Das verlangt doch auch niemand von Ihnen«, versuchte Jule ihn zu bremsen, aber es war zu spät.

»– ich verkaufe auch nichts davon.« Er nahm die Hand von der Scheibe und ballte sie zur Faust. »Nicht einen einzigen Quadratmeter«, zischte er. »Nicht einen einzigen. Merken Sie sich das.«

Die schlechte Luft und ihre Enttäuschung über sich selbst waren zu viel für Jule: Sie spürte einen leichten Schwindel, aber ihr Ekel war zu groß, um sich auf den alten Fernsehsessel oder die fleckige Couch zu setzen. Das lief gar nicht gut. Sie musste diesen Sturkopf unbedingt wieder zur Vernunft bringen. »Denken Sie doch auch an das Dorf. Wie Odisworth von dem Windpark profitieren könnte.«

Er lachte spöttisch auf. Es war ein hässlicher Laut, der an ein Grunzen erinnerte, als hätte er schon deutlich zu lange mit Schweinen zu tun. »Odisworth wird noch früh genug von mir profitieren. Ich habe keine Kinder, wissen Sie. Margarete war mir immer eine gute Frau, aber Kinder ... das hat nie geklappt. Einmal war sie schwanger, aber dann ...« Er winkte zornig ab, und seine Worte, die ein wenig an Kraft verloren hatten, wurden mit jedem weiteren Satz wieder lauter. »Sagen Sie diesem gierigen Raffzahn Mangels, dass sich Odisworth freuen kann, wenn ich mal nicht mehr bin. Ich habe vor, mein ganzes Land der Gemeinde zu vermachen. Warum? Weil ich besser verstanden habe, was wahre Treue heißt, als er und seine Bagaluten sich das vorstellen können. Ich bin von ganzem Herzen Odisworther. Wie mein Vater und mein Großvater.« Nun brüllte er fast. »Und ich bin auch nicht so dumm, zu denken, dass der Fortschritt ausgerechnet vor unserem Dorf haltmacht. Ich verlange doch nur, dass der Fortschritt noch ein paar Jahre wartet, bis ich auch unter der Erde bin. Ist das etwa zu viel verlangt? Hä? Ist das etwa zu viel verlangt?« Seine Stimme brach, und er krümmte sich in einem wilden Husten, bis ihm die Augen aus den Höhlen hervorzuquellen drohten.

Jule kämpfte gegen ihren Schwindel an und machte zwei taumelnde Schritte nach hinten, ehe sie wieder einigermaßen festen Stand fand. Mangels hatte nicht übertrieben, als er meinte, Fehrs wäre einer der Odisworther, die sich am hartnäckigsten gegen den Windpark sperrten. Zum Glück war er nicht der Einzige, den Jule bearbeiten konnte. Sie wartete, bis Fehrs wieder zu Atem gekommen war, und sagte: »Vielleicht sollte ich lieber zuerst mit Ihrem Nachbarn reden. Wie hieß er noch gleich? Esbert? Nissen?«

Die Erwähnung dieser beiden Namen stieß in Fehrs eine beunruhigende Verwandlung an. Er wischte sich über den Mund und krümmte sich dabei noch ein wenig mehr zusammen, obwohl sein Husten längst vorüber war. Die Falten in seinem Gesicht wirkten tiefer, und seine Stimme wurde brüchig. »Nissen … Sie wollen mit Nissen reden?«

Jule nickte und stellte ihr Glas absichtlich hart auf dem Couchtisch ab. Jetzt zitterten ihr auch noch die Knie. »Warum nicht?«

»Sie sind wirklich noch sehr jung, Frau Schwarz«, gab er ihr eine rätselhafte Antwort. »Sie haben noch nicht gelernt, wie man sich in einem Menschen täuschen kann. Zu welchen Dingen er in der Lage ist. Selbst ein Mensch, den man glaubt, in- und auswendig zu kennen. Ein Mensch, dem man nichts als Zuneigung entgegenbringt, weil er einem so hilflos und liebebedürftig erscheint. Aber das Böse ist schlau.« Er lächelte versonnen, doch es lag keinerlei Freude darin. Es war eher das Lächeln eines Mannes, der einmal einen großen Fehler begangen hatte und nun erkannte, wie blind er damals gewesen war. »Das Böse gibt sich so gern unschuldig, weil wir uns ihm dann mit den besten Absichten nähern. Weil wir es bei uns aufnehmen und nicht begreifen, was es wirklich vorhat, bis es zu spät ist. Und dann bezahlen wir einen hohen Preis dafür, dass wir uns von ihm haben hinters Licht führen lassen. Nicht unbedingt sofort. Manchmal dauert es viele Jahre. Es lauert und wartet auf den richtigen Augenblick, um eiskalt zuzuschlagen. Um uns zu zeigen, dass es uns nicht vergessen hat. Vielleicht ist das seine grausige Art der Dankbarkeit für all das, was man ihm an Unterstützung gegeben hat.« Bedächtigen Schrittes ging er auf Jule zu. »Verstehen Sie, was ich meine?«

Jule verstand nicht, was er meinte, aber sie verstand etwas anderes, und diese Erkenntnis schnürte ihr die Kehle zu: Fehrs war verrückt. Es war nicht jene offenkundige Art von Wahnsinn, bei der der Betreffende sich schreiend die Augen auskratzte oder irre Flüche gegenüber Personen ausstieß, die gar nicht da waren. Es handelte sich um die wesentlich gefährlichere Art der Verrücktheit – das schleichende Gift, dessen Wirkung von außen kaum zu beobachten war und seinem Opfer dennoch nach und nach die Seele zersetzte. Und Jule war mit Fehrs auf engstem Raum gefangen.

Sie dachte darüber nach, sich die Flasche Korn auf dem Couchtisch zu schnappen, um sie ihm über den Schädel zu ziehen. Zu spät. Er stand schon viel zu dicht vor ihr.

»Verstehen Sie mich?«, wiederholte er seine Frage. Sein fauliger Atem schlug ihr ins Gesicht. »Verstehen Sie mich?« Er packte sie an den Schultern und schüttelte sie. »Verstehen Sie mich?«

»Loslassen!«, schrie Jule. Sie versuchte, sich aus seinem Griff zu winden, aber seine Finger krallten sich nur umso fester in den Stoff ihrer Bluse. »Loslassen!«

Sie versetzte ihm mit beiden Händen einen Stoß vor die Brust und warf sich nach hinten. Endlich lösten sich seine Finger von ihr. Sie prallte mit dem Rücken gegen etwas Hartes, das unter dem Zusammenstoß nachgab. Sie hörte ein lautes Poltern, und sie spürte weichen Stoff über ihre nackten Waden streichen.

Fehrs war wie versteinert, die Hände noch halb erhoben und den Blick fest auf das gerichtet, was Jule umgeworfen hatte. Nur seine Lippen bewegten sich in einem tonlosen Flüstern.

Jule schaute nach unten. Sie stand auf der Schleppe des vergilbten Brautkleids. Erschrocken trat sie nach hinten über die Schaufensterpuppe hinweg. »Tut mir leid. Das wollte ich nicht. Aber Sie hätten mich nicht so …« Sie brach ab, als sie feststellte, dass ihr Fehrs nicht die geringste Beachtung schenkte.

»O nein.« Er ging vor dem Brautkleid auf die Knie und begann, an den Fußabdrücken herumzuwischen, die Jule darauf hinterlassen hatte. »O nein.«

Erst als der alte Bauer bemerkte, dass seine kruden Bemühungen den Dreck nur noch großflächiger verteilten, sah er zu Jule hoch. Er zischte: »Was haben Sie da nur getan?«

Ein Klingeln an der Tür bewahrte Jule davor, ihm eine Antwort geben zu müssen.

Fehrs rappelte sich ächzend auf, raunte etwas Unverständliches und schlurfte auf den Flur hinaus. Sie eilte ihm atemlos hinterher.

»Sie schon wieder«, begrüßte Fehrs barsch den Mann vor der Tür.

»Ja, ich schon wieder«, entgegnete Gabriel Smolski. Als der Kommissar über Fehrs' Schulter hinweg Jule bemerkte, weiteten sich seine Augen. »Frau Schwarz!«

»Hauptkommissar Smolski«, sagte Jule erleichtert. »Das ist aber eine nette Überraschung!«

»Gleichfalls«, erwiderte er. Sein Blick fiel auf ihre derangierte Bluse. »Alles in Ordnung bei Ihnen?«

Jule zwängte sich an Fehrs vorbei ins Freie. »Herr Fehrs und ich reden gerade über den Windpark.«

»Aha.« Smolski zupfte sich kurz an seinem Ziegenbärtchen. »Ich fürchte, Sie werden Ihr Gespräch unterbrechen müssen.«

»Das macht gar nichts«, sagte Jule. Je schneller sie von hier wegkam, desto besser.

Smolski wandte sich an Fehrs. »Ich hätte da nämlich noch ein paar Fragen an Sie, wenn es keine Umstände macht.«

Fehrs machte die Tür frei. »Immer rein in die gute Stube«, forderte er Smolski auf, als wäre er ein alter Bekannter. »Ich muss Sie aber warnen. Bei mir ist noch weniger aufgeräumt als sonst.«

Smolski trat in den Flur. Fehrs hatte die Tür schon fast geschlossen, als er sie noch einmal aufzog. »Ich verkaufe mein Land nicht, Frau Schwarz«, sagte er überraschend freundlich. »Und wagen Sie es bloß nicht, sich auf meinem Hof noch einmal blicken zu lassen. Sie haben schon genug angerichtet.«

Dann zog er die Tür zu und ließ Jule mit dem leisen Grunzen der Schweine allein auf dem Hof stehen.

# 54

Er dachte nicht gern darüber nach, dass man eine der Frauen gefunden hatte und was passieren würde, sobald man herausfand, dass er mit ihr gespielt hatte. Wie sollte er das Spiel noch spielen, wenn sie ihn einsperrten? Und sie würden ihn einsperren, das wusste er.

Er hatte oft darüber nachgedacht, wie es sein würde, eingesperrt zu sein. Manchmal hatte er sogar darüber nachgedacht, sich einsperren zu lassen. Aber was dann? Sie würden über ihn lachen, so wie sie früher über ihn gelacht hatten. Alle. Alle würden sie lachen. Und er würde wieder ihre Fäuste zu spüren bekommen.

Ein- oder zweimal seit sie fortgegangen war, war ihm auch in den Sinn gekommen, einfach alles bleiben zu lassen. Dann hatte er sich vorgestellt, wie er in der Badewanne lag, das Wasser so heiß, dass seine Haut krebsrot war, eine Rasierklinge in der Hand. Wie er auf dem Geländer einer Brücke stand und der Wind an seinen Hosenbeinen zerrte. Wie er sich den kalten Lauf einer Pistole in den Mund schob und noch einen kleinen Moment wartete, bis das Metall warm wurde, ehe er abdrückte.

Aber es wäre nicht gerecht gewesen. Es war doch nicht seine Schuld, dass er so war. Das hatte sie früher immer zu ihm gesagt, wenn er ganz traurig geworden war und am liebsten mit allem Schluss gemacht hätte.

Er war sich jetzt ganz sicher, dass es wirklich sie gewesen war, die er da vor ein paar Tagen gesehen hatte. Es musste sie gewesen sein. Warum sonst hätte sie von sich aus Kontakt zu ihm suchen sollen? Es war genau das eingetreten, was er sich so sehr erhofft hatte: Sie war zu ihm gekommen. Sie war noch genauso schön wie früher. Ein wenig älter, aber das störte ihn nicht. Er war doch auch älter geworden. Das war auch nicht wichtig.

Nur eins war wichtig: Sie wollte wieder bei ihm sein. Das merkte er daran, dass sie so tat, als wäre sie jemand ganz anderes. Jemand Fremdes. Nicht mehr seine Kirsten. Kirsten Küver. So hieß sie wirklich. Nur jetzt nannte sie sich anders.

Das war etwas Neues, aber es machte ihm Spaß. Er glaubte, auch zu wissen, warum sie es so wollte: Er tat ja schließlich auch, als wäre er jemand anderes. Vielleicht war das ihre Art, ihm zu sagen, dass er alles richtig machte. Es gab nur einen Weg, das herauszufinden, und er war fest entschlossen, diesen Weg zu gehen. Er wollte sie auf keinen Fall enttäuschen.

# 55

Als Jule die Zufahrtsstraße zu Fehrs' Hof in Richtung Odisworth hinunterfuhr, entwickelte sie zum ersten Mal seit vielen Jahren wieder ein Gespür dafür, weshalb die meisten

Menschen Autos mochten. Es war etwas Wahres daran, dass ein Auto ein Stück Freiheit bedeutete, auch wenn es in ihrem Fall nur die Freiheit war, Erich Fehrs entkommen zu sein.

Was ihr dabei half, die stickige Atmosphäre des verwahrlosten alten Hauses zu vergessen, war die Weite des Landes und die Ferne des Horizonts, auf dem die Sonne als leuchtender Ball stand, dem Jule auf der schnurgeraden Straße entgegenstrebte. Die Kronen der Bäume am Wegesrand neigten sich unter einem frischen Wind, der davon kündete, dass eine andere, unendlich scheinende Weite nicht allzu fern war – die See. Jule war versucht, eine Route zur Küste ins Navi einzugeben, wo sie an einem einsamen Strand die nackten Zehen in den kühlen Sand graben konnte.

Über diesem Gedanken gewann sie eine weitere Einsicht: Manche Menschen fuhren auch deswegen so gern Auto, weil ihr Wagen für sie eine Art Rückzugsort darstellte, wie den, den sie sich gerade erträumt hatte. Eigentlich war es bei ihr früher – vor dem Unfall – auch nicht anders gewesen. Wenn sie allein in ihrem Wagen unterwegs gewesen war, hatte sie die Musik hören können, die sie hören wollte – ohne dass ihre Mutter oder ihr Vater sich bei ihr beschwerten und sie ermahnten, den Krach endlich leiser zu drehen. In ihr Auto konnte sie einladen, wer ihr gefiel – auch die Klassenkameraden und Freunde, die ihre Eltern nicht mochten, weil sie sich die Nase hatten piercen lassen oder sich die Haare knallpink färbten. Ihr Auto war ihr eigenes kleines Reich gewesen, in dem sie die Alleinherrscherin war und frei darüber verfügte, welchen Träumen sie nachhing.

Als sie auf die Odisworther Hauptstraße abbog, kamen ihr Rolf Behr und die sonderbare Angewohnheit des kräftigen Mechanikers in den Sinn, Autos wie lebendige Geschöpfe zu behandeln. Nach ihren jüngsten Erfahrungen mit Fehrs erkannte sie einen gewaltigen Vorteil dieser Marotte: Autos konnten nicht verrückt werden. Sie waren hoch entwickelte Maschinen, die genau das taten, was man von ihnen erwartete. Nicht mehr und nicht weniger. Daraus leitete sich zwangsläufig ab, dass sie einen auch nie enttäuschen konnten. Jule kannte keinen Menschen, auf den dies zutraf, und die Klarheit dieser Einsicht war bedrückend.

An der nächsten Biegung sah sie die Pension Jepsen mit dem gemauerten Besen in der Fassade auftauchen. Sie setzte mechanisch den Blinker und ging vom Gas, um keine zu heftige Bremsung hinlegen zu müssen.

Jule musste an Smolski denken, den sie in der Pension kennengelernt hatte und der wie durch einen Wink des Schicksals in exakt jenem Moment bei Fehrs vorstellig geworden war, als sie seine Unterstützung am meisten gebraucht hatte. Zufall? Schicksal? War Smolski zu Fehrs gegangen, um ihn zu verhaften? Hatte Frau Jepsen mit ihren Verdächtigungen recht behalten? Aber wäre Smolski dann völlig allein zu Fehrs gekommen? Hätte er dann nicht wenigstens noch seinen Partner zur Begleitung gehabt, für den Fall, dass sich Fehrs einer Festnahme widersetzte? Oder war alles ganz anders und –

Der Junge auf dem Mountainbike raste aus einem schmalen Weg quer über den Bürgersteig.

Es war wie bei ihrem letzten Unfall: Die Zeit dehnte sich wie ein Gummiband, bis Jule winzige Sekundenbruchteile wie Minuten erschienen.

Sie bemerkte ganz beiläufige Einzelheiten an dem Jungen, den sie gleich überfahren würde: Seine Statur passte nicht zu seinem Alter. Der weiche Babyspeck in seinem Gesicht war von Sommersprossen gesprenkelt. Sein halb langes schmutzig braunes Haar wurde vom Fahrtwind zerzaust. Die hohen Turnschuhe mit den blauen Schnürsenkeln. Die schwarze Bomberjacke, die mindestens eine Nummer zu klein für seine breiten Schultern war. Wie weit vornübergebeugt er im Sattel saß, das Kinn keine Handbreit über dem Lenker, um den er die Finger so fest gekrallt hatte, dass die Knöchel weiß durch die gebräunte Haut schimmerten. Wie sein Mund aufklappte, als er die Kühlerhaube auf sich zurauschen sah, und wie sein Blick – ohnmächtig und wild zugleich – ihren eigenen kreuzte. Er wusste es. Er wusste, was gleich passieren würde.

Jule glaubte, das Lenkrad gegen ihre Handflächen pochen zu spüren – ein warmes forderndes Pulsieren. Das Kunstleder glitt über ihre Haut, das Steuer zuckte ein kleines Stück nach links. Und diese leisen Empfindungen genügten, um den Bann zu brechen. Schreiend trat Jule auf die Bremse und riss das Steuer herum.

Das Heck des BMW brach aus. Im Ansatz einer Drehung schlitterte das Auto über den Asphalt. Der Junge auf dem Rad wurde von seinen eigenen Instinkten verraten: Seine Reflexe zwangen ihn dazu, sich vor dem nahenden Zusammenprall wegzuducken. Er verlor das Gleichgewicht, stellte den Lenker quer und kippte samt seinem Mountainbike um und verschwand damit aus Jules Blickfeld.

Jule hielt das Lenkrad umklammert und den Fuß fest auf der Bremse. Gleich. Gleich würde sie es hören. Sie würde die Erschütterungen in ihren Armen spüren. Sie wartete auf den hässlich knirschenden Schlag, mit dem die Front des Wagens dem Jungen die Knochen zerschmetterte.

## 56

Alle hatten Jule belogen. Ihre Eltern, Caro, Lothar Seger. Ihre Angst, die sie seit Jahren umtrieb, war real. Sie war nicht aus irgendwelchen kranken Hirngespinsten geboren:

Das Schreckliche, was sich einmal in ihrem Leben ereignet hatte, konnte sich jederzeit wieder ereignen. Und nun war dieser Zeitpunkt gekommen.

Vergangenheit und Gegenwart begannen, sich für sie zu überlagern wie bei einem doppelt belichteten Foto: Die breite Odisworther Hauptstraße verengte sich zu einer schmalen Seitenstraße. Der schwarze Asphalt war mit einem Mal von einer glitzernden Eisschicht überzogen. Das beruhigende Gemurmel des Infosenders steigerte sich zum aufpeitschenden Wehklagen einer Frau, die vom Verlust ihres Geliebten sang.

Dann stand der Wagen plötzlich. Das furchtbare Geräusch war ausgeblieben. Jule begriff nicht gleich.

Der Junge tauchte wankend über dem Rand der Motorhaube auf und verscheuchte die geisterhaften Bilder aus Jules Kopf. Sein Gesicht war vor Wut und Schmerz verzerrt. »Kannst du nicht aufpassen, du blöde Fotze?«, brüllte er.

Jule ließ die Beleidigung stumm und ungläubig über sich ergehen. Dem Jungen ging es gut. Sein linker Jackenärmel war über dem Ellbogen durchgescheuert, und er humpelte leicht, als er auf die Fahrerseite des Wagens zuging. Jules Fuß rutschte vom Pedal. Der Wagen ruckte nach vorn und soff ab. Dem Jungen war nichts passiert. »Bist du bescheuert, oder was?«

Er hämmerte zweimal mit der flachen Hand gegen das Fenster in der Fahrertür. Jule starrte auf den blutigen Abdruck seiner Handfläche. Der Junge lebte.

»Hallo? Ich rede mit dir, du blöde Kuh!«

Jule wehrte sich nicht gegen das Lachen, das ihren gesamten Körper schüttelte. Er lebte!

»Lach nicht so doof, du Schlampe!«

Er trat gegen die Tür. Der dumpfe Schlag klang in Jules Ohren wie Musik.

»Jonas Plate!« Die Frauenstimme verlor selbst durch das

Metall und Glas der Karosserie nichts von ihrer Schrillheit. »Lass sofort die arme Frau Schwarz in Ruhe! Heb dein Rad auf und schaff dich nach Hause, du Lümmel!«

Jonas hob den Arm über das Autodach und zeigte Frau Jepsen den Mittelfinger.

»Das habe ich gesehen!«, keifte Frau Jepsen. »Wart nur ab, was du davon hast! Malte! Malte!«

Jonas war frech, aber nicht dumm. Das Herbeirufen von Frau Jepsens Ehemann genügte, dass der Junge sich beeilte wegzukommen. Er wischte sich die blutigen Hände am Hosenboden ab, hob sein Rad auf und schob es auf den Bürgersteig. Der Vorderreifen eierte in einem gewaltigen Achter.

Der Anblick, wie sich der bis auf ein paar Schrammen unversehrte Junge mit seinem beschädigten Mountainbike entfernte, erstickte Jules Lachen. Es war nicht gerecht. Warum? Warum hatte das Schicksal nicht auch die junge Frau damals verschonen können? Warum war sie nicht auch einfach wieder aufgestanden? Warum hatte sie nicht auch ein paar üble Beschimpfungen von sich gelassen, um dann ihrer Wege zu ziehen? Warum hatte sie stattdessen im eisigen Schnee in ihrem eigenen Blut gelegen? Warum? Warum hatte sie sterben müssen?

Jule senkte den Kopf und schluchzte. Erst leise und verschämt, dann laut und hemmungslos.

# 57

Jule konnte sich im Nachhinein nur bruchstückhaft daran erinnern, wie sie auf die Terrasse der Jepsens gekommen war. Sie wusste noch, dass Malte Jepsen sie aus dem Wagen geholt und wie der alte Mann dabei gerochen hatte: nach frischer Erde, Zitrone und Pfeifenrauch – angenehme, sanfte Düfte. Jetzt saß Jule auf einem Gartenstuhl, eine gelbe Decke um die Schultern und ein tränenfeuchtes zerknülltes Papiertaschentuch auf dem Schoß. Vor ihr stand eine große Tasse Tee – mit Sahne und Kandiszucker, wie man ihn in dieser Gegend üblicherweise trank – und eine Schale mit Keksen. Je länger Jule dabei zusah, wie der Wind über die Grashalme im Garten und über das Wasser im kleinen Teich strich, desto mehr fanden ihre strapazierten Nerven wieder Ruhe. Ungeachtet dessen schämte sie sich in Grund und Boden, vor den Jepsens so hysterisch geworden zu sein.

»Es tut mir furchtbar leid, Ihnen solche Umstände zu machen, Frau Jepsen. Sagen Sie das bitte auch Ihrem Mann.«

Frau Jepsen sah von dem rosa Puppenkleid auf, das sie gerade mit einer weißen Rosenblüte bestickte. »Reden Sie keinen Unsinn. Und ich heiße übrigens Eva. Mit Ihrem ständigen Frau Jepsen fühle ich mich ja noch älter, als ich ohnehin schon bin.«

Jule lächelte schwach.

Eva nahm das Lächeln und Jules Entschuldigung offenkundig als Signal, ihre ungewohnte Schweigsamkeit abzulegen. »Sie dürfen sich das mit dem kleinen Rabauken nicht so zu Herzen nehmen. Der fährt immer wie eine gesengte Sau. Kann von Glück reden, dass ihn noch keiner platt gefahren hat.« Sie seufzte und setzte zu einem neuen Stich an. »Nicht, dass es sonderlich schade um dieses ungezogene Ungeheuer wäre.«

»Jonas?«, fragte Jule. »Klar, er war schon ziemlich frech zu Ihnen, aber …« Sie holte tief Luft, ehe sie ihren Satz vollendete. »Er wäre auch fast unter die Räder gekommen.«

Eva zerrte die Nadel nach oben, als wäre sie dabei, Jonas sein freches Mundwerk zuzunähen. »Der braucht unsere Rücksicht nicht. Der macht nur Scherereien, seit er im Dorf ist.«

»Er ist nicht von hier?«

»Gott bewahre! Er ist mit seiner Mutter zugezogen.« Eva schloss die Augen und legte den Kopf schief. »Vor zwei, nein, drei Jahren. Da war Peter Burmester noch Schützenkönig. Ja, vor drei Jahren. Aus Kiel.« Sie senkte die Stimme zu einem verschwörerischen Flüstern. »Seine Mutter hat sich scheiden lassen, und das ist dem Jungen alles andere als gut bekommen. Dem fehlt die strenge Hand, wenn Sie mich fragen. Birgit lässt ihm viel zu viel durchgehen. Sie sagt zwar jedes Mal, er würde sich bessern, aber das wird nicht passieren, wenn ihm nicht mal irgendwer kräftig die Ohren lang zieht.« Sie legte das Puppenkleid beiseite, um an ihrem Tee zu nippen. »Die meisten Jungs fangen in einem gewissen Alter an, zu zündeln und mit Böllern zu experimentieren. Sie sollten mal sehen, was hier an Silvester los ist. Aber ein ganzes Feld hat noch keiner von unseren Jungs abgebrannt. Birgit meint zwar, das wäre ein Unfall gewesen, aber ich glaube das nicht.«

»Wieso nicht?« In Jule regte sich ein leiser Beschützerinstinkt. »Glauben Sie, er hat das Feld mit Absicht angezündet?«

»Natürlich«, sagte Eva ohne Zögern. »Das war die Rache dafür, dass ihm Otto Porth zwei Tage vorher verboten hatte, auf seinem Mähdrescher rumzuklettern. Wir können froh sein, dass wir so eine gute freiwillige Feuerwehr im Dorf haben.«

»Hat er seitdem noch mal was angezündet?«

»Nein.« Eva schüttelte den Kopf. »Aber den Zigarettenautomaten vorm Gasthof hat er letztes Jahr aufgebrochen. Und kurz nach Weihnachten hat ihn Gitte Lührs dabei erwischt, wie er nachts um ihren Wagen rumgeschlichen ist. Er hat gesagt, er hätte ihn sich nur anschauen wollen. Aber wissen Sie, was ich denke?«

»Was denn?«

»Ich denke, er wollte ihn knacken, um damit eine kleine Spritztour zu unternehmen. Er ist bestimmt eines von den Bälgern aus der Stadt, über die manchmal im Fernsehen berichtet wird. Die, die Autos stehlen und zu Klump fahren.«

»Ein Crash-Kid?«, fragte Jule skeptisch.

»Ja, genau.« Eva nickte eifrig. »So einer ist das. Ich sage doch, dass dem die strenge Hand fehlt. Vierzehn Jahre alt und schon unrettbar auf der schiefen Bahn.« Sie beugte sich vor und tätschelte Jule vertraulich das Knie. »Das war wahrscheinlich nicht mal sein Rad, auf dem er da durchs Dorf gebraust ist. Sie brauchen sich also keine Gedanken zu machen, dass seine Mutter bei Ihnen auftaucht, um irgendeinen Schadensersatz von Ihnen zu verlangen. Die tut gut daran, einfach den Mund zu halten. Aber Sie können sich darauf verlassen, dass ich ihr noch sage, wie ihr feiner Herr Sohn sich mir und Ihnen gegenüber aufgeführt hat.« Sie wandte sich wieder ihrer Stickerei zu. »Da können Sie sich hundertprozentig drauf verlassen, dass die was von mir zu hören kriegt.«

Jule fiel nur ein schwaches Gegenargument ein. »Ich hätte aber auch ein bisschen besser aufpassen können. Wenn ich früher gebremst hätte, wäre er wahrscheinlich nicht mal vom Rad gefallen. Ich muss gestehen, dass ich noch ziemlich abgelenkt von meinem Besuch bei Erich Fehrs gewesen bin.«

Evas Nadel verharrte über dem Puppenkleid. »Sie sind ganz allein zu Erich Fehrs gefahren?«, fragte Eva verstört. »Nach allem, was ich Ihnen über ihn erzählt habe?«

Jule wich Evas fassungslosem Blick aus und rührte rasch ihren Tee um. »Ich musste an meine Arbeit denken. Und, ja, Sie hatten recht: Er ist ein unangenehmer Zeitgenosse.« Jule dachte an das Loch, das Fehrs in seinem Garten ausgehoben hatte, und spürte, wie es in ihrem Magen grummelte. »Der Hund, den Sie erwähnt hatten … Er hat ihn gerade vergraben, als ich bei ihm ankam. Er sagte, er sei zu bissig gewesen.«

»Das glauben Sie doch selbst nicht.« Eva klang besorgt und zugleich vorwurfsvoll. »Er hat das arme Vieh umgebracht, weil er seinen Jähzorn nicht im Griff hat. Margarete hat ihn doch nicht umsonst sitzen lassen. Wer weiß, was er ihr alles angetan hat, wenn er mal wieder durchgedreht ist.«

»Für mich sah es eher so aus, als ob er sie geradezu krankhaft geliebt hätte«, wandte Jule ein. »Ich habe selbst erlebt, wie schnell seine Stimmung umschlagen kann, aber ich denke, dass er das, was zwischen ihm und ihr vorgefallen sein mag, wirklich bereut.«

Evas Gesicht wurde sehr ernst. »Sicher tut er das. Aber verwechseln Sie da nicht gerade etwas? Seine späte Reue hat nichts mit Liebe zu tun. Es ärgert ihn wahrscheinlich nur, dass er sie dort, wo sie jetzt ist, nicht mehr herumkommandieren kann. Das Einzige, was er aufrichtig bereut, ist wohl, dass er sie nicht bei lebendigem Leibe an eine Wand gekettet hat.« Sie warf einen Blick über die Schulter, als wollte sie sich vergewissern, dass sie außer Jule keine weiteren Zuhörer hatte. »Erich Fehrs war und ist ein Eigenbrötler. Er gehört nicht wirklich zu uns, und es gibt kaum jemanden, der etwas mit ihm zu tun haben will. Er hat einmal zu oft über die Stränge geschlagen, und dafür zahlt er eben den Preis.«

»Warum bleibt er dann hier?«, fragte Jule.

Eva schaute sie verständnislos an. »Wo sollte er denn hingehen? Hier hat er seinen Hof, seine Schweine, sein Land.«

»Ich würde nirgendwo bleiben, wo mich keiner haben will«, sagte Jule. »Andere Leute sind doch auch von hier weggegangen. Seine Frau zum Beispiel.« Sie stockte. Sollte sie bei Eva wegen Andreas' merkwürdigen Warnungen zum hohen Anpassungsdruck in Odisworth nachhorchen? Warum nicht. »Andreas hat mir von einem früheren Freund aus

Odisworth erzählt, der es nicht mehr ausgehalten hat, weil alle ihn wie einen Ausgestoßenen behandelt haben.«

»So was hat Andreas Ihnen erzählt?« Eva runzelte die Stirn.

Jule nickte. »Ja. Ich hatte fast den Eindruck, als wäre sein Freund förmlich aus dem Dorf gejagt worden.«

»Aus dem Dorf gejagt?« Evas Lippen kräuselten sich, als hätte sie ein Glas Essig getrunken. »Wie stellen Sie sich das vor? Verjagt? Mit Mistgabeln und Fackeln?« Sie schüttelte energisch den Kopf. »Wir verjagen gar niemanden. Wir machen nur deutlich, dass wir gewisse Dinge hier nicht haben wollen. Sie kommen aus der Stadt. Da haben Sie sich bestimmt an vieles gewöhnt, was im Grunde weder gut noch richtig ist. Wir haben nicht viele Regeln, an die man sich halten muss, aber wem das nicht passt – bitteschön.« Sie wies auf das andere Ende des Gartens, wo sich hinter einem von wucherndem Rhabarber verborgenen Zaun die flache Weite des Landes erstreckte. »Die Welt ist groß genug für alle möglichen Dummheiten. Odisworth ist es nicht.«

Es entstand eine zähe Pause. Entgegen ihrer Art schien Eva nicht gewillt, sie von ihrer Seite aus zu beenden. Jule konnte es ihr kaum verübeln. Eva hatte ihr bislang nur Gutes getan, und dass sie Jule nach ihrem Heulkrampf hier auf der Terrasse mit Tee und Keksen tröstete, ging weit über die gewöhnlichen Pflichten einer Pensionsbetreiberin hinaus. Und wie hatte Jule ihr diese Zuwendung gedankt? Durch dumme Fragen, die sich aus Evas Perspektive leicht als haltlose Unterstellungen einer arroganten Großstädterin auslegen ließen. Jule drehte den Ring an ihrem Finger eine Weile und sagte dann: »Ich wollte Sie auf keinen Fall beleidigen. Und ich hätte auch auf Ihre Warnung gehört. Leider verhält es sich aber so, dass Fehrs sein Land zur Verfügung stellen müsste, damit der Windpark in der geplanten

Form gebaut werden kann. Ansonsten wäre ich nie zu ihm gefahren.«

Eva schaute kurz von ihrer Stickarbeit auf. »Ihnen liegt wohl eine ganze Menge an diesem Windpark.«

»Es ist das wichtigste Projekt, das ich je betreut habe.« Laut ausgesprochen wog die Last ihrer Verantwortung noch schwerer auf Jule. Sie zog die Decke enger um sich. »Meine weitere Karriere hängt davon ab.«

»Dann hatten Sie ja keine andere Wahl, als mit Erich zu sprechen«, sagte Eva ruhig.

»Nein, hatte ich nicht.« Wenn sie schon über ihre Arbeit redeten, konnte sich Jule auch gleich mit einer wichtigen Frage an Eva wenden. »Kennen Sie eigentlich jemanden, der Esbert heißt?«

Eva überlegte zwei Nadelstiche, bei denen ihre Zungenspitze zwischen den Lippen hervorlugte. »Nein, wer soll das sein?«

»Ich vermute, ihm gehört eines der größeren Grundstücke, auf denen der Park gebaut werden soll«, erklärte Jule. »Sagt Ihnen der Name Nissen etwas?«

Eva zischte, zog die Hand unter dem Puppenkleid heraus und steckte sich einen Finger in den Mund.

»Haben Sie sich gestochen?«, fragte Jule.

»Halb so schlimm.« Eva musterte die Stelle, an der die Nadel in die Fingerkuppe gedrungen war. Ein Tropfen Blut quoll aus der Wunde. »Was hat Nissen denn mit dem Windpark zu tun?«

»Sie kennen ihn?«

Eva nickte, ohne Jule dabei in die Augen zu sehen.

»Wenn er zufällig der Besitzer eines ausgebrannten Gehöfts ist, würde ich mich gern einmal mit ihm unterhalten«, sagte Jule.

»Das wird schwierig.« Eva tupfte das Blut mit einer Serviette von ihrem Finger.

»Warum?«

Die Antwort ließ Jule trotz der Decke um ihre Schultern frösteln. »Weil Klaas Nissen seit zehn Jahren tot ist.«

## 58

»Nissen ist tot?«

»Ja.« Eva deponierte das Puppenkleid auf einem der freien Stühle. Sie achtete genau darauf, dass nur ihre unverletzte Hand zum Einsatz kam, um keinen Blutfleck auf dem Stoff zu hinterlassen. »Das Gehöft, das Sie eben erwähnt haben … Klaas und seine Frau sind beide darin verbrannt. In der Nacht, in der sie gestorben sind, gab es ein Gewitter, ohne Regen. Es war ein fürchterlich heißer Sommer damals. So heiß, dass man splitternackt schlafen konnte und sich trotzdem die Seele aus dem Leib schwitzte. Solche Sommer sind bei uns selten, aber wenn mich nicht alles täuscht, droht uns auch dieses Jahr wieder so eine Hitzewelle. Jedenfalls hat der Blitz bei den Nissens eingeschlagen. Also eigentlich nicht direkt bei ihnen, sondern in einer großen toten Ulme, die hinter dem Haus stand. Der Blitz hat den Baum in Brand gesteckt. Dann ist der Baum umgefallen, und der Dachstuhl hat Feuer gefangen. Klaas und Jette kamen nicht mehr raus. Sie lagen in ihrem Schlafzimmer. Sie müssen irgendwann aufgewacht sein, weil es später so aussah, als wären sie aus dem Bett auf die Tür zugekrochen. Zumindest hat das Mangels so erzählt, und der muss es wissen, weil er damals noch bei der Feuerwehr war, und er war einer der Ersten, die die verkohlten Trümmer im Obergeschoss des Hauses durchsucht haben. Eine schlimme Geschichte.« Eva tupfte noch mehr Blut von ihrem Finger. »Richtig schlimm.«

Jule dachte an jenen Abend zurück, an dem das Navigationsgerät sie vor das Gehöft der Nissens geführt hatte. Ob sie noch panischer von dort geflüchtet wäre, wenn sie damals schon um das grausige Geheimnis gewusst hätte, das die Ruine in sich barg? Caro hätte ihr sicher erklärt, dass manche Orte ein Gedächtnis besaßen und dort schreckliche Ereignisse aus der Vergangenheit bisweilen noch weit in die Zukunft nachhallten, Orte, an denen man sich aus unbestimmten Gründen unwohl fühlte.

Jule trank einen Schluck Tee und konzentrierte sich auf das wahre Problem, vor dem sie nun stand. »Hatten die Nissens Kinder?«

»Einen Sohn«, antwortete Eva. »Er ist aber nach dieser Tragödie nicht im Dorf geblieben. Er hat eine Weile bei den Fehrs gewohnt, aber nur ein paar Wochen. Margarete war schon immer ganz versessen auf den Jungen gewesen.« Sie lächelte versonnen. »Sehen Sie? Manche Leute gehen auch von hier fort, ohne dass wir sie vertreiben. Ab und zu verlassen sie ihre Heimat, weil sie vor der Erinnerung an ein Leid fliehen wollen, das sich nicht ungeschehen machen lässt.«

Jule ging nicht weiter darauf ein. »Kennen Sie zufällig die neue Adresse vom Sohn der Nissens? Sie würden mir damit immens weiterhelfen.«

»Da muss ich Sie leider enttäuschen«, sagte Eva. »Jan schaut zwar alle paar Wochen hier im Dorf und beim Gehöft vorbei – seine Wurzeln kann man eben nur schlecht verleugnen –, aber er war schon immer ein verschlossener Junge. Er redet nicht viel. Malte ist ihm neulich im »Dorfkrug« begegnet und hat ihn gefragt, wo er jetzt wohnt. In der Stadt. Das war alles, was er darauf geantwortet hat.«

Jule hatte keine Schwierigkeiten, sich auszumalen, wie eine Unterhaltung zwischen zwei norddeutschen Männern aussah, die weder zur Redseligkeit noch zur Gefühlsduselei neigten. Vielleicht hatte Eva gerade den gesamten Wortlaut der Unterhaltung wiedergegeben. Wo wohnst du jetzt? In der Stadt.

»Apropos Adresse.« Eva stand auf und stellte die halb leere Teekanne samt Stövchen auf ein Tablett. »Ich muss Ihnen noch ein kleines Geständnis machen.«

»Ein Geständnis?«

»Es ist … es ist mir ein wenig … unangenehm, weil … na, weil mir so etwas nur selten passiert«, sagte Eva.

Jule fand es amüsant und rührend, wie die sonst resolute Frau nun um Worte rang. »Was ist denn passiert?«

»Heute Morgen ist ein Brief für Sie angekommen«, gestand Eva. »Ein großer Umschlag.« Sie deutete mit beiden Händen ein beachtliches Format an. Jule erahnte, was der Inhalt dieses Briefes war. »Also normalerweise lege ich die Post für Gäste oben im Flur auf die kleine blaue Kommode. Aber dieses Mal … Ich war noch am Klönen mit der Postfrau und hatte den Brief unter den Arm geklemmt. Dann ist mir eingefallen, dass ich noch eine Pfanne Rührei auf dem Herd hatte, und ich bin zurück in die Küche gelaufen. Den Brief muss ich irgendwo hingelegt haben. Und jetzt finde ich ihn nicht mehr.« Sie machte eine kurze Pause, um dann rasch hinzuzufügen: »Es kann sein, dass er hinter einen Schrank gerutscht ist. Das ist mir vorhin erst eingefallen. Ich wollte meinen Mann gerade darum bitten, die Schränke ein Stück vorzurücken, da haben wir Sie draußen bremsen gehört.« Sie schaute Jule mit hängenden Mundwinkeln an. »Ich hoffe, es ist nichts Wichtiges, worauf Sie dringend warten.«

»Nein, ist es nicht.« Jule sagte die Wahrheit. Es lohnte sich nicht, viel Aufhebens um den verschollenen Brief zu machen: Er enthielt aller Voraussicht nach nur den aktuellen Bebauungsplan, den ihr Andreas versprochen hatte. Das Einzige, was für Jule daran von brennendem Interesse gewesen war, war der Name von Fehrs' Nachbarn. Den kannte sie aber inzwischen: Jan Nissen. »Es wäre schön, wenn der Brief wieder auftaucht, aber es hat keine Eile.«

Eva verschwand mit dem Tablett durch die Terrassentür.

Jule griff zu ihrem Smartphone. Der Name Jan Nissen allein war noch nicht sonderlich viel wert. Sie hegte allerdings eine gewisse Hoffnung darauf, dass ihr Andreas in dieser Angelegenheit weiterhelfen würde. Da sie außerdem auch darauf hoffte, dass er wenigstens seine SMS las, wenn er schon keine Anrufe entgegennahm, tippte sie ihm rasch eine Kurzmitteilung.

Hi, Andreas. Alles klar bei dir? Danke für den Plan. Zwei Fragen: Wer ist Esbert? Hast du die Adresse von Jan Nissen? Melde dich bitte. Alles Gute, Jule.

Sie schickte die SMS ab und lehnte sich in ihrem Stuhl zurück. Jetzt konnte sie nur noch warten.

## 59

Odisworth.

Wie viele Male hatte Lothar Seger sich geschworen, nie wieder an diesen verfluchten Ort zurückzukehren? Und wie viele Male hatte er diesen Schwur wieder gebrochen?

Wie so oft zuvor näherte er sich dem Dorf über einen Feldweg. Sein Land Rover Defender fiel hier nicht weiter auf. Er wählte diese ungewöhnliche Route, weil er die Orte aufsuchen wollte, die für sie am wichtigsten gewesen waren. Den Weiher, wo sie als kleines Mädchen schwimmen gelernt hatte. Sie hatte furchtbare Angst vor dem dunklen Wasser gehabt, weil ihr Großvater erzählt hatte, dass einmal ein

Junge in ihrem Alter darin ertrunken war. Den Sportplatz, auf dem sie in der achten Klasse für die Landesmeisterschaften im Weitsprung trainiert und wo sie sich am Wochenende vor dem Wettkampf zwei Bänder gerissen hatte. Es war einer der schlimmsten Rückschläge gewesen, den sie bis dahin hatte verkraften müssen, und es hatte sie besonders geschmerzt, wie enttäuscht ihre Eltern darüber gewesen waren. Den alten Hochsitz, wo sie im selben Sommer zum ersten Mal erlebt hatte, wie es sich anfühlte, wenn ein Junge ihre Brust streichelte und an ihren Brustwarzen leckte. Fremd und aufregend. Vor allem, weil es den besonderen Reiz des Verbotenen hatte.

Nachdem er seine Runde absolviert hatte, fuhr Seger sie ein zweites Mal. Dann hielt er den Defender mitten auf dem Weg vor dem Hochsitz an und starrte zu den Häusern von Odisworth hinüber, die im Licht der untergehenden Sonne eine malerische Unberührtheit ausstrahlten. Er fing an, sich den Schorf von den Knöcheln zu kratzen, bis er eine befriedigende Nässe spürte. Er wollte, dass die kleinen Wunden vernarbten. Das war er ihr schuldig. Er hatte versagt. Er hatte all diese kleinen und großen Bruchstücke ihrer Vergangenheit und ihrer Psyche zutage gefördert, und was hatte es am Ende genutzt? Nichts. Die Dinge, die ihr Leben vielleicht hätten retten können, hatte sie für sich behalten, ganz egal, wie sehr er sie auch gequält hatte.

»Mein Gott, Kirsten«, murmelte er. »Warum warst du nur so verdammt stur?«

Er startete den Motor und steuerte das Dorf an. Wider alle Vernunft hoffte er manchmal, er würde sie doch noch eines Tages dort finden. Und wie immer, wenn er Odisworth einen Besuch abstattete, ging auch an diesem Abend die Vernunft als Siegerin über seine Hoffnung hervor.

## 60

Jule verbrachte den Abend in Gesellschaft der Jepsens. Einer Einladung zum Abendbrot – fetter Räucheraal, Matjes und Katenschinken – folgte eine Runde Rommé im Wohnzimmer unter den Augen der Puppensammlung.

Im Verlauf des Abends vollzog sich eine erstaunliche Entwicklung: Malte Jepsen öffnete sich Jule gegenüber so weit, dass er sie darum bat, ein Erinnerungsfoto von ihr und seiner Frau machen zu dürfen. Jule hatte dagegen keine Einwände – insgeheim fühlte sie sich über diesen Beweis der Zuneigung geschmeichelt. Malte schaffte daraufhin eine alte Spiegelreflexkamera herbei, die zu einer Zeit hergestellt worden sein musste, in der Digitalfotografie höchstens in abseitigen Science-Fiction-Büchern thematisiert wurde. Aus dem einen Foto wurde schließlich ein ganzer Film voller Schnappschüsse.

Als sich Jule in ihr Zimmer im oberen Stockwerk zurückzog, dröhnte ihr die Stille, die dort herrschte, förmlich in den Ohren. Zum ersten Mal seit dem Beinahezusammenstoß mit Jonas Plate war sie ganz allein. Sie fühlte sich schwer und unbeholfen und legte sich bäuchlings auf das Bett, vergrub ihr Gesicht im Kissen und atmete den schalen Geruch der Daunenfütterung ein. Jules Gehirn machte sich umgehend daran, sich im Knüpfen nicht zustande gekommener Ereignisketten zu üben. Wenn sie vorhin nicht das Gefühl gehabt hätte, das Lenkrad in ihrer Hand zucken zu spüren, hätte sie weder das Steuer herumgerissen noch wäre sie auf die Bremse getreten. Der Wagen wäre nicht rechtzeitig zum Stehen gekommen, und sie hätte Jonas erwischt. Sein Körper wäre von dem Gewicht des tonnenschweren BMW und der Wucht des Aufpralls zermalmt worden. Jonas' Blut hätte den Asphalt rot gefärbt. Jule konnte die

Lache, die sich unter dem Wagen immer weiter ausbreitete, riechen. Sie konnte die entsetzten Schreie der Jepsens hören und das Heulen von Sirenen aus der Ferne. Sie hatte den sterilen Geruch des Inneren eines Rettungswagens in der Nase und die beruhigenden Worte eines Sanitäters im Ohr.

Ein lautes Lachen aus der unteren Etage der Pension, wo die Jepsens noch immer am Wohnzimmertisch saßen, verlieh ihr die nötige Kraft, um gegen ihre peinigenden Vorstellungen aufzubegehren. Sie wälzte sich auf den Rücken, richtete sich auf, schwang die Beine aus dem Bett und ging zu dem kleinen Waschbecken in der Zimmerecke. Sie betrachtete sich im Spiegel. Sie wirkte abgekämpft und müde. Eingefallene Wangen, dunkle Ringe unter den Augen, bleiche Lippen dünn wie Bleistiftstriche – so sahen die Frauen in Vampirfilmen aus, denen die Blutsauger Nacht für Nacht Besuche abstatteten, um ihnen etwas von ihrer kostbaren Lebenskraft zu rauben.

Als sie sich über das Becken beugte, um einen Schluck Wasser zu trinken, und das kühle Nass ihr an den Mundwinkeln und den Hals hinunterrann, wurden ihr die Knie weich und sie musste sich mit beiden Händen fest abstützen.

Was ihr heute widerfahren war, war nicht grauenhaft und schrecklich. Es trug vielmehr eine Verheißung darauf in sich, dass sich die Dinge für sie zum Besseren gewandt hatten. Sie war hinter dem Steuer eines Autos in eine heikle Situation hineingeraten, und sie hatte diese Situation gemeistert, ohne dass daraus eine Katastrophe geworden war. Entgegen ihrer bisherigen Auffassung existierte doch kein unumstößliches Gesetz, das sie dazu verdammte, anderen den Tod zu bringen, sobald sie sich in einen Wagen setzte.

Jule starrte auf das Wasser, das aus dem Hahn schoss und gurgelnd im Abfluss verschwand. Es stimmte. Der Kreis war durchbrochen. Seger hatte recht behalten. Ihre Angst hatte sich hinter einer Logik getarnt, die keine war. Auf einen ersten Unfall folgte eben nicht zwingend ein zweiter. Selbst dann nicht, wenn die Ausgangssituation mehr oder weniger dieselbe war. Diesmal hatte sie rechtzeitig reagiert. Diesmal hatte sie gebremst. Diesmal hatte niemand ernsthaften Schaden genommen. Vielleicht würde das bei der nächsten brenzligen Situation anders sein. Doch das war nun keine absolute Gewissheit mehr. Jule brauchte einen Moment, bis sie begriff, was das fremde Gefühl war, das sich zaghaft in ihr ausbreitete: Erleichterung.

Sie drehte den Hahn zu, zog sich exakt in der Reihenfolge aus, wie es ihr allabendliches, selbst gewähltes Ritual vorschrieb – Strümpfe, Bluse, Hose –, legte die Kleidung für den morgigen Tag auf einem Stuhl parat und schlüpfte zurück ins Bett. Ihre Gedanken kreisten erst noch eine Weile um Jonas und den Achter im Reifen seines Mountainbikes, ehe sie im langsamen Hinabsinken in einen tiefen Schlaf über Jan Nissen und das ausgebrannte Gehöft rätselte. Kurz bevor sie in eine stille Schwärze glitt, dachte sie zwei Herzschläge lang an den Mord an der Frau, die ihr so ähnlich gesehen hatte. Bevor ihr völlig klar werden konnte, dass heute niemand im Nachbarzimmer war, der einen blutrünstigen Eindringling nötigenfalls in die Flucht schlagen konnte, war sie eingeschlafen.

# 61

»Du brauchst mich nicht so anzuschauen. Wir sind gleich da«, sagte Hans-Herrmann Mangels zu seinem Hund. Bismarck trottete zum Wegesrand, schnupperte am Pfosten eines Weidezauns und hob das Bein.

Bismarck war ein schlaues Tier. Dem Hund war aufgefallen, dass der Abendspaziergang mit seinem Herrchen dieses Mal länger war als sonst. Daran trug Ute Jannsen die Schuld.

Mangels hatte lange nicht mehr an das Feuer gedacht. Erst Ute hatte die Erinnerungen daran wieder hochkommen lassen. Und nun hoffte er, die Anspannung der letzten Tage durch den Besuch am Ort der Tragödie endlich loszuwerden. Nach dem Abendessen hatte er sich von seiner Frau verabschiedet, sich seine Mütze und die Hundeleine genommen und war losgelaufen.

Das Gehöft der Nissens lag vor ihm, anklagend und düster. Brusthohe Disteln wucherten im Garten hinter dem Haus, die in der Dämmerung eine geradezu undurchdringliche Wand aus stacheligen Blättern zu bilden schienen.

Mangels hatte auf seinem Weg einen großen Bogen um den Wald gemacht und sich seinem Ziel von der Seite her genähert, auf der das Gelände weit und offen war. Er sah sich nicht als sonderlich abergläubischen Menschen, aber der Gedanke, allein mit seinem Hund zwischen den Bäumen hindurchgehen zu müssen, hatte ihm nicht behagt. Außerdem gab es einen handfesten Grund, den Wald zu meiden: Obwohl Marko Assmuth behauptet hatte, die Arbeiten der Kripo am Leichenfundort wären vorerst abgeschlossen, wollte Mangels nicht das Risiko eingehen, sich dort oder auch nur in der Nähe blicken zu lassen.

Mangels blieb vor der Distelwand stehen und betrachtete das Haus. In der Nacht des Feuers hatte es kein Unkraut im Garten gegeben, nur von der Sommerhitze verdorrtes Gras und Gemüsebeete mit runzligen kleinen Kohlköpfen, denen der Regen gefehlt hatte. Aus dem Dach waren meterhoch die Flammen geschlagen, die alles um das Gebäude herum in einen irren Reigen aus flackerndem rotem Licht und zuckenden Schatten versetzten. Beißender Qualm stieg in einer gigantischen pechschwarzen Säule zum Himmel auf,

225

an dem sich von Blitzen durchzuckte Wolken zu schroffen Gebirgen auftürmten. Die Brandursache war nicht zu übersehen: Als Mangels mit dem Rest des Löschzugs der Freiwilligen Feuerwehr Odisworth eintraf, fraß sich das Feuer gerade den vom Blitz getroffenen gespaltenen Baumstamm hinunter. Er war ausgerechnet auf das Dach des Haupthauses gekippt.

Jan Nissen saß vor seinem Elternhaus, die Beine weit von sich gestreckt, den Kopf gesenkt. Nah genug an der Feuersbrunst, dass ihm der Schweiß in Strömen von der Stirn lief und sich mit den Tränen in seinem Gesicht vermischte. Alle paar Sekunden wurde Jan von einem Hustenkrampf geschüttelt, und in den kurzen Pausen, in denen seine Lungen nicht gegen den Rauch rebellierten, schluchzte er wieder und wieder: »Der Blitz, der Blitz!«

Erich Fehrs kümmerte sich um den Jungen, half ihm auf, redete beruhigend auf ihn ein und bugsierte ihn Meter für Meter weg vom brennenden Haus, damit Mangels und die anderen Feuerwehrleute ihre Arbeit machen konnten. Fehrs hatte sie auch verständigt, wie sich später herausstellte. Er hatte gesagt, er habe wegen des Donnergrollens nicht schlafen können und irgendwann den Schein des Feuers bemerkt.

Jemand Übereifriges aus dem Zug – war es Walter Basedau? – wollte sich einen Atmer aufsetzen, um ins Haus vorzudringen. Mangels verhinderte es. Er zog seine Schlüsse daraus, dass Jan ohne seine Eltern vor dem Haus saß. Die alten Nissens waren höchstwahrscheinlich tot, und es wäre fahrlässig von Mangels gewesen, da jemanden hineingehen zu lassen, um zwei Leichen zu bergen.

Er gab die Anweisung, den Schlauch auf das Dach der Scheune zu richten, um zu verhindern, dass der Brand auch auf sie übergriff. Seine größte Angst war, dass die stiebenden Funken bis zum nahen Wald flogen und einen Flächenbrand entfesselten.

Sie hatten großes Glück. Nachdem die beiden Lösch-wagen aus Joldebek und Kolkerlund endlich eintrafen, konnten sie mit vereinten Kräften wenigstens das Erdge-schoss des Haupthauses retten. Allein das war ein kleines Wunder.

Die Sonne ging bereits wieder auf, als Mangels sich zu-sammen mit den Zugführern aus den beiden Nachbars-dörfern Odisworths und dem immer noch von jugendlicher Energie getriebenen Basedau in das Haus hineinwagte. In weiten Teilen der unteren Etage stand knöcheltief ein schlammiger Matsch aus Löschwasser und Asche. Über die immer noch schwelende Treppe tasteten sie sich ins Dach-geschoss vor. Da hoffte Mangels insgeheim noch, Klaas und Jette könnten im Schlaf erstickt sein. Die Tür zu ihrem Schlafzimmer war durch die Hitze des Feuers so verzogen, dass die Brandäxte zum Einsatz kommen mussten.

Mangels hatte das Geräusch nie vergessen, das es gab, als er über die beiden übereinanderliegenden Leichen stolper-te und dabei auf Jettes Hand trat: ein sattes feuchtes Knir-schen, wie ein volles Marmeladenglas, das auf hartem Un-tergrund zerschellte.

Die Nissens waren nicht im Schlaf gestorben. Sie waren wach geworden und aus ihren Betten heraus auf die Tür zugekrochen. Vielleicht hatten sie versucht, sich möglichst nah am Boden zu bewegen, weil der Rauch dort nicht so dicht gewesen war. Genutzt hatte es ihnen nichts. Sie waren nur noch anhand ihrer Größe voneinander zu unterschei-den gewesen, und Mangels dankte Gott dafür, dass sie mit dem Gesicht nach unten gelegen hatten. Der Anblick ihrer verkohlten Rücken hatte ihm schon genug Albträume be-schert.

Womöglich hätte Mangels das furchtbarste Detail über-sehen, wenn ihn Walter Basedau nicht darauf aufmerksam gemacht hätte. Er hatte auf ein Trümmerstück der Schlafzimmertür gezeigt und voller Unschuld gefragt: »Warum steckt der Schlüssel außen?« Dann erst hatte Mangels verstanden, was sich wirklich in diesem Haus abgespielt hatte.

Bismarcks aufgeregtes Bellen riss Mangels aus seinen Erinnerungen. Der Hund rannte laut kläffend um seine Beine, wobei seine Schnauze immer in dieselbe Richtung zeigte. Irgendetwas musste hinter Mangels sein. Er drehte sich um.

Eine hagere Gestalt kam den Feldweg herunter auf ihn zu. Mangels erkannte die Person an ihrem schwankenden Gang. Erich Fehrs. Als Fehrs nahe genug war, roch Mangels den scharfen Gestank von billigem Korn.

»Na, auch hier?«, fragte er, weil ihm nichts Besseres einfiel.

Bismarck schnupperte interessiert an Fehrs' Schuhen. Der Bauer schien einen Moment darüber nachzudenken, ob er den Hund streicheln oder treten sollte. Schließlich tat er keins von beiden, sondern hob den Kopf und zeigte in Richtung des Gehöfts. »Glaubst du, wir haben damals einen Fehler gemacht?«

»Nein, er war doch schon gestraft genug. Wir wussten doch, wie das mit Klaas und ihm ausgehen würde.« Mangels dachte daran, wie er nach dem Brand allen Odisworthern einen Besuch abgestattet hatte, um sie davon zu überzeugen, nichts auf das Gerede von Walter Basedau von irgendeinem Schlüssel, der außen an der Schlafzimmertür gesteckt haben soll, zu geben. Sie hatten alle verstanden, was er ihnen eigentlich sagen wollte, und sie hatten seinem Wunsch entsprochen. »Der Junge konnte nichts dafür. Mir tat es nur um Jette leid.«

»Ich habe Klaas gewarnt, dass er es mit dem Jungen nicht übertreiben soll«, sagte Fehrs nachdenklich. »Und weißt du, was er gemacht hat? Er hat nur gelacht und gemeint, ich soll mich besser um meine eigenen Angelegenheiten kümmern.«

»Wir haben viel zu lange gezögert«, räumte Mangels schweren Herzens ein. »Wir hätten es vielleicht verhindern können. Wenn du einen Hund zu lange schlägst, fängt er eben irgendwann an zu beißen.« Er nahm den Kopf zur Seite und spähte den Feldweg hinauf. »Wo wir gerade von Hunden reden: Wo ist eigentlich deiner?«

»Weg.« Fehrs zuckte die Schultern. »Ich hab ihn wohl einmal zu oft geschlagen.«

# 62

Stefan Hoogens wurde aus der Akte zu dem Brand in Odisworth, der im Sommer 2001 zwei Todesopfer gefordert hatte, nicht schlau. Seit zwei Stunden brütete er darüber in seinem Büro in der Polizeidirektion Husum, das er sich mit dem Polen teilte. Warum hatte Ute Jannsen diesen Brand erwähnt? Wollte die Pastorin ihn am Ende nur auf eine falsche Spur locken?

Am nahen Bahnhof fuhr eine der letzten Regionalbahnen ein. Die Bremsen des Zuges kreischten schrill durch die Nacht. Hoogens stand auf und trat ans offene Fenster. Von der anderen Straßenseite lockte die Leuchtreklame des »Kap Horn«. Er hatte durchaus Lust auf einen kleinen Absacker in der rustikalen Kneipe. Er besann sich eines Besseren, als er Smolskis Passat unten auf den Parkplatz einbiegen sah. Er hatte mit dem Polen noch etwas Dringendes zu klären.

Er setzte sich zurück an seinen Schreibtisch und schlug die Brandakte noch einmal auf. Die Ursache des Brandes war mit Blitzschlag angegeben, und er sah keinen Grund, daran zu zweifeln. Es gab erstaunlich wenige Fotos, aber eines zeigte den Baum, in den der Blitz eingeschlagen hatte und der dann auf das Dach des Bauernhauses gekippt war. Er war nicht verrückt genug, um sich einen Brandstifter vorzustellen, der erst einen Baum anzündete und dann hoffte, er würde genau auf das Haus fallen. Eine der anderen Aufnahmen gab ihm jedoch zu denken: Die Beine des männlichen Opfers standen in einem nahezu rechten Winkel von seiner Hüfte ab. Hoogens hatte so etwas bislang nur ein einziges Mal gesehen – nach einer Verfolgungsjagd, bei der ein Verdächtiger auf einem Motorrad hatte flüchten wollen und sich nach einem spektakulären Sturz beide Beine gebrochen hatte.

»Hi.«

Hoogens schaute auf. »Hi.«

Smolski steuerte zielstrebig zu seinem Platz auf der gegenüberliegenden Seite des Tisches, schaltete seinen Rechner an und hängte seine Jacke über die Lehne seines Drehstuhls.

Hoogens schlug die Akte zu. »Gabriel?«

Smolski reckte sich so weit, dass sein Kopf halb über den Rand seines Monitors ragte. »Hm?«

Hoogens bildete sich ein, seine eigenen Stärken recht gut zu kennen. Entschuldigungen zählten leider nicht dazu. »Also pass auf, ja? Das von wegen Rita und dieser Schwarz neulich … das war nicht so gemeint. Ich kann manchmal ein Arschloch sein.«

»Was für schockierende Neuigkeiten«, sagte Smolski. »Soll ich eine Pressemitteilung schreiben?«

»Komm, Alter. Ich hab mir echte Sorgen gemacht, dass du diese Schwarz nur deshalb so interessant findest, weil sie dich an deine Ex erinnert. Dass die ganze Scheiße wieder in dir hochkocht und dir die Sicherungen durchknallen. Dafür hab ich mich entschuldigt. Was erwartest du denn noch?«

Hoogens deutete mit dem Daumen hinter sich zum geöffneten Fenster. »Soll ich dir drüben bei Gisela noch einen ausgeben?«

»Lass mal stecken.« Smolski winkte ab. »Außerdem hast du ja recht. Ich muss meine persönlichen Probleme aus diesem Fall raushalten. Und mich endgültig damit abfinden, dass Rita mich verlassen hat. Völlig ohne Vorankündigung und ohne mir die Gründe dafür zu nennen oder sich auch nur ein einziges Mal bei mir zu melden, aber so ist das nun mal. Sie sitzt am längeren Hebel. Wenn sie wieder etwas mit mir zu tun haben oder mir etwas erklären will, wird sie zu mir kommen. Das sind anscheinend die Regeln dieses Spiels, ob sie mir nun gefallen oder nicht. Ich habe keine andere Wahl, als es mitzuspielen.«

»Okay«, sagte Hoogens skeptisch. Er hatte mit vielem gerechnet – einer neuen Diskussion, gekränktem Schweigen, irrwitzigen Theorien über den Verbleib von Smolskis Ex –, aber nicht mit so viel Bereitschaft zur Einsicht. »Dann verstehst du wohl, warum ich es kritisch sehe, dass du mit dieser Schwarz anbandelst, und weshalb es mir lieber wäre, du würdest sie aus allem raushalten?«

»Ich verstehe das voll und ganz«, sagte Smolski. »Ich mach schon keine Dummheiten. Dafür ist mir dieser Fall zu wichtig.«

»Apropos.« Hoogens warf einen raschen Blick auf sein Handy, um zu überprüfen, ob er einen Anruf verpasst hatte. Hatte er nicht. »Hat sich Grüner bei dir gemeldet?«

»Ja«, seufzte Smolski. »Er ist bei der Identifizierung der Leiche leider noch keinen Schritt weiter. Aber er hat Dutzende von Faserspuren und jede Menge Rückstände von Chemikalien, die er noch genauer analysieren muss.«

»Spitze«, merkte Hoogens sarkastisch an. »Hast du irgendwas Neues?«

»Jawohl.« Smolski nickte enthusiastisch. »Zwei Sachen.« Er wühlte kurz in einem Aktenstapel auf seiner Seite des

Tischs und reichte Hoogens eine dünne Kladde herüber. »Schau dir das mal an.«

Hoogens überflog das erste Dokument. Es war der Bericht über einen Leichenfund – einen stark verwesten Leichnam, den man aus der Elbe gefischt und später als die sterblichen Überreste einer sechsundzwanzigjährigen Frau mit Namen Jennifer Sander identifiziert hatte. Das beigefügte Bildmaterial war nichts für schwache Nerven, und Hoogens brauchte eine Menge Vorstellungskraft, um in der Masse grünblauen aufgedunsenen Fleischs die ungefähren Umrisse eines menschlichen Körpers zu erkennen. Außerdem war nicht zu übersehen, dass sich Fische und Krebse über Jennifer Sanders Leichnam hergemacht hatten. An einer Stelle glaubte er, einen Ballen Laich zwischen ihren Rippenbögen auszumachen. Er konzentrierte sich lieber auf die Angaben zu ihrer Person. »Sie kam aus Hamburg«, murmelte er.

»Sieh dir den Obduktionsbericht an«, forderte ihn Smolski auf. »Zweite Seite, ungefähr in der Mitte. Der Vaginalbereich.«

Hoogens tat ihm den Gefallen, und sein Blick blieb sofort an einem Wort hängen. »O Mann«, sagte er. »Silikon.«

»Das war er«, verkündete Smolski energisch. »Unser Mörder. Erst vor ein paar Monaten. Im März.« Er begann erneut, den Aktenstapel zu durchsuchen. »Sitzt du gut?«

Es raschelte, und dann präsentierte Smolski Hoogens das Foto einer Frau. Blondes Haar umrahmte ein hübsches Gesicht mit hohen Wangenknochen und großen traurigen Augen.

»Genau sein Typ«, kommentierte Smolski.

Hoogens schüttelte verblüfft den Kopf. »Und wer ist das?«

»Sie wird seit rund anderthalb Jahren vermisst«, sagte Smolski, anstatt einen Namen zu nennen. »Und jetzt rate mal, wo sie geboren ist.«

»In Odisworth.« Er spürte, wie sich sein Magen zu-
sammenzog. »Heilige Scheiße, Smolski. Warum ist uns das
nicht früher aufgefallen? Das könnte unser Opfer sein. Warum hat uns keiner von diesen verdammten Leuten dort was
davon gesagt, dass sie vermisst wird?«

»Weil sie gar nicht aus Odisworth verschwunden ist«,
antwortete Smolski ruhig. »Sondern aus Hamburg.«

## 63

Am Mittwochmorgen leistete Eva Jule beim Frühstück Gesellschaft. Jule war momentan der einzige Gast der Pension,
und Eva brauchte jemanden, bei dem sie ihr Geschwätz loswerden konnte. Über Kaffee, Nutellabrötchen und Rührei
brachte sie Jule auf den neuesten Stand der Dinge.

Jule ließ sich bei diesen Vorträgen ganz auf ihre Gastgebe-
rin ein. Sie nickte, wenn es angebracht war. Sie schnaubte
verächtlich an jenen Stellen, an denen eine entrüstete Reaktion erwartet wurde. Sie schüttelte den Kopf, sobald Eva
ein Zeichen ihres geteilten Unverständnisses für das Verhalten eines Dorfbewohners einforderte. Insgeheim hoffte
Jule, dass sie das eine oder andere erfuhr, was ihr für ihre
Arbeit von Nutzen sein konnte. Leider erzählte Eva nichts
dergleichen. Nach dem Frühstück beteiligte sich Jule höflich, aber halbherzig einige Minuten an der Suche nach dem
verlorenen Brief mit dem neuen Bebauungsplan und trat
dann den Rückzug in ihr Zimmer an. Sie nutzte den restlichen Morgen, um zum wiederholten Mal Andreas' chaotische Projektunterlagen durchzugehen, die sie auf ihren
Laptop gespeichert hatte. Auch wenn sie nun den Namen
Jan Nissen zuordnen konnte, stellte Esbert immer noch ein

Mysterium für sie dar. Vielleicht war es vergeudete Zeit, sich überhaupt noch Gedanken über ihn zu machen: Wenn man von der Flächenzahl der wichtigsten Grundstücke ausging, konnte es sich bei ihm und Jan Nissen eigentlich nur um ein und dieselbe Person handeln. Das legte die Theorie ihres Chefs nahe, Esbert wäre nichts anderes als ein Spitzname. Andererseits konnte Jule nicht ausschließen, dass sich Andreas mit den Zahlen vertan hatte oder dass Jan Nissen seinen Besitz zwischenzeitlich heimlich, still und leise an Esbert verkauft hatte.

Während Jule Andreas' Unterlagen nach Spuren durchforstete, die zu einer Lösung des Rätsels um Esbert beitragen konnten, kombinierte sie wie nebenbei die vorhandenen Informationen, setzte sie in einen neuen Zusammenhang und überrumpelte sich selbst mit dem Ergebnis. Sie hätte vor Schreck beinahe den Laptop zugeklappt. Was, wenn die unheimliche Gestalt auf dem Waldweg, die sie vor ein paar Tagen gesehen hatte, niemand anderes als Jan Nissen gewesen war? Oder Esbert? Dass sich jemand in dieser Nacht auf dem Gehöft herumgetrieben hatte, stand nicht zur Debatte. Sie hatte sich nicht eingebildet, dass das Scheunentor vom einen auf den anderen Moment geschlossen worden war. Es sah alles danach aus, als wäre sie dem Grundstückseigner schon einmal näher gekommen, als sie bis jetzt gedacht hatte. Sie hatte von Anfang an Zweifel an Smolskis These gehabt, wonach die dunkle Gestalt nur einer der Kripo-Ermittler gewesen sein sollte. Plötzlich kam sich Jule in ihrem kleinen Zimmer gefangen vor, und sie war erleichtert und dankbar, als sie Eva nach ihr rufen hörte.

Der gesuchte Brief war zwar immer noch nicht aufgetaucht, aber immerhin lud Eva Jule zum Mittagessen ein. Es gab Hühnerfrikassee mit Reis und eine weitere Portion Klatsch aus dem Dorf. Nachdem sie pappsatt war und gemeinsam mit Eva den Geschirrspüler eingeräumt hatte, bat sie um ein örtliches Telefonbuch, mit dem sie es sich auf der Terrasse bequem machte. Obwohl sie bereits online nach Nissen und Esbert gesucht hatte, wollte sie sich nicht vorwerfen lassen, nicht alles in ihrer Macht Stehende getan zu haben, um den mysteriösen Grundstückseigner aufzuspüren.

Die Nummern für Odisworth nahmen in dem schmalen Bändchen, das die Anschlüsse der gesamten umliegenden Gegend verzeichnete, nur drei Seiten in Anspruch. Sie war noch bei A, als sie eine neue Idee hatte: Konnte es sein, dass Esbert weder ein Familienname noch ein Spitzname, sondern ein Vorname war? Falls ja, dann war er alles andere als geläufig, aber immerhin hielt sie sich hier in einer Gegend auf, wo man auf die ungewöhnlichsten Namen stieß: Swentje, Frithjof, Kennet, Emmo, Rixte ... Die Liste war lang, und ein Esbert hätte da eigentlich gut hineingepasst. Mit besonderer Berücksichtigung dieser Möglichkeit las Jule Zeile um Zeile. Sie war bei H angelangt, als ihr auffiel, dass Eva wahrscheinlich sämtliche Odisworther auch mit Vornamen kannte, und sie sich gerade in etwas komplett Abseitiges verstieg. Da sie schon einmal damit angefangen hatte, wollte sie ihre Nachforschungen trotzdem zu Ende bringen. Ihr Blick blieb an dem Eintrag »Küver Hanno, Grüne Wech 7« hängen. Hanno Küver gehörte zu dem Trio an Odisworthern, die am meisten Land zu Baldursfeld beizusteuern hatten.

Jule brauchte nicht lange für ihre nächste Entscheidung: Erich Fehrs hatte ihr deutlich zu verstehen gegeben, dass er sein Land zu Lebzeiten nicht aus freien Stücken verkaufen oder verpachten würde – der alte Schweinebauer hatte sich ganz dem Motto »Nur über meine Leiche« verpflichtet. Was seinen Nachbarn anging, musste Jule wohl oder übel darauf warten, bis Andreas sich bei ihr meldete, der hoffentlich wusste, wie man mit Jan Nissen Kontakt aufnahm.

Es blieb derzeit also nur noch Hanno Küver als Ansprechpartner, wenn sie das Projekt vorantreiben wollte. Sie nahm ihr Smartphone und wählte seine Nummer.

Das Telefonat verlief ernüchternd. Hanno Küver hatte zwar eine freundliche Stimme, und er hörte sich Jules Anfrage wegen eines möglichen Treffens geduldig an. Er erklärte ihr allerdings auch, sie spreche in dieser Angelegenheit besser mit seiner Frau Anke, die führe die Bücher – und damit gleich auch die Finanzen des Hofs – und er würde sich daheim Ärger einhandeln, wenn er sich in dieser Sache zu weit aus dem Fenster lehne. Heute würde es allerdings mit einem Treffen sowieso nichts mehr werden, aber sie könne gerne morgen Nachmittag vorbeischauen. Sie solle sich aber nicht zu viel davon versprechen, weil er und seine Frau im Augenblick vollkommen andere Dinge im Kopf hätten als »ein paar alberne Windräder«. Danach würgte er Jule unvermittelt ab.

Nachdem Jule sich im Telefonbuch bis Z vorgearbeitet hatte, aber auf keine neuen Erkenntnisse mehr gestoßen war, beschloss sie, sich ein wenig Abstand zu der Sache zu gönnen. Sie ging in ihr Zimmer und holte aus ihrem Köfferchen die Reiselektüre, die sie im vorderen Fach verstaut hatte. Es handelte sich um die Taschenbuchausgabe eines Romans, dessen Grundprämisse ihr so unrealistisch erschienen war, dass sie ihn bereits zweimal angefangen und wieder zur Seite gelegt hatte: Eine junge Frau fand ein leeres Tagebuch, nur um schnell festzustellen, dass sich jeden Tag eine Seite davon füllte und dass dieser wundersame Text ihr eigenes Leben beschrieb. Selbstverständlich hatte die Heldin auch ein mehr oder minder dunkles Familiengeheimnis aufzudecken, wobei ihr das magische Tagebuch gute Dienste leistete, und ebenso selbstverständlich lief das alles nicht ohne Liebesgeschichte ab.

Jule schob es auf ihre derzeitigen Umstände, dass sie im

dritten Anlauf mehr Interesse an der Geschichte hatte. Sie war in diesem Dorf doch selbst von Geheimnissen förmlich umzingelt, und sie wünschte sich sogar, sie wäre vorhin auf der Suche nach dem verschollenen Brief ebenfalls auf ein Buch gestoßen, das ihr Stück für Stück verriet, dass am Ende alles gut ausgehen würde: Dass Smolski den Mörder stellte, der hier umging. Dass Anke Küver morgen hellauf begeistert darüber war, ihr Land zur Verfügung zu stellen. Dass Erich Fehrs es sich anders überlegte und von stur auf kooperativ schaltete. Dass gleich Jules Handy klingelte und Jan Nissen am anderen Ende der Leitung war, weil er schon gehört hatte, dass Jule dringend mit ihm sprechen wolle.

Kurz vor sechs wurde sie unruhig, klappte das Buch zu und beschloss, etwas zu tun, was sie gleich heute Morgen hätte tun sollen. So schmerzhaft und beschämend es auch sein mochte, konnte sie nicht länger leugnen, dass es ihr in ihrem Leben leichter ergangen wäre, wenn sie sich nach ihrem Unfall nicht in ihre Angst verkrochen hätte wie eine Schnecke in ihr Haus. Sie hätte viel früher mit einer Therapie beginnen sollen, um das Erlebte zu verarbeiten. Sie kannte sich gut genug, um zu wissen, dass es ihr ungeachtet des glücklichen Ausgangs gestern wieder schwerfallen würde, Auto zu fahren, falls sie sich jetzt nicht zügig hinters Steuer setzte. Es war wie mit dem Reiten oder dem Fahrradfahren: Wenn man sich nach einem Sturz nicht bald wieder in den Sattel schwang, hatte man auf ewig Angst davor. Und sie konnte vor ihrer Angst nicht davonlaufen. Sie *wollte* nicht mehr vor ihrer Angst davonlaufen! Sie musste Auto fahren. Gleich jetzt.

Sie ging hinunter ins Erdgeschoss und versuchte, sich nichts anmerken zu lassen, als sie den Jepsens mitteilte, dass sie im »Dorfkrug« zu Abend essen würde. Eva und Malte zeigten sich enttäuscht, konnten jedoch ihre Erklärung verstehen, sie habe das dringende Bedürfnis, zwanglos mit einigen anderen Odisworthern zu plaudern, um ihnen zu zeigen, dass Zephiron nicht der bitterböse, skrupellose Konzern war, als den ihn die Pastorin und die sonstigen Gegner des Windparks hinstellten. Beim Zuziehen der Haustür begriff Jule, dass in ihrer Notlüge tatsächlich eine adäquate Strategie steckte, um mehr Vertrauen unter den Dörflern zu gewinnen. Außerdem war die Strecke zum einzigen Gasthaus in Odisworth überschaubar.

Jule begann, trotzdem an den Handflächen zu schwitzen, als sie auf den Knopf am Autoschlüssel drückte, der den Wagen entriegelte. Sie wisperte ihr Mantra gegen die Angst und lächelte glücklich. Gleich nach dem ersten Aufsagen fand sie die Kraft, zum Auto hinüberzugehen. Sie öffnete die Fahrertür und wollte sich beschwingt in den weichen Sitz hineinplumpsen lassen, als sie im letzten Augenblick die Hinterlassenschaft eines kranken Geists bemerkte, die dort bereits auf sie wartete.

# 64

Die nackte Barbiepuppe hielt die Hände nach vorn gestreckt, als wollte sie Jule in eine innige Umarmung schließen. Was diese unschuldige Geste zunichtemachte, waren die Stecknadeln, die knapp über den Ellbogen durch die Arme gestochen und deren Spitzen tief in die Hüfte der Puppe gebohrt worden waren. Das blonde Haar war auf einer Seite des Kopfes so versengt, dass nur noch gekräuselte Wirbel am Plastik klebten. Und wo sonst die fröhlichen blauen Augen aus dem ebenmäßigen Gesicht strahlten, klafften zwei dunkle Löcher. Unter die Puppe war ein Blatt Papier geschoben. In großen schwarzen Buchstaben war der immer gleiche Satz darauf gedruckt: *Verschwinde oder dir geht es wie ihr!*

Eine ungeahnte Regung packte Jule: lodernde Wut. Binnen eines Wimpernschlags stand ihr gesamtes Inneres in hellen Flammen. Sie packte die Puppe am Kopf, machte zwei Schritte vom Wagen weg und schleuderte das schreckliche Ding in hohem Bogen in den Vorgarten der Jepsens. Es landete raschelnd inmitten eines Beets blühender Azaleen. Danach beugte sie sich wieder in den Wagen hinein, nahm den simplen Drohbrief, zerknüllte ihn und warf ihn mit einem unterdrückten Schrei in den Fußraum vor dem Beifahrersitz.

Jule schlug die Fahrertür zu, ballte die Fäuste und hieb zweimal auf das Wagendach ein. Was für eine gottverdammte Ansammlung kranker Irrer war dieses Dorf eigentlich?

Sie wusste nicht, wohin mit ihrer Wut und hastete gehetzt davon, die Hauptstraße hinunter. An der nächsten Kreuzung hatte sie sich so weit wieder im Griff, dass sie einen einigermaßen klaren Gedanken fassen konnte. Irgendein Schwein war in ihrem Wagen gewesen! Aber wie war dieser Typ in den BMW hineingekommen? Die Elektronik des Wagens verriegelte nach wenigen Minuten automatisch, wenn man vergessen hatte, abzuschließen.

Jule blieb stehen und schaute sich um. Alles um sie herum – die Häuser, die Bäume, der Himmel, die Abendsonne – hätte ausgezeichnete Motive für Postkarten geliefert, die ein perfektes ländliches Idyll heraufbeschworen. Und doch lag für Jule nun der Schatten des Wahnsinns über der beschaulichen Szenerie. Hier legten die Leute Fremden verstümmelte Puppen ins Auto. Hier lebte ein Mörder, der Frauen im Wald verscharrte. Die noch warme Glut ihres Zorns erkaltete mit einem Mal. Was, wenn der Mörder ihr die Puppe hatte zukommen lassen?

Sie verspürte das dringende Bedürfnis, mit jemandem zu

sprechen, der nicht aus diesem verfluchten Ort stammte. Jemandem, der sie nicht als Außenseiterin und Störfaktor sah. Jemandem, der sie verstand und dem sie vertraute. Sie zückte ihr Smartphone und wählte die Nummer.

## 65

»Warum rufst du nicht sofort deinen Kommissar an?« Nach dem fünften Klingeln war Caro endlich rangegangen.

Jule setzte sich erschöpft auf ein Gartenmäuerchen am Straßenrand. Smolski. Das war ein einleuchtender Vorschlag, aber leider nicht ohne Weiteres umzusetzen. »Ich habe keine Nummer von ihm.«

»Na hör mal. Er war doch auch in deiner Pension untergebracht, oder? Da wird doch wohl jemand wissen, wie man ihn erreicht.«

»Stimmt. Ich könnte Eva fragen.«

»Wer ist Eva?«

»Die Pensionsbetreiberin.«

»Siehst du?«, sagte Caro. »Du sitzt direkt an der Quelle. Und du kannst diese Sache nicht einfach auf sich beruhen lassen. Der Kerl gehört hinter Gitter.«

Die patente Art, in der Caro der haarsträubenden Situation die Stirn bot, tat Jule gut.

»Wir haben genug Zeit vergeudet, Schatz«, sagte Caro eindringlich. »Geh jetzt los und besorg dir die Nummer von diesem Smolski. Denk an die Karten.«

»Was?«

»Die Liebenden. Wenn er derjenige ist, den die Karten dir versprochen haben, kann er gar nicht anders, als dir zu helfen. Das Schicksal wird ihn dazu zwingen.«

240

»Meinst du nicht, dass er mir helfen muss, weil das sein Beruf ist?«, fragte Jule.

»Ansichtssache«, erwiderte Caro. »Los jetzt, besorg dir die Nummer.«

Das Telefonat mit Caro war Balsam für Jules Nerven gewesen. Nun war sie in der Lage, den Vorfall mit der Puppe mit einer gewissen inneren Distanz zu betrachten. Natürlich war er alles andere als schön. Natürlich hatte er sie vorübergehend in helle Aufregung versetzt. Und natürlich konnte sie ihn nicht einfach ignorieren. Allerdings war ihre Idee, der Mörder, der Odisworth unsicher machte, könnte ausgerechnet sie ins Visier genommen haben, weit hergeholt, wenn nicht völlig absurd. Warum hätte er ihr eine solche Warnung wie die Puppe zukommen lassen sollen? Dadurch war sie doch nur noch wachsamer und misstrauischer. Jule hatte nach wie vor nicht den geringsten Zweifel, dass die Puppe das fiese Geschenk eines Odisworthers war, um sie loszuwerden, aber Mordlust steckte aller Wahrscheinlichkeit nach nicht dahinter. Außerdem hatte Jule in letzter Zeit ausgiebig Erfahrung mit plumpen Warnungen gesammelt. Und hatte sie sich davon einschüchtern lassen? Nein. Nicht von Eva Jepsens Gerede über Erich Fehrs' unberechenbaren Jähzorn. Nicht von Andreas' düsteren Aussagen über die sektenartige Abschottung der Odisworther. Nicht von Lothar Segers seltsamer Nachfrage, ob sie in Odisworth von einem Unbekannten angesprochen worden war.

Jule verringerte ihr zügiges Tempo. Sie hatte lange nicht mehr an den nächtlichen Anruf ihres Therapeuten gedacht, und sie hatte eben die Chance verpasst, Caro direkt damit zu konfrontieren. Sie machte sich eine geistige Notiz, das befremdliche Verhalten von Lothar demnächst ihrer Freundin gegenüber zur Sprache zu bringen. Momentan hatte sie andere Probleme.

In der Pension angekommen, griff Jule zu einer Notlüge.

Es war zwecklos, Eva etwas von der Puppe zu erzählen. Sie war eine Odiswortherin, und Jule wollte nicht riskieren, dass sich im ganzen Dorf verbreitete, was die feine Dame aus der großen Stadt in ihrem Auto gefunden hatte. Sie wollte das Schwein lieber mit Smolskis Hilfe zur Strecke bringen. Also hielt sie den Blick gesenkt und fabulierte eine wenig glaubwürdige Geschichte zusammen, ihr sei auf halbem Weg zum »Dorfkrug« in den Sinn gekommen, dass sie dem freundlichen Kommissar unbedingt noch von einer Beobachtung berichten müsse.

Der Bluff ging auf. Eva tat das, was Jule von ihr erwartet hatte. Sie sonnte sich einige Augenblicke lang in dem Gefühl, eine Lüge durchschaut zu haben, ehe sie verschwörerisch zwinkerte und sagte: »Der Herr Kommissar war wirklich ausgesprochen nett, nicht wahr? Warten Sie, ich habe irgendwo noch eine Karte von ihm.«

## 66

»Wer war das denn eben?«, fragte Lothar Seger. Er war nach dem Essen – Fettuccine in einer Spinatsahnesoße – für eine Viertelstunde im Bad verschwunden.

Caro sah von der Spülmaschine auf, in die sie gerade das benutzte Geschirr räumte. »Das war Jule.« Sie wischte sich mit einem Küchentuch einen Spritzer Sahne von den Fingern. »Das glaubst du nicht. Was für kranke Gestalten!«

»Was glaube ich nicht?«

Caro musterte ihn einen Moment. Er hatte schon wieder diesen sonderbaren Gesichtsausdruck, den sie bis vor Kurzem noch nie bei ihm gesehen hatte: wie ein verunsicherter Hund, der nicht wusste, ob er zubeißen oder davonlaufen sollte. War es am Ende besser, ihm keine näheren Details über Jules Anruf zu verraten? Nein. Sie wollte keine Geheimnisse vor ihm haben. Sie wollte nicht Gleiches mit Gleichem vergelten. »Jemand aus diesem Dorf, in dem sie sitzt, hat ihr eine massakrierte Barbie ins Auto gelegt.«

Lothar sackte förmlich auf einem der Stühle am Esstisch zusammen. Er war mit einem Mal totenbleich. »O Gott, bitte nicht …«

»Lothar«, murmelte Caro fassungslos und kniete sich vor ihm hin. Warum hatte sie bloß ihren Mund nicht halten können?

Lothar gewann seine alte Kraft überraschend schnell zurück. Er packte ihre Hände und zog sie in die Höhe, bis ihre Gesichter dicht genug gewesen wären, um einen leidenschaftlichen Kuss einzuleiten. Er küsste sie jedoch nicht, sondern starrte ihr in die Augen. »Ruf sie sofort noch mal an. Sofort!«

»Du tust mir weh!« Sie riss sich von ihm los und massierte ihre schmerzenden Hände. »Was ist denn los?«

»Ruf sie an!«, brüllte er. »Ruf sie an, bevor es zu spät ist! Sag ihr, sie soll da abhauen! Jetzt gleich!«

Caro zitterte am ganzen Leib. Wer war dieser Mann, der da am Tisch saß? Sie erkannte ihn nicht wieder. Es war fast, als wäre ein böser Geist in seinen Körper gefahren. »Du machst mir Angst.«

»Verstehst du denn nicht?«, tobte Lothar. »Verstehst du denn nicht? Er hat sie gefunden!«

Caros Blick wanderte zum Messerblock auf der Anrichte. Wenn er nicht gleich wieder zu sich kam, würde sie sich eines der Messer greifen. Nur zur Sicherheit. »Hörst du, Lothar? Du machst mir Angst«, wiederholte sie und machte einen kleinen Schritt zur Anrichte hin.

Er schien zu ahnen, warum sie das tat. Sein zornverzerrtes Gesicht gefror einen Augenblick, bevor es im nächs-

243

ten Moment verblüfft aussah vor Erschütterung. »Caro …
ich … ich … Caro«, stammelte er. »Ich bin doch … ich …
ich würde dir doch nie im Leben etwas tun.« Er stand auf
und streckte die Arme quer über den Tisch nach ihr aus.
»Caro …«

»Ich kann das nicht mehr«, sagte sie nur und rannte
hinaus auf den Flur.

»Caro! Bitte bleib doch da!«

Sie warf sich ihre Jacke über und hob ihre Tasche vom
Boden vor der Garderobe auf.

»Caro! Bitte!«

»Ich kann das nicht mehr«, flüsterte sie noch einmal zu
sich selbst und zog die Wohnungstür auf.

»Caro!«

Als die Tür hinter ihr ins Schloss fiel und seine Stimme
und seinen Wahnsinn einsperrte, begriff Caro, dass sie viel
zu lange einen Fremden geliebt hatte.

# 67

Um potenzielle Mithörer zu vermeiden und um ihre Tar-
nung eines romantischen Interesses an Smolski aufrechtzuerhalten, rief Jule den Hauptkommissar von ihrem Wagen
aus an. Sie stieg auf der Beifahrerseite ein, weil sie nicht dort
Platz nehmen wollte, wo keine halbe Stunde zuvor noch die
Barbiepuppe ihre mit Nadeln durchstochenen Arme nach
ihr ausgestreckt hatte.

»Smolski.« Im Hintergrund hörte Jule ein knisterndes
Rauschen, und er hatte sich deutlich lauter gemeldet, als er
es in einer entspannten Atmosphäre getan hätte.

»Jule Schwarz hier.«

»Bitte?«

»Jule Schwarz hier.« Jule konnte das Rauschen nun zuordnen. Smolski saß offenbar ebenfalls in einem Auto und hatte ihren Anruf über eine Freisprechanlage entgegengenommen.

»Oh, Frau Schwarz. Was verschafft mir die Ehre?«

Jule entschied sich für schonungslose Offenheit. »Ich wollte eben hier in Odisworth in meinen Wagen steigen, da sehe ich eine verstümmelte Barbiepuppe auf dem Fahrersitz liegen und darunter einen Drohbrief. Laut der Nachricht soll ich aus dem Dorf verschwinden, wenn ich nicht will, dass es mir genauso ergeht wie der Puppe.«

Es folgte ein langes Schweigen. Wäre das Rauschen nicht gewesen, hätte Jule gedacht, die Verbindung sei unterbrochen worden. »Das ist wirklich unschön«, meinte Smolski schließlich. »Und eine fiese Nummer noch dazu. Geht es Ihnen gut?«

»Den Umständen entsprechend.« Jule sank ein Stück tiefer in ihren Sitz. Sie wollte Gewissheit darüber, dass der Zusammenhang, den sie gerade eben erst als unwahrscheinlich verworfen hatte, auch wirklich unwahrscheinlich war. »Glauben Sie, das könnte etwas mit dem Mord zu tun haben?«

»Ich will nichts ausschließen«, antwortete er sofort. »Aber Sie sollten sich auch nicht verrückt machen. Das Ganze könnte auch bloß ein makabrer Scherz sein. Ihr Windpark findet in Odisworth ja nicht nur Befürworter, richtig?«

»Richtig«, gab Jule zu. »Schön wär's.«

»Sehen Sie.« Vor dem steten Rauschen klang sein Lachen abgehackt und zerstückelt. »Strafrechtlich relevant ist das natürlich trotzdem. Ich würde Ihnen empfehlen, sich an die nächste Dienststelle –«

»Sind Sie denn schon ein paar Schritte weitergekommen?« Jule wollte unbedingt verhindern, dass er sie abwürgte. Seine Stimme verlieh ihr ein schwer zu leugnendes Gefühl von Sicherheit.

»Was?«

»Haben Sie schon Fortschritte in Ihren Ermittlungen gemacht?«

Erneut drang nur das Rauschen an Jules Ohr, als würde er abwägen, wie viel er ihr verraten konnte. »Ist das reine Neugier, oder ist da noch mehr im Spiel?«

Jule horchte einen Augenblick in sich hinein. Sie hatte keine Lust, schwach oder hilflos dazustehen. Sie konnte ihm nicht beichten, warum sie dieses Thema aufgebracht hatte. Zu ihrer eigenen Überraschung war da allerdings tatsächlich noch mehr. Bilder, die sie in die hintersten Winkel ihres Denkens verbannt hatte. Bilder von Frauenleichen im Wald und grausigen Verstümmelungen. »Sie haben mich erwischt, Herr Kommissar.« Einer Eingebung folgend klemmte sie sich das Smartphone fest unters Ohr, langte zur Fahrertür und drückte auf den Knopf, der den Wagen von innen verriegelte. Das Klacken der Schlösser machte ihr die nächsten Ausführungen leichter. »Die Pastorin hier hat versucht, den Mord als eine Art Waffe gegen mich zu verwenden. In einer Gemeinderatssitzung nannte sie einige blutige Details, um mich aus dem Konzept zu bringen. Ich würde gern wissen, ob die der Wahrheit entsprechen.«

»Was für Details sind das gewesen?« In Smolskis Worten schwang deutliches Interesse mit.

»Dass der Mörder dem Opfer die Brüste abgeschnitten und ihm die Augenlider an den Brauen festgemacht hat«, sagte Jule. Sie bemühte sich um einen nüchternen Tonfall, was ihr misslang.

»Hm, wissen Sie, ich kann wirklich nichts dazu sagen«, gab Smolski zurück. »Aber sagen Sie, hat sie noch was erwähnt?«

Jule drehte vorsichtig den Kopf über die Schulter und spähte durch die Heckscheibe in die Abenddämmerung hinaus. Sie wertete Smolskis Reaktion als Bestätigung dafür, dass die Pastorin die Wahrheit gesagt hatte. »Ist da etwa noch mehr?«

Rauschen.

»Sagen Sie schon, ist da noch mehr?«, wiederholte sie.

»Verdammt«, zischte Smolski. »Ich darf dazu nichts sagen. Aber glauben Sie mir, Sie wollen das auch gar nicht so genau wissen.«

»Doch.« Jule zog die Beine an und machte sich auf ihrem Sitz so klein wie möglich. »Wenn Sie es mir jetzt nicht erzählen, male ich mir Sachen aus, die noch viel, viel schlimmer sind.«

»Das bezweifle ich«, erwiderte er ernst.

»Bitte, Herr Smolski.«

Er seufzte nur. Es schien ihm ernst: Er würde nichts sagen. Jetzt nicht. Dabei hatte Jule ihn nicht belogen: Schon vor dem schrecklichen Unfall hatte sie dazu geneigt, sich ab und an in verstörende Fantasien hineinzusteigern, sobald sie mit Berichten von Gewalt konfrontiert worden war. Sie erinnerte sich noch gut daran, wie sie als kleines Mädchen zu Zeiten des zweiten Golfkriegs immer wieder schreiend aufgewacht war, weil sie irgendwo die Meldung aufgeschnappt hatte, wie irakische Soldaten in kuwaitischen Kliniken angeblich die Frühchen aus den Brutkästen gezerrt und ihre Köpfe an den Wänden eingeschlagen hatten. Daraufhin hatte sie bei jedem Säugling, den sie in dieser Phase sah, sofort an rote Spritzer auf kahlen Fliesen und schwere Stiefel in einem Meer von Blut denken müssen. Sie hatte mit der Zeit gelernt, dass es besser für sie war, sich einmal intensiv mit den Fakten über eine Gräueltat auseinanderzusetzen und sie in ihr Gerüst aus Logik und Kausalbeziehungen einzuordnen. Deshalb war der Mord in Odisworth für sie besonders schrecklich: Sie war in unmittelbarer Nähe gewesen, als man die Frauenleiche gefunden hatte, aber sie wusste so gut wie nichts über den Mord. Ihre Fantasie füllte diese Lücken in ihrem Wissen nur allzu begierig.

Ihre furchtbarsten Visionen sollten jedoch zu dem Zeitpunkt, da sie die Wahrheit erfahren würde, noch bei Weitem in den Schatten gestellt werden.

## 68

Jule schloss die Augen. Einen endlos langen Augenblick nahm sie nichts wahr außer dem Rauschen an ihrem Ohr. Sie war nicht sicher, was sie in diesem Moment fühlte. Es war eine sonderbar ruhige Regung.

»Hören Sie, Jule«, sagte Smolski unvermittelt. »Ich hätte ein schlechtes Gewissen, wenn ich Sie in dieser Sache mit der Puppe hängen lasse. Und außerdem schmeichelt es mir, dass Sie ausgerechnet mich angerufen und nicht einfach die 110 gewählt haben.«

»Hm«, machte Jule. Sie war ihm dankbar für seine Offenheit, doch sie fand nicht die Worte, um ihren Dank auszudrücken. In ihrem Kopf hallten die Schilderungen der Pastorin nach und die Bilder der verstümmelten Barbiepuppe. Wer brachte so etwas nur fertig?

»Ich sage Ihnen, wie wir es machen. Ich bin wahrscheinlich erst morgen oder übermorgen wieder in Odisworth. Dann – «

»War es Fehrs?«, platzte es aus ihr heraus, und sie riss die Augen auf.

»Frau Schwarz …« Smolski seufzte gequält. »Ich kann Ihnen nichts über laufende Ermittlungen erzählen.«

»Ach?« Jule knirschte mit den Zähnen. »Sie können mich nicht ein kleines bisschen beruhigen und mir sagen, dass ich nicht im Haus eines Monsters gewesen bin?«

»Erich Fehrs ist noch lange nicht aus dem Rennen«, räumte Smolski nach einer langen Pause ein.

Jule wollte schlucken, doch ihr Mund war staubtrocken. Hatte sie mit einem Mann, der Frauen verstümmelte, in aller Seelenruhe über ein Grundstück diskutiert?

»Nur weil die Leiche auf Fehrs' Land gefunden wurde, heißt das aber noch lange nicht, dass er der Täter ist«, redete Smolski weiter. »Die Identität der Toten ist noch immer nicht geklärt. Ich rechne jeden Tag mit verlässlichen Ergebnissen. Außerdem laufen noch eine Reihe forensischer Analysen.«

Er machte eine Pause, vielleicht, um ihr die Gelegenheit einzuräumen, näher nachzuhaken. Jule ließ diese Gelegenheit verstreichen.

»Also noch einmal: Ich bin morgen oder übermorgen in Odisworth«, sagte Smolski. »Bewahren Sie die Puppe und den Brief gut auf. Ich werde sie abholen und an die entsprechenden Stellen weiterleiten. Ich habe noch den einen oder anderen alten Gefallen über, den ich einlösen kann, damit es nicht auf die lange Bank geschoben wird.«

»Danke.« Jule gab ihre halb zusammengerollte Haltung auf und schaute in den Fußraum. Das zerknüllte Stück Papier war immer noch dort, wo sie es hingeworfen hatte. Sie traute sich nicht, Smolski zu gestehen, dass sie die Puppe erst noch im Vorgarten der Jepsens würde suchen müssen. »Vielen Dank.«

»Nichts zu danken.« Langes Rauschen. »Und, Jule?«

»Ja?«

»Lassen Sie sich nicht unterkriegen«, sagte er in der Art eines Generals, der seine Soldaten in eine aussichtslose Schlacht führte. »Ich weiß genau, wie es ist, der Fremde im

Dorf zu sein. Geben Sie nicht auf. Lassen Sie den Leuten die Zeit, sich an Sie zu gewöhnen.«

Es war ein gut gemeinter Ratschlag, wenn auch ein wenig hilfreicher. Zeit war exakt das, was ihr fehlte. Ihr Chef war nicht für seine Geduld bekannt.

»Bis bald, ja?«

»Ja. Bis bald.«

Jule verstaute ihr Handy und bückte sich, um den zerknüllten Drohbrief aufzuheben. Sie öffnete das Handschuhfach und klappte es sofort wieder zu. Den Brief steckte sie in die Hosentasche. Es wäre dumm von ihr gewesen, ihn im Auto zu lassen. Immerhin hatte es jemand schon einmal geöffnet.

Sie stieg aus. Die Fenster an der Vorderseite der Pension waren dunkel. Nur im Flur brannte wie fast immer Licht, das durch die Glaseinsätze in der Haustür fiel. Ihre Suche nach dem kleinen Beet mit den Azaleen gestaltete sich schwierig. Im blauen Dämmerlicht büßten die Blumen in Evas Vorgarten viel von ihren leuchtenden Farben ein. Nachdem sie das richtige Beet gefunden hatte, ging sie davor in die Hocke und spähte zwischen die Blätter, Blüten und Stängel. Anfangs dachte sie noch, die einsetzende Dunkelheit wäre schuld, dass sie die Puppe nicht gleich fand. Nach und nach bekam sie jedoch einen üblen Verdacht, der sich zunehmend verhärtete: Die Puppe war nicht mehr da.

Sie richtete sich auf und zupfte an ihrem Ohrläppchen. Das durfte doch wohl nicht wahr sein. Sie irrte ziellos einige Schritte auf dem Rasen hin und her. Zum Glück gab es den Brief in ihrer Hosentasche. Ohne ihn hätte sie wahrscheinlich begonnen, an ihrem Verstand zu zweifeln.

»Suchen Sie was?«

Jule schreckte auf. Die gewaltige Gestalt Malte Jepsens füllte den Türrahmen aus. Seine Augen glänzten rot, als er an seiner Pfeife zog und die Glut aufglomm.

Jule schüttelte den Kopf.

»Das Essen ist fertig«, brummte er. »Wenn Sie wollen …«
Er drehte sich halb zur Seite und wies ins Haus hinein. »Es
ist genug da.«

»Ja, gern«, sagte Jule, obwohl sie keinen nennenswerten
Appetit hatte.

Das Abendessen verlief in einer Atmosphäre surrealer
Normalität: Eva sah sich wegen Jules vorheriger Notlüge
angehalten, eine lange Ausführung über Männer und deren
Vorzüge und Nachteile zu halten. Malte schaufelte schweigend und zügig eine riesige Portion Steckrüben in sich hinein. Nachdem sein Hunger gestillt war, fing er wieder an,
Fotos zu knipsen. Jule lächelte, wie es von ihr erwartet wurde. Sie fragte sich dabei die ganze Zeit, ob sie die verunstalte-
te Barbie erwähnen sollte. Sie verzichtete darauf. Es reichte,
wenn nur sie gute Laune vorgaukeln musste. Sie brauchte
nicht auch noch den Jepsens den Abend zu verderben.

Bei der Partie Rommé, zu der sie Eva nach dem Essen
breitschlug, schweifte Jules Blick immer wieder zu den
Puppen auf den Regalen. Inzwischen war sie sicher, weshalb die Münder der künstlichen Kinder so grotesk verzerrt
waren: nicht in glockenhellem Gelächter, sondern in gepeinigten Schreien, die stumm bis in alle Ewigkeit in die Welt
hinaushallten.

## 69

Erich Fehrs sah aus wie tot. Er lag im hintersten Winkel seines weitläufigen Gartens vor einer wuchernden Brombeerhecke, deren Ranken bereits an der Rückwand eines alten
Bretterschuppens emporkletterten. Arme und Beine hatte

er so von sich gestreckt, dass er ein nahezu perfektes X bildete. Seine graue Strickjacke war an den Ellenbogen durchgescheuert, und man konnte die Haut unter den wenigen verbliebenen Fäden sehen. Er trug nur einen Schuh, der andere Fuß war nackt.

Stefan Hoogens konnte von Glück reden, dass er Fehrs überhaupt gefunden hatte. Er hatte vorn an der Haustür geklingelt. Unter gewöhnlichen Umständen wäre er unverrichteter Dinge wieder abgezogen, aber die Vorwürfe des Polen hatten ihm keine Ruhe gelassen. Deshalb war er ums Haus herumgegangen, und deshalb blickte er nun auf Erich Fehrs hinunter, der allem Anschein nach die ganze Nacht hier im Freien verbracht hatte.

Smolski hatte Hoogens vorgeworfen, Details über den laufenden Fall an Dritte weitergegeben zu haben. Natürlich ließ Hoogens bei seinen Ermittlungen auch mal fünfe gerade sein, aber Einzelheiten an seine Kusine weiterzuerzählen? Er war doch nicht völlig bescheuert. Er hatte den Polen zusammengestaucht, und wenn ihr Gespräch gestern Abend unter vier Augen und nicht am Telefon stattgefunden hätte, wäre die Sache möglicherweise eskaliert. Ja, es war bedenklich, dass die Pastorin Smolskis Pseudo-Informantin gegenüber vertrauliche Details ins Spiel gebracht hatte, da musste er dem Polen zustimmen. Eine Sache hatte Smolski allerdings übersehen: Die Leiche war von zwei Dorfbullen gefunden worden, von denen einer aus Odisworth stammte. Marko Assmuth. Der stand als Nächstes auf Hoogens' Liste, sobald er hier mit Fehrs fertig war.

»Herr Fehrs?« Hoogens tippte die nackte Sohle des Bauern mit der Schuhspitze an. »Hallo? Herr Fehrs?«

Nach dem dritten Antippen regte sich der Alte schließlich. Er hob den Kopf an und schaute aus zusammengekniffenen Augen zu Hoogens hoch. »Ja?«

»Hauptkommissar Stefan Hoogens. Ich würde mich gern mit Ihnen unterhalten.«

Fehrs brummte etwas Unverständliches, das verdächtig nach einem Schimpfwort klang. Er setzte sich mühsam auf, hustete und spie einen Ballen Schleim neben sich ins Gras. In langsamen ungelenken Bewegungen quälte sich der Bauer auf. »Ich muss pissen«, kündigte er an und wankte in Richtung Hintertür des Hauses davon.

Hoogens wartete im Garten auf ihn. Fehrs stank wie eine ganze Schnapsbrennerei, und er ging davon aus, dass es drinnen noch viel schlimmer roch. Hoogens hasste Säufer. Aus gutem Grund. Sein Vater war einer gewesen – einer von der Sorte, die mit genügend Promille im Blut bei jedem kleinsten Anlass explodierte. Hoogens hatte regelmäßig Dresche von ihm bezogen. Mit sechzehn schlug er zurück – das erste und einzige Mal. Sie prügelten sich gegenseitig die Gesichter blutig, und die Schwester, die ihn anschließend in der Notaufnahme verarztete, fing fast an zu heulen. Dann zog Hoogens zu seiner Tante nach Husum und wechselte nie wieder ein Wort mit seinem Vater. Er war nicht einmal auf der Beerdigung dieses Drecksacks gewesen.

Hoogens machte ein paar ziellose Schritte durch den Garten, um sich abzulenken. Er wollte jetzt nicht an seinen Vater denken. Er freute sich, eine auffällige Stelle mit einem kleinen Hügelchen relativ frisch aufgeworfener Erde zu finden. Er stand noch davor, als Fehrs von seinem Toiletten-gang zurückkehrte.

»Was haben Sie denn da begraben?«, fragte er den Alten.

»Meinen Hund.« Fehrs zündete sich eine Zigarette an. »Das Vieh war krank. Aber Sie wollen mit mir doch nicht über meinen Hund reden, oder?«

»Nein«, erwiderte Hoogens ehrlich. Er sparte es sich, Fehrs zu erklären, dass man seinen toten Hund eigentlich nicht bei sich im Garten begraben durfte.

»Ich weiß, warum Sie mich verdächtigen«, sagte Fehrs abschätzig.

»So?«

»Weil die Leiche auf meinem Land gefunden wurde.«

Hoogens kannte diesen Tonfall gut. Die überhebliche Rechthaberei eines Säufers, die er in seiner Jugend so oft erduldet hatte. Es würde ihm Spaß machen, Fehrs eine reinzuwürgen. »Nein, da sind Sie nicht ganz auf dem richtigen Dampfer.« Zufrieden nahm er Notiz, wie sich Fehrs' Stirn in Falten legte. »Ehrlich gesagt machen wir uns Gedanken über den Verbleib Ihrer Frau.«

»Was hat meine Frau damit zu tun?«

»Sie war groß und blond.« Hoogens fixierte den Alten gnadenlos. »Genau wie die Tote aus dem Wald.«

»Meine Frau hat mich verlassen.« Fehrs wich Hoogens' Blick aus, indem er hinüber zu der Brombeerhecke sah, vor der er gerade noch gelegen hatte. »Ich war ihr nicht mehr gut genug. Sie hat sich eines schönen Tages aus dem Staub gemacht und mich sitzen lassen.« Er fuhr fahrig mit seiner Zigarette durch die Luft. »Einfach ab durch die Mitte. Nur mit dem Allernötigsten. Konnte gar nicht schnell genug weg von mir.«

»Und Sie haben nie wieder etwas von ihr gehört?«, hakte Hoogens nach. »Wollte Sie keinen Unterhalt von Ihnen?«

»Nein.« Fehrs zog hastig an seiner Zigarette. »Sie hatte ja ihre Kreditkarten. Auf den Konten war genug drauf, um sich woanders einen schönen Lenz zu machen.«

»Hm … Haben Sie je nach ihr gesucht? Das wäre anhand der Karten sehr einfach gewesen.«

»Wozu?« Fehrs hustete und spuckte noch mehr Schleim ins Gras. »Mir geht's viel besser, seit sie weg ist. Weniger unnötiges Gemecker, verstehen Sie?«

»Ich bin ledig«, sagte Hoogens.

254

»Gut für Sie.« Fehrs grinste dreckig. »Und zwei gesunde Hände haben Sie ja anscheinend auch.«

Fehrs konnte es nicht wissen, aber das war noch so eine Säuferangewohnheit, die Hoogens nicht ausstehen konnte: frivole Kumpelhaftigkeit. Es war Zeit, zur Sache zu kommen. »Kennen Sie eine Kirsten Küver?«

»Klar. Die kenne ich, seit sie so groß war.« Fehrs hielt sich die flache Hand neben die Hüfte. »Die hat immer mit dem Nachbarsjungen drüben im Wald gespielt, und mit dem kleinen Bertram, diesem Schwallsack. Die sind immer zu dritt durch die Gegend gezogen. Wenn das meine Tochter gewesen wäre, hätte ich da aber mal zur richtigen Zeit einen Riegel vorgeschoben.« Er fasste sich mit beiden Händen an die Brust, um zu veranschaulichen, was er mit der richtigen Zeit meinte. »Wundert mich, dass die keiner der beiden Jungs dick gemacht hat. Bei uns hätte es so was nicht gegeben.« Er sah wieder versonnen zur Brombeerhecke hinüber. »Die war ein richtig heißer Feger.«

»Wann haben Sie sie zum letzten Mal gesehen?«

»Keine Ahnung.« Er winkte ab. »Das ist schon Jahre her. Da hat sie schon in Hamburg gewohnt. Ich hab mir sagen lassen, sie würde keinen Ton mehr mit ihren Eltern reden und wäre jetzt irgendwo bei den Schlitzaugen unterwegs.«

Hoogens versuchte, sich nicht anmerken zu lassen, wie sehr ihn Fehrs anwiderte. »Wann waren Sie eigentlich zum letzten Mal in Hamburg?«

»Anfang Februar.« Fehrs' dreckiges Grinsen kehrte zurück. »Da kann ich mich noch sehr gut dran erinnern. Ich war im Puff, wenn Sie's genau wissen wollen. Ist doch heutzutage nicht mehr verboten, oder? Warum fragen Sie?«

»Nur so.« Anfang Februar. Die Leiche der Hamburgerin, die Smolski ins Spiel gebracht hatte, war im März aus der Elbe geborgen worden – und sie war mindestens mehrere Wochen im Wasser gewesen. Hoogens sah zu, dass er sich

von Fehrs abseilte. Er konnte es kaum erwarten, Smolski
anzurufen. Das würde ein guter Tag werden: erst belastende
Indizien gegen einen der Hauptverdächtigen sammeln, und
dann noch jemandem einen richtigen Einlauf verpassen.

# 70

Jule, wir müssen dringend über alles reden. Komm doch morgen Abend bei mir vorbei. Ich bin zu Hause. A

Jule rieb sich den Schlaf aus den Augen. Die SMS war von
Andreas, und er hatte sie gegen halb vier Uhr morgens ab-
geschickt. Mit einer solchen Einladung hatte sie nicht gerechnet. Wenn sie nicht so müde gewesen wäre, hätte sie
sich vermutlich darüber aufgeregt, dass Andreas es nicht für
nötig befand, ihre Fragen direkt am Telefon zu klären. Abgesehen davon, war er nicht einmal schlau genug gewesen,
ihr seine Adresse mitzuschicken. Noch unschlüssig darüber, ob sie auf sein Angebot eingehen würde, brachte sie
eine eigene Kurzmitteilung auf den Weg:

Lieber Klaus, könntest du mir bitte mal Andreas Bertrams
Adresse schicken? Beste Grüße, Jule

Sie war frisch geduscht und bei ihrem Ankleideritual erst
beim Slip angelangt, als sie eine Antwort erhielt:

Hallo, Jule. Hoffe, du hast gut geschlafen. Hier die Adresse:
Andreas Bertram, Ernst-Henning-Str. 36, 21029 HH-Berge-
dorf. Ruf doch mal an. Klaus

Ihr Entschluss, Andreas tatsächlich zu treffen, reifte, als sich Jule zu Ende anzog. Sie erhoffte sich von ihm unter anderem eine Antwort auf die Frage, welcher Dorfbewohner ausreichend kaltblütig war, um ihr die Puppe ins Auto zu legen. Vielleicht griff sie da nach einem Strohhalm, aber dazu war sie gern bereit.

Sie stellte sich vor den Spiegel, hielt ihr Haar mit einer Hand im Nacken zusammen und schloss mit den Fingern der anderen die Haarspange, die ihren Pferdeschwanz an seinem Platz halten sollte. Es knackte. Die untere Hälfte der Haarspange fiel auf ihre Schulter und von dort vor ihre Füße. Sie bückte sich. Das Gelenk war glatt durchgebrochen. Sie fluchte und warf beide Teile in den Mülleimer unter dem Waschbecken.

Sie schüttelte ihr Haar aus, das sie seit Jahren nicht mehr offen getragen hatte. Beim Blick in den Spiegel kam sie sich einen winzigen Moment vor wie eine Fremde – wie eine andere Jule Schwarz, die irgendwo tief in ihr verborgen lag und darauf wartete, sich endlich zeigen zu dürfen.

# 71

Als Jule zum zwölften Mal die Odisworther Hauptstraße mit knapp 40 km/h hinunterfuhr und am Ende des Dorfes wieder an dem Feldweg wendete, bemerkte sie, dass sie endlich entspannter wurde: Sie biss sich nicht mehr auf die Zunge, und sie rechnete nicht mehr jeden Augenblick damit, dass Jonas Plate aus einer Ausfahrt unmittelbar vor ihr auf die Fahrbahn schoss. Über beides verspürte sie eine leise Zufriedenheit. Nur die sonderbaren Blicke, die ihr ein älterer Mann schenkte, wenn sie ihn in ihrem BMW passierte, machten sie nervös. Er strich sein Garagentor in einem hässlichen Braun und schaute ihr bei jeder neuen Runde ein wenig länger nach. Jule beschloss, die Strecke ihres Übungsparcours zu erweitern. In den nächsten paar Stunden pendelte sie zwischen den beiden Nachbardörfern Joldebek und Kolkerlund, die sich vom Gesamteindruck her nicht wesentlich von Odisworth unterschieden. Das Navi schaltete sie irgendwann aus, weil das Gerät mit dem ständigen Hin und Her anscheinend nicht zurechtkam: Mehrfach schlug die Elektronik ohne Jules Zutun neue Routen vor, die allesamt in Odisworth geendet hätten.

Die Sonne brannte heiß vom wolkenlosen Himmel und heizte das Innere des Wagens immer weiter auf. Die Klimaanlage weigerte sich beharrlich, die kühlen 21 Grad zu schaffen, die Jule als gewünschte Temperatur eingestellt hatte. Ihr stand der Schweiß auf der Stirn, und jedes Mal, wenn sie sich im Sitz ein Stück nach vorn bewegte, spürte sie, wie der Stoff ihrer Bluse an ihrem Rücken klebte.

Sie sehnte das Weckerschrillen ihres Handys herbei, das sie darüber in Kenntnis setzen würde, dass es Zeit für ihren Termin bei den Küvers war.

Als es so weit war, gab sie die Adresse, die sie aus dem Telefonbuch in ihr Smartphone übertragen hatte, ins Navi ein und ließ sich zurück nach Odisworth lotsen, obwohl sie den Weg dorthin auch ohne jede Anstrengung allein gefunden hätte. Der Mann, der vorhin sein Garagentor gestrichen hatte, stand noch immer auf seiner Leiter. Jule hoffte, er würde für sich behalten, dass er sie so oft an sich vorbeifahren gesehen hatte. Ihr Stand im Dorf war schwer genug, auch ohne Gerüchte darüber, wie sie einen ganzen Morgen damit verbrachte, vom einen Ende des Dorfes zum anderen zu gondeln.

Ihre Stimmung hellte sich wieder auf, als sie am Hof der Küvers ankam. Ein Schild mit einem grünen Siegel wies ihn als Biobetrieb aus. Insbesondere im Vergleich zu Erich Fehrs' heruntergewirtschaftetem Besitz wirkte er sauber und ordentlich. Jule parkte vor einem blau gestrichenen Bollerwagen, der zu einem Trog für Geranien umfunktioniert worden war. Sie tupfte sich mit einem Taschentuch noch rasch den Schweiß von der Stirn, klemmte sich eine Kladde mit Infobroschüren und Vertragsentwürfen unter den Arm und stieg aus. Von einer nahen Weide aus schauten ihr eine Handvoll Rinder neugierig entgegen. Es handelte sich um kompakte rotbraune Tiere, deren struppiges Fell ihnen etwas Urtümliches verlieh. Rinder wie diese sah man in Hamburg auf Plakatwerbung für Reisen nach Schottland, aber hier fügten sie sich nahtlos in die Szenerie ein.

Jule ging auf das Haupthaus zu, vor dem ein dunkelgrüner Landrover und ein violetter Golf abgestellt waren. Die Wand war weiß getüncht, die Fensterläden blau und rot gestrichen. An einem Fahnenmast wehten dieselben Farben in Form der schleswig-holsteinischen Landesflagge. Aus dem Giebel des Daches ragten zwei geschnitzte Pferdeköpfe, die einander anblickten. Die Haustür lag geschützt in einem kleinen Windfang. Sie klingelte.

Das obere Drittel der Tür bestand aus einer Art Fenster, durch das Jule ins Haus hineinsehen konnte. Über einen gefliesten Flur kam ihr eine Frau Anfang fünfzig entgegen. Sie war auffällig modisch gekleidet – enge schwarze Jeans, petrolfarbener Schlabberpulli, weißes Halstuch. Die ersten Schritte legte die Frau zielstrebig zurück. Dann geschah etwas Merkwürdiges: Als sie den Kopf hob, blieb sie wie angewurzelt stehen. Ihr Mund öffnete sich und sie fasste sich mit beiden Händen an die Brust. Nach einigen Sekunden stürzte sie auf die Tür zu, riss sie auf und rief: »Kirsten! O Gott! Kirsten!«

## 72

Jule war viel zu überrascht, um auf diese sonderbare Begrüßung einzugehen. Ebenso wenig konnte sie sich gegen
die feste Umarmung wehren, zu der Anke Küver ansetzte.
Einen Augenblick starrte sie die Frau einfach nur an, die
sich da an sie presste. Jule blieb stocksteif.

Anke bemerkte, dass ihre Herzlichkeit nicht erwidert
wurde. Sie ließ Jule los, trat einen Schritt zurück, und aus
der Freude auf ihrem Gesicht wurde binnen eines Wimpernschlags herbe Enttäuschung.

»Oh, tut mir leid.« Ihre Stimme klang glockenhell und
dünn. »Ich habe Sie verwechselt.« Ihre Augen wurden groß.
»Frau Schwarz, richtig?«

Jule nickte nur.

Nach einer weiteren Entschuldigung, bei der sie den
Blick zu Boden gerichtet hielt, bat Anke Jule ins Haus.
Da Anke einen Kopf kleiner war, erkannte Jule die grauen
Ansätze in ihrem kastanienbraunen Haar. Dass sie sich die
Haare färben musste, passte zu den scharfen Falten, die von
ihren Mundwinkeln zu ihrem Kinn hinunterliefen. Anke
Küver war offenbar eine Frau, die in ihrem Leben schon
viel gesehen hatte.

Auf Jules Besuch war sie gut vorbereitet. Auf dem Tisch
im Esszimmer war für zwei Personen zum Kaffee gedeckt.
Jule nahm gern ein Stück Rührkuchen, dessen Glasur den
intensiven Duft von Zitronenaroma verströmte.

Der Kaffee war ausgezeichnet – nicht zu stark und nicht
zu schwach. Nachdem sich die Wärme des ersten Schlucks
in Jules Bauch ausgebreitet hatte, schlug sie die Beine übereinander und sagte: »Schön, dass Sie für mich Zeit haben,
Frau Küver. Ihr Mann meinte nämlich, Sie hätten momentan eigentlich andere Dinge um die Ohren.«

Anke schaute sie über den Rand ihrer Tasse an. Es gelang ihr nicht, die Trauer in ihren Augen zu kaschieren. »Ja, das muss man wohl so sagen.«

Jule probierte den Kuchen, der ihr zu süß war, und schluckte den Bissen hinunter. »Der ist köstlich.«

»Danke.«

Jule strich mit den Fingerspitzen über die Kladde, die sie neben ihren Teller auf den Tisch gelegt hatte. »Es würde mich unglaublich freuen, wenn ich Ihnen –«

»Einen Augenblick bitte, Frau Schwarz.« Anke stellte ihre Tasse behutsam ab. »Bevor wir anfangen, will ich Ihnen noch erklären, was da eben an der Tür vorgefallen ist.«

»Okay«, antwortete Jule gedehnt. Sie fand es eigentlich nicht nötig, darauf einzugehen, aber wenn ihre Verhandlungspartnerin darauf bestand, wollte sie ihr dabei keine Steine in den Weg legen.

»Ich habe Sie für meine Tochter gehalten«, sagte Anke.

»Ach so.« Etwas an Ankes Tonfall löste ein Kribbeln in Jules Nacken aus.

Anke stand auf. »Ich weiß, dass sich das verrückt anhört.«

»Ach, was heißt schon verrückt?«, wiegelte Jule ab.

»Ich muss Ihnen etwas zeigen«, sagte Anke und ließ Jule allein im Esszimmer zurück.

Jules Irritation wuchs mit jeder Sekunde, die sie auf Anke warten musste. Der bisherige Verlauf dieses Gesprächs biss sich mit ihren Erwartungen. Was, wenn es ganz aus dem Ruder lief?

»So.« Anke war wieder da. Sie hielt einen grauen Aktenordner und ein Fotoalbum mit blauem Einband in den Händen. Der Ordner landete vorerst unbeachtet auf einem Stuhl, das Album hingegen schlug sie weit hinten auf und reichte es Jule über den Tisch.

Jule stockte der Atem. Das Bild vor ihr – eine auf Fotopapier ausgedruckte Aufnahme – war auf einer großen Familienfeier entstanden. Vielleicht ein runder Geburtstag, denn für eine Hochzeit waren die Gäste nicht schick genug und für eine Beerdigung trugen zu wenige von ihnen schwarz. Auf den ersten Blick hätte Jule glauben können, sie habe an dieser Feier teilgenommen und es inzwischen aus unerfindlichen Gründen wieder vergessen: Die Frau, die auf dem Foto neben Anke Küver saß, hätte sie selbst sein können. Das Alter, die Gesichtsform, die Haarfarbe, die Augen, die Figur und sogar der Geschmack in Kleidungsfragen war ähnlich.

Erst, als Jule ein wenig länger hinsah, traten die Unterschiede zwischen ihr und dieser Person – zweifelsohne war das Ankes Tochter – für sie immer deutlicher zum Vorschein: Die Nase war ein bisschen zu lang, der Mund ein wenig zu breit, und Jule hatte auch weder eine Andeutung von Grübchen in den Wangen noch ein winziges Muttermal auf dem linken Jochbein. Die Ähnlichkeit war insgesamt lange nicht so frappierend wie zwischen Zwillingen, aber diese Frau wäre durchaus als Jules Schwester oder Kusine durchgegangen.

»Sie haben mich mit Ihrer Tochter verwechselt. Ich verstehe sehr gut, wie das passieren konnte. Ich musste eben auch zweimal hinsehen.« Jule lächelte Anke freundlich an. Womöglich war es für die Verhandlungen von Vorteil, dass diese Ähnlichkeit bestand. Es war ein schäbiger Gedanke, aber Jule hatte ihre Sprünge auf der Karriereleiter nicht ohne die nützlichen Effekte der menschlichen Psychologie geschafft.

Anke nahm das Album zurück und betrachtete ein, zwei Sekunden lang versonnen das Bild. »Vielleicht begreifen Sie jetzt, warum wir derzeit etwas abgelenkt sind.« Sie klappte das Album zu. »Meine Tochter ist vor etwas mehr als anderthalb Jahren spurlos verschwunden.«

## 73

Natürlich begriff Jule, und sie schämte sich, dass sie eben noch gehofft hatte, aus der Ähnlichkeit zu Kirsten Küver Nutzen für ihre Verhandlungen zu ziehen. Was die Küvers ihr gegenüber hinter freundlichen Floskeln – viel um die Ohren, andere Dinge im Kopf – verborgen hatten, war eine grausame Wahrheit: Nach dem Leichenfund einer blonden jungen Frau am letzten Freitag fürchteten sie sich vor jedem Anruf und jedem Läuten an der Tür.

»Mein Mann und ich machen uns Vorwürfe«, sagte Anke leise. »Schwere Vorwürfe.«

»Die Identität der Toten ist noch nicht geklärt«, erwiderte Jule zögerlich. Es war ein schwaches Argument. Obwohl sie der Mutter einer Vermissten gerade Mut zusprechen wollte, erhielt die anonyme Tote aus dem Wäldchen in Jules Denken einen Namen und ein Gesicht. Ihr Name lautete Kirsten Küver, und das Gesicht war ihrem eigenen zum Verwechseln ähnlich. Die Tote hatte jetzt ein Elternhaus, in dem Jule zu Kaffee und Kuchen eingeladen worden war, und eine Familie, die um sie trauern würde. Jule schnürte es die Kehle zu, und sie überlegte, die Verhandlungen zum Windpark, die ihr plötzlich banal und unbedeutend erschienen, auf einen späteren Zeitpunkt zu verschieben.

»Die Tote ist noch nicht identifiziert, ja«, wiederholte Anke und senkte die Stimme beinahe zu einem Flüstern. »Aber selbst wenn Kirsten noch lebt. Wir haben schon weit vor ihrem Verschwinden dafür gesorgt, dass sie nicht mehr viel mit uns zu tun haben wollte.« Sie wischte sich hektisch über den Mund. »Die Probleme fingen an, nachdem sie mit der Schule fertig war. Sie wollte weg aus dem Dorf. Nach Hamburg. Jura studieren. Mein Mann und ich waren dagegen. Wir waren so gekränkt. Wir hatten nichts dagegen, dass sie studieren wollte. Aber wir hätten es lieber gesehen, wenn es Agrarwissenschaften gewesen wären. Wegen des Hofs. Damit sie ihn irgendwann übernehmen kann. Wir haben uns wochenlang nur gestritten. Da ist sie einfach ausgezogen. Dann haben wir über einen Monat nichts von ihr gehört. Ich war krank vor Sorge. Mein Mann hat auf stur geschaltet und gemeint, sie würde schon wieder kommen, sobald ihr das Geld ausgeht. Dann bekamen wir einen Brief von ihr, in dem sie uns einen Kompromiss angeboten hat: Sie würde im Nebenfach Biologie belegen, wenn wir sie finanziell unterstützen. Darauf haben wir uns letzten Endes geeinigt, aber zwischen uns wurde es nie wieder wie vorher. Sie hat ihren Abschluss gemacht und ist in Hamburg geblieben. Mein Mann sagt, sie hätte die Stelle dort überhaupt nur angenommen, um uns zu ärgern. Sie arbeitete bei einer Biotechnologiefirma, die an genverändertem Saatgut forscht.«

»Möglicherweise wollte sie nur lieber in der Großstadt leben«, wandte Jule ein.

»Das habe ich ihm auch gesagt, aber er wollte es nicht hören.« Anke seufzte. »In den ganzen acht Jahren, in denen sie in Hamburg gewesen ist, haben wir sie nur dreimal besucht. Sie kam zu Weihnachten und zu meinen Geburtstagen nach Hause. Die von Hanno hat sie ignoriert. Wir haben ungefähr alle vier Wochen mal kurz miteinander telefoniert. Das war alles. Mehr Kontakt hatten wir nicht. Und jetzt wünsche ich mir jeden Tag, wir hätten uns mehr darum bemüht, sie spüren zu lassen, dass wir immer nur das Beste für sie wollten.«

»Ich bin mir sicher, dass ihr das immer klar war«, sagte Jule. Als ihr auffiel, dass sie in der Vergangenheit von Kirsten sprach, schaute sie betreten auf das Stück Kuchen auf ihrem Teller. Sie musste kein Genie sein, um zu wissen, warum Anke Küver gegenüber einer wildfremden Person eine derartige Offenheit zeigte: Wäre Jule klein und dunkelhaarig gewesen, hätte Anke wahrscheinlich den Teufel getan und über das zerrüttete Verhältnis zu ihrer Tochter geredet. Jule war in Ankes Kopf zu Kirstens Stellvertreterin geworden, der sie all das anvertrauen konnte, was sie ihrer verschwundenen Tochter gern gesagt hätte. Als Jule sich bewusst machte, dass sie Geständnisse zu hören bekam, die womöglich an eine Tote gerichtet waren, lief es ihr eiskalt den Rücken hinunter.

»Ich hätte wissen müssen, dass etwas nicht stimmt, als sie eines Tages plötzlich vor der Tür stand und mit mir reden wollte«, fuhr Anke fort. »Sie wirkte fahrig und aufgeregt. Acht Jahre hat sie sich nur über oberflächliche Dinge mit mir ausgetauscht, und dann stellte sie mir völlig unerwartet eine Frage, die ich nie vergessen werde.«

»Und welche Frage war das?« Jule wusste nicht genau, ob sie die Antwort tatsächlich hören wollte.

»Sie wollte wissen, ob Hanno jemals die Hand ausgerutscht ist.«

»Und?« War das der Schrecken, der in diesem so beschaulichen Haus lauerte? Ein gewalttätiger Vater und Ehemann?

»Da wusste ich, warum sie wieder da war«, wich Anke aus. »Sie hatte mit einem Mann zu schaffen, der ihr Angst machte.«

»Und Sie haben ihr geraten, ihn zu verlassen, nehme ich an.«

»Ich konnte sehen, dass es ihr nicht gut ging.« Anke schüttelte den Kopf. »Kirsten war immer ein fröhlicher Mensch gewesen, der gern und viel gelacht hat. In der Zeit, als sie von einem braven Mädchen zu einer aufgeweckten jungen Frau wurde, dachte sie, die Welt wartet nur auf sie und ihre wilden Ideen. Als sie mich zum letzten Mal besucht hat, hat sie nicht einmal mehr gelächelt. Sie steckte so voller Angst. Ich habe sie förmlich angefleht, mir zu sagen, wer dieser Kerl ist. Ich habe sie angebettelt, mir wenigstens zu verraten, ob er sie schon einmal geschlagen hat oder ob sie nur befürchtet, dass er es bald tun könnte. Ohne Erfolg. Sie hat nur gesagt, dass ich sie so oder so nie verstanden hätte. Dass ich keine Ahnung davon hätte, wie kompliziert es sein kann, sich von jemandem zu trennen. Und dass ich mich nur weiter aufregen würde, wenn sie mir seinen Namen sagt, weil ich dann zu den vollkommen falschen Schlüssen käme.«

»Sie kannten diesen Mann also?«

Anke neigte den Kopf nach vorn und stützte ihn in beide Hände. »Ja. Da bin ich mir ganz sicher. Dann hat Kirsten ihren Autoschlüssel genommen, mir versprochen, mich anzurufen, sobald sich alles geklärt hat, und ist weggefahren. Das war das letzte Mal, dass ich sie gesehen habe.«

Jule plagte das Gefühl, nur die Hälfte der Geschichte gehört zu haben. Mit pochendem Herzen fragte sie: »Und dann? Ich meine, wann haben Sie festgestellt, dass Ihre Tochter verschwunden ist?«

Anke setzte ihre Erzählung fort, ohne den Kopf hochzunehmen. »Als sie sich nach einer Woche nicht bei mir gemeldet hat, habe ich bei ihr angerufen und auf den Anrufbeantworter gesprochen. Es kam immer noch keine Nachricht von ihr. Und dann habe ich den größten Fehler meines Lebens begangen. Ich wurde wütend auf Kirsten. Weil ich dachte, sie würde mir nicht genug vertrauen, um mir zu sagen, wie es mit diesem Kerl nun gelaufen ist. Weil ich es so unverschämt von ihr fand, erst hier aufzuschlagen, um sich bei mir auszuheulen, und anschließend so zu tun, als wäre rein gar nichts gewesen. Ich habe geschmollt. Hanno sagte bloß, ich solle mich nicht so aufregen. So wäre sie eben jetzt, seit sie in der großen Stadt wohnt. Dass sie uns für rückständige Bauern hält, die sowieso von nichts eine Ahnung haben. Ich konnte … ich … ich konnte ja nicht wissen, dass …« Sie stockte, tastete blind nach ihrer Serviette und wischte sich über die Augen.

Jule sagte nichts, weil sie inzwischen selbst mit den Tränen kämpfte. Sie hatte es noch nie ausgehalten, wenn andere in ihrer Anwesenheit weinten – schon gar nicht, wenn es sich um Leute handelte, die älter waren als sie. Und Anke Küver hätte ihre Mutter sein können.

Etwas gefasster sprach Anke weiter: »Nach einer Weile waren meine Sorgen größer als mein Ärger. Ich versuchte noch ein paarmal, sie anzurufen. Dann bin ich einfach nach Hamburg gefahren, ohne meinem Mann etwas zu sagen. Das war ungefähr ein Vierteljahr nach ihrem unangekündigten Besuch hier. Ich weiß noch, dass überall in der Stadt schon die Weihnachtsdekorationen hingen. Ich bin zu ihrer Wohnung. Die Pflanzen im Fenster waren vertrocknet. Ich habe bei einer Nachbarin geklingelt, die mich ins Haus ließ. Kirstens Briefkasten quoll vor Post über. Ich habe an ihrer Tür geklingelt und geklopft. Nichts. Ich habe mich auf die Treppe gesetzt und bis nachts um zehn gewartet. Um elf rief mein Mann auf dem Handy an, weil es nicht meine Art ist, so lange wegzubleiben, ohne mich zu melden. Da habe ich ihm alles erzählt, und er meinte sofort, dass da was nicht stimmt.«

»Dann sind Sie zur Polizei gegangen«, folgerte Jule.

»Ja. Das war allerdings komplizierter, als ich je gedacht hätte. Die wollten mich gleich abwimmeln. Weil Kirsten ja schon volljährig ist, und weil sie meinten, es lägen doch keine Hinweise auf ein Gewaltverbrechen vor. Doch ich konnte sie vom Gegenteil überzeugen.«

»Wie?« Jule war schockiert. Sie hatte sich noch nie Gedanken darüber gemacht, welche Bedingungen erfüllt sein mussten, damit eine erwachsene Person als vermisst galt.

»Ich habe ihnen von Kirstens Besuch bei mir berichtet und davon, dass sie Angst vor einem Mann hatte, mit dem sie offenbar befreundet war. Außerdem hatte ich angefangen, ihre Post aufzureißen, kurz bevor mein Mann anrief.

Einer der Briefe war eine fristlose Kündigung ihrer Firma, weil Kirsten einfach nicht mehr zur Arbeit erschienen war und weder auf Anrufe noch auf Schreiben reagiert hatte. Das reichte, damit sie eine Streife vorbeischickten und die Tür aufbrachen.«

»Und?«, fragte Jule.

Anke zuckte hilflos mit den Schultern. »Sie war fort. Keine Spuren eines Einbruchs oder eines Kampfes in der Wohnung. Das Bett war gemacht, und es lag ein aufgeschlagenes Buch auf dem Nachttisch. In der Spüle stand noch eine Tasse von ihr. Die Polizei wusste ganz offensichtlich nicht so recht, was sie damit anfangen sollte. Ich musste mit auf die Wache und eine Menge Fragen beantworten. Ob Kleidungsstücke oder ein Koffer von ihr fehlten.« Sie ächzte. »Ich wusste doch nicht mal, ob sie einen Koffer hatte oder mit einer Tasche reiste.«

Jule tat sich schwer, diese unheimliche Geschichte ohne echtes Ende zu akzeptieren. Menschen lösten sich nicht einfach in Luft auf. »Gab es denn überhaupt keine Hinweise darauf, wo sie sein konnte?«

»Doch.« Anke richtete sich ein Stück auf, legte die Serviette beiseite und griff zu dem Ordner, den sie vorhin gemeinsam mit dem Fotoalbum geholt hatte. »Hanno hat nicht lockergelassen. Er wollte sich nicht damit abfinden, dass unsere Tochter einfach verschwunden war. Er hat sich einen guten Anwalt genommen und durchgesetzt, dass die Polizei Kirstens PC und E-Mails durchforstet.« Sie holte ein in einer Klarsichtfolie abgeheftetes Blatt Papier aus dem Ordner. »Dabei sind sie auf das hier gestoßen.«

Jules Finger zitterten, als sie das Dokument entgegennahm. Es war der Ausdruck einer E-Mail. Sie brauchte nur bis zur Betreffzeile zu lesen, um zu erkennen, dass sie neben ihrem Äußeren noch eine Gemeinsamkeit mit Kirsten Küver hatte:

Von: kirstenk_13@gmx.net
An: andreas.bertram@zephiron.de
Betreff: AW: Unser kleiner Streit

# 74

Stefan Hoogens spürte Marko Assmuth dort auf, wo der dicke Polizeiobermeister aus Joldebek ihn vermutet hatte: in einem Croque-Laden in Kolkerlund. Assmuth stand an einem Stehtisch vor dem Imbiss und biss gerade genüsslich in einen Croque, der noch zur Hälfte in Alufolie gewickelt war, als Hoogens in seinem Mondeo vor dem Laden hielt.

Schon beim Aussteigen nahm Hoogens Assmuth genau ins Visier, und das grimmige Gesicht, das er dabei machte, verfehlte seine Wirkung nicht. Assmuth hörte auf zu kauen und ließ seinen Croque sinken. »Pass mal auf«, kam Hoogens sofort zur Sache. »Wenn du noch einmal deine dumme Fresse nicht halten kannst und vertrauliche Details über meinen Fall weitererzählst, kriegen wir zwei richtig Ärger. Wenn ich dann mit dir fertig bin, kannst du froh sein, wenn du noch als Hilfssheriff bei der Bahn unterkommst. Kapiert?«

Assmuth nickte erst stumm. Dann schluckte er den Bissen Croque hinunter, was einer sichtlichen Anstrengung bedurfte, und sagte: »Ich –« Weiter kam er nicht.

»Du hast Sendepause, Junge«, knurrte Hoogens. Sein Blick fiel auf den Croque, der reichlich mit Gyros und Käse belegt war und intensiv nach Knoblauchsoße roch. »Sind da Zwiebeln drauf?«

Assmuth schüttelte den Kopf.

»Gut.« Hoogens nahm ihm den Croque aus der Hand.

Er wies mit dem Kinn in Richtung von Assmuths Streifen-
wagen, der ein paar Meter weiter am Straßenrand geparkt
war. »Abmarsch.«

Hoogens hatte berechtigte Zweifel, ob Assmuth in seiner
Laufbahn als Polizist jemals schneller hinter das Steuer ge-
spurtet war. Zufrieden biss er in den Croque. Der würzige
Geschmack von Fleisch und Käse brachte ihn auf die Idee,
gleich noch jemandem einen kleinen Besuch abzustatten. Er
war wirklich in bester Konfrontationslaune.

Ja, heute war ein schöner Tag.

## 75

Der Haupttext der Mail von Kirsten Küver an Andreas
war nicht sehr lang, aber dafür umso beunruhigender – vor
allem, wenn man berücksichtigte, was Anke Küver über den
letzten Besuch ihrer Tochter erzählt hatte.

> Habe noch einmal lange über alles nachgedacht. Ich finde, Du
> übertreibst. Außerdem ist es meine Entscheidung. Kapiert?
> Kirsten

Jule schaute auf. Anke musterte sie eindringlich. Was mochte sich die Frau gerade denken? Jule war eine Kollegin
des Mannes, dem Anke zumindest eine Mitschuld am Verschwinden ihrer Tochter gab. Erwartete sie von Jule eine
Bestätigung ihres Verdachts? Sie selbst fand es erstaunlich
genug, dass Andreas nach seinem Weggang überhaupt Kontakt zu jemandem aus Odisworth gehalten hatte. Bei seinem
sonderbaren Anruf hatte es doch eher so geklungen, als
wäre er froh gewesen, nie wieder etwas von diesem Dorf

zu hören. Und auch so, als hätte es ihn belastet, dass ausgerechnet er zum Leiter eines Projekts ernannt worden war, das ihn zwangsläufig in seine alte Heimat zurückführte. Es war allerdings auch möglich, dass ihn und Kirsten das geteilte Schicksal, erfolgreich aus Odisworth geflohen zu sein, eng zusammenschweißte, nachdem sie sich in Hamburg per Zufall begegnet waren. Obwohl die Elbmetropole eine Millionenstadt war, lief ja auch Jule ab und an Leuten über den Weg, die sie noch aus ihren Kinder- und Jugendtagen in Pinneberg kannte. In dieser Hinsicht war Hamburg ebenso ein Dorf wie Odisworth.

»Was hat die Polizei zu dieser Mail gesagt?«, wollte Jule wissen.

»Sie haben ihn verhört«, antwortete Anke.

»Und was ist dabei herausgekommen?« Jule war durcheinander. Sie mochte Andreas nicht sonderlich, weil er ein Chaot und Angeber war. Eine schwere Misshandlung oder gar einen Mord traute sie ihm allerdings beim besten Willen nicht zu. Er war ein Aufschneider – große Klappe, nichts dahinter.

»Er hat abgestritten, dass er Kirsten je bedroht hat. Er hat ausgesagt, sie wären nur gute Freunde gewesen und ab und zu zusammen einen Kaffee trinken gegangen, um über alte Zeiten zu plaudern.«

»Aber die Mail sieht für mich nicht nach einer netten Plauderei aus«, sagte Jule.

»Kein Stück. Da soll es darum gegangen sein, dass Kirsten ein Jahr allein nach Fernost wollte. Mit dem Rucksack quer durch Indien, Thailand, Vietnam, und was es da sonst noch alles gibt.«

»Konnte man das belegen?« Jule kannte einige Kollegen bei Zephiron, die in besonders stressigen Phasen im Büro immer mal wieder laut davon träumten, einfach auszusteigen und irgendwo in der weiten Welt zu sich selbst zu finden. Daher kam ihr Andreas' Aussage auch nicht zwingend wie eine schlechte Ausrede vor.

»Bedingt«, räumte Anke ein, der dieses Eingeständnis sichtlich schwerfiel. »Kirsten hatte sich ein paar Tage vor dieser Mail im Netz über Flüge nach Asien, Reiserouten und günstige Übernachtungsmöglichkeiten vor Ort informiert. Die Polizei hat auch Kirstens Therapeuten darauf angesprochen, und er – «

»Ihre Tochter war in Therapie?« Jule konnte sich nicht zurückhalten. Das rückte die Sache in ein vollkommen anderes Licht: Kirsten war verschwunden, und es stand auch zu befürchten, dass ihr etwas Schlimmes zugestoßen war. Die Information mit der Therapie allerdings eröffnete die erschütternde Variante, dass ihr etwaiger Tod nicht mit einem Fremdverschulden zusammenhing. »Kann es sein, dass …« Jule brachte die Frage nicht zu Ende.

»Nein, kann es nicht«, sagte Anke scharf. »Laut ihrem Therapeuten war sie nicht der Typ, um sich umzubringen. Sie war eher der Typ, der davonläuft. Er meinte, sie hätte gelegentlich den Wunsch geäußert, Deutschland zu verlassen, um Abstand zwischen sich und die Menschen zu bringen, in denen sie die Auslöser für ihre Probleme sah.« Jule sah eine Regung in Ankes Augen aufblitzen, die sie nicht zuordnen konnte. Es hätte Zorn, aber auch genauso gut Enttäuschung sein können. »Sie litt unter Minderwertigkeitskomplexen, hat er gesagt. Und darunter, dass sie das Gefühl hatte, immer nur die Erwartungen anderer erfüllen und übertreffen zu müssen, ohne dass jemand Rücksicht auf ihre eigenen Wünsche nahm.«

Plötzlich ging alles sehr schnell. Anke packte die Tasse, die vor ihr stand, und warf sie mit voller Wucht zu Boden. Das Porzellan zerschellte auf den Fliesen. Jule schrie überrascht auf und spürte eine lauwarme Nässe an ihrem Hosenbein.

Anke sprang auf. »Das ist so ungerecht.« Die Tränen, die sie so lange zurückgehalten hatte, rannen ihr nun unaufhörlich über die Wangen. »Wie konnte sie so etwas sagen? Sie hat von uns immer alles bekommen, was sie wollte. Alles. Sie war unser Leben. Und was ist der Dank? Dass sie uns hier sitzen lässt und abhaut. Erst nach Hamburg und dann weiß Gott wohin.«

Jule blieb still sitzen. Selbst ihr Atem kam ihr laut und störend vor. Sie wagte es nicht einmal, an ihrem Ohrläppchen zu zupfen oder den Ring an ihrem Finger zu drehen.

»Wissen Sie, was das Fürchterlichste ist?«

Jule sagte nichts.

»Das Fürchterlichste daran ist, dass ich mir wünschen muss, ein undankbares Balg in die Welt gesetzt zu haben, das sich einen Dreck dafür interessiert, wie es seinen Eltern geht.« Anke schluchzte. »Wenn es nämlich nicht so ist, dann … dann ist sie schon längst …« Sie heulte so laut auf, dass Jule heftig blinzelte, damit ihr nicht selbst die Tränen aus den Augen schossen.

Jule atmete tief durch, als Anke auf dem Absatz umdrehte und aus dem Esszimmer stürmte. Sie hörte eine Tür zuschlagen und kurz darauf Laute, die dank der Wände zwischen ihr und der Frau gnädig gedämpft waren.

Selten hatte es Jule mehr geschmerzt, mit einer Vermutung richtig zu liegen: Die malerische Fassade von Odisworth war wahrhaftig nichts als schöner Schein. In jedem Haus – sogar in den schönsten und größten, wie dem, in dem sie gerade saß – lauerten Leid, Düsternis und Verzweiflung. Jetzt fühlte sie sich Kirsten Küver noch näher, als es durch die rein äußerlichen Ähnlichkeiten zwischen ihnen ohnehin schon der Fall gewesen war. Jule hätte wahrscheinlich genauso gehandelt wie sie und bei der erstbesten Gelegenheit die Flucht aus diesem Dorf angetreten. Nein, Jule hatte vor einigen Jahren tatsächlich genauso gehandelt wie Kirsten: Sie war aus ihrer Heimat geflohen, getrieben von einem Schmerz, der sich wie ein brennender Stachel in ihr gesamtes Wesen gebohrt hatte. Hatte auch Kirsten ein solches dunkles Geheimnis mit sich herumgetragen?

Nach ein paar Minuten nahm Jule ihre Kladde vom Tisch und stand auf. Sie trat auf den Flur und auf die Haustür zu.

»Bitte gehen Sie nicht.«

Jule drehte sich um.

Ankes Augen waren rot geweint, aber sie hielt die Schultern straff und das Kinn nach oben gereckt. »Wir haben noch nicht über das Geschäft geredet.«

Die folgende halbe Stunde verlief in einer seltsam unwirklichen Atmosphäre, die Jule an die Abende bei den Jepsens erinnerte. Anke erwähnte weder ihren Zusammenbruch noch schenkte sie den Scherben auf dem Boden irgendeine Notiz. Stattdessen schilderte sie Jule in knappen Worten ihre prinzipielle Bereitschaft, Teile ihres Landes für den Windpark zur Verfügung zu stellen. Die Küvers hatten größere Summen in die Modernisierung und die Umstellung ihres Hofes auf biologische Landwirtschaft investiert – Investitionen, die noch weit davon entfernt waren, sich zu amortisieren. Daher stellte der Windpark für sie ein verlockendes Angebot dar: Sie konnten nicht nur ihre Schulden in absehbarer Zeit abtragen, sondern gleichzeitig auch noch ihre Versorgung im Alter absichern. Die einzige Hürde für einen sofortigen Vertragsabschluss war ihre Besorgnis, sich bei den anderen Dörflern unbeliebt zu machen, wenn sie als Erste unterschrieben. Jule musste Anke versprechen, ihr noch am gleichen Tag Bescheid zu geben, an dem ein anderer Odisworther außer Bürgermeister Mangels sich dafür entschied, den Windpark tatkräftig zu unterstützen. Dann sei alles nur noch reine Formsache. Nach dieser Ankündigung komplimentierte Anke sie rasch aus dem Haus, unter dem Vorwand, sie müsse mit dem Kochen anfangen.

Jule, die kaum glauben wollte, dass ihr Besuch nach dem bestürzenden Beginn noch eine derartige Wendung genommen hatte, setzte sich in ihren Wagen und wählte die Handynummer ihres Chefs. Entgegen seiner Beteuerungen, er warte dringend auf gute Nachrichten von ihr, erwischte sie nur seine Mailbox. »Hallo, Norbert. Ich wollte dir nur sagen, dass jetzt die ersten Bauern weichgeklopft sind. Wenn es so weiterläuft, bleiben wir im Zeitplan.«

Nach dem Auflegen überkam Jule ein irrwitziges Gefühl: Sie war überzeugt, dass sie nicht allein im Auto saß. Wenn sie sich jetzt umdrehte, würde sie auf der Rückbank jemanden vorfinden, da war sie sich sicher. Die Härchen in ihrem Nacken richteten sich auf, und ihr Puls ging schneller. Den nötigen Mut, sich tatsächlich umzudrehen, fand sie nicht. Doch sie warf einen flüchtigen Blick in den Rückspiegel. Darin sah sie den schwarzen Bezug der Sitze und ein Viertel eines Frauengesichts. Jule fuhr einen winzigen Sekundenbruchteil zusammen.

Sie blinzelte, und der beunruhigende Eindruck verschwand. Was für ein absurder Gedanke! Kirsten Küver saß nicht auf ihrer Rückbank. Und auch sonst saß da niemand. Als sie sich wieder beruhigt hatte, startete Jule den Motor.

Aus der Klimaanlage, die sich den ganzen Tag über geweigert hatte, für Kühlung zu sorgen, wehte ihr ein eisiger Hauch entgegen.

# 76

Er war verunsichert. Er wusste nicht, was es zu bedeuten hatte, dass sie zu ihrer Mutter gefahren war. War das Teil ihres neuen Spiels?

Er hatte Kirstens Mutter nie gemocht. Sie war zu neugierig. Sie stellte zu viele Fragen. Das hatte sie früher auch schon gemacht. Was, wenn sie Kirsten nach dem großen Geheimnis gefragt hatte?

Nein, daran durfte er nicht denken. Außerdem musste er Kirsten vertrauen. Sie hatte immer zu ihm gehalten und nichts verraten. Warum sollte sie es ausgerechnet heute tun?

Er zwang sich, an etwas Schönes zu denken. Daran, wie Kirsten nicht einmal bemerkt hatte, dass er ihr gefolgt war. Oder hatte sie nur so getan, als wäre er ihr in seinem Wagen, den er an der Hauptstraße geparkt hatte, gar nicht aufgefallen? War auch das nur Teil des neuen Spiels, das sie mit ihm und für ihn begonnen hatte?

Er schaute sich um. Die Leute aus dem Dorf durften ihn nicht dabei erwischen, wie er Kirsten beobachtete. Manche ahnten bestimmt, wie ihr altes Spiel ausgegangen war, und sie hätten nie verstanden, warum es so geendet hatte.

In Zukunft musste er vorsichtiger sein. Es war gefährlich, einfach nur auf ein fremdes Haus zu starren und dabei davon zu träumen, was wohl noch alles kommen würde. Das war riskant von ihm gewesen. Warum hatte er das getan? Es gab doch einen Ort ganz in der Nähe, an dem er sich nicht darum sorgen musste, ob ihn jemand sah. Einen Ort, an dem er ganz er selbst sein konnte, an dem seine Rolle und sein wahres Ich vollkommen zusammenfielen. Er war froh, dass die Leute hier nicht wussten, dass es diesen Ort gab. Sie hätten etwas Schreckliches darin gesehen und nie begriffen, was er für ihn bedeutete.

## 77

»Hast du dich wieder eingekriegt?«

Hans-Hermann Mangels sah sich als Mann, der jedem eine zweite Chance gab – sogar einer so unangenehmen Person wie Ute Jannsen. Deshalb hatte er heute auch nach Feierabend erst Bismarck bei seiner Frau abgeliefert, um sich danach noch einmal auf den Weg zum Pfarrhaus zu machen. Utes Miene nach zu urteilen hätte er sich diesen Weg jedoch sparen können.

»Was willst du?« Wie bei Mangels' letztem Besuch ließ ihn Ute nicht ins Haus. Sie machte sich im Türrahmen so breit, wie es ihr dürrer Wuchs erlaubte. »Hast du vor, mich noch mehr unter Druck zu setzen?«

»Ich wollte eigentlich das Kriegsbeil mit dir begraben«, erklärte Mangels. »Und dabei nachhorchen, ob du Erich vielleicht inzwischen so weit hast, dass er mit sich reden lässt. Margarete – «

»Halt den Mund!«, sagte Ute scharf.

»Ich lasse mir doch von dir nicht das Wort verbieten! Ich komme hierher, um dir die Hand zu reichen, und du – «

»Halt den Mund«, sagte sie noch einmal, leiser und geradezu flehend.

Ihm fiel auf, dass sie ihn dabei nicht anschaute, sondern an ihm vorbei in den Garten spähte. Mangels wandte sich um. Sein Groll erlosch. Ute hatte ihn nur warnen wollen: Einer der beiden Kriminalbeamten, die wegen des Leichenfunds ermittelten, kam durch den Garten auf sie zu. Leider war es nicht Gabriel Smolski. Es war der andere, Hoogens, der auf Mangels von Anfang an aggressiver, gefährlicher gewirkt hatte. Mangels rang sich trotzdem zu einem Lächeln durch.

»Schön, dass ich Sie beide zusammen erwische.« Hoogens erwiderte das Lächeln nicht. »Reden wir nicht lange um den heißen Brei herum. Ich bin … also, sagen wir mal schwerwiegend verwundert, dass es keiner von Ihnen bisher für nötig gehalten hat, mir von Kirsten Küver zu erzählen. Erinnern Sie sich? Bestimmt. Wenn nicht, helfe ich Ihnen gern auf die Sprünge: Eine große blonde Frau, die Odisworth vor ein paar Jahren in Richtung Hamburg verlassen hat und die dann so ungefähr vor anderthalb Jahren spurlos verschwunden ist.«

»Ich bin nur der Bürgermeister von Odisworth«, sagte Mangels rasch. »Nicht der Bürgermeister von Hamburg. Wenn jemand von hier fortgeht, bin ich nicht mehr für ihn zuständig. Außerdem ist sie doch angeblich irgendwo in Asien. Wenigstens behaupten das ihre Eltern. Und für den Fernen Osten bin ich noch viel weniger zuständig als für Hamburg.«

»So schnell geht das hier?« Hoogens schürzte in gespielter Verblüffung die Lippen. »Aus den Augen, aus dem Sinn?«

»Mir war nicht klar, dass Kirsten etwas mit Ihrem Fall zu tun hat«, sprang Ute Mangels zur Seite. »Sonst hätte ich selbstverständlich etwas über sie gesagt, auch wenn es da nun wirklich nicht viel zu sagen gibt. Es ist ein trauriges Thema für die Leute hier, das ich nicht gerne anschneide.«

»Hm.« Hoogens rieb sich nachdenklich die lange Nase. »Dann sind Sie damals also bei Kirstens Verschwinden nicht enger zusammengerückt? Komisch. Bei dem Feuer auf dem Hof der Nissens war das doch noch anders. Da waren Sie auf den festen Zusammenhalt Ihrer Gemeinde noch ganz stolz, Frau Pastorin.«

Mangels steckte die Hände in die Jackentaschen, damit der Kommissar nicht bemerkte, wie sehr sie ihm mit einem Mal zu zittern begannen. Verfluchte Scheiße! Was hatte Ute nur angerichtet? Diese widerliche Schlange! Sie war dazu bereit, ihn ans Messer zu liefern. Aber was versprach sie sich davon?

»Mir ist übrigens auch etwas nicht klar«, fuhr Hoogens fort. »Nämlich, warum Sie diesen Brand überhaupt erwähnt haben. Wenn ich ein misstrauischer Mensch wäre, könnte ich ja fast meinen, Sie wollten mich auf eine falsche Spur locken.«

»Das ist eine unverschämte Unterstellung.« Ute sah aus, als würde sie jeden Augenblick die Tür zuschlagen. »Ich verbitte mir das.«

»Was glauben Sie, warum mir die Frau Pastorin das erzählt hat?«, wandte sich Hoogens an Mangels. »Sie waren doch bei den Löscharbeiten dabei, oder? Gibt es da etwas, was ich wissen sollte? Etwas, das mir hilft, einen Mörder zu fangen?«

Mangels kochte vor Wut. Ob er wollte oder nicht, er musste Ute decken, wenn er nicht selbst in die Bredouille kommen wollte. »Ich war damals der Zugführer unserer Freiwilligen Feuerwehr.« Er ballte die Fäuste. »Sie müssen verstehen, dass dieses Unglück das Schlimmste war, was unser Dorf in den letzten Jahrzehnten erlebt hat. Ich bin mir sicher, die Frau Pastorin hat nur davon geredet, um Ihnen einen Eindruck zu vermitteln, was für eine furchtbare Stimmung damals bei uns geherrscht hat. Eine Stimmung wie heute. Schock, Unglaube, Fassungslosigkeit. Aber wir Odisworther sind zäh, und wir stehen zueinander. Wir werden mit allem fertig. Ob mit Bränden oder Morden. Das wolltest du doch sagen, Ute. Oder?«

Ute nickte und wagte sich einen Schritt aus der Tür heraus. »Es tut mir leid, wenn das bei Ihnen irgendwie anders angekommen ist, Herr Hoogens.«

Hoogens achtete nicht weiter auf die halbherzige Entschuldigung. Stattdessen fragte er Mangels: »War es schwierig, die Leichen der Nissens zu bergen? Unter dem ganzen Gebälk und Schutt – «

»Nein«, antwortete Mangels. Er sagte die Wahrheit, und trotzdem – oder vielleicht gerade deshalb – hatte er dabei das Gefühl, einen schweren Fehler zu begehen. »Warum?«

»Auf einer der Aufnahmen von der Brandstelle sahen die Beine von Klaas Nissen aus wie gebrochen«, erläuterte Hoogens wie beiläufig.

Mangels tat das, was ihm manchmal auch bei schwierigen Sitzungen im Gemeinderat aus der Klemme half: Er flüchtete sich in eine Aussage, in der das Tatsächliche mit dem Möglichen verschmolz. »Wir mussten die Schlafzimmertür, hinter der die Nissens lagen, mit den Äxten aufbrechen. Wir konnten nicht wissen, wie nah die Leichen an der Tür waren. Ich …« Wieder hörte Mangels das schreckliche Geräusch, wie Jette Nissens verbrannte Hand unter seiner Stiefelsohle zermalmt worden war. »Ich bin auf die Leichen getreten und ins Stolpern geraten. Es kann schon sein, dass ich auf Klaas' Beinen gelandet bin und sie gebrochen habe.« Er zwang sich, Hoogens' forschendem Blick standzuhalten. »Es … es war eine grausame Situation. Wir standen alle noch unter Schock.«

»Aha.« Hoogens nickte bedächtig. »Verstehe. Gut, dann wäre das ja geklärt.« Er sah auf seine Armbanduhr. »Ich müsste dann auch demnächst weiter. Sind Sie sicher, dass Sie nicht noch etwas vergessen haben, das mich interessieren könnte? Noch ein paar verschwundene blonde Frauen vielleicht?«

Mangels und die Pastorin schwiegen.

»Nicht? Na dann …« Hoogens wandte sich zum Gehen. Nach drei Schritten drehte er sich noch einmal um. »Ach ja, Frau Jannsen. Ich hatte eben eine kleine Unterhaltung mit Marko Assmuth.«

Mangels sah, wie Utes Mundwinkel zuckten.

»Ich nehme an, das, was Sie Frau Schwarz über das Mordopfer erzählt haben, haben Sie von ihm.« Hoogens lächelte
abschätzig. »Ich bedauere außerordentlich, Ihnen mitteilen
zu müssen, dass Sie sich von Assmuth keine weitere Unterstützung mehr bei Ihren seltsamen Spielchen erhoffen
dürfen. Und falls ich irgendwie davon erfahre, dass Sie sich
mit Assmuth weiterhin so intensiv austauschen, mache ich
Ihnen die Hölle heiß. Das ist eine Warnung. Nur für den
Fall, dass das bei Ihnen irgendwie anders angekommen ist.«
Mangels sah dem Kommissar nach, bis er in seinen Wagen gestiegen war. Es waren die längsten dreißig Sekunden
seines Lebens. Am liebsten wäre er Ute gleich an die Gurgel
gegangen, aber er begnügte sich damit, unauffällig einen
Fuß in die Tür des Pfarrhauses zu schieben.
Erst als Hoogens den Motor anließ, zischte Mangels:
»Was fällt dir ein, ihm vom Feuer zu erzählen?«
Zu Mangels' Erstaunen versuchte Ute nicht, die Tür zuzuschlagen. Sie bohrte ihm einen Finger in die Brust und
sagte: »Das hast du dir selbst vorzuwerfen. Ich musste mich
doch schützen. Du warst ja völlig außer dir.«
Mangels konzentrierte sich kurz auf den stechenden
Schmerz, wo ihn ihr Finger getroffen hatte. »Gut.« Er sah
sich um, um sich zu vergewissern, dass Hoogens wirklich
abgezogen war. »Weißt du, was wir ab jetzt machen?« Er
fasste sie unsanft an den Schultern und schob sie ins Haus.
Ihre spitzen Knochen stießen ihm in die Handflächen. Sie
wehrte sich nicht. »Wir machen das ab jetzt so.« Er drängte
sie im Flur gegen die Wand und presste sich mit seinem
vollen Gewicht gegen sie. Er spürte ihren Herzschlag unter
ihren Rippen – flatternd wie ein Vogel in seinem Käfig. »Wir
rücken ganz, ganz eng zusammen. So, wie wir es immer tun,
wenn es sein muss. Ja?«

## 78

»Sie rauchen zu viel.«

Jule versuchte, ihre Rüge in einem spielerischen Tonfall vorzutragen, als sie am Freitagmorgen aus der Tür der Pension Jepsen trat und Gabriel Smolski dabei erwischte, wie er sich seine nächste Zigarette an der Glut einer gerade bis zum Filter heruntergerauchten Kippe anzündete. Das Erste, was ihr an dem Kommissar ins Auge sprang, war seine ungesunde Gesichtsfarbe. Ein blasses Grau, als wäre er ein geisterhaftes Abziehbild jenes energiegeladenen Mannes, den sie an ihrem ersten Abend in Odisworth kennengelernt hatte.

»Der Stress«, verteidigte sich Smolski. Selbst sein Grinsen wirkte gequält und halbherzig. Er warf einen Blick auf seine Armbanduhr. »Frau Jepsen wollte mich drin nicht rauchen lassen. Sonst hätte ich gern mit Ihnen gefrühstückt. Oder waren Sie schon fertig?«

»So gut wie.« Jule war bei ihrer zweiten Tasse Kaffee gewesen, als Eva vor ungefähr einer halben Minute plötzlich neben ihr gestanden hatte, um ihr im Flüsterton und vor Aufregung geröteten Wangen mitzuteilen, dass Smolski vor dem Haus auf sie wartete.

Smolski schaute auf Jules leere Hände. »Haben Sie nicht was für mich?«

Sie fasste ihn sanft am Arm und zog ihn durch den Vorgarten hinaus auf den Bürgersteig. Sie hatte ein peinliches Geständnis abzulegen, bei dem sie auf Zuhörer verzichten konnte. Die Gefahr, dass Eva Horchposten an einem der Fenster bezogen hatte, war schlicht zu groß. »Die Puppe ist weg«, sagte sie leise.

»Weg?«

»Das habe ich erst gemerkt, nachdem ich Sie angerufen hatte.«

»Ich befürchte, ich verstehe nicht ganz, was Sie meinen.«

Jule erklärte ihm, wie sie die Puppe in den Garten geworfen hatte und wie sie sie später nicht mehr hatte finden können.

»Das ist natürlich schlecht«, brummte Smolski. »Was ist mit dem Drohbrief?«

»Der ist in meinem Zimmer.«

Er sah erneut auf seine Armbanduhr. »Gehen Sie. Ich warte so lange.«

Der Brief war noch immer dort, wo Jule ihn versteckt hatte: in der Nachttischschublade.

»Und? Wie läuft's?«Auf dem Weg die Treppe wieder hinunter sah sich Jule Eva gegenüber.

»Gut.« Jule eilte an ihr vorbei und hinaus zu Smolski. Der Kommissar hatte inzwischen seine Jacke ausgezogen und verstaute sie gerade im Kofferraum seines Passats. Er bemerkte Jule, schlug den Kofferraumdeckel zu und schaute ein drittes Mal auf die Uhr.

»Haben Sie's eilig?« Jule hielt ihm den Brief hin. Er faltete ihn mit spitzen Fingern auseinander, überflog die eine, sich ständig wiederholende Zeile und deponierte ihn danach in einer durchsichtigen kleinen Plastiktüte, die er aus dem Handschuhfach holte.

»Ich frage mich nur, ob es richtig gewesen ist, meinen Partner heute Morgen allein zu der Pressekonferenz zu schicken«, teilte er Jule mit, nachdem er die Tüte mit dem Brief ins Handschuhfach befördert hatte.

»Pressekonferenz?« Eine düstere Vorahnung ließ Jule nur noch flüstern.

»Wir haben die Identität der Toten aus dem Wäldchen geklärt«, erwiderte er nach einem langen Zug an seiner Zigarette.

»Es ist Kirsten Küver, oder?« Jule spürte, wie ihr die Knie weich wurden. War Smolski heute nur nach Odisworth zurückgekommen, um Kirstens Eltern die furchtbare Nachricht zu überbringen?

Er sah sie lange und forschend an, als stünde ihr die Lösung eines komplexen Rätsels ins Gesicht geschrieben. »Nein«, sagte er plötzlich und schüttelte den Kopf. »Kirsten Küver ist es nicht.«

Eine kleine Welle der Erleichterung durchflutete Jule. Sie hielt jedoch nur wenige Herzschläge an. »Wenn sie es nicht ist, wer ist es dann?«

»Hoogens verrät der Presse in diesen Minuten, was wir über sie wissen.« Smolski hörte sich an wie eine Maschine, als er die Fakten kurz und bündig herunterratterte. »Sie heißt Melanie Tockens. Spitzname Melle. Einundzwanzig Jahre alt. Sie kommt aus Joldebek und ging keiner festen Arbeit nach. Im Sommer kellnerte sie aushilfsweise in diversen Ausflugslokalen an der Küste.«

Beim letzten Satz senkte Smolski die Stimme und kniff die Augen zusammen. Jule drehte sich um. Eva war aus dem Haus gekommen. Sie trug einen Eimer in der einen und eine kurzstielige Hacke in der anderen Hand. Sie winkte ihnen mit der Hacke zu, ehe sie sich zum Unkrautjäten vor eines ihrer Blumenbeete kniete. Beim leisen Knirschen, wie die Hacke in den weichen Erdboden fuhr, stieß Jule der Kaffee bittersauer auf.

»Melanie Tockens wurde zum letzten Mal am vierzehnten September des letzten Jahres gesehen«, führte Smolski weiter aus. »Bei einer Scheunendisco in Drehlstedt, der letzten dieser Saison. Sie war in Begleitung von zwei Freundinnen unterwegs, die die Veranstaltung allerdings bereits gegen zwölf Uhr dreißig verließen. Sie wohnte noch bei ihren Eltern, die sie am Abend des Fünfzehnten als vermisst meldeten. Es ist unklar, ob Melanie Tockens zu diesem Zeitpunkt bereits tot war oder nicht.« Er blies Rauch durch seine Nasenlöcher. »Woher kennen Sie Kirsten Küver?«

Jule lauschte einen kurzen Moment dem Knirschen der Hacke, ehe sie sagte: »Ich habe gestern mit ihrer Mutter gesprochen. Die Küvers besitzen Land, das für den Bau des Windparks infrage kommt.«

»Ich frage nur, weil ich natürlich auch über diesen Namen gestolpert bin«, meinte Smolski. »Wie Sie sich vielleicht vorstellen können, habe ich in den vergangenen Tagen haufenweise Akten über vermisste Personen und ungeklärte Todesfälle gewälzt.«

Das Knirschen machte Jule immer unruhiger. »Glauben Sie, dass Kirsten auch tot ist?«

Smolski senkte seine Stimme noch weiter und beugte den Kopf so dicht an Jule heran, dass sein Atem über ihr Gesicht strich. »Ich weiß es nicht. Was ich weiß, ist, dass man im März bei Glückstadt die Leiche einer blonden Frau aus der Elbe gefischt hat. An einem Pfeiler eines Steges, der zu einem zum Verkauf stehenden Ufergrundstück gehörte, auf dem nur alle paar Wochen einmal der Makler vorbeikam. Sie hat eine Weile im Wasser gelegen, was die Identifizierung deutlich erschwerte.«

»Kirsten?«, fragte Jule.

»Ihr Name war Jennifer Sander, wohnhaft in Hamburg-Billstedt. Sechsundzwanzig Jahre alt, Angestellte bei einem Lebensmitteldiscounter. Nach Aussagen ihrer Familie, Freunde und Bekannten eine lebenslustige Person, die gern ausgiebig feierte. Sie ist nach dem Besuch einer Großraumdisco in Trittau kurz vor Weihnachten verschwunden. Ihr Obduktionsbericht erwähnt auffällige Verletzungen über der Augenhöhle. Und da waren noch weitere Verstümmelungen und Auffälligkeiten an ihrer Leiche, inklusive einer ganz besonderen, die sich auf gar keinen Fall durch eine Schiffsschraube oder eine andere Einwirkung von außen erklären lässt. Eine, die wir auch bei dem Opfer aus dem Wäldchen hier festgestellt haben.«

Jule musste sich an der Kühlerhaube von Smolskis Wagen abstützen. In diesem Augenblick wurde ihr alles zu viel: das Knirschen von Evas Hacke, Smolski, der nach Zigaretten stank, die Eröffnungen über die Wasserleiche. Sie fokussierte sich auf das kalte Metall unter ihrer Handfläche.

»Melanie Tockens war nicht das erste Opfer dieses Mörders«, sagte Smolski. »Was Kirsten Küver anbelangt …« Er zuckte die Schultern. Seine nächsten Worte klangen sanft und geradezu entschuldigend. »Da lassen die Indizien zumindest die Hoffnung zu, dass sie sich einfach nur irgendwohin abgesetzt hat, um ein neues Leben anzufangen. So etwas kommt öfter vor, als man denkt.« Er schaute nach unten. Erst dachte Jule, er würde seinen Blick schon wieder auf seine Armbanduhr richten, doch dann fuhr er sich über den Ringfinger der rechten Hand. »Viel öfter. Sie würden sich wundern, wie leicht es nach wie vor ist, komplett unterzutauchen, wenn man nur die nötige Bereitschaft dazu mitbringt. Wenn man die Kooperation mit dem System verweigert, das üblicherweise dafür Sorge trägt, dass zumindest einige Behörden den ungefähren Aufenthaltsort einer bestimmten Person kennen.«

Jule knetete sich das Ohrläppchen. Sie wollte nichts mehr hören über Menschen, die spurlos verschwanden, als hätte es sie nie gegeben, über Menschen, die als bestialisch zugerichtete Leichen in einem Fluss oder in einem Waldstück verscharrt wieder auftauchten. Was sie hören wollte, war, wie man solche Tragödien verhinderte. Und wie man ihre Urheber zur Rechenschaft zog. »Und was tun Sie jetzt, um den Mörder aufzuspüren?«

»Wir stehen vor schwierigen Ermittlungen«, räumte Smolski ein. »Und falls der Täter wirklich hier aus der Nähe kommt und falls er seine Opfer auch noch persönlich kannte, werden sie noch viel schwieriger.«

»Wieso?«

»Weil er dann sein Revier genauso gut kennt wie wir«, entgegnete Smolski. »Mindestens genauso gut, wenn nicht sogar besser. Und er kann sich hier frei bewegen, ohne dass er jemandem auffällt. Fremde, tja, auf die achtet man unter Umständen. Aber auf den eigenen Nachbarn?«

Jule brauchte einige Sekunden, bis sie erkannte, warum sie sich ein wenig besser fühlte: Das Knirschen, das an ihren Nerven gezerrt hatte, hatte aufgehört. Sie blickte zum Haus. Eva war nicht mehr im Garten. »Aber wie passt die Frau aus Hamburg da hinein?«

Er nickte anerkennend und steckte sich die Zigarette in den Mundwinkel. »Da legen Sie den Finger genau in die Wunde. Sie passt eben nicht zu unseren bisherigen Annahmen.« Er seufzte. »Aber so oder so erhoffen wir uns nach wie vor, dass jemand hier aus dem Dorf trotzdem etwas gesehen haben könnte, das uns irgendwie weiterhilft.« Er lachte unvermittelt auf. »Das würde natürlich voraussetzen, dass man einigermaßen offen über alles redet. Und das wird hier kaum passieren.« Er spuckte seine Kippe aus. »Ich hasse diese Scheißdörfer!«

»Da kann ich Ihnen nicht widersprechen.« Jule sehnte den Tag herbei, an dem die Odisworther Bauern endlich ein Einsehen hatten und ihr Land für den Windpark zur Verfügung stellten. Der Tag, an dem sie diesem grauenhaften Dorf den Rücken kehren und nie wieder einen Gedanken daran verschwenden würde.

»Sie haben gut reden«, knurrte Smolski. »Wenigstens mussten Sie nicht in so einem Kaff aufwachsen.«

»Oh.«

»Was ist?« Smolski grunzte misstrauisch und schüttelte die nächste Zigarette aus der Packung.

»Das merkt man Ihnen nicht an«, sagte Jule. »Dass Sie vom Dorf kommen, meine ich. Und Ihr Name – «

»Ist polnisch«, fiel er ihr ins Wort. »Ich weiß. Deshalb

haben mich ja achtzehn Jahre alle aus meinem Dorf immer nur den kleinen Polen genannt. Charmant, was? Der große Pole war mein Vater. Er war Schiffsbauingenieur aus Danzig und hat meine Mutter auf der Fähre von Helsinki nach Kopenhagen getroffen. Eine typische Romanze aus dem Kalten Krieg. Er hat sich in den Westen abgesetzt, und meine Mutter, die Lehrerin in Lübeck gewesen war, hat dann ihren alten Traum vom Selbstversorgerhäuschen auf dem Lande umgesetzt. Total spitze für die beiden, nur bedauerlicherweise echt öde für mich. Am Anfang ist das ja noch ganz schön. Der große Garten, das Toben, das Spielen auf der Straße. Dann wird man irgendwann zwölf, und –«

»Es tut mir leid, wenn ich hier so reinplatze.« Eva erweckte den Anschein, als wäre es ihr tatsächlich unangenehm, sich einzumischen. Ihre Lippen waren dünne Striche, ihre Haut kreidebleich. Sie war wie aus dem Nichts am Gartenzaun aufgetaucht und winkte aufgeregt mit einem Stapel großformatiger Fotos. »Herr Kommissar, vorhin beim Jäten, da hab ich ein bisschen was von dem gehört, was Sie mit Frau Schwarz besprochen haben.«

»Aha.« Smolski zog eine Augenbraue in die Höhe. »Und da war ganz offenkundig etwas Interessantes für Sie dabei.«

»O ja. Wegen der Sache mit der armen Kirsten.« Sie streckte Smolski die Fotos entgegen. »Die hat mein Mann gemacht. Sie stammen alle aus der Zeit, als wir erfahren haben, dass Kirsten vermisst wird.«

Smolski ging zu ihr hinüber. »Und?«

Jule folgte ihm. Etwas an Evas verhaltenem Ton war ihr unheimlich.

»Mir ist es erst viel später aufgefallen, beim Einsortieren der Bilder. Da hieß es doch schon überall, Kirsten wäre nach Japan oder China abgehauen. Deswegen habe ich mir nicht viel dabei gedacht. Aber jetzt …«

Smolski sah die Fotos durch. Jule schaute ihm über die Schulter.

»Sehen Sie ihn?«, fragte Eva. »Er ist auf jedem Bild. Beim Schützenumzug. Beim Osterfeuer. Beim Tanz in den Mai. Er steht immer in der Nähe der Küvers. Der Mann mit den kurz geschorenen Haaren und dem schwarzen Hemd.«

»Wer?« Smolski ging die Bilder noch einmal durch und runzelte die Stirn.

Jule erstarrte. Ihre Blicke hingen wie gebannt an den Aufnahmen. Sie wusste jetzt, wen Eva meinte. Sie konnte sich unmöglich täuschen. Jule wankte einen Schritt zurück. Sie kannte den Mann im schwarzen Hemd. Sehr gut sogar. Oder besser gesagt, er kannte sie. Sie hatte ihm in langen Sitzungen in seiner Praxis ihr gesamtes Innenleben offenbart. Es war ihr Therapeut Lothar Seger.

# 79

»Das war gute Arbeit eben.« Frank Wessler lobte nur selten, und Stefan Hoogens stellte fest, dass ihn die kleine Streicheleinheit des Staatsanwalts freute.

»Ich kann es immer noch nicht glauben, dass dieser eine Typ mich echt gefragt hat, ob wir die Spurensicherung auch zum angeblichen Opferstein bei Odisworth geschickt haben.« Er studierte missmutig einen Plastikaufsteller mit den Mittagstischangeboten. »Was für ein Vollidiot.«

Sie saßen im Restaurant, das sich im Souterrain des Kieler Landgerichtsgebäudes befand, weil Wessler ihn nach der verhältnismäßig gesittet verlaufenen Pressekonferenz noch auf einen Kaffee hatte einladen wollen.

Wessler nahm seine randlose Brille ab und wischte

sich über die Augen. »Aber wir dürfen uns nichts vormachen.«

Hoogens kannte den fordernden Unterton in Wesslers Stimme. Er wappnete sich innerlich dagegen, gleich etwas ganz anderes als Lob zu hören.

»Ich meine, wir haben selbstredend unsere Erfolge«, hob der Staatsanwalt zu einem kurzen Monolog an. »Wir haben die Tote aus dem Wald identifiziert, und wir haben einige recht überzeugende Indizien, die unseren Mörder mit mindestens einem weiteren Leichenfund in Verbindung bringen. Es war auch die richtige Entscheidung, heute noch nichts über diese vermisste Odiswortherin herauszugeben. Doch das hilft uns bei unserem Problem nur sehr bedingt.« Wessler setzte seine Brille wieder auf. »Da haben eben nicht nur Vollidioten vor uns gesessen. Da sind mehr als genug Leute dabei, die eins und eins zusammenzählen können. Denen ist klar, dass es unter Umständen nicht bei zwei Opfern bleiben wird. Dass da noch mehr kommt. Wissen Sie, worauf ich hinauswill?«

»Logisch«, seufzte Hoogens. »Wir stehen unter Zeitdruck. Sobald der Erste was von einem Serienmörder schreibt, stürzen sich die anderen wie die Aasgeier darauf. Die geben erst wieder Ruhe, wenn wir jemanden verhaften und als Täter präsentieren können.«

»Korrekt.« Wessler sah aus dem Fenster hinaus auf die Straße. Er hatte die verbitterte Miene eines Mannes, der sich fragte, in was für einer Welt er eigentlich lebte und warum er sich ausgerechnet seinen Beruf als Staatsanwalt ausgesucht hatte. Seine langen Finger spielten mit einem leeren Portionspäckchen Milch auf seiner Untertasse. »Wir brauchen Ergebnisse. Und zwar am besten gestern. Haben Sie jemanden, den wir medienwirksam verhaften können?«

Hoogens sog Luft durch die Zähne. »Wir haben einen Verdächtigen, aber es wäre eine riskante Nummer, ihn festzunehmen. Wenn wir falschliegen und ihn wieder laufen lassen müssen ...« Er zuckte mit den Schultern. »Dann sind wir plötzlich die Vollidioten.«

»Sprechen Sie das trotzdem mal mit Smolski durch, ja?«, erwiderte Wessler.

»Werde ich machen. Aber eines sage ich Ihnen: Es wird ihm nicht schmecken. Es wird ihm gar nicht schmecken.«

## 80

Jules Gedanken rasten. Das war Seger auf diesen Fotos. Was machte ihr Therapeut in Odisworth? Noch dazu kurz nach Kirsten Küvers Verschwinden? Dass er den Ort kannte, wusste Jule von seinem Anruf letztes Wochenende, als er sie mitten in der Nacht aus dem Schlaf gerissen hatte. Er hatte versucht, sie vor jemandem zu warnen. Dabei hatte er anfangs so besorgt geklungen. Erst nachdem sie Smolski erwähnt hatte, war er ruhiger geworden, fast wie ausgewechselt.

Eigentlich musste sie Smolski sofort davon erzählen. Doch das konnte sie nicht. Er würde sie fragen, woher sie Seger kannte. Und dann würde sie ihm gestehen müssen, dass sie in therapeutischer Behandlung war. Das wäre sicher nicht gerade ein Pluspunkt in Sachen Attraktivität. Außerdem stand Eva Jepsen daneben, und wenn die etwas von Jules Therapie mitbekam, wusste es einen halben Tag später das ganze Dorf. Das durfte nicht passieren. Also blieb sie stumm.

Sosehr Jule Smolskis Gegenwart ansonsten schätzte, so groß war nun ihre Ungeduld, ihn endlich in seinem Wagen davonfahren zu sehen. Sie wollte dringend jemanden anrufen.

## 81

»Warum waren Sie in Odisworth?«, fiel Jule mit der Tür ins Haus.

»Jule? Ist alles in Ordnung mit Ihnen?«, fragte Seger.

Seine verblüffte Erwiderung machte sie vom einen auf den anderen Moment stocksauer. Sie fühlte sich verraten. »Antworten Sie mir.«

»Jule, ich bin in einer – «

»Antworten Sie mir, verdammt!«, zischte sie. Sie hatte nicht vor, sich mit fadenscheinigen Ausreden abspeisen zu lassen. Unruhig sprang sie vom Bett auf und lief vor dem Fußende auf und ab.

»Einen kleinen Moment, ja?« Seger besaß genug Menschenkenntnis, um zu erkennen, dass er sie nicht einfach auf einen späteren Zeitpunkt vertrösten konnte. Er murmelte eine leise Entschuldigung, die nicht an Jule gerichtet war. Danach hörte sie ein Ächzen, schwere Schritte und das Zuklappen einer Tür. »Könnten Sie mir bitte erklären, was dieses Affentheater soll?«

»Ich habe Sie eben auf ein paar interessanten Fotos gesehen«, sagte Jule. »Sie waren in Odisworth. Und zwar nicht nur einmal. Wieso?«

Seger wählte eine Strategie, die er auch bei ihren Therapiesitzungen oft verfolgte. Er beantwortete eine Frage mit einer Gegenfrage: »Was glauben Sie denn?«

»Ich glaube, dass …« Jule stockte. Was glaubte sie eigentlich? Dass er ein Mörder war, der reihenweise blonde Frauen umbrachte? Dieser Mann, der ihr dabei geholfen hatte, eine Angst zu überwinden, die sie schon als unbesiegbar eingeordnet hatte? Es war ein geradezu perverser Verdacht. Ihn auszusprechen, hätte irreparablen Schaden in ihrer Beziehung angerichtet. Wollte sie das?

»Jule, hören Sie mir zu«, kam er ihr zuvor, ehe sie einen vielleicht unverzeihlichen Fehler begehen konnte. »Ich habe wirklich nicht viel Zeit. Eine Tür weiter sitzt jemand, der jetzt dringend meinen Beistand braucht. Dringender als Sie.« Er legte eine Pause ein. »Ja, ich bin ein paarmal in Odisworth gewesen. Ich hatte dort beruflich zu tun.«

Einerseits war Jule über die emotionale Erpressung empört, die er durch die Erwähnung eines anderen Patienten unternommen hatte. Andererseits hatte er ihr eben eine wichtige Information geliefert. Sie meinte beinahe, sie könnte hören, wie es irgendwo in ihrem Gehirn laut und deutlich klick machte, als öffnete sich das Schloss an einem Safe. Sie trat ans Fenster und musterte ihr schemenhaftes Abbild in der Scheibe. Er sagte die Wahrheit. Sie hatte ob des Schocks über die Bilder vergessen, was er war: Psychotherapeut. Und Kirsten Küver war in Hamburg in Behandlung gewesen. Das hatte ihr Anke Küver doch erzählt. Konnte wirklich alles so einfach sein?

»Sie waren der Therapeut von Kirsten Küver«, sagte sie. Ihren Worten wohnte eine schneidende Schärfe inne, die sie nicht beabsichtigt hatte.

»Das stimmt«, erwiderte er vorsichtig. »Woher wissen Sie das?«

»Ich hatte mit Kirstens Eltern zu tun.«

Er atmete tief ein. »Ich verstehe.«

Jule ahnte, dass ihm der Verlauf dieser Unterhaltung ganz und gar nicht gefiel. Seger war es gewohnt, dass er die Kontrolle hatte, wenn er ein Gespräch mit ihr führte. Die Umkehrung der Machtverhältnisse stachelte sie nur noch mehr an. »Selbstverständlich nur beruflich«, fügte sie hinzu und betonte dabei jede Silbe des letzten Wortes überdeutlich.

»Treiben Sie es nicht zu weit, Jule.«

Womöglich war es die unterschwellige Aggression in seiner Warnung, die Jule auf etwas Unheimliches aufmerksam machte. »Warten Sie mal. Als Sie in Odisworth waren, da war Kirsten doch bereits verschwunden, oder nicht?«

»Ich habe nicht die geringste Lust, mit Ihnen über eine meiner ehemaligen Patientinnen zu reden«, sagte Seger erstaunlich förmlich. »Abgesehen davon, dass es mir aus rein rechtlichen Gründen verboten ist, geht Sie das alles gar nichts an. Kirsten Küver ist eine erwachsene Frau, die ihre eigenen Entscheidungen treffen kann. Haben wir uns verstanden?«

Jule verstand schnell. Seger hatte eben ein schlüssiges Argument geliefert, warum er nicht auf ihre Fragen eingehen konnte – und noch im gleichen Atemzug hatte er es selbst unterlaufen. Er wusste mehr, als er sagte, und er hatte sie an seinem Wissen teilhaben lassen. Eine widersinnige Hoffnung erwuchs in ihr, kraftvoll und doch erschütternd. »Lebt Kirsten noch?«, rief sie in den Hörer.

Er antwortete nicht. Erst nach einigen Sekunden erkannte Jule, dass die Leitung tot war. Seger hatte aufgelegt.

# 82

Lothar Segers erste Reaktion auf den Anruf von Jule erfolgte schnell: Er sagte seine weiteren Termine für diesen Tag ab. Seine Patienten würden es überleben. Außerdem würden sie sich ohnehin bald einen neuen Therapeuten suchen müssen, wenn er sich nicht wieder in den Griff bekam.

Der nächste Schritt in seinem Plan, diese verfahrene Situation doch noch irgendwie aufzulösen und nicht vollends den Verstand darüber zu verlieren, fiel ihm schwerer. Eine Stunde lang saß er mit dem Hörer am Ohr hinter seinem Schreibtisch und schaffte es nicht, die eine Nummer zu wählen, die er schon so oft gewählt hatte. Erst als er das Gefühl hatte, das Tuten des Freizeichens würde lauter und lauter, bis es ihm schier den Schädel auseinanderzusprengen drohte, tippte er hastig die Nummer ein.

»Bitte leg nicht auf!«, waren seine ersten Worte.

Caro tat ihm den Gefallen. »Was willst du?«

Er konnte deutlich hören, wie sehr er sie verängstigt und gekränkt hatte und wie sie ihre Angst und ihren Schmerz hinter einer Schutzmauer aus Zorn verbarg. »Hör mir bitte zu!«

»Tu ich doch. Was willst du?«

»Ich habe gerade mit Jule telefoniert.« Er redete schnell, um zu verhindern, dass sie auflegte. »Es war ein schwieriges Gespräch. Fast ein Streit. Es kann sein, dass sie sich bei dir meldet und dich etwas fragt. Alles, was ich von dir will, ist, dass du ihr die Wahrheit sagst. Mehr nicht.«

»Und was fragt sie mich?«

Er erkannte Misstrauen und Unverständnis in ihren Worten. Er hatte nichts anderes erwartet. »Sie wird dich wahrscheinlich nach einer gewissen Kirsten Küver fragen.«

»Wer ist das?«

»Siehst du? Du weißt es nicht.« Er atmete erleichtert auf. »Und das ist schon die ganze Wahrheit.«

»Du spinnst.« Nun war da wieder der alte Zorn in Caros Stimme. »Du bist komplett wahnsinnig. Ruf mich nicht wieder an.« Sie legte auf.

Er bemerkte erst, dass er sich den Schorf von den Knöcheln kratzte, als ihm das Blut von den Händen tropfte. Er musterte die roten Tropfen auf seiner Schreibtischunterlage lange und intensiv, als stünde in ihnen die Zukunft geschrieben. Nicht nur seine Zukunft. Auch die von Jule Schwarz.

## 83

Jule musste sich zusammenreißen. Trotz der überraschenden Verbindung zu Seger war es nicht ihre Aufgabe, das Rätsel um Kirsten Küvers Verschwinden zu lösen. Sie war keine Ermittlerin in einem Kriminalfall. Sie war Projektleiterin in einem Unternehmen, das am heiß umkämpften Markt der erneuerbaren Energien zu bestehen hatte. Ihre Mission war es, dafür zu sorgen, dass Zephiron hier auf Odisworther Gemarkung den bislang größten Windpark auf deutschem Boden errichten konnte. Zudem war es müßig, sich über Kirstens Schicksal den Kopf zu zerbrechen, falls sie Segers Hinweis richtig gedeutet hatte: Kirsten lag nicht als Leiche in einem Kühlfach im Keller irgendeiner Gerichtsmedizin, sondern in Goa oder Koh Samui am Strand und ließ sich die Sonne auf den Bauch scheinen.

Jule nahm sich noch einmal das örtliche Telefonbuch und eine große Flasche Wasser aus Evas Kühlschrank. Danach arbeitete sie sich Anruf für Anruf durch die Namen auf der Excel-Liste, auf der die Besitzer kleinerer, aber nichtsdestoweniger relevanter Grundstücke verzeichnet waren. Insgesamt führte sie in den nächsten sechs Stunden knapp dreißig Telefonate. Sie machte nur einmal eine Pause, um sich zwei Schinkenbrote zu schmieren. Sie aß hastig und wich allen Fragen Evas zu Smolski und Kirsten Küver aus.

Die Hälfte der Gespräche dauerte jeweils höchstens zwei Minuten und verlief in drei Phasen: In Phase Eins stellte sie sich und ihr Anliegen kurz und höflich vor. In Phase Zwei brandete ihr eine fast körperlich spürbare Woge der Ablehnung aus dem Hörer entgegen. In Phase Drei schließlich empfahl man ihr, sich irgendwann später noch einmal oder gar nicht mehr in dieser Angelegenheit zu melden. Sie unterlegte die Zellen mit den Namen dieser Odisworther rot.

Die andere Hälfte gab mehr Anlass zu Optimismus. Diese Odisworther, die Jule wenigstens zuhörten, spalteten sich in verschiedene Lager: Da waren erstens die Skeptiker mit ökologischen Bedenken, die sich jedoch mehrheitlich bereit erklärten, bei einem Treffen Jules Gegenargumente anzuhören. Jule markierte sie grün. Zweitens gab es die mehr oder weniger klugen Rechner, die sich von Jule konkrete Zahlen über potenzielle Zugewinnmöglichkeiten durch die Windkraftanlagen erwarteten und darüber auch gern persönlich mit ihr sprechen wollten. Ihnen wies Jule ein leuchtendes Gelb zu. Es blieben drittens die Zögerlichen, die – ähnlich wie die Küvers – im Grunde dringend Geld brauchten, aber sich auf keinen Fall Ärger mit ihren Nachbarn einhandeln wollten, weil sie als Erste eine feste Zusage machten. Ihnen verpasste Jule rosa als Kennfarbe.

Alles in allem sah die Lage nicht schlecht aus. Die Liste erinnerte Jule zwar an ein abstraktes Kunstwerk aus Farbblöcken, doch es war das, was hinter diesem Eindruck lag, was zählte. Die Situation stellte sich folgendermaßen dar: Wenn es Jule irgendwie gelang, einen der Großen Drei – die Küvers, Fehrs oder Nissen – zu überzeugen, hatte sie die Zögerlichen ebenfalls sofort im Sack. Die klugen Rechner würden nachziehen, weil sie sich den möglichen Gewinn nicht entgehen lassen wollten. Und das wiederum würde schon reichen, um den nötigen Druck im Dorf aufzubauen, damit die ökologischen Bedenkenträger und letztlich auch die Verweigerer klein beigaben.

Jule stand also wieder vor einem Problem, das sie bereits kannte: einen der Großen Drei für sich zu gewinnen. Fehrs hatte mehr als deutlich seine Ablehnung signalisiert, die Küvers zählten zu den Zögerlichen. Somit blieb nur Jan Nissen übrig – Nissen, der sich bisher als eine Art Phantom erwiesen hatte.

Als Jule ihren Koffer für die Fahrt zurück nach Hamburg

packte – es war Freitag, und das Wochenende würde sie niemals freiwillig in Odisworth verbringen –, hoffte sie inständig, dass Andreas wusste, wo Jan Nissen zu finden war.

## 84

Bergedorf lag für Hamburger Verhältnisse am Ende der Welt. Es bildete den südöstlichsten Ausläufer der Stadt. Um es von Odisworth aus zu erreichen, musste Jule nicht nur die komplette City, sondern auch einen breiten grünen Ring aus Äckern, Feuchtwiesen und Naherholungsgebieten durchqueren.

Die Fahrt dauerte eine Dreiviertelstunde länger als Jules übliche Route nach Hause. Andreas wohnte in einer ruhigen Straße gegenüber einer Schule, die in einem imposanten, mit steinernen Musen geschmückten Gebäude aus der Jahrhundertwendezeit untergebracht war. Unter anderen Bedingungen hätte sich Jule an der reichen Architektur und den vielen Spielereien an der Fassade erfreut. Heute nicht. An diesem Tag erinnerten sie die Statuen an die verwitterten Engelsfiguren, die auf alten Gräbern über die Toten Wache hielten.

Jules morbide Stimmung ließ sich nicht abschütteln. Es war ein Fehler gewesen, zu glauben, ihre Angst sei weitestgehend besiegt. Ihre Phobie war heimtückisch und konnte Jules Aufmerksamkeit und Wahrnehmung in bestimmte Richtungen lenken. Dadurch gewann sie eine erschreckende Wandelbarkeit. Manchmal hatte Jule das Gefühl, nicht gegen einen Teil ihrer selbst, sondern gegen eine andere Person anzukämpfen, mit der sie sich ein und denselben

Verstand teilte – eine grausame, kühl berechnende Person, die alles daransetzte, Jule zu quälen.

Auf der Fahrt nach Bergedorf hatte sich ihre Angst auf eine Weise manifestiert, wie sie es zuvor noch nie getan hatte: Sie trieb Jule dazu an, mehr wahrzunehmen, als ihr lieb war.

Jule hatte jedes überfahrene Tier genau registriert. Jede Warntafel, die Autofahrer mit Bildern von Fahrzeugwracks dazu anhalten sollte, sich im Verkehr gesittet zu verhalten. Jedes kleine Holzkreuz am Straßenrand, das eine Stelle kennzeichnete, an der ein Mensch sein Leben verloren hatte.

Am schlimmsten waren die Leichenwagen, die plötzlich überall zu sein schienen: Einer zog mit stark überhöhter Geschwindigkeit auf der Überholspur an ihr vorbei. Hinter einem anderen kam sie an einer roten Ampel in der Hamburger Innenstadt zum Stehen. Ein dritter behinderte sie durch ein unzulässiges Wendemanöver an einer Kreuzung auf der B5 nach Bergedorf. Und gerade eben, als sie in die Ernst-Henning-Straße abgebogen war, hatte sie einem vierten die Vorfahrt gewähren müssen. Es war, als wollte sie ihre Angst daran erinnern, dass sich der Tod nicht austricksen ließ – nicht durch ihr Kraft spendendes Mantra, nicht durch eine noch so sorgsame Wartung ihres Wagens, nicht durch ein rechtzeitiges Bremsen, wie es ihr in Odisworth bei Jonas Plate gelungen war. Der Tod bekam immer, was ihm zustand.

Jule dachte an die Tarotkarte mit dem Sensenmann darauf, die Caro beim Legen heimlich ausgetauscht hatte. Selbst wenn der Tod im Tarot gemeinhin nur eine grundlegende Veränderung ankündigte – gab es denn eine grundlegendere Veränderung für eine Existenz als ihr Ende?

## 85

»Wessler will, dass wir Erich Fehrs verhaften?«, fragte der Pole kopfschüttelnd. »Jetzt gleich, oder wie?«

Stefan Hoogens stand auf und schloss die Tür zu ihrem gemeinsamen Büro, ehe er seinem Kollegen eine Antwort gab. »Im Grunde ja. Und es besteht doch auch durchaus Anlass dazu.« Hoogens nahm eine Hand auf den Rücken und massierte sich die Lendenwirbel. Von der vielen Fahrerei tat ihm das Kreuz weh. Er hätte nichts dagegen gehabt, seinen Rücken zu schonen, indem sie den alten Bauern in Gewahrsam nahmen. »Sei doch mal realistisch. Die Leiche war auf seinem Grundstück.«

»Das Thema hatten wir schon«, wandte Smolski ein.

Hoogens fuhr unbeirrt fort. »Er war zu einer Zeit in Hamburg, die zum Tatzeitpunkt für das Opfer aus der Elbe passt.«

»Wie Millionen anderer Menschen auch.«

»Die Tote aus dem Wald hatte ein Brautkleid an.« Hoogens wies anklagend mit dem Finger auf Smolski. »Wie die Schaufensterpuppe in Fehrs' Wohnzimmer.«

»Das Brautkleid seiner Frau.« Die Proteste des Polen wurden schwächer. »Die ihn angeblich völlig überraschend verlassen hat.«

»Und dir hat er was anderes darüber erzählt als mir.« Hoogens streckte sich. Seine Wirbelsäule knackte leise. »Genau wie mit seinem Hund. Da erzählt er auch jedes Mal was anderes. Wir haben genug gegen ihn in der Hand.«

Smolski ließ die Schultern hängen. »Okay. Ich verstehe. Wessler will die Medien beruhigen. Er braucht eine positive Meldung. Aber wir stehen da wie die letzten Deppen, wenn wir Fehrs festnehmen und er sich als unschuldig herausstellt. Das ist zum jetzigen Zeitpunkt einfach viel zu riskant.«

»Das habe ich ihm auch gesagt«, gestand Hoogens.

Smolski drehte sich auf seinem Drehstuhl in Hoogens' Richtung. »Dann lass es uns anders machen.«

»Und wie?«

»Erstens sage ich Wessler, dass wir Einsicht in die Konten von Fehrs brauchen«, erklärte Smolski. »Zweitens gehen wir noch mal sein komplettes Grundstück durch. Und sein Haus.«

»Wozu?«

»Weil ich wissen will, ob er seiner Frau Unterhalt zahlt, und weil wir sie so eventuell doch noch finden, um sie mal über ihren Mann auszufragen. Er sagt ja immer bloß, er hätte keine Ahnung, wo sie heute ist.«

»Und die Durchsuchung?«

»Wir haben uns vielleicht zu sehr auf den Wald konzentriert. Außerdem bin ich dafür, dass wir dieses Mal Leichenspürhunde mitnehmen. Für den Fall, dass Jennifer Sander nur eine Art Ausrutscher war und er seine Opfer normalerweise lieber im Brautkleid bei sich in der Nähe begräbt, anstatt sie in irgendeinen Fluss zu werfen.«

»Wo du recht hast …«, ächzte Hoogens. Der Pole war stur, aber nicht dumm. »Dann beantragen wir einen Durchsuchungsbefehl. Wessler wird uns dabei keine Steine in den Weg legen.«

»Rufst du in Eutin wegen der Hunde an?«, fragte Smolski.

»Kann ich machen. Fahren wir die Aktion noch am Wochenende?«

»Nein, auch wenn Wessler im Dreieck springt. Ich will vorher noch sehen, ob ich woanders weiterkomme. Hier.« Er reichte Hoogens einen Stapel Fotos. »Die sind nach dem Verschwinden von Kirsten Küver entstanden, und überall ist derselbe Kerl drauf, den in Odisworth angeblich keiner kennt.«

Hoogens ging rasch die Fotos durch. »Der Typ in Schwarz? Der mit der Schlägervisage?«

»Genau der.«

»Woher hast du die?«

»Von meiner Pensionsmutter.«

Hoogens wiegte skeptisch den Kopf. »Ich sehe da eine ganze Reihe Möglichkeiten. Entweder da ist was dran. Aber das wäre fast zu schön. Ich kann mir auch denken, dass das so ein Ablenkungsmanöver ist, wie es die Pastorin bei mir abgezogen hat. Oder es könnte auch sein, dass deine Pensionsmutti versucht, dir einen echten Hinweis zu geben, ohne damit den Zorn der anderen Dörfler auf sich zu ziehen, also behauptet sie, keiner würde wissen, wer dieser Mann ist. Knifflig.« Hoogens gab Smolski die Fotos zurück. »Weißt du, was?«

»Was?«

»Wir arbeiten schon zu lange zusammen.«

»Wieso?«

»Weil ich auch denke, dass an dieser Sache mit Kirsten Küver was faul ist.« Hoogens öffnete ein Word-Dokument auf seinem Rechner, in dem er sich einige Notizen gemacht hatte. »Ich hab mir die Unterlagen zu ihrer Vermisstenmeldung aus Hamburg schicken lassen und bei den Kollegen in Bergedorf angerufen. Ich wollte nachhören, ob dieser andere Auswanderer aus Odisworth, mit dem Kirsten Küver unmittelbar vor ihrem Verschwinden Kontakt hatte, seitdem noch einmal aufgefallen ist.«

»Und?«

»Ich hoffe, du sitzt gut.« Hoogens machte eine Kunstpause. »Andreas Bertram hatte eine Anzeige wegen sexueller Belästigung gegen sich laufen.«

»Wie bitte?«, fragte Smolski.

»Er hat sich in einem Club danebenbenommen. Er war sturzbesoffen und hat eine Wildfremde auf der Tanzfläche

von hinten umarmt und versucht, sie zu küssen. Das Verfahren wurde allerdings eingestellt, weil er glaubhaft versichern konnte, dass eine Verwechslung vorlag.«

»Eine Verwechslung?«

»Er hat zu Protokoll gegeben, er hätte die Frau für eine
alte Bekannte aus seinem Heimatort gehalten.« Hoogens
schloss das Dokument. »Jetzt darfst du dreimal raten, mit
wem er sie verwechselt haben will.«

Smolski lag gleich beim ersten Versuch richtig. »Kirsten
Küver.«

## 86

Andreas wohnte in einem vierstöckigen rot geklinkerten
Mietshaus mit Fahrradständern vor der Eingangstür und
dem in die Fassade eingelassenen Kupfersiegel einer Bau-
genossenschaft. Jule suchte sein Klingelschild. *Bertram.*

Nach einer halben Minute knisterte ein »Ja?« aus der
Gegensprechanlage.

»Hier ist Jule.«

Der Türschnapper summte, und sie drückte die Tür auf.
Eine angenehme Kälte und der Duft eines Generalreinigers
empfingen sie. Die Treppenstufen glänzten noch feucht.

Es war ein rundum sauberes Haus mit acht Parteien. Andreas' Wohnung war die linke in der ersten Etage.

Sie erschrak, als sie ihn in der Tür stehen sah. In der Firma
achtete Andreas penibel auf sein Äußeres: Er gehörte zu
jenen, die sogar in der größten Hitzewelle nie auf die Idee
kamen, Kurzarmhemden zu tragen. Sie hatte ihn noch nie
mit ungewaschenem Haar, Bartstoppeln, in T-Shirt und
Jogginghose gesehen – bis zu diesem Augenblick.

Er bat sie lächelnd herein, und sie betrat eine Wohnung, die eher wie ein Übergangsquartier wirkte: Neben der Tür stapelten sich leere Pizzakartons. Im Flur schauten die nackten Kabel aus der Decke, wo man eigentlich eine Lampe vermutet hätte. Die Wände waren kahl, ohne ein einziges Bild, Poster oder Hängeregal. Die einzigen Einrichtungsgegenstände im Wohnzimmer waren ein graues Zweisitzersofa, ein einfacher Couchtisch in Buchenfurnier, ein alter Poäng-Sessel von Ikea mit schwarzem Polster und ein gewaltiger Flachbildfernseher. Die Vorhänge waren zugezogen, rings um das Sofa lagen Red-Bull-Dosen verstreut. Die Luft war von einem ätzenden Gestank geschwängert, der in Jule die Erinnerung an fehlgeschlagene Experimente im Chemie-Unterricht weckte. Er ging von einem Aschenbecher auf dem Couchtisch aus, in dem Jule die gewellten schwarzen Reste von etwas ausmachte, das sie erst für ein verbranntes Stück Papier hielt. Dann bemerkte sie den Schuhkarton, der eine Armlänge vom Aschenbecher entfernt stand und vor Fotos überquoll.

»Störe ich?«, fragte sie unsicher.

»Gar nicht.« Andreas schlurfte zur Couch, setzte sich und bückte sich nach einer der Dosen zu seinen Füßen. Er schüttelte sie leicht, zeigte ein zufriedenes Gesicht, als es leise in der Dose schwappte, und trank die Neige. Danach zeigte er auf den Sessel. »Setz dich doch.«

Jule tat ihm den Gefallen.

»Was macht die Arbeit?«, wollte er wissen.

»Ich bin damit durch, alle relevanten Odisworther mindestens einmal kontaktiert zu haben. Es sieht ziemlich gut aus«, erklärte sie. Sie befürchtete, dass das Projekt Baldursfeld ein heikles Thema für ihn darstellen konnte. Es würde nicht schaden, ihn für eine seiner Leistungen zu loben. »Ich habe alle noch mal auf die Möglichkeit der Besichtigung einer Anlage hingewiesen, die du für nächsten Montag arrangiert hast. Das war eine echt schlaue Idee. Keiner von denen wird die Katze im Sack kaufen. Aber wenn sie erst einmal ein Windrad aus der Nähe gesehen haben –«

Andreas zeigte kaum Interesse an ihren Ausführungen. Er lehnte sich in den Polstern zurück und grinste breit. »Ja, ja. Ich habe übrigens gekündigt. Sozusagen.«

»Ich weiß.« Er hatte es also durchgezogen: Er war seit seiner Abberufung vom Projekt nicht mehr im Büro erschienen, und mittlerweile hatte ihr Chef ihn wegen Arbeitsverweigerung gefeuert.

»So?« Er lachte amüsiert. »Dann hat es sich wohl schon rumgesprochen, hm? Ich bin so froh, dass ich aus dem Laden raus bin, Jule. Das kannst du dir gar nicht vorstellen. Schwillmer kann seinen Scheiß in Zukunft allein erledigen. Oder auf irgendwelche seiner treuen Lakaien abwälzen.« Auf ein Schulterzucken folgte eine entschuldigende Geste. »Nichts für ungut. Ist nicht auf dich bezogen.«

Jule winkte ab. Sie war nicht beleidigt. Es lohnte sich nicht, sich die Worte eines Mannes, der so offenkundig neben der Spur war, zu Herzen zu nehmen. Außerdem begann ihr Magen, mit einem Grummeln gegen den Gestank aus dem Aschenbecher, der ihr in der Nase brannte, zu rebellieren. »Vergiss es.«

»Weißt du, was man machen müsste?«, fragte Andreas enthusiastisch. Seine Hand zuckte unter eines der Sofakissen. Als er sie wieder hervorzog, blieb Jule schier das Herz stehen. »Man müsste sie einfach alle abknallen!«

## 87

Andreas hielt eine Pistole in der Hand – ein Ungetüm aus schwarzem Stahl, deren Mündung Jule gewaltig vorkam.

»Man müsste sie einfach alle abknallen! Die ganze Bande!«, beharrte Andreas auf seinem wahnsinnigen Strategievorschlag. Mit jedem Namen, den er nannte, richtete er den Lauf der Pistole auf ein neues Ziel, das nur er vor Augen hatte. »Schwillmer, Lars vom Controlling, Tim aus dem Produktmanagement, und vor allem Daniela, diese dumme Fotze.« Er äffte Danielas helle Stimme nach. »Ich weiß nicht, ob deine Reisekostenabrechnung so korrekt ist, Andreas.«

Jule saß reglos im Sessel, die Hände um die hölzernen Lehnen gekrallt. Er hatte eine Pistole! Jule spürte ihre Arme leichter werden. Merkwürdig. Sie saß nicht in einem Auto.

Andreas verfiel zurück in ein dunkles Knurren. »Alle überflüssig! Alle abknallen. Entweder das oder die andere Variante.« Er grinste und setzte sich die Waffe an die Schläfe. »Wir sehen uns im nächsten Leben!«

Jule krümmte sich instinktiv zusammen und schloss die Augen. Sie wollte nicht sehen, wie sich sein Hirn auf der nackten Wand hinter ihm verteilte.

Klack.

»Was ist denn los?«, hörte sie ihn besorgt fragen. »Jule, was machst du denn?«

Sie schlug die Augen auf.

Die Pistole ruhte in seinem Schoß. »Denkst du etwa, ich gehe wegen dieser Arschgeigen in den Knast? Oder ich bring mich wegen denen um?« Er lachte ungläubig. »Ich bin doch nicht verrückt.« Er hob den Lauf der Pistole zur Decke und drückte mehrfach den Abzug. Klack. Klack. Klack.

»Die ist nicht mal geladen. Ich hab nicht mal Patronen dafür im Haus. Jule, ich mach doch nur Spaß.«

Jule schaute ihn nur an und wartete darauf, dass das Gewicht in ihre Arme zurückkehrte. Vergebens. »Woher hast du die?«

»Mein Vater hat sie gekauft. Von einem Russen. Einem Soldaten. Gleich nach der Wende.« Behutsam, als würde er mit einem Säugling umgehen, deponierte Andreas die Waffe wieder unter dem Sofakissen. »Hast du wirklich gedacht, ich würde jetzt Amok laufen, oder was?«

Inzwischen waren Jules Arme schwer genug, dass sie mit den Schultern zucken konnte. »Na ja, also – «

»Hast du das nie?«, fragte er verblüfft. »Diesen Wunsch, einfach mal jemanden über den Haufen zu ballern, der dir auf die Nerven geht?«

»Doch.« Es war eine ehrliche Antwort. »Manchmal.«

»Siehst du.« Er nickte. »Das ist vollkommen normal.«

Hier war gar nichts normal. Andreas sah weder normal aus, noch roch es in seiner Wohnung normal, und es war schon gar nicht normal, im Jogginganzug auf der Couch zu sitzen und mit einer Pistole herumzufuchteln. Jule war speiübel. Sollte sie gehen? Nein, sie konnte nicht gehen. Sie hatte zu viele Fragen, die niemand außer ihm beantworten konnte. Je schneller sie sie loswurde, desto früher kam sie hier wieder raus. »Wem aus deinem Heimatdorf würdest du es zutrauen, mir eine verstümmelte Puppe in den Wagen zu legen? Samt einem Drohbrief, dass ich aus Odisworth verschwinden soll.«

Andreas riss die Augen weit auf. »Eine Puppe?«

»Eine Barbie.«

»Eine Barbie?« Er brauchte einen Augenblick und einen weiteren Schluck aus einer halb leeren Dose, um diese Nachricht zu verdauen.

»Eine verstümmelte Barbie.«

Einen Moment lang schwieg er, den Blick fest auf den Karton mit den Fotos gerichtet. Dann schaute er auf, aber sein Blick wirkte, als wäre Andreas in Gedanken weit fort. Er blinzelte. »Tja, Jule, ich hab dir doch gesagt, wie diese Leute sind. Es wundert mich, dass dir noch keiner die Reifen platt gestochen hat.«

Das reichte Jule nicht. »Aber gibt es denn nicht irgendwen, der dir gegenüber besonders aggressiv war wegen des Projekts?«

»Doch.« Er nickte enthusiastisch. »Das halbe Dorf. Ich könnte dir jetzt ein paar Namen runterleiern, aber was dann? Hm? Was dann? Willst du die alle anzeigen? Nur zu. Das wird deine Beliebtheit immens steigern. Lass es gut sein. Oder besser noch: Mach's wie ich. Scheiß auf das Projekt. Scheiß auf Odisworth. Scheiß auf Schwillmer und seinen Kackladen. Dann geht es dir gleich viel besser.«

So kam Jule nicht weiter. Das dauerte zu lange. Sie beschloss, ihm näher zu erläutern, wie er ihr vielleicht helfen konnte. »Ich habe einen der größten Grundstücksbesitzer fast so weit, dass er verkauft. Hanno Küver und seine Frau sind in Geldnöten, und sie – «

»Wir waren Freunde.« Begeistert beugte er sich vor, um in den Fotos im Karton zu wühlen. »Wir waren Freunde. Kirsten Küver und ich. Wir waren Freunde.«

Seine unvermittelte Euphorie trug nicht dazu bei, Jules Magen zu beruhigen. Im Gegenteil. Es war ihr unheimlich, wie er auf jede ihrer Äußerungen mit einer anderen Stimmung reagierte. In den letzten drei Minuten hatte sie ihn abwechselnd heiter, bestürzt, verbittert, abwesend und nun wieder heiter erlebt. Es war, als würden die Gefühle in ihm Karussell fahren. Dass er eine Pistole in Griffweite hatte – wenn auch eine ungeladene –, war auch nicht gerade beruhigend. »Ich weiß, dass ihr Freunde wart.«

Sein Lächeln gefror. Er presste ein Foto, das er eben aus

dem Karton gezerrt hatte, an seine Brust und zischte: »Wer hat dir das verraten?«

»Ihre Mutter«, erwiderte Jule rasch. Es kostete sie große Überwindung, nicht doch aus dem Sessel aufzuspringen und aus der Tür zu laufen. Was war nur mit ihm los?

»Klar, ihre Mutter. Und ich habe es dir ja eben auch gerade gesagt. Ich bin ein Idiot.«

Jule hatte das Gefühl, als legten sich ihr eiskalte Hände um den Hals. Zum zweiten Mal binnen weniger Tage saß sie im Wohnzimmer eines Mannes, aus dessen Umfeld überraschend eine Frau verschwunden war. Sie hatte keine Ahnung, wohin sich Margarete Fehrs geflüchtet hatte. Im Fall von Kirsten Küver jedoch gab es wenigstens eine Vermutung. »Kirsten hat sich nach Asien abgesetzt, richtig?«

»Ja.« Er nickte und musterte sie ernst. »Genau so war es. Wir haben uns gestritten, weil ich das für einen blöden Einfall von ihr hielt, aber sie hat nicht auf mich gehört. Und jetzt ist sie fort. Für immer. Sie kommt bestimmt nicht wieder. Warum auch?« Er legte den Kopf in den Nacken und massierte sich die Nasenwurzel. Als er sich nach einer halben Minute aufsetzte, wirkte er betreten. »Ich bin der schlechteste Gastgeber der Welt.« Er zeigte auf eine der leeren Dosen. »Magst du was trinken?«

»Nein.« Jule stemmte sich aus dem Sessel hoch. »Aber ich müsste mal für kleine Mädchen.«

»Raus auf den Flur und die Erste rechts«, antwortete er. Das Grinsen, das er anfangs gezeigt hatte, kehrte auf sein Gesicht zurück. »Es ist das Zimmer mit der Kloschüssel. Kaum zu verfehlen.«

Das stimmte. Das Bad war zu klein für eine Wanne. Der Duschvorhang starrte vor Kalkflecken, und die Klobrille war dreckig. Jule klappte den Deckel herunter, setzte sich darauf und wollte zum Schlüssel greifen, um abzuschließen. Sie musste feststellen, dass es nicht einmal einen Haken gab, um die Tür zu verriegeln. Ihr war furchtbar schlecht. Warum hatte sie sich nicht in irgendeinem Café mit Andreas getroffen? Dann wäre ihr wesentlich wohler gewesen. Nicht nur deshalb, weil dort nicht dieser widerliche Gestank in der Luft gelegen hätte. Was, wenn er die Beherrschung über sich verlor und sie angriff? Was, wenn er doch irgendwo Munition für seine Pistole herumliegen hatte? Was, wenn er sie genau in diesem Augenblick lud? Er war eindeutig nicht bei klarem Verstand.

Sie wühlte in den Fächern eines Rollwägelchens neben der Waschmaschine und fand ein Necessaire. Zuerst dachte sie darüber nach, die Nagelfeile in die Seitentasche ihres Jacketts zu stecken, aber die fühlte sich viel zu leicht und zu zerbrechlich an. Sie entschied sich für eine spitze Nagelschere. Das war besser als nichts.

Sie riss drei Blätter Toilettenpapier ab und schnäuzte sich die Nase. Sie wollte ihr improvisiertes Taschentuch in ein blaues Plastikeimerchen unter dem Waschbecken werfen, verfehlte ihr Ziel aber. Als sie sich bückte, fiel ihr Blick in den Eimer und sie hielt mitten in der Bewegung inne. Die eine Medikamentenschachtel trug den Schriftzug *Haloperidol*, die andere *Zoloft*. Sie hatte den Beweis dafür gefunden, dass es um Andreas' psychische Verfassung noch schlimmer stand, als sie vermutet hatte.

## 88

Mit *Zoloft* hatte Jule eigene Erfahrungen gesammelt – es war ein beliebtes Antidepressivum, das auch zur Behandlung von Angstzuständen verwendet wurde. Sie hatte es nach ihrem Unfall für rund sechs Monate regelmäßig in einer genau abgewogenen Dosis eingenommen. Sie wusste genau, was es mit einem anstellte: Es fuhr einen herunter. Der Preis dafür war bei ihr anfänglich eine gewisse Trägheit und später eine kleine Gewichtszunahme gewesen. Sie hatte das Medikament damals abgesetzt, nachdem sie sich nicht mehr auf ihrem Bett zusammenrollen musste, sobald ihre Eltern den Unfall auch nur erwähnten.

*Haloperidol* kannte sie nicht. Sie kramte die Schachtel aus dem Müll und überflog den Beipackzettel. Es überraschte sie nicht, dass es sich um ein Neuroleptikum handelte, das schizophrenen Schüben entgegenwirkte. An Andreas war von der genannten Wirkung, einer Sedierung, allerdings kaum etwas zu bemerken. Sie war beileibe keine Expertin auf diesem Gebiet, doch ihrer Einschätzung nach bedeutete das eines von zwei Dingen: Entweder sprach Andreas nicht auf das Medikament an, oder sein Verhalten wäre ohne den Wirkstoff noch auffälliger, noch verstörender gewesen.

Sie legte die Schachteln zurück in das Eimerchen, drückte die Klospülung und wusch sich die Hände. Sie konnte sich nicht ewig vor ihm verstecken. Sie öffnete die Tür und ging zurück ins Wohnzimmer. Mit einer Hand hielt sie die Schere in der Tasche ihres Jacketts so umschlossen, dass sie die kleine Waffe notfalls stoßbereit herausziehen konnte.

Als sie sah, was Andreas gerade machte, blieb sie im Türrahmen stehen: Er hatte ein Einwegfeuerzeug heiß gemacht und brannte damit Stellen auf einem Foto aus. »Wir waren Freunde«, sagte er wie zu sich selbst. Er arbeitete mit der Akribie eines Menschen, der einer wichtigen Aufgabe nachging. »Wir hatten keine Geheimnisse voreinander. Wir haben uns alles erzählt. Alles.«

Jule stellte laut ihre dringlichste Frage: »Weißt du, wo Jan Nissen ist?«

Bei der Erwähnung dieses Namens ruckte Andreas' Kopf nach oben und dann in ihre Richtung. Er prüfte die Temperatur der Metallteile an der Spitze des Feuerzeugs mit der Kuppe seines Daumens, blinzelte und zündete es wieder an. »Wir waren Freunde.« Er bedeutete ihr mit einem Wink, an den Couchtisch zu treten. »Ich erzähle keine Lügen. Es ist die Wahrheit. Sieh es dir an.«

Sie machte gerade so viele Schritte in den Raum hinein, dass sie die drei Fotos betrachten konnte, die er vor sich ausgebreitet hatte. Es war schwer, etwas darauf zu erkennen. Zum einen, weil sie für Jule auf dem Kopf standen. Zum anderen, weil sie von hufeisenförmigen Brandflecken übersät waren, als wäre ein winziges brennendes Pferd darüber hinweg getrabt.

Er zeigte auf das Bild, das von Jule aus gesehen ganz rechts in der Reihe lag. »Da sind sie drauf. Kirsten und Jan.« Das Foto zeigte zwei Teenager, deren Köpfe weggeschmort waren. Sie hielten sich wahrscheinlich im Zimmer des Jungen auf, denn es gab HSV-Bettwäsche, ein Metallica-Poster an der Wand und Actionfiguren auf den Regalen. Das Mädchen lag ausgestreckt rücklings auf dem Bett und trug ein bauschiges grünes Kleid aus Satin. »Das ist vor Kirstens Abschlussball an der Tanzschule. Sie war schon immer hübsch. Sie hat sich gern von uns schminken lassen.« Das erklärte, weshalb der Junge neben ihr kniete. Er hatte seinen Babyspeck noch nicht ganz verloren. Seine Beine steckten in fleckigen Jeans, und er hatte ein T-Shirt in Tarnfarben an. In der einen Hand hielt er einen hauchdünnen Pinsel, in der anderen einen Kajalstift.

Andreas' Finger wanderte zum nächsten Bild. »Das ist vor Jans Haus.« Jule erschauerte, als sie feststellte, dass sie das abgebildete Gebäude bisher nur mit ausgebranntem Obergeschoss kannte. Zum Zeitpunkt dieser Aufnahme stand es dem Hof der Küvers in Sachen Gepflegtheit allerdings in nichts nach. »Der Mann ist Jans Vater. Er war immer verdammt stolz auf Jan. Meistens jedenfalls.« Klaas

Nissen musste knapp an die zwei Meter groß gewesen sein. Er hatte breite Schultern, eine fliehende Stirn und posierte stolz vor einem Traktor, der bis heute vor seinem Haus stand.

»Er ist richtig böse geworden, als er herausgefunden hat, dass Jans Mutter ihm erlaubt hat, mit Puppen zu spielen«, leitete Andreas seine Beschreibung des dritten Fotos ein. Jan – erneut ohne Gesicht, aber mindestens drei oder vier Jahre jünger als auf dem Bild mit Kirsten im Ballkleid – saß auf dem Boden, umringt von einer vielköpfigen Schar von Barbiepuppen. In dem Moment, als auf den Auslöser gedrückt worden war, zwängte er eine von ihnen gerade in einen glitzernden apricotfarbenen Badeanzug. »Ein Junge spielt nicht mit Puppen«, flüsterte Andreas. Jette Nissens Gesicht, die bei Jan auf dem Boden hockte, war erfüllt von Mutterglück. Sie hatte Jan die Hand entgegengestreckt, als würde sie ihm anbieten, ihm dabei zu helfen, der widerspenstigen Puppe den Badeanzug anzuziehen. »Jan hatte viele Puppen.«

Jule wurde abwechselnd heiß und kalt. Zwei irrsinnige Gedanken drängten sich ihr auf: Jan Nissen höchstpersönlich hatte eine der Puppen, mit denen er als Kind gegen den Willen seines Vaters gespielt hatte, verunstaltet und in ihrem Wagen abgelegt. Der andere Gedanke war abstrakter und noch weitaus beunruhigender, weshalb sie ihn sofort aus ihrem Kopf verbannte.

Lachend wischte Andreas die Fotos vom Tisch. Wie trockenes Laub fielen sie auf die leeren Dosen. »Weißt du, wie die anderen Jan nannten?«

»Nein«, sagte Jule. Ihre Finger schlossen sich noch fester um die Schere in ihrer Tasche.

»Schwulibert.« Er wiederholte den Namen wieder und wieder in einem spöttischen Singsang. »Schwulibert. Schwulibert. Schwulibert.« Er schaute Jule an. »Das war nicht gerade nett, und als es eine Lehrerin mitbekam, hat sie es verboten. Jeder, der es trotzdem noch sagte, musste eine Mark in die Klassenkasse zahlen, weil Schwuli ein böses Wort war. Aber Kinder sind nicht dumm. Sie haben einfach etwas anderes gerufen.« Er stimmte wieder die Hohnmelodie an. »Esbert. Esbert. Esbert.«

Jule klappte der Mund auf: Esbert und Jan Nissen waren ein und dieselbe Person. Und da war noch mehr. »Jan ist dieser Freund von dir, von dem du mir am Wochenende am Telefon erzählt hast. Der, den sie aus dem Dorf gejagt haben.«

Andreas nickte.

Jules Nerven waren zum Zerreißen gespannt. Wenn sie es jetzt richtig machte, war dieser Besuch vielleicht doch noch zu etwas nütze. »Kannst du Jan erreichen?«

»Klar«, antwortete Andreas. »Wir sind doch Freunde.«

»Kannst du mir seine Telefonnummer oder seine Adresse geben?«

»Auf keinen Fall.« Er schnitt eine Grimasse, als hätte sie ihn tödlich gekränkt. »Hast du mir nicht zugehört? Er will nichts mehr mit diesem Scheißdorf und den Scheißleuten da zu tun haben. Er geht nie wieder dorthin zurück.«

»Was?« Das, was er da von sich gab, widersprach dem, was Jule von Eva Jepsen über Jan Nissen gehört hatte. »Das stimmt nicht. Er kommt noch ab und zu nach Odisworth.«

»Nein«, beharrte Andreas auf seiner Meinung. Er hieb mit beiden Fäusten auf den Couchtisch. »Jan Nissen geht nie wieder nach Odisworth.«

»Okay, okay.« Jule machte einen Schritt in Richtung der Tür. »Würdest du trotzdem für mich nachhorchen, ob er sein Grundstück verkaufen will?«

»Er will nicht verkaufen«, kam es als ein düsteres Knurren aus Andreas' Kehle.

Jule fasste einen Plan: Solange Andreas sitzen blieb, würde sie weiter versuchen, ihn irgendwie dazu zu bringen, eine nützliche Information über Jan Nissen preiszugeben. Sobald er aufstand, würde die Sache anders aussehen. Dann würde sie die Schere aus der Tasche ziehen, um ihn auf Distanz zu halten, und so schnell wie möglich abhauen. Das war ein guter, ein vernünftiger Plan. »Hast du schon mit Jan geredet, ob er sein Grundstück vielleicht verkaufen würde?«

»Natürlich.« Er kicherte und schüttelte den Kopf. »Wollen Sie mir vorwerfen, ich hätte meine Arbeit am Projekt vernachlässigt, Frau Schwarz?«, höhnte er.

Sie ging nicht auf seine Provokation ein. »Könntest du ihn fragen, ob er mich sehen würde, damit ich ihm ein neues, verbessertes Angebot machen kann?«

Jule rechnete mit einer patzigen Erwiderung. Stattdessen lächelte Andreas sie an, als stünden sie bei Zephiron auf dem Gang und tauschten sich über die miese Qualität des Bürokaffees aus. »Das kann ich sehr gern machen. Aber er wird nicht verkaufen. Jan weiß, was er will. Ich kenne ihn viel zu gut.«

Seine letzte Bemerkung beschwor den ungeformten Gedanken wieder herauf, den Jule zuvor versucht hatte, zu verwerfen. Sie dachte an die leeren Arzneipackungen in Andreas' Badezimmer. »Warum bin ich in Odisworth eigentlich nie deinen Eltern begegnet? Sie stehen nicht im Telefonbuch. Niemand im Dorf hat sie erwähnt. Warum?«

Er kniff die Augen zusammen. »Weil meine Eltern tot sind.«

Jule verschlug es den Atem. Konnte es sein, dass der ungeheuerliche Verdacht, der in ihr aufkeimte, tatsächlich die Wahrheit war? »Sind deine Eltern bei einem Feuer ums Leben gekommen?«

»Was?«

Jule sprach das Undenkbare aus. »Bist du Esbert? Bist du Jan Nissen?«

Sekunden dehnten sich zu einer Ewigkeit, während sie auf eine Antwort von ihm wartete. Er rieb sich mit den Händen über die Oberschenkel und sah sie durchdringend an. »Du weißt, wer ich bin. Ich heiße Andreas Bertram«, sagte er schließlich ruhig.

»Namen kann man ändern«, wandte sie ein. Sie wusste, wovon sie redete. Nach ihrem Unfall hatte sie eine Weile die Möglichkeit erwogen, Jule Schwarz symbolisch sterben zu lassen, um den unfassbaren Schmerz in ihr zu lindern. Warum hätte Jan Nissen nicht das Gleiche machen sollen? »Bist du Jan Nissen?«

»Wie kommst du auf so einen Blödsinn?« Seine Stimme wurde kalt und stählern. »Bist du wahnsinnig, oder was?«

Er stand auf.

»Bleib, wo du bist!«, schrie Jule und zückte die Schere. Ihr gesamter Unterleib zog sich schmerzhaft zusammen. »Ich stech dich ab, du krankes Schwein!«

Das war die Wahrheit. Sie würde es tun. Wenn er auch nur einen Schritt näher kam, würde sie ihm die Schere in den Leib rammen. Wieder und wieder. Am besten in den Hals.

Seine Reaktion war völlig unerwartet. Er setzte sich, hob beschwichtigend die Hände und sagte ruhig: »Jule, um Himmels willen. Was glaubst du denn von mir? Dass ich dir etwas antun will? Jule, wir kennen uns seit Jahren. Wir sind Kollegen. Wofür hältst du mich?« Er zeigte zum Flur. »Da draußen ist ein Telefon. Ruf Eva Jepsen an und frag sie nach mir. Frag danach, wie ich aussehe, und frag sie, wie Jan aussieht. Ich bin nicht Jan Nissen.«

Jule zögerte. Es konnte sein, dass er bluffte. Dass er nicht zurechnungsfähig war. Dass er sie umbringen wollte.

»Ich bin nicht Jan Nissen.«

Für einen kurzen Moment hörte er sich so an wie der Andreas Bertram, den Jule seit Jahren kannte. Ihr dämmerte, dass sie gerade einen folgenschweren Fehler begangen hatte. Sie ließ die Schere fallen und rannte aus der Wohnung.

## 89

Ute Jannsen drückte zum zehnten oder elften Mal lange auf die Hupe ihres Škoda Fabia. War Assmuth neuerdings taub? Sie stand schon geschlagene zehn Minuten am Ortsrand von Joldebek vor der Wache, und er ließ sich einfach nicht blicken. Zu ihm hineingehen konnte sie nicht, das wäre zu auffällig gewesen.

Sie schaute zu dem Flachbau hinüber. Durch ihre Sonnenbrille wirkte das braune Mauerwerk des Gebäudes noch dunkler. Stumm verfluchte sie Mangels und betastete vorsichtig ihr linkes Auge. Das Lid war geschwollen und fühlte sich wie ein Schwamm an, der sich mit Schmerz vollgesogen hatte. Er war eben ein Schwein, auch wenn sie es womöglich verdient hatte, dass sie mit Gewalt zur Besinnung gerufen worden war. Es war eine schlechte Idee gewesen, diesen übereifrigen Hoogens auf den Brand anzusetzen. Was hatte sie sich dabei nur gedacht? Sie wusste es selbst nicht mehr. Sie wollte doch nur, dass Erich keinen Ärger bekam. Er hatte nun wirklich genug gelitten.

Sie nahm die Finger von ihrem Auge, als sie die Tür der Wache aufschwingen sah. Assmuth sah aus wie ein geprügelter Hund. Er schlich förmlich zu ihrem Wagen, den Kopf tief in den Nacken gezogen.

Sie kurbelte die Scheibe hinunter.

»Ich kann nicht mit dir reden«, sagte er sofort. »Hau bloß ab, bevor uns jemand sieht.«

»Was hast du Hoogens erzählt?«, fragte sie.

»Nichts. Gar nichts.« Assmuth klang in seiner Ehre gekränkt. Er legte die Hände aufs Wagendach und beugte sich zu ihr hinunter. »Erich ist mein Onkel, verdammt! Und dir hätte ich besser auch nichts gesagt. Woher weiß Hoogens, dass ich mit dir über die Leiche geredet habe?«

»Das spielt jetzt keine Rolle mehr«, wiegelte sie ab. »Das Kind ist schon in den Brunnen gefallen. Hast du irgendeine Ahnung, ob Hoogens und der andere Kommissar Erich noch auf dem Kieker haben?«

Assmuth riss die Hände vom Wagendach, als wäre es eine heiße Herdplatte. »Hör auf! Ich mache euren Scheiß nicht mehr mit!« Er trat vom Auto zurück und deutete die Straße hinunter. »Und jetzt sieh zu, dass du Land gewinnst.«

»Wir haben nichts Falsches getan, Marko«, sagte Ute und ließ den Wagen an. »Wir haben ihm nur geholfen.«

»Erzähl das mal Hoogens«, blaffte Assmuth über das Motorenbrummen hinweg.

»Besser nicht«, murmelte Ute und fuhr an. »Besser nicht.«


## 90


Caro saß in ihrer blitzsauberen Wohnung am Küchentisch und blätterte in der aktuellen Ausgabe der ›Mopo‹. Es gab nichts mehr, was sie noch hätte putzen können. Sie dachte darüber nach, sich etwas zu essen zu machen – etwas richtig Aufwendiges, bei dem sie viele Pfannen und Töpfe und die ganze Anrichte einsaute –, nur um wieder sauber machen zu können.

Mit einigen Tagen Abstand zu ihrer Flucht aus Lothars Wohnung war sie zu einer traurigen Einschätzung gelangt:

Ihre Beziehung würde sich nicht mehr einrenken. Er war krank, und das hatte er richtig lange richtig gut vor ihr versteckt. Was sagte es über sie aus, dass ihr nie etwas an ihm aufgefallen war? Jule hatte recht. Sie war naiv. Sie sah an Leuten immer nur die guten Seiten, nie die schlechten. Das würde sich jetzt ändern.

Sie würde von jetzt an auch auf die schlechten Seiten anderer Menschen achten. Und eine von Jules schlechten Seiten war ihre Gehässigkeit. Caro machte sich keine Illusionen darüber, welche Triumphgefühle sie ihrer Freundin damit verschaffen würde, wenn sie ihr gestand, dass ihre mehr oder minder geheime Beziehung mit Lothar in die Binsen gegangen war. Jule war eine furchtbar schlechte Gewinnerin – sie würde sich vor lauter Lachen gar nicht mehr einkriegen. Und »Das hätte ich dir gleich sagen können« würde sie sich natürlich auch von ihr anhören müssen. Nein, das würde sie sich ersparen.

Als sie beim Durchblättern der Zeitung auf ihr Horoskop stieß, musste sie schmunzeln.

*Sie finden neues Selbstvertrauen*, stand da. *Gehen Sie auch gern mal ein Risiko ein. Es könnte sich lohnen. Öffnen Sie sich für neue Bekanntschaften. Mit etwas Glück lädt Sie bald jemand zu einer spannenden Reise unter Palmen ein.*

Na also. Selbst wenn das Tarot ihr eher Düsteres verhieß, standen wenigstens noch die Sterne auf ihrer Seite.

# 91

Als sich Jule am Samstagmorgen kurz vor elf aus dem Bett wälzte, fühlte sie sich leer und antriebslos. Ihre Wohnung kam ihr viel zu groß vor und das Patschen ihrer nackten

Sohlen auf dem Parkett viel zu laut. Bei einem improvisierten Frühstück – zwei Scheiben trockener Toast und eine Schale Müsli mit dem letzten Rest Milch – ließ sie die Ereignisse des letzten Abends noch einmal Revue passieren. Was war da in Andreas' Wohnung passiert?

Erst beim Ausspülen ihrer Müslischale fiel ihr etwas auf: Obwohl sie gestern alles versucht hatte, um sich auf ihre Arbeit zu konzentrieren, nahm die Geschichte um den Mörder in Odisworth inzwischen mehr Raum in ihrem Denken ein, als ihr lieb sein konnte. Es war wie ein Programm, das irgendwo im Hintergrund lief, sich aber immer, wenn es etwas Neues zu melden gab, sofort vor die anderen Fenster schob und den Blick auf das Wesentliche verstellte. Wie ein Virus, der unaufhörlich Warnungen über grausame Mörder und grauenhafte Verbrechen auf den Bildschirm schickte. Das gefiel ihr überhaupt nicht.

Sie duschte und rief sich dabei die Unterhaltung ins Gedächtnis, die sie vor ein paar Tagen mit Eva Jepsen über Jan Nissen geführt hatte. Sie hatte explizit nach Nissen gefragt, und Eva hatte ihr bereitwillig Auskunft erteilt. Wenn an der abwegigen Idee, Andreas und Jan könnten identisch sein, irgendetwas dran wäre, hätte sie das wohl schon damals von der geschwätzigen Pensionsbetreiberin erfahren. Sie musste dringend etwas unternehmen, um sich abzulenken und wieder ihre innere Mitte zu finden. Was ihr letzten Samstag gut getan hatte, konnte diesen Samstag nicht falsch sein, beschloss sie. Sie würde sich etwas Nettes gönnen – ein bisschen teures Make-up, ein paar hübsche Klamotten, ein leckeres Essen … Ansonsten boten sich ja nicht viele Gelegenheiten, ihr Gehalt für sinnvollere Dinge auszugeben.

Sie machte sich ausgehfertig und nahm von der Station Hallerstraße aus die U1 zum Jungfernstieg. Die Fahrt dauerte keine fünf Minuten. Das war einer der wichtigsten Gründe, weshalb sie gern bereit war, die horrende Miete für ihre Zwei-Zimmer-Wohnung in Rotherbaum zu zahlen: Wann immer sie wollte und die Zeit dafür hatte, war sie in Windeseile aus ihrem ruhigen grünen Viertel mit den herrschaftlichen alten Stadtvillen in einer völlig anderen Welt.

Am Jungfernstieg herrschte der zu erwartende Trubel: Scharen von Touristen waren an die Alster geströmt, um eine Bootsfahrt auf dem aufgestauten Fluss zu unternehmen oder wie die Einheimischen an den Schaufenstern der feinen Boutiquen vorbeizuflanieren.

Jule begann ihre Tour an ihrem üblichen Ausgangspunkt: dem erst unlängst von Grund auf renovierten Alsterhaus. Jule mochte das Alsterhaus, weil es genau der Vorstellung entsprach, die sie sich als Teenagerin in Pinneberg von einem richtigen Konsumtempel gemacht hatte, wenn sie auf dem Bett gelegen und von ausgedehnten Shoppingexzessen in aller Welt geträumt hatte.

Zwei lächelnde junge Frauen begrüßten Jule, als sie eintrat. Ein großzügiges, in Weiß gehaltenes Foyer, umsäumt von einer Galerie, auf der goldene Schilder mit Markennamen aus aller Welt die Kunden lockten, empfing sie. Sie schritt über ein in die Marmorfliesen eingelassenes Mosaik einer Windrose, in deren Mitte stolz das Schiffswappen des Alsterhauses prangte, und steuerte direkt auf die Parfümerie zu.

So, wie das Alsterhaus den Startpunkt eines jeden Schaufensterbummels markierte, folgte Jule auch innerhalb des Gebäudes einer festgelegten Route: Sie begann im Erdgeschoss bei den Parfüms und der Kosmetik, ging danach ins zweite Obergeschoss zur Damenmode und endete anschließend zwei Stockwerke höher auf dem sogenannten Feinschmecker-Boulevard, wo sich allerhand Leckereien erstehen ließen.

Jule verbrachte eine Stunde zwischen Flakons und servilen Verkäuferinnen. Sie war noch nicht zu einer Entschei-

dung gelangt, ob nun die raffiniert-pfeffrige Note von Jean
Paul Gaultiers Ma Dame oder eher doch der blumig-orien-
talische Duft von Paco Rabannes Lady Million besser zu
ihrem Typ passte, als der Tag eine überraschende Wende
nahm.

## 92

»Jule?«

Sie drehte sich um. Als sie sah, wer da von hinten an sie
herangeschlichen war, ließ sie sofort die beiden Pappstreifen
sinken, auf die sie die zur Wahl stehenden Parfüms gesprüht
hatte.

Rolf Behr hatte eine erstaunliche Verwandlung durch-
laufen: Statt seines unförmigen Blaumanns trug er eine
geschmackvolle Kombination aus braunen Cargohosen,
einem altrosa Ralph-Lauren-Polohemd und weißen Snea-
kers von Puma. Sie hätte nie gedacht, dass ein Mann mit
seinem Beruf sich so ansprechend zu kleiden verstand.

»Oh. Hallo, Rolf.«

»Gab es noch Probleme mit dem Wagen?«, wollte er
wissen.

»Ach, eigentlich nicht. Nichts Ernstes jedenfalls.« Sie
vertagte die Wahl zwischen den beiden Parfüms bis auf
Weiteres und steckte die Probestreifen in ihre Handtasche.
Beim Blick nach unten bemerkte sie die blaue Einkaufstüte,
die an seinem Arm baumelte. Es war die stabile Variante aus
festem glänzendem Papier mit Kordelgriffen, die man im
Alsterhaus erhielt, wenn man etwas entsprechend Teures
kaufte. Sie musste unwillkürlich grinsen, weil der Artikel,
den er erworben hatte und den sie durch den Spalt oben in

der Tüte erspähen konnte, ohne jeden Zweifel aus der Dessous-Abteilung stammte: ein schwarzes Seidenkorsett mit roten Applikationen entlang der Stangen, wenn sie richtig gesehen hatte. »Na, schon fündig geworden?«, fragte sie.

Das Blut schoss ihm in seine rundlichen Wangen. Er drehte die Tüte so, dass sie nicht länger hineinschauen konnte. »Das ist nicht meins«, beteuerte er. »Ich soll es nur für eine Freundin zurückgeben. Sie wohnt bei mir um die Ecke, und als sie gehört hat, dass ich heute in die Stadt fahre, da …« Er verstummte. »Das hört sich nach einer billigen Ausrede an, oder?«

Sie lachte. »Ein bisschen.« Sie stellte fest, dass sie sich ehrlich darüber freute, ihn so unverhofft wiederzusehen. Noch dazu war sie ein wenig erleichtert darüber, dass er »eine Freundin« und nicht »meine Freundin« gesagt hatte. »Aber es geht mich ja auch nichts an, was du privat so trägst. Wir kennen uns doch kaum.«

»Stimmt.« Er schaute erst sie an, dann zu Boden, biss sich eine Sekunde auf die Unterlippe und begegnete schließlich wieder ihrem Blick. »Hättest du Lust, das mit dem Kennenlernen nachzuholen? Bei einem Eis oder so?«

# 93

Jule hatte Lust. Zehn Minuten später saß sie mit Rolf an einem der Außentische einer gediegenen Eisdiele in den Alsterarkaden mit Aussicht auf das Rathaus und die Schwäne, die sich im angrenzenden Fleet von den Touristen füttern ließen.

Er aß einen Walnussbecher, sie trank einen Eiskaffee. Je länger sie mit ihm plauderte, desto mehr verflog ihre anfängliche Befürchtung, der passionierte Autoliebhaber könnte womöglich nur auf ein und demselben Thema herumreiten. Das Gegenteil war der Fall: Sie spannten gemeinsam einen weiten Bogen von Film- und Musikvorlieben über die politische Großwetterlage bis hin zu Klatsch und Tratsch über die deutsche B-Prominenz. Er wartete in jeder Hinsicht mit einigen Überraschungen auf: Zwar hörte er überwiegend Metal, aber er versicherte ihr, dass er auch ein oder zwei Alben von Lauryn Hill und Coldplay im Schrank stehen hatte. Er schätzte Actionfilme, war allerdings einer romantischen Komödie »in der passenden Begleitung, und wenn sie gut gemacht ist« nicht abgeneigt. Er las vor jeder Bundestagswahl die Programme aller größeren Parteien, nur um seine Stimme immer wieder ein und derselben Partei zu geben.

Eines empfand sie als besonders angenehm. Ob nun bewusst oder unbewusst, Rolf klammerte zwei nahe liegende Gesprächsthemen völlig aus: die Arbeit und ihren bisherigen Lebenslauf. Für eine kurze kostbare Zeit war sie eine Frau ohne belastende Vergangenheit, die sich einfach nur gut mit einem ausgesprochen netten Mann unterhielt. Und das gefiel ihr, weil es sie unglaublich entspannte.

Zudem machte Rolf kein Geheimnis daraus, dass er sie mochte: Er sagte ihr zweimal, wie toll er es fand, dass sie sich über den Weg gelaufen waren.

Sie hatte nicht das Geringste dagegen, als er sie zurück ins Alsterhaus begleitete. Jules Stimmung schlug jedoch vorübergehend um, als Rolf an der Kasse stand, um das Korsett umzutauschen: Warum glotzte die ältere Frau Rolf so an? Jule hätte das gerade noch verstanden, wenn er allein vor dem Tresen aufgetaucht wäre, doch mit ihr im Schlepptau musste er doch einen gewissen Schutz vor irgendwelchen unhöflichen Verdächtigungen genießen. Wirkten sie denn nicht wie ein gewöhnliches Pärchen, das gemeinsam unterwegs war?

Zum Glück vergaß Jule ihren Groll schnell wieder. Rolf schloss sich ihr auf ihrem Rundgang durch das Kaufhaus an und zeigte eine Engelsgeduld, während sie Oberteile und Hosen anprobierte. Mehr noch: Er hatte wirklich einen guten Geschmack und lenkte ihre Aufmerksamkeit auf mehrere schicke Teile, die sie ohne ihn übersehen hätte. Er wurde wieder rot, als sie ihn darauf ansprach, und meinte, er habe glatt seinen Beruf verfehlt, weil er einen hervorragenden Shoppingberater oder gar Stylisten abgeben würde.

Nach und nach fragte sich Jule, wo der Haken an diesem Mann war. Vor allem seine Kenntnisse in Sachen Mode weckten leise Verdachtsmomente in ihr: Was, wenn er am Ende schwul und nur auf der Suche nach einer freundschaftlichen Beziehung war?

Nach dem ausgedehnten Streifzug durchs Alsterhaus – Rolf hatte ihr letztlich zu Ma Dame geraten, und sie hatte seinen Rat beherzigt –, lud er sie zum Essen bei einem Italiener in den Kolonnaden ein. Dort zerstreute Rolf Jules Bedenken über seine sexuelle Orientierung, ohne es zu ahnen. Zum einen starrte er der Bedienung einmal sehr lange auf den ausladenden Hintern, zum anderen wurde er mutiger und direkter: Noch vor dem Hauptgang – Pizza Frutti di Mare für ihn, hausgemachte Ravioli auf grünem Pesto für sie – betonte er, noch nie einer so unkomplizierten Frau wie Jule begegnet zu sein. Beim Espresso fand er dann den Mut, ihr zu sagen, dass sie genau in sein Beuteschema falle, was wahrscheinlich an den drei Gläsern Wein lag, die er im Verlauf des Essens getrunken hatte.

Jule genoss die Situation mit jeder Minute mehr, und sie bedauerte es, als es Zeit war, die Rechnung zu begleichen. Ihm erging es scheinbar ähnlich, denn nach dem Verlassen des Restaurants blieb er unschlüssig stehen.

Nachdem sie sich eine halbe Minute angeschwiegen hatten, blickte Jule hinauf zum düsteren Himmel, der sich immer weiter mit dunklen regenschweren Wolken zuzog. »Ich müsste dann mal los.«

»Ich könnte dich nach Hause bringen«, bot er sofort an. Er zuckte mit den Schultern. »Also nur, wenn du magst, meine ich.«

Jule spürte ihr Herz schneller schlagen, und der Mund wurde ihr trocken. Der Zauber der Unbeschwertheit, der über den letzten Stunden gelegen hatte, ging ein Stück weit verloren. »Bist du ... bist du mit dem Auto da?«

»Ach was.« Sein Kopfschütteln wirkte wahre Wunder gegen das Aufwallen ihrer Angst. »Mit dem Auto in die Stadt fahren? Ich bin doch nicht bescheuert.«

»Okay, dann ...« Sie schaute die Fußgängerzone hinunter, zu dem weiß-blauen Schild der nächsten U-Bahn-Station. »Ich habe es aber nicht sehr weit.«

»Umso besser.« Er lächelte schelmisch, die Augen ein wenig glasig vom Wein. »Dann ist es ja kein großer Umweg für mich.«

Sie spazierten los. Er trug wie selbstverständlich ihre Einkaufstüten.

In der U-Bahn setzte er sich ihr gegenüber und fragte sie, wo sie genau wohne und wo sie aussteigen müssten. Während sie es ihm erklärte, betrachtete er sie beinahe verträumt. Jule störte sich nicht daran. Es war kein unangenehmes, starres Taxieren. Er ließ seinen Blick vielmehr behutsam über sie wandern wie jemand, der etwas Kostbares gefunden hatte und sich dessen ganz klar bewusst war.

Ungefähr auf halbem Weg zwischen der U-Bahn-Station Hallerstraße und ihrer Wohnung wurden sie von einem Platzregen überrascht. Das Wasser prasselte wie aus Kübeln vom Himmel, und in der Ferne grollte Donner. Sie rannten das letzte Stück. Zu Beginn lachte, quietschte und fluchte Jule abwechselnd. Rolf schrie immer nur »Ist es noch weit? Ist es noch weit?« Als sie unter dem schmalen Vordach vor ihrer Haustür ankamen, kramte sie in ihrer Handtasche nach dem Schlüssel und sog nach dem Sprint gierig die klare Luft ein, die der Regen von Staub und Abgasen reingewaschen hatte. Sie hatte die Tür schon halb aufgestoßen, als ein Höllenlärm plötzlich das Prasseln des Regens und das Donnergrollen übertönte. Rolf trat zurück in den Regen, um die Straße hinunterzuschauen.

»Was machst du da?«, rief sie ihm zu. »Komm rein.«

Sein nasses Gesicht verzog sich zu einer besorgten Miene. »Ich glaube, das ist dein Wagen. Schalt die Alarmanlage aus.«

Sie hatte Mühe, ihn zu verstehen, weil in diesem Augenblick der erste Blitz zuckend und krachend zur Erde niederfuhr. »Was?«

»Das ist dein Wagen. Schalt die Alarmanlage aus«, wiederholte er ungeduldig.

Sie beugte sich ein Stück aus der Tür. Er hatte recht. Die Warnblinker des BMW pulsierten hinter verwehten Regenschleiern. »Wie mach ich das Ding aus?«, fragte sie.

»Mit dem Schlüssel. Zweimal auf Schließen drücken.« Er eilte zurück an ihre Seite und brachte die Einkaufstüten ins Trockene. »Das muss das Gewitter sein. Scheißelektronik!«

Der Schlüssel war in ihrer Tasche vollkommen untergewühlt. Sie tastete endlos lange darin herum. Sie erfühlte eine uralte Packung Smints. Kein Schlüssel. Ein benutztes Tempo. Kein Schlüssel. Ihr Portemonnaie. Kein Schlüssel. Wo war das blöde Teil nur? Da! Endlich! Der Schlüssel! Sie riss ihn aus der Tasche. Was hatte Rolf gesagt? Zweimal schließen. Ja, genau! Sie drückte zweimal den Knopf. Die Alarmanlage plärrte weiter. »Es geht nicht!«

Vielleicht war die Entfernung zum Wagen zu groß? Sie rannte durch den Regen und drückte weiter hektisch auf dem Schlüsselanhänger herum, der unter ihren Fingern immer glitschiger wurde. »Du Drecksding!«, keifte sie. Sie stand nun direkt neben ihrem Wagen, und das Piepen und Pfeifen wollten immer noch nicht aufhören. »Mach doch!«

Vor Zorn und Panik trat sie gegen einen der Vorderreifen. Ein brennender Schmerz schoss ihr von den Zehen bis ins Knie. Dann war Rolf bei ihr.

»Gib her!« Er entwand ihr den Schlüssel, um ihn auf das Auto zu richten wie eine futuristische Strahlenwaffe. Der nächste Donnerschlag hallte. Als er verklungen war, hörte Jule nichts außer ihrem eigenen keuchenden Atem und dem Regen.

Rolf hastete einmal um den Wagen herum. Dann blieb er stehen und schaute zu Jule. War das Enttäuschung, was sie da in seinem Blick sah? Sie bemerkte ihr Spiegelbild in einer der Seitenscheiben des BMW, von der das Wasser in kleinen Sturzbächen perlte. Deshalb musterte er sie wohl so merkwürdig: Ihr Haar klebte ihr nass am Schädel. Verlaufene Wimperntusche rann ihr die Wangen hinunter wie schwarze Tränen. Sie sah unmöglich aus. Unmöglich und hässlich.

Sie begriff, dass man aus jedem Traum einmal erwachen musste, und humpelte wortlos in Richtung Haustür.

»Jule!«, rief ihr Rolf hinterher.

»Danke fürs Heimbringen!« Sie winkte ihm über die Schulter zu, huschte durch die Tür, schlug sie hinter sich zu, klaubte die Einkaufstüten vom Boden auf und quälte sich die Treppen zu ihrer Wohnung hinauf.

# 94

Jule schlüpfte aus den nassen Sachen und kochte sich einen Tee. Rolf klingelte nicht. Wieso auch? Was hatte sie sich nur eingebildet? Dass er ihr Mann fürs Leben war? Dass die Geschichte, die sie ihren Kindern später über ihr Kennenlernen erzählen würde, so begann: »Mama ist damals zu Papa in die Werkstatt gekommen, um ihren Wagen reparieren zu lassen ...«?

Ihr Leben war nun einmal keine von den gut gemachten romantischen Komödien. Ihr Leben war eher ein schwermütiger Fernsehfilm ohne klare Handlung und ohne Happy End, wie er nachts auf Arte lief.

Sie hockte sich mit ihrem Tee und in Unterwäsche auf die Couch und schaltete den Fernseher ein. Sie blieb bei einer Auswanderersendung hängen, in der geschildert wurde, wie eine Familie aus Köln in Thailand ein neues Leben beginnen wollte. Als sie feststellte, dass sie in jeder blonden Westlerin, die auf dem Bildschirm auftauchte, Kirsten Küver und damit ein Stück sich selbst sah, fing sie an, hemmungslos zu schluchzen. Es spielte keine Rolle, wie weit man auch rannte. Vor sich selbst konnte man nirgendwohin flüchten.

# 95

»Kaum zu fassen, wie ungeschickt du dich manchmal anstellst.« Caro schüttelte den Kopf. Eine blonde Strähne rutschte unter dem bunten Tuch hervor, das sie sich um ihr Haar gewunden hatte. »Echt jetzt, Jule. Wie eine Klosterschülerin.«

»Ich habe dich nicht hergebeten, damit du mir Vorwürfe machst«, Jule warf eine zusammengeknüllte Serviette nach ihrer Freundin.

Draußen nieselte es schon den ganzen Sonntag über. Das Wetter lud förmlich dazu ein, den ganzen Tag dumpf vor sich hin zu brüten. Um diesem tristen Schicksal zu entgehen, hatte Jule Caro gefragt, ob sie nicht vorbeikommen wolle. Nun saßen sie bei ihr im Wohnzimmer zusammen und hatten zwei riesige Becher mit Milchkaffee vor sich auf dem Couchtisch stehen. Jule hatte Caro gerade ihr Herz darüber ausgeschüttet, wie gründlich ihr zufälliges Date mit Rolf schiefgelaufen war.

»Wie willst du morgen zur Arbeit fahren?«, fragte Caro mit vollem Mund.

»Was?« Jule hatte sie kaum verstanden.

Caro schluckte den Bissen hinunter. Als kleinen Stimmungsaufheller hatte sie einen Karton voller Natas, portugiesischer Vanillepuddingtörtchen, aus einer der vielen von ehemaligen Gastarbeitern betriebenen Bäckereien im Schanzenviertel mitgebracht. »Wie du morgen zur Arbeit fahren willst. Für mich hörte sich das eben so an, als hätte er noch den Autoschlüssel in der Hand gehabt, als du den Schwanz eingekniffen hast.«

»Hatte er auch.« Jule seufzte und rührte Zucker in ihren Kaffee. »Das ist mir heute Nacht um halb zwei auch eingefallen.«

»Und?« Caro schaute sie erwartungsvoll an.

»Zum Glück hat Rolf das gemacht, was ich an seiner Stelle auch getan hätte.« Jule dachte daran, wie sie im Bademantel durchs Treppenhaus gehuscht war, mit klopfendem Herzen und einer kleinen Hoffnung, die sich tatsächlich erfüllt hatte. »Er hat mir den Schlüssel in den Briefkasten geworfen.«

Caros Kuchengabel fiel klimpernd auf den Teller. »Was für ein Feigling! Man könnte glatt meinen, ihr wärt füreinander gemacht.«

»Danke für deine bedingungslose Unterstützung«, ätzte Jule. Sie löffelte sich eine Ladung Milchschaum in den Mund und ließ die kleinen verirrten Zuckerkristalle darin auf ihrer Zunge schmelzen. Der süße Geschmack half ihr dabei,

Caros zutreffende Bemerkung zu verschmerzen. »Du hast ja auch recht. Das war schon eine reife Leistung von mir. Binnen vierundzwanzig Stunden vor gleich zwei Typen als vollkommen bekloppt dazustehen, meine ich.«

»Bekloppt?«, echote Caro. »Weil die Puppe weg war, wegen der du Blomski –«

»Smolski.«

»Wegen der du Smolski in dieses Dorf beordert hast?« Caro nahm ihre Gabel wieder zur Hand und aß ihre Nata weiter. »Glaub mir, er wird drüber hinwegkommen. Außerdem ist es ja nicht deine Schuld, dass das Ding weg war. Wenn er mehr als eine Gehirnzelle im Kopf hat, ist ihm das auch absolut klar. Und da er bei der Kripo ist, gehe ich mal hoffnungsfroh davon aus, dass er nicht der Dümmste ist.«

»Hm. Du, wo wir gerade von schlauen Männern sprechen: Hat dir dein Lothar erzählt, dass er mich letzten Sonntag mitten in der Nacht angerufen hat?«

Caro verzog das Gesicht, als wäre ihre Nata nicht mit Vanillepudding, sondern Zitronencreme gefüllt. »Er ist nicht mein Lothar. Und, nein, das hat er mir nicht erzählt. Was wollte er von dir?«

»Das ist eine richtig gute Frage.« Sie nippte an ihrem Kaffee. »Mir kam es so vor, als wollte er mich vor irgendjemandem in Odisworth warnen. Vor einem Mann.«

Caro stand auf, stellte sich auf die Zehenspitzen, reckte beide Arme in die Luft und verschlang sie in einer komplizierten Pose ineinander. »Lothar wollte dich vor einem Mann aus diesem Dorf warnen?«

»Ungelogen«, beteuerte Jule. »Und willst du das Beste hören? Ich hab dir doch vorhin am Telefon gesagt, dass ich mich von Smolski nicht so richtig verabschiedet habe. Zumindest nicht so, wie ich es gern unter normalen Umständen getan hätte. Willst du auch wissen, warum?«

»Warum?«

»Weil ihm die Betreiberin meiner Pension plötzlich ein paar Fotos unter die Nase gehalten hat, auf denen ein Fremder zu sehen war, der ihren Verdacht erregt hat«, erklärte Jule. Sie wählte ihre Worte mit Bedacht, aber es war schwer, die Angelegenheit nicht als unheimlich darzustellen. »Ein Mann, der sich immer wieder im Dorf herumtrieb, nachdem eine junge Frau, die ursprünglich aus der Gegend dort stammte, hier in Hamburg verschwunden war.«

Caro war nicht auf den Kopf gefallen. Sie erstarrte in ihrer sonderbaren Haltung und flüsterte: »Lothar.«

»Bingo«, sagte Jule.

Caros Arme sanken langsam herab. »Du glaubst doch aber nicht, dass … dass er und diese Frau …?«

»Ich habe mich mit ihm darüber unterhalten«, beeilte sich Jule zu sagen, bevor sich Caro noch in die gleichen wirren Theorien verstieg wie sie selbst. »Er war ihr Therapeut.«

»Verstehe.« Caro atmete auf. Sie zupfte ihr Tuch zurecht und schlenderte zu Jules Bücherregal. Eine Weile studierte sie die Titel auf den Einbänden, als wäre das Thema für sie damit beendet. Dann drehte sie sich um, begegnete Jules forschendem Blick und sagte: »Schau mich nicht so an. Ich weiß nicht, was du jetzt von mir erwartest.«

Darüber war sich Jule selbst nicht im Klaren. Sie stellte die erstbeste Frage, die ihr in den Sinn kam: »Hat er mit dir jemals über eine Kirsten Küver gesprochen?«

»Ist das die verschwundene Frau?«, fragte Caro zurück. Jule nickte.

»Da kann ich dir schlecht weiterhelfen«, sagte sie sehr ernst. »Lothar bewahrt mir gegenüber absolutes Stillschweigen über seine Patienten.«

»Du willst mir nicht allen Ernstes weismachen, ihr beide hättet noch nie über mich geredet, oder?«, warf Jule ein.

»Natürlich haben wir schon über dich geredet. Aber er sagt mir nichts, was ich nicht bereits von dir selbst wüsste.«

In Caros Stimme lag der Hauch einer Kränkung. »Ehrlich ...«

Damit wandte sie sich wieder dem Bücherregal zu. Jule fühlte sich wie eine Idiotin. Schlimm genug, dass sie die beiden Männer, die erst vor Kurzem in ihr Leben getreten waren, vor den Kopf gestoßen hatte. Jetzt war sie dabei, einen Streit mit ihrer besten Freundin vom Zaun zu brechen. Caro hatte allen Grund, beleidigt zu sein. Was hatte Jule sich da bloß eingebildet? Dass Caro und Seger sich regelmäßig trafen, um sich über sie und seine anderen Patienten das Maul zu zerreißen? »Tut mir leid«, sagte sie leise zu Caros Rücken. »Das war dumm von mir. Dumm und unverschämt.«

»Lass uns über angenehmere Dinge reden, ja?«

»Klar«, nahm Jule das Friedensangebot dankbar an.

»Und mit angenehm meine ich natürlich Dinge, die dir vielleicht trotzdem unangenehm sein könnten.« Caro wirbelte herum. »Zum Beispiel diesen Rolf. Wie hieß er noch mal genau?«

»Rolf Behr.« Jule hatte eine Ahnung, worauf sie hinauswollte.

»Und er hat eine Autowerkstatt in Norderstedt, sagst du?«

»Ja.« Die Ahnung verwandelte sich in einen begründeten Verdacht.

»Und gehe ich recht in der Annahme, dass es dir nicht ganz egal ist, was er jetzt von dir denkt, nachdem du ihn buchstäblich hast im Regen stehen lassen?«

»Kann schon sein.« Aus dem begründeten Verdacht wurde wachsende Gewissheit.

»Okay«, verkündete Caro zufrieden.

»O nein.« Jule war kurz davor, von der Couch aufzuspringen. »Untersteh dich gefälligst, ja?«

»Wovon sprichst du?«

»Versprich mir, dass du dich da nicht einmischst!« Jule

lachte nervös auf, weil ihr Kopf sich unvermittelt federleicht anfühlte und ihr ein Kribbeln durch den gesamten Körper fuhr. »Ich weiß, was du vorhast. Bitte lass es bleiben. Du rufst ihn nicht an, du kommst nicht zufällig an seiner Werkstatt vorbei, und du lässt dich auch von keiner Wünschelrute oder einem Pendel oder irgendwelchen Naturgeistern zu ihm führen.«

»Also Jule!«, tat Caro empört. »Als ob ich dafür bekannt wäre, dass ich – «

»Im Ernst.« Sie fixierte Caro mit dem finstersten Blick, zu dem sie fähig war. »Versprich es mir.«

»Gut.« Caro ächzte theatralisch und sank im Schneidersitz zu Boden. »Gut, ich verspreche es. Aber beschwer dich nicht bei mir, wenn du am Ende tot bist, bevor du den Richtigen findest.«

## 96

»Muss ich Sie reinlassen?«

Andreas Bertram schaffte es sofort, Stefan Hoogens' Antipathie für sich zu gewinnen. Der Mann, den Hoogens vor sich sah, hatte einen süßlichen Mundgeruch und sich seit Tagen nicht mehr rasiert. Außerdem stank er nach saurem Schweiß, was den Verdacht nahe legte, dass er sein T-Shirt schon eine Weile nicht mehr gewechselt hatte. Hoogens hätte sich für einen Montagmorgen wirklich etwas Schöneres vorstellen können als das hier. »Wir können gern hier im Treppenhaus sprechen, wenn Sie nichts dagegen haben, dass Ihre Nachbarn zuhören«, sagte Hoogens.

»Da scheiß ich drauf, was die Leute über mich denken«, erwiderte Bertram. »Worum geht's?«

Gut. Der Kerl wollte es auf die harte Tour. »Um Kirsten Küver.«

Bertrams aggressive Miene wurde weicher. »Wir waren Freunde. Sie ist nach Asien abgehauen. Ich war dagegen. Das hab ich alles schon vor über einem Jahr Ihren Kollegen erzählt.«

»Und sie hat sich seitdem nicht wieder bei Ihnen gemeldet?«, fragte Hoogens.

»Nein. Leider nicht.«

»Ich finde das komisch.« Hoogens sprach absichtlich sehr laut und setzte sich gemächlich auf eine der Stufen auf die Treppe ins nächsthöhere Geschoss. »Ich meine, wo Sie doch so gut mit ihr befreundet waren.«

»Wir haben uns gestritten.« Bertram sah niedergeschlagen aus. »Ziemlich heftig sogar.«

»Ich weiß, ich weiß.« Hoogens nickte. »Sie kommen aus Odisworth, nicht wahr?«

»Ja.«

»Sind Sie in letzter Zeit mal wieder dort gewesen?«

Bertram grinste plötzlich, als hätte Hoogens ihm einen schlechten Witz erzählt. »Bis letzte Woche fast jeden Tag.«

»So?« Das war Hoogens neu.

»Ich war beruflich dort. Aber jetzt habe ich gekündigt«, sagte Bertram. »Das war's für mich. Mich sieht da keiner wieder.«

»Und was haben Sie da genau beruflich gemacht?«

»Ich habe versucht, den Bau eines Windparks einzuleiten.«

»Na, sieh mal einer an ...« Diese Null musste ein Kollege der inoffiziellen Mitarbeiterin des Polen sein. »Ist wohl nicht so eins a gelaufen, hm?«

»Da scheiß ich drauf.«

»Sie scheißen auf eine ganze Menge, was?« Hoogens winkte ab. »Na ja, das ist Ihr Bier. Mein Bier ist, dass ich gerne wissen würde, was es mit dieser Anzeige wegen sexueller Belästigung gegen Sie auf sich hat. Erinnern Sie sich noch daran?«

»Halten Sie mich für dumm?«

Hoogens zuckte beiläufig mit den Schultern. »Das haben Sie gesagt.« Er stand trotzdem wieder auf, weil ihm der grollende Unterton in Bertrams Stimme nicht gefiel. Es war Zeit, eine härtere Gangart einzulegen. »Sie sind also wirklich mit der Nummer durchgekommen, Sie seien da nur einer kleinen Verwechslung aufgesessen? Ausgerechnet einer Verwechslung mit einer Frau, die Sie anscheinend als Letzter gesehen haben, bevor sie spurlos verschwunden ist. Ich will ganz ehrlich zu Ihnen sein: Da gerate ich schon ins Grübeln.«

»Ich habe Sie nicht umgebracht, wenn Sie das meinen.« Bertram bleckte die Zähne. »Woher haben Sie die Idee? Von Kirstens Eltern? Die haben doch keine Ahnung. Die haben sie nie richtig gekannt.«

»Aber Sie schon?«

»Wir haben uns immer verstanden. Bis sie weg ist.« Bertram schüttelte den Kopf. »Ich weiß echt nicht, was Sie von mir wollen.«

Hoogens holte eine Visitenkarte aus seiner Jacke und hielt sie Bertram hin. »Ich will, dass Sie diese Nummer da anrufen und einen Termin ausmachen, wann Sie mich demnächst mal besuchen. Nur so zum Plaudern. Es wäre nett, wenn Sie vorher duschen könnten.«

Bertram sah Hoogens in die Augen, dann auf die Karte. »Da scheiß ich –«

»Ja, ja, schon klar«, unterbrach ihn Hoogens genervt. »Ich kann Sie auch holen lassen, wenn Ihnen das lieber ist. Überlegen Sie sich's.«

Zögernd nahm Bertram die Karte.

Hoogens war bereit für den Abmarsch, als ihm noch

etwas einfiel. »Eines noch. Sagen Sie mal, Sie waren doch noch im Dorf, als damals dieses Gehöft abgebrannt ist, oder?«

Bertrams Gesicht zeigte eine Regung, die Hoogens nicht erwartet hatte: Er wirkte völlig entgeistert.

»Habe ich was Falsches gesagt?«

»Wir waren Freunde«, murmelte Bertram komplett zusammenhanglos. »Wir haben uns alles erzählt.«

»Ich verstehe Sie nicht ganz.« Hoogens runzelte die Stirn. In welches emotionale Wespennest hatte er bei Bertram gerade gestochen? »Was meinen Sie damit?«

»Ich bin kein Verräter.«

»Was?« Hoogens dämmerte, dass Bertram eventuell mehr als nur etwas verlottert war – der Typ hatte nicht mehr alle Latten am Zaun.

»Ich bin kein Verräter«, wiederholte Bertram und schlug Hoogens die Tür vor der Nase zu.

Hoogens klingelte und klopfte noch eine Weile, aber Bertram machte ihm nicht mehr auf. Hoogens war trotzdem zufrieden. Für den Fall, dass die Begehung von Erich Fehrs' Grundstück sie nicht weiterbrachte, hatte Hoogens jetzt zumindest eine klare Vorstellung davon, für welche Wohnung er dann bei Wessler einen Durchsuchungsbefehl erwirken würde.

## 97

Sein Sehnen wuchs und wuchs, und er empfand es mittlerweile als körperlichen Schmerz – wie eine Stelle auf der Innenseite der Backe, wo man sich beim Kauen versehentlich selbst gebissen hatte. Man spürte immer, dass die kleine

Wunde da war, und wie von selbst spielte man die ganze Zeit mit der Zungenspitze daran. Sie schmeckte doch so gut. Salzig.

Er wusste, dass er diesen Schmerz loswerden musste, wenn er das neue Spiel bis zum Ende mitspielen wollte. Sonst würde er nur weiter abgelenkt, und ein Fehler durfte ihm nicht passieren. Er musste jetzt ganz aufmerksam sein, denn er hatte das untrügliche Gefühl, nicht der Einzige zu sein, der sie beobachtete. Dass es da noch jemanden gab, der sie genau im Auge behielt. Nicht überall. Nur in Odisworth hatte er manchmal den Eindruck, er brauche sich nur umzudrehen, um die Person zu sehen, die ihr heimlich folgte. Ein paarmal hatte er sich sogar schon umgedreht, ganz schnell und unvermittelt, aber dann hatte er doch niemanden gesehen. Aber das hatte nichts zu bedeuten. Der andere Beobachter war da.

Ob es derselbe war, der sich an seinem Spielzeug zu schaffen gemacht hatte? Um sich Klarheit darüber zu verschaffen, war er zu dem Versteck gegangen, in das er sein Spielzeug schon vor so langer Zeit gebracht hatte. Das war riskant gewesen. Es war zu nah an dem Ort, wo man eine der Frauen gefunden hatte.

Er hatte sein Spielzeug gezählt, und ein Teil hatte tatsächlich gefehlt. Bei seinem letzten Besuch davor war ihm nur aufgefallen, dass einige der kleinen Dinger die Arme oder die Beine nicht mehr so hielten, wie es ihm am liebsten war. Jemand hatte mit ihnen gespielt. Erst hatte ihn das richtig wütend gemacht, und er sah alles um sich herum nur noch wie durch einen roten Schleier. Er schlug eine Weile wahllos und brüllend um sich, mit einem morschen Ast, den er von einem umgestürzten Baum abriss. Bei jedem Hieb brachen Teile von dem Ast ab und flogen in alle Richtungen, und er stellte sich vor, es seien Fleischbrocken, die er mit einem Beil aus dem Leib des anderen heraushackte. Als von dem

338

Ast nur noch ein Stumpf übrig war, war sein Zorn von ihm abgefallen und an seine Stelle trat ein Gedanke, den er wunderschön fand: Er war nicht allein. Womöglich gab es irgendwo dort draußen noch jemanden, der das Spiel, von dem niemand etwas wissen durfte, genauso gern spielte wie er und Kirsten.

Kirsten … Am liebsten wäre er jetzt schon bei ihr. Doch das ging nicht. Es war zu früh. Aber so blieb ihm wenigstens noch genügend Zeit für die Frau, die er sich vor ihr holen konnte, um den Schmerz seines Sehnens endlich zu lindern.

## 98

Als die Windräder am Horizont auftauchten, wusste Jule wieder, warum sie die Stelle bei Zephiron angenommen hatte. Die Räder hatten etwas Erhabenes – schlanke Riesen, denen die Welt zu Füßen lag. Und sie waren der Beweis, dass der Mensch sich die Kräfte der Natur nutzbar machen konnte, ohne irreparablen Schaden an seiner Umwelt anzurichten. Es war ihr unverständlich, wie man finden konnte, ein Windrad sei hässlich und würde die Landschaft verschandeln. Zukünftige Generationen würden Windrädern mit der gleichen nostalgischen Rührung gegenüberstehen, die heutzutage alte Windmühlen im durchschnittlichen Betrachter auslösten – so viel stand für Jule fest.

Bei drei Rädern vor ihr drehten sich die Flügel in der Brise vom nahen Meer, beim vierten waren sie reglos erstarrt.

Sie bog von der Landstraße auf einen kleinen Feldweg durch die Wiesen ab. Rund ein Dutzend Odisworther hatten Jule zugesagt, sich ein Windrad einmal aus nächster

Nähe anschauen zu wollen. Größtenteils handelte es sich um Angehörige jener beiden Kategorien von Dorfbewohnern, die Jule die Skeptiker und die Zögerlichen getauft hatte. Da der Raum in der Gondel sehr begrenzt war, hatte sie die Leute auf drei Gruppen verteilt – eine für den Vormittag und zwei für den Nachmittag. Jule hatte sich einen regeren Zulauf erhofft. Das mangelnde Interesse lag jedenfalls nicht an einer langen Anreise: Die kleine Anlage für die Besichtigung war mit dem Auto von Odisworth aus in einer halben Stunde zu erreichen – selbst wenn man ein sehr gemächliches Tempo einschlug.

Jule gewann allmählich ihre Souveränität hinter dem Steuer zurück: Auf der Fahrt hierher hatte sie nur einen kleinen Schweißausbruch an einem unübersichtlichen Kreisverkehr erlebt, aber von ihrem alten Tunnelblick und anderen Wahrnehmungsverzerrungen war sie verschont geblieben. Trotzdem traute sie dem Frieden nicht. Was, wenn ihre Angst sie nur in Sicherheit wiegen wollte?

Rund um den Fuß des abgeschalteten Windrads parkte eine Handvoll Autos. Sie stellte ihren BMW neben einem Wagen ab, mit dem sie hier nicht gerechnet hatte: Klaus' grünem Nissan Micra, in dem sie so oft als Beifahrerin gesessen hatte.

Sie stieg aus und winkte ihrem hageren Kollegen nur beiläufig zu, um zuerst die Gäste aus der ersten Gruppe zu begrüßen, die sich um einen silbergrauen Mercedes versammelt hatten. Mangels' einäugiger Hund trottete schwanzwedelnd auf Jule zu. »Na, du?«, bedachte sie ihn freundlich und reichte seinem Besitzer die Hand.

»Kann Bismarck mit rauf?«, fragte Mangels.

Jule schüttelte den Kopf. »Der Fahrstuhl geht nicht ganz bis nach oben. Die letzten Meter müssen wir eine Leiter nehmen.«

»Das hätten Sie aber ruhig früher sagen können.« Das

Gesicht der Pastorin war bereits wieder ein einziger Vorwurf – zumindest der Teil, der nicht hinter einer kapitalen Sonnenbrille verdeckt war.

»Ich muss Sie auf meiner Liste für diesen Termin übersehen haben«, sagte Jule.

»Störe ich?«

»Sie stören überhaupt nicht. Ich hoffe eher darauf, dass sich Ihre Meinung zur Windkraft nach dem Besuch der Anlage zum Positiven ändert.«

Während Mangels seinen Hund in den Benz beorderte, wandte Jule sich an die nächste Frau in der Runde. Anke Küver wirkte deutlich entspannter als noch vor ein paar Tagen, und Jule wusste auch, warum: Die Tote aus dem Wäldchen war nicht Kirsten Küver gewesen. Deshalb konnte Anke sich nun wieder an der Möglichkeit festklammern, dass sich ihre Tochter irgendwo in Asien herumtrieb.

Ein älteres Ehepaar – Sören und Gabriele Lüders, die so breites Platt sprachen, dass Jule nicht alles verstand, was die beiden von sich gaben – komplettierte die Gruppe. Sie zählten zu den Zögerlichen, obwohl es um nicht einmal ein Zehntel ihres Grundstücks ging.

Jule bat die Odisworther um einen Augenblick Geduld und nahm Klaus zur Seite. Ihm war die Enttäuschung darüber, dass sich ihre Wiedersehensfreude in Grenzen hielt, deutlich anzusehen.

»Ich dachte, Jochen würde das machen«, sagte sie außer Hörweite der Dorfbewohner. Jochen gehörte zu einer seltenen Sorte von Ingenieur: Er vermittelte Fachwissen in für Laien verträglichen Portionen, anstatt sie mit technischen Details zu verwirren. Andreas hatte als Projektleiter viele fragwürdige Entscheidungen getroffen. Jochen als Führer für die Besichtigung heranzuziehen, war keine davon.

»Jochen ist im Krankenhaus«, sagte Klaus.

»Was?«

»Er ist bei seiner Frau. Heute Nacht haben die Wehen bei ihr eingesetzt. Die Zwillinge sind eine Woche zu früh dran.« Klaus zog eine betretene Miene. »Da bin ich für ihn eingesprungen. Ich dachte mir, du würdest dich freuen.«

»Tu ich doch auch.« Das stimmte sogar. Sie nickte mit dem Kinn in Richtung der Besucher. »Mach es bloß nicht zu kompliziert. Und pass mir besonders auf die mit der weißen Windjacke und der Sonnenbrille auf. Das ist eine richtige Querulantin.«

»Das kann ja heiter werden.«

»Okay.« Jule rieb sich die Hände. »Showtime.«

## 99

Klaus entriegelte das Schott am Turm und schaltete Neonröhren an, die den Einstiegsbereich in ein grelles Licht tauchten. Jule ließ den Odisworthern den Vortritt. Sie wusste ja schon, was sie drinnen erwartete: Die Atmosphäre hatte viel von der in einem U-Boot. Überall hingen Warnschilder, und die runden Wände machten es schwierig, die wahre Größe des Raums einzuschätzen. Der erste Eindruck einer beklemmenden Enge änderte sich jedoch schnell, sobald man nach oben schaute und erkannte, dass man in einer Metallröhre stand, die sich stark verjüngte. Die Stahltrossen des Aufzugs – die einzigen klaren Linien, die den Blick des Betrachters lenkten – führten zu einem scheinbar winzigen Punkt mehr als hundert Meter über dem Boden. Man fühlte sich auf einen Schlag auf einen Bruchteil der eigenen Größe geschrumpft – »wie ein Staubkorn im Rohr eines Staubsaugers«, beschrieb Jochen diesen Effekt für gewöhnlich. Manche Leute erfasste bei diesem Anblick ein heftiger Schwindel, weil sie bizarrerweise befürchteten, entgegen aller Gesetze der Schwerkraft emporgerissen zu werden und hilflos nach oben zu fallen.

Während Klaus einige Daten herunterrasselte – Höhe, Gewicht, Baukosten der Anlage –, machte sich Jule mit der Steuerung des Aufzugs vertraut. Es gab keine Kabine im eigentlichen Sinn, sondern eher eine Art Gitterkäfig, in den man sich einschloss.

Jule und Klaus hielten sich strikt an die Sicherheitsanweisungen, die für solche Besuche galten: Er fuhr mit Mangels hinauf und schickte den Fahrstuhl leer wieder zu ihr und den restlichen Odisworthern hinunter. Danach bat Jule Anke Küver zu sich in den Aufzug und beförderte sie nach oben zur Plattform unterhalb des Drehkranzes. Dort übergab sie Anke in Klaus' treusorgende Hände. Klaus erklärte nach und nach jedem einzelnen Besucher, worauf man beim Aufstieg in die Gondel und beim Aufenthalt in unmittelbarer Nähe zur Turbine zu achten hatte.

Jule störte es nicht, die Strecke vom Fuß des Turms bis zur oberen Plattform mehrfach hinter sich zu bringen. Der Käfig schwankte zwar leicht, wenn man sich darin bewegte, aber Jule vertraute auf die Technik, für die sie stellvertretend für Zephiron mit ihrem Namen einstand. Es störte sie auch nicht, dass der Boden des Käfigs ebenfalls nur aus einem – wenn auch engmaschigeren – Gitter bestand. Höhenangst war schließlich nicht ihr Problem.

Jule sparte sich die Passagierin, auf die sie am ehesten hätte verzichten können, für den Schluss auf. Ute Jannsen hatte ihre große Sonnenbrille selbst im Turminneren nicht abgesetzt. Die ersten Meter der Fahrt stand sie einfach nur da, den Kopf gesenkt, die Finger um die Gitterstäbe vor sich geschlungen. Auf halber Strecke riss sie dann plötzlich die Arme zurück und schlug beide Hände einmal flach gegen das Gitter. Das Klirren des Metalls hallte durch den Turm, die Liftkabine ruckte vor und zurück.

»Hey!«, rief Jule. »Lassen Sie das!«

Ute schlug noch einmal zu.

Jule stieß sich die Hüfte an der Kante der Bedienkonsole. »Hören Sie auf! Was soll das?«

Ute ließ die Arme sinken und drehte sich zu ihr um. »Sie waren letzte Woche bei Erich Fehrs.«

»Stimmt«, sagte Jule vorsichtig. »Ich war letzte Woche bei vielen Leuten.«

»Ich wollte Ihnen nur zeigen, wie sich eine plötzliche Erschütterung anfühlt. Damit Sie verstehen, wie es Erich geht. Er hat sich sehr über Sie aufgeregt.«

»So?« Jule konzentrierte sich auf das feine Surren der Stahltrossen. Sie hatte nicht vor, sich provozieren zu lassen. Nicht, solange sie auf engstem Raum mit dieser unangenehmen Person eingesperrt war. »Ja, hat er.« Utes Worte waren voller Verachtung. »Sie haben ihn mit Fragen über seine Frau gelöchert. Er war beinahe wieder über den Berg, und dann kommen Sie und reißen alte Wunden auf.«

»Das stand wirklich nicht in meiner Absicht.« Jule warf einen Blick nach oben und wünschte sich, der Aufzug würde schneller fahren.

»Lassen Sie ihn endlich in Ruhe!«, zischte die Pastorin.

Jule wollte reflexartig einen Schritt zurückweichen und spürte das harte Gitter in ihrem Rücken. »Ich weiß nicht, was Sie von mir wollen. Es tut mir leid, wenn ich Herrn Fehrs aufgeregt haben sollte. Ich versuche hier nur, meine Arbeit zu machen.«

»Erich hat Ihnen doch schon selbst gesagt, dass Sie sein Land nur über seine Leiche kriegen. Und Sie können mir glauben, wenn ich Ihnen sage, dass es eine ganze Reihe von uns gibt, die alles dafür tun werden, dass Sie seinen Wunsch respektieren. Wissen Sie, was Sie sind? Ein Kind, das mit einer Schachtel Streichhölzer in einer Scheune voller Stroh spielt. Also wundern Sie sich nicht, wenn Sie sich verbrennen. Habe ich mich jetzt deutlich genug ausgedrückt, Frau Schwarz?«

# 100

»Wie geht es deinem Auge?«, fragte Hans-Herrmann Mangels seine Beifahrerin. »Tolle Brille. Wie Jackie Onassis früher.«

Ute Jannsen schwieg und wandte sich von ihm ab, um aus dem Fenster zu schauen.

Mangels seufzte. Er war nicht stolz darauf, ihr eine verpasst zu haben. Aber was hätte er denn sonst tun sollen, um sie wieder zur Räson zu rufen?

Ihr nächster, sehr leise gesprochener Satz ließ ihn daran zweifeln, ob sein Schlag überhaupt Wirkung gezeigt hatte. »Ich habe dieser Schwarz ein für alle Mal klargemacht, dass sie Erich in Ruhe lassen soll.«

Mangels fühlte seine Hände unwillkürlich zucken, und er verriss das Steuer einige Zentimeter. Als er es zu schnell zurück in seine alte Position brachte, drohte das Heck des Mercedes auszubrechen. Dann tat das Antischleudersystem binnen Sekundenbruchteilen seine Arbeit, und der Wagen lag wieder korrekt in der Spur. Mangels atmete tief durch. »Hat Erich inzwischen gesagt, was mit Margarete passieren soll?«

»Er denkt noch darüber nach«, sagte Ute.

»Denken war noch nie seine Stärke.« Mangels schüttelte den Kopf. »Was gibt es denn da überhaupt zu überlegen? Er muss doch einsehen, dass er auf verlorenem Posten steht.

Margarete muss weg, so leid es mir auch tut. Ich werde noch mal mit ihm reden.«

»Nein«, sagte Ute wie aus der Pistole geschossen. »Er wird es schon noch rechtzeitig einsehen.«

Mangels fand diese Einschätzung reichlich optimistisch. Utes Sturheit brachte ihn ein weiteres Mal zur Weißglut. Er biss die Zähne so hart zusammen, dass eine seiner Kronen knackte. »Wenn uns das den Windpark kostet, kannst du was erleben«, presste er hervor. »Dann wird die Sonnenbrille nicht mehr reichen, um dich dahinter zu verstecken. Das verspreche ich dir.«

## 101

»Oh, hallo. Haben wir einen Termin?«

»Nein«, sagte Caro fröhlich. »Haben wir nicht. Sind Sie Rolf Behr?«

»Jaaa«, antwortete er lang gezogen.

»Toll!« Caro musterte den Riesenkerl im Blaumann. Er war eigentlich ganz niedlich, auf eine tapsige, etwas unbeholfene Weise. Obwohl die Decke der Autowerkstatt mindestens vier oder fünf Meter hoch war, war er groß genug und brachte genug Masse auf die Waage, um alles um ihn herum klein und zerbrechlich wirken zu lassen. »Ich bin Caro.« Sie gab ihm die Hand. »Ich kann doch Rolf sagen, oder?«

»Klar.« Er lächelte. »Was verschafft mir die Ehre, Caro?«

»Ich habe ein Geschenk für dich.« Sie wühlte in ihrem Leinenbeutel und drückte ihm den Taschenschirm, den sie vorhin noch schnell am Hauptbahnhof gekauft hatte, in die Hand. »Von Jule. Weil sie dich im Regen stehen gelassen hat.«

Aus seinem Lächeln wurde ein Grinsen. »Du kennst Jule?«

»Hat sie mich am Samstag denn gar nicht erwähnt?«

»Nicht, dass ich mich erinnern könnte.«

»Sauerei«, ächzte Caro. »Diese Frau ... ich sag's dir, da ist echt nichts mehr zu machen.«

»Hat sie dich geschickt?«

»Ob sie mich geschickt hat?« Caro räumte einen offenen Werkzeugkasten von einer umgedrehten Colakiste herunter und nahm darauf Platz. »Du kennst sie wirklich noch nicht sehr lange. Die würde sich doch eher die Zunge abbeißen, als mich zu fragen, ob ich den Romantikengel für euch beide spiele. Magst du sie?«

»Natürlich.« Er nickte.

»Hervorragend.« Sie ließ ihren Blick durch den Raum schweifen und blieb bei einem ausgeschlachteten Wagen hängen. »Du bist also Automechaniker, ja?«

»Ist das ein Verhör?«

»Ich kenne viele Methoden, um Sie zum Sprechen zu bringen, Herr Behr«, erwiderte sie mit schnarrender Stimme.

Er lachte über ihre Imitation eines Folterknechts aus schlechten Kriegsfilmen und hob die Arme, als würde sie ihn mit einer Pistole bedrohen. »Bitte tun Sie mir nichts. Ich sage Ihnen alles.«

»Das will ich doch hoffen.« Caro schlug die Beine übereinander. »Ich gebe meine Freundin nur in beste Hände ab. Also noch mal von vorn. Du bist also Automechaniker?«

## 102

Kaum hatte Lothar Seger dem Kommissar mit dem Ziegenbärtchen die Praxistür geöffnet, war ihm klar, dass etwas
nicht stimmte. Die Augen des Beamten weiteten sich ein
ganzes Stück mehr, als es bei einer ersten Begegnung zu
erwarten war. Sein »Danke«, mit dem er auf Segers Aufforderung, einzutreten, reagierte, fiel knapp aus und hatte einen
lauernden Unterton. Und die Art, wie er sich setzte, war die
eines Mannes, der jederzeit bereit sein wollte, sofort wieder
vom Stuhl aufzuspringen, falls es nötig wurde.

»Sie waren Kirsten Küvers Therapeut?« Die Frage kam
harsch und direkt.

»Das ist richtig, Herr …?«

»Smolski.« Er verlor keine Zeit. »Weshalb war sie bei
Ihnen in Behandlung?«

Seger lehnte sich in seinem Stuhl zurück. Er durfte sich
jetzt keine Blöße geben. Er hatte ein ähnliches Gespräch
schon einmal überstanden, ohne sich zu verraten. »Das fällt
unter meine Schweigepflicht.«

»Gilt die auch, wenn ich Ihnen sage, dass es hier um Mord
geht?«

»Mir ist nicht bekannt, dass Frau Küver ermordet worden
wäre«, sagte Seger ruhig. »Nach meinem letzten Wissens-
stand ist es sehr viel wahrscheinlicher, dass sie ausgewan-
dert ist und alle Brücken zu ihrem alten Leben hinter sich
abgebrannt hat.«

»Ist das Ihre professionelle Einschätzung oder Ihre Meinung als Privatmann?«

»Sowohl als auch.«

Smolski gefiel diese Antwort nicht. Seine Lippen bebten,
und er rieb sich hastig über das bärtige Kinn. »Sie werden
mir also nicht verraten, warum sie bei Ihnen war?«

»Nicht ohne eine richterliche Anordnung.«

»Ich kann mir schneller eine besorgen, als Sie es vielleicht für möglich halten.« Ein abschätziges Grinsen tauchte für eine Sekunde auf Smolskis Gesicht auf. »Vor allem, wenn ich dem Richter darlege, dass Sie nach Kirsten Küvers Verschwinden regelmäßig in ihrem Heimatdorf gewesen sind.«

Seger wich dem stechenden Blick des Kommissars aus, auch auf die Gefahr hin, dass Smolski dies als Teilgeständnis auslegte. »Wir leben in einem freien Land. Ich habe gegen kein Gesetz verstoßen.«

»Aber sich verdächtig verhalten, finden Sie nicht auch?« Smolski stand auf, stützte die Hände auf der Schreibtischkante ab und beugte sich weit zu Seger hinüber. »Nennen Sie mir einen triftigen Grund, warum Sie in Odisworth waren, und ich lasse Sie in Ruhe. Oder fällt das auch unter Ihre Schweigepflicht?«

Seger blieb stumm. War das der Moment, in dem er sein Geheimnis endlich preisgeben konnte? Nein, er würde sein Schweigen nicht brechen. Dieser Bulle, der sich da so aufspielte, würde nie begreifen, warum er nicht anders konnte.

»Hören Sie zu, Mann!«, stieß Smolski gehetzt hervor. Gleichzeitig lag in seiner Stimme ein sonderbares Flehen. »Wenn Sie wissen, wo Rita ist oder was mit ihr passiert ist, dann sagen Sie es mir.«

Seger schaute auf. »Wer ist Rita?«

»Was?« Smolski kniff die Brauen zusammen.

»Wer ist Rita? Sie haben gerade eine Rita erwähnt.« Seger studierte Smolskis Züge. »Wer ist das?«

»O Gott«, murmelte Smolski. Er ließ sich auf den Stuhl fallen, als würden ihm auf einen Schlag sämtliche Muskeln den Dienst versagen und starrte auf seine Hände. Er war vollkommen bleich. »O Gott …«

Seger erlebte einen Moment, den er als Therapeut bereits häufig erlebt hatte und der ihn jedes Mal aufs Neue faszinierte: den flüchtigen Augenblick der echten Verbundenheit mit seinem Gegenüber. Schrecklich daran war, dass diese Verbindung fast immer in einem einzigen Anker ruhte – in den Narben der Seele, die einem das Leben beibrachte. Smolski war wie er. Smolski hatte jemanden, der ihm unglaublich wichtig war, verloren.

»Ich war in Odisworth, weil …« Seger zögerte. Konnte er das wirklich tun? Ja, er konnte es. »Ich war in Odisworth in der Hoffnung, denjenigen zu finden, der für ihr Verschwinden verantwortlich ist.«

Mehr schaffte Seger nicht, aber es reichte, damit Smolski ihn wieder ansah.

Sie saßen sich eine Weile schweigend gegenüber, und Seger konnte sehen, wie nach und nach die Farbe in Smolskis Wangen zurückkehrte. Schließlich stand der Kommissar auf und verließ wortlos das Zimmer.

Seger hörte das Schloss der Praxistür einschnappen. Er horchte lange in sich hinein, weil er nicht glauben konnte, was er da spürte. Die Last, die er zu tragen hatte, war leichter geworden, als hätte er von einem Berg an Schuld ein winziges Scherflein abgetragen.

»Verzeih mir, Kirsten«, flüsterte er. »Ich kann das nicht mehr. Irgendjemand muss die Wahrheit erfahren.« Dann griff er zum Telefon.

# 103

Gegen vier Uhr nachmittags und nach ungezählten Fahrten im Aufzug verabschiedete sich Jule in knappen Worten von Klaus. An und für sich konnte sie mit diesem Arbeitstag einigermaßen zufrieden sein. Drei Odisworther aus der

Gruppe der Zögerlichen – einschließlich Anke Küver – hatten signalisiert, eventuell über ihren Schatten zu springen. Fünf Skeptiker hatten sich von Klaus' Ausführungen über die allgemeine Unbedenklichkeit von Windrädern für Mensch und Tier beeindrucken lassen. Ein schlauer Rechner war sogar regelrecht ins Schwärmen über die Zuverdienstmöglichkeiten geraten. Alles vielversprechende Entwicklungen. Wenn da nur nicht der Auftritt der Pastorin im Aufzug gewesen wäre ...

Was hatte diese Frau dazu veranlasst, Jule nur notdürftig verschleiert körperliche Gewalt anzudrohen? Sie dachte kurz darüber nach, ob es sich lohnte, Smolski davon zu erzählen. Wahrscheinlich nicht. Es galt ungefähr dasselbe wie für den Vorfall mit der verstümmelten Puppe: Die Odisworther würden einen Teufel tun, die Pastorin oder sonst jemanden aus dem Dorf zu verraten. Und für die Drohung eben hatte sie ja nicht einmal Zeugen. Jannsen hatte die Sache ziemlich geschickt eingefädelt. Es war zum Verrücktwerden.

Jule stellte das Radio lauter und lauschte einer energischen Soziologin, die sich darüber beklagte, dass sich die Prinzipien der Aufklärung in der westlichen Welt nur unzureichend durchgesetzt hätten. Allein in Deutschland würden zwei Drittel der Bevölkerung an die Existenz von Schutzengeln glauben.

Jule lenkte den Wagen durch eine weit gezogene Kurve. Sie gehörte nicht zu den genannten zwei Dritteln. Schon seit ihrem Unfall mit der Fahrradkurierin nicht mehr. Nicht, dass sie davor je ernsthaft an eine schützende Macht geglaubt hätte, aber spätestens seit diesem Tag glaubte sie an gar nichts mehr.

In der Ferne schob sich das Wäldchen, in dem der Mörder eines seiner Opfer verscharrt hatte, über den Horizont. Jule stockte der Atem. Eine pechschwarze Rauchwolke wallte über die Wipfel der Bäume. Dichter wabernder Qualm. Das Feuer, das ihn ausspie, musste verheerend sein.

Der Wagen ruckelte heftig. Jules Blick huschte zurück auf die Fahrbahn. Vor Jule lag ein brachliegendes Feld. Verdammt! Sie hatte die nächste Kurve verpasst! Sie trat auf die Bremse.

Zu spät.

Sie hatte keine Zeit mehr, um echte Angst zu empfinden. Das Auto raste über die flache Böschung, die den Acker von der Straße trennte.

Die Kühlerhaube schien ihr ein Stück entgegenzukommen, als sich die Vorderräder vom Boden lösten. Schon schoss auch die Hinterachse über die Rampe. Der BMW flog einige Meter durch die Luft.

Er landete hart und leicht nach links geneigt, wühlte sich ein wenig voran, und erst dann berührten auch die Reifen auf der anderen Seite wieder den Boden. Jule wurde in ihrem Sitz durchgeschüttelt und spürte das Wagendach über ihre Haare streifen.

Der BMW schlitterte über den Acker. Die Welt ringsum wirbelte an Jule vorbei, als sich das Auto einmal komplett um die eigene Achse drehte. Jule wurde von den Fliehkräften zur Seite gedrückt. Ihr Kopf schlug gegen die Seitenscheibe. Einen Sekundenbruchteil wurde ihr schwarz vor Augen. Dann setzte ein pochender Schmerz in ihrer Stirn ein, und sie war wieder bei sich. Gurgelnd erstarb der Motor. Staub senkte sich als rieselnder Schleier auf die Windschutzscheibe.

Jules Herz wummerte wie ein Dampfhammer. Sie wartete darauf, dass ihre Angst über sie herfiel, doch sie kam nicht. Jule fasste zaghaft an ihre Stirn. Blutete sie? Nein. Sie spürte keine Nässe. Um sicherzugehen, stemmte sie sich ein Stück aus dem Sitz und schaute in den Rückspiegel. Sie sah kein Blut.

In der äußersten rechten Ecke des Spiegels bemerkte Jule das Wäldchen. Nein! Das konnte nicht sein! Jule blinzelte, aber das Bild im Spiegel veränderte sich nicht: Der Himmel über den Bäumen des Wäldchens war blau und wolkenlos, als hätte es die schwarze Rauchwolke darüber nie gegeben.

## 104

»Mein Gott, Jule.« Eva Jepsen musste beim Spülen gewesen sein, als Jule an der Tür geklingelt hatte. Sie hatte ein Geschirrtuch über die Schulter geworfen und roch nach Lavendel und Zitrone. »Sie sind ja kreidebleich. Sie sehen aus, als hätten Sie einen Geist gesehen.«

Jule trat in den Flur und legte eine Hand auf das Treppengeländer. Sie hatte sich eigentlich auf ihrem Zimmer verkriechen wollen, doch jetzt verspürte sie das dringende Bedürfnis, mit jemandem zu reden. In ihrem Kopf hatte sich eine wahre Flut von Worten und Sätzen aufgestaut, die unbedingt aus ihrem Schädel herausmussten, damit er nicht sofort platzte. Zwei Dinge erleichterten ihr es, Trost und Hilfe bei Eva zu suchen: die Besorgnis auf Evas Gesicht und die Tatsache, dass Evas Haus dem von ihrer Großmutter so ähnlich war. »Hätten Sie vielleicht einen Moment Zeit für mich?«

Eva nahm sie bei der Hand und zog sie wortlos durch die Tür ins Wohnzimmer. Jule fand sich auf der Couch wieder, Evas warmen Arm um die Schultern. »Sagen Sie mir, was los ist.«

Und Jule redete. Ununterbrochen, fast eine halbe Stunde lang. Sie begann mit ihrer allgemeinen Verzweiflung über die Bockigkeit der Odisworther.

Sie erzählte von der Woge der Ablehnung, die ihr von allen Seiten entgegenschlug. Von dem immensen Druck, unter dem sie stand. Und von ihrer Befürchtung, dass der ohnehin dünne Geduldsfaden ihres Chefs bald reißen würde.

Eva hörte schweigend, aber mit aufmerksamer Miene zu. Nur wegen dieser Zurückhaltung und dieses Verzichts auf übertriebene Mitleidsbekundungen oder halb gare Erklärungsversuche vertraute Jule Eva etwas an, worüber sie bislang nur mit einer Handvoll anderer Menschen geredet hatte. Sie beichtete ihr alles über ihre Angst: wo ihr Ursprung lag. Wie sie sich äußerte. Den Umstand, dass sie allein zu schwach gewesen war, um sich am eigenen Schopf aus dem Sumpf zu ziehen.

Und sie wagte sogar, von den unheimlichen Begebenheiten zu berichten, die ihr widerfahren waren, seit sie sich gezwungenermaßen nach Jahren wieder hinter das Steuer eines Autos gesetzt hatte. Von der ersten Fahrt nach Odisworth, bei der das Radio und das Navi gesponnen hatten. Von der dunklen Gestalt auf dem Waldweg. Von dem Scheunentor am ausgebrannten Gehöft der Nissens, das sich wie von Geisterhand geschlossen hatte. Vom Klopfen des überfahrenen Kaninchens im Radkasten ihres BMW. Vom Zucken des Lenkrads in ihrer Hand, als sie den Beinaheunfall mit Jonas Plate gehabt hatte. Von den Leichenwagen, die ihr am Freitag bei ihrer Heimreise nach Hamburg plötzlich überall aufgefallen waren. Von der Rauchwolke, wegen der sie eben in einem Acker gelandet war und die es anscheinend nie gegeben hatte.

Nachdem Jule geendet hatte, stand Eva auf und holte ihr ein Glas Wasser aus der Küche. Sie musterte Jule eine Weile, als wollte sie ihr auf den Grund der Seele blicken. Dann fragte sie: »Wissen Sie, was ein Spökenkieker ist?«

Jule war etwas überrumpelt. Meinte Eva das ernst? Sie

schüttete ihr das Herz aus, und sie reagierte mit einem Verweis auf einen alten Aberglauben? »Eine Art Hellseher, oder nicht? Glauben Sie an so etwas? Und was hat das mit mir zu tun?«

»Sie haben mir gerade viel erzählt. Jetzt lassen Sie mich Ihnen einmal etwas erzählen.« Evas Stimme war von einem tiefen Ernst durchdrungen. »Mein Großvater war ein Spökenkieker. Er hat nicht gerne darüber geredet. Verständlicherweise. Als er tot war, nahm mich meine Mutter beiseite und berichtete mir von einem Vorfall, der sich zugetragen hatte, als sie selbst noch ein Kind gewesen war. Das war noch vor dem Krieg. Sie waren auf dem Weg in die Kirche und sind einem Freund von ihm begegnet. Sie haben eine Weile über dies und das geplaudert. Über das Wetter, über das Vieh. Dann wurde mein Großvater von einem Moment auf den anderen sehr traurig. Er sagte zu seinem Freund, er solle gut zu seiner Frau sein, weil er sie nicht mehr lange hätte. Der Mann hat nur gelacht. Seine Frau war jung und kerngesund. Drei Tage später war sie tot. Ein Pferd ging durch und trampelte sie nieder. Ein Huf hat sie am Kopf erwischt, mitten im Gesicht. Bei ihrer Beerdigung fragte meine Mutter meinen Großvater, woher er das gewusst hat. Er wand sich, aber sie ließ nicht locker. Schließlich meinte er, an dem Morgen, als sie dem Freund auf dem Weg zur Kirche begegnet sind, hätte er einen Leichenzug die Hauptstraße hinuntergehen sehen und die Frau seines Freundes hätte in dem offenen Sarg gelegen, mit zerschlagenem Gesicht. Ich weiß, was Sie denken, Jule. Sie denken, das war Zufall. Zufall und Einbildung.«

Eva hatte recht. Das änderte jedoch nichts daran, dass sich die Härchen an Jules Armen kerzengerade aufgerichtet hatten. Oder daran, dass Jule jeden Eid geschworen hätte, die Schatten in den Ecken des Wohnzimmers wären dunkler geworden. Nur Zufall. Nur Einbildung. Mehr nicht.

»Ich habe viele solcher Geschichten über meinen Großvater gehört«, fuhr Eva fort. »Und wenn ich nur Geschichten gehört hätte, würde ich vielleicht genauso denken wie Sie. Aber ich habe diese Geschichten nicht nur gehört. Ich bin bei einer dabei gewesen. Da war er schon ein alter Mann, über die Neunzig und das, was man zu der Zeit verkalkt nannte. Er wohnte hier in diesem Haus in dem kleinen Zimmer, das von der Küche abgeht und heute meine Abstellkammer ist. Ich habe ihn immer gefüttert, weil er den Löffel nicht mehr halten konnte. Eines Abends im Herbst wollte er nicht essen. Er saß einfach nur in seinem Bett und schaute aus dem Fenster, hinüber zum Nachbarhof. Dann lachte er plötzlich. Ich fragte ihn, was er so lustig findet. Er sagte, er würde sich nur fragen, wie weit die brennende Sau wohl noch kommt. Ich habe mir damals nicht viel dabei gedacht, trotz der Gerüchte, die im Dorf über ihn umgingen. Wie gesagt, er war alt und senil. Außerdem hatte unser Nachbar nicht einmal einen Schweinestall. Er hat ihn erst Jahre später gebaut, als mein Großvater schon lange unter der Erde war. Und dann kam der Tag, an dem der Schweinestall unseres Nachbarn in Flammen stand und ein brennendes Schwein quer über den Hof rannte. Verstehen Sie jetzt, warum ich an Spökenkieker glaube?«

Jule fröstelte. Sie presste die Arme enger an ihren Körper. Fast war ihr, als läge der Geruch von verbranntem Haar in der Luft. »Sie haben mir immer noch nicht erzählt, was das mit mir zu tun hat.«

»Es gibt viele Legenden darüber, wie man zum Spökenkieker wird«, erwiderte Eva. »Manche meinen, es wäre eine Gabe, die innerhalb bestimmter Familien vererbt wird. Andere sagen, man müsste einen ganz besonderen Blick auf die Welt haben. Dass man ein wenig verrückt sein müsste. Und dann sind da noch die, laut denen man selbst dem Tod und dem Unheil gegenübergestanden haben muss, um die Vorzeichen zu erkennen.«

Eine Eiseskälte kroch Jules Beine hinauf. Sie hörte das Knirschen von Schritten auf gefrorenem Schnee. Ihre Schritte, als sie nach dem Unfall, der ihr bis dahin so unbeschwertes Leben in Scherben geschlagen hatte, aus dem Auto gestiegen war.

»Mein Großvater hatte zwei ältere und einen jüngeren Bruder. Einen Nachzügler namens Eike«, setzte Eva an. »Als er elf Jahre alt war, wollte er Eike das Schwimmen beibringen. Eike war fünf und hatte panische Angst vor Wasser. Von all seinen Geschwistern vertraute Eike nur meinem Großvater so weit, dass er mit ihm wenigstens bis zu den Knien ins Wasser ging. Irgendwann stiegen mein Großvater und Eike in ein Boot. Sie sind mit einem alten Kahn auf einen Weiher hinausgefahren. Mein Großvater hat Eike einen Strick um den Bauch gebunden, und wegen des Stricks fühlte sich Eike sicher. Er sprang ins Wasser. Doch es war nicht nur ein alter Kahn, sondern auch ein alter Strick. Ein morsches Ding, das sofort riss. Eike ging unter wie ein Stein. Mein Großvater konnte nichts dafür, dass sein Bruder ertrank. Es ist einfach passiert, so wie manche Sachen eben einfach passieren, ob wir es wollen oder nicht.«

Als die Kälte ihr Herz erreichte, begriff Jule, was Eva ihr sagen wollte. »Sie meinen, ich wäre eine Spökenkiekerin.«

»Ich meine nur, dass Sie das, was Sie erlebt haben, besser verkraften, wenn Sie nicht so viel Angst davor haben und wenn Sie verstehen, dass Sie damit nicht allein sind«, gab Eva zurück. »Und ich meine, dass sich nicht alles restlos oder logisch erklären lässt, was uns in unserem Leben widerfährt.«

## 105

Jule trank ihr Wasser aus und stellte das Glas auf dem Tisch ab. Eva hatte genau das richtige Stichwort geliefert: logisch. Jule war nicht Caro. Caro würde sich an ihrer Stelle wohl mit der metaphysischen Erklärung arrangieren, die Eva für die zurückliegenden Ereignisse geliefert hatte. Jule gab sich damit nicht zufrieden. Es kam ihr viel zu simpel vor, eine vermeintliche übersinnliche Lösung für ihre Probleme zu akzeptieren. Noch dazu hatte sie im Verlauf ihrer Therapie gelernt, ihre psychische Verfassung einzuschätzen. »Machen wir uns nichts vor, Eva«, sagte sie. »Ich stehe momentan unter immensem Stress, und ich weiß sehr genau, was das mit mir anstellen kann.«

Eva sah sie beinahe mitleidig an. »Sie denken also wirklich immer noch, Sie hätten sich das alles nur eingebildet.«

Jule nickte langsam. Sie war eigentlich immer stolz auf ihre Fähigkeit gewesen, die Dinge realistisch zu betrachten. Sie versuchte, den Moment auszumachen, an dem ihr heute Nachmittag die Kontrolle über sich und den Wagen entglitten war. »Es stimmt ja, dass ich diese Rauchwolke über dem Wäldchen aufsteigen gesehen habe. Und es stimmt auch, dass der Rauch nicht mehr da war, als ich im Acker stand. Das bedeutet für mich aber noch lange nicht, dass hier Geister und hellseherische Vorahnungen oder irgendein anderer Spuk im Spiel sind.«

»Und was soll es sonst gewesen sein?« Eva schüttelte den Kopf. »Wie wollen Sie sich das sonst erklären?«

»Mein Therapeut hat mir dargelegt, dass es für meine Sinnestäuschungen wahrscheinlich immer ganz konkrete Auslöser gibt.« Jule war Seger damals sehr dankbar gewesen, dass er nicht den Begriff Halluzinationen verwendet hatte. »Mein Unterbewusstsein funktioniert wie eine Antenne, die ständig Signale aus ihrer Umgebung empfängt. Diese Signale schiebt es in eine Art Zwischenspeicher ab.«

»Wie bei einem Computer?« Eva schob skeptisch die Unterlippe vor. »Wir sind doch keine Maschinen.«

»Wenn meine psychische Belastung zu groß ist«, fuhr Jule unbeirrt fort, »ruft mein Unterbewusstsein diese abgelegten Daten wieder ab und lässt sie so in mein Denken einfließen, dass meine Wahrnehmung davon beeinträchtigt wird.«

»Aber was war dann der Auslöser für diese Halluzination von einem Feuer?«, wollte Eva wissen.

Jule ignorierte das verstörende Wort, das Eva gebraucht hatte. Ihre Frage war immerhin berechtigt. Irgendjemand oder irgendetwas hatte in ihrem Unterbewusstsein gleichsam den Keim für das Bild eines wütenden Feuers gelegt, und dieses Bild hatte sich dann zu einem denkbar unpassenden Zeitpunkt in ihrer Wahrnehmung manifestiert. »Manchmal hilft es, wenn ich mich daran zu erinnern versuche, woran ich vor so einer Sinnestäuschung gerade gedacht habe.«

»Und?«, fragte Eva ungeduldig. »Woran haben Sie gedacht?«

Die Antwort, die Jule zutage förderte, war verblüffend: »Ich habe über ein Gespräch nachgedacht, das ich mit Pastorin Jannsen hatte. Und wenn ich mich nicht irre, hat sie dabei eine brennende Scheune erwähnt.« Jule atmete auf. Ihr fiel ein Stein vom Herzen. »Sehen Sie, Eva, da ist sie. Eine logische Verknüpfung, die Spökenkiekerei überflüssig macht.«

»Dann meinen Sie also, die Pastorin ist daran schuld, dass Sie diese Halluzination hatten?«

»Da ist noch etwas gewesen, über das ich gern mit Ihnen reden würde«, sagte Jule vorsichtig.

Eva quittierte die Ankündigung eines plötzlichen Themenwechsels mit einem »So?«

»Es würde mir weiterhelfen, wenn ich nur wüsste, warum sich diese Frau ausgerechnet für Erich Fehrs so einsetzt.«

»Das wiederum ist nicht schwer zu erklären«, stellte Eva lapidar fest. »Dafür braucht man keine Geister. Margarete Fehrs ist eine geborene Jannsen. Ute Jannsen ist ihre jüngere Schwester.«

»Sie ist seine Schwägerin?«

»Genau. Und sie hat ihn schon immer in Schutz genommen, ganz egal, wie er sich aufgeführt hat.« Eva zuckte mit den Schultern. »Als Pastorin kann sie sich das auch prima erlauben. Ansonsten würde man ihr nicht so viel durchgehen lassen.«

Jule dämmerte etwas: Sie saß neben einer Person, die ihr nicht nur wohlgesonnen war, sondern ihr noch dazu einen Weg durch das Odisworther Dickicht aus Verwandtschaftsverflechtungen, Sympathien, Abneigungen, Rollenverständnissen und Geheimnissen bahnen konnte. »Ich hätte mich mit Ihnen schon viel früher einmal offen unterhalten sollen«, gestand Jule. »Es ist nur so, dass ich den Eindruck hatte, hier im Dorf völlig allein und auf verlorenem Posten zu stehen. Das war falsch. Sie sind mir hoffentlich nicht allzu böse, wenn ich Ihnen verrate, dass Sie und Ihr Mann die beiden einzigen Leute hier sind, die mir normal vorkommen.«

Eva lächelte und wiegte den Kopf hin und her. »Was heißt schon normal? Und für meinen Malte mit seinem ständigen Geknipse würde ich die Hand auch nicht ins Feuer legen.«

»Im Ernst.« Jule drehte den Ring an ihrem Finger. »Ich war sogar so durcheinander, dass ich eine Weile glaubte, mein Kollege Andreas wäre in Wahrheit Jan Nissen.«

Eva runzelte die Stirn. »Wie sind Sie denn auf so einen Blödsinn gekommen? Sie haben mich doch nach Jan gefragt. Denken Sie nicht, ich hätte Ihnen dann was in der Richtung gesagt?«

»Doch.« Jule biss sich auf die Unterlippe. »Mich hat nur irgendwann gewundert, dass ich bei meiner Arbeit hier nie auf Andreas' Eltern gestoßen bin.«

»Sie sind tot«, erklärte Eva.

»Ich weiß.« Die Erinnerung daran, was sich in Andreas' Wohnung ereignet hatte, bereitete Jule Unbehagen. Sie hätte gern erneut das Thema gewechselt.

Eva bemerkte das scheinbar nicht. »Er hatte einen Schlaganfall, und sie ist ein halbes Jahr danach an Krebs gestorben. Bauchspeicheldrüse, glaube ich.«

»O Gott«, flüsterte Jule. Es wurde dringend Zeit, über etwas anderes zu reden als tote Odisworther. »Und Sie haben wirklich nicht die geringste Ahnung, wo Jan Nissen jetzt wohnt? Oder wann er wieder mal auf einen Besuch ins Dorf kommt? Oder kennen Sie eventuell jemanden, der das wissen könnte?«

»Nein, leider nicht. So gern ich Ihnen helfen würde …« Sie seufzte. »Wissen Sie, wenn ich mich in die Lage der jungen Leute hineinversetze, dann kann ich schon verstehen, warum so viele von ihnen nicht in Odisworth bleiben. Es ist ein verschlafenes Nest, und heute hat die Jugend nun einmal andere Träume als zu meiner Zeit. Sie wollen die Welt sehen und nicht hier versauern.«

»Das kann schon sein. Aber Jan hatte ja noch andere Gründe, von hier fortzugehen, als nur Fernweh«, sagte Jule.

»Stimmt.« Eva schaute traurig zu ihrer Puppensammlung. »Nach dem Brand hatte er niemanden mehr hier.«

»Andreas hat mir erzählt, dass Jan vorher schon ein Außenseiter gewesen ist«, wunderte sich Jule. »Weil er als Junge mit Puppen gespielt hat. Die anderen Kinder haben ihn deswegen Schwulibert gerufen.«

»So?« Eva hob die Augenbrauen. »Das ist mir neu.« Sie schüttelte den Kopf. »Daran war bestimmt Jette schuld. Sie hatte sich immer ein Mädchen gewünscht.«

»Sein Vater war wohl auch nicht gerade begeistert«, gab Jule zu.

»O ja.« Eva nickte mit zusammengekniffenen Lippen. »Das kann ich mir lebhaft vorstellen. Klaas war ein harter Hund.« Sie wischte mit der flachen Hand durch die Luft, um eine kräftige Ohrfeige anzudeuten. »Auch zu Jette. Wenn man es so sieht, hatte das Feuer für Jan vielleicht auch etwas Gutes.«

»Wieso?« Jule war bestürzt über Evas Andeutung.

»Na, ganz einfach: Weil Klaas seinen Sohn eher umgebracht hätte, als einen von *der* Sorte unter seinem Dach zu dulden. Er hätte ihm das Leben zur Hölle gemacht, so viel steht mal fest. Und Jette gleich mit dazu. Sie war viel zu schwach, um sich gegen ihn zu wehren.«

Jule schwieg. Was hätte jemand wie Klaas Nissen wohl dazu gesagt, dass es in Hamburg auf der Langen Reihe einen schwulen Laden neben dem nächsten gab? Als hätte sie Jules Gedanken gelesen, fällte Eva ein abschließendes Urteil: »Dann ist es ja wirklich gut, dass Jan fort ist und sich kaum noch blicken lässt. Er passt nun mal nicht nach Odisworth.« Sie lächelte freundlich und fragte: »Soll ich uns mal einen Tee kochen?«

# 106

Stefan Hoogens nutzte auf dem Heimweg die Freisprechanlage seines Mondeos, um noch einmal beim Polen durchzuklingeln. Er rief aus dem Auto an, weil er seine Arbeit von der Bärenhöhle – seiner Zwei-Zimmer-Eigentumswohnung in Husum mit schickem Blick auf die Nordsee – so weit fernhielt, wie es sich eben als Kripobulle einrichten ließ. Sein gesamter Plan für den Montagabend war, sich in die Wanne zu legen, um etwas für seinen angeschlagenen Rücken zu.

»Warst du bei diesem Therapeuten?«, fragte er Smolski, als er ihn an der Strippe hatte.

»Ja.« Smolski klang irgendwie merkwürdig.

»Und?«

»Ich bin fast umgefallen, als er vor mir stand.«

»Warum?«

»Er ist der Mann auf den Fotos.«

»Kein Scheiß?«

»Kein Scheiß. Aber er ist nicht unser Mörder.«

»Bist du dir sicher?«

»Ziemlich.«

»Ziemlich ist der beste Freund von dämlich. Was hat der Typ in Odisworth getrieben?«

»Er hat sich anscheinend Vorwürfe wegen Kirsten Küver gemacht. Deshalb war er dort.« Smolski machte eine längere Pause. »Ich kann ihn schon gut verstehen. Es muss schlimm für ihn gewesen sein, als sie einfach verschwunden ist. Immerhin war sie seine Patientin.«

»Hat er was darüber gesagt, warum sie eine Therapie gemacht hat?«

»Nein, aber er hat was anderes Interessantes anklingen lassen.«

»Und zwar?«

»Dass er glaubt, Kirsten Küver wäre jemandem aus Odisworth begegnet, der ihr etwas Schlimmes angetan hat.«

Hoogens musste an den verlotterten Kerl denken, den er in Hamburg-Bergedorf besucht hatte. »Kann es sein, dass er diesen Bertram meint?«

»Keine Ahnung. Jedenfalls sollten wir in Odisworth suchen.«

»Dann suchen wir in Odisworth«, gab sich Hoogens

geschlagen. »Ich rufe gleich noch Wessler an, dass er den Durchsuchungsbefehl für Fehrs fertig macht. Die Hunde stehen für uns auf Abruf.«

»Du hörst dich enttäuscht an.«

»Kann sein«, seufzte Hoogens. »Ich hasse Hunde.«

»Hat das irgendeinen rationalen Grund?«

»Tierhaarallergie«, antwortete Hoogens und stellte fest, dass ihm allein schon beim Gedanken an die Leichenspürhunde die Nase lief.

## 107

Jule verzichtete auf ein Abendessen mit den Jepsens. Ihr fehlte der Appetit. Sie holte ihr Rollköfferchen aus dem Auto und räumte es nach den strengen Vorschriften aus, die sie sich auferlegt hatte. In einer Hinsicht war sie trotz des insgesamt eher ernüchternden Tages stolz auf sich: Sie hatte es geschafft, nach ihrem unfreiwilligen Ausflug auf den Acker den Mut aufzubringen, den Motor wieder zu starten, den BMW im Schritttempo zurück auf die Straße zu manövrieren und nach Odisworth zu fahren. Es war bereits der zweite Triumph über ihre Angst binnen kürzester Zeit. Sie befand sich eindeutig auf dem Weg der Besserung.

Soweit sie es beurteilen konnte, hatte der Wagen abgesehen von einigen kleinen Kratzern und winzigen Dellen, wo spitze Steinchen die Karosserie getroffen hatten, keinen Schaden genommen. Sie holte die Visitenkarte, die ihr Rolf nach ihrem Werkstattbesuch ausgehändigt hatte, aus ihrer Handtasche und starrte unschlüssig auf die Nummer. Im Grunde wäre es nur sinnvoll, ihn den Wagen inspizieren zu lassen: Sie war alles andere als eine Expertin, und außer-

364

dem wäre es eine günstige Gelegenheit, ihn auf neutralem Terrain wiederzutreffen. Sie steckte die Karte wieder weg und beschäftigte sich lieber noch ein Weilchen mit ihrem Smartphone.

Der Klang einer dunklen Stimme aus dem Nebenzimmer ließ sie aufhorchen. Es war dieselbe Stimme, die in ihrer ersten Nacht in Odisworth eine außerordentlich beruhigende Wirkung entfaltet hatte. Smolski.

Sie rang einen Augenblick mit sich, ehe sie auf den Flur trat und an seiner Tür klopfte. Er freute sich anscheinend, sie zu sehen, denn er zeigte ihr sein wölfisches Grinsen und bleckte die Zähne. »Na, auch wieder da, Frau Schwarz?«

»Ja.« Jule räusperte sich. »Hören Sie, ich … ich wollte mich nur noch einmal ausdrücklich dafür entschuldigen, dass ich Ihnen am Freitag vielleicht zu wenig gezeigt habe, wie viel mir Ihre Unterstützung in dieser Puppensache bedeutet. Ich … Ich war nur ein bisschen ungeduldig. Da war ein Telefonat, das ich nicht aufschieben konnte.«

»Keine Sorge. Ich bin nicht sehr nachtragend.« Er zwinkerte ihr zu und strich sich über sein Ziegenbärtchen. »Meistens jedenfalls.« Sein Grinsen wurde etwas schmaler. »Ich bin übrigens Ihren Brief losgeworden. Ich muss Ihnen allerdings raten, sich nicht zu viel davon zu versprechen.«

»Trotzdem danke«, entgegnete sie. »Ich hatte nicht damit gerechnet, dass Sie so bald wieder nach Odisworth kommen. Gibt es …« Sie stockte. »Gibt es etwas Neues in Ihrer Mordserie?«

Er machte einen Schritt nach hinten und eine knappe einladende Geste. »Ich würde es vorziehen, wenn wir das nicht zwischen Tür und Angel besprechen.«

Sein Zimmer war mehr oder minder eine exakte Kopie von ihrem. Der wesentliche Unterschied bestand darin, dass über seinem Bett ein riesiges Puzzlebild mit der Skyline von Manhattan hing, auf dem die Zwillingstürme des World

Trade Centers noch standen. Auf dem Stuhl neben dem Bett lag ein schwarzer Rucksack. Der Reißverschluss war offen. Sie erspähte ein Paar Socken, eine knittrige Boxershort und einen von Zahnpastaflecken überzogenen Kulturbeutel.

Er bemerkte ihren Blick und meinte: »Ich reise immer mit leichtem Gepäck.« Dann schlug er einen ernsteren Ton an. »Ich bin wegen Fehrs hier.«

»Warum das? Sie hatten doch neulich noch eine andere Spur. Ich dachte, Fehrs sei vielleicht längst aus dem Schneider.«

»Das hielt ich damals auch für nicht ganz unwahrscheinlich.« Er fasste sich in den Nacken und begann, sich zu massieren. »Aber aus der anderen Spur ist nichts geworden. Und Fehrs hat sich bei seinen Aussagen inzwischen in einige Widersprüche verstrickt. An dem Tag, an dem ich bei ihm war und Ihnen dort über den Weg gelaufen bin, hat er seinen Hund im Garten begraben.«

»Ich weiß.« Jule versuchte, nicht weiter an den Inhalt der Grube zu denken.

»Mir hat er gesagt, er hätte das arme Vieh getötet, weil es ihm zu bissig war. Meinem Partner, der ein paar Tage später bei ihm war, hat er erzählt, der Hund sei krank gewesen. Das hat mich stutzig gemacht.«

»So eine Kleinigkeit?«

»Ja, so eine Kleinigkeit. Und da waren tatsächlich noch ein paar andere Auffälligkeiten. In Bezug auf seine Frau nämlich.«

»Und zwar welche?« Jule hatte das Brautkleid der kopflosen Schaufensterpuppe schon beinahe wieder vergessen. Nun fiel es ihr wieder ein, ebenso wie die stickige Luft in Fehrs' Haus und die Angst, die sie bei seinem Wutausbruch gepackt hatte. Sie bekam wacklige Knie und setzte sich auf Smolskis Bett.

»Zu mir hat er gemeint, seine Frau hätte ihren Koffer gepackt, als sie ihn verließ. Hoogens sagte er, sie hätte alles da gelassen außer ihrem Portemonnaie. Glauben Sie mir, Jule, wenn man von einer Frau verlassen wird, die man liebt, dann merkt man sich jedes einzelne Detail. Was sie anhatte. Was sie als Letztes zu einem gesagt hat. Und man würde auf keinen Fall vergessen, ob sie mit einem Koffer oder nur mit einem Portemonnaie für immer aus der Tür ist. Wie dem auch sei: Da klingelte mein Spinnensinn. Also habe ich die Bankunterlagen der Fehrs durchgesehen. Gleichzeitig habe ich einem Hiwi aus meiner Sonderkommission die leidige Aufgabe übertragen, das Bundesmelderegister und zur Sicherheit noch mal alle kommunalen Melderegister im näheren Umkreis auf den Namen Margarete Fehrs zu durchforsten. Und was soll ich sagen?« Er machte eine Kunstpause. »Eine Margarete Fehrs mit dem passenden Geburtsdatum war nirgendwo gemeldet. Die Kontobewegungen aus der Zeit unmittelbar nach ihrem angeblichen Abgang waren auch interessant. Margarete Fehrs hatte eigene Karten für das gemeinsame Girokonto und das gemeinsame Sparbuch, und trotzdem hat sie bis heute nicht einen einzigen Cent abgebucht.«

Jules Mund wurde trocken. »Sie wollen doch nicht … heißt das … er hat seine Frau umgebracht?« Die Wände des kleinen Zimmers schienen Stück für Stück enger zusammenzurücken. »Er ist der Mörder?«

»Sie haben doch die Bilder von ihr gesehen, Jule«, sagte Smolski ruhig. »Auf diesem perversen Altar, den er ihr gebaut hat. Sie wissen doch, wie Margarete Fehrs ausgesehen hat. Sie war groß, schlank und blond. Wie Kirsten Küver, die spurlos aus ihrer Hamburger Wohnung verschwunden ist. Wie Jennifer Sander, deren Leiche man aus der Elbe gefischt hat. Wie Melanie Tockens, die in einem Wald auf seinem Grundstück gefunden wurde. Was würden Sie an meiner Stelle denken?«

Jule brauchte ihm keine Antwort zu geben. Stattdessen fragte sie: »Warum erzählen Sie mir das alles?«

»Hm?«, machte Smolski.

»Neulich musste ich Sie noch dazu drängen, mit mir über Fehrs zu reden«, erklärte Jule. »Und jetzt, jetzt weihen Sie mich einfach so in alles ein. Woher der Sinneswandel?«

»Tja …« Smolski kratzte sich am Kopf und schenkte ihr einen langen Blick. »Das mag jetzt abgeschmackt klingen, Jule, aber ich habe irgendwie das Gefühl, als würden wir uns schon sehr viel länger kennen als nur ein paar Tage. Als ob ich Ihnen voll und ganz vertrauen könnte. Oder liege ich damit etwa falsch?«

## 108

Caro wollte erst nicht rangehen, als sie Lothars Nummer auf dem Display ihres Handys sah. Zum Glück überlegte sie es sich im letzten Moment anders. Sie wusste es zu diesem Zeitpunkt noch nicht, aber seinen Anruf einfach weg-zudrücken, hätte sie sich später niemals verziehen.

Das, was er ihr beichtete, war schlimm. Sie konnte gut verstehen, warum es ihn so aufgewühlt hatte. Was sie jedoch überhaupt nicht verstand, war, warum er nie vorher mit ihr darüber geredet hatte. Was hatte er gedacht? Dass sie sich von ihm trennen würde? Dass sie zur Polizei gehen würde? Das tat am meisten weh. Dass er nicht genügend Vertrauen zu ihr gefasst hatte, seine Sorgen früher mit ihr zu teilen.

Nach seiner Eröffnung plauderten sie noch einen Moment lang, als wäre alles wieder so wie vorher, und sie ver-blieben so, dass sie jetzt wahrscheinlich beide noch ein biss-chen Zeit und Abstand brauchten. Man würde sehen, was aus ihnen werden würde. Damit war Caro alles andere als zufrieden, aber was hätte sie tun können? Lothar war eben stur wie ein Bock.

Sie hatte ihm selbstverständlich versprochen, sein Geständnis für sich zu behalten. Trotzdem spürte sie die Versuchung, sich irgendjemandem mitzuteilen. Sie holte ihr Telefon. Sollte sie Jule anrufen? Es klingelte an der Tür. Dankbar für die Ablenkung stand Caro auf und drückte den Türöffner. Sie schlüpfte hinaus ins Treppenhaus, um zu sehen, wer da die Stufen heraufkam.

Sie wollte es kaum glauben.

»Was machst du denn hier?«, rief sie ihm durch den Treppenschacht zu.

»Ich dachte mir, ich komme einfach mal vorbei. Wir haben eine Menge zu bereden.« Er blieb auf dem letzten Absatz vor ihrer Wohnungstür stehen und hob eine Flasche in die Höhe. »Ich habe Wein dabei.«

Caro grinste. »Na, dann mal immer rein in die gute Stube.«

## 109

Um sich von der traurigen Tatsache abzulenken, dass sie Lothar Segers vieldeutigen Satz über den Verbleib von Kirsten Küver womöglich falsch interpretiert hatte, holte Jule am Dienstagmittag etwas nach, was sie bisher versäumt hatte: Sie schaute im »Dorfkrug« vorbei.

Nur die schwere dunkle Eichentür entsprach Jules Erwartungen, die sie über den Gasthof hegte. Der eigentliche Schankraum war überraschend modern, obwohl er sich beileibe nicht mit den schicken Restaurants und Bars im

Schanzenviertel oder auf der Reeperbahn messen konnte. Jule erlebte eine kleine Zeitreise, aber sie führte sie nur ein gutes Jahrzehnt und nicht ein halbes Jahrhundert zurück. Die Wände waren in einem freundlichen Gelb gestrichen, die Tische und Stühle aus hellem Holz standen auf Terrakottafliesen. Die Barhocker am Tresen sahen neu aus, und in drei Ecken hingen große Flachbildfernseher, auf denen ein Sportsender lief. Nur die Musik, die aus den Lautsprechern plärrte – ein Schlager über eine Zuckerpuppe aus einer Bauchtanztruppe –, stammte noch aus den Sechzigerjahren.

Der »Dorfkrug« war gut besucht, was am Mittagstischgericht liegen mochte: Kohlrouladen, deren würziger Duft Jule das Wasser im Mund zusammenlaufen ließ. Sie suchte noch nach einem freien Tisch, als sie Malte Jepsen bemerkte. Er saß an der Bar und trank Flens aus der Flasche. Ein freundliches Lächeln teilte seinen weißen Bart, und er hob die Hand, um Jule zu sich zu winken.

Sie steuerte zwischen den Tischen und den neugierigen Blicken der Gäste auf ihn zu. Dann fiel ihr Blick auf einen Tisch an einem der Fenster, und sie blieb einen Augenblick wie angewurzelt stehen. Sie wollte nicht glauben, ihn hier zu sehen. Nachdem sie Malte mit einer entschuldigenden Geste und einem Fingerzeig auf den unerwarteten Gast am Fenster vertröstet hatte, trat sie an dessen Tisch.

Er fuhr zusammen, als er sie bemerkte, und sein kahl rasierter Schädel versank ein Stück zwischen seinen breiten Schultern. Wie eine Schildkröte, die sich in ihren Panzer zurückzog. Seine Augen weiteten sich. »Jule! Was machst du denn hier?«

»Das Gleiche könnte ich dich fragen.« Es war ein unglaublicher Zufall. Und vielleicht noch mehr als das. Jule war ausnahmsweise geneigt, Caros Glauben an die schicksalsweisende Macht der Tarotkarten zu teilen. Rolf Behr war der letzte Mensch, mit dem sie in Odisworth gerechnet hatte. »Ich arbeite im Moment hier.«

»Und ich bin hier geboren«, festigte Rolf Jules Überzeugung, dass diese Begegnung weit über einen bloßen Zufall hinausging. Er zeigte auf einen der freien Stühle. »Setz dich doch.«

Das tat sie, wenn auch mit ungelenken Bewegungen, weil sie es nicht schaffte, den Blick von seinem runden Gesicht zu nehmen.

»Was ist los?«, wollte er wissen.

»Ich bin nur total überrascht«, antwortete Jule. Das war die Wahrheit.

»Positiv oder negativ überrascht?«, erkundigte er sich.

»Positiv, absolut positiv«, sagte sie schnell. »Ich dachte nur, dass … also … nach dem, was am Samstag war …«

»Schwamm drüber. Ich hätte mich dir nicht so aufdrängen sollen.«

»Du hast dich mir nicht aufgedrängt«, beteuerte sie. »Ich war bloß … bloß …«

»Schon gut. Du musst mir das nicht erklären.«

Sie atmete auf. »Danke.«

»Magst du was essen?«

»Nein.« Ihr Hunger war tatsächlich fort. »Nur was trinken.«

»Cola?«

»Cola light.«

Er stand auf und ging zum Tresen. Sie schaute ihm nach. Er kam aus Odisworth. Sie wollte es immer noch nicht ganz glauben. Hatte sie den Namen Behr im Telefonbuch gesehen? Sie konnte sich nicht daran erinnern. Komisch. Oder auch nicht. Jule mahnte sich selbst zur Vorsicht. Sie hatte schon einmal einen schlimmen Fehler gemacht, nur weil ein Name nicht im Telefonbuch eingetragen war. Rolf wohnte offensichtlich nicht mehr hier im Dorf, und was, wenn auch seine Eltern und seine restliche Verwandtschaft weggezogen oder tot waren? Dann würde sie sich wieder in die Nesseln setzen wie bei Andreas. Außerdem war der Tag mit ihm ja gerade deshalb so schön gewesen, weil sie die Vergangenheit so mühelos hatte ausblenden können. Sie hatten einfach eine Menge Spaß miteinander gehabt: nur er und sie im Hier und Jetzt, losgelöst von allem, was war und kommen mochte. Und was kümmerte einen auch die Vergangenheit oder die Zukunft, wenn man gerade erst dabei war, sich kennenzulernen? Das Leben einfach nur genießen – wie schwer konnte das schon sein?

Er kam mit ihrer Cola zurück, und sie stießen an.

»Du trinkst Wasser?«, fragte Jule.

»Klar. Ich bin mit dem Auto hier.« Er klopfte sich auf das Bäuchlein, das sich unter seinem kurzärmeligen braunen Karohemd spannte. »Und der sollte auch nicht weiterwachsen.«

»Ach was. Da hat man wenigstens was in der Hand«, munterte Jule ihn auf.

Er stellte lächelnd sein Glas ab und breitete die Arme aus. »Also, jetzt weißt du es«, sagte er. »Ich bin ein waschechtes Landei. Aber zu meiner Verteidigung möchte ich vorbringen, dass ich mir das nicht ausgesucht habe. Und dass ich ja immerhin nach Norderstedt gezogen bin. Ist es meine Schuld, dass mir meine alten Freunde nachspionieren, wenn sie günstige Gebrauchtwagen suchen?«

Jule ging ein Licht auf. Es gab eine weit verbreitete Theorie, wonach jeder Mensch auf der Welt jeden beliebigen anderen Menschen über maximal sieben Ecken kannte. Bei Rolf und ihr war es anscheinend sogar nur eine Ecke. »Wie offenbar Andreas Bertram.«

»Stimmt.« Rolf nickte. »Eines Tages klingelt mein Handy, und wer ist dran? Laber-Andi. Er wollte günstige Dienstwagen für seine Firma kaufen.«

»Laber-Andi?«

»Weil er immer große Töne spuckt und Versprechen macht, die er dann nicht einhalten kann.« Rolf grinste, aber seine Augen bekamen einen versonnenen Glanz. »Er hat ständig davon geredet, dass er später mal berühmt wird. Im Fernsehen. Oder als Rockstar. Und dann ist er doch nur in einem Büro gelandet. Tja, wir können nicht alle Astronauten oder Prinzessinnen werden. Andi und ich telefonieren jetzt ab und zu, und ich war ein paarmal mit ihm auf dem Kiez. Er war eine Weile auf so einem Nostalgie-Trip, glaube ich. Auf der Suche nach seiner verlorenen Jugend. Könnte mir nicht passieren, aber ich habe ja auch nicht so viel Stress wie er. Manchmal hatte ich den Eindruck, dass er todunglücklich mit seinem Leben ist. Bitte entschuldige. So weit wollte ich jetzt gar nicht ausholen. Es wird dich nicht sehr interessieren, was deine Kollegen so in ihrer Freizeit treiben.«

»Das macht doch nichts. Außerdem hast du vielleicht recht. Kann schon sein, dass er sich momentan irgendwie unwohl fühlt«, sagte Jule. Nun war es also doch passiert. Rolf redete über seine Vergangenheit. Ihre Euphorie über ihr Wiedersehen erfuhr einen Dämpfer. Sie entschied sich, das Beste daraus zu machen. »Kennst du zufällig einen Jan Nissen?«

»Klar.« Er zog verächtlich die Oberlippe hoch. »Noch so ein Geist von früher. Einer von den Jungs, die von den anderen aufgezogen werden, weil sie viel zu schwach sind, um sich zu wehren. So ein echter Bettnässer eben.«

»Weißt du, wo er jetzt ist?«

»Keine Ahnung«, schnaubte Rolf. »Wahrscheinlich irgendwo in einem Friseursalon. Warum fragst du?«

»Ich müsste beruflich mit ihm reden.« Rolfs offene Homophobie erschreckte Jule. Es sah ganz danach aus, als ob Männer vom Land wie er manche festgefahrenen Ansichten nicht so schnell loswurden – ganz egal, wie lange sie auch schon in der Stadt wohnten. Darüber würde sie noch einmal gründlich nachdenken müssen, falls sie anfangen sollte, Rolf regelmäßig zu sehen.

»Apropos beruflich.« Rolf drehte sich um, um einen Blick auf die Uhr über der Tür zu werfen. »Ich habe da leider gleich noch was zu erledigen. Hast du schon irgendwelche Pläne für heute Abend?«

»Nein.« Sie schüttelte den Kopf. »Es sei denn, mich in mein Bett zu legen und zu versuchen, ein bisschen zu lesen, zählt für dich als Plan.«

»Na wunderbar.« Er holte seinen Geldbeutel aus der Hosentasche und klemmte einen Zwanzig-Euro-Schein unter seinen Teller. »Ich kenne da dieses Restaurant in Süderhafen, wo man von der Terrasse aus einen super Blick aufs Meer hat. Und außerdem gibt's dort den frischsten Fisch der Welt. Wo bist du untergebracht?«

»In der Pension Jepsen.«

»Schön.« Er stand auf. »Ich hol dich so gegen sieben ab, ja?«

Jule fasste sich instinktiv an ihr Ohrläppchen, um die in ihr aufsteigende Angst zu unterdrücken. »Sag mir lieber die Adresse. Ich fahre dann selbst hin.«

»Was?« Er schürzte beleidigt die Lippen. »Kommt nicht infrage. Ich spiele heute Abend den Chauffeur, verstanden?«

»Das ist wirklich furchtbar nett von dir, aber –«

Sie brach ab, als er sich wieder setzte. »Stimmt was nicht? Willst du nicht mit mir essen gehen?«

»Doch. Ich will nur nicht mit dir dahinfahren.« Jule war der Verzweiflung nah. Warum ließ er ihr nicht einfach ihren Willen?

»Aber wieso nicht?« Er musterte sie einen Augenblick. »Mein Gott, du bist ja ganz blass. Hast du so viel Angst vor mir? Jule, wenn ich gehen soll oder ich dir doch zu aufdringlich bin, dann brauchst du es mir nur zu sagen. Dann hau ich ab, und du siehst mich nie wieder.«

»Es liegt nicht an dir.«

Er rollte die Augen. »Bitte nicht die Nummer.«

»Im Ernst«, flehte Jule. »Gib mir doch einfach die Adresse von diesem Restaurant.«

Er verschränkte die Arme vor der Brust. »Erst wenn du mir endlich verrätst, was los ist.«

Jule horchte tief in sich hinein. Konnte sie ehrlich zu ihm sein? Was, wenn er sie für verrückt hielt? Aber was hätte das geändert? Es war doch aus seiner Warte definitiv schon verrückt genug, dass sie sich so anstellte. Er versuchte nur, ein perfekter Gentleman zu sein und sie zu ihrer Verabredung abzuholen, der sie ausdrücklich zugestimmt hatte. Es ging nicht anders: Sie musste über ihren eigenen Schatten springen. Wie gestern bei Eva Jepsen. Eva hatte ja auch Verständnis für sie gezeigt. »Ich fahre nicht gern Auto«, flüsterte sie und spürte, wie ihr die Tränen in die Augen stiegen.

»Ehrlich?« Er klang mehr verwundert als spöttisch.

Sie nickte stumm.

»Und dann willst du allein nach Süderhafen fahren, anstatt dich von mir mitnehmen zu lassen?«

»Das ist eben alles sehr … kompliziert.« Sie sprach stockend weiter, und er lauschte ihr aufmerksam. Sie berichtete von ihrem Unfall. Davon, wie sie jahrelang allein bei dem Gedanken ans Autofahren heftige Panikattacken erlitten hatte. Wie viel Überwindung es sie gekostet hatte, eine Therapie zu beginnen. Wie schwierig es für sie gewesen war, zu Klaus ins Auto zu steigen, obwohl sie ihn schon kannte, seit sie bei Zephiron arbeitete. Wie leid es ihr tat, dass sie es wahrscheinlich nicht schaffen würde, sich neben ihn in einen Wagen zu setzen, weil sie ihn dafür nun einmal nicht gut genug kannte, und wie dumm sich das für ihn anhören musste.

Seine Reaktion auf ihr Geständnis fiel verblüffend aus. Er griff über den Tisch, nahm ihre kalten Finger in seine warmen Hände und sagte: »Gut, dann fährst du eben, und ich sitze neben dir. Jetzt gleich.«

»Jetzt gleich?« Sie hatte keine Ahnung, was er vorhatte.

»Jule, ich verspreche dir, dass du mir absolut vertrauen wirst, wenn du mich dir etwas zeigen lässt«, sagte er beschwörend. »Dafür musst du nur ein kleines Stück fahren, und ich sitze neben dir. Dir kann dabei nichts passieren. Vergiss nicht, ich bin der Autoflüsterer. Okay?«

»Okay«, wisperte sie.

Er stand auf, legte den Arm um ihre Schulter und zog sie sanft in die Höhe. Seine Kraft, die sie dabei spürte, übte eine ungemein beruhigende Wirkung auf sie aus. Als sie an der Tür waren, die er ihr aufhielt, fragte sie: »Aber was ist mit der Sache, die du noch erledigen wolltest?«

Er lächelte. »Keine Sorge. Die läuft mir so schnell nicht weg.«

## 110

Sie wusste nicht mehr, wer sie war, und sie wusste auch nicht, wo sie war. Sie stöhnte und versuchte, sich aufzurichten. Vergebens. Irgendetwas drückte an ihren Handgelenken und an ihren Schultern. Sie konnte nicht einmal die Beine anziehen, um ihren Rücken zu entlasten, weil sie auch an ihren Knöcheln und an ihren Hüften diesen sonderbaren Druck spürte. Sie schlug die Augen auf. Das Licht war viel zu grell. Es stach ihr in den Augen. Ihr Magen reagierte mit einem fiesen Krampf auf den plötzlichen Schmerz. Sie wehrte sich gegen das, was aus ihrer Kehle hochstieg, aber sie verlor den Kampf. Einen schrecklichen Moment lang hatte sie Angst, sie könnte auch ihren Kopf nicht bewegen. Dem war nicht so. Sie drehte ihn mühsam zur Seite und würgte. Schleim, zäh und gallig, quoll ihr über die Lippen. Sie spuckte und hustete. Eine Erinnerung zuckte durch ihr Gedächtnis. Starke Hände, die ihr das Haar aus dem Gesicht hielten, während sie über einer Kloschüssel kniete. Wann war das gewesen? Vorhin? Gestern? Vor einer Woche? Vor einem Jahr? Der Mann, dem die Hände gehörten … sie kannte ihn.

Nach und nach gewöhnten sich ihre Augen an die Helligkeit. Sie sah alles um sich herum grotesk verzerrt. Da war viel Blau, viel Weiß und Grün. Nach einer Weile erkannte sie, dass das, was ihr erst wie eine große blaue Fläche vorgekommen war, in Wahrheit zwei blaue Flächen sein mussten. Himmel. Himmel und viel Wasser. Meer. Das Weiß beschrieb eine Art Halbkreis, eine dünne Sichel ganz am Rand des unteren Blaus. Das war der Strand. Natürlich. Und das Grün, das von oben in ihr Sichtfeld ragte, mussten Palmen sein. Aber warum war ihr so kalt? Es konnte doch nicht kalt sein, wenn es hier Palmen gab. Oder?

Sie kniff die Augen zusammen. Alles war so starr. Der Himmel, das Meer, die Palmen. Wie eingefroren. Und warum konnte sie nicht aufstehen?

Sie hob den Kopf, Millimeter für Millimeter, um an sich herunterzusehen. Sie sah in scheinbar unendlich weiter Entfernung ihre nackten Zehenspitzen. Was war das für ein breites braunes Band quer über ihre Schultern und ihre Brust? Sie versuchte noch einmal, ihren Oberkörper anzuheben. Der Gürtel ließ es nicht zu. Rau schabte er über ihre bloßen Brustwarzen. Sie wollte die Arme in die Höhe reißen, aber es ging nicht. Sie wollte mit den Beinen strampeln, aber etwas hielt ihre Knöchel fest. Sie keuchte entsetzt und schaffte es gerade noch, den Kopf wieder zur Seite zu drehen, ehe sie den nächsten Schwall stinkenden Schleims erbrach.

Als sich ihr Magen wieder beruhigt hatte, stellte sie fest, dass sie aus den Augenwinkeln ungefähr erkennen konnte, worauf sie überhaupt lag. Sie sah … Metall? Plastik? Wo war sie hier?

Nach einer Ewigkeit begriff sie, warum es so kalt war. Sie war nackt. Sie begriff, warum ihr der Rücken so wehtat. Sie lag auf einer flachen Liege mit schmalen Querstreben, die ihr ins Fleisch schnitten. Sie begriff, warum sie sich nicht rühren konnte. Straff angezogene Lederriemen hinderten sie daran. Sie begriff auch, dass es nicht die Sonne war, die ihr in die Augen schien. Und sie begriff, dass sie die Sonne nie wieder sehen würde.

# 111

Natürlich war es albern von Stefan Hoogens, möglichst viel Abstand zu den Leichenspürhunden zu halten. Sie waren schließlich im Freien, was die Wahrscheinlichkeit eines allergischen Schubs Richtung Null drückte. Hoogens konnte einfach nicht anders. Dabei wirkte der pummelige Hundeführer mit den roten Haaren wie ein wirklich netter Typ. Schade.

Hoogens beobachtete die beiden Hunde, die von ihren Führern an langen Leinen durch das Unterholz geleitet wurden. Einer war ein Schäferhund, der andere ein Collie mit schwarz-weißem Fell. Beide hielten die Schnauzen dicht am Boden, versunken in ihre grausige Aufgabe, die für sie ein spannendes Spiel war.

Als sein Fuß an einer Wurzel hängen blieb, fiel Hoogens seine Begegnung mit dem Jungen ein, dem er hier fast eine Kugel verpasst hätte. Er hatte bislang niemandem davon erzählt, nicht einmal dem Polen. Die ganze Sache war zu peinlich.

Außerdem war es in ein paar Stunden ohnehin völlig unnötig, diesen Zwischenfall zur Sprache zu bringen. Falls die Köter fündig wurden, hatten er und Smolski ganz andere Probleme. Der Pole war beim zweiten Team geblieben, das Erich Fehrs' Grundstück von der anderen Seite durchkämmte. Sie hatten das gesamte Gelände – sowohl den eigentlichen Hof als auch den Wald – grob in Planquadrate eingeteilt, die sie von A1 bis E8 durchnummeriert hatten.

Hoogens schätzte, dass seine Gruppe inzwischen bei D7 angekommen war. D7 unterschied sich in nichts von D8 oder E1. Es gab Bäume, Sträucher, hier und da eine schlammige Pfütze im Waldboden und jede Menge Mücken und andere Insekten.

Das Funkgerät am Gürtel des Rothaarigen knackte. Er ließ die Leine locker und hakte das Funkgerät aus. »Ja?«

Hoogens blieb stehen. Er verstand nicht, welche Information da an den Hundeführer übermittelt wurde, aber der Mann gab sie sofort an ihn weiter. »Sie haben vermutlich einen Treffer am Haus.«

Noch in derselben Sekunde machte der schwarz-weiße Collie vor einem umgestürzten Baum Sitz und gab kläffend Laut.

# 112

Als der Hund vor der Brombeerhecke in seinem Garten anschlug, tat Erich Fehrs das, was er sich seit dem Eintreffen der Polizei heute Morgen vorgenommen hatte. Er sagte seinem Neffen, der im Wohnzimmer auf ihn achtgeben sollte, er müsse dringend nach seinen Schweinen sehen. Marko ließ ihn gehen. Er war ein guter Junge. Er fragte nicht einmal, wozu man im Schweinestall wohl ein Handy brauche.

Fehrs ging über den Hof zum Stall. Vor der zertrümmerten Hundehütte hielt er kurz an. Dieser Scheißköter …

Als er in dem Verschlag stand, in dem das angefressene Ferkel eingegangen war, kam Fehrs der Gedanke, dass er seinem Hund Unrecht tat. Seinetwegen würde er jetzt bald bei Margarete sein. Das war eine schöne Vorstellung. Warum war er diesen Weg, mit ihr zusammen zu sein, nicht schon viel früher gegangen?

Er ging in der Ecke des Verschlags in die Hocke und wischte das Stroh von der Flinte. Er hob sie hoch und wog sie in den Händen. Sie fühlte sich richtig an. Kalt und schwer. Er legte sie neben sich, als er sich ins Stroh setzte. Seine Schweine grunzten aufgeregt. Wahrscheinlich hofften sie nur auf irgendeinen Leckerbissen, aber er bildete sich gerne ein, dass die Tiere spürten, was er vorhatte, und ihm auf ihre Weise Lebewohl sagen wollten.

Er musste sich beeilen. Die Polizisten draußen im Garten würden ihn jeden Moment zur Rede stellen. Ihnen hatte er nichts zu sagen. Jemand anderem schon. Er nahm sein Handy und wählte eine Nummer.

»Sie haben Margarete gefunden«, sagte er sofort, nachdem Ute abgehoben hatte. »Ich gehe jetzt zu ihr.«

»Was? Sag so was nicht, Erich. Mach bitte keine Dummheiten! Hörst du? Wir kriegen das geregelt! Erich?«

Er streichelte den Lauf der Waffe und dachte daran, wie glatt sich Margaretes Haut an der Innenseite ihrer Oberschenkel angefühlt hatte. »Ich bestell ihr Grüße von dir, ja, Ute?«

»Erich! Erich!«

Er schnitt ihr verzweifeltes Schreien ab, indem er die Verbindung unterbrach.

»Ich komme zu dir, Liebes«, flüsterte er, als er die Flinte zwischen seine Beine stellte. Der Kolben scharrte über den Stallboden, während er nach dem passenden Winkel suchte, um die Mündung unter sein Kinn pressen zu können.

»Herr Fehrs?«

Fehrs keuchte. »Herr Fehrs?«

»Nein, nein, nein«, wisperte Fehrs. Er streckte die Arme weiter aus. Seine Gelenke knackten. Mit den Fingerspitzen streifte er über den Abzug.

»Nicht!« Der Kommissar packte die Flinte am Lauf und riss sie nach oben. Ein stechender Schmerz zuckte Fehrs durchs Kinn. Er versuchte, den Kolben zu packen, aber war zu schwach.

»Das lassen Sie mal hübsch bleiben«, rief der Kommissar, sicherte die Flinte und warf sie über die Seitenwand des Verschlags ins angrenzende Stallabteil. Die Schweine darin quiekten.

Für Fehrs hörte es sich an wie höhnisches Gelächter. Er schlug die Hände vors Gesicht und wimmerte: »Warum lassen Sie mich nicht gehen? Warum lassen Sie mich nicht einfach zu ihr?«

# 113

»Stell den Motor ab und kupple aus.«

»Hier?«, fragte Jule ungläubig.

Rolf hatte sie die letzten zehn Minuten über schmale Feldwege von Odisworth weg gelotst. Jetzt sollte sie im Nirgendwo zwischen zwei Dörfern anhalten. Linker Hand erstrahlten Abertausende Rapsblüten in prächtigem Gelb, auf dem Acker rechts raschelten Maisstauden im Wind. Sie waren so allein wie auf einer einsamen Insel irgendwo in den Weiten des Ozeans.

»Ja, hier.«

Sie fügte sich seinem Wunsch. Gurgelnd verstummte der Motor. Sie ließ die Hände in den Schoß sinken. »Und was jetzt? Wolltest du mir nicht etwas zeigen?«

Jule wusste selbst nicht so recht, was sie sich davon versprochen hatte, auf seinen Vorschlag einzugehen. Vorhin im »Dorfkrug« hatte es sich noch so angehört, als würde es sich lohnen. Jetzt war sie sich da nicht mehr so sicher.

»Hör mir zu.« Er drehte sich im Beifahrersitz halb zu ihr um. Das Auto neigte sich merklich zu seiner Seite hin. »Ich rede zwar manchmal mit Autos, aber ich habe keinen an der Klatsche. Ich weiß genau, was Autos sind. Autos sind Maschinen. Das Gute an Maschinen ist, dass sie sich kontrollieren lassen. Maschinen sind nichts, wovor man Angst haben müsste. Respekt ja, weil sie ihre Funktion erfüllen, aber Angst?« Die Worte strömten ihm aus dem Mund wie ein ruhiger warmer Fluss. »Eine Maschine tut nur das, was man von ihr will. Nicht mehr und nicht weniger. Wenn man weiß, wie man sie zu bedienen hat, unterwirft sie sich einem voll und ganz. Und du weißt, wie man ein Auto bedient, Jule. Du kannst ein Auto blind fahren. Mach die Augen zu.«

Eine Ahnung erwachte in ihr. Sie fühlte einen zaghaften Vorboten ihrer Angst. »Ich …«

»Mach die Augen zu«, wiederholte er sanfter und verscheuchte ihren Anflug von Furcht.

Sie schloss die Augen und war allein in einer vertrauten Dunkelheit mit ihren Gedanken, seiner Stimme und dem Schlag ihres Herzens.

»Mach sie erst wieder auf, wenn ich es dir sage. Ich werde merken, falls du spitzelst, also keine Schummeleien. Mir zuliebe und vor allem dir zuliebe.«

Es hatte etwas von einem Spiel, das er dennoch mit

einigem Ernst betrieb. Das kam Jule entgegen. Sie war es gewohnt und schätzte es, sich an Regeln zu halten. Regeln brachten Ordnung ins Chaos. Regeln machten aus Beliebigkeit Sinn. Und da war noch mehr. Ein Prickeln unter ihrer Haut, als würde das Blut in ihren Adern wärmer und wärmer. Ein Prickeln, das sie sehr, sehr lange nicht mehr gespürt hatte, ausgelöst durch die zaghaft erwachsende Hoffnung, sich ganz fallen lassen zu können und dabei darauf zu bauen, dass sie jemand auffangen würde.

»Ich starte jetzt den Motor.« Er beugte sich nach vorn. Sie nahm zum ersten Mal seinen Geruch richtig wahr. Ein angenehmer Duft wie regennasse Erde. Wie mit einem fernen Donnergrollen erwachte der Motor zum Leben. Jule fühlte einen Bruchteil seiner unbändigen Energie im feinen Vibrieren des Sitzpolsters.

»Hörst du den Motor?«

Sie nickte.

»Hör genau hin. Hörst du, wie er dich darum bittet, dass du ihm freien Lauf lässt? Er wartet nur auf deinen Befehl. Leg den ersten Gang ein.«

Jule war davon überrascht, wie ihre rechte Hand sofort den Schaltknüppel fand. Die Finger ihrer linken Hand schlossen sich wie von selbst um das Lenkrad. Beides geschah ohne Zögern, ohne umständliches Tasten, in einer einzigen fließenden Bewegung.

»Sehr gut«, lobte sie Rolf. »Und jetzt leg den Fuß aufs Gaspedal. Ganz vorsichtig.«

Der Motor reagierte auf das Antippen des Pedals mit einem kurzen Aufbrummen.

»Spürst du ihn?«, fragte Rolf. »Spürst du, wie er vor Vorfreude zittert?«

»Ja«, hauchte sie. Das lang vermisste Prickeln wurde stärker.

»Fahr einfach los«, sagte Rolf.

»Ich kann das nicht«, entfuhr es Jule in einem letzten Aufflackern ihrer Angst, aber sie hielt ihre Augen dabei fest geschlossen, wie er es von ihr verlangt hatte.

»Doch, du kannst.« Seine Antwort kam ruhig und so dicht an ihrem Ohr, dass sein Atem sie küsste. »Bei mir kann dir nichts passieren. Du fährst, und ich lenke.«

Seine Hände legten sich über ihre und übten einen sachten Druck aus. »Komm schon. Fahr los.«

Sie dachte daran, dass es Rolfs Entscheidung war, sie blind fahren zu lassen, nicht ihre. Seine Entscheidung, für die sie nicht die geringste Verantwortung trug. Und es fühlte sich wunderbar an, dass er diese Verantwortung für sie auf sich nahm. Sie ließ die Kupplung kommen und trat aufs Gas. Der Wagen beschleunigte. Ihr stockte der Atem. Befreiung und Schrecken verschmolzen in ihr nahtlos miteinander.

»Ruhig ein bisschen schneller«, schlug ihr Rolf vor.

Sie gab einen Laut von sich, der halb Wimmern, halb Jauchzen war, und hörte auf ihn. Der Motor heulte auf. Sie hörte das satte Schmatzen der Reifen auf dem Asphalt.

»So, jetzt ganz langsam abbremsen.«

Der Druck seiner Hände auf ihren nahm zu, als er sanft nach links steuerte. »Das reicht schon. Geh wieder aufs Gas.«

Jule fand eine sonderbare Form der Geborgenheit in dem Wissen, dass er neben ihr saß. Die Wärme zu spüren, die von seinem massigen Körper ausging. Seinen gleichmäßigen Atem, der ihr die Wange streichelte. Jede seiner Anweisungen war eine Ermunterung, sich ganz auf ihn zu verlassen, und sie wartete begehrlich auf jedes Wort von ihm.

»Bremsen. Ja, gut so.«

»Schalten. Gut gemacht.«

»Gib schön Gas.«

»Mehr Gas. Keine Sorge.«

In einem weit entlegenen, vergessenen Winkel ihres Verstandes heulte ihre Angst vor Wut und Zorn. Sie ignorierte sie. Alles, was jetzt noch zählte, war Rolfs Stimme und die zarte Kraft in seinen Händen.

# 114

Hoogens sah zum Faltpavillon der Spurensicherung über dem Loch neben der Brombeerhecke. Er wartete auf die Genugtuung, einen Mörder gefasst zu haben, doch sie wollte sich noch nicht einstellen. Vielleicht lag es an dem sauren Geschmack in seinem Mund, der ihn plagte, seit er gesehen hatte, was von der Spusi ausgegraben worden war. Vielleicht war es auch der Grabstein, der von einem dichten Geflecht aus Ranken überwuchert gewesen war. Die Inschrift lautete: MARGARETE. MEINE LIEBE. MEIN LEBEN. »Das ist krank.«

»Das kannst du laut sagen.« Smolski zog an seiner Zigarette.

»Glaubst du, er hat sie beide umgebracht?«

»Was weiß ich.« Smolski zuckte die Schultern. »Wenn es so war, dann hat ihm das mit seiner Frau anscheinend zumindest irgendwie leid getan. Der Sarg, in dem er sie beerdigt hat, war bestimmt nicht billig. Das sind echte Silberbeschläge, wenn mich nicht alles täuscht. Außerdem gibt es an ihr keine Anzeichen von äußerer Gewalteinwirkung.«

»Nur weil er sie nicht offensichtlich verstümmelt hat, kann er sie trotzdem ermordet haben. Was, wenn er sie im Schlaf mit einem Kissen erstickt hat? Alle drei Leichen, die wir auf seinem Grundstück gefunden haben –« Hoogens hob den Finger. »Halt, ich korrigiere mich: Alle drei Leichen, die wir *bis jetzt* auf seinem Grundstück gefunden haben, hatten Brautkleider an. Nicht nur seine Frau. Ist doch denkbar, dass es für die anderen keine Särge und Grabsteine gibt, weil er keine Aufmerksamkeit auf sich ziehen wollte. En gros kann man Särge ja schlecht kaufen, ohne dass sich wer wundert.« Er schüttelte den Kopf. »Apropos: Welcher Bestatter besorgt dir denn eigentlich einen Sarg und einen Grabstein, wenn du nicht mit einem kompletten Trauerfall samt Verstorbenen bei ihm anklopfst?«

»Wahrscheinlich einer, der dringend Geld braucht und keine großen Fragen stellt«, vermutete Smolski. »Das wird uns Fehrs schon noch erzählen. Früher oder später.«

»Übernimmst du das Verhör mit ihm?«

»Klar.« Smolski nickte. »Kann ich machen. Warum willst du nicht dabei sein?«

Hoogens vertraute dem Polen genug, um vollkommen aufrichtig zu sein. »Weil ich befürchte, dass mir bei diesem Scheißkerl die Sicherungen durchknallen.« Er knirschte mit den Zähnen. »Hast du mal eine Kippe für mich?«

Smolski zog die Brauen hoch, griff aber bereitwillig in seine Brusttasche. »Ich dachte, du hättest aufgehört.«

»Tja.« Hoogens Blick hing wie gebannt am Grabstein in der Hecke. »Das habe ich auch gedacht.«

# 115

Jule empfand es als schmerzlichen Verlust, als Rolf nach einer Zeit, die ihr wie eine Ewigkeit und zugleich doch nur wie ein Wimpernschlag erschien, sagte: »Du darfst deine Augen wieder aufmachen.«

Sie tat es.

»Siehst du?«, fragte er.

Sie blinzelte einige Male, da sich ihre Augen an die Dunkelheit gewöhnt hatten. Dann erkannte sie, wo sie waren: Sie standen vor dem Haus mit dem Besen in der Fassade. Er hatte sie zurück nach Odisworth vor die Pension geführt.

»Vertraust du mir jetzt?«

Jule handelte, wie sie handeln musste, um dem Prickeln in ihr gerecht zu werden. Sie packte ihn mit beiden Händen im Nacken, zog sein Gesicht zu sich heran und küsste ihn auf den Mund. Seine Lippen schmeckten wie Salz und Honig. Er erwiderte ihren Kuss zuerst gierig, ehe er sich in einer plötzlichen Verhaltenheit gegen ihren Griff sträubte. Er löste sich von ihr und raunte: »O nein …«

»Was?«, flüsterte sie. »Was?«

Er hob den Arm zur Frontscheibe, und ihr Blick folgte widerwillig seinem ausgestreckten Zeigefinger. Als sie sah, worauf er deutete, erlosch jegliches Feuer in ihr. Wie in einer schauerlichen Prozession rollten vier Autos die Straße in gemächlichem Tempo hinunter. Spitze und Ende des makabren Zuges markierten Einsatzfahrzeuge der Polizei, deren Blaulichter sich wie in Zeitlupe drehten. Sie eskortierten zwei Leichenwagen. Der Tod hatte erneut Ernte in Odisworth gehalten.

# 116

Er wusste, dass ihm nicht mehr viel Zeit blieb, um mit der neuen Frau zu spielen. Das war schade, aber es ließ sich nicht ändern. Der sichere Ort würde schon bald vielleicht kein sicherer Ort mehr sein. Alles war so gelaufen, wie er es geplant hatte: Sie hatte ihn zu sich in ihre Wohnung gelassen, und sie hatte den Wein getrunken. Als sie eingeschlafen war, hatte er sie in sein Auto gebracht und war zum sicheren

Ort gefahren, wo ihn niemand beim Spielen stören konnte. Dort hatte er sie ausgezogen. Er hatte geahnt, dass er an ihr nicht so viele Kleider würde ausprobieren können, wie er es eigentlich gern getan hätte.

Es musste jetzt alles etwas schneller gehen, wenn er auch das Spiel mit Kirsten weiterspielen wollte. Er hatte Angst, dass sie es nicht zu Ende brachten, weil er so abgelenkt war. Wenigstens hatte er das schmerzhafte Sehnen nun unter Kontrolle. Er durfte auf gar keinen Fall die Beherrschung über sich verlieren. Er hatte genau gesehen, wer wieder in dem Wald gewesen war, in dem er die Frauen und das Spielzeug versteckt hatte. Wo er früher auch so oft mit Kirsten gespielt hatte. Manchmal träumte er davon, Kirsten wäre für immer in diesem Wald geblieben. Bei ihm und trotzdem fort. Das war der schlimmste Traum von allen.

Er setzte sich in sein Auto und fuhr los. Er musste die neue Frau eine Weile allein lassen, aber er würde sich beeilen. Normalerweise war Katie dabei, wenn er ein neues Brautkleid kaufte, aber diesmal hatte er keine Zeit, sie mitzunehmen. Aber das Brautkleid war wichtig. Sehr wichtig. Nur einmal hatte er es einer Frau wieder ausgezogen. Weil sie es schmutzig gemacht hatte. Er hatte es verbrannt, weil es danach so stank. Doch daran durfte er jetzt nicht denken, und auch nicht daran, dass er auf Katies Hilfe verzichten musste. Katie wusste nicht, wie er wirklich hieß. Für sie war er nur Paul. Das war nicht schlimm. Katie hieß auch nicht wirklich Katie. Sie war eine Nutte. Sie ließ sich dafür bezahlen, dass sie mit ihm Brautkleider kaufen ging. Er hatte lange nach einer Nutte wie Katie gesucht. Einer, die ungefähr dieselbe Figur hatte wie Kirsten. Er hatte viele Nutten ausprobiert. Es war wichtig, dass Katie schwarzes Haar hatte. Er wollte nicht mit Nutten spielen. Er wusste aber genau, wie Nutten waren. Also hielt er nach jedem Einkaufen mit Katie irgendwo auf einem Feldweg an und ließ sich von ihr einen blasen. Das dauerte meistens ziemlich lange, weil sich Katie viel zu sehr dabei bewegte und die Augen verdrehte und ihm ständig sagte, was er für einen schönen großen Schwanz hatte. Er wusste, dass es merkwürdig aussehen würde, wenn er ohne Frau ein Brautkleid kaufte. Es war ihm egal. Wenn das neue Spiel mit Kirsten zu Ende war, würde er nur noch ein einziges Mal ein Brautkleid kaufen gehen müssen. Mit ihr zusammen.

# 117

Die beiden Termine, die für Jule an diesem Tag noch anstanden, absolvierte sie eher halbherzig. Mit ihren Gedanken war sie nicht bei den finanziellen Zugewinnen und auch nicht bei den Sorgen der Odisworther über Infraschall, den die Windräder erzeugten. Sie war bei Rolf.

Sie hatten weder über den Kuss noch über die Leichenwagen miteinander geredet. Nach einer freundlichen Verabschiedung war er ausgestiegen. Sie hatte ihm noch lange nachgesehen, wie er die Hauptstraße hinunterging. Zu den Leichenwagen hätte es ja auch nicht viel zu sagen gegeben.

Der Kuss beschäftigte Jule mehr. Sie wunderte sich nach wie vor über sich selbst. So spontan und impulsiv war sie zum letzten Mal bei einer Erstsemesterparty an der Uni gewesen, und diese Sache war damals alles andere als glücklich ausgegangen. Der Kommilitone, dem sie sich an den Hals geworfen hatte, war von so viel Übereifer derart überrascht gewesen, dass er sie in der Folge in ihrem gemeinsamen Seminar völlig ignoriert hatte. Würde es mit Rolf anders laufen?

Zudem war ihre Impulsivität nicht das einzige Problem.

Was versprach sie sich eigentlich von Rolf? Ein schnelles Abenteuer? Eine feste Beziehung? Sie kannte ihn kaum. Wenn sie ehrlich zu sich war, lauerte im Verborgenen schon jetzt allerlei Konfliktpotenzial. Er war Handwerker, sie Akademikerin. Sie hörte mit Vorliebe Infosender, er solche, die die Charts hoch und runter spielten. Sie verdiente bestimmt mindestens das Dreifache von ihm. Keine guten Voraussetzungen für ein auf Dauer funktionierendes Miteinander. Sie fragte sich, ob sie einige dieser Punkte bei ihrem vereinbarten Date im Restaurant behutsam abtasten sollte. Oder machte sie damit mehr kaputt, als dass es ihr weiterhalf?

Sie war froh, als sie nach den beiden Terminen ihren Wagen endlich vor der Pension parken konnte. Sie genoss den Moment absoluter Ruhe. In letzter Zeit passierten viel zu schnell viel zu viele Dinge. Sie fühlte sich langsam restlos überfordert und wäre für jeden gut gemeinten Ratschlag unsagbar dankbar gewesen.

Sie wählte Caros Nummer, erwischte aber nur die Mailbox. Typisch. Da hätte sie Caro wirklich einmal gebraucht, und dann trieb sie sich weiß Gott wo herum. Zum Glück war sie in Odisworth einer Person begegnet, die sie mehr und mehr als mütterliche Ratgeberin und Freundin betrachtete. Jule stieg aus und machte sich auf die Suche nach Eva Jepsen.

# 118

Eva erwies sich als unauffindbar, doch das Haus war nicht verwaist. Im Frühstücksraum saß ein Mann mit dunkelbraunem Bürstenhaarschnitt über einer Aktenmappe. Er schaute interessiert hoch, als er Jule in der Tür stehen sah, als hätte er nur auf irgendeine Ablenkung gewartet, um seine Unterlagen nicht länger studieren zu müssen. Seine imposante Nase war wie ein breiter Keil der Männlichkeit in seinem ansonsten jungenhaften, glatt rasierten Gesicht.

»Besuch«, sagte er erfreut. Er stand auf und ging um den Tisch herum, um Jule die Hand zu schütteln. »Stefan Hoogens.«

»Jule Schwarz.«

Hoogens, Hoogens. Ach ja, richtig. Das war also der geheimnisvolle Partner von Smolski.

»Ah, der Pole hat mir von Ihnen erzählt.«

Jule lächelte, als sie hörte, dass Smolski seinen alten Spitznamen aus Dorfjugendzeiten anscheinend auch im Polizeidienst nicht losgeworden war. »Hoffentlich nur Gutes.«

»Klar.« Hoogens legte ein unverschämtes Grinsen an den Tag, das er sich wohl von Smolski abgeschaut hatte – oder umgekehrt. »Sie sind genau sein Typ. Sehen ein bisschen aus wie seine Exfrau.«

»Aha, sehr schmeichelhaft.« Seine Exfrau? Ob das die Frau auf dem Bild vom Polizeiball war? »Er ist also geschieden.«

»Gewissermaßen.« Hoogens schob die Unterlippe vor. »Sie ist ihm vor ein paar Jahren davongelaufen. Ohne Vorwarnung. Heute hier, morgen fort. Hat ihn ziemlich mitgenommen.«

Smolski hatte wirklich allen Grund dazu gehabt, sich über die mangelnde Verschwiegenheit seines Partners zu beklagen. Es hätte ihm bestimmt nicht gefallen, wie Hoogens bereitwillig Details aus seinem Privatleben ausplauderte. »Was machen Sie hier?«, fragte sie.

»Übernachten, schätze ich mal«, entgegnete er trocken.

»Ach so.« Er brachte es tatsächlich fertig, ihr damit ein Schmunzeln zu entlocken. »Smolski hatte nur gemeint, Sie wären für die Dauer Ihrer Ermittlungen bei Verwandtschaft in der Nähe untergekommen.«

Hoogens winkte mit einem Augenrollen ab. »Ein paar Tage da haben mir völlig gereicht. Und Smolski ist es auch lieber, wenn ich hier mein müdes Haupt zur Ruhe bette. Wenn ich was gegen seine nervöse Ader tun kann, mache ich das gern.«

»Verstehe.« Jule beschloss, auf die Probe zu stellen, inwiefern Smolskis Bedenken gerechtfertigt waren. »Ich habe vorhin zwei Leichenwagen vorbeifahren gesehen.«

Hoogens nickte. »Gut möglich.«

»Und?«

»Und was?«

»Warum waren die Leichenwagen hier?«

»Sieh an, sieh an.« Hoogens verzog sein Gesicht zu einem belustigten Grinsen. »Sind Sie es von Smolski schon so sehr gewöhnt, in unsere Ermittlungen eingeweiht zu werden, dass Sie meinen, bei mir würde das genauso laufen?«

»Ich …« Jule zuckte mit den Schultern.

»Schon gut. Die Sache ist ohnehin vorbei. Ob Sie es jetzt von mir hören oder später im Fernsehen …« Er setzte eine ernste Miene auf und schlug einen nüchternen Tonfall an, wie er ihn wahrscheinlich auch bei Pressekonferenzen verwendete. »Wir haben heute Morgen das Grundstück eines Odisworther Schweinebauern namens Erich Fehrs mit Leichenspürhunden durchkämmt.« Er machte eine Pause, als wollte er Jule noch die Chance geben, Stopp zu sagen, bevor er ins Detail ging. »Und wir sind bei dieser Aktion fündig geworden. Auf dem Grundstück waren zwei weitere Leichen vergraben. Die Leichen befanden sich in einem fortgeschrittenen Verwesungszustand, der darauf schließen lässt, dass sie bereits längere Zeit tot sind.«

Jule zog sich einen Stuhl heran und setzte sich. Ihr wurden die Knie weich. »Ist Kirsten Küver dabei?«

»Dazu können wir derzeit noch keine endgültige Aussage treffen.« Er kehrte an seinen Platz am Tisch zurück und schlug die Aktenkladde zu. »Jedenfalls handelt es sich um die Leichen zweier weiblicher Personen. Die eine war laut einer ersten Einschätzung unseres zuständigen Gerichtsmediziners zum Todeszeitpunkt zwischen fünfundzwanzig und fünfunddreißig Jahre alt, die andere deutlich älter.«

In Jule krampfte sich alles zusammen. »O mein Gott. Seine Frau hat ihn nicht verlassen. Er hat sie umgebracht …« Erinnerungen wirbelten in Jules Kopf durcheinander. Fehrs, wie er mit nacktem Oberkörper seinen Hund begrub. Das von Zigarettenrauch vergilbte Brautkleid seiner Frau. Die Bürste, um deren Borsten sich silberne Haare wanden. »Wo ist er jetzt?«

»Fehrs?«

Jule nickte.

»In Untersuchungshaft. Smolski ist mit ihm in die JVA Flensburg gefahren.« Hoogens' Miene entspannte sich. Seine Stimme nahm wieder ihren ursprünglichen lockeren Klang an. »Er ist echt durch den Wind. Fehrs, meine ich, nicht den Polen.« Er grinste über seinen eigenen schlechten Scherz.

Jule hielt es in Hoogens' Gegenwart nicht mehr aus. Es war nicht einmal seine Schuld. Egal, wie sehr er auch darauf beharren mochte, dass keine endgültige Aussage über die Identität der jüngeren Toten zu treffen war, wusste Jule doch, wer sie war. Alles Hoffen und Bangen um eine Fremde, die aussah wie sie selbst, war vergebens gewesen. Kirsten Küver führte kein sorgenfreies Aussteigerleben in Asien. Kirsten Küver war tot.

## 119

»Jule? Hallo?« Rolfs Stimme am anderen Ende der Leitung wurde von lauter Musik im Hintergrund fast übertönt. Einfallsloser Plastikpop mit stampfendem Bass und einer quäkenden Frauenstimme. Er schnaufte schwer, als wäre er eben erst einen Marathon gelaufen. Wahrscheinlich reparierte er gerade einen Trecker in irgendeiner Scheune. »Hallo?«

»Hallo.« Jule presste sich das Handy fest ans Ohr. »Rolf, sei mir bitte nicht böse, aber ich würde gern für nachher absagen.«

Sie merkte am Zittern in seinem Atem, wie sehr ihn diese Nachricht verletzte. »Okay«, sagte er nach einer Weile. »Das ist aber nicht wegen vorhin, oder?«

»Meinst du den Kuss?« Dachte der arme Kerl etwa, sie bereute das?

»Und weil ich dich zum Fahren genötigt habe.«

»Nein. Das ist es nicht. Absolut nicht. Das war …« Sie zögerte, bis ihr ein Wort einfiel, das vielsagend und gleichzeitig inhaltsleer genug war, um weder ihn noch sich zu belügen. »Das war schön. Sehr schön.«

»Danke.«

»Ich hätte nur ein schlechtes Gewissen, weil ich mir schäbig dabei vorkommen würde, mich am gleichen Tag, an dem man hier zwei Leichen gefunden hat, abends mit dir zu treffen und dir vorzugaukeln, dass mich das nicht irgendwie mitnimmt«, lieferte sie ihm die Entschuldigung, die sie sich für diesen Augenblick zurechtgelegt hatte. »Das will ich nicht. Das hast du auch nicht verdient. Ich –«

»Zwei Leichen?«

»Ja, zwei.« Seine Zwischenfrage brachte sie etwas durcheinander. Er hatte die beiden Leichenwagen doch als Erster

394

von ihnen gesehen. Zwei Leichenwagen, zwei Leichen. Das war doch logisch.

»Das ist ja eine Riesenscheiße«, sagte er.

»Ja.«

Einen Augenblick hörte sie nur das furchtbare Lied im Hintergrund. Als sie sich schon zu fragen begann, wann sie es davor zum letzten Mal gehört hatte, sagte er endlich wieder etwas. »Aber aufgeschoben ist nicht aufgehoben, oder?«

Der unsichere Klang seiner Stimme brachte sie beinahe dazu, ihre Entscheidung noch einmal zu überdenken. »Auf keinen Fall. Wir holen das nach. Versprochen.«

»Toll. Und, Jule?«

»Ja?«

»Mach dir keine Vorwürfe«, meinte er sanft. »Ich verstehe dich. Ich finde schon was, um mir die Zeit zu vertreiben. Bis dahin denke ich an dich, ja?«

»Ja. Bis dann.«

»Bis dann.«

Jule wünschte, sie hätte ihm auch sagen können, dass sie an ihn denken würde. Sie wusste jedoch, wohin ihre Gedanken sie an diesem Abend eher versetzen würden als an Rolfs Seite: in ein kahles Vernehmungszimmer, in dem Gabriel Smolski einem wahnsinnigen Serienmörder sein Geständnis abnahm.

# 120

»Ich habe sie nicht umgebracht«, sagte Erich Fehrs leise. »Sie war mein ein und alles.«

Kommissar Smolski, der ihm an dem kleinen Tisch gegenübersaß, nickte. »Ich weiß. Das haben Sie mir schon erklärt, Herr Fehrs.«

Fehrs runzelte die Stirn. Hatte er das? Ja, das stimmte. Ihm war kalt, und seine Hände zitterten. Er hatte gleich zu Beginn des Verhörs nach einem Bier gefragt, aber nur ein Wasser bekommen. Als ob ihm das helfen würde. Sie hatten ihm die Schnürsenkel aus den Schuhen gezogen, bevor sie ihn in die Zelle gebracht hatten, in der er auf Smolski wartete. Sie hatten Angst, er würde wieder versuchen, sich etwas anzutun. Nicht, weil ihnen etwas an ihm lag. Aber er musste ihre vielen Fragen noch beantworten. Danach war es ihnen bestimmt scheißegal, was mit ihm passierte. »Wie lange komme ich ins Gefängnis?«

»Ich bin kein Richter«, sagte Smolski. »Vorausgesetzt, Sie sagen die Wahrheit, kriegen Sie für die Störung der Totenruhe und den ganzen Rest wahrscheinlich nur eine Geldstrafe.« Er bekam einen sonderbaren Zug um den Mund. »Ganz ehrlich, Herr Fehrs, ich kann verstehen, warum Sie das mit Ihrer Frau gemacht haben. Wenn es nach mir ginge, würden Sie dafür keinen Ärger kriegen. Aber ich habe einen Mörder zu finden, der die Leichen seiner Opfer mit Vorliebe auf Ihrem Grundstück vergräbt. Und somit haben Sie ein Problem.«

»Damit habe ich nichts zu tun.« Er seufzte schwach. Ute hatte recht behalten. Er hätte Margarete woanders hinbringen sollen. Aber Ute hatte ja auch Schuld daran, dass die Dinge so gelaufen waren. Warum hatte sie ihm das Ganze damals nicht irgendwie ausgeredet? Stattdessen hatte die blöde Kuh auch noch einen Segen gesprochen, nachdem Margarete unter der Erde gewesen war. »Wissen Sie, was? Das Schlimmste ist, dass Sie ohne mich nicht einmal ahnen würden, dass es diesen Mörder gibt. Ich hätte mein Maul halten sollen.«

Es dauerte einen Moment, bis Smolski die Erkenntnis

dämmerte. »Der anonyme Tipp.« Er klang mit einem Mal durch und durch enttäuscht. »Das waren dann also Sie.«

»Ja. Und das war schön blöd von mir.«

»Wie haben Sie die Leiche überhaupt gefunden?«

»Ich war mit meinem Hund im Wald.« Dieser Scheißköter. Erich schüttelte den Kopf. »Das Vieh hat ständig überall rumgewühlt. Wie ein Maulwurf. An dem Tag hat er furchtbar gekläfft dabei. Wissen Sie, warum? Aus Vorfreude. Weil er was Feines gefunden hatte. Hunde lieben Aas. Ich musste ihn richtig von dem Loch wegtreten, das er gegraben hatte. Und dann habe ich sie gesehen. Nur die Haare und einen Teil von ihrem Kopf. Ich dachte erst, ich wäre verrückt geworden. Vom Suff. Vom Alleinsein. Ich hab da bestimmt fünf Minuten gestanden und nur geglotzt. Da waren Würmer in ihrem Haar.« Er wischte sich über die Augen. Er brauchte einen Schnaps. »Ich hab den Hund nach Hause gebracht und an seiner Hütte festgekettet. Danach bin ich wieder hin. Ich hab mit einem Ast meine Spuren verwischt. Und dann … dann hab ich die falsche Wahl getroffen. Bin noch mal zurück, um die Plastiktüte festzuknoten. Damit Ihre Kollegen sie finden können.«

»Das war nicht die falsche Wahl«, sagte Smolski ernst. »Ganz und gar nicht. Aber ich begreife noch nicht, warum Sie sich nicht denken konnten, dass wir Sie für einen der Hauptverdächtigen halten würden.«

Fehrs wollte lachen, aber es wurde zu einem krächzenden Husten. Als seine Lungen aufhörten zu brennen, sagte er: »Ach Gott, Herr Kommissar. Warum? Weil ich nie geglaubt hätte, dass die Polizei meint, ein mordender Schweinebauer würde die Leichen irgendwo im Wald verscharren, wenn er den ganzen Stall voller hungriger Mäuler hat.«

## 121

Smolski brauchte eine Pause. Und eine Zigarette. Er rauchte sie vor dem Gebäude und war erst beim dritten Zug, als sein Handy klingelte. Er holte es aus seiner Jacke, warf einen Blick auf das Display und nahm den Anruf an. »Ulf, alte Hütte. Nachtschicht?«

»Nachtschicht«, bestätigte Grüner. »Danke dafür.«

»Tut mir leid«, besänftigte Smolski den übellaunigen Gerichtsmediziner. »Wenn es dir irgendwie hilft: Ich bin hier in Flensburg und habe auch noch eine lange Nacht vor mir. Keine von der angenehmen Sorte. Was gibt's?«

»Reicht die Kurzfassung?«

»Klar.«

»Na dann.« Grüner atmete tief durch. »Der Ersteindruck hat dich nicht getäuscht: Margarete Fehrs ist höchstwahrscheinlich keines gewaltsamen Todes gestorben. Die andere Frau definitiv schon. Und sie hat die passenden Verstümmelungen für unseren Mörder. Inklusive Silikon.«

»Hatte sie was im Magen?«, fragte Smolski.

»Nichts. Nicht einmal kleinste Nahrungsreste. Und der Darm ist auch leer. Wie bei den ersten beiden Opfern.«

»Fuck.« Smolski stellte sich einer Befürchtung, die er seit Längerem hegte. »Weißt du, was das heißt?«

»Dass er sie eine ganze Weile am Leben lässt, bevor er sie tötet«, knurrte Grüner. »Und dass er ihnen in dieser Zeit nichts zu essen gibt.«

»Er hungert sie aus«, murmelte Smolski. »Er verschleppt sie irgendwohin, wo er keine Angst haben muss, dass ihn jemand stört, und hält sie dort fest.«

»Ich habe da noch was Interessantes«, sagte Grüner. »Ich habe auf der Gesichtshaut von Melanie Tockens Natriumhypochlorit gefunden.«

»Natriumhypochlorit?«

»Bleichlauge. Außerdem Rückstände von unterschiedlichen Sorten Talkum, Pigmenten und Paraffinwachsen, auch in den Haaren, vermutlich von der Lauge dorthin gespült. Dutzende dieser Stoffe.«

»Okay.« Smolski runzelte die Stirn. »Wir reden von Make-up, oder?«

»Bingo«, gab ihm Grüner recht. »Rouge, Mascara, Lidschatten. Das volle Programm.«

»Und? Sie wurde zum letzten Mal bei einer Scheunendisco gesehen. Da ist sie sicher nicht ungeschminkt hin.«

»Wohl wahr. Aber hier geht es um eine Menge an unterschiedlichen Stoffen aus unterschiedlichen Produkten, die nichts mehr damit zu tun haben, dass sich eine Frau für einen Abend rausputzt. Das ist eher die Größenordnung von einer ganzen Kosmetikabteilung.« Grüner räusperte sich. »Passend zu unserer Textilabteilung, die wir mit unseren Faserspuren aufmachen könnten. Willst du die Liste noch mal hören? Baumwolle, Nylon, Leinen, Schafswolle, Seide, Polyester, Elasthan, Led –«

»Ich weiß, ich weiß«, unterbrach ihn Smolski. »Alles, woraus man handelsübliche Bekleidungsstücke so herstellt. Noch dazu in allen nur erdenklichen Farben. Ob du's glaubst oder nicht, Ulf, ich lese deine Berichte.«

»Gabriel«, sagte Grüner vorsichtig. »Ich würde gern noch eine Einschätzung von mir ändern, die ich in dem Zusammenhang vor ein paar Tagen abgegeben habe.«

»Und welche ist das?«

»Ich hatte doch gesagt, der Mörder wäre extrem schlampig gewesen, so viele Faserspuren zu hinterlassen.«

»Ja.«

»Aber mittlerweile …« Grüner zögerte. »Ich bin zwar kein Profiler, aber nach der Bleichlauge und dem Make-up habe ich das ungute Gefühl, es könnte ihm auch einfach nur

399

egal gewesen sein. Als ob er sich richtig ausgetobt hätte, mit den Kleidern und der Schminke. Wie ein Kind beim Spielen.«

Ein Satz von Hoogens geisterte bruchstückhaft durch Smolskis Gedächtnis. Irgendetwas über Basteln und Traumfrauen. »Scheiße, Ulf.« Smolski schnippte seine Zigarette weg, die bis zum Filter heruntergebrannt war, ohne dass er in den letzten Minuten noch ein einziges Mal an ihr gezogen hatte. »Ich glaube, ich weiß, was er mit diesen Frauen macht. Er behandelt sie, als wären sie Puppen.«

## 122

»Guten Morgen.«

»Morgen.« Smolski steckte seine Packung Nil in die Brusttasche seines zerknitterten Hemds und schenkte Jule einen langen misstrauischen Blick. Sein Haar war auf einer Seite platt gedrückt, und in seinem Mundwinkel steckte eine Zigarette. »Wollen Sie mir wieder vorwerfen, dass ich zu viel rauche?«

»Nein. Eigentlich …« Es fiel ihr schwer, einen Einstieg ins Gespräch zu finden, weil er heute kein Grinsen zur Begrüßung für sie übrig hatte. »Ich wollte Ihnen nur sagen, dass ich Ihrem Partner begegnet bin.«

»Mein herzlichstes Beileid.«

»Er hat mir von den beiden neuen Leichenfunden erzählt.« Sie warf einen Blick von der Terrasse hinein in den Frühstücksraum und war jetzt froh, dass sie noch nichts gegessen hatte. »Ist Kirsten Küver dabei?«

»Es ist noch zu früh, um – «

»Um endgültige Gewissheit zu haben, schon klar.« Die

hatte sie sich von ihm erhofft, aber daraus wurde wohl nichts. »Und die andere Leiche ist wirklich seine Frau?«

»Ja.«

»Sie haben Fehrs doch schon verhört, oder nicht?«

»Bis eben um halb vier.« Er ließ sich in einen der Gartenstühle sacken. Sein Gesicht verzog sich zu einer langen Grimasse, als er gegen ein Gähnen ankämpfte. »Sein Anwalt fand das gar nicht lustig.« Er schnaubte. »Als ob mir das Spaß gemacht hätte ...«

»Haben Sie ihn nach Kirsten gefragt?«

»Was glauben Sie denn?«, blaffte er.

Sie verzieh ihm seine Ruppigkeit. Er musste bestimmt todmüde sein und gereizt. »Und?«

»Er redet nicht viel. Nur über seine Frau.« Smolski schaute versonnen auf seine Hände. »Er sagt, sie wäre schon vorletztes Jahr im April gestorben. Er ist morgens aufgewacht, und sie lag tot neben ihm im Bett.«

»Glauben Sie das?«, fragte Jule. Sie setzte sich neben ihn.

»Ich will Ihnen jetzt keine Angst einjagen, aber das kommt häufiger vor, als man denkt.« Er zuckte die Schultern. »Ich meine, das wünschen sich ja die meisten Leute. Einfach einschlafen und nicht mehr aufwachen. Also ja: Ich glaube ihm. Sie war in einem Alter, in dem ein Schlaganfall oder ein Infarkt nichts wirklich Ungewöhnliches ist. Und sie hat ihr ganzes Leben geraucht wie ein Schlot.« Er seufzte tief. »Fehrs sagt, er hätte nur das getan, was sie sich immer gewünscht hat: auf ihrem eigenen Grund und Boden beerdigt zu werden.«

»Aber warum hat er dann allen im Dorf erzählt, sie hätte ihn verlassen?«, fragte Jule.

»Erstens«, setzte Smolski zu einer Erklärung an, »hat er das nicht allen Leuten im Dorf erzählt, sondern nur denen, die seine Geschichte sofort weitergetratscht hätten.« Er deutete mit dem Daumen hinter sich. »Unsere bezaubernde

Hausherrin da beispielsweise. Und zweitens können Sie sich in Deutschland nicht einfach auf Ihrem Grundstück beisetzen lassen. Selbst wenn es seit Generationen in Ihrem Familienbesitz ist. Da werden keine Ausnahmen gemacht. Und wenn doch, dann höchstens für eine Urne, und meistens muss man auch noch auf die Urne verzichten und darf gerade mal die Asche an einem schönen Plätzchen ausstreuen.«

»Und seine Frau wollte auf keinen Fall eingeäschert werden«, schlussfolgerte Jule betroffen.

»So war es.« Nun gelang ihm doch noch ein halbes Grinsen. »Wenn Sie mal nichts Besseres vorhaben und Ihren Verstand aufs Spiel setzen wollen, empfehle ich Ihnen das gründliche Studium deutscher Bestattungsgesetze.« Er sah sie an, und das angedeutete Grinsen verflüchtigte sich so schnell, wie es gekommen war, als schämte er sich dafür. »Es war ihm sehr ernst damit, die Wünsche seiner Frau zu respektieren. Er hat einen Sarg besorgt und einen Grabstein. Es gab wohl sogar eine Trauerfeier. Mit Gottes Segen. Die örtliche Pastorin – «

»Ist seine Schwägerin«, brachte sie seinen Satz zu Ende. Sie lehnte sich in ihrem Stuhl zurück und massierte sich vorsichtig die Magengegend. Irgendetwas stimmte hier nicht. Irgendetwas passte hier ganz und gar nicht zusammen.

»Ist Ihnen nicht gut?«

»Ein Mann, der so viel Liebe und Mitgefühl für seine Frau beweist ... der nach ihrem Tod noch gegen alle möglichen Gesetze verstößt, nur um ihren letzten Wunsch zu erfüllen, fängt plötzlich an, irgendwelche anderen Frauen umzubringen«, wich sie seiner Frage aus. »Das ergibt alles keinen Sinn.«

»Sie haben ein Talent dafür, den Finger in die Wunde zu legen«, sagte Smolski. »Ich will ehrlich zu Ihnen sein: Ich könnte mir kaum etwas Schöneres vorstellen, als diesen ver-

dammten Fall sofort abzuschließen. Einfach zu sagen, wir
haben zwei Mordopfer auf Erich Fehrs' Grundstück gefunden, das halbe Dorf meint, ihm sei wegen seiner jähzornigen
Art alles zuzutrauen, also ist er auch der Mörder. Aber Sie
haben leider völlig recht. Das passt nicht. Mein Bauch sagt
dasselbe wie Ihrer: Er ist es nicht gewesen.«

# 123

»Wenn er es auf Sie abgesehen hätte, wäre es doch dumm
von ihm, Sie im Vorfeld zu warnen. Und er würde auch
nicht versuchen, Sie aus dem Dorf zu jagen«, hatte Smolski
zur Verabschiedung gesagt. »Und selbst wenn – er würde
niemals jetzt zuschlagen, wo das ganze Dorf voller Bullen
ist.«
   Jule hätte das gerne geglaubt, doch sie konnte es nicht.
Ihre Gedanken schweiften immer wieder zu der Puppe ab,
die sie auf ihrem Beifahrersitz gefunden hatte. Alles, was
Smolski da in die Waagschale warf, war ja schön und gut.
Aber es gab einfach zu viele Dinge, die seine Versuche, sie
zu beruhigen, zunichtemachten: Ihr Aussehen entsprach
genau dem Typ Frau, der die niedersten Triebe dieses Mörders weckte. Smolski konnte nicht wissen, ob der Mörder
nicht auch den anderen Opfern eine Warnung hatte zukommen lassen. Ob das am Ende vielleicht sogar wesentlicher
Teil seines sadistischen Spiels war. Es bestand auch keinerlei
Veranlassung, anzunehmen, dieser Mensch würde sein Verhalten auch nur ansatzweise an rationalen Eckpunkten orientieren – was war denn rational daran, Frauen zu entfüh-
ren und sie zu Tode zu foltern? Zu guter Letzt hatte Smolski
angedeutet, zwar einen wahren Wust an gerichtsmedizi-

nischen Erkenntnissen, aber trotzdem nicht annähernd so etwas wie eine heiße Spur zu haben. Jule hätte sich auf der Stelle in ihren Wagen gesetzt, um davonzufahren, wenn es nicht das Ende ihrer Karriere bedeutet hätte.

Sie war froh, als dieser schreckliche Tag sich dem Abend zuneigte und sie sich in ihrem Zimmer in der Pension einschließen konnte. Das schützte sie jedoch nicht vor einem Anruf, der ihre ohnehin schon angespannten Nerven noch weiter strapazieren sollte.

## 124

»Jule, ich hab die Faxen dicke.« Norbert Schwillmer schlug ohne Umschweife einen aggressiven Ton an. Es war halb sieben, und er hatte sich bestimmt das eine oder andere Feierabendbier genehmigt, wie er es häufiger tat. »Du treibst dich jetzt schon anderthalb Wochen da oben rum, ohne dass du irgendwelche zählbaren Erfolge vorzuweisen hättest. Das kotzt mich an, verstehst du? Das wird sich ändern.«

Normalerweise wusste Jule, wie sie ihren Chef in solchen Situationen zu nehmen hatte, und begegnete vergleichbaren Ausfällen mit einer unbeirrbaren Sachlichkeit. Heute hatte sie dazu nicht die Kraft. »Ich weiß«, erwiderte sie stattdessen schwach. »Ich gebe mir alle Mühe, aber – «

»Mühe allein reicht nicht«, fuhr er ihr dazwischen. »Mühe ist was für Verlierer. Mühe bringt man ins Spiel, wenn man keinen richtigen Plan hat, der zielgenau zum Ergebnis führt. Und du hast eben keinen richtigen Plan. So wie dieses Großmaul von Andreas schon keinen richtigen Plan hatte. Gott, Jule ich bin so enttäuscht von dir. Ich hatte gedacht, du setzt da ordentlich was in Bewegung. Und was machst du? Jammerst mir was von Mühe vor. Weißt du, was?«

Sie schwieg. Wenn er sie jetzt tatsächlich von diesem Projekt abziehen oder gar feuern wollte, würde nichts, was sie sagte, daran etwas ändern.

»Du stehst bei mir morgen um Punkt zehn auf der Matte.« Es war weder ein Angebot noch ein Vorschlag – es war ein Befehl, den er ihr erteilte. »Punkt zehn. Keine Ausreden mehr. Morgen reißen wir das Ruder rum, oder ich reiße jemandem den Kopf ab.« Er legte auf.

## 125

Jule war zum Heulen zumute. Tränen verschleierten ihren Blick. Sie war nicht traurig. Sie war wütend. Wütend auf Schwillmer, der sich den ganzen Tag in seinem Büro den Arsch breithockte und die Frechheit besaß, ihr erzählen zu wollen, wie sie ihre Arbeit richtig zu erledigen hatte. Auf Smolski, der ihr erst diesen ganzen Dreck erzählte, und ihr dann einreden wollte, sie brauche sich keine Sorgen zu machen. Auf sich selbst, weil sie sich das alles hätte ersparen können, wenn sie im richtigen Augenblick Nein gesagt hätte.

Doch dafür war es jetzt zu spät. Es gab kein Zurück mehr. Sie musste das alles bis zum bitteren Ende durchstehen. Aber sie würde sich nicht kleinkriegen lassen. Sie hatte schon Schlimmeres erlebt. Sie war nicht so weit gekommen, damit sie jetzt alles in sich zusammenstürzen ließ wie ein Kartenhaus. Sie hatte die Angst, die sie seit Jahren plagte, nicht mühsam niedergerungen, um am Ende mit leeren Händen dazustehen.

Sie holte ihren Autoschlüssel aus der Tasche und betrachtete ihn lange. Als ihr eine Idee gekommen war, wie sie all dem trotzen konnte, was das Schicksal ihr entgegensetzte, stand sie auf und verließ das Haus, ohne den Jepsens Auf Wiedersehen zu sagen.

## 126

Während sich Jule über Stellingen und Langenfelde dem Schanzenviertel näherte, dachte sie an ihr kleines Ritual in der Pension zurück. Sie hatte ihr Rollköfferchen einmal komplett gepackt, nur um gleich danach alles – ihre Kleidung, ihre Duschsachen, ihr Schminkzeug, ihren Frauenroman – wieder an die Plätze zurückzuräumen, die sie in ihrem Zimmer dafür seit ihrer ersten Nacht auserkoren hatte. Einem Außenstehenden wäre es bestenfalls albern oder merkwürdig, schlimmstenfalls zwanghaft oder verrückt erschienen. Für Jule war es eine einfache Methode, sich zu vergewissern, dass sie wirklich fest entschlossen war, ihren Auftrag in Odisworth erfolgreich abzuschließen.

Beim Einsteigen ins Auto war sie immer noch den Tränen nahe gewesen. Die Frau, die sie noch vor etwas mehr als einer Woche gewesen war, hätte es nicht fertiggebracht, den Wagen zu starten, solange noch alles vor ihren Augen verschwamm. Die neue Jule rief sich ihr Mantra gegen die Angst nur kurz ins Gedächtnis und fuhr los.

Jule konnte sich nicht entscheiden, was der Grund für die erfreuliche Gleichgültigkeit war, mit der sie ihrer Fahrt nach Hamburg begegnete. Es war fast, als gehörten die lähmende Furcht, die Wahrnehmungsverzerrungen, die Schweißausbrüche, das Herzrasen und die Atemnot nicht zu ihr, sondern zu einer anderen Person. Vielleicht war diese Veränderung dem Experiment zu verdanken, das Rolf mit ihr unternommen hatte – dem blinden Vertrauen in die Effizienz einer seelenlosen Maschine und zugleich in die Hände eines Mannes, der sie begehrte. Rational betrachtet war es aber wohl eher so, dass eine Kernaussage ihres Therapeuten nun endlich bestätigt worden und in ihr Unterbewusstsein eingesickert war: Es gab Dinge, die sie nicht ändern konnte. Dinge, auf die sie keinen Einfluss hatte. Dinge, für die sie keine Verantwortung zu übernehmen brauchte. Solange sie sich an die Regeln hielt, die in der Straßenverkehrsordnung für vorausschauendes, rücksichtsvolles Fahren festgelegt waren, erfüllte sie auch schon alle Voraussetzungen, die sie überhaupt erfüllen konnte. Alles Weitere lag nicht in ihrer Hand.

Sie dachte wieder an den Schmetterling. Wäre es sinnvoll gewesen, allen Schmetterlingen die Flügel auszureißen, nur um einen etwaigen Sturm am anderen Ende der Welt zu verhindern? Vor allem, wenn niemand wissen konnte, welchen anderen, potenziell ebenso verheerenden Effekt das womöglich auslöste? Nein, man musste den Schmetterlingen ihre Flügel lassen. Man musste sich der Einsicht stellen, dass jede Ordnung, die man inmitten des Chaos errichtete, letztlich nur dem Zweck diente, überhaupt zu einer Entscheidung zu gelangen. Die Alternative wäre das gewesen, was sie über Jahre hinweg durchgemacht hatte: sich aus der Angst heraus in eine Ohnmacht zu flüchten. Doch von jetzt an würde das nicht mehr passieren.

Sie hatte jegliches Zeitgefühl verloren. Wie lange war sie schon in seiner Gewalt? Wie lange war sie schon hier an diese Liege gefesselt?

Ihr Rücken fühlte sich wund an, als wäre ihr vom Nacken bis zum Steiß mit Schmirgelpapier die Haut abgerieben worden. Ihr ganzes Gesicht brannte wie Feuer, und in der Mitte ihres Körpers klaffte ein Loch aus Schmerz.

Er gab ihr nichts zu essen. Nur Wasser aus einer Plastikflasche mit Sportverschluss. Wenn sie daran saugte, fühlte sie sich hilflos wie ein Baby. Manchmal schmeckte das Wasser seifig. Dann wurde sie müde, und ihr fehlten Minuten, Stunden oder Tage, bis sie halbwegs wieder bei sich war. Oft konnte sie sich nicht einmal an ihren Namen erinnern. Das waren die schlimmsten Augenblicke. Ohne ihren Namen und ihre Erinnerung war sie nichts, und dann war alles möglich. Vielleicht hatte sie es sogar verdient, hier zu sein?

Irgendwann hatte sie aufgehört zu schreien. Nicht nur, weil ihre Kehle zu einem blutigen Strang geworden war. Niemand hörte sie schreien. Nicht einmal er reagierte darauf.

Sie hatte alles versucht.

Sie hatte gebettelt, er solle sie doch gehen lassen.

Sie hatte ihn angefleht, ihr wenigstens zu erzählen, warum er das tat.

Sie hatte ihm gesagt, dass bestimmt schon jemand nach ihr suchte und er alles nur noch schlimmer machte.

Er war stumm geblieben.

Er war nicht brutal zu ihr. Er behandelte sie mit einer beiläufigen Sanftheit, die noch erschreckender war, als es Schläge oder eine Vergewaltigung gewesen wären. Manchmal nässte sie sich ein, wenn sie das seifige Wasser getrunken hatte. Dann wusch er sie sorgsam mit warmem Wasser und einem weichen Lappen. Er spreizte ihre Beine mit großer Vorsicht, als wollte er ihr auf keinen Fall wehtun. Er ging akribisch vor, immer nach demselben Muster.

Sein Festhalten an einer Routine fügte sich auf irrsinnige Weise in die starre Unwandelbarkeit ihrer Umgebung. Es war immer hell. Es war immer kalt. Nur eine Sache veränderte sich: Nach dem Schlaf, den das seifige Wasser brachte, hatte sie jedes Mal etwas anderes an. Mal einen Bikini, mal einen Hosenanzug, mal einen Pelzmantel, mal Jogginghosen und Kapuzenpulli. Er nutzte die Zeit, die ihr fehlte, um sie an- und auszuziehen. Und um sie zu schminken.

Er hielt ihr nach dem Erwachen einen Spiegel vors Gesicht und fragte sie: »Schön genug?«

Sie hörte ein Rascheln und gedämpfte Schritte. Sein Schatten fiel auf sie. Er summte ein Lied. Dasselbe Lied, das sie hörte, wenn er nicht da war. Ein lautes, grelles Lied. Er kauerte sich ans andere Ende der Liege, wohin sie nicht richtig sehen konnte.

Sie zuckte zusammen, als er ihren Fuß berührte. Sie spürte einen heftigen Druck gegen ihre Zehen, als würde etwas darübergestülpt. Aus dem Druck wurde ein dumpfer Schmerz.

Sie wimmerte.

Der Schmerz hörte schlagartig auf.

»Schade«, hörte sie ihn sagen. Er drehte sich zu ihr um. »Du hast zu große Füße. Dagegen müssen wir etwas tun.«

»Machen wir's kurz. Das Projekt Baldursfeld steht meiner persönlichen Einschätzung nach unmittelbar vor dem Scheitern.«

»Wenn du das so sehen willst, bitte«, sagte Jule in die Pause nach Schwillmers dramatischer Eröffnung hinein. »Du bist der Chef. Du triffst die Entscheidungen.«

»Haargenau.« Schwillmer legte die Fingerspitzen zu einer kleinen Pyramide aneinander. »Und meine neueste Entscheidung lautet wie folgt: Morgen um drei bekommst du deine allerletzte Chance, den Karren noch aus dem Dreck zu ziehen. Bleibt der Karren stecken, sollten wir uns am Montag über eine mögliche Aufhebung deines Arbeitsverhältnisses unterhalten.«

Jule blieb ruhig. Erstaunlicherweise verspürte sie nicht einmal den Drang, sich ans Ohrläppchen zu fassen oder den Ring an ihrem Finger zu drehen. Schwillmer mochte sich für einen knallharten Hund halten, aber neben dem Mann, in dessen Fadenkreuz sich Jule bewegte, verblassten seine Drohgebärden. Schwillmer würde ihr eventuell kündigen. Und weiter? Im Vergleich zu dem, was in Odisworth gerade passierte, war eine Kündigung ein unbedeutender Witz. »Was ist morgen um drei?«

»Ich habe gestern Abend noch mit Mangels telefoniert und ihm ordentlich Feuer unterm Hintern gemacht«, erklärte Schwillmer im Ton des zufriedenen Alphamännchens. »Morgen um drei findet eine außerordentliche Sitzung des Odisworther Gemeinderats zum Thema Baldursfeld statt. Du wirst dabei sein und diesen verdammten Bauern erklären, dass wir unsere Windräder definitiv woanders aufstellen, falls wir am Ende dieser Sitzung keine Zusage von ihnen haben.«

»Das ist meine Verhandlungsposition?«, wollte Jule wissen.

»Schau mich an.« Schwillmer bleckte die Zähne. »Sehe ich aus, als würde ich Witze machen?«

# 129

Jule überdachte ihre Lage bei einer Tasse Kaffee und einem Crêpe in einem bretonischen Restaurant, das im umgebauten Souterraingeschoss eines entkernten Altbaus untergebracht war. Vielleicht sollte sie selbst gleich heute noch die Kündigung einreichen. Dann würde sie überhaupt nicht mehr nach Odisworth fahren müssen. Die Idee war verlockend. Schwillmer hatte sie für das Gespräch mit dem Gemeinderat in eine nahezu aussichtslose Lage gezwungen. Jule war sicher, dass sie die Odisworther noch innerhalb eines vertretbaren Zeitrahmens vom Windpark hätte überzeugen können – aber eben auf ihre Art. Der plötzliche Strategiewechsel, den Schwillmer ohne jede Abstimmung mit ihr in Gang gesetzt hatte, würde hingegen nur dazu führen, dass sie sich im Gemeinderat bis auf die Knochen blamierte.

Jule war so tief in Gedanken versunken, dass sie das Klingeln ihres Smartphones erst nach einem Zeitungsrascheln und einem genervten Gemurmel vom Nebentisch bemerkte. Sie ging ran, ohne vorher auf das Display zu schauen. Es war Klaus.

»Was kann ich für dich tun?«, erkundigte sich Jule. Sie bereute ihren groben Unterton sofort. Klaus hatte keinen Groll verdient.

»Sascha hat gesagt, du wärst heute Morgen kurz im Büro

gewesen. Ich wollte nachschauen, ob du vielleicht noch da bist, und hab gesehen, dass du dein Posteingangsfach nicht geleert hast.«

»Ja, hab ich nicht. Und?«

»Da ist ein Brief von Andreas für dich«, sagte Klaus zögernd. »Ich dachte mir, der könnte wichtig sein. Ich hab von deinem Termin bei Norbert gehört und –«

»Mach ihn auf.« Jules Ehrgeiz meldete sich zurück. Hatte Andreas seine Meinung doch noch geändert, was eine Kontaktaufnahme mit Jan Nissen anging? Immerhin musste ihm aufgefallen sein, unter welchem Stress sie gestanden hatte, als sie bei ihm war – spätestens in dem Augenblick, als sie ihn mit einer Nagelschere bedroht hatte.

»Hoppla«, meinte Klaus.

»Was?«

»Also«, kam es gedehnt aus dem Hörer. »Der Brief ist gar kein richtiger Brief, weil es gar kein Anschreiben gibt.« Das war eine Aussage, wie sie nur ein Ingenieur oder ein Informatiker treffen konnte. »Er hat dir nur einen Umschlag geschickt.«

»Einen leeren Umschlag?«, wunderte sie sich.

»Nein. Da ist ein Schlüssel drin.«

»Ein Schlüssel? Was für ein Schlüssel?«

»Sieht aus wie ein Wohnungsschlüssel, würde ich sagen. Nigelnagelneu.«

Die ungewöhnliche Einladung jagte Jule einen kalten Schauer über den Rücken. Sollte sie darauf eingehen und zu ihm fahren? Andreas hatte im Moment schwere psychische Probleme, aber er war der einzige Mensch, der wusste, wo sich Jan Nissen aufhielt. Sie musste zu ihm fahren. Es war die einzige reelle Chance, die morgige Gemeinderatssitzung nicht in einem Fiasko für sie enden zu lassen. Eine winzige Chance, da sie schlecht einzuschätzen vermochte, ob Nissens angeblich so beharrliche Verweigerung, sein Land zu verkaufen, den Tatsachen entsprach oder eine Ausgeburt von Andreas' Launen war. Im ersten Fall hätte sie nichts gewonnen, im zweiten jedoch …

»Kannst du in zehn Minuten unten auf dem Parkplatz sein?«, fragte Jule.

»Klar«, antwortete Klaus sofort. »Warum?«

»Du musst eine vorgezogene und verlängerte Mittagspause machen.« Sie dachte daran, was ihr Andreas noch von Jan Nissen erzählt hatte – dass er als Teenager gern mit Puppen gespielt und großen Gefallen daran gefunden hatte, seine Freundin Kirsten Küver zu schminken. »Ich will nicht allein zu Andreas fahren.«

# 130

Auf einen Anruf hätte Andreas aller Voraussicht nach nicht reagiert, also tippte ihm Jule eine SMS:

Hab deinen Schlüssel. Komme gleich vorbei. Jule

Sie zahlte ihren Kaffee und ihr Crêpe, verließ das Restaurant und machte sich auf den kurzen Weg zum Firmenparkplatz von Zephiron. Klaus wartete schon auf sie. Trotz seiner schmächtigen Statur trug er ein Hemd in XL und an seiner weiten Hose keinen Gürtel. Er wirkte noch hagerer als sonst.

Er war überrascht, dass sie darauf bestand, ihren Dienstwagen zu nehmen, verfiel jedoch in ein überschwängliches Lob, kaum dass er auf dem Beifahrersitz saß und seine langen Beine im Fußraum ausstreckte.

Auf der rund halbstündigen Fahrt nach Bergedorf klärte

Jule ihn darüber auf, was in Odisworth vorgefallen war. Sie konzentrierte sich auf die Dinge, die sich direkt auf den Windpark bezogen. Die Morde erwähnte sie nur am Rande, ihre zwei Beinaheunfälle – den gerade noch verhinderten Zusammenstoß mit dem rotzfrechen Jonas Plate und ihren Ausflug auf einen Acker – und ihre Begegnungen mit Smolski und Rolf ließ sie ganz aus. Sie gingen ihn auch nichts an.

»Das ist ja alles schön und gut, Jule. Aber ich verstehe immer noch nicht, warum Andreas dir einen Schlüssel für seine Wohnung schickt.«

»Das ist …« Wie beim letzten Besuch in Bergedorf parkte Jule den Wagen vor der Schule. Da die Parklücke schmal war und sie tüchtig das Lenkrad kurbeln musste, damit die breite Schnauze ihres Autos nicht irgendwo streifte, gewann sie wertvolle Sekunden, um eine passende Erwiderung zu finden. Sie hätte Klaus von den leeren Medikamentenschachteln in Andreas' Badezimmermülleimer erzählen können, ließ es aber bleiben. »Das ist alles ein bisschen kompliziert.«

»Ach so.« Klaus setzte eine beleidigte Miene auf. Vermutlich hatte er den Eindruck, zwischen Jule und Andreas hätte sich mehr als eine kollegiale Beziehung entwickelt. »Na dann …« Er öffnete vorsichtig die Autotür und quetschte sich umständlich durch den schmalen Spalt ins Freie.

Als sie vor der Haustür der Ernst-Henning-Straße 36 standen, klingelte Jule. Ohne Erfolg. Die Gegensprechanlage blieb stumm, und der Schlüssel passte wohl nur zur Wohnungstür.

»Und jetzt?«, fragte Klaus. »Wie kommen wir rein? Oder hast du auch den Haustürschlüssel?«

»Nein. Brauche ich auch nicht.«

Sie fuhr einmal mit der flachen Hand über sämtliche acht Klingeln.

»Die Post«, antwortete sie mit fröhlicher Stimme auf das erste »Ja?« aus der Gegensprechanlage.

Der Türöffner summte.

Sie nahmen die Treppen in die erste Etage, sie forsch, Klaus in der Manier eines Schuljungen, der sich von seinen Klassenkameraden in einen üblen Streich gegen den Lehrer hatte hineinziehen lassen.

Jule bekam erst ein wenig Angst vor ihrer eigenen Courage, als sie vor der Wohnungstür stand und den Schlüssel in das Schloss steckte. Sie beruhigte sich mit dem Gedanken, dass sie nur das tat, was Andreas von ihr erwartete.

Noch auf dem Flur rümpfte Klaus die Nase. »Was ist denn das?«

Aus Andreas' Wohnung drang ein sonderbarer Geruch. Es war nicht der stechende Gestank von verbrannten Fotos, der Jule beim letzten Mal Übelkeit bereitet hatte. Er erinnerte Jule eher an süßsaures Schweinefleisch, das man ein paar Tage zu lang in einem offenen Behältnis im Kühlschrank stehen gehabt hatte.

»Andreas?«, rief sie in die Wohnung hinein. »Ich bin's. Jule. Ich habe Klaus mitgebracht.«

Sie betrat das spartanisch eingerichtete Wohnzimmer. Ihre Kehle schnürte sich zu. Der Karton mit den Fotos, der Aschenbecher und das Feuerzeug waren vom Tisch verschwunden. Jule wünschte sich, sie wären nicht durch die Gegenstände ersetzt worden, die nun da lagen.

Das Harmloseste war ein aufgeschlagener Collegeblock, die karierten Seiten eng beschrieben. Daneben lag ein Stift – einer der dünnen sechseckigen von Schwan-Stabilo. Er wies heftige Kauspuren auf, als wäre er einem ungezogenen Hund ins Maul geraten. Eine große Haushaltsschere mit schwarzen Plastikgriffen war in die Tischplatte gerammt. Die eine Hälfte der Red-Bull-Dose, die mithilfe der Schere in der Mitte entzweigeschnitten worden sein musste, war an eine Ecke des Tisches gerollt. Die andere stand aufrecht neben dem Collegeblock. Ihre scharfen Ränder waren von einer rotbraunen Schicht überzogen. Man hätte sie für Rost halten können, wenn da nicht zwei dünne Spuren in derselben Farbe gewesen wären, die vom Tisch weg zu Jules Füßen führten.

Jules Beine wurden steif und kraftlos. Sie schaffte es noch, sich langsam zu Klaus umzudrehen. »Ruf die Polizei«, flüsterte sie heiser.

»Was?« Sein gewaltiger Adamsapfel hüpfte auf und ab, als er schwer schluckte. »Die Polizei? Was?«

»110«, sagte sie abwesend. Mit staksenden Schritten folgte sie den rotbraunen Spuren wie einem Faden durch ein Labyrinth zu einer geschlossenen, unschuldig weißen Tür. Sie wusste, dass sie besser auf die Polizei warten sollte, konnte aber nicht anders. Sie musste auf der Stelle wissen, was sich in diesem Raum verbarg. Sie legte die Hand auf die kühle Klinke, zählte stumm bis drei und öffnete die Tür.

Andreas hing von einem Haken an der Decke. Er trug noch dasselbe T-Shirt und dieselbe Jogginghose, nur dass beide Kleidungsstücke jetzt von eingetrockneten Blutspritzern gesprenkelt waren. Seine nackten Unterarme waren von Schnitten und Kratzern übersät, als hätte er versucht, sich in fremdartigen Schriftzeichen eine Botschaft in die Haut zu ritzen. Das schwarze Kabel, das er als Schlinge benutzt hatte, war zwischen dem aufgedunsenen Fleisch an seinem Hals beinahe nicht mehr zu erkennen. Seine Zunge war ihm als unförmiger bläulicher Brocken über die Lippen gequollen. Fliegen schwirrten emsig um den verfaulenden Muskel auf der Suche nach einem guten Platz, um ihre Eier zu legen. Sein linkes Auge war offen, und eines der schillernden Insekten landete auf dem ausgetrockneten Weiß.

Zuerst hielt Jules Fassung selbst diesem furchtbaren Anblick tapfer stand. Sie hatte schließlich schon vor vielen Jahren das frische Blut einer Sterbenden gesehen, vergossen auf Eis und Schnee. Sie war schon dabei gewesen, wie ein Mensch seinen letzten röchelnden Atemzug getan hatte. Sie war schon zur Komplizin, zur stummen Handlangerin des Todes geworden. Aber all diese Erfahrungen genügten nicht, um sie gegen dieses neue Grauen zu wappnen. Sie spürte den Luftzug durch die geöffnete Wohnungstür an ihren Waden streichen. Er erreichte zielsicher die Leiche, die sachte zu baumeln begann.

Einen Sekundenbruchteil lang war Jule überzeugt, Andreas nicke ihr wissend zu. Sie antwortete ihm mit einem gellenden Schrei.

# 131

»Ich bin ein Idiot«, sagte der Pole und zog an seiner Zigarette.

»Stimmt«, sagte Hoogens. Da sie die Jungs von der Spurensicherung nicht bei der Arbeit stören wollten, standen sie beide bei den Fahrradständern vor dem Mietsblock, in dem Smolskis Informantin den Toten gefunden hatte. Hoogens hoffte inständig, dass dieser Andreas Bertram auch der Mann war, nach dem er und sein Partner so fieberhaft suchten. Es sprach einiges dafür: Ein Blick in seine Wohnung reichte, um zu erkennen, dass Bertram psychisch alles andere als gesund war. Er war mit einem Sexualdelikt auffällig geworden, und noch dazu kam er ursprünglich aus Odisworth. Smolski und er konnten außerdem von Glück reden, dass die Hamburger Kollegen sie auf die Bitte von Jule Schwarz hin umgehend informiert und zu den Ermittlungen hinzugezogen hatten. »Und was ist an deiner Selbsterkenntnis neu?«

»Ich habe mich die ganze Zeit über von der irren Idee ablenken lassen, unser Mann könnte auch Rita auf dem Gewissen haben.« Er schüttelte den Kopf. »Dabei war das vollkommener Wahnsinn.«

Hoogens wusste, was der Pole meinte. Auf Fehrs' Grundstück hatten die Hunde aus Eutin nur zwei Leichen aufgespürt: Die eine war Margarete Fehrs, die andere laut Ulf Grüner zu jung, um Rita Smolski zu sein, und wenn Grüner als erfahrener Gerichtsmediziner so etwas sagte, konnte man sich darauf verlassen. Da blieb kein Raum für absurde Spekulationen mehr. »Das hätte jedem in deiner Situation passieren können.«

»Dabei ist die Wahrheit so einfach.« Smolski versetzte dem nächsten Fahrradständer eine Reihe leichter Tritte, als müsste er sich selbst den Takt für seine schmerzlichen Einsichten vorgeben. »Sie wollte mich schon lange verlassen, und ich habe nichts davon gemerkt. Du kennst sie. Sie hat nie viel geredet. Hat einfach alle schwierigen Entscheidungen mit sich selbst ausgemacht. Und als sie entschieden hatte, den Rest ihres Lebens nicht mit mir zu verbringen, hat sie es auch durchgezogen. Wie immer.«

»Weil sie genau gewusst hat, dass du versucht hättest, es ihr auszureden«, sagte Hoogens. »Du warst völlig vernarrt in sie. Du hättest sie nicht gehen lassen. Nicht ohne daraus einen Kampf zu machen, den sie nicht mit dir kämpfen wollte.«

»Was glaubst du, wo sie jetzt ist?«, fragte Smolski.

»Rita?« Hoogens grinste. »Irgendwo, wo es warm ist.« Er fand, dass es Zeit für einen Themenwechsel war. »Rat mal, mit wem ich vorhin telefoniert habe.«

»Mit wem?«

»Mit unserer lieben Frau Pastorin aus Odisworth.«

Smolski lachte auf. »Ach nee?«

»Sie wollte sich bei mir entschuldigen, dass sie mich mit dem Brand auf die falsche Fährte gelockt hat.« Hoogens sog Luft durch die Zähne. »Was für eine abgebrühte Schabracke.«

»Und hast du ihre Entschuldigung angenommen?«

»Klar.« Hoogens nickte. »Ich bin doch kein Unmensch. Aber ich konnte ihr echt weismachen, dass sie für die Nummer vielleicht in den Bau muss.«

»Stimmt, du bist kein Unmensch«, pflichtete ihm Smolski lachend bei. »Aber manchmal schon ein Arschloch, oder?«

# 132

»Sie halten sich wacker«, war Smolskis Begrüßung, als er mit zwei Kaffeebechern, auf denen das Logo der Hamburger Polizei prangte, im Vernehmungszimmer auftauchte. »Sie sehen sehr gefasst aus. Wenn man bedenkt, dass Sie gerade eine Leiche gefunden haben.«

»Danke«, sagte Jule. Sie beobachtete ihn dabei, wie er die Becher abstellte und sich ihr gegenüber an den wackligen Tisch setzte. Den Kaffee rührte sie nicht an. Es war eine nette, fürsorgliche Geste, aber es wäre ihr fünfter Becher in ebenso vielen Stunden gewesen. So lange saß sie hier nun schon auf der Bergedorfer Wache in diesem viel zu kleinen Raum mit dem viel zu kleinen Fenster und gab wieder und wieder dieselben Aussagen zu Protokoll, nur unterbrochen von kurzen Toilettengängen. Sie fühlte sich leer und abgenutzt, wie eine alte Videokassette, die man einmal zu oft abgespielt hatte.

»Sie brauchen mir nicht zu danken«, meinte Smolski.

»Es ist umgekehrt: Ich habe Ihnen zu danken.« Smolskis Lächeln war ehrlich. Sie konnte nachvollziehen, warum er wesentlich besserer Laune war als sie. »Wenn Sie meinen Namen nicht gleich erwähnt hätten, hätten die Kollegen mich erst viel später kontaktiert.«

Er schwieg einen Moment, als wartete er auf eine Erwiderung. Da sie nicht kam, fuhr er in einem sanften Ton fort, den er allerdings wahrscheinlich auch für jede andere Frau in ihrer Lage gewählt hätte. »Ihr Kollege ist ungefähr seit zwei Tagen tot. Seit Dienstag. Seit wir die beiden neuen Leichen auf Erich Fehrs' Grundstück gefunden haben. Die Spurensicherer sagen, er hat den Haken, an dem er sich erhängt hat, auch genau dafür erst in die Decke gebohrt. Das mit der Dose und den Wunden an den Armen war nur … Sagen wir es so: An den Schnittverletzungen, die er sich zugefügt hat, wäre er nicht gestorben.« Er griff in seine Jackentasche, holte ein zusammengefaltetes Stück Papier hervor, glättete es und schob es über den Tisch zu ihr. »Hier.«

»Was ist das?«

»Eine Abschrift von seiner Abschiedsbotschaft auf dem Block im Wohnzimmer.«

Jule senkte den Kopf und begann zu lesen.

*Es ist so weit. Ich muss aufhören. Es geht nicht mehr.*

*Für Kirsten ist es zu spät. Sie wäre noch da, wenn ich früher den Mut gehabt hätte, das zu tun, was ich zu tun habe. Nicht bloß Kirsten. Die anderen auch.*

*Aber es war eben ein Geheimnis, und Geheimnisse bricht man nicht. Wir hatten doch nur uns. Niemanden sonst. Gar niemanden.*

*Und ich dachte doch die ganze Zeit, dass es ein richtiges Geheimnis war. Das ist nämlich das größte Geheimnis überhaupt: Es gibt richtige und falsche Geheimnisse.*

*Richtige Geheimnisse sind die, die keinem wehtun, der es nicht irgendwie verdient hätte. Was ich vergessen habe, ist, dass es einem selbst wehtun kann, wenn man ein richtiges Geheimnis für sich behält.*

*Macht das Sinn?*

*Es kann sowieso nichts Sinn machen. Etwas kann Sinn haben, Sinn stiften, Sinn verleihen, aber nichts kann Sinn machen. Das Warum dabei habe ich nie verstanden.*

*Manchmal träume ich noch von der Nacht, in der das Geheimnis geboren wurde. Ich habe nicht geweint, obwohl es so ein großes, so ein schlimmes Geheimnis, so ein richtiges Geheimnis gewesen ist. Ich wollte nicht, dass sie mich weinen sieht.*

*Wenn es einen Weg gegeben hätte, das Geheimnis zu brechen, ohne es zu brechen, hätte ich es gebrochen. Aber ohne Freunde ist man kein Mensch mehr, und ich bin nicht einmal mehr mein eigener Freund.*

*Ich bin wie eine Puppe. Wenn man mich aufschneidet, bin ich hohl. Ich lasse mich verbiegen und verdrehen. Ich lache, weil man nur geliebt wird, wenn man lacht. Ich lasse mich zum Spielzeug machen, weil ich geliebt werden will. Aber ich bin nicht das richtige Modell. Ich bin eine Fehlproduktion. Ich gehöre auf den Müll. Jeder einzelne Gedanke, den ich habe, ist nicht mein eigener. Es sind nur Gedanken, die ich nachdenke. Jedes einzelne Wort, das ich habe, ist nicht mein eigenes. Es sind nur Worte, die ich nachplappere. Selbst das Geheimnis gehört mir nicht, sondern dem, der es als Erstes gedacht und gesagt hat.*

*Sogar mein Schmerz gehört mir nicht. Jeder Schmerz, den ich empfinde, hat ein anderer schon lange vor mir gehabt. Deshalb baut man ja auch Puppen, die weinen können. Damit wir uns daran erinnern, dass der Schmerz nicht uns gehört.*

Jule faltete das Blatt Papier wieder zusammen. Sie fragte sich, ob es falsch war, von den Sätzen, die sie gerade gelesen hatte, berührt zu werden. Und sie fragte sich, wie viele Menschen da draußen durch die Welt gingen, die Masken trugen, wie Andreas eine getragen hatte. Masken, wie sie selbst eine getragen hatte. Menschen, die glaubten, etwas in und an ihnen – ein winziger Riss in der Seele, durch den sie sich Stück für Stück selbst verloren – sei so fundamental und grauenerregend anders, dass sie es nicht verdient hätten, jemals glücklich zu werden. »Er war der Mörder«, sagte sie schließlich, weil sie ahnte, dass es keine Antwort auf diese Frage gab.

»Es sieht alles danach aus.« Smolski nickte. »Wir haben im weitesten Sinne so etwas wie ein Motiv, obwohl ich den Begriff in diesem Fall sehr schwierig finde. Andreas Bertram war krank, und ich werde noch Gutachten darüber einholen, inwiefern jemand mit seinem Krankheitsbild als zurechnungsfähig gegolten hätte. Wir müssen darüber auch noch mit seinen behandelnden Ärzten sprechen. Ansonsten …« Er verschränkte die Arme vor der Brust. »Wir haben diesen Abschiedsbrief, der nun das einzige Geständnis bleibt, das wir je bekommen werden. Er hat wohl geahnt, dass wir ihn nach den letzten Leichenfunden eher früher als später aufspüren würden. Er hat selbst Schluss gemacht. Und er wollte, dass Sie ihn finden. Vielleicht weil er Ihnen damit zeigen wollte, dass sich ein Teil von ihm dagegen wehrte, was er mit Ihnen vorhatte. Vielleicht hat er Sie deshalb auch mit der Puppe warnen wollen.«

»Er hat Kirsten umgebracht«, stellte Jule tonlos fest.

»Die letzte Leiche ist noch nicht identifiziert.« Es war kein Einwand, sondern nur die Benennung eines Umstands. »Ich habe Hoogens darauf angesetzt.«

Jule schloss die Finger um das warme Porzellan ihres Kaffeebechers. »Ich kann es nicht glauben.«

»Was?«

»Wissen Sie, was mir vorhin eingefallen ist? Als ich zu ihm gefahren bin?« Jule machte eine kurze Pause. »Andreas hatte als Kind einen guten Freund in Odisworth. Jan Nissen.« Sie stockte. »Ich habe das alles nur erfahren, weil er mir davon erzählt hat. Dieser Jan ist auch aus dem Dorf weg. Er hat nicht in die kleine Welt dort hineingepasst. Er hat als Junge mit Puppen gespielt und als Teenager gern Mädchen geschminkt. Zumindest Kirsten. Das ist mir vorhin erst wieder eingefallen, als ich zu Andreas fahren wollte. Ich hatte den Verdacht, ich fahre unter Umständen zu einem Mann, der der beste Freund des Mörders ist. Dass er es jetzt selbst gewesen ist …« Sie lachte ein bitteres Lachen. »Das hätte ich inzwischen für völlig unmöglich gehalten.«

»Inzwischen?«, horchte Smolski auf.

»Ja, inzwischen.« Es gab keinen Anlass mehr, Smolski irgendetwas zu verheimlichen. »Bei meinem letzten Besuch bei Andreas ist mir einmal kurz die irre Idee gekommen, er und Jan Nissen könnten ein und derselbe sein. Ich weiß, wie sich das für Sie anhören muss, aber Sie …« Sie zuckte die Achseln. »Sie haben ihn da nicht erlebt. Ich war so eingeschüchtert, dass ich ihn sogar mit einer Nagelschere bedroht habe.«

»Mit einer Nagelschere?«, fragte Smolski.

»Ja. Er hatte eine Pistole. Aber das ist jetzt auch egal. Worauf ich hinauswill, ist, dass ich nie auf den viel näher liegenden Gedanken gekommen wäre, dass Andreas als Junge eventuell auch mit Puppen gespielt und Kirsten geschminkt hat, wo sein bester Freund das doch auch getan hat.« Sie ließ den Kaffeebecher los. »Was ich meine, ist, dass mir das schon viel früher hätte auffallen müssen. Sie waren Freunde, und Freunde machen Dinge oft gemeinsam.«

Smolski beugte sich nach vorn, und einen kurzen Moment wirkte es, als wollte er seine Hand nach ihr ausstrecken. Dann legte er sie doch nur flach auf den Tisch. »Wir sind keine Maschinen, Jule. Wir machen alle Fehler. Ich könnte mir zum Beispiel in den Hintern beißen, dass ich so viel Zeit auf Fehrs vergeudet habe.«

»Wieso vergeudet?«

»Erinnern Sie sich noch, dass wir die erste Leiche nur wegen eines anonymen Tipps gefunden haben?«, fragte er.

»Ja.«

»Der Tipp kam von Fehrs selbst.« Er seufzte.

»Auch wenn er damit den Verdacht auf sich lenkte«, sagte Jule mit einer Spur Verwunderung.

Smolski verzog das Gesicht, als hätte er mit einem Mal Zahnschmerzen. »Ja, weil er dachte, kein Bulle der Welt wäre so blöd, davon auszugehen, dass ein Schweinebauer, der zum Mörder wird, nicht einen besseren Weg findet, die Leiche zu entsorgen, als sie in einem Wald zu verscharren. Schweine sind schließlich Allesfresser.«

»Oh«, machte Jule. Logisch. Logisch und kaltblütig. »Aber warum hat er seinen Hund getötet?«

»Das habe ich ihn auch gefragt.« Er nickte ihr zu. »Ein paar Tage, nachdem er den anonymen Tipp abgegeben hatte, hat er die Fassung verloren. Er ahnte, dass die Sache mit seiner Frau auffliegen würde. Und dafür hat er dem armen Hund die Schuld gegeben. Erich Fehrs ist kein Mörder, aber weder ein sehr netter Mensch noch jemand, der seinen Zorn gut unter Kontrolle hat.«

Sie schwiegen sich eine Weile an.

»Alles, was wir jetzt noch finden müssen, ist der Tatort«, sagte Smolski schließlich.

»Weshalb? Er ist doch tot«, wandte Jule ein. »Was bringt das noch?«

»Er hat seine Opfer über einen längeren Zeitraum irgendwo festgehalten. An einem Ort, an dem er sich sicher fühlte. Meine Hamburger Kollegen prüfen schon für mich, ob er sich irgendwo regelmäßig ein Ferienhäuschen angemietet hat oder so. Ich tippe allerdings eher darauf, dass sein Folterversteck in der Nähe von Odisworth zu suchen ist.«

»Sie weichen mir aus.« Jule erwiderte trotzig seinen prüfenden Blick. »Warum wollen Sie dieses Versteck unbedingt finden?«

Smolski ließ die Frage unbeantwortet, und in Jule keimte ein erschreckender Gedanke.

# 133

Hatte er sie vergessen?

Sie hatte ihn lange nicht mehr gesehen. Zumindest kam es ihr lange vor, seit sie zum letzten Mal aufgewacht war und er mit seinem Handspiegel über ihr stand, um ihr zu zeigen, wie er ihr Gesicht geschminkt hatte.

Wenigstens fror sie nicht mehr so schlimm. Das lag an dem Skianzug, in den er sie gesteckt hatte. Der Anzug war gut gepolstert, und das tat auch ihrem Rücken gut. Was schlimmer geworden war, war ihr Hunger. Sie hätte nie gedacht, dass man überhaupt so hungrig sein konnte. Ihr Hunger ließ sogar ihren Schrecken ein Stück weit verblassen. Sie malte sich aus, wie Brot schmeckte. Nudeln. Käse. Sogar beim Gedanken an Fleisch lief ihr das Wasser in solchen Mengen im Mund zusammen, dass sie sie kaum schlucken konnte. Dabei hatte sie seit Jahren aus Überzeugung kein Fleisch mehr gegessen. Was, wenn er sie vergessen hatte? Das wäre so ungerecht, weil sie glaubte, die Schwachstelle in seinem Ritual gefunden zu haben. Den einen Punkt, an dem sie ansetzen konnte, um dieser Hölle doch noch zu entfliehen.

Aber was, wenn er nie wiederkommen würde? Dann würde sie hier verhungern. Der Gedanke löste eine solche Panik in ihr aus, dass sie den Kopf hob und versuchte, mit der Zungenspitze den Wollkragen des Skianzugs irgendwie zwischen ihre Zähne zu befördern. Der Stoff kratzte rau über ihre Zunge. Sie presste das Kinn auf ihre Brust und streckte die Zunge weiter und weiter heraus. Ja! Nur noch ein kleines Stück! Sie schaffte es, ihre Zunge unter den Kragen zu schieben. Die Wolle klebte. Vorsichtig zog sie die Zunge wieder ein. Nein! Der Kragen rutschte von ihrer Zunge herunter. In ihre Enttäuschung mischte sich neue Hoffnung. Sie schmeckte etwas! Etwas Fettes, Bittersüßes! Natürlich! Lippenstift! Sie schluchzte vor Glück und begann, sich diese Köstlichkeit mit den Zähnen von den Lippen zu schaben.

Sie würde nicht aufgeben. Sie würde nicht einfach sterben. Nicht jetzt, da sie zu wissen glaubte, wie sie ihn überlisten konnte.

## 134

»Für Sie ist dieser Fall vorbei, Jule.«

Smolskis letzter Satz, mit dem er sich von ihr in der Bergedorfer Polizeiwache verabschiedet hatte, wollte ihr nicht aus dem Kopf. War tatsächlich alles so einfach? Und warum fühlte sie keine Erleichterung darüber, dass der Mörder sich selbst gerichtet hatte? Hing es damit zusammen, dass sie Andreas persönlich gekannt hatte?

Smolski hatte arrangiert, dass sie ein junger Streifenpolizist in ihrem Wagen nach Hause brachte. Sie fuhren schon auf der Lombardsbrücke über die Alster, als ihr bewusst wurde, dass gerade etwas geschah, das noch vor zwei Wochen völlig unmöglich gewesen wäre: Sie saß ohne nennenswerte Angstzustände als Beifahrerin eines wildfremden Mannes in einem Auto, und die Welt drehte sich unbeirrt weiter, als wäre nichts geschehen.

In ihrer Wohnung rief sie zuerst bei Klaus auf dem Handy an. Sie wollte sich bei ihm dafür entschuldigen, dass sie ihn in diese Sache hineingezogen hatte. Gleichzeitig hatte sie vor, sich dafür zu bedanken, dass er mit ihr zu Andreas gefahren war. Zu beidem kam sie nicht: Klaus war kurz angebunden und meinte, er sei gerade beim Essen und sie würden sich dann ja vielleicht Montag im Büro sehen. Sie hätte taub und gefühllos wie ein Stein sein müssen, um nicht zu erkennen, dass er sauer auf sie war.

Da Klaus die Arbeit erwähnt hatte, spielte Jule eine Weile mit dem Gedanken, ihren Chef zu Hause über seinen Privatanschluss zu belästigen und ihm mitzuteilen, dass sie den morgigen Termin mit dem Gemeinderat nicht wahrnehmen würde. Sie hatte jedes Recht dazu. Sie hatte gerade einen Exkollegen tot in seiner Wohnung vorgefunden und hinterher erfahren, dass er mindestens drei Frauen auf dem Gewissen gehabt hatte, wenn nicht mehr. Selbst ein Technokrat wie Schwillmer müsste für eine solche Absage Verständnis zeigen. Trotzdem kam ein solcher Rückzieher für Jule nicht infrage. Es wäre ihr wie eine Kapitulation erschienen. Sie würde nicht den Weg des geringsten Widerstandes gehen.

Andererseits war es durchaus erlaubt, sich etwas Zuspruch für diese mutige Entscheidung zu holen. Also versuchte sie es noch einmal bei Caro. Auch dieses Mal erwischte sie nur die Mailbox. »Warum gehst du nicht an dein Telefon?«, fragte sie, ohne ihren Namen zu nennen. »Ruf mich bitte zurück. Es ist wichtig.«

Zehn Minuten später erhielt sie eine SMS:

Kann gerade nicht. Melde mich später mal.

Jule löschte die Nachricht sofort. Während sie darüber nachdachte, ob Caro womöglich doch angefressen war, weil sie ihr unterstellt hatte, sie würde sich mit Lothar Seger regelmäßig über ihr Innenleben austauschen, wanderten Jules Gedanken zum Tarot, das Caro für sie gelegt hatte. Damals war zwischen ihnen noch alles in Ordnung gewesen. Jule hätte einiges dafür gegeben, die Zeit zu diesem Abend zurückzudrehen. Allerdings nur dann, wenn sie das Wissen und die Erfahrungen hätte behalten können, die sie in der Zwischenzeit gesammelt hatte. Jule sprang von der Couch auf und schlug die Hände vor den Mund. Das Tarot. Eine der Karten, die Caro gezogen hatte, war der Gehängte gewesen – und sie hatte heute einen Gehängten gesehen.

Ihr Telefon klingelte schrill in die atemlose Stille hinein. Jule drückte auf den grünen Knopf, um das Gespräch anzunehmen, ohne dabei auf das Display zu schauen. Jede Ablenkung war ihr recht.

»Ja?«

»Hallo, Jule. Lothar Seger hier. Ich würde mich gern mit Ihnen treffen.« Er sprach entgegen seiner sonstigen Art schnell und ohne Pausen. »Könnten Sie gleich heute Abend noch in meiner Praxis vorbeikommen? Ich würde mich gern mit Ihnen über Kirsten Küver unterhalten.«

# 135

»Lassen wir uns so schnell unterkriegen, mein Bester?«, fragte Hans-Hermann Mangels seinen Hund.

Bismarck hatte diese Frage an diesem Donnerstagabend

schon viele, viele Male gehört, aber wie jedes Mal schaute er zu seinem Herrchen hoch und wedelte artig mit dem Schwanz.

»Ganz recht, so schnell lassen wir zwei alte Haudegen uns nicht die Butter vom Brot nehmen«, sagte Mangels. »Da müssen noch ganz andere kommen.«

Er dachte kurz an Ute Jannsen. Hatte er es ihr nicht gleich gesagt? Immerhin hatte die Frau Pastorin so viel Rückgrat bewiesen, ihn in der Sache mit der illegalen Grabstätte von Margarete Fehrs zu decken. Recht so. Das wäre ja auch noch schöner gewesen, ihm jetzt alles in die Schuhe zu schieben. Zum Glück hatte Ute gerade noch zum richtigen Zeitpunkt erkannt, auf welchen beiden Prinzipien das gesunde Miteinander hier in Odisworth fußte: nämlich zu wissen, wann man was zu wem sagte, und zu erkennen, wann man besser einfach mal den Mund hielt.

Forschen Schritts bog Mangels von der Hauptstraße ab und steuerte schnurstracks auf den Hof von Ingo Schütt zu. Er klemmte sich den dicken Aktenordner, mit dem er unterwegs war, unter den Arm und klingelte.

Schütts Eulenaugen wurden hinter seiner dicken Brille noch größer, als er die Tür öffnete und sah, wer da vor ihm stand.

»Ah, Ingo«, sagte Mangels. »Schön, dass du da bist.«

»Ist das der Mangels?«, röhrte Lars Eggers in seinem unverkennbaren Organ von irgendwo aus dem Haus. Wahrscheinlich saß er am Esstisch und schüttete einen Cola-Rum nach dem anderen in sich hinein.

»Niemand sonst«, rief Mangels über Schütts Schulter hinweg. Er grinste zufrieden in sich hinein. Das sah doch alles danach aus, als ob er hier gleich zwei Fliegen mit einer Klappe schlagen konnte. »Habt ihr auch ein Gläschen für mich?«, fragte er Schütt.

Schütt zeigte auf den Ordner. »Was ist das denn?«

»Das hier, guter Mann«, sagte Mangels und klopfte gegen den Aktendeckel, »das hier ist unsere Zukunft.«

# 136

In Segers Therapiezimmer brannte nur die Schreibtischlampe. Ihr sanftes Leuchten spiegelte sich auf dem dunklen Holz der Tischplatte. Der Rest des Raums lag in einem diffusen Zwielicht. Es hauchte dem ausgestopften Fuchs auf beunruhigende Weise Leben ein, als würde das Tier jeden Augenblick den Sprung durchführen, zu dem es vor langer Zeit dank der Hände eines kundigen Präparators angesetzt hatte.

»Darf ich fragen, woher der plötzliche Sinneswandel kommt? Vor ein paar Tagen haben Sie noch darauf gepocht, mir kein Wort über Kirsten Küver verraten zu können, ohne dabei gegen Ihre Schweigepflicht zu verstoßen.«

»Richtig.« Es mochte an der spärlichen Beleuchtung und an seinem schwarzen Hemd liegen, doch für einen Moment hatte Jule das Gefühl, sich nur mit einem geisterhaften Schädel zu unterhalten, der frei vor ihr in der Luft schwebte. »Aber ich lese auch die Zeitung. Ich wusste ja, was in Odisworth passiert. Ich hatte sogar Besuch von dem Kommissar, den Sie erwähnten, als ich mich das letzte Mal bei Ihnen gemeldet habe.«

»Gabriel Smolski.« Der Gedanke, dass Smolski erst vor Kurzem hier gewesen war und auf demselben Stuhl wie sie gesessen hatte, verlieh Jule ein Gefühl der Sicherheit.

»Genau. Smolski hat sich bei mir nach Kirsten erkundigt. Für die Polizei war es kein Geheimnis, dass sie bei mir in Behandlung war. Außerdem …« Er zögerte, als hätte er

Mühe, eine passende Formulierung zu finden. »Unsere gemeinsame Freundin Caro würde es wahrscheinlich sehr zu schätzen wissen, wenn wir beide unsere kleinen Differenzen bereinigen.«

Er beugte sich zur Seite, um eine Schublade aufzuziehen. Er entnahm ihr einen Gegenstand, wie ihn Jule seit Jahren nicht mehr gesehen hatte: ein silbergraues Diktiergerät von der ungefähren Größe einer Zigarettenschachtel. Er drückte einen Knopf an der Oberseite, und das Display wurde hell. »Was ich nun tue, verstößt eindeutig gegen meine Schweigepflicht. Ich hoffe, das ist Ihnen klar, und ich wäre Ihnen sehr verbunden, wenn Sie darüber kein Wort verlieren.«

Jule nickte. »Was ist mit Ihren Händen passiert?«

»Ein Unfall. Nichts Dramatisches.« Seger betrachtete das Diktiergerät wie ein alter Boxer seine an den Nagel gehängten Handschuhe. Dann setzte er eine Lesebrille auf und suchte mithilfe eines winzigen Steuerkreuzes nach einer bestimmten Datei. »Kirsten Küver kam zu einer Zeit zu mir, als ich mit der Idee spielte, irgendwann einmal ein Buch mit meinen interessantesten Fällen zu schreiben. Sie hat mir erlaubt, unsere Gespräche aufzuzeichnen, nachdem ich ihr versichert hatte, dass ihre Anonymität auch bei einer Veröffentlichung hundertprozentig gewahrt bleiben würde. Der erste Ausschnitt aus einer dieser Aufzeichnungen, den ich Ihnen gleich vorspiele, stammt aus einer Therapiephase, als Kirsten schon einige Zeit meine Patientin war. Wir hatten gute Fortschritte erzielt – «

»Warum hat sie sich eigentlich an Sie gewandt?«, unterbrach ihn Jule.

»Sie war ein echtes Kind vom Land und mit dem Umzug in die Stadt überfordert. Mit den vielen fremden Menschen um sie herum. Mit der Hektik. Mit dem Leistungsdruck im Beruf. Sie litt unter den ersten Anzeichen einer sozialen Phobie«, umriss Seger Kirstens Problematik. »Sie empfand

starke Gefühle des Ausgeliefertseins und der Unzuläng-
lichkeit, wenn sie sich in neuen Gruppen zurechtzufinden
hatte. Heftige emotionale Reaktionen, die sich körperlich
zu äußern begannen: Erröten, Atemnot, Schweißausbrüche.
Sie hielt sich generell für unfähig, eigene Entscheidungen
zu treffen, die den Erwartungen und Ansprüchen anderer
gerecht wurden.« Seger lächelte bitter. »Sie war in dieser
Hinsicht alles andere als einzigartig. Höchstens insofern,
als dass sie gewissermaßen ein Musterbeispiel darstellte.
Anfangs war die Therapie fast ein Spaziergang, oder zumindest habe ich das in meiner Selbstgefälligkeit so beurteilt.
Sie war zweifelsohne bereits auf dem Weg der Besserung.
Wir hatten ein ausgezeichnetes Vertrauensverhältnis zueinander aufgebaut. Dann wurde sie mit einem Mal wieder verschlossener. Es war etwas passiert. Sie brauchte ein halbes
Dutzend Sitzungen, bis sie mir verriet, was es war. Sie war
jemandem wiederbegegnet. Jemandem aus ihrer alten Heimat. Und sie ging eine sexuelle Beziehung mit ihm ein.«

»Hat sie Ihnen gesagt, wie dieser Mann hieß?«, fragte Jule
und rechnete als Antwort fest mit einem ganz bestimmten
Namen: Andreas Bertram.

»Nein«, verblüffte sie Seger.

»Warum nicht?«

»Das werden Sie gleich verstehen«, entgegnete er und
spielte die erste Aufzeichnung ab.

*»Ich würde gern etwas mehr über Ihren Freund erfah-
ren.«*

*»Den Gefallen kann ich Ihnen nicht tun. Es passt ihm
nämlich ganz und gar nicht, dass ich zu Ihnen komme. Er
wollte, dass ich ihm verspreche, nichts über ihn zu erzählen.«*

*»Was vermuten Sie, warum er Ihnen so ein Versprechen
abgenommen hat?«*

*»Ich denke, er schämt sich.«*

»Gibt es aus Ihrer Perspektive etwas, wofür er sich ernsthaft schämen müsste?«

»Er hat wahrscheinlich Angst, Sie sagen mir, er würde
mich zu sehr einengen.«

»Tut er das denn?«

»Na ja, also er erhebt schon wahnsinnige Besitzansprü-
che auf mich. Zum Beispiel … zum Beispiel … Er mag es
nicht, wenn ich mit anderen Männern flirte, zum Beispiel.
Oder wenn ich Überstunden mache und außer mir nur noch
männliche Kollegen im Büro sind. Solche Dinge halt. Er hat
da seine bestimmten Regeln. Aber solange ich mich an die
halte, läuft alles komplett reibungslos. Dann ist er der auf-
merksamste Mensch, den man sich vorstellen kann.«

»Gefällt Ihnen das? Es ist nichts Schlimmes, wenn Sie sich
daran nicht stören. Meiner Erfahrung nach läuft es in der
Mehrheit aller Beziehungen so, dass eine der beiden Seiten
den etwas dominanteren Part ausfüllt. Das kann auch sehr
oft auf einer eher unterschwelligen Ebene angesiedelt sein,
in die man als Außenstehender keinen Einblick hat. Daran
gibt es auch nichts auszusetzen, solange das beide nicht
grundlegend stört.«

»Meistens stört es mich nicht.«

»Das klingt, als ob da noch ein Aber käme.«

»Es stört mich … es stört mich, wenn wir … beim Sex.«

»Inwiefern? Verlangt er Praktiken, die Ihnen nicht gefallen?«

»Nein. Nein, eigentlich nicht. Er möchte nur immer, dass
ich ganz still daliege und mich nicht bewege. Jedes Mal.«

»Während des gesamten Aktes? Auch während der Penetration?«

»Es kommt nie zu einer Penetration. Er sieht mich nur
an … und … und masturbiert dabei.«

»Und danach?«

»Was?«

433

»Wie befriedigt er Sie? Oral? Mit den Fingern? Mit einem Spielzeug?«

»Gar nicht. Er sieht mir allerhöchstens ab und an einmal dabei zu, wie ich mich selbst befriedige. Aber ich habe den Eindruck, dass ihn das nicht wirklich anmacht, weil ich mich dann ja bewege. Dass er mir das nur zum Gefallen tut, anstatt dass es ihn irgendwie erregt.«

»Haben Sie darüber mit ihm gesprochen?«

»Ja. Klar. Mehrfach. Er sagt dann immer, dass er mich über alles liebt und dass es ihm fürchterlich leid tut, dass er mir das nicht geben kann, was ich von ihm erwarte. Manchmal wird er dabei ganz traurig. Er weint dann. Und manchmal ... manchmal ist er auch schon richtig zornig deswegen geworden und hat angefangen, mich zu beschimpfen. Ob er mir nicht gut genug wäre. Ob ... ob es mir lieber wäre, wenn er mich behandeln würde wie eine billige Nutte.«

»Lieben Sie ihn auch?«

»Ja. Ja, ich glaube schon.«


Die letzten Worte der toten Frau, die durch das Diktiergerät zu ihr sprach, ließen Jule frösteln.

»Ich konnte noch einige weitere Einzelheiten erfahren«, sagte Seger düster. »Für Kirstens namenlosen Partner bestand ein großer Reiz darin, sie in immer neuer Kleidung reglos daliegen zu sehen. Er kaufte ihr regelmäßig neue Sachen – Schuhe, Reizwäsche, Jogginganzüge, sogar einen durchsichtigen Regenmantel. Und er hat sie vor jedem Akt gebeten, sie schminken zu dürfen.«

Jule kniff die Lippen zusammen. Ob Kirsten je geahnt hatte, dass Andreas Medikamente gegen seine depressiven und psychotischen Schübe nahm? Oder hatte er erst die Hilfe eines Psychiaters in Anspruch genommen, nachdem seine Fantasien zum ersten Mal außer Kontrolle geraten waren?

»Bei Kirstens Partner lag ohne jede Frage eine Paraphilie vor«, stellte Seger fest. »Sexuelle Bedürfnisse, die von einer ohnehin schwer zu definierenden Norm abweichen, kommen relativ häufig vor.«

»Was haben Sie Kirsten geraten?«, wollte Jule wissen. »Sie haben das alles doch nicht unkommentiert gelassen, oder?«

»Ganz und gar nicht«, erwiderte Seger. »Ich möchte allerdings festhalten, dass solche Paraphilien eine Beziehung nicht immer zwingend belasten. Wenn beide Partner einen harmonischen, offenen Umgang miteinander finden, stellen sie kein nennenswertes Problem dar. Bei Kirsten war das nicht der Fall. Ich habe eine ganze Weile gebraucht, um ihr zu vermitteln, dass ihr Partner sich ihr gegenüber egoistisch verhält und sie im Grunde nur als Mittel zum Zweck benutzt. Dass sie ihre Wünsche den seinen völlig unterordnet, obwohl sie das eigentlich nicht möchte und darunter leidet. Der Umstand, dass dieser Mann eine sehr hohe Anziehungskraft auf sie ausübte, hat das natürlich immens erschwert.«

»Deshalb haben Sie mich damals mitten in der Nacht angerufen«, meinte Jule. Ein Teil der alten Zuneigung und des Respekts, die sie für Seger immer empfunden hatte, blühte in ihr auf. »Sie hatten Angst um mich. Angst, dass ich diesem Mann über den Weg laufen könnte. Das war völlig unbegründet. Er war überhaupt nicht mein Typ.«

»Das mag sein. Aber Sie waren seiner. Sie sehen ihr so verdammt ähnlich …«

Seger drückte den Abspielknopf des Diktiergeräts.

*»Haben Sie schon einmal länger darüber nachgedacht, ihn zu verlassen?«*

*»Ja.«*

*»Glauben Sie, dass es Ihnen besser ginge, wenn Sie ihn verlassen würden?«*

435

»Vielleicht. Aber ich kann ihn nicht verlassen. Das geht einfach nicht.«

»Warum nicht?«

»Weil dann etwas Schlimmes passieren könnte.«

»Wie meinen Sie das? Bedroht er Sie?«

»Nein. Er sagt nur, dass er ohne mich nicht leben kann. Und das stimmt. Ohne mich ... wäre er ganz allein.«

»Also droht er Ihnen doch. Mit psychischer Gewalt. Er versucht, Ihnen Schuldgefühle einzureden, um Sie an sich zu binden. Oder sehe ich das etwa falsch?«

»Er braucht mich. Er braucht mich wirklich. Ich kenne ihn besser als jeder andere Mensch. Ich weiß, wie er denkt. Ich kenne all seine Geheimnisse. Er würde nie wieder jemanden wie mich finden.«

»Sagt er das, oder sagen Sie das?«

»Es ist wirklich so.«

»Ist Ihnen schon einmal der Gedanke gekommen, dass er Sie nur benutzt?«

»Und wenn? Ist es allein seine Schuld, dass ich mich von ihm benutzen lasse?«

Lothar Seger zog die Schultern zusammen, als hätte ihm jemand in den Nacken geschlagen. »Diese Unterhaltung haben Kirsten und ich weiß Gott wie viele Male geführt. Ich brauche Ihnen ja nicht zu sagen, wie hartnäckig ich sein kann. Irgendwann hat sie erkannt, dass ich mit meiner Einschätzung richtig liege. Dann ging alles ziemlich schnell: Sie hat ihm die Chance eingeräumt, sich zu ändern, ihr mehr Freiheiten einzuräumen und mehr Rücksicht für ihre Bedürfnisse zu zeigen. Das hat er nicht geschafft, und sie hat ihn verlassen. Es ist ihr beileibe nicht leichtgefallen, aber sie hat es getan. Anschließend wollte sie eine Auszeit nehmen. Ein halbes Jahr weg von allem – weg von ihrem Job, von Deutschland, von den Erinnerungen an ihn.«

»Ich weiß«, sagte Jule traurig. »Sie wollte als Rucksacktouristin nach Asien.«

»Das hat ihm natürlich gar nicht geschmeckt.« Seger nickte, und seine Hand zitterte, als er die dritte Sounddatei startete.

*»Er ruft mich andauernd an. Auf dem Handy. Zu Hause. Er schreibt mir Unmengen E-Mails. SMS. Er will mich sehen. Nur zum Reden.«*

*»Es spielt keine Rolle mehr, was er will. Denken Sie an sich. Haben Sie ihm denn noch irgendetwas zu sagen, das Sie unbedingt loswerden müssen?«*

*»Ja, schon.«*

*»Wie würden Sie seine Versuche der Wiederaufnahme eines Kontakts mit Ihnen beschreiben? Ist er da in irgendeiner Weise ausfällig geworden, oder hat er versucht, Druck auf Sie auszuüben?«*

*»Am Anfang hat er mich angebettelt, ich soll zu ihm zurückkommen. Er würde noch einmal alles geben, um so zu werden, wie ich es mir von ihm wünsche. Und er hat gemeint, ich dürfte nicht so weit weggehen. Das würde ihn umbringen.«*

*»Er hat also zunächst seine alte Strategie verfolgt. Sind Sie schwach geworden? Haben Sie ihm irgendwelche Versprechungen gemacht?«*

*»Nein. Nein, habe ich nicht. Ehrlich nicht. Es ist besser für uns beide, wenn wir Abstand zueinander halten. Das habe ich jetzt wirklich kapiert.«*

*»Sie sagten eben, er hätte anfangs gebettelt. Was kam dann?«*

*»Dann muss er langsam auch verstanden haben, wie ernst es mir mit allem ist. Die letzten paar Tage wirkte er sehr ... gefasst.«*

*»Resigniert?«*

»Ja, genau. Resigniert. Er meint, er würde sich nur richtig
von mir verabschieden wollen. Dann sei es leichter für ihn,
mich gehen zu lassen.«

»Glauben Sie ihm das?«

»Nein. Ja. Ich möchte es ihm glauben.«

»Aber Sie wollen ihn trotzdem sehen?«

»Das bin ich ihm schuldig.«

»Falsch. Sie sind ihm überhaupt nichts schuldig. Sie sind
niemandem etwas schuldig. Nur sich selbst. Aber wenn Sie
ihn sehen wollen, wenn es Ihnen wirklich wichtig ist, dann
treffen Sie sich mit ihm. Schaffen Sie klare Verhältnisse.
Machen Sie sich frei von ihm. Sonst finden Sie nirgendwo
Ruhe.«

Die Aufzeichnung endete.

»Das ist von ihrem letzten Termin bei mir.« Seger war
aufgestanden. Er hatte sich von Jule abgewandt, um aus dem
Fenster hinaus in die Finsternis zu starren. »Danach habe
ich sie nie wieder gesehen.«

Jule blickte unverwandt auf das Diktiergerät, das ihr
Segers dunkelstes und schmerzvollstes Geheimnis enthüllt
hatte. »Sie geben sich die Schuld an ihrem Tod.«

»Und wie könnte ich das nicht?« Er breitete die Arme
aus, stützte sich am Fensterrahmen ab und presste die ge-
senkte Stirn gegen die Scheibe. »Ich habe sie buchstäblich
ihrem Mörder in die Arme geschickt ...« Seine Stimme
brach. »Ich wäre jetzt gern allein.«

Jule stand auf. In der Tür blieb sie stehen. Sie brachte es
nicht übers Herz, ihn ohne jede Hoffnung zurückzulassen.
Sie drehte sich um und sagte mit aller Überzeugungskraft,
die sie aufbieten konnte: »Es war Kirstens Entscheidung,
nicht Ihre. Genau deshalb ist sie doch zu Ihnen gekommen:
um zu lernen, wie sie eigene Entscheidungen trifft. Und falls
es Ihnen hilft: Ihr Versprechen ist wahr geworden.«

Sie hörte ihn schwer atmen.

»Als ich das letzte Mal hier war«, fuhr sie fort, »haben Sie mir gesagt, dass ich bei unserem Wiedersehen den unumstößlichen Beweis für Ihre These haben würde. Sie hatten völlig recht damit. Meine Angst gehört zu mir, aber ich bin nicht meine Angst. Endlich begreife ich auch, was das wirklich bedeutet. Und vielleicht können Sie jetzt mir glauben, wenn ich Ihnen etwas sage, was Sie so oft zu mir gesagt haben: Verzweifeln Sie nicht an Dingen, die sich nicht mehr ändern lassen.« Sie holte tief Luft, ehe sie das Mantra abwandelte, das der erste Schritt auf ihrem langen Weg aus dem tiefen Tal ihrer Angst gewesen war. »Ihre Schuld gehört zu Ihnen, aber Sie sind nicht Ihre Schuld.«

# 137

Er hatte sie nicht vergessen. Er war wieder da.

Diesmal musste sie vor Erschöpfung eingeschlafen sein. Es hatte ihn nicht daran gehindert, sie umzuziehen. Sie hob den Kopf an. Sie sah dünnen grünen Stoff, der ihr bis zu den Hüften reichte. Als sie erkannte, in was er sie gehüllt hatte, bäumte sie sich auf. »Nein! Nein!«, jammerte sie. »Bitte nicht!«

Die Liege ruckte hin und her, aber die Lederriemen gaben keinen Millimeter nach.

»Nein«, brüllte sie und malträtierte ihre geschundene Kehle weiter. »Nein!«

Das lief alles falsch. Sie hatte doch ihren Plan. »Wasser!«, bettelte sie. »Wasser!«

»Später, später«, murmelte er. »Erst, wenn ich fertig bin.« Er ging zum Fußende der Liege und stellte einen blauen

Müllsack daneben ab. Er griff hinein und holte eine Rolle schwarzes Klebeband daraus hervor.

»Nein«, brüllte sie wieder. »Wasser! Bitte! Wasser!«

»Das geht nicht«, sagte er sanft. »Ich weiß, was du meinst, aber das Wasser ist nicht gut für die Operation.« Er machte einen Schritt auf ihren Kopf zu. »Gefällt dir dein Leibchen?«

Sie schrie. Er riss ein breites Stück Klebeband ab. »Stillhalten!«

Er fasste sie unter dem Kinn und drückte ihren Kopf gegen die Liege. Sie wollte den Mund aufsperren, doch er war zu stark. So mühelos, als würde er eine Schublade zuschieben, schloss er ihr den Mund. Er versiegelte ihn mit dem Klebeband, das er penibel glatt strich. »So. Viel besser.«

Tränen liefen ihr übers Gesicht, und ihr Hunger, den selbst ihre Panik nicht zu dämpfen vermochte, klagte darüber, dass sie sich das salzige Nass nicht von den Wangen lecken konnte.

Er kehrte ans andere Ende der Liege zurück und kniete sich hin. Mit einem fingerdicken Schlauch, den er ebenfalls aus dem Müllsack holte, band er ihr den linken Fuß knapp oberhalb des Knöchels ab.

Sie schluchzte. Ein Kribbeln kroch ihr langsam von der Sohle bis in die Zehenspitzen. An seinem Ziel angekommen, erstarb es.

Den nächsten Gegenstand aus dem Sack konnte sie nicht erkennen, denn er war zu klein. Sie hörte ein Zischen, und feiner weißer Nebel hüllte ihren Fuß ein.

Die Tröpfchen waren eiskalt. Er sprühte die ganze Dose leer.

Sie wimmerte. Er kniff ihr in den kleinen Zeh. Sie spürte nur den Druck, keinen Schmerz.

»Tut das weh?«, fragte er besorgt.

Sie nickte verzweifelt.

Er machte zum ersten Mal ein betroffenes Gesicht. »Indianer kennen keinen Schmerz, hat mein Vater immer gesagt.«

Wieder wühlte er in dem Müllsack. Was er daraus zutage förderte, versetzte sie in solches Grauen, dass sie wieder und wieder mit dem Hinterkopf gegen die Liege schlug. Sie versuchte, sich aufzubäumen, und drückte die Fingernägel in die Handballen.

»Gleich vorbei, gleich vorbei«, flüsterte er, als er die Rosenschere an ihrem Zeh ansetzte. Sie hörte ein Geräusch wie von einem brechenden Zweig und stürzte in ein gnädiges Dunkel.

# 138

Jule plante ihre voraussichtlich letzte Fahrt nach Odisworth wie einen Feldzug. Sie stand früh auf und ging einkaufen, um den leeren Kühlschrank zu füllen. Danach bereitete sie sich ein reichhaltiges spätes Frühstück zu: Rührei, Tomate mit Mozzarella, Kürbiskernbrötchen, eine Schale Schokomüsli.

Erst anschließend stellte sie sich eine halbe Stunde unter die Dusche und rasierte sich die Beine und die Achseln. Nur in Unterwäsche verbrachte sie einige Minuten vor ihrem Kleiderschrank damit, genau auszuwählen, was sie zu diesem Termin tragen würde. Sie entschied sich für einen stahlgrauen Blazer, schwarze Hosen mit einer messerscharfen Bügelfalte und eine weiße Bluse, deren Kragen spitz zulief. Sie komplettierte ihr Outfit mit einem schmalen schwarzen Gürtel, den sie vor Ewigkeiten aus einer Laune heraus gekauft, aber noch nie getragen hatte, weil die breite Schnalle aus glänzendem Chrom ihr immer ein wenig zu protzig vorgekommen war.

Nachdem sie das Ensemble auf ihrem Bett ausgebreitet hatte, ging sie ins Bad. Vor dem Anlegen der Rüstung stand das Anlegen der Kriegsbemalung. Sie sah sich gezwungen, zu improvisieren. Ihr Kosmetiktäschchen lag auf dem Regal über dem Waschbecken in ihrem Pensionszimmer in Odisworth.

Sie betrachtete das Ergebnis ihrer Bemühungen im Spiegel. Zum ersten Mal seit Tagen war sie sich wieder vollkommen sicher, wer sie war: Jule Schwarz, erfolgreiche Geschäftsfrau, die sich durch nichts aus der Bahn werfen ließ. Nicht von Serienmördern, nicht von deren Opfern, und schon gar nicht von irgendwelchen Hinterwäldlern, die ihr Dorf am liebsten auf dem Entwicklungsstand des späten neunzehnten Jahrhunderts eingefroren hätten. Diese Jule Schwarz war eine Frau, die harte Entscheidungen treffen konnte und hocherhobenen Hauptes aus jeder noch so verzwickten Situation hervorging.

Zurück im Schlafzimmer schlüpfte sie in ihre so sorgsam ausgewählte Kombination. Die passenden Schuhe waren leicht gefunden: ein Paar robuste, flache Mer du Sud in schwarzem Leder. Beim Auflegen ihres neuen Parfüms erinnerte sie sich an den Mann, der ihr beim Kauf beratend zur Seite gestanden hatte. Jule kam eine Idee, wie sie ihren Anspruch an sich selbst, heute stolz und selbstbewusst zu agieren, noch stärker untermauern konnte. Sie empfand es nicht einmal als störend, wie ihr Herz pochte, als sie Rolfs Nummer wählte.

»Hallo?« Er meldete sich leise. Wie beim letzten Mal schien er etwas außer Atem zu sein.

»Hallo, Rolf. Hier ist Jule. Ich hoffe, ich störe nicht allzu sehr.«

»Tust du nicht«, sagte er hastig. »Tust du nie.«

Sie lächelte. »Ich schulde dir noch ein Date. Bist du heute Abend zufällig in Odisworth?«

»Nein, leider nicht.« Er klang zerknirscht. »Ich vertröste dich nur ungern, aber ich habe da was, was ich wirklich unmöglich verschieben kann.«

Wahrscheinlich war es unfair von ihr, ein Spötteln in ihrer Stimme zuzulassen, aber sie war zu pikiert, um es zu unterbinden. »Dann gehe ich also recht in der Annahme, dass dir eine deiner Reparaturen wichtiger ist, als mich wiederzusehen?«

»Nein, es ist etwas anderes.«

Entweder er war gegen ihre Ironie unempfindlich oder er versuchte, sich ernsthaft zu rechtfertigen. Jule kannte ihn noch nicht gut genug, um darüber ein zuverlässiges Urteil zu treffen. »Aha. Etwas anderes.«

»Wie ist es mit morgen?«, schlug er eilig vor. »Ich melde mich bei dir, ja?«

»Ja, mal sehen. Es könnte natürlich sein, dass ich morgen etwas vorhabe, das sich nicht verschieben lässt.« Sie schmunzelte und fügte noch schnell ein »Bis dann« hinzu, bevor sie auflegte. Sie streckte sich zufrieden. Sie war sicher, die erste Schlacht des heutigen Tages für sich entschieden zu haben. Sie war in der Stimmung für Veränderungen. Sie zog Matzes Ring – diese ständige Erinnerung an ihre vermeintliche Unfähigkeit, sich ganz für einen anderen Menschen zu öffnen – endlich von ihrem Finger und warf ihn in der Küche in den Mülleimer unter der Spüle.

443

# 139

Dass das Navi dieses Mal sofort Odisworth als Zielort vorgab, löste in Jule einen Moment heiterer Gelöstheit aus. Sie musste an den alten Sinnspruch von der kaputten Uhr denken, die trotzdem zweimal am Tag die korrekte Zeit anzeigte. Auf der Fahrt stellte Jule erleichtert fest, dass ihre Angst sich nach wie vor geschlagen gab. Trotzdem – und ungeachtet ihres umfangreichen Rituals zur Wappnung gegen den anstehenden Termin – fühlte sie eine leichte Anspannung in sich. Sie war mit der plötzlich aufkommenden Unruhe zu vergleichen, die man verspürte, wenn man sich panisch fragte, ob man auch die Kaffeemaschine abgeschaltet oder die Fenster geschlossen hatte, bevor man aus dem Haus gegangen war. Oder mit dem Gefühl, wenn einem der Geburtstag eines guten Freundes eine Woche zu spät einfiel. Es war die bohrende Ahnung, irgendetwas Wichtiges vergessen oder übersehen zu haben.

Auf der Ausfahrt von der A7 erkannte Jule, woher diese Furcht rührte. Sie hatte nichts mit der Sitzung mit dem Gemeinderat zu tun. Dieses Treffen war letztlich unnötig und bedeutungslos. Sie hing auch nicht direkt mit den Morden zusammen. Natürlich stand Jule der schier unbegreiflichen Tatsache, dass Andreas Bertram – ein Mensch, den sie über Jahre hinweg fast jeden Tag gesehen und den sie gut zu kennen geglaubt hatte – dazu fähig gewesen war, Frauen brutal zu quälen und umzubringen, völlig fassungslos gegenüber. Aber auch das war es nicht.

Die Furcht hatte einen anderen Ursprung: die Ungewissheit darüber, ob sie heute Abend bei Caro Trost finden würde, wenn sie nach ihrem Feldzug nach Hamburg zurückkehrte, um ihre Wunden zu lecken.

444

## 140

Jule machte nur einen Schritt durch die Tür des Besprechungszimmers im Odisworther Rathaus und wusste sofort, dass ihre Tage als Projektleiterin gezählt waren. Das einzige Mitglied des Gemeinderates, das sich eingefunden hatte, war Mangels. Der Bürgermeister hatte die Ellenbogen auf einen Leitzordner gestützt, der vor ihm auf dem Tisch lag. Neben Mangels saß eine Jule unbekannte Frau mit einer unvorteilhaften Kurzhaarfrisur und einem verkniffenen Gesicht. Hatte er eine Anwältin eingeladen, um etwaige Streitpunkte zu klären?

»Ah, guten Tag, Frau Schwarz«, begrüßte sie Mangels fröhlich, ohne sich von seinem Platz zu erheben.

»Herr Mangels«, erwiderte Jule kühl und setzte sich. Sie hatte keine Ahnung, woher er seine gute Laune nahm. Ein paranoider Gedanke zuckte durch Jules Kopf: Hatte der Bürgermeister ihr die ganze Zeit über einen gewaltigen Bären aufgebunden? War es möglich, dass er insgeheim gar nicht zu den Befürwortern des Windparks zählte und er und einige seiner Bauernfreunde nur bei einem ihrer Dorffeste auf die Idee gekommen waren, ein Unternehmen aus der großen Stadt mal so richtig vorzuführen? Mangels' einäugiger Hund kam unter dem Tisch winselnd auf Jule zugekrochen. Sie streckte ihm abwesend ihre Hand entgegen und kraulte das Tier am Hals.

»Frau Schwarz, es wird Sie sicher ungemein freuen, davon zu erfahren, dass der Realisierung unseres gemeinsamen Projekts nicht mehr das Geringste im Wege steht.«

Jule war zu perplex, um auf diese Ansage zu reagieren. Eine Aura des Unwirklichen schien sich über den gesamten Raum auszubreiten. Wenn die nasse, kalte Schnauze des Hundes sich nicht drängend in ihre Handfläche geschmiegt hätte, wäre sie der Überzeugung gewesen, sie träumte die ganze Szene nur.

»Ich muss jedoch zugeben«, fuhr Mangels in einem gespielt rügenden Ton fort, »dass ich ein bisschen enttäuscht darüber bin, wie wenig Vertrauen Sie in mich gesetzt haben. Sie hätten mir gegenüber schon andeuten können, dass Sie Herrn Schwillmer eingeschaltet haben, um die Prozesse hier vor Ort zu beschleunigen. Ich hatte vorgestern Abend ein wirklich … interessantes Telefonat mit ihm. Er hat eine sehr direkte Art, finden Sie nicht?«

»Doch«, gab Jule tonlos zurück. Was passierte hier? Derart überrumpelt zu werden, war beinahe schlimmer als das Scheitern des Projekts, von dem sie bis eben noch fest ausgegangen war.

»Jedenfalls bin ich gestern und heute nicht untätig geblieben, wie Sie sehen.« Er klopfte auf den Deckel des Aktenordners. »Ich war so frei, eine Absichtserklärung aufzusetzen, die ich einigen Leuten vorgelegt habe. Und was soll ich sagen? Die wirtschaftliche Vernunft hat sich endlich durchgesetzt.«

Nun stand Mangels doch noch auf. Er kam langsam um den Tisch herumgelaufen, um dann den Ordner vor ihr so bedächtig und geradezu ehrfurchtsvoll aufzuschlagen, als handelte es sich dabei um das Goldene Buch des Dorfes. »Bitte sehr.«

»Danke«, murmelte Jule. Sie blätterte durch den Ordner. Ihre Augen weiteten sich. Die Absichtserklärung, die Mangels seinen Nachbarn vorgelegt hatte, war nur eine Seite lang und etwas holprig formuliert. Sie entdeckte unter den Unterschriften lauter Namen, die ihr aus ihrer Excel-Liste mit den für das Projekt relevanten Grundstückseignern vertraut waren. Es waren sogar viele Namen darunter, die sie in ihrer Liste rot unterlegt hatte, weil diese Personen ihr klare Absagen erteilt hatten, als sie persönlich mit ihnen in

Kontakt getreten war. Sie wusste nicht, ob alle Landbesitzer die Absichtserklärung unterzeichnet hatten. Es waren aber in jedem Fall mehr als genug, um binnen kürzester Zeit genügend Druck auf die verbleibenden Verweigerer aufzubauen. Es war nicht ihr erstes Projekt dieser Art. Sie hatte eine klare Vorstellung davon, was als Nächstes geschehen würde. Es war im Grunde wie beim Holzfällen: Man musste nie den ganzen Stamm durchschlagen. Sobald man erst einmal genügend Kraft aufgewendet hatte, um sich bis zur Mitte vorzuarbeiten, knickte er unweigerlich ein.

»Wie haben Sie das geschafft?«, fragte Jule halb beeindruckt, halb ungläubig.

»Indem ich meine hohle Birne eingesetzt habe.« Mangels, der inzwischen an die Seite der schweigenden Frau mit dem kurzen Haar zurückgekehrt war, tippte sich an die Schläfe und reckte stolz die Brust. »Man sagt doch, dass alles etwas Gutes hätte, nicht wahr? Nun, das gilt auch für diese grauenhaften Morde, die unsere kleine Gemeinde so schwer erschüttert haben und wegen der unser Dorf plötzlich in aller Munde ist. Ich habe meine Leute darauf hingewiesen, dass wir vor einer wichtigen Entscheidung stehen. Sollte Odisworth als Dorf des Grauens berühmt werden – oder wie auch immer die Zeitungen uns in Zukunft nennen würden, wenn wir nichts dagegen unternehmen – oder als Dorf mit dem größten Windpark Deutschlands? Sicher, eine Zeit lang wird noch einiges über die Morde geschrieben werden. Aber dann? Nichts ist so alt wie eine Schlagzeile von gestern. Es wird Gras über die Sache wachsen. Beziehungsweise ein Windpark.«

»Und damit haben Sie sie überzeugt?« Jule wollte es immer noch nicht ganz glauben.

»Ich bitte Sie.« Mangels winkte ab. »Ich habe mir bei einem schönen, kühlen Bier auf meiner Terrasse überlegt, wie man diese Angelegenheit am schnellsten abwickelt. Ich kenne meine Leute doch. Es war gar nicht so kompliziert. Mir war klar, dass man am besten zuerst die großen Brocken aus dem Weg räumt. Und die Küvers waren doch schon so gut wie auf unserer Seite. Und unter den jetzigen Umständen, wo alles darauf hindeutet, dass ihre Tochter ...« Er seufzte. »Eine furchtbare Sache, das. Eine echte Tragödie. Anke hat sogar davon geredet, alles zu verkaufen und wegzugehen.«

Jule gestand sich ein, dass sie Mangels gründlich unterschätzt hatte. Dieser gerissene alte Fuchs hatte in nur anderthalb Tagen ihre Strategie kopiert und aufgrund seines ungleich einfacheren Zugangs zu seinen Wählern zu einem erfolgreichen Abschluss gebracht. Sie war sich noch nicht sicher, ob sie ihm für seinen Einsatz dankbar sein sollte, oder ob sie es ihm übel nahm, dass er sein immenses soziales Gewicht nicht schon viel früher so beherzt in die Waagschale geworfen hatte. »Die Küvers hätte ich vielleicht auch noch herumgekriegt«, merkte Jule kleinlaut an. »Aber Fehrs ...«

»Erich hat sich doch nur so an sein Land geklammert, weil ...« Mangels schenkte der Frau neben sich einen flüchtigen Blick. »Weil es dafür Gründe gab, die jetzt in dieser Form nicht mehr bestehen.«

Jule dämmerte, dass Mangels zu dem kleinen Kreis von Eingeweihten gehört hatte, die von Beginn an um den wahren Verbleib von Margarete Fehrs gewusst hatten. Das lieferte den Ausschlag für sie, Mangels nun wirklich nicht mit übertriebener Dankbarkeit zu behandeln. »Damit sind zwei der drei großen Landbesitzer abgehakt«, sagte sie kühl. »Bleibt noch Jan Nissen.«

»Ach, der gute Jan.« Mangels bückte sich, eine Plastiktüte raschelte, und dann stellte er eine Sektflasche und zwei Pappbecher auf den Tisch. »Das war toll.«

Jule fühlte einen Anflug von Zorn in sich aufwallen.

Er richtete sich zu gleichen Teilen gegen Mangels und sie selbst. War sie so dumm gewesen? Hätte sie nur Mangels fragen müssen, um den Mann ausfindig zu machen, von dem sie eine Weile sogar gedacht hatte, er sei nur ein den kranken Wahnvorstellungen eines Mörders entsprungenes Phantom?

»Sehen Sie, Frau Schwarz«, erklärte Mangels und nestelte an der Metallfolie am Flaschenhals herum, »das Glück ist mit den Tüchtigen. Ich habe bei all meinen Bemühungen erst niemanden aufgetrieben, der mir sagen konnte, wo Jan jetzt steckt. Und was passiert dann? Dann ruft er mich heute Morgen an und erzählt mir, dass er dringend Geld bräuchte und dass er von Andreas Bertram gehört hätte, dass Ihr Unternehmen bereit wäre, in Odisworth Land zu kaufen.« Er knüllte die Folie zusammen, warf sie auf den Tisch und machte sich daran, den Korken zu lösen. »Jans Unterschrift fehlt leider noch, aber er hat mir ausdrücklich versichert, er käme nächste Woche vorbei, um das nach-zuholen. Sie sehen also, es gibt nichts mehr, worüber Sie sich Sorgen machen müssten.«

Der Korken zischte nur, anstatt zu knallen. Mangels schnappte sich einen der Pappbecher und goss ihn voll. »Ich war so frei, Herrn Schwillmer zu informieren. Er hat sich sehr zufrieden gezeigt. Ich soll Sie ganz herzlich von ihm grüßen.« Er reichte den Becher über den Tisch.

Jule nahm ihn zaghaft entgegen. Durch die Pappe spürte sie die Kohlensäure prickeln. »Vielen Dank.«

Mangels füllte den zweiten Becher und hob ihn lächelnd zu einem Trinkspruch. »Herzlichen Glückwunsch! Ab heute weht ein neuer Wind in Odisworth, wenn Sie mir diesen kleinen Scherz gestatten! Wir haben gewonnen, Frau Schwarz! Zum Wohl!«

Dem Geruch nach zu urteilen, war es ein süßer Sekt, den Mangels anlässlich des Sieges über die Unvernunft ausschenkte, doch Jule rann er kalt und bitter die Kehle hinab. Es war das erste Mal in ihrem Leben, dass sie sich um eine Niederlage betrogen fühlte.

# 141

»Und nun zu etwas weniger Erfreulichem«, kündigte Mangels an. Er wandte sich an die Frau, die bisher noch keinen Ton von sich gegeben hatte. »Ich denke, Sie können ihn jetzt holen, Frau Plate.«

Plate? War das die Mutter des Jungen, den Jule beinahe überfahren hatte? Warum war sie hier? Um Jule irgendwelche Vorwürfe zu machen? Nein, das ergab keinen Sinn.

Gespannt beobachtete Jule, wie die Frau eiligen Schrittes den Raum verließ.

»Was soll das?«, fragte sie Mangels.

Er grinste schelmisch. »Warten Sie's nur ab.«

Jonas musste in einem Nebenzimmer gewartet haben, denn im nächsten Augenblick betraten er und seine Mutter bereits wieder den Raum. Er machte ein Gesicht wie ein zum Tode Verurteilter und wich Jules neugierigen Blicken aus.

»Mein Sohn hat Ihnen etwas zu sagen.« Birgit Plates Stimme erinnerte Jule an das Geräusch eines Nagels, der über Beton kratzte. »Na los.« Sie hieb dem Jungen den Ellenbogen in die Seite. Seine beachtliche Größe und ihre Schmächtigkeit verliehen der Szene etwas Komisches.

»Entschuldigung, Frau Schwarz.« Jonas starrte auf seine Turnschuhe. Seine nächsten Sätze trug er vor wie ein schlecht auswendig gelerntes Gedicht. »Es tut mir leid, dass ich Sie so schlimm beschimpft habe. Es tut mir leid, dass ich

Ihnen die Puppe ins Auto gelegt und einen Drohbrief geschrieben habe.«

Jule lachte auf, weil die Situation dermaßen absurd war. War es denkbar, dass sie sich zu keiner Zeit wirklich in Gefahr befunden hatte? Dass sie gar nicht ins Visier von Andreas geraten war? Dass sie nicht mehr als das Opfer eines fiesen Streichs eines schlecht erzogenen Bengels geworden war? »Das kann nicht sein.«

Birgit Plate fühlte sich durch das Lachen offenbar in ihrer Ehre als Mutter gekränkt. Sie ging zu ihrem Stuhl, nahm die Handtasche, die sie über die Lehne gehängt hatte, und klappte sie auf. »Das habe ich unter seinem Bett gefunden.« Sie meinte eine nackte Barbiepuppe, der Kopf und Brüste fehlten. Nadeln zwangen die Puppe dazu, ihre Beine auf ewig gespreizt zu halten. »Da waren noch drei von den Dingern.« Sie schleuderte die Puppe auf den Tisch und herrschte ihren Sohn zornig an: »Herrgott, Jonas, was ist nur los mit dir?«

»Das sind nicht meine«, beteuerte Jonas trotzig und riss den Kopf nach oben. »Ich hab die bloß gefunden. Ich hab die nicht mal alle mitgenommen. Und das mit den Nadeln war ich nicht. Denkst du, ich bin pervers?«

»Junger Mann«, setzte seine Mutter zu einer Standpauke an.

»Moment«, ging Jule dazwischen. Eiskalte Finger schienen ihren Nacken zu streicheln. Das Pochen ihres Herzens war dieses Mal weitaus weniger angenehm als heute Morgen vor ihrem Anruf bei Rolf. »Moment.«

Jonas schaute sie an. Sie sah Tränen der Wut und der Verzweiflung in seinen Augen glitzern.

»Kannst du mir zeigen, wo du sie gefunden hast?«

Der Junge nickte stumm.

Fünf Minuten später saß Jule mit Jonas in ihrem Auto und fuhr die Odisworther Hauptstraße hinunter. Er hatte die Chance, ihr zu beweisen, dass er die Wahrheit sagte, sofort ergriffen. Jule verstand ihn. Er war in einem Alter, in dem es für ihn wahrscheinlich unerträglich entwürdigend war, dass seine Mutter dachte, es würde ihn anmachen, Puppen zu massakrieren. Jule nutzte die Gelegenheit, ihm eine Frage zu stellen, die sie nach dem Vorfall mit der Puppe beschäftigt hatte. »Wie bist du eigentlich in mein Auto gekommen? Hast du es aufgeknackt?«

»Nein.« Er schüttelte den Kopf, als könnte er kein Wässerchen trüben. »Es war offen. Ehrlich. Ich habe mich voll gewundert, dass es nicht zu war. Echt jetzt. Ich wollte Ihnen die Puppe und den Brief erst unter den Scheibenwischer klemmen, aber als ich gesehen habe, dass das Auto offen ist …«

Jule runzelte die Stirn. Das hörte sich nach einem ehrlichen Geständnis an. Als sie so darüber nachdachte, fiel ihr ein, dass die Zentralverriegelung ihres Wagens möglicherweise genauso spann wie das Navi. Und an jenem Abend in Hamburg hatte das Gewitter doch auch plötzlich ohne jeden Grund die Alarmanlage ausgelöst. »Scheißelektronik«, wiederholte sie murmelnd Rolfs Kommentar zu diesen Fehlfunktionen.

»Es war wirklich dumm von mir«, sagte Jonas. »Und es hat ja nicht mal so geklappt, wie ich mir das vorgestellt hatte. Ich meine …« Er zögerte. »Sie haben nicht mal richtig Angst gekriegt. Sie sind einfach nur wütend geworden, haben die Puppe in den Garten geschmissen und sind losgelaufen, mit dem Handy am Ohr.«

»Hast du mich etwa beobachtet?«, fragte Jule.

»Ja«, gestand Jonas. »Sonst wäre es doch nicht lustig gewesen.«

»Lass mich raten«, sagte Jule. Ihr Stolz darüber, die Situation mit der Puppe ganz zu Anfang einigermaßen richtig eingeschätzt zu haben, hielt sich in Grenzen. Warum nur war sie später dazu übergegangen, in dieser Sache nicht weiter auf ihren gesunden Menschenverstand zu bauen? »Du hast mich weggehen sehen und hast anschließend die Puppe wieder eingesammelt, weil du dachtest, ich würde die Polizei rufen. Stimmt's?«

»Stimmt.« Jonas rutschte auf seinem Sitz hin und her. »Aber es tut mir wirklich total leid.«

Da war noch etwas, das Jule loswerden musste. Etwas Wichtiges, das sie zu Jonas sagen konnte. Etwas, das sie einem anderen Menschen vor vielen Jahren nicht mehr hatte sagen können. »Mir tut auch was leid. Ganz schrecklich sogar. Unser Unfall. Das war keine Absicht. Wenn ich es könnte, würde ich dafür sorgen, dass er nie passiert wäre.«

Jonas musterte sie einen Augenblick. »Sie sind nett«, meinte er schließlich. »Das mit der Puppe war total kacke von mir. Ich hab mich nur so geärgert. Wegen meinem Fahrrad. Es war ein Geschenk von meinem Vater, wissen Sie? Und es gab doch so viele Leute, die wollten, dass Sie aus dem Dorf abhauen. Da dachte ich –« Sein Arm zuckte nach oben. »Halt! Da müssen wir rein.«

Jule bremste scharf ab. Sie biss die Zähne zusammen, um nicht laut aufzuschreien. Jonas hatte sie zielstrebig zu einem Ort geführt, den sie ansonsten für den Rest ihres Lebens gemieden hätte: zu dem Weg durch das kleine Waldstück, in dem sie an ihrem ersten Abend in Odisworth eine unheimliche Begegnung mit einer düsteren Gestalt gehabt hatte.

Jules schlimmste Befürchtung bewahrheitete sich zum Glück nicht. Jonas hatte die Puppen nicht in dem ausgebrannten Gehöft gefunden. Nach rund hundert Metern auf dem Waldweg bat er sie, anzuhalten. Sie stiegen aus und gingen eine Weile durch das Unterholz. Da die Sonne bereits tief am Himmel stand, hatte zwischen den Bäumen schon ein dämmeriges Licht Einzug gehalten. Mehr als einmal spielten Jules überreizte Sinne ihr einen makabren Streich: Sie hätte schwören können, dass sie von einem großen Mann in einer dunklen Jacke verfolgt wurde, der sich jedes Mal, wenn sie sich nach ihm umdrehte, gerade noch rechtzeitig hinter einem der breiteren Stämme versteckte.

Sie atmete erleichtert auf, als Jonas schließlich vor einer uralten Buche stehen blieb. »Hier ist es.«

»Hier?« Sie schaute sich um und sah außer den Bäumen, hinter denen ihr Trugbild lauerte, nur Gras, Farn und einen Strauch mit dürren Zweigen. Hatte Jonas sie doch angeflunkert? Dieses Gebiet war doch laut Smolski von der Polizei durchkämmt worden. Es war für sie völlig unvorstellbar, dass dabei ausgerechnet ein Haufen verstümmelter Puppen übersehen worden war.

»Da oben. In einem Astloch.« Jonas zeigte den Baum hinauf. »Ich hol sie.«

Mit geschickten Bewegungen kletterte der Junge an dem Stamm, der einen Durchmesser von gut anderthalb Metern hatte, in die Höhe. Sie verlor ihn im Gewirr aus Ästen und Laub einen Moment aus dem Blick.

»Jonas?«, rief sie besorgt.

Sie hörte ihn keuchen, dann ein Schaben und ein »Vorsicht!«. Ein schwarzer Schemen fiel vom Baum. Er prallte raschelnd gegen einige größere Äste, schrammte am Stamm entlang und landete keine zwei Schritte von Jule entfernt auf den Wurzeln der Buche. Sie erkannte ihn als eine große Reisetasche aus dunkelblauem Kunststoff.

Jonas kletterte ebenso schnell vom Baum herunter, wie er zuvor hinaufgeklettert war. »Sehen Sie.« Ohne Umschweife hockte er sich neben die Tasche und zog den Reißverschluss auf. Er weitete die Öffnung mit beiden Händen und griff vorsichtig hinein. »Da sind die Puppen.«

Es waren Dutzende. In allen Haar- und Hautfarben. Nicht alle waren nackt. Einige trugen Badeanzüge oder Prinzessinnenkleider, Trainingsjacken oder Arztkittel, Skioveralls oder Bikinis. Zwei Dinge hatten sie jedoch alle gemein: Ihre Gliedmaßen waren mit Nadeln in festen Posen fixiert, und keine von ihnen war unversehrt. Manchen waren die Augen ausgestochen, anderen die Finger oder die Füße abgeschnitten, und bei allen, wie Jule nach näherem Hinsehen feststellte, waren die Brüste verunstaltet. Sie blickte sich gehetzt um, um sich zu vergewissern, dass der große Mann in der schwarzen Jacke wirklich nur Einbildung war.

»Das da drunter müssen Sie auch sehen.« Ehe Jule es verhindern konnte, schüttete Jonas den gesamten Inhalt der Tasche aus.

Was sich neben den Puppen auf den Waldboden ergoss, war eine beeindruckende Sammlung von Pornoheften. Auf den Titelseiten kopulierten Pärchen und Gruppen in den verschiedensten Stellungen, oder es waren diverse Geschlechtsteile, Hintern und Brüste in bizarren Nahaufnahmen abgelichtet. Sie stammten unverkennbar aus einer Zeit, in der es für Frauen noch nicht Mode geworden war, sich die Scham zu rasieren.

Jule interessierte sich weniger für die Magazine und mehr für den Gepäckanhänger, der an einer Schlaufe von einem der Griffe der Sporttasche baumelte.

»Gib mir die Tasche«, sagte sie zu Jonas, dessen Blick fest

auf die pornografischen Bilder aus einem fernen Jahrzehnt gerichtet blieb, in dem Jungen in seinem Alter noch nicht das Internet hatten, um ihre Neugier an sexuellen Dingen zu befriedigen.

Die leere Tasche kam Jule schwerer vor, als sie war. Das kleine Formular in der Plastikhülle des Gepäckanhängers war voll ausgefüllt. Sie las nicht den Namen, den sie erwartet hatte.

## 144

»Beruhigen Sie sich bitte erst mal, Jule.«

»Ich will mich nicht beruhigen«, fuhr Jule Smolski an. Mit einem Mal hatte der Wald um sie herum tausend Augen. Jonas starrte sie verstört an, weil sie so in ihr Handy brüllte. »Es war nicht Andreas. Andreas hat diese Frauen nicht umgebracht.«

»Das haben Sie mir schon gesagt. Jetzt müssen Sie mir noch sagen, wie Sie darauf kommen.«

Jule holte tief Luft und drückte ihr freies Ohrläppchen. Einmal, zweimal, dreimal. »Weil ich hier in dem Wald stehe, in dem Sie die Leichen gefunden haben«, fuhr sie etwas gefasster fort, »und vor mir eine Tasche liegt, in der lauter verstümmelte Puppen und eine Ladung Pornohefte waren. Und die Tasche hat nicht Andreas gehört.«

»Sondern?«, fragte Smolski ernst.

»Jan Nissen«, antwortete Jule. Ihr ursprünglicher Instinkt hatte sie nicht getrogen – nicht Andreas, sondern sein aus Odisworth verschwundener Freund aus Kindertagen war die gnadenlose Bestie. »Auf dem Anhänger steht zwar Klaas Nissen, aber der ist schon lange tot. Hören Sie zu, Smolski, ich möchte so schnell wie möglich aus diesem verfluchten Wald raus. Schicken Sie ein paar Ihrer Leute hierher.«

»Gehen Sie zurück zu Ihrem Wagen, Jule.« Smolskis Stimme nahm einen warnenden Unterton an.

»Ich haue hier gern ab, aber der Mörder hat es gar nicht auf mich abgesehen.«

»Wie bitte?«

Sie sah zu Jonas, dem die Erwähnung des Mörders sämtliches Blut aus den Wangen getrieben hatte. »Das mit der Puppe in meinem Auto war nur ein Dummejungenstreich. Es hat sich alles aufgeklärt.«

»Was erzählen Sie da?«

»Es ist so.« Sie stampfte ungeduldig mit dem Fuß auf. »Sagen Sie mir, was ich jetzt machen soll.«

»Sie fahren zur nächsten Polizeiwache.« Er nannte ihr eine Adresse in Joldebek. »Schildern Sie den Kollegen, wie sie die Tasche finden können.«

»Ich kenne mich hier doch kein Stück aus«, wandte sie ein. »Aber Jonas kann es ihnen bestimmt zeigen.«

»Wer ist Jonas?«

»Der dumme Junge von dem Dummejungenstreich.«

»Verstehe.« Smolski schwieg kurz. »Schöne Scheiße.«

»Ja genau.«

»Machen Sie trotzdem, dass Sie da wegkommen, Jule«, empfahl er ihr. »Sie hören sich ziemlich mitgenommen an.«

»Ach wirklich?«, fauchte sie. »Warum nur?«

»Falls es Sie tröstet: Wir haben die Leiche der zweiten jungen Frau aus dem Wald identifiziert. Es ist nicht Kirsten Küver.«

Jule wusste nicht, was sie dazu sagen sollte. Kirsten Küver war einmal zu oft definitiv tot, nur um im nächsten Augenblick vielleicht doch irgendwo in Thailand in einer Strandbar zu sitzen. Jule beendete einfach das Gespräch. Sie wollte nur noch fort aus diesem Wald.

»Bring uns zurück zum Auto«, befahl sie Jonas.

Der Junge blieb wie angewurzelt stehen.

»Was ist los?« Sie wirbelte herum, weil sie befürchtete, Jan Nissen – dieses gesichtslose Ungeheuer – könnte sich von hinten an sie herangeschlichen haben, aber da waren nach wie vor nur Bäume.

»Was ist los?«, fragte sie Jonas noch einmal.

»Sie ... Sie sind so ... so wütend«, stammelte der Junge. »Hab ich was falsch gemacht?«

»Nein. Du nicht.« Sie warf einen Blick auf die auf dem Waldboden verstreuten Puppen. Auf die verrenkten Arme und Beine. Auf das verbrannte Haar. Auf die verstümmelten Brüste. »Du nicht.«

## 145

»Du hast wirklich tolle Brüste«, sagte er beeindruckt. »Das ist gut. Daran brauchen wir gar nichts zu machen.«

Sie durfte sich nicht bewegen. Ganz still liegen bleiben. Nicht daran denken, was mit ihren Zehen passiert war. Sie spürte die Zehen noch, obwohl sie abgeschnitten waren. Wenn sie mit ihnen wackeln wollte, war da mehr als nur ein heißer Schmerz. Sie spürte, wie sich Haut und Muskeln spannten, die sich gar nicht mehr spannen konnten. Sie musste hier raus. Und wenn sie auf allen vieren aus ihrem Gefängnis kriechen würde. Er durfte nicht gewinnen. Sie hatte doch ihren Plan.

Der erste Teil war so gut gelaufen. Er hatte ihr von dem seifigen Wasser gegeben. Sie hatte sich ganz schwach gestellt, als könnte sie nur wenige Schlucke davon trinken. Sie hatte getan, als würde sie schlucken, aber sie hatte das

Wasser in ihrem Mund behalten. Deshalb musste sie jetzt so still liegen. Er musste glauben, dass sie eingeschlafen war. Dann würde er sie umziehen. Dann würde er sie losschnallen. Und dann kam der zweite Teil ihres Plans. Sie versuchte, nicht daran zu denken, dass dieser Teil vage und formlos war. Das war egal. Er würde sie losschnallen. Bald.

Sie hörte das Rascheln von Stoff. Gut. Sie hörte seine Schritte, die auf dem Boden leise knirschten. Ja, jetzt. Sie jubelte stumm, als er die Riemen löste. Er fing unten bei ihren Knöcheln an und arbeitete sich langsam nach oben. Gleich. Gleich. Jetzt! Jetzt klirrte die letzte Schnalle, die ihre Schultern fixierte.

Sie unterdrückte ein Zucken, als er seine Hand unter ihren Rücken schob und sie in eine sitzende Position aufrichtete. Sie ließ die Arme und den Kopf schlaff hängen. Das seifige Wasser schwappte in ihrem Mund. Seine Finger nestelten in ihrem Nacken. Er zog ihr das Leibchen aus. Sanft bettete er sie wieder flach auf der Liege. War das der Augenblick? Sollte sie es jetzt wagen?

Sie öffnete ihre Augen einen winzigen Spalt. Da! Da war er! Er stand mit dem Rücken zu ihr. Er summte sein schreckliches Lied. In der linken Hand hielt er mit ausgestrecktem Arm einen Kleiderhaken vor sich in die Höhe, an dem eine lange Bahn aus weißem Stoff hing. Ein Brautkleid!

Ihre Entschlusskraft wurde von roher Panik verschlungen. Ihre Zunge, die sie die ganze Zeit über an den Gaumen gepresst hielt, um das seifige Wasser nicht zu schlucken, drohte nach hinten zu rutschen. Nein! Nein! Sie hustete. Das seifige Wasser sprühte von ihren Lippen.

Er drehte sich zu ihr um.

Warum konnte sie nicht aufhören, zu husten? Warum? Warum?

»Du schläfst ja gar nicht!«, grollte er.

Sie wollte aufspringen, aber alles, was sie mit ihren ge-
schwächten Muskeln zustande brachte, war, sich von der
Liege zu rollen. Sie landete weich. Sand. Sie lag auf Sand.

Sie versuchte, aufzustehen, aber da war er schon bei ihr
und riss sie hoch. Ein unglaublicher Schmerz – reißend und
glühend wie geschmolzener Stahl – schoss ihr von dort, wo
ihre Zehen gewesen waren, bis in die Knie. Sie schrie. Nein!
So konnte es nicht enden! Da! Da war seine Hand! Sie grub
ihre Zähne in sein Fleisch. Er brüllte auf. Blut sprudelte ihr
in den Mund. Warm und süß. Er zog seine Hand zurück.
Ein Fetzen seiner Haut blieb zwischen ihren Zähnen. Sie
schluckte ihn gierig und brach in die Knie. Sie sah seine
Faust auf sich zurasen. Ein neuer Schmerz explodierte irgendwo zwischen ihrer Nase und ihrem Mund. Ihr ganzer
Körper wurde nach hinten geschleudert. Sie stieß mit dem
Hinterkopf gegen etwas Hartes. Dann wurde alles um sie
herum schwarz.

## 146

Lothar Seger rieb sich die zerschnittenen Knöchel mit einer
Wundsalbe ein. Er hatte sie erst gestern, nach seiner Eröffnung an Jule, zum ersten Mal aufgetragen. Trotzdem fand
er, dass sich der Schorf schon viel weicher anfühlte.

Es war merkwürdig. Er hatte immer gedacht, seine Schuld
wäre zu schwer, um sie je wieder von seiner Seele abwälzen
zu können. Er hätte es besser wissen müssen. Gerade er.

Er schraubte die Salbentube zu und sah zu seinem Telefon. Wie oft hatte er in den letzten Tagen versucht, sie
anzurufen? Zwanzigmal? Dreißigmal? Warum wollte sie
nicht mehr mit ihm reden? Weil sie spürte, dass er sie ange-

logen hatte? Wollte sie ihn vielleicht nie mehr wiedersehen? Würde sie ihm nie mehr anvertrauen, was sie dachte und fühlte?

Dieser Gedanke war unerträglich für ihn. Es gab jemanden, der ihm sagen konnte, ob sie ihn für immer aus ihrem Leben verbannen wollte.

Er musterte das Telefon, als wäre es zur gleichen Zeit sein bester Freund und ärgster Feind.

# 147

Jule nahm sich viel Zeit beim Kofferpacken. Sie hatte Jonas bei der Polizei abgeliefert, kurz ihre Personalien hinterlassen und dafür gesorgt, dass die Mutter des Jungen informiert wurde. Danach war sie in die Pension gefahren.

Was sie fühlte, während sie zum letzten Mal ihre Abreise aus Odisworth vorbereitete, war eine Art stiller Wut. Sie war wütend auf sich selbst, weil sie die Idee, Andreas wäre ein kranker Serienmörder, so schnell und ohne echte Vorbehalte akzeptiert hatte. Sie war wütend auf Smolski, der ganz in seiner Rolle des selbstgerechten, allwissenden Ermittlers aufgegangen war. Sie war wütend auf Mangels, da der Odisworther Bürgermeister die gesamten letzten zwei Wochen über viel zu wenig getan hatte, um sie zu unterstützen, obwohl es von Anfang an in seiner Macht gestanden hätte, ihre Arbeit zu erleichtern. Und sie war wütend auf Schwillmer, der sie behandelt hatte wie ein wankelmütiger König seinen Leibeigenen.

Als sie den Koffer zuklappte, kam ihr Kirsten Küver in den Sinn. Falls Kirsten tatsächlich einfach nur alle Zelte in Deutschland abgebrochen hatte, konnte sie Jule gut verstehen. Sie gab sich einen Moment der Fantasie hin, ein altes Leben voller Zwänge, Unsicherheiten und Enttäuschungen hinter sich zu lassen, um eine halbe Welt entfernt ein neues zu beginnen.

Dann schleppte sie den Koffer hinunter ins Erdgeschoss, um sich von den Jepsens zu verabschieden. Beim Händeschütteln musterte Eva sie nachdenklich, als gäbe es noch etwas Wichtiges zu sagen, das jedoch unausgesprochen bleiben musste. Malte begleitete Jule zu ihrem Auto. Er ließ es sich nicht nehmen, ihr Gepäck eigenhändig im Kofferraum zu verstauen.

Sie war bereits halb eingestiegen, als er sie fragte: »Sie kommen doch aber mal wieder?«

»Sicher.« Jule zog die Tür zu. Es war eine Lüge, weil sie fest vorhatte, ihrem Chef eine Bedingung zu stellen: Sie war nur bereit, weiter für ihn zu arbeiten, wenn er ihr ein anderes Projekt zuteilte.

Sie verstaute ihr Smartphone in einem Fach in der Mittelkonsole, schnallte sich an und drückte den Startknopf für den Motor. Der Wagen sprang nicht an. Sie drückte den Knopf noch einmal.

Die Musik aus dem Radio war wie ein verhaltenes Flüstern. Jule nahm den Finger vom Startknopf. Ein leiser Schrecken wehte durch ihren Verstand. Sie kannte dieses Lied. Als sie es zum letzten Mal gehört hatte – hier, in diesem Wagen –, hatte es ohrenbetäubend laut aus den Boxen geschallt. ›Barbie Girl‹. Ein Echo der Panik, die auf dem Waldweg in ihr losgebrochen war, stieg in Jule auf. Die Hände wurden ihr feucht, der Mund trocken.

Es klopfte an der Scheibe. Jule riss den Kopf herum und starrte in das besorgte Gesicht von Malte Jepsen. »Stimmt was nicht?«, las sie ihm mehr von den Lippen ab, als es zu hören.

Das Radio verstummte.

»Halt! Halt!« Das anfangs gedämpfte Rufen wurde lauter. »Halt!«

Jule schaute zum Haus.

Eva rannte durch den Vorgarten. Sie wedelte hektisch mit einem braunen großformatigen Briefumschlag in der einen und einem kleineren weißen Umschlag in der anderen Hand. »Der Brief! Ich habe ihn doch noch gefunden!« Sie drängte sich neben ihren Mann vor die Fahrertür. »Machen Sie die Scheibe runter.«

Jule betätigte den elektrischen Fensterheber. Ihr war jede Ablenkung recht, um die Erinnerungen an ihre Erlebnisse auf dem Waldweg loszuwerden.

»Gott sei Dank habe ich Sie noch erwischt«, japste Eva. Sie überreichte Jule die Post von einem Toten. »In einem guten Haus geht eben nichts verloren.«

»Wo war er denn?«, wollte Malte wissen.

»Im Altpapier«, antwortete Eva. »Zwischen den Werbeprospekten. Weiß der Himmel, wie er da hingekommen ist. Der andere ist von heute Morgen.«

Jule wog den kleineren Umschlag in der Hand. Sie ahnte sofort, was sie darin finden würde. Sie riss den Umschlag auf und schüttelte den Schlüssel in ihre Handfläche. Andreas war bei der Einladung an sie auf Nummer sicher gegangen. Er hatte zwei Kopien seines Wohnungsschlüssels angefertigt. Die eine hatte er ins Büro, die andere nach Odisworth geschickt. Eine dumpfe Vermutung erwachte in ihr. War sie zu spät zu Andreas gekommen? Hatte er gar nicht geplant, dass sie ihn tot in seinem Schlafzimmer hängend fand? Hatte er sie eigentlich sehen wollen, um ihr das Geheimnis anzuvertrauen, von dem in seinem Abschiedsbrief die Rede gewesen war? Das große, das richtige Geheimnis, wie er es genannt hatte?

»Was ist das für ein Schlüssel?«, fragte Eva neugierig.

Jule ignorierte sie. Sie öffnete den zweiten Umschlag. Sie

erkannte auf den ersten Blick, dass es sich bei dem mehrfach gefalteten Bogen Papier um den aktuellen Bebauungsplan von Odisworth handelte, den Andreas ihr angekündigt hatte. Auf dem Plan klebte ein gelber Post-it-Zettel. »Hoffe, das hilft dir weiter«, war alles, was darauf stand. Sie löste den Klebezettel von seiner Unterlage und knüllte ihn zusammen. Nein, das half ihr nicht weiter.

Ihre Meinung änderte sich umgehend, als sie erkannte, welchen Teil des Bebauungsplans Andreas' kurze Nachricht verdeckt hatte: den, auf dem das Wäldchen eingezeichnet war, wo Jan Nissen zwei seiner Opfer verscharrt hatte und das zu Erich Fehrs' Besitz gehörte.

Jule verschlug es den Atem.

Das angrenzende Grundstück – das mit dem ausgebrannten Gehöft – war auf diesem Plan wesentlich kleiner als auf dem, mit dem sie bisher gearbeitet hatte.

Ihre Kehle schnürte sich zu.

Unter dem verschachtelten Vieleck, das die Position des Gehöfts markierte, las sie einen Namen.

Er lautete nicht Jan Nissen.

Er lautete Jan-Rolf Behr.

»Er ist Jan«, brachte Jule fassungslos hervor. Für einen Moment war sie wie eine Fliege, die verzweifelt im Netz zappelte, weil ihr die Erschütterungen in den Fäden verrieten, dass ihr Tod unaufhaltsam näher kroch. »Er war Jan.«

»Ich dachte, Sie wüssten längst, wer Jan ist«, sagte Malte verwundert.

»Was?«

Maltes Brauen zogen sich eng zusammen. »Ich habe Sie doch neulich mit ihm gesehen. Im ›Dorfkrug‹. Beim Mittagstisch.«

»Das? Der Mann, bei dem ich da gesessen habe?« Jule unternahm eine letzte Anstrengung, ihre Hoffnung darauf zu retten, dass die Wirklichkeit nicht noch grausamer war, als sie es sich je hätte ausmalen können. »Das war doch Rolf Behr.«

»Behr, Behr …«, murmelte Eva vor sich hin. »War das nicht der Mädchenname von Jette Nissen?«

Klick.

Die Puzzleteile fügten sich ineinander, ganz gleich, wie sehr Jule sich auch dagegen wehrte. Nicht Andreas hatte seinen Namen geändert. Jan Nissen hatte seinen Namen geändert. In Jan-Rolf Behr.

Nicht die Schuld über von ihm begangene Morde hatte Andreas dazu verleitet, sich das Leben zu nehmen. Es war die Gewissheit oder zumindest die Ahnung gewesen, dass mindestens drei Frauen hatten sterben müssen, weil er jahrelang die Augen davor verschlossen hatte, wozu sein Freund aus Kindertagen fähig war.

Nicht Andreas war der Mann aus der alten Heimat, dem Kirsten Küver in Hamburg wiederbegegnet war. Es war Rolf gewesen.

Rolf hatte nicht zufällig so großes Interesse an ihr gezeigt. Er hatte sich ihr Stück für Stück weiter angenähert, weil sie Kirsten Küver wie aus dem Gesicht geschnitten war und damit genau in sein Beuteschema passte.

»Wollen Sie nicht rangehen?«, fragte Eva. Sie deutete in das Wageninnere. »Ihr Handy klingelt.«

Jule schaute auf das Display. Welche schockierende Eröffnung stand ihr jetzt bevor? Sie nahm den Anruf mit einem schwachen »Ja?« entgegen.

»Jule? Lothar Seger hier.« Er klang am Boden zerstört. »Ich weiß, Sie sind Freundinnen, und wahrscheinlich werden Sie es mir nicht verraten. Aber wissen Sie, wo Caro ist? Ich versuche seit Tagen, sie zu erreichen, aber sie meldet sich einfach nicht zurück. Das Letzte, was ich von ihr gehört habe, ist, dass sie einem Mann auf den Zahn fühlen wollte, ob er was für Sie wäre.«

Jule warf das Smartphone auf den Beifahrersitz, als wäre es ein glühendes Stück Kohle.

»Hallo? Hallo?«, kam es noch zweimal ganz leise von Seger. Dann blieb das Handy stumm.

Jule hatte Caro seit Sonntag nicht mehr zu fassen bekommen. Seit sie ihr von dem unglücklich geendeten Einkaufsbummel mit Rolf berichtet hatte.

Caro hatte Jule zwar hoch und heilig versprochen, sich in die Sache mit Rolf nicht einzumischen. Aber Caro war eben Caro. Es lag einfach in ihrem Wesen, ihre Nase ungefragt in anderer Leute Angelegenheiten zu stecken.

Caro hatte auf alle Anrufe nur einmal reagiert – mit einer knappen SMS, die jeder hätte senden können, der ihr Handy hatte.

Caro war groß und blond. Wie sie. Wie Kirsten.

Rolf bereitete seinen Opfern kein gnädig schnelles Ende. Er brachte sie an einen Ort, wo er sich sicher genug fühlte, um sie über mehrere Tage hinweg viehisch zu quälen und seine grausamen Fantasien an ihnen auszuleben. Und um sie schließlich umzubringen.

»Caro!« Jules Finger schoss zum Startknopf. Der Motor heulte auf, als hätte er nur darauf gewartet, seine volle Kraft zu entfesseln.

## 148

»Er heißt nicht mehr Jan Nissen«, schrie Jule in ihr Handy, das sie sich zwischen Schulter und Ohr geklemmt hatte. Der Tacho zeigte 120 Kilometer pro Stunde. Die Häuser von Odisworth flogen an ihren Augenwinkeln vorbei wie im Zeitraffer. »Er heißt jetzt Rolf Behr.«

»Was?« Entweder war die Verbindung gestört, oder Jule hatte panischer geschrien, als es ihr bewusst war.

»Er heißt jetzt Rolf Behr«, wiederholte sie. Sie redete sich ein, ihre Stimme jetzt etwas besser unter Kontrolle zu haben. »Das Schwein heißt jetzt Rolf Behr.«

»Jule? Wo sind Sie?«

»Ich fahre zu ihm.« Sie hätte auch ohne die Hilfe des Navis, das ihren Weg vorzeichnete, verstanden, wohin sie musste.

»Nein, Jule, Sie fahren da nicht hin!«, versuchte Smolski, ihr zu befehlen. »Das ist Sache der Polizei.«

»Er hat meine Freundin«, schrie Jule. Er hatte Caro. Wenn Caro nicht schon tot und ihr geschundener Leichnam irgendwo im Wald versteckt war.

»Jule, Sie können nicht – «

Sie richtete einfach den Kopf auf. Sie wollte das nicht hören. Sie musste Caro helfen. Das Smartphone prallte gegen die Handbremse und landete im Fußraum. Es rutschte unter ihren Sitz, als sie scharf abbremste, um in den Waldweg einzubiegen.

# 149

»Wo steckst du, Hoogens?«, schnarrte Smolskis Stimme in Stefan Hoogens' Ohr.

Hoogens kannte den Polen lange genug, um sofort zu verstehen, dass etwas nicht in Ordnung war. Dazu hätte er das laute Sirengeheul im Hintergrund gar nicht gebraucht. »Auf der Wache in Kolkerlund. Ich schaue mir gerade an, was in dieser Tasche war – «

»Hör zu«, unterbrach ihn Smolski. »Schnapp dir so viele

Leute, wie du kriegen kannst, und fahr raus zu diesem abgebrannten Gehöft in Odisworth, dem Haus von Fehrs' Nachbar. Ich bin selbst auf dem Weg dahin.«

»Was ist los?«

»Frag nicht lange. Mach einfach.«

## 150

Das Gehöft erschien Jule noch unheimlicher als bei ihrem letzten Besuch. Das zersplitterte Dachgebälk erinnerte sie an das zahnbewehrte Maul eines urzeitlichen Ungeheuers, und die Schatten hinter den leeren Fensterrahmen rotteten sich zu einer einzigen Schwärze zusammen. Wollte sie wirklich dort hinein?

Ja, sie musste. Auch wenn der feigste Teil in ihr sie beharrlich anflehte: »Kehr um! Fahr mit Vollgas davon! Lass die Polizei Caro retten! Du weißt nicht einmal, ob sie wirklich in seiner Gewalt ist!« Jule widerstand diesen Einflüsterungen. Sie hätte es sich selbst nie verzeihen können, wenn Caro doch irgendwo auf dem Gelände gefangen gehalten wurde. Und was, wenn die Polizei zu spät eintraf? Was, wenn auch sie selbst bereits zu spät war?

Sie parkte den Wagen vor dem Traktor und stieg aus. Die Tür schlug sie nicht zu. Sie traute der Zentralverriegelung nicht mehr über den Weg.

Die Luft wies einen metallischen Geruch auf, der von einem nahenden Gewitter kündete. Der verrottete Strick der Schaukel ächzte im Wind, der noch ein weiteres Geräusch an ihr Ohr trug: ein regelmäßiges Wummern und Klopfen wie von einem großen Motor. Jule legte den Kopf schief, um das Geräusch zu orten.

Natürlich! Es kam ausgerechnet von dort. Aus der Scheune, deren Tor offen stand. Das Tor, das sich beim letzten Mal wie von Geisterhand geschlossen hatte. Sie ging darauf zu, der Schotter knirschte unter ihren Füßen.

Sie machte einen Bogen, um sich der Scheune seitlich zu nähern. Vor der Bretterwand angekommen, presste sie ihren Rücken gegen das verwitterte Holz. Zentimeter für Zentimeter schob sie sich auf das Tor zu. Als sie es erreicht hatte, rutschte sie erst Stück für Stück nach unten in die Hocke, ehe sie in das Innere der Scheune hineinspähte.

Sie sah dunkle schemenhafte Umrisse. Große Landmaschinen und Gerätschaften, wie schlafende Monster aus Metall. Ihre genauen Funktionen waren Jule ein Rätsel. Jede Einzelne von ihnen kam ihr jedoch bestens dazu geeignet vor, einem Menschen einen grauenhaften Tod zu bescheren. All die Haken, Dornen und Spitzen beschworen blutige Visionen von durchbohrtem Fleisch vor ihrem inneren Auge herauf. Sie hörte jemanden murmeln, ganz in ihrer Nähe. Sie erschrak darüber, und das Murmeln verstummte. War sie das selbst gewesen? Ja. Ihr Mantra gegen die Angst war ihr wie von allein über die Lippen gekommen. Was nicht verstummt war, war das rhythmische Motorengeräusch.

Sie machte seinen Ursprung in einer Ecke neben einer der großen Maschinen aus: ein Generator. Die in ihm pochenden Kolben und Zylinder ließen ihn zucken und ruckeln, als wäre er lebendig. Geduckt huschte Jule auf ihn zu. Abgasgestank stieg ihr in die Nase. Ob sie den Generator ausschalten sollte? Aber wie? Damit vielleicht? Ein großer runder Knopf, der auffällig aus dem Metallgehäuse einer Bedienkonsole herausragte. Das musste der Notstopp sein. Sie streckte ihre Hand nach dem Knopf aus. Ein warnendes Bild blitzte durch ihr Hirn: Caro in einem feuchten Kellerloch, das von einer einzigen nackten Glühbirne erleuchtet wurde. Wollte sie riskieren, Caro durch das Ausschalten des Generators in plötzlicher Finsternis versinken zu lassen?

Jule zog die Hand zurück. Ganz langsam. Ein Generator erzeugte Strom. Dafür war er da. Aber wo ging der Strom hin? Sie besah sich den Generator näher. Ein Kabel so dick wie ihr Handgelenk wuchs an einer Seite aus der Maschine. Das war sie: die Spur, der sie tiefer in das Reich von Rolfs Wahnsinn folgen konnte. Sie murmelte wieder und wieder ihr Mantra gegen die Angst, während sie sich Schritt für Schritt am Kabel entlangtastete. Es führte durch einen Durchlass in der Scheunenwand zur Rückseite des Haupthauses, wo es durch den Spalt einer angelehnten Tür verschwand.

Jule nahm all ihren Mut zusammen und öffnete die Tür ganz. Im Raum dahinter standen ein wuchtiger alter Herd und ein Tisch mit drei Stühlen. Pfannen, Töpfe, Kochlöffel, Kellen und andere Utensilien hingen an Haken an den Wänden. Eine Küche. Eine Küche, in der wohl seit vielen Jahren keine Nahrung mehr zubereitet worden war. Das Feuer, das im Obergeschoss des Gebäudes gewütet hatte, hatte diesen Raum offenbar verschont. Staub wirbelte über dem Herd auf, als die Tür hinter ihr wieder zufiel.

Jule hörte gedämpfte Musik aus dem Innern des Hauses. Die Härchen an ihren Armen richteten sich auf. Was machte sie hier eigentlich? Wieso glaubte sie, Rolf würde sich allein durch ihr Erscheinen von seinem blutrünstigen Treiben abbringen lassen? Das war völlig verrückt.

Vorsichtig zog sie die Küchentischschublade auf. Sie fand, was sie suchte. Eine Waffe. Sie nahm das Messer mit der längsten Klinge. Der schwere Griff war aus rauem Holz. Sofort fühlte sie sich etwas sicherer.

Das Kabel wand sich quer durch die Küche in eine Diele hinaus und von dort eine Treppe in den Keller hinunter, aus dem Licht nach oben schien. Die Musik wurde mit jedem Meter, den Jule zurücklegte, lauter.

»Meine Angst gehört zu mir«, wisperte sie. »Aber ich bin nicht meine Angst.«

Auf wackligen Knien schlich sie die Treppe hinunter. Sie fluchte stumm bei jedem noch so leisen Knarzen der Stufen, obwohl die Musik so laut war. Am Fuß der Treppe angelangt, erstarrte Jule. Träumte sie? Sie biss sich auf die Unterlippe. Nein, das war kein Traum. Wo war sie hier nur gelandet? Welche Welt hatte sich Rolf zum Ausleben seiner verirrten Triebe geschaffen?

Vor Jule lag ein kurzer Gang. Er war komplett in einem leuchtenden Pastellrosa gestrichen, ebenso wie die Tür, die seinen Abschluss bildete, und der Verteilerkasten an der Wand, in dem das Kabel endete. In geschwungenen schwarzen Lettern stand sein alter Name auf der Tür. Links und rechts daneben spendeten zwei Tiffanylampen auf kniehohen Beistellschränkchen ein trügerisch angenehmes Licht.

Jule hielt das Messer schützend vor sich. Sie konnte jetzt nicht mehr umkehren. Caro war hier. Sie wusste es einfach. Caro brauchte sie. Sie schlich zu der Tür und lauschte daran. Sie hörte nichts – außer dem Lied. Billiger Plastikpop. Sie drückte die Klinke hinunter und riss die Tür auf.

Auf den ersten Blick hätte Jule meinen können, dass sie in einem Fotostudio oder der Garderobe eines kleinen Theaters stand. Nackte Neonröhren tauchten die Szenerie in ein grelles kaltes Licht. Die vordere Hälfte des Raums war mit Kleiderständern zugestellt. An zahllosen Bügeln hingen Bekleidungsstücke aller Art – Hosen, Röcke, Kleider, Blusen, Jacken, Mäntel, Dessous – in unterschiedlichsten Farben, Schnitten und Materialien. Die Kleider mussten alle in etwa dieselbe Konfektionsgröße haben. Es war Kirsten Küvers Größe. Ihre Größe.

Die eine Ecke unmittelbar neben der Tür wurde von einer verschnörkelten Schminkkommode mit einem Triptychon ovaler Spiegel ausgefüllt. Lippenstifte, Lidschatten, Rouge-

und Puderdöschen, Kajal, Großpackungen mit Wattebäuschen, Wimperntusche, Pinsel und Quasten waren streng nach Farben geordnet in Dutzenden Fächern verstaut.

Aus der anderen Ecke schlug Jule ein unangenehm vertrauter Gestank entgegen. Stechende Säure wie von altem Schweiß. Wie im Kofferraum ihres Wagens. Auf einer Werkbank waren Zangen, Scheren, Messer und ein klobiger Tacker von der Sorte aufgereiht, mit dem ein Handwerker Folien oder Spanpressplatten an Latten und Rahmen fixierte. Der Gestank kam aus einem großen weißen Plastikkanister, auf dessen Vorderseite das Warnsymbol für ätzende Chemikalien, eine zerfressene Hand, aufgeklebt war. Auf der Werkbank stand auch die Quelle der lärmenden Musik: ein alter tragbarer CD-Spieler, der von Herzchen- und Ponystickern übersät war.

Der hintere Teil des Raums stand dem vorderen in seiner Atmosphäre des absoluten Irrsinns in nichts nach: Die gesamte Rückwand war eine einzige Fototapete von einem tropischen Strand mit Palmen, strahlend weißem Sand und glasklarem blauem Meer. Der Boden davor war knöcheltief mit Sand ausgestreut, um die klägliche Illusion zu erzeugen, dass sich der ferne Strand in diesen Keller in der norddeutschen Provinz hinein erstreckte. Verstärkt wurde dieser Eindruck durch eine Plastikpalme, einen Sonnenschirm und einen Liegestuhl.

Die Frau, die darauf geschnallt war, trug ein altmodisches Brautkleid samt Korsett. Es war so straff geschnürt, dass zwei große Männerhände die Taille mühelos hätten umschließen können. Schwarzes Panzertape versiegelte den Mund der Frau, deren Augen geschlossen waren.

»Caro!« Jule hastete auf den Liegestuhl zu. Sie kniete sich in den Sand und schüttelte ihre Freundin. »Caro! Caro!«

Lebte Caro überhaupt noch? Ihre Nase war nur noch ein

472

blau geschwollener Klumpen. War Jule zu spät? War Caro schon lange erstickt?

Endlich riss Caro die Augen auf.

»Ich bin's, Caro«, sprudelten die Worte aus Jule. »Ich hol dich hier raus. Ich hol dich hier raus.«

Caro antwortete ihr mit einem erstickten Laut.

Jule klemmte sich das Messer zwischen die Zähne. Mit dem Geschmack von Stahl auf der Zunge löste sie den Riemen, der Caros rechten Arm fesselte. Caro bäumte sich auf und langte panisch nach Jules Handgelenk. »Ganz ruhig!« Jule schlug Caros Arm beiseite. »Ganz ruhig.«

Caro tastete nach dem Tape auf ihrem Mund und zerrte es von ihren Lippen. Schaler, fauliger Atem – eine widerliche Mischung aus Blut, Galle und einer undefinierbaren süßlichen Bitternis – wehte Jule entgegen. »Ich hatte … ich hatte die Beine über kreuz«, jammerte Caro heulend. »Ich hatte die Beine über kreuz.«

Jule hatte keine Ahnung, wovon Caro redete. Es war ihr auch egal. Sie hatte nur noch ein Ziel vor Augen. Sie mussten hier raus. Hier raus und zu ihrem Auto. Schnell.

Jules Finger fanden die nächste Schnalle. Sie hielt inne. Etwas war anders. Etwas war nicht mehr so wie noch eben. Aber was?

»O Gott. O Gott. O Gott. Nein, nein, nein.« Caro wurde von einem Weinkrampf geschüttelt.

Das war es: Die Musik war aus!

Jule wusste, was das hieß. Sie überließ sich ihren Instinkten. Er durfte nicht gewinnen. Nicht jetzt! Nicht jetzt, da sie es fast geschafft hatte. Sie beugte sich ein Stück tiefer über Caro. Das Messer wanderte von ihrem Mund in ihre linke Hand. Sie war nicht wie seine anderen Opfer. Sie war nicht wehrlos. Sie wusste, wer und was er war. Sie verbarg das Messer hinter ihrem Oberschenkel, als sie sich langsam in Richtung der Tür umdrehte.

Er stand reglos am Rand des improvisierten Strands, eine Papiertüte mit dem Logo eines Baumarkts darauf unter dem Arm. Über den Rand der Tüte ragte die Tülle einer Silikonspritze. Sein Blick ruhte unbeirrt auf Jules Gesicht.

Überrascht stellte Jule fest, dass nacktes Grauen einen Geschmack entwickeln konnte – ein bittersaures Aroma, wie wenn man in einen unreifen Apfel biss.

»Kirsten?« Ein Lächeln glitt über seine Züge. Für einen Wimpernschlag erahnte Jule, wie der kleine Junge ausgesehen haben musste, der gern mit Puppen gespielt und Mädchen geschminkt hatte. Der kleine Junge, der sich inzwischen in ein wahnsinniges Monstrum verwandelt hatte. »Ich wusste immer, dass du zu mir zurückkommst.«

# 151

Kirstens Spiel war vorbei. Und was für einen schönen Schluss es hatte! Sie war zu ihm gekommen, an den sicheren Ort. Wollte sie auch mit der Frau spielen? Das konnte sein. Sie brauchte nicht mehr zu tun, als wäre sie jemand anderes. Und er brauchte das auch nicht mehr. Sie kannte ihn. Sie wusste genau, wer er war. Sie war die Einzige, bei der er jemals hatte er selbst sein können.

Endlich würde alles gut werden.

## 152

»Ich habe dich sofort erkannt, damals im Wald, in deinem Auto«, sagte Rolf. »Ich habe nach meinen Puppen gesehen. Erich meinte zu mir, sein Hund würde im Wald herumgraben. Da musste ich nachsehen. Du weißt doch, wie ich an meinen Puppen hänge.«

Jule hörte Caro hinter sich wimmern und das helle Klirren von Metall. Bemerkte Rolf denn überhaupt nicht, wie sein letztes Opfer die Schnallen löste, mit dem er es an den Liegestuhl gefesselt hatte? Nein, er schenkte Caro keinerlei Notiz. Offenbar war er zu gebannt von der Vorstellung, sein geliebtes Wesen wäre zu ihm zurückgekehrt. Jule kämpfte ein trockenes Würgen nieder. Smolski war ein verdammter Idiot. Er hatte mit allem danebengelegen – sogar mit seiner Theorie, die dunkle Gestalt, die Jule auf dem Waldweg vor das Auto gesprungen war, sei einer seiner Kollegen gewesen. Ein Wunsch kam in Jule auf: Hätte sich an jenem Abend doch nur ihre eigene Angstfantasie erfüllt. Hätte sie doch nur tatsächlich noch ein zweites Leben ausgelöscht. Sie hätte es nicht bereut.

»Das war ein schönes Spiel, oder?« Er lächelte zaghaft. »So zu tun, als wären wir andere Leute. So, wie wir es früher immer gemacht haben. Weißt du noch?«

Jule blieb stumm, aber sie nickte.

»Weißt du auch noch, wie Andi manchmal mitgespielt hat? Das war noch vor dem Geheimnis. Du hast das Geheimnis doch niemandem verraten, oder?«, fragte Rolf.

Jule schüttelte den Kopf. Sie verstand immer noch nicht, was dieses große, dieses richtige Geheimnis war, das so viel Unheil angerichtet hatte. Aber sie war bereit, sein Spiel mitzuspielen. Doch es würde anders enden, als er dachte. Ganz anders. »Nein, natürlich habe ich das keinem verraten.«

Er ließ die Tüte fallen, sank auf die Knie und rutschte ein Stück auf sie zu. »Ich musste es doch tun, oder?«

Sie nickte. Sie hätte ihn in all seinen noch so verrückten Ideen bestätigt, solange er nur näher an sie herankam.

»Du weißt, wie sie zu mir waren.« Er blinzelte, als stiegen ihm Tränen in die Augen. Seine Knie schabten über den Sand. »Sie hatten es nicht anders verdient. Sie haben mich fertiggemacht.«

Jule begriff, dass er nicht über die Frauen redete, die er umgebracht hatte.

»Er hat mich immer geschlagen.« Zorn und Trauer machten seine Stimme heiser. »Wegen der Zinnsoldaten. Wegen der Puppen. Wegen dem Schminken. Wegen dem Tanzen. Und sie, sie hat nur dabei zugesehen. Wenn er fertig war, ja, dann ist sie zu mir ins Bett gekommen und hat mich festgehalten. Mir gesagt, dass sie mich liebt. Dass sie mich braucht. Dass ich sie beschütze, weil er sie schlagen würde, wenn er mich nicht schlägt.«

»Das war schlimm, ja«, sagte Jule. Mein Gott, er redete von seinen Eltern! Ihre Finger schlossen sich fester um den Messergriff.

»Es war nicht meine Entscheidung«, verteidigte sich Rolf gegen einen Vorwurf, den niemand ausgesprochen hatte. Er zeigte zur Decke. »Der Himmel hat es entschieden. Das Gewitter wollte es so. Das Feuer wollte es so. Ich habe nur die Tür abgeschlossen, damit sie nicht aus ihrem Schlafzimmer kommen. Das weißt du doch, oder? Es war nicht meine Schuld.«

»Nein, es war nicht deine Schuld«, flüsterte Jule.

»Andi weiß es auch.«

Die Vorstellung, dass etwas so Unschuldiges wie ein Band der Freundschaft zwischen drei Kindern aufs Grauenhafteste pervertiert war, barg eine gewaltige Trostlosigkeit in sich. Jules Entschlossenheit drohte beinahe daran zu zerbrechen. Sie feuerte ihn stumm dazu an, noch näher auf Knien an sie heranzukriechen. Und er tat es.

»Er hat gedacht, er wäre schlau«, fuhr Rolf fort. »Er ist aus dem Fenster gesprungen. Aber dann konnte er nicht mehr laufen, und ich habe ihn zurück ins Haus getragen. Die Treppen hoch. Alles brannte. Sie war schon tot. Erst hat sie geschrien. Dann nicht mehr.«

»O Gott«, schluchzte Caro. »Warum hört er nicht auf?«

Rolf beachtete sie auch jetzt nicht. Er kroch weiter auf Jule zu. »Du warst so gut zu mir. Ich habe auf dich aufgepasst. Ich habe immer gewusst, wo du bist. Als du weggegangen bist, bin ich mit dir gegangen. Weißt du noch, wie wir uns wiederbegegnet sind? Wie glücklich wir waren?«

»Ja«, sagte Jule. »Ja, wir waren sehr glücklich.«

»Was redest du da, Jule?«, wimmerte Caro. »Wer ist er?«

»Und dann kam der schlimme Tag.« Rolf schüttelte den Kopf. »Als wir beschlossen haben, dass du eine Weile weit wegmusst, damit das Geheimnis für dich leichter zu ertragen ist. Aber du hast mir versprochen, dass du wieder zurückkommst. Erinnerst du dich?«

Jule nickte.

»Du kannst das nicht wissen, aber kurz, nachdem du fort bist, kam eine Frau und hat so getan, als wäre sie du.« Er fletschte die Zähne und ballte die Fäuste. »War sie aber nicht. Sie hat gesagt, du würdest doch für immer weggehen. Sie hat gelogen. Sie war nicht lieb zu mir. Sie wollte nicht stillhalten. Sie hat geschrien und geschlagen und gekratzt. Ich habe ihr gezeigt, wie man richtig stillhält. Wie man schön wird. Aber keine war so schön wie du. Keine lag so still.«

Am Ende überraschte er sie doch noch. Mit einer Geschmeidigkeit, die seine Masse Lügen strafte, sprang er auf und überbrückte blitzschnell die letzte Distanz zu ihr. Seine kräftigen Arme legten sich um sie. Er presste sie eng an sich und bettete seinen Kopf auf ihre Schulter. Ihre Hand mit dem Messer zuckte hilflos nach oben. Sein Griff war viel zu eng, um ihm die Klinge ins Fleisch zu treiben.

Aus und vorbei.

Sie hatte ihre letzte Chance vertan. Jule roch seinen süßen Duft und blieb vollkommen reglos. Sie versuchte, nicht daran zu denken, was ihr die Tarotkarte verheißen hatte, obwohl der Tod sie schon umschlungen hielt.

»Jule!« Das laute Rufen kam von oben. Aus der anderen Welt, wo der Wahnsinn Masken trug, um nicht als Wahnsinn erkannt zu werden. »Jule!«

Rolfs Kopf zuckte hoch. »Nein!«

»Hier unten!«, kreischte Caro wie irr. »Hier unten!«

Smolski! Neue Hoffnung glomm in Jule auf. Smolski war da!

»Jule!«

»Sie heißt nicht Jule«, zischte Rolf.

Knurrend wandte er sich von ihr ab, hin zur Stimme des Eindringlings.

Jule zögerte nicht. Sie holte aus und stieß ihm das Messer in den Rücken.

# 153

Rolf brüllte. Jule zerrte das Messer aus seinem Fleisch und stach sofort wieder zu. Tiefer als beim ersten Mal, und wo es zuvor von einem seiner Knochen abgelenkt worden war, fuhr es nun bis zum Heft in sein Fleisch. Er kippte nach vorn. Jules Finger rutschten vom Messergriff. Verdammt!

Er brüllte immer noch. Mit einem Arm stützte er sich auf dem Boden ab, den anderen verrenkte er tastend nach hinten, auf der Suche nach dem Messergriff.

Jule wich vor ihm zurück. Die Kante des Liegestuhls stieß ihr in die Kniekehlen. Sie drehte sich um. Caro war es gelungen, sämtliche ihrer Fesseln allein zu lösen. Schwach hob sie Jule die Arme entgegen. »Jule, schnell«, keuchte sie tränenerstickt. »Schnell!«

Jule fasste Caro unter den Achseln und half ihr auf die Beine. »Raus hier! Raus hier!«

»Jule!«, rief Smolski aus dem Erdgeschoss.

Jule schob Caro voran, die bei jedem Schritt »Meine Füße! Meine Füße!« kreischte.

Jule schaute nach unten. Hinter der Schleppe des Brautkleids verlief eine blutige Spur durch den Sand. Ihre Zehen. Er hatte Caros Zehen abgeschnitten! »Weiter! Weiter!«, trieb sie Caro an.

Als sie den vorderen Teil des Raums erreichten – den mit den Kleiderständern, dem Spiegel und der Werkbank –, schrie Jule: »Smolski! Wir sind hier! Smolski!« Sie wagte es nicht, sich umzudrehen und nachzusehen, ob Rolf sich schon das Messer aus dem Leib gezogen hatte. Sie fasste Caro um die Hüften und zerrte sie durch die Tür, den kurzen Gang entlang und die Stufen hinauf. »Smolski!«

Er kam ihnen auf der Hälfte der Treppe entgegen, seine Dienstwaffe gezückt. »Jule.«

Sie war noch nie dankbarer dafür gewesen, einen anderen Menschen zu sehen. Er packte Caro mit seiner freien Hand am Ellenbogen und half Jule, sie Stufe für Stufe nach oben zu befördern.

Sie waren zu langsam. Viel zu langsam. »Er ist da unten! Er ist da unten!«, rief Jule panisch. »Ich habe ihn abgestochen!«

»Ich bring euch zu deinem Auto«, übernahm Smolski die Initiative, als sie die scheinbar endlose Treppe hinter sich gelassen hatten. Er nahm Caro von der linken Seite um die

479

Hüfte, Jule von rechts. Gemeinsam schafften sie es tatsächlich, ein wenig an Tempo zuzulegen.

Jule hätte fast laut aufgeschrien, als sie in der Küche bemerkte, dass er seine Pistole weggesteckt und stattdessen sein Handy am Ohr hatte.

»Hoogens? Wo bleibt ihr denn? Er ist hier.«

Sie quetschten sich zu dritt seitlich durch die Hintertür. Dass es draußen noch hell war, schenkte Jule neue Zuversicht. Der Horizont stand von den letzten Strahlen der untergehenden Sonne in Flammen. Ja, sie konnten es schaffen.

»Weiter«, flehte Jule Caro an. Was für Höllenqualen Caro erdulden musste! Ihre Schritte wurden langsamer, und Jule merkte, dass ihrer Freundin die letzten Kräfte schwanden. Was, wenn sie sicher am Auto ankamen und doch nur noch eine Tote stützten? »Weiter.«

Sie umrundeten die Hausecke. Neben dem Traktorwrack konnte Jule den BMW sehen. Ihr Auto! Die geöffnete Fahrertür war wie eine glückliche Verheißung. Wie hatte sie sich je vor dem Anblick dieses Wagens fürchten können?

»Schick gleich einen Notarzt«, rief Smolski. »Ich habe hier eine Verletzte.«

Sie passierten die Haustür. Es waren keine zwanzig Meter mehr bis zum Auto. Nur noch zwanzig Meter, bis sie in Sicherheit waren.

»Sie blutet. Der Irre hat ihr die Zehen ampu–«

Smolski brachte den Satz nicht mehr zu Ende. Jule hörte noch ein dumpfes Knacken und Knirschen. Dann klappte er einfach in sich zusammen. Sein Gewicht riss sie und Caro mit sich zu Boden.

Von der einen auf die andere Sekunde geriet Jule in ein heilloses Wirrwarr aus Armen, Beinen und Rümpfen. Ihre rechte Hand, mit der sie den Sturz abzufangen versucht hatte, brannte wie Feuer. Mühsam wälzte sie die Last fremder Leiber von sich herunter.

»Nein!«, schrie sie, als sie erkannte, was Smolski zu Fall gebracht hatte.

Rolfs massiver Leib ragte drohend über ihr auf. Mit der rechten Hand hielt er eine lange Kneifzange umklammert. In seiner mächtigen Pranke wirkte sie wie Spielzeug. Eine schwarze Flüssigkeit tropfte von der Zange. Jule verlor jede Zuversicht, dass Smolski noch einmal aufstehen würde.

»Du«, knurrte Rolf. Er schwankte einen Schritt auf sie zu. »Du bist gar nicht sie! Du bist nicht Kirsten!«

## 154

Jule würde nicht kampflos aufgeben. Nicht nach allem, was Rolf ihr, Caro, Kirsten und wusste Gott noch wie vielen anderen Frauen angetan hatte. Sie winkelte das Knie an und trat ihm mit aller Kraft vors Schienbein. Sein linkes Bein knickte unter ihm weg. Er brüllte auf und stürzte schwer auf die Seite.

Das war Jules Chance. Sie rappelte sich auf, biss die Zähne zusammen und spurtete zu ihrem Wagen. Sie ließ ihre beiden Freunde nicht im Stich. Sie wusste nur, wie krank Rolf wirklich war. Sie warf einen Blick über die Schulter. Sie irrte sich nicht: Rolf scherte sich nicht um Smolski, der bewegungslos am Boden lag. Er interessierte sich auch nicht für Caro, die vor lauter Schmerz und Panik auf allen vieren ausgerechnet auf die Tür des Haupthauses zukroch. Rolf hatte es jetzt ganz allein auf Jule abgesehen. Weil sie ihn getäuscht hatte. Weil sie ihn in seinem eigenen Spiel geschlagen hatte. Weil sie ihm das Gefühl gegeben hatte, seine Kirsten wäre endlich wieder bei ihm.

Jule warf sich durch die offene Tür des BMW auf den

Fahrersitz. Hinter ihr knirschten Rolfs schwere Schritte auf dem Schotter.

Ein allerletztes Mal brodelte ihre Angst in ihr hoch. War er es nicht gewesen, der ihr gezeigt hatte, dass es angeblich nichts gab, wovor sie sich fürchten musste, wenn sie sich hinters Steuer setzte? Und hatte er sie nicht die ganze Zeit über belogen? Was, wenn auch seine Hilfe nur eine Lüge gewesen war?

Nein, war es nicht. Sie konnte ein Auto blind fahren. Es war nur eine Maschine. Eine Maschine, die tat, was man ihr befahl.

Sie sah ihn auf sich zukommen, eine dunkle massige Gestalt. Sie zog die Tür zu und drückte den Startknopf. Der Motor grollte. Ihre Hand fuhr automatisch zum Schaltknüppel, ihre Füße fanden die Pedale wie von selbst. Ein helles, warnendes Piepen wollte sie dazu drängen, den Sicherheitsgurt anzulegen.

Sie erstarrte. Was machte er da?

Er blieb stehen, drehte sich um, weg von ihr, zurück zum Haus.

Jule folgte seinem Blick. Für einen furchtbaren Wimpernschlag teilte sie Rolfs Wahn. An den Türrahmen des Haupthauses gelehnt, stand Kirsten Küver in einem weißen Brautkleid, die Arme flehentlich in seine Richtung ausgestreckt.

Der Bann verflog so schnell, wie er über Jule gekommen war. Da stand Caro!

Nicht für Rolf. Sie ahnte genau, was er dort noch immer sah, worauf er nun mit schnellen Schritten zuging. Er würde sie packen und wieder hinunterschaffen in diesen Keller, um dann zu Ende zu bringen, was er begonnen hatte. Und diesmal würde kein Smolski auftauchen, um sie zu retten.

Jule wusste, was sie zu tun hatte.

Sie gab Gas, ohne die Kupplung kommen zu lassen. Schotter spritzte unter den durchdrehenden Reifen weg.

Jetzt!

Der Wagen machte einen Satz nach vorn. Rolf konnte die drohende Gefahr nicht überhören. Er warf sich zur Seite – nur einen Sekundenbruchteil zu spät. Das Steuer zuckte in Jules Hand, als wollte das Auto selbst Rolf auf keinen Fall entkommen lassen. Mit einem Krachen erwischte ihn die Stoßstange an der Hüfte. Er wurde durch die Luft gewirbelt und schlitterte über den Schotter.

Jule trat auf die Bremse. Ihr Kinn stieß gegen das Lenkrad. Weiße Sterne erglühten grell im Dunkel hinter ihren Lidern und erloschen sofort wieder. Sie schaute in den Außenspiegel, den Rückspiegel. Wo war er? Wo war er?

Der Zusammenstoß hatte ihn zur Seite geschleudert, vor den alten Baum mit der Schaukel. Jule schrie zornig auf. Seine Verletzungen bedeuteten seinem Wahnsinn nichts. Er hatte sich in einer bizarren Pose bereits halb wieder aufgerappelt. Seine Beine waren weit gespreizt, und er drückte seinen Oberkörper mit beiden Armen langsam vom Boden hoch. An der Haltung seines Kopfes erkannte sie, dass er nicht zum Auto schaute. Er schaute nach wie vor unbeirrt auf Caro, die heulte und schrie, und Jule war sicher, dass es sich in seinen Ohren so anhören musste, als würde sie noch immer nach ihm rufen.

Sie legte den Rückwärtsgang ein. Der Motor brüllte gierig auf, als sie mit Vollgas den Baum anvisierte. Es gelang ihr nicht, das Lenkrad ruhig zu halten. Der Wagen schien dem einsetzenden Schlingern wie von selbst entgegenzuwirken. Jule verfehlte ihr Ziel nicht. Rolf verschwand aus ihrem Blickfeld. Sofort erschütterte ein dumpfer Schlag das Heck des BMW. Das Auto neigte sich ein Stück zur Seite. Jule spürte einen Widerstand im Gaspedal. Vom Unterboden kam ein Poltern, als würde sie über einen besonders hohen Bordstein fahren und einen winzigen Augenblick darauf aufsetzen. Der blitzschnelle Vorgang wiederholte sich an der Vorderachse. Dann krachte das Heck gegen den Baumstamm. Jule hörte einen lauten Knall, schlug mit der Stirn gegen das Lenkrad und stürzte in ein weißes Nichts, in dem sich ihr Bewusstsein verlor.

## 155

Stefan Hoogens traf als Erster am Ort des unglaublichen Geschehens ein. Er war noch nicht einmal aus dem Wagen gestiegen, als ihm ein für alle Mal klar wurde, dass er in einer Welt lebte, in der alles möglich war.

Es war möglich, dass ihn eine blonde Frau im Brautkleid, die in der Tür der halben Ruine stand, mit klagenden Hilferufen empfing.

Es war möglich, dass sein Partner als regloses Bündel einige Meter vor ihm im Dreck lag, den Kopf in einer Blutlache.

Es war möglich, dass eine Frau in einem schwarzen BMW im Rückwärtsgang einen Mann von der Statur eines Bären überfahren hatte und dann gegen einen Baum geprallt war.

Und als er mit gezogener Waffe an diesen Mann herantrat, musste Hoogens erkennen, dass noch etwas möglich war: Der Kerl lebte noch. Quer über seinen Brustkorb hatten die Reifen des Wagens einen Graben gezogen, in dem Fleisch und Knochen zu einem feuchten Brei zermalmt worden waren. Und der Kerl lebte immer noch.

Aus glasigen Augen starrte er zu Hoogens hoch. Seine Lippen formten Worte, aber seine Lungen lieferten nicht mehr die nötige Luft, um ihn zu verstehen. Im gleichen Moment, in dem er den Mund und die Augen schloss, erstarb der Motor des Wagens, der ihn zur Strecke gebracht hatte.

# EPILOG

Jules Lieblingsbank im Park des Kreiskrankenhauses Rendsburg stand fünf Schritte von einer Vogeltränke entfernt. Sie saß gern hier in der Sonne und beobachtete die Vögel. Sie musste länger in der Klinik bleiben, als es bei einem Schleudertrauma üblich war, weil ihre neurologischen Befunde im Nackenbereich den Ärzten gewisse Sorgen bereiteten. Jule betrachtete die Angelegenheit wesentlich lockerer als die Mediziner. Ein steifer Nacken schien ihr ein akzeptabler Preis dafür zu sein, dass sie noch am Leben war.

Sie hatte keinerlei Erinnerung daran, wie sie in die Klinik transportiert worden war. Die Bilder in ihrem Kopf von den Vorfällen vor dem Gehöft brachen mit dem Auslösen des Airbags ab. Nachdem sie einigermaßen bei sich gewesen war, hatte sie nach Caro und Smolski gefragt. Es stellte sich heraus, dass die beiden ebenfalls nach Rendsburg gebracht worden waren – Smolski lag sogar auf derselben Station wie sie. Nur für den anderen Mann, so hatte es ihr eine Krankenschwester mit Mitgefühl erklärt, habe man leider nichts mehr tun können. Er sei bereits auf dem Transport seinen schweren Verletzungen erlegen. Jule hatte sich seitdem oft gefragt, wie die Krankenschwester wohl ihre Tränen ob dieser Nachricht gedeutet hatte. Mit Trauer hatten sie natürlich nichts zu tun gehabt. Im Gegenteil. Sie hatte vor Glück geweint. Und vor Genugtuung.

Einem frechen Spatz gelang es mit seinem schrillen Rufen und aufgeregtem Flattern, eine dicke Taube von der Tränke zu vertreiben. Jule lächelte.

»Das solltest du öfter tun. Steht dir nämlich sehr gut.«

Smolski setzte sich neben sie auf die Bank und zündete sich eine Zigarette an. Dank seines Kopfverbands und seines Spitzbärtchens hatte er etwas von einem Wesir. Er holte ein halbes Brötchen aus der Tasche seines Morgenmantels, zerbröselte es zwischen seinen Fingern und warf die Krümel in Richtung der Vogeltränke. Der Spatz stürzte sich darauf und pickte das Futter beherzt auf, als stünde der Winter direkt vor der Tür.

»Ist deine Freundin schon entlassen worden?«, fragte Smolski. Er zeigte auf die Stelle neben der Bank, wo ihnen Caro in ihrem Rollstuhl in den vergangenen Tagen mehrfach Gesellschaft geleistet hatte.

»Nein«, antwortete Jule. »Sie hat sich nach Eppendorf verlegen lassen. Das macht den Anfahrtsweg für Seger kürzer.« Lothar hatte sich rührend um Caro gekümmert. Sie hatte Glück im Unglück gehabt – Rolf hatte ihr die Füße nicht völlig verstümmelt. Er hatte sich damit zufrieden gegeben, ihr nur die kleinen Zehen und das erste Glied der beiden Zehen daneben zu amputieren. Danach hatten Caros Füße in die weißen Lackschuhe hineingepasst, die er in seinem Wahn als passend für das Brautkleid erachtet hatte. »Sie denken darüber nach, auszuwandern. Nach La Gomera oder so. Irgendwohin, wo es warm ist.«

Smolski schenkte ihr einen langen, nachdenklichen Blick, als hätte sie etwas zu ihm gesagt, das für ihn eine ganz besondere Bedeutung hatte. Dann lächelte er schließlich und fragte: »Und du?«

Jule zuckte die Schultern.

»Das ältere Pärchen gestern, mit dem du in der Cafeteria warst … waren das deine Eltern?«

»Ja.« Jemand von der Klinik hatte sie gleich nach Jules Einlieferung verständigt, weil sie einen alten Organspenderpass im Geldbeutel hatte. Auf ihm waren ihre Eltern noch als die Personen eingetragen, die in einem Notfall zu kontaktieren waren. Sie hatten Jule inzwischen dreimal besucht. Sie musste zugeben, dass es sich gut anfühlte, Menschen zu haben, denen etwas an ihrem Wohlergehen lag. Auf die ständigen Fragen, ob sie noch Schmerzen habe und ob sie etwas brauche, was die beiden beim nächsten Mal mitbringen sollten, hätte sie allerdings verzichten können.

»Sie sahen nett aus«, meinte Smolski.

»Das täuscht«, erwiderte Jule.

»Du hättest mich ruhig vorstellen können.« Smolski grinste. »Ich hinterlasse normalerweise einen famosen Ersteindruck bei potenziellen Schwiegereltern.«

. Sie musste lachen, und sie lachte noch immer, als Hoogens auf einem der Gartenwege auf sie zukam.

»So hab ich mir das gedacht«, sagte Smolskis Partner und schüttelte den Kopf. »Da erzähl ich den Kollegen, der Pole ist dem Tod gerade noch mal von der Schippe gesprungen und sie sollen sich besser darauf einstellen, dass er nie wieder ganz der Alte sein wird, und dann sitzt er da, lässt sich die Sonne auf den Wanst scheinen und schnackt hübsche Patientinnen an.«

Smolski deutete auf seinen Verband. »Wir Polen haben dicke Schädel. Und was die hübschen Patientinnen angeht, ist das doch nur der Neid der Besitzlosen.«

»Na, wenn du das sagst …« Hoogens zwinkerte Jule zu.

»Was führt dich her? Ein Krankenbesuch ist es nicht«, merkte Smolski an. »Ich sehe weder einen Blumenstrauß noch eine Packung Pralinen.«

Hoogens' Miene wurde ernst. »Du wolltest auf dem neuesten Stand gehalten werden. Es ist Kirsten Küver.«

Jule senkte den Blick und schaute dem Spatz beim Fressen zu. Sie wusste, wovon Hoogens redete. In einem entlegenen Winkel von Rolfs Grundstück, der nur über einen fast völlig überwucherten Feldweg zu erreichen war, hatten die Leichenspürhunde in einem Gehölz erneut angeschlagen. Die Nachricht löste keine übermäßige Erschütterung mehr in Jule aus. Rolf hatte ihr klar zu verstehen gegeben, dass Kirsten tot war. Und der letzte Zweifel, ob man den Worten eines Mannes Glauben schenken konnte, der so sehr in seiner eigenen Welt aus Zwängen und Gewalt lebte, war in ihr sehr leise ausgefallen.

»Ist schon raus, ob er seine Eltern wirklich umgebracht hat?«, wollte sie von Hoogens wissen.

»Wir haben die Nissens exhumiert und obduziert«, erklärte Hoogens. »Aber es ist nach so langer Zeit schwer zu beurteilen, woran sie genau gestorben sind. Ich traue dem Kerl inzwischen alles zu. Er war völlig kaputt. Und der einzige Odisworther außer Andreas Bertram, der davon etwas mitgekriegt hat, war Erich Fehrs. Den kannte er ja quasi, seit er auf der Welt war. Mit dem hat er sich mehr oder minder regelmäßig getroffen, um zusammen ein paar Korn zu kippen. Wie man das eben auf dem Land unter guten Nachbarn so macht. Fehrs hat nicht wirklich geschnallt, wen er da bei sich am Tisch sitzen hat. Obwohl er jetzt natürlich behauptet, er hätte schon immer geahnt, dass Rolf Behr nicht ganz richtig im Kopf ist.« Hoogens winkte ab. »Hinterher wollen es plötzlich immer alle gewusst haben.«

Sie schwiegen eine Weile. Der Spatz hatte sich satt gefressen und flog davon. Die Taube wagte sich von dem Baum herunter und gurrte bettelnd.

»Eins verstehe ich nicht«, sagte Jule. »Warum hat er Mangels gegenüber eingewilligt, sein Land zu verkaufen?«

»Vielleicht wollte er abhauen«, schlug Hoogens vor. »Irgendwo anders weitermachen.«

»Nein, das denke ich nicht«, wandte Smolski ein. »Ich glaube, er hat gedacht, er könnte mit dir in Hamburg noch einmal ganz von vorn anfangen. Ein völlig anderes Leben beginnen.«

»Mit mir?«

»Na ja, mit Kirsten.«

»Wann ist eigentlich die Beerdigung?«, fragte Jule.

»Von Kirsten Küver? Anfang nächster Woche, denke ich«, sagte Hoogens. »Warum? Willst du da hin?«

»Nein.« Jule hatte in den letzten Tagen viel Zeit zum Nachdenken gehabt und war zu einem Schluss gekommen, der sie selbst am meisten irritierte. Wenn sie Hoogens und Smolski davon erzählte, würden sie sie wohl für verrückt erklären oder wenigstens für abergläubisch. »Was passiert mit meinem Auto?«

»Der Wagen ist hinüber«, sagte Hoogens. »Die Hinterachse ist gebrochen. Die Spurensicherung nimmt ihn noch einmal auseinander, und dann wandert er auf den Schrottplatz.«

»Warum ist er für die Spurensicherung so interessant?«, hakte Jule nach.

»Weil wir davon ausgehen müssen, dass Rolf Behr ihn dazu benutzt hat, einige seiner Opfer zu transportieren.«

Jule nickte gefasst. Es war tatsächlich so, wie sie gedacht hatte. Und sie wusste genau, wessen Leiche Rolf im Kofferraum des schwarzen BMW zu ihrer vorerst letzten Ruhestätte gebracht hatte. »Wärst du so lieb, mir Bescheid zu geben, sobald deine Leute fertig sind, damit ich noch mal an den Wagen kann, bevor er in der Schrottpresse landet?«, fragte sie Smolski.

Smolski nickte »Klar. Kein Problem.«

»Danke.«

Die Taube flog auf. Jule schaute ihr lange nach.


Der Ohlsdorfer Friedhof erstreckte sich über eine Fläche, in der ein kleines Dorf wie Odisworth mehrfach Platz gefunden hätte. Er war so groß, dass zwei Buslinien durch ihn hindurchführten. Jule brauchte fast eine Stunde, um das

Grab zu finden, das sie suchte. Es war schlicht, mit einem geschmackvollen Stein aus weißem Marmor, zu dessen Fuß ein Grablicht brannte.

Sie schaute sich um, ob sie auch niemand hören konnte, bevor sie sich an die Frau wandte, die tief unter ihr in der feuchten Erde ruhte. »Ich hätte viel früher kommen sollen. Aber ich hatte zu viel Angst davor. Bitte versteh das nicht falsch. Du warst mir nicht egal. Du bist mir nicht egal. Und du wirst mir nie egal sein. Dabei haben wir uns gar nicht gekannt.« Sie stockte. »Ich habe uns beiden immer nur Vorwürfe gemacht. Warum habe ich nicht besser aufgepasst? Warum hast du nicht besser aufgepasst? Warum hast du an dem Tag, an dem wir uns begegnet sind, keinen anderen Weg genommen? Warum habe ich keinen anderen Weg genommen? Es hat lange gedauert, aber jetzt habe ich es endlich begriffen. Die Antwort auf all diese Fragen ist, dass wir in einer Welt leben, in der Dinge einfach geschehen. Dinge, auf die wir keinen Einfluss haben. Dinge, die wir nicht kontrollieren können. Manche davon sind schrecklich. Wie das, was uns geschehen ist. Aber sie sind nicht alle schrecklich. Manche davon sind wunderschön, und es tut mir so unfassbar leid, dass du sie nicht mehr sehen kannst. Aber es ist nicht meine Schuld, und es ist nicht deine Schuld. Wir haben einander nichts zu verzeihen. Man kann nur jemandem verzeihen, der etwas falsch gemacht hat. Wir haben nichts falsch gemacht. Manchmal macht die Welt etwas falsch. Ich wollte nur, dass du das weißt.«

Sie drehte sich um, ging zurück zur nächsten Bushaltestelle, unbekümmert der Menschen, die sie weinen sahen.

Sie fuhr zum Hauptbahnhof und nahm sich einen Mietwagen. Vielleicht war es fahrlässig von ihr, wieder in ein Auto zu steigen, obwohl ihr Nacken noch etwas steif war, aber der graue Polo brachte sie sicher nach Husum.

Ihr Aufenthalt auf dem Schrottplatz dauerte nur fünf Minuten. Dann machte sie sich zum zweiten Grab auf, das sie an diesem Tag besuchen wollte.

Die Blumenkränze waren fast alle verblüht. Dass der Himmel sich hinter bleigrauen Wolken verhüllt hatte, machte den Anblick noch trister. Jule ging in die Hocke und senkte die Stimme zu einem Flüstern. »Ich bin gekommen, um mich bei dir zu bedanken. Es kann sein, dass ich das bloß wegen Evas Gerede über Spökenkieker mache. Ich bin eigentlich wirklich nicht der Typ für so was. Dachte ich bis jetzt wenigstens immer. Kann sein, dass ich völlig danebenliege.« Sie strich ein violettes Band glatt, auf dem *Unsere geliebte Tochter, unser Licht, unser Engel* stand. »Aber das interessiert mich nicht. Ich bin keine Spökenkiekerin. Das warst alles du. Natürlich, wenn ich es jemandem erzählen würde, dann würde der sicher sagen, es lässt sich doch alles erklären. Die Elektronik ist defekt. Der Geruch im Kofferraum kommt von der Bleiche. Das Klopfen ist von einer losen Schraube am Auspuff. Der Stress. Die Angst. Sollen doch alle glauben, was sie wollen. Ich mache es ja genauso. Ich glaube, du wolltest mir helfen.« Sie beugte sich vor und grub ein kleines Loch in die Erde. »Ich habe was für dich.« Sie holte den Traumfänger, den sie auf dem Schrottplatz in Husum aus dem Wagen geborgen hatte, aus ihrer Jackentasche und ließ ihn in die Erde hinabgleiten. »Nur für den Fall, dass du ihn brauchst. Er schützt vor bösen Geistern. Ich weiß nicht einmal, ob es böse Geister gibt.« Sie scharrte das Loch zu und stand auf. »Oder gute.«

Sie schaute nicht zurück, als sie den Odisworther Friedhof verließ. Sie musste sich beeilen. Sie hatte Smolski versprochen, ihn aus der Klinik abzuholen. Als Jule das Friedhofstor hinter sich schloss, riss die Wolkendecke auf und die Sonne schickte einen schmalen Streifen goldenen Lichts zur Erde hinab. Jule lächelte. Die Welt mochte viele Dinge falsch machen. Manche nicht.

Sie stieg in ihren Wagen, startete den Motor und fuhr los.

# DANKSAGUNG

Kein Autor arbeitet ganz für sich allein. Bei der Entstehung eines jeden Texts gibt es unzählige Helfer, Unterstützer, Wegbereiter und Wegbegleiter. Sie alle an dieser Stelle zu nennen, wäre den Wäldern dieser Welt gegenüber ungerecht, aber einige haben einen derart großen Beitrag geleistet, dass sie schlicht und ergreifend nicht unerwähnt bleiben dürfen.

Zunächst wäre da mein Co-Autor, der ebenso viel Mühe und Zeit in dieses Buch investiert hat wie ich (wenn nicht sogar mehr!) und daher eigentlich auch auf dem Cover stehen müsste – aber da er ja felsenfest darauf bestand, es müsse »Ole Kristiansen« auf dem Umschlag stehen, will ich ihm seine Namenlosigkeit lassen. Den nachfolgenden Dank spreche ich aber selbstverständlich auch in seinem Namen aus.

Da wären zunächst meine Eltern zu nennen, die mich aus der Großstadt aufs Land entführt haben, sodass ich dort das dörfliche Leben in all seinen Facetten intensiv kennenlernen konnte. »Odisworth« mag fiktional sein, aber meinem Heimatdorf schuldet es dennoch so manches.

Sowohl meine wunderbare Lektorin Elisabeth Kurath als auch meine beiden Agenten Roman Hocke und Uwe Neumahr haben rundum großartige Arbeit geleistet. Unermüdlich haben sie gemeinsam mit mir den ursprünglichen Text angepasst, verfeinert und verbessert – man könnte auch sagen, sie haben einen rumpelnden LKW in einen schnittigen Sportwagen verwandelt.

Bei der Recherche zu ›Der Wind bringt den Tod‹ waren

insbesondere meine Freunde und Helfer bei Polizei und Staatsanwaltschaft unverzichtbar, die mir schon seit Jahren neugierige Fragen beantworten und mich hinter die Kulissen blicken lassen. Stephan, Nadine, Hampi und Frank – dieser Roman ist auch für euch! (Und alle etwaigen Unstimmigkeiten nehme ich einzig und allein auf meine Kappe. Selbiges gilt, falls ich die Erläuterungen meines Lieblingsautoschraubers Burkhard Kanscheit zu den Tücken der Technik falsch interpretiert haben sollte.)

Bei der Psychologisierung des Täters war die Unterstützung eines Psychologen und einer Psychiaterin Gold wert: Siegbert und Melanie, besten Dank für bisweilen recht verstörende Einsichten in die menschliche Seele.

Auch meine Recherchereise nach Nordfriesland und Schleswig war eine ungemein prägende und wichtige Erfahrung bei der Entstehung dieses Buchs. Norddeutsche Gastfreundlichkeit fällt hier und da etwas speziell aus, aber ich bin dennoch froh, sie genossen zu haben.

Das Autorenleben kann ein einsames sein, doch zum Glück gibt es Kollegen, die ein Leben in totaler Isolation zu verhindern wissen (und noch dazu reihenweise kluge Kommentare in Sachen Schreibhandwerk zu bieten haben). Berta, Falko, Gino, Melanie (schon wieder!), Markus, Nina, Tom, Wulf und Ursula: Ohne euch hätte ich mich wahrscheinlich nicht in dieses Genre vorgewagt.

Kurz vor Schluss sei noch meiner Lebensgefährtin Verena gedankt. Sie hat mich nicht nur am alltäglichen Irrsinn des »Business« teilhaben lassen, nein, auch Jules »Motorphobie« (so übrigens der erste Arbeitstitel dieses Buches) ist an ihre eigene Einstellung zum Thema Autofahren angelehnt. Liebe Lilo, bleib mir weiter gewogen, auch wenn ich viel zu oft über »Autorenkram« rede.

Last but not least möchte ich natürlich Ihnen danken, liebe Leser: dafür, dass Sie mit mir auf die Reise nach Nordfriesland gekommen sind, und dafür, dass Sie mit Jule gelitten, gebangt und gerätselt haben. Nun kann ich nur hoffen, dass Ihnen diese Reise genauso gut gefallen hat wie mir.

Wenn Sie mir direkt Ihre Meinung oder Kommentare zukommen lassen möchten, schreiben Sie mir einfach bei Facebook oder schicken Sie mir eine E-Mail an kristiansen@im-plischke.de.

Hamburg im Winter 2011/2012          Ole Kristiansen